独角兽书系

BRANDON SANDERSON

[美] 布兰登·桑德森 / 著   段宗忱 / 译

MISTBORN: I. 迷雾之子 THE FINAL EMPIRE

卷一 ◆ 最后帝国 [珍藏版]

重庆出版集团 重庆出版社

MISTBORN: THE FINAL EMPIRE © 2006 by Brandon Sanderson
Published in agreement with JABberwocky Literary Agency,Inc.,
through The Grayhawk Agency
Simplified Chinese Translation Copyright © 2020 by Chongqing Publishing House Co.,Ltd.
All rights reserved.

版贸核渝字（2015）第107号

图书在版编目（CIP）数据

迷雾之子 . 卷一，最后帝国：珍藏版 /（美）布兰登·桑德森著；段宗忱译 . —重庆：重庆出版社，2020.9
书名原文：MISTBORN:The Final Empire
ISBN 978-7-229-15021-1

Ⅰ . ①迷⋯　Ⅱ . ①布⋯　②段⋯　Ⅲ . ①长篇小说—美国—现代
Ⅳ . ① I712.45

中国版本图书馆 CIP 数据核字（2020）第 068554 号

迷雾之子（卷一）：最后帝国（珍藏版）
MIWU ZHI ZI (JUAN YI)：ZUIHOU DIGUO（ZHENCANG BAN）

[美]布兰登·桑德森 著　段宗忱 译

责任编辑：邹　禾　陈　垦
装帧设计：谢颖设计工作室
封面插图：郭　建
责任校对：陈　琨

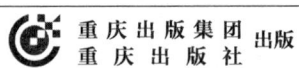

重庆出版集团 出版
重庆出版社

重庆市南岸区南滨路162号1幢　邮政编码：400061　http://www.cqph.com
重庆出版集团艺术设计有限公司 制版
重庆豪森印务有限公司 印刷
重庆出版集团图书发行有限责任公司 发行
E-mail:fxchu@cqph.com　邮购电话：023-61520646
全国新华书店经销

开本：880mm×1230mm　1/32　印张：20.25　字数：540千
2020年9月第1版　2020年9月第1次印刷
ISBN：978-7-229-15021-1
定价：95.00元

如有印装问题，请向本集团图书发行有限公司调换：023-61520678

版权所有　侵权必究

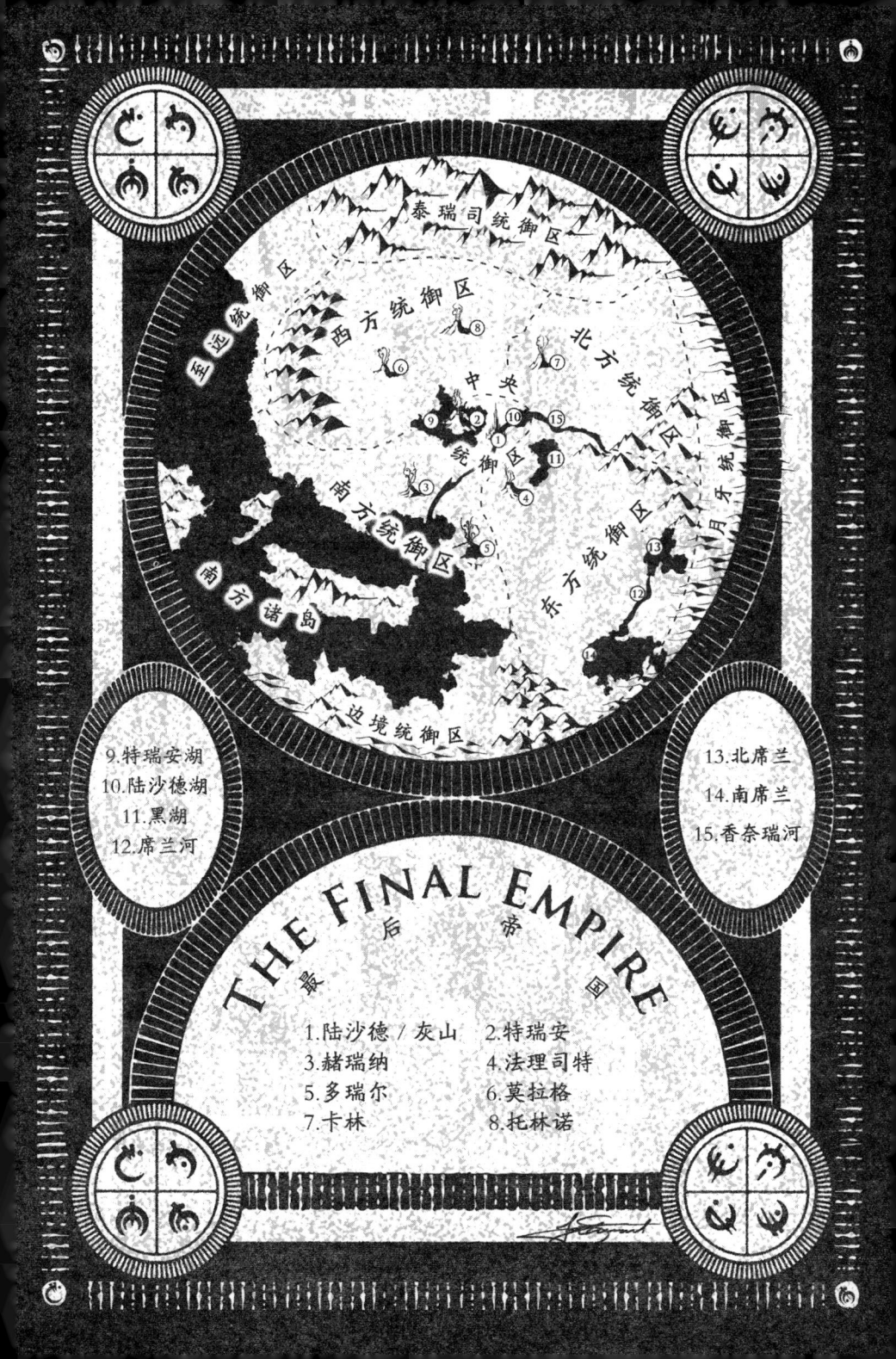

THE FINAL EMPIRE
最 后 帝 国

9. 特瑞安湖
10. 陆沙德湖
11. 黑湖
12. 席兰河

13. 北席兰
14. 南席兰
15. 香奈瑞河

1. 陆沙德 / 灰山
2. 特瑞安
3. 赭瑞纳
4. 法理司特
5. 多瑞尔
6. 莫拉格
7. 卡林
8. 托林诺

陆 沙 德

钢门

灰巢

陆沙德警备队军营

山杨树街

长敬街

锹转区

凯蒙的密屋

喷泉广场

旅社区

歪脚的店

运河街

海斯丁堡垒

旧城门

财务廷总部

第十五十字路口

商业区

司卡市集

青铜门

因为你坚持要份最新的，所以给你这张地图。话说在前头，我可不会再回来第三次。
——纳兹

锡门
炭窝
老墙桥
奥司托姆广场
自镴门
雷卡堡垒
老墙街
栋街
教义廷总部
克雷迪克·霄
锌门
审判廷总部
工业区
资源廷总部
香奈
南桥
艾瑞凯勒堡垒
瑞河
裂口区
黄铜门区
黄铜门
红铜门
2014

献给贝丝·桑德森
她读奇幻的时间比我活的一辈子还久,
而且,完全值得有我这个跟她一样疯狂的孙子。

致谢

我要再次感谢我最棒的经纪人 Joshua Bilmes,还有我同样出色的编辑 Moshe Feder。他们在这本书上投注了极大的心血,我以拥有和他们合作的机会而感到自豪。

感谢我的读书会成员们, Alan Layton、Janette Layton、Kaylynne ZoBell、Nate Hatfield、Ethan Sproat、Bryce Cundick、Kimball Larsen,还有 Emily Scorup(我弄不清楚她婚后是否要冠夫姓),他们孜孜不倦地提供鼓励与感想给我。还有我的初稿读者群,包括 Krista Olson、Benjamen R. Olson、Micah "Captain" Demoux、Eric Ehlers、Izzy Whiting、Stacy Whitman、Kristy Kugler、Megan Kauffman、Sarah Bylund、C. Lee Player、Ethan Skarstedt、Jillena O'Brien,还有功不可没的 Peter Ahlstrom,他们读到这本书的原始雏形,协助我将它改变成今日各位读者所见的样子。

除此之外,我还需要特别感谢几位重要人士。首先是 Issac Steward,他画出本书最前面极致精美的地图还有书内的插图。Issac 在故事构思方面,也提供我无数宝贵的意见。而 Heather Kirby 则提出许多极佳的建议,帮助我了解年轻女孩神秘的内心世界。

我同时要感谢一批为了将本书送到各位手上而在幕后非常辛苦的人。

Irene Gallo，Tor 出版社优秀的艺术总监，是因为她，本书跟《诸神之城：伊岚翠》才有如此美丽的样貌。同时，公关部的 David Moench 为了让《诸神之城：伊岚翠》成功，更是做出十二万分的努力，非常感谢两位。

最后，一如往常，我感谢家人对我持续的支持与鼓励，尤其要感谢我的兄弟乔登所提供的鼓励、支持与信心。请各位抽空来我的网站看看他的作品：

www.brandonsanderson.com

迷雾帝国的光之回忆

灰鹰\谭光磊

导读

2007年12月10日，将会是一个奇幻小说迷永远记得的日子，因为在这一天，罗伯特·乔丹的出版社Tor正式宣布，《时光之轮》系列的最终篇《光之回忆》，将由布兰登·桑德森接手完成。这个全球畅销三千万册，重新定义现代奇幻面貌的传奇大系，总算不致因为作者病逝而无法画下句点。

前一年的四月，乔丹在公开信中表示感染罕见绝症，同时强调与病魔奋战到底的决心。全球读者乍闻消息，难免感到扼腕，可是在叹息之余，见到乔丹惊人的意志力，不禁要相信这位奇幻文学的巨人，肯定会和他笔下的真龙转生一样，就算移山倒海也要和病魔拼个你死我活。若有谁能够战胜绝症，非他莫属。

就在大家都信心满满，认为他康复只是迟早的事，然后他就会以凯旋英雄之姿写下"时光之轮"完结篇的时候，乔丹的病情急剧恶化，在2007年9月16日离开人世，年仅五十八岁。这则噩耗不仅震惊奇幻界，更使得读者期待多年的"时光之轮"结局随之成谜。

其实我并不担心"时光之轮"就此断头，也相信《光之回忆》终会问世，问题只在由谁接手。这绝对不只是商业利益的考虑，而是攸关作者艺术成就的完满和意念的传承。就出版社立场，则无论如何也要给读者一个交代，他们之中很多人从一九九〇年《世界之眼》推出时就成了书迷，陪伴这个系列走过十七个年头。在前几部作品步调缓慢、拖戏连连的时候，他们不离不弃，反而用行动来证明自己的忠诚，也使得《时光之轮》从第八集开始，全部登上《纽约时报》排行榜冠军。放眼当代奇幻文坛，没有任何一个作家能有如此辉煌的销售成绩。

更何况，乔丹早就有了清楚的结局构思，也留下大量笔记和手稿，甚至在病中仍用录音的方式记录想法。他曾经"放话"表示，即使《光之回忆》写出来长达一千五百页，也定要"毕其功于一本"结束系列。除此之外，他还有三部前传的计划。要找人写完《光之回忆》，绝对不缺材料，难点在于如何驾驭这空前庞大的世界和繁复至极的剧情线。

由后人代笔的情形在国外屡见不鲜，例如2006年过世的英国动作派奇幻大师大卫·盖梅尔（David Gemmell）壮志未酬，留下重写特洛伊史诗的三部曲完结篇《诸王陨落》，最后便由妻子史黛拉接续完成，出版时夫妻同时挂名。另一种可能是找人幕后捉刀，写手不具名，书仍然挂作者本名出版，例如《谍影重重》系列作者鲁德鲁姆的诸多遗作。

几经长考，乔丹的遗孀海丽叶挑中了布兰登·桑德森——《诸神之城：伊岚翠》的作者。消息一出，很多人直接反应："为什么是他？"毕竟桑德森才出道两年多，还是个三十来岁的小伙子，论资历、讲名气，怎么也轮不到他接手《时光之轮》这部堪称现代奇幻扛鼎之作的史诗。

可是仔细想想，好像又不那么意外：桑德森可说是这几年来蹿起最快的奇幻新秀，他的世界建构和魔法系统创意惊人，文字流畅，人物精彩，颇受读者和评论家肯定。《诸神之城》卖出十五国版权，让他连续两年入围科奇幻最高荣誉——坎伯奖最佳新人。桑德森有一支罕见的快笔，更是新时代奇幻作家擅用网络的最佳范例：他同时写成人和青少年系列，还有余力在网络上免费连载新作。他的网志在多重平台联播，网站上还有每一部作品的超详细章节注解，有如DVD的导演讲评，大幅提高网站的附加价值。

撇开世俗条件不谈，我认为桑德森雀屏中选的真正意义，在于奇幻写作者的世代交替与薪火相传。长江后浪推前浪，海丽叶这个决定，等于钦点桑德森为乔丹接班人，其中的分量不言而喻。由桑德森来补完《光之回忆》，不论结果好坏，已经是对他的能力（和潜力）最大的肯定，更是从一线奇幻新人直接跃升一线畅销作家的票房保证。

倘若我们再细究个中原由，更会惊叹命运的奇妙。《世界之眼》出版那年，桑德森只有十五岁。他们的初次相遇，是在一家漫画店的新书架上。这本厚达八百页的小说，把桑德森吓得退避三舍，但他也对华丽的封面印象深刻。后来他还是把书买了回家，从此成了《时光之轮》书迷。每有新作问世，他总会立刻掏钱买精装版，"已经成了一种仪式"。

多年以后，桑德森在世界奇幻大会（World Fantasy Convention）上与人高马大、头戴宽檐帽、拄着拐杖走路的乔丹擦身而过。虽只是匆匆一瞥，却觉得此人有些眼熟，问起身旁的同好。"他噢？就是詹姆斯·奥利佛·瑞格尼二世啊！"眼看桑德森毫无头绪，他们才说："他就是罗伯特·乔丹（瑞格尼是乔丹的本名）。"

在那次大会上，桑德森结识了Tor出版社的编辑莫许·费德（Moshe Feder），并给了他《诸神之城》的书稿。费德把稿子带回家，一搁就是半年。等他终于看了稿子而且惊为天人，急忙想要联络这位年轻新秀，桑德森早已搬家。费德花了好一番功夫才寻得他的下落，马上就开出条件，想签下《诸神之城》。

桑德森的经纪人乔舒亚·毕姆斯（Joshua Bilmes）建议他不要立刻同意，应该用这份报价做"诱饵"，看其他出版社会否提出更高的条件。可是桑德森一心只想成为Tor旗下作家，因为那是乔丹的出版社。对他来说，那就是奇幻文学的最高殿堂。如今桑德森已非十五年前漫画店里的小毛头，而是即将踏上职业创作之路的奇幻新兵，但乔丹的巨人身影依旧巍然矗立，他也仍然记得最初见到《世界之眼》的震撼与悸动，于是他接受了费德的条件。

一路写来，桑德森屡屡企图"逆写"《时光之轮》。他认为乔丹已经把奇幻冒险的典型发挥到极致，自己必须另辟蹊径，而最好的方法就是解构和颠覆。乔丹的角色走遍千山万水，于是他把故事舞台限制在单一城市。乔丹写农夫变成国王，于是他笔下的王子一夕落魄，连平民都不如。乔丹写光明与黑暗的终极对决和最后胜利，他则想象"假如邪恶势力赢得最终胜利，世界会变成怎样"？

这个命题，连同桑德森对诈欺故事的浓厚兴趣，构成了《迷雾之子》三部曲的最初灵感，这也是他自《诸神之城》初试啼声之后，格局更广、野心更大的成熟之作。因缘巧合，我读完的第一本桑德森作品，就是本系列第一集《最后帝国》。我利用周末一口气读完全书，心中充盈着喜悦与满足，甚至一度感动得红了眼眶。

我认为桑德森在此克服了史诗奇幻三项先天的劣势：进入困难、节奏缓慢，以及无法独立阅读。"进入困难"指的是一翻开书就迎面而来的各种自创名词和背景设定，往往考验读者的耐心和对奇幻类型的接受度。换句话说，对"非重度类型读者"极不友善。"节奏缓慢"不需多加解释，看一本八百页的史诗奇幻，肯定比一本三百页的惊悚小说慢得多，偏偏那多出来的篇幅可能全都是巨细靡遗的场景或背景叙述。"无法独立阅读"更是造成进入障碍的致命伤。推理小说由于案件各自独立，每一本都可以视为完整个体，史诗奇幻则完全不行。一个三百页完结的侦探故事，可能一个周末下午就可以读完；但一个两千四百页（每本八百页的三部曲）的大长篇，却得旷日费时，还常常要查名词对照表。

诚然，这两个类型的趣味所在本来就大不相同，而"进入一个全新世界"也是阅读史诗奇幻独有的美好体验，可是当我们考虑到市场因素和进入门坎等问题,传统奇幻为何很难打进主流排行榜,推理惊悚却轻而易举,答案就很明显了。这同时也解释了为何这几年来混合奇幻、恐怖、推理和罗曼史的跨界"都会奇幻"大行其道,即使初出道的新人都能在很短的时间内登上畅销榜。

这正是《最后帝国》难能可贵之处:桑德森完全没有在传统奇幻的本质上做出任何妥协,也完全没有刻意讨好主流读者。他的魔法设定依旧繁复而创意惊人,可是比起《诸神之城》易懂得多。他的角色说起来也不少,可是戏份轻重拿捏得当,主角的形象鲜明,配角也不难记,读者不太需要时时翻回前面查阅人名。作为三部曲的开头,《最后帝国》有着非常完整的故事和漂亮的收尾,桑德森写结局的功力果然名不虚传。

他用一个"瞒天过海"式的诈欺案作为剧情核心,只不过赌注更大。到赌城大干一票算什么,桑德森笔下的反贼英雄卡西尔要推翻屹立千年的最后帝国,盗走统御主的国库宝藏,作为叛军薪饷的来源。是的,你的反应和他那票狐群狗党一样:他疯了。如此夸张离谱、鬼扯到底的构想,卡西尔却胸有成竹,行动的每一个步骤都信手拈来,最终说服了同伴,为他找来一批死士。

我们应该先说说这个世界的背景。还记得"假如邪恶势力赢得最终胜利"的命题吗?《迷雾之子》的起点,就是多年以前的善恶决战,良善一方的英雄历经千辛万苦,终于抵达传说中的"升华之井",准备和黑暗势力决一死战。可是命运没有站在他那边,最后坏人一统天下,自称"统御主",同时建立起"最后帝国",即千秋万代、永不崩塌之意,口气狂妄到了极点。

统御主垄断了稀有矿脉"天金"的唯一来源,借此确保拥兵自重的贵族势力效忠,同时在背后玩弄权术,使贵族忙于内斗而不可能团结。另外他还用凶残的手段镇压平民,不分国籍种族通通打为奴隶阶级,通称"司卡",并用尽一切方法消灭各民族原本的信仰、历史和文化,甚至宣称司卡和贵族乃不同种族,生理构造有着先天上的不同,并严禁两族通婚。

圣王击败传说中的英雄并建立帝国，世界随之变迁，从此绿色不再，所有植物都转为褐黄，天空永远阴霾，并不间断地下着灰烬（不是雨），仿佛是个浩劫过后的残破世界。入夜之后，则是浓雾四起，笼罩大地。相传夜雾之中有各种可怕的妖魔鬼怪，所以司卡人总在天黑后躲进家中，大门深锁。

行走于这个"迷雾帝国"之中的魔法师，藉由服食微量的金属粒子，进行自体燃烧而获得力量。已知的能量金属共有八种，相生相克，分成四组，每组再分外显和内隐二种属性。例如锡可以提高感官敏锐度（内隐），白镴则能大幅强化肉体的力量（外显）；黄铜可以舒缓情绪（内隐），锌则能煽动情绪（外显）。

但最帅气的还是钢铁这组：铁能推、钢能拉，只要附近有金属，就可以产生类似磁极相吸或相斥的作用力，力道强弱则视金属本身的体积或重量而定。倘若操控得当，就能像武侠小说里面一样飞檐走壁、凌虚破空，或者隔空取物、力举千斤，有如绝地武士的原力。通晓此等迷雾术法的人非常稀少，绝大多数是贵族（其实也包括司卡人），通称"迷雾人"。在他们之中，还有少数天赋异禀者能使用全部的金属力量，他们就是"迷雾之子"。

卡西尔曾经以普通司卡身份大胆挑战统御主，结果惨败。他被打落矿坑囚牢，在爱人被杀之后奇迹似的觉醒，变成迷雾之子，更成为史上唯一逃离黑暗矿井的人。如今他重回帝都陆沙德，准备展开复仇。

不过，《最后帝国》更应该是司卡女孩纹的故事。她从小跟着哥哥到处逃亡，居无定所，靠行乞或加入盗贼团为生，直到她被"阿凯"卡西尔发现具有迷雾之子异能，才投身反抗军（或者该说是"诈骗帝国集团"），在其调教下逐渐驾驭各种金属的力量。从小哥哥再三告诫她："任何人都可能而且一定会背叛你，包括我。"后来他果真不告而别。于是纹不知"信任"为何物，戒心极重，对阿凯和那群弟兄休戚与共的革命情感,她感到迷惑,更无法理解。

而那是一群多么精彩的人!性情敦厚的多克森是阿凯最倚重的左右手,在他想出鬼点子的时候负责策划一切的后勤和账务。微风与哈姆是最佳拍档,前者是个讲究衣着的绅士,最擅长操弄他人思绪好为自己服务;后者则是虎背熊腰的大汉,是个燃烧白镴的"打手"(这是白镴迷雾人的绰号),也是武艺高强的战士,还喜欢跟微风争辩哲学问题。怪老头"歪脚"曾经是沙场老将,退役后经营一家有如龙门客栈的小店,其实是大隐于市的革命军聚会所。他是个烧红铜的"烟阵",能够升起魔力屏蔽"红铜云",保护附近的己方迷雾人不被敌人发现,身边还带了一个操着奇怪方言的侄子"鬼影"。当然,还有跟阿凯从小吵到大的哥哥"沼泽",他是最厉害的"搜寻者",能燃烧青铜搜捕任何使用迷雾术法的人。

可是他们再怎么身怀绝技,如何能和帝国的百万大军,还有统御主的盖世神威抗衡呢?更别提直属统御主管辖的"钢铁审判者",这群不知是死还是活的东西个个不苟言笑,双眼插着钢钉,却有着足以和迷雾之子匹敌的高强法力。还有各怀鬼胎的贵族世家,他们富可敌国、权倾天下,各个拥兵自重,包括大批迷雾人保镖,对任何阴谋反叛行动都不会容情。

阿凯与纹这对师徒的命运,又会如何?阿凯必须再次行过死亡幽谷,潜入当年他与爱人被钢铁审判者逮捕的统御主宫殿。纹则得学习信任,学习迷雾之子的十八般武艺,甚至假扮贵族仕女,打进上流社交圈刺探敌情。他们能否扳倒最后帝国?最终得付出什么样的代价?

这个故事太长,我就此打住。我想这样来形容《最后帝国》:当我一边听着《伊丽莎白:辉煌年代》的电影配乐,一边翻原文书查资料写文章,看到那些熟悉的人名和他们唇枪舌剑的对话,居然非常想念与他们一同冒险犯难的日子。是的,就像想念高中时代和死党逃课鬼混那样的真实。这是我读小说从来没有过的感觉。

我第一次听到布兰登·桑德森这个名字,是在五年前的伦敦,那是我第一次去英国，也是第一次与他的经纪人毕姆斯见面。翻开他的目录，《诸神之城：伊岚翠》的封面立即映入眼帘，让人一眼难忘。当时毕姆斯还有别的代理，但他说知道我对这本书有兴趣，也知道我与奇幻的渊源和热爱，所以狡黠地说："等下我跟他们开会的时候，会跳过这一页的。"

毕姆斯有个注册商标，就是桌上永远有一盒巧克力，开会前一定先请人"尝尝甜头"。伦敦书展后两个月，我和奇幻基地的编辑同赴纽约，参加美国书展，我介绍双方认识，我们都吃了他的巧克力。没多久，奇幻基地便签下《诸神之城》的中文版权。

但我要到2009年的初夏才见到桑德森。我一如往常到纽约，投宿市郊住宅区的阿姨家，每天"通勤"进城开会。书展结束的那天晚上，毕姆斯邀我共进晚餐，一同出席的除了桑德森，还有他旗下另一位新秀彼德·布雷特（Peter Brett）、毕姆斯的助理和两位实习生，以及加拿大独立书店的一对夫妇，一行十人浩浩荡荡朝餐厅进发。

那是一场令人难忘的餐会，席间几乎就是听桑德森和布雷特两人高谈阔论，谈奇幻小说、奇幻电影、谈写作。两人风格大不相同，口味也很不一样，听得我如痴如醉。他们说起九零年代乔丹成名之后，Tor又发掘了泰瑞·古德坎的《真理之剑》系列，并且砸下重金宣传，某种程度上复制了《时光之轮》的成功。此后其他出版社莫不竞相仿效，都想要找到自己的古德坎，但换来的只是一次次的失败，其中最有名的当推罗伯·纽康姆（Robert Newcomb）的《血石年代记》。当年Del Rey花了大钱，宣称这是《真理之剑》的接班人作品，据说还创下奇幻新人作品的预付版税新高。可是这个系列只学到了古德坎的残暴血腥、性别沙文和缺乏创意的世界设定，推出后评价很差，市场更糟，后来Del Rey认赔出场，终止了后续作品的出版计划。

时光荏苒，转眼间进入新世纪，在这个"后"哈利波特的时代，青少年奇幻成了集聚优秀写手和商业利益的当红新宠，女作家在都会奇幻的领域继续昂扬，九零年代的史诗奇幻风潮看似平息，但另一波新生代的史诗奇幻好手才正要崛起。桑德森正是其中蹿起最快的领军人物。他的《迷雾之子》三部曲完结篇《永世英雄》和2009年的独立新作《破战者》相继登上纽约时报排行榜,证明他有进军主流书市的实力。接下来他将推出空前浩大的十部曲"飓光志",肯定会是他创作生涯的一个新里程碑。

乔丹病逝后,桑德森写了一篇文章《再见,乔丹先生》悼念。他认为乔丹的死改变了很多事情,这个世界好像从此少了点什么。没错,有人痛恨乔丹,认为他得为通俗奇幻的一切负面形象负责;也有人对乔丹推崇有加,认为他是唯一把奇幻"写对了"的作者。对他来说,倘若没有乔丹的成功,许多年轻创作者的出版梦可能永难实现,而乔丹也确实展现了奇幻书写的恢宏格局和视野。最后他说:"你轻轻地走了,留下我们在原地颤抖。"乔丹总以风的意象作为小说开头,他本人也像一阵风,悄悄地来,拂过万事万物,然后轻轻离去。

两个月后,桑德森接到海丽叶的电话,询问他有无意愿接手《光之回忆》。原来她看到那篇《再见,乔丹先生》,对这个后起之秀印象深刻,便找来《最后帝国》,读后深受感动,当下就决定是他。

由于《光之回忆》实在太长,最后出版社决定拆成三册,第一册《末日风暴》在2009年10月底隆重上市,精装首印一百万册,营销经费高达六十万美金。当时,丹·布朗的新书《失落的秘符》刚推出不久,稳坐排行榜冠军宝座,再怎么畅销的作者,到他面前都只有第二的份。

谁也没想到,桑德森这个初生之犊,面对全球最畅销的作者,竟毫无惧色。《末日风暴》上市首周狂销十万册,硬是空降纽约时报排行榜第一名,把《失落的秘符》打了下来。卖座原是意料中事,然而卖座到这种程度,还成为(当时)第一本将丹·布朗挤下冠军宝座的书,实在叫人始料未及。

更不可思议的,是所有读者一致给予《末日风暴》最高的评价。《时光之轮》的过去四集的评价普遍不佳,几百篇亚马逊读者书评,平均才给了两颗星左右。《末日风暴》则几乎清一色四或五颗星,读者高喊"这系列终于又'好看'起来了"。

经过漫长的等待,桑德森的中文版新作《迷雾之子》系列首部曲《最后帝国》终于问世。我想起那个睡眼惺忪打开计算机,看到Tor新闻稿的清晨;想起与书中英雄的冒险岁月;想起《末日风暴》登上《纽约时报》排行榜冠军的那个辉煌时刻。我觉得无比幸运,觉得热血沸腾,很骄傲、很荣幸、很迫切地想把这个作者和他的作品推荐给所有读者。

目 录
Contents

楔子 ……………………………………… 001

第壹章　海司辛幸存者 …………………… 019

第贰章　灰烬天空下的叛军 ……………… 165

第叁章　流血太阳之子 …………………… 253

第肆章　雾海中的舞者 …………………… 407

第伍章　被遗忘国度的信徒 ……………… 551

尾声 ……………………………………… 605

镕金秘典 ………………………………… 618

镕金术名词解释 ………………………… 619

楔子

楔子

有时候，我担心自己不是众人认定的英雄。

哲人们不断想说服我，命运的时刻已然来到，所有征象均已显现，但我仍然怀疑，也许他们弄错人了。这么多的人都仰仗我，他们说我会一臂托起整个世界的未来。

如果他们知道，他们的守护者——永世英雄，他们的救世主——怀疑自己的能力，他们会怎么想？说不定他们根本不会感到意外。某种程度而言，这也是我最担心的事情。

也许，他们的心里也在质疑——像我一样。

当他们看着我时，双眼是否看到了骗子？

灰烬从天空落下。

特雷斯廷大人皱眉，抬头望着满是红光的正午当空，仆人立刻赶上前来，为他和他尊贵的客人们打起阳伞。在最后帝国之中，灰烬其实还颇常飘落，特雷斯廷期望身上陆沙德的渡船不远千里送来的簇新长外套和红背心能避免沾上脏污，幸好，风不大，阳伞应该可以奏效。

MISTBORN: THE FINAL EMPIRE

　　特雷斯廷和他的宾客一起站在山坡可眺望田野的小平台上，好几百名穿着咖啡色外罩服的人正在不断落下的灰烬间工作、照料庄稼，动作迟缓笨重。司卡向来如此，这些农夫根本是一群好吃懒做、效率低下的家伙。他们当然不会抱怨，人再笨也有一个限度；只是，他们总是低着头，毫无情绪地静静工作，工头偶尔扫来的鞭子会强迫他们专注行动一阵子，但只要工头一走，他们又会开始偷懒。

　　特雷斯廷转向跟他一起站在山坡上的男子。"这实在很让人费解，"他评论道，"他们在农地里已经工作一千年了，怎么还学不会比较有效率地工作？"

　　圣务官转身，挑起眉毛，似乎故意要强调他最明显的特征，亦即眼睛周围那繁复的刺青。刺青范围相当大，一路覆盖到他的额头和鼻梁两侧。这是一名正式的圣祭司，所以绝对是一名很重要的圣务官。特雷斯廷在他的宅邸中也有自己私人的圣务官，但他们只不过是小办事员，眼睛周围几乎没什么标示。这个人是跟特雷斯廷的新外套一起搭渡船来的。

　　"你应该去城里看看，特雷斯廷。"圣务官说道，转回身去看司卡工人。"这些人跟陆沙德的司卡们比起来已经相当努力了。你对于你的司卡有比较……直接的控制。你一个月大约损失多少？"

　　"大概半打吧。"特雷斯廷说道，"有些是被打死，有些是累死的。"

　　"逃走的呢？"

　　"从来没有！"特雷斯廷回道。"我刚从父亲那里继承这块领地时，是有几个逃跑的，但我把他们的家人都处决了，剩下的很快就死心。我不能理解为什么有人无法管理自己的司卡——我觉得他们很好控制，只要手腕强硬点就可以。"

　　圣务官点点头，身着灰袍的身影静静地站着。他看起来很满意——这是件好事。司卡并不真的是特雷斯廷的财产，因为所有的司卡都属于统御主。特雷斯廷只是向神租借工人，就像他必须出钱聘雇他的圣务官一样。

迷雾之子
卷一·最后帝国 [珍藏版]

圣务官低头瞄了瞄怀表,然后再抬头看看天空。虽然有灰烬落下,今天的阳光仍然相当灿烂,在空中灰蒙蒙的黑雾后散发灿烂的红光。特雷斯廷拿出手帕抹抹额头,满意阳伞遮蔽了正午的热力。

"好吧,特雷斯廷。"圣务官说道。"我会照你的要求将你的提议呈给泛图尔大人,并针对你在这里的营运向他提出一份正面的报告。"

特雷斯廷压下一口安心的叹息。贵族间所有的契约或商业交易都需要一名圣务官见证。虽然特雷斯廷雇用的低阶圣务官也可以担任这份职务,但能让史特拉夫·泛图尔的圣务官留下印象更有意义。

圣务官转身面向他。"今天下午我会走水路离开。"

"这么快就走?"特雷斯廷问道。"能否留下来共进晚餐?"

"不了。"圣务官回答,"不过,我另有一件事要跟你讨论。我不仅是应泛图尔大人的指示而来,更是要为审判廷查证一些事情——有传言说你喜欢跟司卡妇女往来。"

特雷斯廷感到一阵寒战蹿起。

圣务官微笑,他大概是想让特雷斯廷安心,但看在后者的眼里只觉得诡异。"不要担心,特雷斯廷。"圣务官说。"如果对你的行为真的有疑虑,来的人会是钢铁审判者。"

特雷斯廷点点头。审判者。他从来没见过那些毫无人性的家伙,但他听说过一些……传言。

"关于你和司卡妇女的事,我对你的处理方式感到满意。"圣务官说完,转身面对农田。"我在这里的所见所闻显示你是个会为自己善后的人。像你这样有效率、高产出的人,在陆沙德颇为吃香;再努力几年,多做几笔成功的商业交易,谁知道会发展得有多好呢?"

圣务官转身背对着特雷斯廷,后者露出了笑容。这不是承诺,甚至不是支持。通常圣务官的身份多偏向办事员跟见证人,而非祭司——但能听到统御主的仆人给予如此的赞美……特雷斯廷知道有些贵族觉得圣务官让人很不安,有些甚至觉得他们是多余的。但在此时此刻,特雷斯

MISTBORN: THE FINAL EMPIRE

廷几乎想亲吻他尊贵的客人。

特雷斯廷转身面向司卡,看着他们安静地在血红色的太阳和懒洋洋的灰烬雪花下工作。特雷斯廷一直是个乡村贵族,住在自己的农庄里,梦想着也许有一天能搬入大城市陆沙德。他听说过城内的舞会、派对、豪奢的生活以及诡谲的计谋,全部都让他兴奋至极。

我今天晚上得庆祝庆祝,他心想。第十四小屋中有个他注意了一段时间的年轻少女……

他再次微笑。圣务官方才说"再努力几年",但如果更努力一点,是否能加快速度呢?他的司卡人数最近增加了,如果他逼得更紧一点,也许今年夏天能多收割一次,加速履行和泛图尔大人的契约。

特雷斯廷点点头,看着那群懒惰的司卡,有些拿着锄头在工作,有些则是跪在地上,将灰烬从刚露头的农作物上拨开。他们不抱怨,他们不盼望,他们甚至不太敢思考。世事本应如此,因为他们是司卡,他们——

其中一名司卡抬头,让特雷斯廷浑身一僵。那男子与特雷斯廷对望,神情间跳动着一抹,不对,是一簇反抗的光芒。特雷斯廷从来没有在任何一个司卡的脸上看过这种表情。他反射性地后退一步,更令他惊诧的是,那名抬头挺胸的奇特司卡依然不放开他的视线,然后还微笑了。

特雷斯廷转过头呵斥:"库敦!"

壮硕的工头冲上山坡。"什么事,大人?"

特雷斯廷转身,指着……

他皱眉。那个司卡原本站在哪里?他们全都头低低地工作,身体沾满了灰烬跟汗水,实在很难分辨出谁是谁。特雷斯廷顿了顿,仔细搜寻。他以为自己知道那人原本站的位置……但如今那里空空如也,毫无一人。

不对。不可能的。那个人不可能这么快就从人群中消失。跑到哪里去了?他一定还在某处,已经乖乖低头工作,可是他那瞬间的明显反抗仍是不可原谅的。

迷雾之子
卷一·最后帝国 [珍藏版]

"大人？"库敦再次问道。

圣务官站在一旁，好奇地看着。让他知道有司卡居然这么大胆犯上可不是好事。

"让南边的司卡再加把劲。"特雷斯廷命令，指着那边。"就算是司卡，那样的动作也太慢吞吞了，挑几个去打一顿。"

库敦耸了耸肩，但点点头。这样就要打人实在没什么道理，但他打人也不需要什么理由。

毕竟，他们只是司卡。

卡西尔曾听过那段传说。

他听过人们悄声低语。曾经，很久以前，太阳不是红色的。曾经，天空没有被烟雾和灰烬遮蔽，植物不需要挣扎就能生长，司卡不是奴隶。曾经，没有统御主。但那些日子已经快要被遗忘，就连传说都变得破碎模糊。

卡西尔望着太阳，视线追随着缓缓朝西方天空移动的巨大红盘。他独自一人，静静地在空旷的农田间站立许久。一天的工作结束，司卡被赶回了自己的小屋。

很快地，浓雾将要来袭。

终于，卡西尔叹口气，转身穿过沟道和小径，绕过大堆的灰烬，也避免踩到植物。不过他不知道为什么还需要这样大费周章，那些农作物看起来根本不值得花这些力气，它们垂头丧气地拖着枯黄的叶子，看起来跟照料它们的人一样抑郁。

司卡小屋群伫立在黯淡的光线下，卡西尔已经可以看到雾气开始凝聚，遮蔽天空，让圆锥形的建筑物增添了一分超现实的朦胧感。小屋周围没有守卫，根本不需要，因为一到夜晚，不会有司卡敢跑出来。他们对浓雾的恐惧太过强大。

总有一天我得教他们克服这份恐惧，卡西尔边走向其中一间较大的

MISTBORN: THE FINAL EMPIRE

建筑物边想。事情总得一步一步慢慢来，他拉开大门，走了进去。

　　交谈声立刻停止。卡西尔关上门，露出微笑，面对将近三十名司卡。房子中央的篝火微弱地燃烧，旁边的大锅中装着蔬菜点缀的清水——这是晚餐的开始。汤的味道当然是很平淡的，但香味还是颇为诱人。

　　"大家晚安。"卡西尔带着微笑说道。他将背包放在脚边，倚着门说："你们今天好吗？"

　　他的话语打破沉默，妇女们重新开始准备晚餐，可是一群坐在简陋桌子边的男人带着不满的神情看着卡西尔。

　　"我们的日子充满了工作，旅人。"其中一名司卡长老泰伯说道，"你却躲掉了这种事情。"

　　"务农一直不太适合我，"卡西尔说，"那对我细致的皮肤损害太大了。"他微笑，举起双掌跟手臂，一层又一层的细微疤痕覆盖了全部的皮肤表面，好像有某种野兽反复将爪子在他手臂上来回划抓过一般。

　　泰伯哼了哼。以长老而言，他还很年轻，大概才刚满四十岁，顶多比卡西尔大个五岁，但这瘦子的肢体语言显示他是喜欢握有主控权的人。

　　"这不是说笑的时候。"泰伯严正说道，"当我们收留一名旅人时，我们默认他会安分守己，避免怀疑。但你今天早上从农田中逃走，这可能会为周遭的人引来一阵鞭打。"

　　"是的。"卡西尔说道，"但那些人也可能会因为站错地方，在原地停留过久，或是工头经过时咳嗽而被鞭打。我曾经看过某个人被主人鞭打的原因是他'眨眼不当'。"

　　泰伯眯起眼睛，身体僵直，手臂靠在桌面上，表情毫无软化的迹象。

　　卡西尔叹口气。"好吧。如果你们要我走，我就走。"他将包袱甩过肩头，毫不在乎地拉开大门。

　　浓雾立刻从门口涌入，懒洋洋地裹上卡西尔的身体，再宛如迟疑的动物偷偷摸摸溜过泥地般，聚集在地上。数人惊恐地倒抽一口气，其余大多数则是惊骇到发不出声音。卡西尔动也不动地望着门外的黑雾，那片翻滚的波动被微弱的篝火隐约点亮。

"把门关上。"这是泰伯的请求,而非命令。

卡西尔依言照做,阖上门,阻绝了地面上的白雾。"那片雾不是你们以为的那样,你们过分害怕了。"

"胆敢深入雾中的人会失去他们的灵魂。"一名女子悄声说道。她的话语中藏着一个疑问:卡西尔曾经走入雾中吗?他的灵魂怎么了?

答案恐怕是你做梦都想不到的,卡西尔心想。"好吧,这意味着我得留下来。"他挥手要一个男孩端把凳子给他。"这是好事——如果我还没来得及跟你们分享外界的消息就得走,那就可惜了。"

一听到这话,许多人脸上都泛出喜色。这是他们容忍他来此的真正原因,要不然为何怯懦的农夫会收容像卡西尔这种反抗统御主、忤逆神的旨意,往来于不同的庄园之间的司卡?也许他是叛徒,会为所有人带来危险——但同时也带来了外界的信息。

"我从北方来,"卡西尔说,"在那里,统御主的掌控没那么强。"他以清澈的嗓音说道,人们手中的工作丝毫未停歇,身体却不自觉地朝他靠拢。明天他的话会重复传给住在其他小屋中的数百人。司卡也许天性习惯服从,但八卦也是他们的本性之一。

"西方是由当地领主在统治,他们离统御主及其圣务官极远。有些远处的贵族发现,快乐的司卡比被虐待的司卡更有生产力。其中有个雷弩大人甚至命令他的工头们不得擅自鞭打司卡,还有传言说他在考虑要付薪水给他的农庄司卡,好像他们是城里的工匠一样。"

"胡说八道。"泰伯回应。

"真是抱歉。"卡西尔说。"我不知道泰伯先生最近去过雷弩大人的领地。你上次跟他一起用餐时,他是否跟你说过一些我不知道的事?"

泰伯脸上一阵红。司卡不会旅行,更不会跟贵族同桌吃饭。"你把我当笨蛋,旅人。"泰伯说,"但我知道你在做什么。你就是被他们叫做'幸存者'的人,手臂上那些疤痕早已暴露你的身份。你到处都在惹麻

MISTBORN: THE FINAL EMPIRE

烦,来往于庄园间,引发不满。你吃我们的食物,大肆吹嘘你那些华丽的故事跟谎言,然后又消失不见,留下我这种人收拾你带给孩子们的虚幻希望。"

卡西尔挑起眉毛。"好了好了,泰伯先生,你完全多虑了。我并不打算吃你们的食物,我自己带来了。"说完,卡西尔便将背上的包袱甩落到泰伯桌前的地上。松软的袋子倾向一旁,各式各样的食物撒落满地,精致的面包、水果,甚至有几条粗粗的烟熏香肠滚了出来。

一颗夏果滚过硬泥地,轻轻地碰上泰伯的脚边。中年司卡以震惊的眼神看着水果。"那是贵族的食物!"

卡西尔一哼。"哪算得上啊。说实在的,对一名这么有权有势的贵族而言,你们家特雷斯廷大人的品味还真差。他的食橱简直是污蔑了他的高贵地位。"

泰伯脸色更白了。"你今天下午原来是去了那里。"他低声道,"你进了大屋,你……偷了主人的东西!"

"没错。"卡西尔说道,"虽然你们家主人对食物的品味简直是差劲透顶,但他挑选士兵的眼光可是好了太多,白天要溜入他的宅邸还蛮有挑战性的。"

泰伯仍然目不转睛地盯着那袋食物。"如果被工头发现了……"

"那我建议你们赶快让它们消失。"卡西尔说,"我敢打赌这会比稀释的法雷汤好吃很多。"

二十四双饥饿的眼睛盯着食物。如果泰伯还想争论,那他已错失良机,因为大家把他的沉默视为同意。数分钟内,袋子里的食物已经被检视、分配完毕,炉火上的汤锅径自翻腾却无人问津,所有的司卡正忙着品尝更为稀奇的食物。

卡西尔背靠着小屋的木墙,看着众人狼吞虎咽。他说得没错:食橱里的食材简直是普通得可怜,但这些人从小就没吃过清汤跟稀粥以外的食物。对他们而言,面包跟水果是很稀有的珍馐——通常只有在大屋内的仆人把不新鲜的食物丢出来时才吃得到。

"你的故事被打断了，年轻人。"一名年长的司卡说道，一拐一拐地走到卡西尔身边的凳子坐下。

"我觉得等一下有的是时间。"卡西尔回道，"先等我的赃物被彻底消灭再说。你一点都不想吃吗？"

"不需要。"老人说道，"我上次试吃大人们的食物后，肚子痛了三天。新口味就像新想法，年纪越大，越难下咽。"

卡西尔顿了顿。老人看起来一点也不起眼，干枯的皮肤和光头让他看起来比实际上更衰老，但他一定远比外表来得强壮，少有庄园的司卡能活到这个岁数。许多贵族不允许司卡老人免除每日的劳动在家休养，而且司卡经常遭受的鞭打对老人们来说也难以承受。

"你刚刚说你叫什么名字？"卡西尔问道。

"曼尼斯。"

卡西尔朝泰伯瞥了一眼。"曼尼斯先生，请回答我一个问题。你为什么让他当领导人？"

曼尼斯耸耸肩。"到我这把年纪，得十分计较每分力气要用在哪里，有些战争实在不值得。"曼尼斯的眼神意味深长，说的不只是他跟泰伯之间的斗争。

"所以你对这一切很满意？"卡西尔问道，朝小屋中饿得半死不活，累得不成人形的住民们点点头。"你安于充满鞭打和无尽劳役的人生？"

"至少我还活着。"曼尼斯说道，"我知道不满和反抗会付出什么样的代价。统御主的注视和钢铁教廷的怒火远比鞭打来得可怕。像你们这样的人总是在号召改变，但我不知道这是否真是一场我们能打的战役。"

"你已经在其中了，曼尼斯先生。你只是输得一败涂地而已。"卡西尔耸耸肩，"但我又算老几？我只不过是一个流浪汉，来这里吃你们的食物，朝你们的年轻人吹嘘而已。"

曼尼斯摇摇头。"你把这当笑话说，但泰伯说的可能没错，我担心你的造访会让我们深受其害。"

卡西尔微笑。"这就是为什么我没有反驳他，至少就我是惹麻烦的人这点而言。"他顿了顿，然后露出更深沉的笑容，"其实，从我来到这里以后，泰伯只说对了一件事——我是惹麻烦的人。"

"你是怎么办到的？"曼尼斯皱眉问道。

"办到什么？"

"一直这样微笑。"

"噢，因为我是个天性乐观的人啊。"

曼尼斯低头看着卡西尔的双手。"你知道吗？我只在另一个人身上看过这种疤痕。他是个死人。他的尸体被带回来给特雷斯廷大人，证明他的处罚被确实执行过。"曼尼斯抬头望着卡西尔，"他在鼓吹造反时被逮到。特雷斯廷把他送去海司辛深坑，让他在那边工作至死。那小伙子没撑过一个月。"

卡西尔低头看着自己的双手和前臂，伤痕偶尔还是会灼痛，但他确定那份痛楚只出现在自己脑海中。他抬头看着曼尼斯微笑："你问我为何会微笑，曼尼斯先生？原因是统御主以为他独占了笑声和喜悦，我不愿意放任他这么做。这是一场花不了多少力气的战争。"

曼尼斯直盯着卡西尔，有一瞬间卡西尔以为老人也要对他报以微笑，但曼尼斯最后只是摇摇头。"我不知道。我真的不——"

尖叫声打断他。声音来自外面，也许来自北边，但浓雾会扭曲声音的来源。小屋内的人都安静了下来，听着隐约高亢的喊叫。即使距离遥远，中间又隔着迷雾，卡西尔仍然能听到尖叫中蕴含的痛苦。

卡西尔让体内的锡燃烧。

练习多年以后，这对他而言已经是易如反掌。之前吞下的锡和其他镕金术金属静静地躺在他的胃里，等待他的召唤。他以意识探入体内，轻触锡，引出他仍然不完全明了的力量。锡在他体内活跃起来，像是太快吞下的热饮在腹中燃烧一般。

镕金术的力量窜过他全身，增强他的五感。房间的周遭变得更清晰，昏暗的篝火几乎是刺目，他可以感觉到臀部下方凳子的木纹，口中仍然可以尝到之前偷吃的面包点心味道，更重要的是，他能以超越常人的耳力听到尖叫声。

有两个人在大喊。一个是较为年长的女人，另一名是个更年轻的女人——也许是小孩。年轻的尖叫声越来越远。

"可怜的洁丝。"附近的妇女说道，语音在卡西尔增强的听力中回荡。"她那个小孩简直是诅咒，司卡生的小孩最好都不要长得太好看。"

泰伯点点头。"特雷斯廷大人早晚都会把那女孩要去的。我们都知道，洁丝也知道。"

"不过还是很令人难过。"另一名男子说道。

远方的尖叫声仍未止歇。卡西尔靠着燃烧锡得以正确判断尖叫声来自何方。她的声音正逐渐朝贵族的大屋移动。他心中某种情绪被尖叫声触动，感觉自己的脸正随着愤怒而逐渐涨红。

卡西尔转身。"特雷斯廷大人事后会把这些女孩送回家吗？"

老曼尼斯摇摇头。"特雷斯廷是名守法的贵族——几个礼拜后就会叫人把女孩杀死，他不想引起审判者的注意。"

这是统御主的命令。他不能容许混血小孩乱跑——那些小孩可能会拥有司卡被禁止知晓存在的力量……

尖叫声逐渐转弱，卡西尔的愤怒反而直线上升。女孩的喊叫让他想起另一人的尖叫。过去某个女人的尖叫。他猛然站起，凳子砰的一声倒地。

"小心点，小伙子。"曼尼斯忧心地说道，"记住我方才所说关于浪费力气的那番话。如果你今天晚上就送了性命，就永远不会有造反的机会。"

卡西尔瞥向老人，罔顾尖叫声和痛苦，他硬是逼出一抹微笑。"我不是来这里带你们造反的，曼尼斯先生。我只想稍微捣点乱。"

MISTBORN: THE FINAL EMPIRE

"那有什么用？"

卡西尔的笑容加深。"新的日子要来临了。再活得久一点，你也许可以看到最后帝国将发生的大事。谢谢各位的款待。"

说完，他便拉开大门，踏步走入迷雾中。

曼尼斯直到清晨时分仍未阖眼。年纪越大，似乎越难入眠，尤其是当他心中挂念着事情——例如旅人没有回到小屋里。

曼尼斯希望卡西尔会突然清醒，决定继续上路，但那似乎不太可能。他看见了卡西尔眼中的火焰。从深坑中历劫归来的人居然要死在这个名不见经传的小庄园，只为了保护一名所有人都认为必死无疑的女孩，实在太可惜。

特雷斯廷大人会怎么反应？据说他对于任何打扰他夜间享乐活动的人都特别严酷。如果卡西尔打断主人找乐子，很可能会连累其他司卡。

其他的司卡开始陆续醒来。曼尼斯躺在坚硬的泥土地上——骨头发疼，背部不断抗议，浑身肌肉疲惫不堪——试图决定是否真的要起床。随着日子过去，他越来越接近放弃。每天每天，都要比前一天更困难一些。总有一天，他会在小屋中躺着不动，等着工头来杀死那些病得太重或老得无法工作的人。

可是不是今天。他在其他司卡眼中看到太多恐惧，他们知道卡西尔的夜间行动会带来麻烦。他们需要曼尼斯，他们仰赖他。他必须起身。

于是，他站起来。一开始走动，岁月带来的酸疼也稍稍减缓，他勉强走出了小屋，走向农田，靠在一名年轻人的身上支撑自己。

此时他才闻到空气中的味道。"那是什么味道？"他问道，"你闻到了烟味吗？"

束姆——曼尼斯靠着的小伙子——停下脚步。夜晚残存的白雾被阳光烤干，红色的太阳正从黑浓的云朵之后升起，一如往常。

"我最近一直都闻到烟味。"束姆说道，"灰山在这个季节向来活动频繁。"

"不对。"曼尼斯说道,越发觉得不安,"这味道不一样。"他转向北方,面向一群司卡聚集的地方,放开束姆,朝人群蹒跚前进,边走边扬起尘土和灰烬。

在人群中央,他看到洁丝,而她的女儿——他们都以为被特雷斯廷大人带走的女孩——正站在她身边。年轻女孩的双眼因缺乏睡眠而红肿,但看起来安然无恙。

"他们把她抓走不久后,她就回来了。"女人正在解释,"她回来后一直敲门,在雾中不断大喊。虽然富伦很确定她是雾魅假装的,可是我得让她进屋里来!我不管富伦说什么,我不会放弃她。我带她站到阳光下,但她没有消失。这证明她不是雾魅!"

曼尼斯跌跌撞撞地从逐渐增多的人群间脱身。他们都没发现吗?没有工头来驱散人群,没有士兵来进行每天早上例行的人数统计。出大事了。曼尼斯继续朝北移动,慌乱地朝大屋前进。

他终于到达时,其他人也注意到晨光中勉强可见的扭曲细雾。曼尼斯不是最早抵达小丘顶上平坡的人,但一见他走来,人群立刻为他让出一条路。

大屋不见了。只剩下一道焦黑、冒烟的疤痕。

"统御主啊!"曼尼斯低喊,"这里发生了什么事?"

"他把所有人都杀了。"

曼尼斯转身。发话的是洁丝的女儿。她站在山坡上,低头看着塌陷的房屋,年轻的脸上露出满意的表情。

"他把我带出来时,他们已经死了。"她说道,"所有人——士兵、工头、贵族……都死了,连特雷斯廷大人跟他的圣务官们都是。嘈杂声响起时,主人从我身边离开,去探查发生了什么事。我出来的时候,看到他躺在血泊中,胸口有刺伤,救我的人带我离开时朝屋子丢了一支火把。"

"那个人……"曼尼斯开口,"他的双手跟手臂上都有疤痕,一路延伸到手肘上方?"

女孩无声地点点头。

"他是什么样的恶魔啊?"一名司卡不安地低语。

"雾魅。"另一个人低声说道,显然忘记卡西尔白天跟他们一起工作过。

但他的确走入雾中,曼尼斯心想。而且,他是怎么办到这种事的?特雷斯廷大人手下有二十几名士兵啊!卡西尔难道也有一群藏起来的反叛分子吗?

卡西尔昨夜的话仍然盘桓在他耳边。新的日子要来临了……

"但是我们要怎么办?"泰伯惊恐万分地说道,"统御主听到这件事以后会怎么样?他会以为是我们做的!他会把我们送到深坑里去,或者直接派克罗司怪物把我们全数杀死!那个惹麻烦的家伙为什么要做这种事?他不了解他闯了多大的祸吗?"

"他懂。"曼尼斯说道,"他警告过我们,泰伯。他是来惹麻烦的。"

"可是,为什么?"

"因为他知道只凭我们自己是绝对不会反抗的,所以他让我们别无选择。"

泰伯脸色一白。

统御主,曼尼斯心想。我办不到,我连要起床都很勉强——我无法拯救这些人。

但是,还有什么选择?

曼尼斯转身。"把所有人召集起来,泰伯。我们必须趁这场灾难还没传到统御主耳中之前逃走。"

"去哪里?"

"去东边的山洞。"曼尼斯说道,"旅人们都说有反叛司卡躲在那里,也许他们会收留我们。"

泰伯的脸更白了。"可是……我们得走好几天,还得在雾中过夜。"

　　"我们要么这么做,"曼尼斯说道,"要么留在这里等死。"

　　泰伯全身僵硬地站在原地片刻,曼尼斯以为他因为接踵而来的冲击而崩溃,但年轻人终究还是依照他的命令去召集所有人。

　　曼尼斯叹口气,抬头看着蜿蜒的烟雾,心中低声诅咒卡西尔那个人。

　　什么鬼新日子。

第壹章

海司辛幸存者
The Survivor of Hathsin

迷雾之子
卷一·最后帝国[珍藏版]

我自认是个有原则的人，但谁不是如此？就连杀手在某种程度上也自认自己的行为是符合"道德"标准的。也许阅读我的日记的人将会称我为暴君。他可能说我骄矜自大。谁能说他的意见不若我的正确呢？

我想，说到底只有一件是事实：最后，手握兵权的人是我。

1

灰烬从天空落下。

纹看着薄软的碎片在空中飘荡，晃晃，悠悠，自由自在。一团团煤灰像是黑色的雪花般落在黑城陆沙德上，飘浮在街角，顺着微风吹拂飞散，在石板路面上形成小旋涡打转，看起来似乎无忧无虑。不知道那是什么感觉？

她静静地坐在窥视洞边——一个隐藏镶嵌在密屋砖墙上的凹室。躲在凹室里面，成员们可以监视外界是否有危险。纹并不是在当班，只不过窥视洞是她少数得以独处的地方之一。

纹喜欢独处。当你一个人时，不会有人能背叛你。瑞恩说的。她的哥哥教了她很多事，然后用实际行动证明了他的道理——瑞恩背叛了她。这样你才学得会。任何人都会背叛你，纹。任何人。

灰烬继续落下。有时候纹想象自己就像灰烬，或像风，或像雾。没有思考能力的生物，能够单纯地存在，不需要思考、在乎、伤心。如此一来，她就能……自由。

不远处传来脚底擦过地板的声音，小房间后方的活板门猛然被打开。

"纹！"乌雷的头探入房间，"原来你在这里！凯蒙找你半个小时了。"

所以我才要躲在这里啊。

"你应该快点去。"乌雷说,"快到要动手的时候了。"

乌雷是个高瘦的男孩。其实算是个好人——不过有点天真,如果在地下世界长大的人真能够被称为"天真"的话。当然,这不代表他不会背叛她。背叛与友情无关,只不过是单纯的生存法则。在街上讨生活的日子很艰辛,如果一个司卡小偷不想被逮捕和处决,就得实际一点。

冷酷无情是最实际的情绪。

这也是瑞恩的名言之一。

"怎么了?"乌雷问道,"你该去的,凯蒙生气了。"

他什么时候不生气?可是纹仍然点点头,半爬半跌地爬离狭窄却令人安心的窥视洞。

她推开乌雷,跳出活板门,步入走廊,然后走入一个破旧的食物储藏间。这是众多储藏室之一,因为密屋伪装成店面,集团的基地本身则是隐藏在建筑物下方的石头通道地窖。

她从后门溜出屋子,乌雷紧跟在她身后。出任务的地点就在几条街之外,属于城中比较富裕的区域。任务相当繁琐——是纹所看过最复杂的一件。如果凯蒙没被抓到,那真的可能大捞一笔。如果他被逮住……虽然欺骗贵族跟圣务官本来是件非常危险的工作,但总比在冶铁厂或纺织厂工作来得好。

纹走出小巷,转进众多司卡贫民窟中一条满是小套房的街道。病到无法工作的司卡倒缩在转角跟排水沟里,灰烬在他们身边飘落。纹低着头,拉起斗篷的遮帽,抵挡那不断飘落的灰烬。

自由。我永远无法自由。瑞恩离开时保了这点。

"你终于来了!"凯蒙举起一只短肥的手指,朝她的方向一戳。"你跑到哪里去了?"

纹没让眼中出现憎恨或反抗的情绪,只是低着头,摆出凯蒙预期会看到的姿态。坚强的方式有很多种,这是她亲自学到的一课。

迷雾之子
卷一·最后帝国 [珍藏版]

凯蒙轻声咆哮,反手一掌挥上她的脸,力道大得让纹撞上了墙,她软瘫在木墙边,脸颊因痛楚而灼热,却硬是一语不发地忍了下来。只不过是瘀青而已。她够坚强,撑得过去,一如往常。

"你给我听好了,"凯蒙阴狠地说道。"这次的行动很重要,值一千盒金——比你贵了不知几百倍。我绝对不容许你把事情搞砸,听清楚了没有?"

纹点点头。

凯蒙盯着她片刻,脸庞因怒气而涨红,良久后才别过头,低声喃喃自语地咒骂着。他心情不好,但不是因为纹。也许是因为他听说了几天前在北边发生的司卡叛乱。赛摩斯·特雷斯廷,据说一名乡区领地的领主遭到杀害,宅邸被焚烧殆尽。这类的动乱会影响生意,让贵族们更警觉、更难骗,因此连带会严重影响凯蒙的收入。

他在找出气的对象,纹心想。每次动手之前他都会紧张。她看着凯蒙,尝到嘴唇上的鲜血,一不注意,脸上微微显露出自信的神色,引得他从眼角瞥她,脸色一沉,又举起手,似乎打算再赏她一巴掌。

纹用了一点她的"幸运"。

她只用了一丁点儿,因为等一下的工作会需要用到大部分。她将"幸运"朝凯蒙施放,舒缓他的紧张。头子动作一停,虽然不知道纹做了什么,却仍然感觉得到其效力。他站在原地片刻,然后叹口气,背转过身且放下了手。

纹擦擦嘴唇,看着凯蒙笨重的身躯摇摇晃晃地离开。窃贼头子的贵族装扮看起来相当有模有样,是纹看过最华贵的服装——一件雪白的衬衫,外面套着深绿色的外套,上面是雕金的扣子,黑色大衣外套有着时下流行的长摆,头上则戴着一顶搭配的黑帽,手上的戒指熠熠生辉,他甚至握着一柄精致的决斗杖。的确,凯蒙在模仿贵族方面是相当出色的,少有窃贼能像他如此擅长扮装,不过他的脾气仍是个大问题。

房间本身就显得较为逊色。趁着凯蒙正在骂别人,纹撑着墙站起身。

MISTBORN: THE FINAL EMPIRE

他们租了一间当地旅馆的上层套房，不是太奢华，但正合他们的心意。凯蒙要扮演的角色是"杰度大人"，一名遭遇到财务困难的乡村贵族，前来陆沙德做最后的挣扎，想得到几纸合约。

主房被装饰成会客厅，有张大桌子让凯蒙坐在后方，墙上则挂着廉价画作，两名男子站在书桌旁，穿着正式的侍者服装，假扮成凯蒙的男仆。

"为什么这么吵闹啊？"一名走入房间的男子问道。他很高，穿着一件简单的灰色衬衫和一条轻便的软裤，腰间绑着一把窄剑。赛隆是另一名老大——这次的计划其实是他的主意。他邀凯蒙来合作，因为他需要有人扮演杰度的角色，而所有人都知道凯蒙是最优秀的人选之一。

凯蒙抬头。"嗯？吵闹？噢，只是管教一下手下而已，你不用担心这种小事，赛隆。"凯蒙轻松一挥手，强调自己的话。他这么擅长扮演贵族是有原因的。因为他骄傲的程度跟贵族简直不相上下。

赛隆眯起眼睛。纹知道他大概在想什么：他在考虑一旦计划成功，在凯蒙的肥背上捅上一刀的风险有多大。许久以后，高大的头子终于把视线从凯蒙身上转开，瞥向纹问道："这是谁？"

"只是我的一名手下。"凯蒙说道。

"我以为我们不需要更多人了。"

"我们需要她。"凯蒙说道，"你就当做她不存在，我这边的行动和你无关。"

赛隆打量着纹，很显然注意到她染血的嘴唇。她转过头。然而赛隆的眼神继续在她身上流连，上下打量。她穿着一件简单的白色纽扣上衣，套着一件吊带裤。外表上，她一点也不诱人，青涩的脸孔搭配干瘦的身材，她觉得自己甚至看起来不像十六岁。不过有些男人喜欢这种女人。

她考虑是不是要对他也用一点"幸运"，但他最后转开了身。"圣务官快到了，"赛隆说道。"你准备好了吗？"

凯蒙翻翻白眼，胖硕的身体在书桌后的椅子坐下。"一切都很完美，别来烦我了，赛隆！回去你房间里等着。"

赛隆皱眉，猛然转身离开房间，低声喃喃咒骂。

纹环顾四周，端详装潢、仆人和气氛，最后走到凯蒙的书桌前。头子正翻着一叠文件，显然是在决定桌面上要放哪些。

"凯蒙。"纹轻声开口，"仆人看起来太高级了。"

凯蒙皱眉，抬起头。"你在嘟囔什么啊？"

"仆人。"纹重复道，声音依旧轻柔，"杰度大人应该已经走投无路。他会保有之前剩下的华贵衣服，但不可能负担得起这么高级的仆人。他会用司卡。"

凯蒙瞪着她，开始沉吟。从外观看起来，贵族跟司卡没有什么差别，不过凯蒙选的仆人身着低阶贵族的衣服——他们可以穿色彩丰富的背心，站姿也比较有自信。

"必须让圣务官认为你已经快要山穷水尽了。"纹说道，"房间里应该都要是司卡。"

"你知道什么？"凯蒙凶狠地对她说。

"够多了。"话才刚出口，她立刻便后悔，这么说听起来太叛逆。凯蒙举起戴满珠宝的手，纹浑身一僵，准备迎接即将降临的巴掌。她没有更多的"幸运"可以浪费，毕竟已经所剩无几了。可是，凯蒙没有打她，而是叹口气，胖嘟嘟的手按上她的肩头。"为什么要一直激怒我，纹？你知不知道，碰上个不像我这么心地仁慈的人，早就已经把你卖给人肉贩子了？你难道会想要在某个贵族的床上服侍他，直到他厌倦你，把你解决掉？"

纹低头看着她的脚。

凯蒙的手劲加重，手指捏起纹脖子与肩膀交界处的皮肤，令她忍不住痛呼出声。她的反应让他笑了。

"我真不知道我留着你有什么用，纹。"他说道，手上不断使劲。"你哥哥几个月前背叛我时，我早就该把你处理掉的。唉，我这个人就是心

MISTBORN: The Final Empire

太软。"

他终于放开她，然后手一指，叫她到一棵高挑的室内植物旁站着，她依言照办，调整好角度让自己能够看到整个房间。凯蒙一转开头，她便开始搓揉自己的肩膀。

只不过是又痛一下。痛没有关系。

凯蒙坐了半晌，然后一如她所预期的，挥手要两名"仆人"来他身边。

"你们两个！"他说道，"你们的衣服太华贵了，去穿点看起来像是司卡仆人的衣服——顺便再带六个人过来。"

要不了多久，房间就如纹所建议那般充满了人，而圣务官随后便到。

纹看着圣祭司莱德骄傲地踏入房间。他跟所有的圣务官一样都剃光头，同时穿着深灰色的袍子，眼睛周围的教廷刺青显示他是一名圣祭司，是隶属财务廷的高级官员，身后跟着一排低阶的圣务官，眼睛周围的刺青没有那么繁复。

圣祭司一进屋，凯蒙便站起身以示尊敬。无论是多高贵的贵族，都会对莱德这种层级的圣务官如此礼遇。莱德并未躬身，甚至没有做出任何回应的举动，直直大踏步来到凯蒙对面的位子，一名伪装成仆人的手下立即上前，为圣务官捧来冰凉的酒跟水果。

莱德拨弄着水果，让仆人乖乖地站在原地捧着盘子，仿佛他只是一件家具。

"杰度大人，"莱德终于开口，"我很高兴我们终于有机会可以会面。"

"我也是，大人。"凯蒙说道。

"你为什么不能前来教廷总部大楼，而要我来此处拜访你呢？"

"我的膝盖，大人。"凯蒙说道。"我的医师建议我尽量不要走动。"

而且你的确应该对前往教廷的核心大楼感到害怕，纹心想。

"是这样啊，"莱德说，"膝盖不好。以运输为业的人有此情况，真是不幸。"

迷雾之子
卷一·最后帝国 [珍藏版]

"我不需要亲自旅行,大人。"凯蒙说道,低下了头,"我只负责经营。"

很好,纹心想。你得继续保持谦卑的样子,凯蒙。你需要装出走投无路的神情。

纹需要这次的计划成功。凯蒙会威胁她,会打她——但他认为她是他的好运护身符。纹不确定他知不知道为什么只要她在房间里,他的计划就会比较顺利,但他显然把两件事连在一起,这让她变得宝贵,而瑞恩总说在地下世界中的保命要诀就是让自己变成不可或缺的存在。

"原来如此。"莱德说道,"恐怕这次会面对你来说太迟了。财务廷已经对你的提案做出投票表决。"

"这么快?"凯蒙真心地大吃一惊。

"是的。"莱德回答,啜了一口酒,仍然没有让仆人退下。"我们决定不接受你的契约。"

凯蒙震惊地坐在原位片刻。"我很遗憾听到您这么说,大人。"

莱德来见你,纹心想。这代表还是有协商的空间。

"真的很遗憾。"凯蒙继续说道,似乎做出了跟纹同样的推断,"这真是太可惜了,我原本要向教廷提出另一个更好的提案。"

莱德挑起一边刺青眉毛。"我不觉得那会有什么差别。议会中有一部分人认为,如果我们能找到一个更为稳定的家族来运输我们的人,教廷总部就能获得更好的服务。"

"那将会是一个严重的错误决定。"凯蒙圆滑地说,"让我向你坦白吧,大人。我们都知道这个契约是杰度家族的最后一线希望。在失去法旺的交易后,我们再也负担不起渡船队到陆沙德的费用,没有教廷的契约,我的家族会陷入绝境。"

"你这么说并不能打动我,大人。"圣务官说道。

"不能吗?"凯蒙问道,"请您想想看,大人,谁会为您提供更好的服务?会是有几十个契约要同时兼顾的家族,还是将您的契约视为最后希望的家族？财务廷不会找到比走投无路的人更愿意配合的合作伙伴。让我的船将您的门徒们从北方迎来，让我的士兵们护送他们，您绝对不会失望。"

很好，纹心想。

"嗯……"圣务官说道，若有所思。

"我愿意给您长期契约，固定每人每趟仅收五十盒金，大人。您的门徒们可以随意搭乘我们的船队，随时获得他们需要的护送人员。"

圣务官挑起眉毛。"这是先前费用的一半。"

"是的。"凯蒙说道，"我们已经走投无路了，我的家族需要维持船队运行。五十盒金不会为我们带来利润，但这不重要，一旦有教廷的契约让我们渡过了眼下的难关，我们就可以找到其他契约来充盈金库。"

莱德陷入深思。这是极好的交易——好到通常会令人起疑。可是凯蒙的表现营造出即将财务崩解的家族形象。另外一名首领，赛隆，花了五年时间规划、欺骗以及设计好到达这一刻。教廷不可能不去考虑这个机会的可行性。

莱德也想到了这点。钢铁教廷不仅仅是最后帝国的官僚跟律法决策单位，更像是一个世家。它越有钱，有越多对它有利的合作契约，在其他廷司间能操弄的权力也就越大，更遑论与其他贵族的关系。不过莱德显然还是有点迟疑，纹看得出来他的眼神中明显有她相当熟悉的怀疑情绪。他不会接受契约。

现在，纹心想。轮到我了。

纹对莱德施放她的"幸运"。她尝试性地伸展力量，不太确定自己在做什么，甚至不知道为何可以办到，但她的碰触完全是来自于直觉。经过多年有意识的磨炼，她发现自己能为人之所不能为。

她推挤着莱德的情绪，压制它。

他变得较不充满疑心，较不害怕。温驯。他的忧虑融化，纹可以看见他眼中出现冷静自持的神色。

可是，莱德还是显得有点不确定。纹推得更用力。他歪着头，露出深思的神色，张开口要说话，但她更用力地推了他一次，绝望地用尽她全部的"幸运"。

他又顿了顿。"好吧。"他终于说道，"我会将你的提议呈给议会。也许我们还是可以达成共识。"

如果有人读到这些文章，必然知道，力量是沉重的负担，务求免受其捆绑。

泰瑞司预言说我会有拯救世界的力量。

同时也暗示，我亦拥有毁灭它的力量。

2

在卡西尔的眼里，统御主的皇都——陆沙德——看起来死气沉沉。大多数建筑物以石块建造，富有人家会以砖瓦砌屋顶，一般人家则只有简单、突起的木条屋顶。栋与栋之间的距离相当紧密，因此虽然每栋都有三层楼高，却仍显得矮扁。住家跟店铺长得一模一样，在这座城市里生活就得避免引人注目，除非你是显赫的贵族。

城市之中有十几座鹤立鸡群的堡垒，外型繁复，有着尖矛般的高塔或是高挑的圆弧拱门，都是上族的家，而且更是上族的象征：任何负担得起此类堡垒建筑开销且在陆沙德维持如此高水平生活的贵族，均被视为上族。

城市中大部分的空地都围绕着这些堡垒，住家间的空间像是森林中的空地，堡垒则像是从地面凛然升起的高山。黑色的高山。和城市内其

MISTBORN: THE FINAL EMPIRE

他区域一样，所有堡垒也被数不尽年月的落灰熏染。

陆沙德里的每栋建筑物，甚至几乎是卡西尔所见过的每栋建筑物，都被一层灰烬染黑。灰烬往往落在建筑物的尖端，所以那里通常也是最黑的地方，而雨水跟夜露会将污渍顺着屋檐冲下，染脏墙壁，像是染料顺着画布流下，黑暗似乎以不均匀的浓淡悄悄顺着建筑物的四侧潜下地面。

街道当然是漆黑一片。卡西尔等在原地，环顾四周，看到一群司卡工人在下方的街道工作，清理最新的一堆落灰。他们会把落灰带去流过城市中心的香奈瑞河，让成堆的灰烬被河水带走，免得让不断堆起的灰尘掩埋了城市。卡西尔不时在想，为什么整个帝国不是一大堆灰呢？早晚灰烬一定会跟土地合而为一。光是为了让城市跟农田干净到可以被使用就已经需要动用不可思议的劳力。

幸好，总是不缺做事的司卡。站在下方的工人穿着简单的外套跟长裤，同样沾满灰尘且破旧，跟他前几个礼拜离开的农场工人一样，他们以挫败、绝望的动作工作着。其他几群司卡经过，听从远方响起的钟声所报的时辰，被召唤前去钢铁厂或磨坊上工。陆沙德的主要出口货品是金属，城市中有上百座炼钢厂及冶铁厂，河岸两侧则提供适合搭建磨坊的最佳场所，可用来磨碎谷粒跟制造布料。

司卡们继续工作。卡西尔的眼光移向远方，望着坐落于城市中心的统御主皇宫——克雷迪克·霄，千塔之山——宛如某种巨大、多脊椎的昆虫般耸立在地面上。皇宫比任何贵族堡垒都大好几倍，是城市中最大的建筑。

在卡西尔眺望着城市的同时，灰烬也再度开始落下，轻轻地降在街道和建筑物上。最近经常有落灰，他心想，很高兴有理由将披风的遮帽拉起。灰山一定很活跃。

陆沙德里应该不会有人认得他，他被逮捕也是三年前的事了，但有遮帽让他更安心。如果一切顺利，总有一天卡西尔会想被人看到且认出，

迷雾之子
卷一·最后帝国 [珍藏版]

但现在低调行事应该比较好。

终于,某个人沿着墙边走来。是多克森。他比卡西尔矮一点,方方正正的脸似乎和中等壮硕的身材格外搭配。一件平凡无奇的褐色遮帽披风挡起了他的黑发,脸上蓄着半短胡须,和他开始长胡子那天一模一样,二十年如一日。

他和卡西尔一样都穿着贵族的衣服:有颜色的背心,深色的外套跟长裤,还有一件薄披风来遮挡灰烬。衣服不华贵,但仍属于贵族的样式,代表陆沙德的中产阶级。大多数贵族出身的人并没有富裕到被视为上族,但在最后帝国中,贵族不只是代表财富,更是代表血统跟家族历史。统御主是永生不死的,而他显然仍记得刚即位时支持他的那些人,因此那些人的后代无论变得多贫穷,永远都会受宠。

衣服会避免引来巡逻守卫过多的盘问。卡西尔跟多克森一样,穿着这身衣服等于是在说谎,因为两人都不是贵族。不过表面上来说,卡西尔是有一半贵族血统的混血儿,然而在许多方面,那比当个普通司卡还要悲惨很多。

多克森缓缓踱步到卡西尔身边,然后靠着城墙,一双壮硕的手臂抵着石头。

"你迟到好几天了,阿凯。"

"我决定在北方的农庄间多停几次。"

"啊。"多克森说道,"所以你跟特雷斯廷大人的死的确有关系。"

卡西尔微笑。"可以这么说。"

"他被谋杀一事引起本地贵族相当大的骚动。"

"这是我的本意。"卡西尔说,"不过说实话,我没打算要引起这么戏剧化的事情,几乎可以算是不小心。"

多克森挑起一边眉毛。"你是怎么'不小心'地杀了待在自家豪宅里面的贵族?"

"一刀刺胸。"卡西尔轻松说道,"或者该说,双刀刺胸。小心点总没错。"

多克森翻了个白眼。

"他的死算不上是多大的损失，老多。"卡西尔说，"就连贵族们都知道特雷斯廷是以残酷闻名的人。"

"我才不管特雷斯廷。"多克森说道，"我只是在想，我到底发疯到什么程度才会愿意跟你再次合作？攻击住在宅邸中被守卫包围保护的领主……说实话，阿凯，我几乎忘记你有多鲁莽了。"

"鲁莽？"卡西尔大笑回答，"那不是鲁莽——只不过是小小的调虎离山之计而已。你应该听听看我正在计划的其他行动！"

多克森静立原地片刻，然后也爆出笑声。"他老统大人的，有你回来真好！我觉得过去几年来，我变得太无趣了。"

"我们可以解决这个问题。"卡西尔保证。他深吸一口气，灰烬轻轻地落在他身边。司卡清洁队已经重新出现在下方的街道，开始洒扫清理深色的灰烬。一名巡逻守卫在两人身后经过，朝卡西尔跟多克森点点头。两人安静地等他走过。

"回来的感觉真好。"卡西尔终于说道，"陆沙德对我而言有家的感觉——即使它是个令人忧郁、阴沉的黑暗城市。你安排好会面了吗？"

多克森点点头。"我们得等到晚上才能开始。不过，你到底是怎么混进来的？我派了人去看守门口啊。"

"嗯？我昨晚偷溜进来的。"

"可是——"多克森一顿，"噢，对。我得花点时间才能适应。"

卡西尔耸耸肩。"有这个必要吗？你向来都跟迷雾人一起合作的。"

"是没错，但这次不一样。"多克森举起手，制止卡西尔继续跟他争论，"不用再说，阿凯。我不是在逃避，我只是说我得多花点时间来适应。"

"没问题。今天晚上有谁要来？"

"这个嘛，微风跟哈姆一定会到，他们对我们这次的神秘行动非常好奇，更甭说他们一直不太高兴我不肯透露你过去几年都去做什么了。"

"很好，"卡西尔带着微笑说，"就让他们猜吧。陷阱呢？"

多克森摇摇头。"陷阱死了。教廷几个月前终于逮到了他，甚至懒得把他送去深坑，直接原地斩首。"

卡西尔闭上眼睛，轻轻吐气。钢铁教廷似乎早晚都会逮到每个人。有时候，卡西尔觉得司卡迷雾人的生活目标不是为求生存，而是为求死得其所。

"那我们就少了一名烟阵。"卡西尔终于说道，睁开眼睛，"你有建议吗？"

"鲁迪？"多克森说道。

卡西尔摇摇头。"不行。他是个好烟阵，但他不是个好人。"

多克森微笑。"人没好到能够参加窃盗集团……阿凯，我真是太想念跟你一起合作的时光了。好吧，那你说谁？"

卡西尔想了片刻。"歪脚还在开他那家店吗？"

"就我所知，是的。"多克森缓缓回答。

"据说他是城中最优秀的烟阵之一。"

"应该是吧。"多克森说道，"不过……他不是蛮难相处的吗？"

"还好。"卡西尔说道，"习惯就好，况且，我觉得他可能愿意为这件行动特别……通融一下。"

"好吧。"多克森耸耸肩，"我去邀他。我想他有个锡眼亲戚。你要我一起邀吗？"

"听起来不错。"

"好。"多克森说道，"除了刚才那些人，就只剩叶登。如果他还有兴趣……"

"他会去的。"

"他最好给我去。"多克森再说道，"毕竟付钱的人是他。"

卡西尔点点头，然后皱眉："你没提到沼泽。"

MISTBORN: THE FINAL EMPIRE

多克森再耸耸肩："我警告过你了。你兄弟向来不赞同我们的方法，而现在……你也很了解沼泽。他甚至不肯跟叶登还有反抗军有交集，更不要说我们这群罪犯。我想我们得找别人去渗透圣务官。"

"不。"卡西尔说道，"他会参加的。我只是得专门去说服他。"

"就听你的吧。"多克森没再接话，两人静静站在原地靠着栏杆，望着沾满灰烬的城市。

多克森终于摇摇头。"这真是疯狂，是吧？"

卡西尔微笑。"但感觉很棒，不是吗？"

多克森点点头。"棒极了。"

"这会是次独一无二的行动。"卡西尔说道，望向北方——穿越城市，朝向中心的扭曲建筑。

多克森步离墙垛。"我们在开会前还有几个小时。我有东西想要给你看，应该还有时间——不过得赶快。"卡西尔带着好奇的眼神转身，"我原本是要去骂骂我那个太过古板的兄弟，但是……"

"值得你花时间去看看。"多克森保证着。

纹坐在主巢穴的密屋角落，一如往常待在阴影下，因为躲得越好，其他人越容易忽略她。她不能浪费"幸运"来阻挡男人的碰触，她勉强才生成几天前跟圣务官会面时用掉的分量。

一伙人一如往常地聚集在房间里的桌子周围，忙着掷骰子或是讨论小行动的细节。十几支烟斗散出的烟雾聚集在屋顶，墙壁因多年的烟雾熏染而变黑，地上则堆着一小团一小团的灰烬。凯蒙的盗贼集团跟其他贼窝一样，向来不是以清洁著称。

房间后方有一扇门，门后是一道扭曲的石头阶梯，通往小巷中的一道假地下水道盖。这个房间跟许多隐藏在首都陆沙德里的房间一样，都不应该存在。

房间前方传来粗野的笑声，凯蒙跟五六名同伙在啤酒跟黄色笑话中度过寻常的午后。凯蒙的桌子就在吧台边，那里标价过高的酒精只是凯蒙剥削自己手下的众多手段之一。陆沙德的罪犯们从贵族身上学了不少这种伎俩。

纹尽全力隐藏身形。六个月前，她完全没料到没有瑞恩的生活会变得更糟。虽然她哥哥的脾气相当狂暴，但他也经常阻止其他团员对纹下手。盗贼集团中没有多少女性，而跟黑道世界扯上关系的女性通常的下场是沦为妓女。瑞恩总是告诉她，如果女孩子想要生活，她就必须很强悍，甚至比男人还要强悍。

你觉得会有头儿想要你这种软脚虾成员？他是这么说的。我是你老哥，但连我都不想跟你合作。

她的背还在痛。前天凯蒙抽了她几鞭子，血迹毁了她的衬衫，但她没钱买新的，凯蒙扣了她的薪水去抵瑞恩留下来的债。

但我很强壮，她心想。

这就是讽刺的地方。她所受到的鞭打几乎已经不算痛了，因为瑞恩经常对她拳打脚踢，让纹变得很耐打，同时又教会她如何看起来卑微又虚弱。某种程度来说，她遭受的鞭打往往有反效果。瘀青跟鞭痕总会愈合，但每被打一次，就让她更坚韧。

更加坚强。

凯蒙站起身，手探入外套口袋，拿出他的金怀表。他朝其中一名同伴点点头，眼光搜索着房间，寻找……她。

他的双眼锁定纹。"时间到了。"

纹皱眉。什么时间？

教廷的财务廷外观相当宏伟，不过钢铁教廷的一切向来都颇为宏伟。高耸方正的大楼正面有一扇巨大的玫瑰窗，从外面看起来窗户的色彩是一片暗沉。两条宽幅旌旗垂在窗户边，沾满灰烬的红布宣告着对统御主的赞颂。

凯蒙经验老到地审视大楼，纹可以感觉到他的紧张。财务廷算不上是教廷最令人惧怕的机构——审判廷，甚至是教义廷更是令人闻风丧胆。

035

但自愿进入任何教廷廷司，将自己交到圣务官的手中，做这种事之前必须经过非常谨慎的思考。

凯蒙深吸一口气，然后踏步向前，决斗杖随着他的步伐一下一下地在岩石上敲击。他穿着华丽的贵族服饰，身边是五六名集团组员，包括纹，都扮成他的"仆人"。

纹跟着凯蒙走上楼梯，然后等着一名组员快步上前，为"主人"开门。在六名随从中，似乎只有纹对于凯蒙的计划一无所知。更可疑的是，凯蒙在这场教廷骗局中的合伙人赛隆也不见踪影。

纹走入教廷大楼，鲜艳的红光与闪烁的蓝光穿透过玫瑰窗落下。一名眼周刺有中级刺青的圣务官坐在桌子后，就在漫长走道的终点处。

凯蒙上前，拐杖随着步伐在地毯上敲击。"我是领主杰度大人。"他说道。

你在做什么，凯蒙？纹心想。你向赛隆坚持你不愿意在莱德圣祭司的教廷办公室里跟他会面，但你现在居然来到这里。

圣务官点点头，在笔记本中写下一笔，朝身侧一挥手。"你可以带一名随从进入等候室，其他人必须等在这里。"

凯蒙鄙夷地哼了一声，表示他对这道禁令的想法，但圣务官连头都没抬，继续看着笔记本，凯蒙站在原地片刻，纹分辨不出来他是真的生气还是在假扮高傲的贵族。终于，他朝纹一指。

"过来。"他说完，转身迈开笨重的步伐进入房间。

房间的装潢高级又奢侈，几名贵族以不同的姿势等着。凯蒙选了一张椅子坐下，朝摆着酒和红糖霜蛋糕的桌子一指，纹顺从地帮他端来一杯酒还有一盘食物，忽视自己的饥饿。凯蒙开始大口吃着蛋糕，边吃边轻轻地咂着嘴。

他很紧张，比先前都更紧张。

"我们进房间后，你什么话都不许说。"凯蒙边吃边嘟囔道。

"你正在背叛赛隆。"纹悄声说道。

凯蒙点点头。

"但是……怎么做？为什么？"赛隆的计划执行起来很复杂，概念却很简单。每年教廷都会将新成员从北方的训练中心南迁到陆沙德进行最后的训练，而赛隆发现这些学员跟他们的长官会随身带着大笔的教廷巨款，并将其伪装成行李，好存放于陆沙德。

在最后帝国中，抢劫是很难的，因为运河路径两旁经常有巡逻队。可是如果下手的人同时负责学员乘坐的船只，那抢劫便有可能成立。只要时机妥当……守卫对乘客下手，能赚的钱绝对不少，又可以全部怪在强盗头上。

"赛隆的手下太弱了，"凯蒙平静地说着，"他在这场行动中耗费太多资源。"

"但他能得到的部分……"纹说道。

"永远不会有，如果我现在拿了钱就跑的话。"凯蒙微笑道，"我会说服圣务官给我一笔订金好让商船队得以运作，然后再消失，留下赛隆去处理教廷发现被骗时的灾难。"

纹退后，略感惊愕。安排这场骗局耗费赛隆成千上万的盒金，如果交易没成功，他会被毁掉，又有教廷紧追在后，他甚至没时间去向凯蒙寻仇。凯蒙会现捞一笔，同时又解决掉他最强大的对手之一。

赛隆居然想跟凯蒙联手，真是愚蠢，她心想。

可是，赛隆承诺要付给凯蒙一大笔钱，他大概认为贪婪的凯蒙会因此保持诚实，然后赛隆再亲自出马黑吃黑。凯蒙只是比任何人，甚至包括纹，预想的动作更快。赛隆怎么可能知道凯蒙会破坏行动本身，而不等到船队上的财富到手？

纹的胃一阵翻搅。只不过是另一场背叛，她晕眩地想着。为什么我还这么介意？每个人都会背叛别人。人生就是如此……

她想要找个角落，一个狭小隐秘的地方，躲起来，独自一人。

所有人都会背叛你。所有人。

MISTBORN: THE FINAL EMPIRE

但她无处可去。终于，一名小圣务官走入房间找杰度大人，纹跟着凯蒙走入会客厅。

坐在会客桌后等待的人不是莱德圣祭司。

凯蒙在门口停步。房间很简陋，只有那张书桌跟简单的灰地毯。石墙上朴实无华，唯一看得到的窗户不过是手掌宽。等着他们的圣务官眼周有着纹看过最繁复的刺青。她甚至不确定那代表什么阶级，但它一路延伸到圣务官的耳后及额前。

"杰度大人。"奇特的圣务官开口，他像莱德一样穿着灰袍，但不像凯蒙之前见过的圣务官那么严肃又官僚主义。这个人不只是瘦，更充满肌肉，他干净无须的脸庞和三角形的头颅让他几乎看起来像是一头狩猎动物。

"我以为我会与莱德圣祭司会面。"凯蒙说道，仍然没有走入房间。

"莱德圣祭司被叫去处理其他事务。我是上圣祭司亚瑞耶夫——审核你提案的委员会长。你难得有机会可以与我直接对谈，我通常不亲自听取提案，但莱德的缺席让我必须负担他的部分工作。"

纹的直觉让她猛然一惊。我们应该离开。现在就走。

凯蒙良久没有动作，纹可以看得出他正在考虑。现在就跑吗？还是冒险得到更大的奖赏？纹不在乎奖赏，她只想活下来。但凯蒙不是平白坐上首领之位，他深懂不入虎穴，焉得虎子的道理。于是，他缓缓走入房间，眼神警戒地在圣务官对面坐下。

"原来如此，亚瑞耶夫上圣祭司。"凯蒙谨慎地开口，"既然我被传唤至此，我猜我的提议是被重新评估了？"

"的确如此。"圣务官说道，"但我必须承认，有些议会成员对于要跟濒临财务危机的家族交涉感到相当不安。教廷通常偏好较为保守的财务规划。"

"我明白。"

"可是，"亚瑞耶夫说道，"委员会中也有人相当期盼你能提供的优惠。"

"您是偏向哪一方呢，大人？"

"我目前尚未决定。"圣务官向前倾身，"这就是为何我点出你有很难得的机会。说服我，杰度大人，你就能拿到你的契约。"

"莱德圣祭司想必已经介绍过我们的提案细节。"凯蒙说道。

"是的，但我想听你亲口说出你的论点。就当是帮我一个忙。"

纹皱眉，她待在房间后方，站在门口边，仍然不太确定她是否该逃跑。

"怎么样？"亚瑞耶夫说道。

"我们需要这份合约，大人。"凯蒙说道，"没有它，我们无法继续运河运输，您的合约能为我们带来目前急需的周转资金，可以让我们的船队维持一段时间的营运，得以再寻找其他的合约。"

亚瑞耶夫端详凯蒙片刻。"你的表现不该仅有如此，杰度大人。莱德说你非常具有说服力，让我听到你证明自己值得我们选择。"

纹准备好她的"幸运"。她可以让亚瑞耶夫更愿意去相信……但某种感觉制止了她。有哪里不对劲。

"我们是您最好的选择，大人。"凯蒙说道，"您担心我的家族会面临经济困境？即便如此，您有何损失？最糟的情况是我的船队必须停止运作，您必须找其他商人合作。但如果您的首肯让我的家族得以存续，那您便会找到一纸令人艳羡的长期合约。"

"是吗？"亚瑞耶夫轻松地说道，"那么，为什么找教廷合作？为什么不跟别人合作？你的船队一定还有其他选择——有其他团体会迫不及待想得到你提供的服务。"

凯蒙皱眉。"这跟钱无关，大人，如果能取得教廷的合约，这代表您对我们有信心，代表我们能得到肯定。如果您信任我们，其他人也会。我需要您的支持。"凯蒙开始流汗了。

也许他开始后悔赌这一把。他被背叛了吗？这场怪异的会面是赛隆

039

MISTBORN: THE FINAL EMPIRE

安排的吗?"

圣务官安静无声。他可以摧毁他们,纹知道。即使圣务官只是怀疑他们在说谎,也可以将他们交给审判厅。不止一名贵族进入了教廷大楼后就再也没有回来过。

纹咬紧牙关,放出力量,对圣务官施用"幸运",让他较不多疑。

亚瑞耶夫微笑。"好吧,你说服我了。"他突然说。

凯蒙松了一口气。

亚瑞耶夫继续说道:"你最新的一封信说你需要三千盒金作为预付款,好重新购买器材和重新开始运输营运。走道上的书记会帮你处理好文件,取得必要的经费。"

圣务官从一叠纸中抽出一张厚重的教廷文件,然后在下面盖了个印。他将纸递给凯蒙。"你的合约。"

凯蒙深深地微笑。"我就知道亲自来此是个明智的决定。"他说道,接过合约,站起身,朝圣务官尊敬地点点头,然后示意纹为他开门。

她照办。有事情不对劲。有事情非常不对劲。

凯蒙离开后,她顿了顿,回头望着圣务官。他还在微笑。

一名高兴的圣务官向来是不好的征兆。

可是他们穿过等待室中的贵族之间时,没有任何人阻止他们。凯蒙将合约封起,依照指示交给书记,也没有士兵出来逮捕他们。书记拿出一个满是金币的小箱子,满不在乎地递给凯蒙。

然后,他们就从教廷大楼走了出去,凯蒙明显松了一口气,召集了他的其他手下。没有紧张的呼号,没有士兵的步伐,他们自由了。凯蒙成功地欺骗了教廷跟另一名首领。

表面上似乎是这样。

卡西尔又往嘴里塞了一个红糖霜小蛋糕,然后满意地咀嚼着。肥胖的小偷跟他瘦弱的侍从穿过等待室,进入他身后的入口。面试两名小偷的圣务官待在房间里，显然是在等下一场会面。

"怎么样？"多克森问道，"你觉得呢？"

卡西尔瞥向蛋糕。"蛮好吃的。"他说道，又拿了一个，"教廷的品味向来很好，难怪他们的点心也高人一等。"

多克森翻翻白眼。"我是说那女孩子，阿凯。"

卡西尔微笑，手上堆着四个蛋糕，朝门口点点头。教廷的等候室人太多，不适合谈敏感话题。出门时，他顿了顿，告诉角落的圣务官秘书说他们需要重订会面时间。

然后两人穿过入门大厅，经过正在跟书记说话的过胖的值班长。卡西尔走入街道，拉起帽子抵御依然坠落不停的灰烬，然后领着多克森穿过大街，在一条小巷子旁停下，这个位置正好让他跟多克森可以观察教廷的大门。

卡西尔满足地咀嚼着蛋糕。"你怎么发现她的？"他边嚼边问。

"你兄弟。"多克森回答，"凯蒙几个月前试图骗过沼泽，当时也把那小女孩带去了。事实上，凯蒙的小幸运草在某些圈子中已经开始小有名气。我还不确定他到底知不知道她是什么人，但你知道盗贼有多迷信。"

卡西尔点点头，拍拍手上的蛋糕屑。"你怎么知道她今天会来？"

多克森耸耸肩："出几笔钱给适当的人就知道了。自从沼泽跟我说起她之后，我就一直留心她的动向，我想让你有机会能亲眼看看她工作的情况。"

对街的教廷大楼终于开门，凯蒙走下台阶，身旁围绕着他的"仆人"，矮小的短发女孩也在他身边。光看到她就让卡西尔皱眉。她的脚步中带有紧张的焦虑，每次有人动作太快就让她略略一惊。她的右脸仍因为尚未痊愈的瘀青而斑痕点点。卡西尔打量着得意洋洋的凯蒙。我得想想该怎么样料理那个人。

"可怜的小东西。"多克森低语道。

卡西尔点点头："她不久就能脱离他了。真意外居然没有别人发

MISTBORN: THE FINAL EMPIRE

现她。"

"你兄弟没说错？"

卡西尔点点头。"她至少是个迷雾人，如果沼泽说她不仅如此，那我愿意相信他。我有点意外看到她对教廷成员使用镕金术，还是在教廷大楼。我猜她甚至不知道她在运用自己的能力。"

"有可能吗？"多克森问道。

卡西尔点点头："水里面的矿物质是可以被燃烧的，虽然力量不大。这是统御主在此建都的原因之一，因为地底下的矿藏丰富。我敢说……"

卡西尔话没说完就微微皱眉。有事情不对劲。他瞥向凯蒙跟他的手下。他们仍在不远处目光可及的地方，过了街道朝南走去。

一个身影从教廷大门口出现。削瘦且自信的身影，他的眼睛周围有财务廷的上圣祭司刺青。可能正是凯蒙之前会见的人。圣务官从建筑物中走出，身后跟着第二名男子。

卡西尔身旁的多克森突然浑身一僵。

第二名男子既高且壮。他转身时，卡西尔看到男人的双眼各被一支粗金属刺刺穿。钉子般的金属刺有着跟眼眶一样宽的底部，尖端从男子光滑的头颅后方穿出。底部的金属表面相当光滑，突出眼眶，取代原本该是眼睛的位置。

一名钢铁审判者。

"那家伙在这里做什么？"多克森问道。

"冷静。"卡西尔说道，强迫自己也要遵从这个建议。审判者望向他们，穿刺的眼睛看着卡西尔，之后才转身面向凯蒙跟他手下离去的方向。他跟所有的审判者一样有着繁复的眼周刺青，多为黑色，但有一条鲜艳的红线，标示他是审判廷的高级成员之一。

"他不是来抓我们的。"卡西尔说道，"我没有在燃烧任何东西，他会觉得我们只是普通贵族而已。"

"那女孩。"多克森说道。

卡西尔点点头："你说凯蒙经营这场对教廷的骗局已经好一阵子了，那他们一定已经发现了那女孩，圣务官都受过训练，能察觉出何时镕金术师在拨弄他们的情绪。"

多克森深思地皱眉。街道对面的审判者跟另一名圣务官讨论片刻后，两人转身朝凯蒙离去的方向前进，脚步不疾不徐。

"他们一定派了一名探子尾随他们。"多克森说道。

"这是教廷。"卡西尔回答，"至少会有两名。"

多克森点点头："凯蒙会带他们直接回到密屋，一定会死几十个人。他们虽然不是什么善心人士，但是……"

"他们也以自己的方式在对抗最后帝国。"卡西尔说道，"况且，我不会也不愿意让一名可能的迷雾之子溜走，我想跟那女孩谈谈。你能处理那些探子吗？"

"我说我开始变得无趣，阿凯。"多克森说道，"但我可没说我变得无能。我可以处理两个教廷的小喽啰。"

"很好。"卡西尔说道，朝披风口袋探去，拿出一个小玻璃瓶，里面的酒精中漂浮着金属屑。铁、钢、锡、白镴、红铜、黄铜、锌，还有青铜——八种基础镕金术金属。

卡西尔拔开瓶盖，将内容物快速一口吞下。

他收起空空如也的瓶子，擦擦嘴："我来处理审判者。"

多克森露出疑虑之色："你要试着撂倒他？"

卡西尔摇摇头："太危险了。我只是要引开他的注意力。快去吧，别让探子找到密屋。"

多克森点点头："那我们在第十五个十字路口会面。"说完他便进入一条小巷，一拐弯即消失。

卡西尔替他朋友数到十，然后开始燃烧体内的金属，身体猛然充满力气、意识变得无比清晰，力量不断涌出。

卡西尔微笑，然后一面燃烧锌，一面朝审判者的情绪重重拉了一把。

怪物于原地冻结片刻，立即转身，面向教廷大楼的方向。

就我跟你，现在来玩一场追逐游戏吧，卡西尔心想。

我们在这礼拜初抵达泰瑞司，我必须说，这片土地相当美丽。北方的高山有着光裸的雪峰跟满是森林的披肩，如守卫的天神般望着丰饶的绿色大地。我在南方的家乡看起来几乎都是平地，如果地面上也有几座山的话，或许能让景色看起来不会那么单调。

这里的人大多数都以畜牧为生，但也不乏伐木者跟农夫。这片大地绝对是以农业为主。很奇特，如此乡野的地方居然能孕育出如今全世界都赖以为存的预言跟神学。

3

凯蒙算着金币，将盒金一枚一枚地投入桌上的小箱。他看起来仍然略微震惊，这也是应该的。三千盒金是极大的一笔数字，远超过凯蒙全年收入最多的时候。他最亲密的同伙跟他坐在同桌，觥筹交错，笑语喧哗。

纹坐在自己的角落，试图了解为何自己这么惧怕。三千盒金。教廷不应该这么快就发出这笔钱。亚瑞耶夫上圣祭司似乎很狡猾，没有这么轻易就能骗过他。

凯蒙将另一枚金币投入箱子。纹无法确定他如此展现财富是愚蠢还是聪明。黑帮都是根据严格的协议运作：每个人依照自己在团体中的地位高低分到一份收入。虽然有时杀死首领，夺取他的财富是颇为诱人，但长期而言，成功的首领能为大家带来更多的财富，过早杀了他会断绝未来的收益,更不要提会引来其他成员的愤怒。

不过,三千盒金……这足以引诱最理性的小偷犯事。一切都不对劲。

我得离开这里,纹决定。离开凯蒙还有密屋,以防有变故。

但是……离开?自己走?她从来没有独自一人过。以前一直都有瑞恩,是他带着她走过一个又一个城市,加入不同的盗贼组织。她酷爱独处,但一想到只有自己独身一人在这城市中又让她满心恐惧。这就是为什么她未曾从瑞恩身边逃开,也是为什么她会留在凯蒙这里。

她不能走,可是她必须走。她从角落抬起头,目光搜索着房间。里头没有几个人是让她有好感的,但如果圣务官真的来对付集团,有一两人她会不愿看到他们受伤,因为他们是少数几个没有试图要欺负她的人,更罕见的是,甚至有人善待过她。

乌雷是名单上的头号人物。他不是朋友,但在瑞恩离开后,他是她最亲近的人,如果他愿意跟她走,那么至少她不会是独自一人。纹小心翼翼地站起身,沿着房间的墙壁,走到乌雷跟其他一些较为年轻的团员坐在一起喝酒的地方。

她扯扯乌雷的袖子。他转身面向她,微醺着。"纹?"

"乌雷,"她低声说道,"我们得走。"

他皱眉,"走?走去哪里?"

"离开。"纹说道,"从这里离开。"

"现在?"

纹焦急地点头。

乌雷回望着他的朋友们,他们正因此而嬉笑着交头接耳,朝乌雷跟纹投以意味深长的眼光。

他满脸通红。"你要我们两个人一起去某个地方?"

"不是那样子的。"纹说道,"只是……我需要离开密屋,但我不想要一个人走。"

乌雷皱眉。他靠得更近,吐出淡淡的酒气。"到底是怎么一回事,纹?"他低声问道。

纹顿了顿。"我……觉得有事情会发生，乌雷。"她悄声道，"跟圣务官有关。我现在不想待在密屋里。"乌雷静静地坐了片刻。"好吧。"他终于说道，"会花多久时间?"

"我不知道。"纹说道，"至少今晚。可是我们得离开。现在就走。"

他缓缓地点头。

"你在这里等一下。"纹低声说道，转身离去。她朝凯蒙瞥了一眼，他正因为自己的笑话而笑得乐不可支。然后她悄悄地穿过满是灰烬与烟雾的房间，进入密屋的后房。

盗贼集团的通铺不过是一条长长的走道，两旁都是床褥，又挤又不舒服，但比她跟着瑞恩时睡了几年的冰冷小巷好得多。

我可能得重新适应小巷了，她心想。她之前这么过来了，可以再这样过下去。

她走到床边，男子说笑声和喝酒声从隔壁房间隐约传来。纹跪下，看着她零碎的几件东西。如果确实出事，那她再也无法回到密屋。永远不能。可是她不能带着被褥一起走，太明显了。所以能带的只剩下一个小盒子，里面是她的私人物品：一些小石子，来自她去过的每个城市，瑞恩说纹的母亲给她的一只耳环，还有一块跟大钱币一般大的黑曜石，被磨成不规则的形状，瑞恩将它视为幸运符带在身上。他半年前偷偷离开时，只留下这个，遗弃了她。

他总是说他会这么做。纹严肃地告诉自己。

我没想过他会真的离开——这就是为什么他必须走。

她手中握着黑曜石，将小石子放在口袋里，耳环则穿入耳洞。它的造型很简单，只不过是一个小耳针，连偷都不值得偷，所以她不担心把它放在后屋里，但纹很少戴它，担心饰品会让她看起来更女性化。她没有钱，但瑞恩教过她该如何捡拾食物跟乞讨。两者在最后帝国都很困难，尤其是陆沙德，可是必要的话，她会找到方法。

纹留下了盒子跟被褥，溜回大厅。也许她反应过度，也许什么事都不会发生，但如果发生了……如果瑞恩好好教过她什么事，那就是该如何保住自己的脑袋。找乌雷一起是个好主意。他在陆沙德有同伙。如果凯蒙的盗贼团真出了什么事，乌雷可能可以帮她跟自己找工作——

纹一进入大厅便全身僵住。乌雷不在她找到他的桌子边，而是偷偷摸摸地站在房间前面，靠近吧台，靠近……凯蒙。

"怎么一回事！"凯蒙站起身，脸跟阳光一样红。他推开凳子，然后扑向她，半醉半醒，"逃走？是要去教廷告密！对不对？"

纹冲向楼梯间的门，绝望地在桌子跟成员间奔跑。

凯蒙掷来的木凳子正中她背心，让她摔倒在地上，痛楚从肩胛之间传来。在几名团员的惊呼声中，椅子从她身上弹开，跌落在附近的地面上。

纹晕眩地倒地。然后……她体内的某种东西，某种她知道却不明白的东西，给了她力量。她的头停止晕眩，痛楚变成集中的焦点，让她笨拙地站起身。

凯蒙出现在她的眼前。她还没站好，他已经反手一掌挥来，让她的头因击打的力道而侧转，脖子扭转的痛楚强烈到她几乎没感觉自己又跌落地面。他弯下腰，抓起她的前襟将她拖起，举起拳头。纹没来得及思考或发话，她只能做一件事情——一口气用光她所有的"幸运"，推向凯蒙，镇静他的怒气。

凯蒙摇晃了。一瞬间，他的眼光放柔，略略放下她。接着，怒气回到他的眼中。强烈又令人恐惧的怒气。

"该死的丫头。"凯蒙喃喃道，抓着她的肩膀，用力摇晃她，"你那个叛徒哥哥从来没尊重过我，你也一个样，我对你们两个都太宽容了，早该……"

纹试图扭转身子逃开，可是凯蒙抓得很牢，她绝望地寻求其他人的协助，但她知道她会看到什么。漠然。他们别过脸，表情尴尬却不在意。

MISTBORN: THE FINAL EMPIRE

乌雷仍然站在凯蒙的桌子边，充满罪恶感地低下头。

她在脑海中，再度听到有一个声音对她低语，是瑞恩的声音。笨蛋——无情，是最实际的情绪。你在地下世界中没有朋友。你在地下世界中永远不会有朋友！

纹重新挣扎，但凯蒙再度打她，将她击倒在地。猛力的攻击让她一直反应不过来，只能大口喘气，肺中的空气似乎一下子被掏空。

忍着点。她神志不清地想。他不会杀了我。他需要我。

但是，就在她虚弱地转身的同时，她看到凯蒙在阴暗的房间里对她从上而下俯瞰，脸上明显展现出酒醉后的狂怒。她知道这次跟以前都不同，不会只是打一顿了事。他认为她打算去教廷告密。他没有打算控制自己。他眼中有杀意。

求求你！纹绝望地想，伸向她的"幸运"，试图让它发挥作用。没有反应。"幸运"也不过如此，也让她失望了。

凯蒙弯下腰，一面自言自语，一面抓住她的肩膀，举起手臂。厚重的手抢拳，肌肉紧绷，一滴愤怒的汗珠从他下巴滑落，滴在她的脸颊上。

几尺之外，楼梯间的门晃动后猛然打开。凯蒙顿了顿，仍高举着手，同时瞪着门口，还有哪个不幸的成员选择在如此不恰当的时间回到密屋？

纹把握他分神的瞬间，不理会新来的人是谁，只忙着要从凯蒙的掌握中挣脱，但她太虚弱了，脸颊因为他先前的一击而剧痛，口中也有血的味道。她的肩膀以不自然的角度扭曲，身侧因为方才摔倒在地而大为疼痛。她曲起手指，抓着凯蒙的手，但突然感到一阵虚弱，力气跟"幸运"一样弃她而去，痛楚似乎变得更大，更猛烈，更……持久。

她绝望地面向门，她离得好近，近得不得了，就快逃走了，只要再一点点……

然后，她看到静静站在楼梯间的男子。她没有见过他。他很高大，有着鹰隼般的脸庞，浅色的金发，穿着贵族的轻便服饰，披风自然地垂散，大概三十来岁，没戴帽子，也没有拿着决斗杖。

而且，他看起来非常，非常愤怒。

"这是怎么一回事？"凯蒙质问，"你是谁？"

他是怎么避过侦哨的……纹心想，挣扎地想要恢复思考能力。痛。她可以处理痛。圣务官……是他们派来的人吗？

新来的人低头看看纹，表情柔和了些，然后抬头望向凯蒙，眼神变得阴冷。

凯蒙愤怒的质问随着他突然往后倒戛然停止，仿佛他被人用力捶了一拳。他的手臂从纹的肩头松开，整个身体倒向一旁，让地板摇晃不止。

房间突然安静下来。

我得逃走，纹心想，强迫自己跪起。几尺外，凯蒙痛苦地呻吟，纹从他身边爬开，溜到一张无人使用的桌子下。密屋有隐藏出口，就在房间后方有个通道，如果她能爬过去——

突然间，纹感觉到强大的平静。这股情绪有如突来的重量撞上她，她原本的情绪被完全压抑，仿佛被大手一盖，恐惧像是蜡烛般被吹灭，连痛楚似乎都变得不重要。她缓下动作，不知自己为何如此担忧，站起身，面对暗门时停顿了脚步。她重重地喘息，仍然有点晕眩。

凯蒙刚才想杀我！她的理智在警告她。而且有人在攻击密屋。我得逃走！可是她的情感与理智不符。她感觉到……宁静，毫无担忧，而且相当地好奇。

有人对她施用了"幸运"。

她虽然从来没感觉到过，却仍然辨认了出来。她在桌子边停下脚步，一手按着木头，然后缓缓地转过身，新来的人仍然站在楼梯间门口，以打量的眼光注视她片刻，然后露出毫无防备的笑容。

发生什么事了？

新来者终于踏入房间，凯蒙其余的手下仍坐在桌边，看起来很惊讶，却出奇地毫不在意。

他对所有人都施用了"幸运"。可是……他是怎么办到的？一次对付这么多人？纹从来无法储存足够的量，只能偶一为之而已。

新来者进入房间的同时，纹也终于看清他身后还跟着第二个人。后者比较不那么霸气，长得比较矮，脸上有半短不长的黑胡子，头上是剪得短短的头发，也穿着贵族的衣服，但剪裁没那么高级。

房间另一边的凯蒙呻吟着坐起，抱着头，瞥向新来的人。"多克森先生！呃，这个，多令人意外的造访啊！"

"确实如此。"较矮的人，多克森回答。纹皱眉，觉得两人有点面熟，好像在哪里见过。

财务廷。凯蒙跟我离开时，他们也坐在等待室里。

凯蒙站起身，端详着金发的新来者，低头看看他的双手，上面有着奇特的交错疤痕。"他统御老子的……"凯蒙低声道，"海司辛幸存者！"

纹皱眉。她没听过这个称号。她应该知道他是谁吗？虽然她感觉到相当平静，但伤口仍然阵阵作痛，而且头也很晕，她靠在椅子上，没有坐下。

无论这个新来的人是谁，凯蒙显然都认为他是很重要的人。"天哪，卡西尔先生！"凯蒙结结巴巴地说道，"真是我难得的殊荣！"

新来的人，卡西尔，摇摇头："你知道吗？我真的没有兴趣听你说话。"

凯蒙再次被后抛，又发出一声痛楚喊叫。卡西尔没有做任何动作，但凯蒙仍然摔倒在地上，仿佛被隐形的力量推了一把。

凯蒙安静不说话了。卡西尔环顾四周："你们其他人知道我是谁吗？"

许多组员都点点头。

"很好。我来到你们的密屋是因为——朋友们，你们欠我一大笔债。"

房间一片安静，只有凯蒙的呻吟，终于一名成员开口："我们……有吗，卡西尔先生？"

"的确有。因为多克森先生跟我刚救了你们一命。你们无能的首领一个多小时前离开财务廷，直接回到密屋来，他身后跟着两名教廷探子，一名是上圣祭司……另一名是钢铁审判者。"

没有人说话。

天哪……纹心想。她是对的，只是动作不够快。如果有审判者——

"我处理了审判者。"卡西尔说道，顿了顿，让语意悬浮于空中。什么样的人可以如此轻松地声称他"处理"了审判者？传言那些怪物永生不死，能看到一个人的灵魂，同时是所向披靡的战士。

"我要求你们支付我提供的服务。"卡西尔说道。凯蒙这次没站起来，他跌得太重，显然也神志不清，房间一片安静。终于，凯蒙的二号手下，黑皮肤的米雷夫端起盛教廷盒金的箱子冲上前去，交给卡西尔。"这是凯蒙从教廷那里得来的钱。"米雷夫解释，"三千盒金。"

米雷夫急着想要满足这个人，纹心想。这不只是"幸运"，或者这是我从来无法使用的能力。

卡西尔顿了顿，然后接下金币箱："你是？"

"米雷夫，卡西尔先生。"

"好吧，米雷夫首领，这笔付款能让我满意，不过你还得为我做一件事情。"

米雷夫顿了顿："什么事？"

卡西尔朝几乎昏厥的凯蒙点点头："处理他。"

"没问题。"米雷夫说道。

"我要他活着，米雷夫。"卡西尔说道，举起一根手指，"但我不想要他享受人生。"

米雷夫点点头："我们会让他变成乞丐。统御主不赞同这个职业——凯蒙在陆沙德过不了好日子。"

而且一旦米雷夫确定卡西尔的注意力转移之后，迟早也会把凯蒙处理掉。

"很好。"卡西尔说道，然后打开金币箱，开始数着盒金，"你是个很有能力的人，米雷夫。反应很快，而且不像其他人那么容易被惊吓。"

"我以前跟迷雾人合作过，卡西尔先生。"米雷夫说道。

卡西尔点点头。"老多。"他对同伴说道，"我们今天晚上要在哪里会面？"

"我原来想用歪脚的店。"第二名男子说道。

"那不是个中立的场所。"卡西尔说道，"如果他决定不加入我们就更不合适。"

"的确是。"

卡西尔看着米雷夫："我在策划这一区的行动。如果有当地人的支持会很有帮助。"他递过百枚左右的盒金，"我们今天晚上需要使用你们的密屋，可以立刻安排吗？"

"当然。"米雷夫说道，急切地接过钱币。

"很好。"卡西尔说道，"现在，出去。"

"出去？"米雷夫迟疑地问道。

"是的。"卡西尔说道，"带着你的手下出去，包括你的前任头儿。我想跟纹小姐私下谈谈。"

房间再次沉默，纹知道她不是唯一一个在猜想卡西尔如何得知她名字的人。

"好啦，你们都听到他说的话了。"米雷夫呵斥，挥手要一群壮汉去抓起凯蒙，然后将所有人赶出门外。纹看着他们离去，越发不安。这个卡西尔是很强势的男子，直觉告诉她，强势的男子很危险。他知道她的"幸运"吗？显然是，否则他找她有什么原因？

这个卡西尔会想怎么利用我？她心想，搓着撞到地板的手臂。

"对了，米雷夫。"卡西尔懒洋洋地开口，"当我说'私下'会谈时，我的意思是不要墙壁后面有四个人从窥视洞监视我们。请带着他们一同走小巷离开。"

米雷夫脸色一白。"当然好，卡西尔先生。"

"很好。在小巷里，你会发现两名已死去的教廷探子。请帮我们把尸体处理掉。"

米雷夫点点头,转身离去。

"还有,米雷夫。"卡西尔补充道。

米雷夫再次转过身。

"别让你的手下背叛我们。"卡西尔轻轻说道。纹再次感觉到,她的情绪被施加更多压力。

"这帮人已经引来钢铁教廷的注意力——不要让我也成为你们的敌人。"

米雷夫重重一点头,消失在楼梯间,顺手带起门。片刻后,纹听到窥视室响起脚步声,然后一切安静下来。她被留下来,独自面对一名不知为何原因,居然能让一整间屋子的杀手跟小偷噤若寒蝉的男子。她瞄着大门。卡西尔正看着她。如果她逃跑的话,他会怎么做?

他声称杀死了一名审判者,纹心想。而且……他用了"幸运"。我得留下来,就算只是找出他知道什么也好。

卡西尔的笑容加深,终于大笑出声。"刚才实在太好玩了,老多。"

另一名卡西尔称为老多的人哼了一声,走向房间前方。纹全身紧绷,但他没有朝她移动,只是漫步到吧台边。

"你之前就已经让人很难以忍受了,阿凯。"多克森说道,"现在我都不知道该怎么样面对你的新名声时不要爆笑出来。"

"你嫉妒我。"

"一点也没错。"多克森说道,"我对于你恐吓小罪犯的能力嫉妒得不得了。不知道你听不听得进去,但我觉得你对凯蒙太凶了。"

卡西尔走到他身旁,在房间的一张桌边坐下,笑容随着出口的话语微微冷凝:"你看到他是如何对待那女孩的。"

"其实我没看到。"多克森挖苦地说道,在吧台的储物柜里翻箱倒柜,"因为有人挡在门口。"

卡西尔耸耸肩:"你看看她,老多。可怜的小东西被打得快晕过去了,我毫不同情那个男人。"

纹待在原处,继续观察两名男子。随着紧绷的气氛逐渐舒缓,她的伤口又开始疼痛,肩胛骨间的一击会留下大块瘀青,而脸上的巴掌印也火辣辣地在燃烧,头更是仍然微晕。

卡西尔看着她,纹咬紧牙关。痛。痛是可以应付的。

"你需要什么吗,孩子?"多克森问道,"也许一条湿的手帕来敷敷脸?"

她没有反应,只是专注于卡西尔身上。快点,告诉我你要对我干什么?放马过来啊。

多克森终于耸耸肩,然后弯腰钻入吧台下,过一会儿后,抓了两个瓶子出来。

"有好东西吗?"卡西尔转身问道。

"你以为呢?"多克森回问,"就算是在小偷界,凯蒙也向来不以品味闻名。我有些袜子都比他的酒要更好。"

卡西尔叹口气:"还是给我一杯吧。"然后他瞥向纹,"你要什么吗?"

纹依然没有反应。

卡西尔微笑。"别担心——我们没你的朋友们想的那么可怕。"

"我不觉得他们是她的朋友,阿凯。"多克森从吧台后面说道。

"有道理。"卡西尔说道,"无论如何,孩子,你都不必怕我们,只不过得注意一下老多的口臭。"多克森翻了翻白眼接话:"或是阿凯的笑话。"

纹静静地站着。她可以假装虚弱,就像对付凯蒙时那样,但直觉告诉她,这些人不会对她的伪装有同样反应,所以她待在原处,评量状况。

平静再度降临在她身上,鼓励她放轻松,信任对方,照他们建议的去做。

……

不要!她留在原处。

卡西尔挑起一边眉毛。"真令人意外。"

"什么?"多克森边倒酒边问道。

"没事。"卡西尔回答,仍然端详着纹。

"你到底要不要喝点东西,小姑娘?"多克森问道。

纹什么都没说。打从她有记忆以来,她就拥有"幸运"的能力,让她坚强,让她能够与其他盗贼抗衡,这可能是她能存活至今的原因。但在同时,她一直不知道那是什么,或者她为什么能使用这股力量。逻辑跟直觉告诉她同一件事——她需要弄清楚这男人知道些什么。无论他打算怎么利用她,无论他的计划是什么,她都必须忍耐,必须发现他是如何变得如此强大。

"啤酒。"她终于说道。

"啤酒?"卡西尔问道,"就这样?"

纹点点头,小心翼翼地观察他。"我喜欢。"

卡西尔搓搓下巴。"我们得在这方面多下点功夫。"他说道,"无论如何,先坐下来吧。"

纹迟疑地隔着小桌在卡西尔对面落座。她的伤口很痛,但她不能展现出软弱的一面。软弱会害死人。她必须假装自己能忽略疼痛。至少坐下来之后,她的脑子清醒了许多。

多克森片刻后也加入他们,给了卡西尔一杯酒,又给了纹一杯啤酒,但她没有动。

"你是谁?"她静静地开口问道。

卡西尔挑眉:"你讲话都这么直接啊?"

纹没有回应。

卡西尔叹口气:"我的神秘气质看来也不管用了。"

多克森轻哼了一声。

卡西尔微笑:"我的名字是卡西尔,可以算是你们称为首领的人物,但我的小队跟你见过的都大大不同。像凯蒙这种人,还有他的手下都认为自己是猎食者,靠猎捕贵族跟教廷的不同组织为生。"

纹摇摇头:"不是猎食者,是食腐者。"也许有人认为在这么靠近统御主的地方,盗贼集团会无法生存,但瑞恩让她看到事实正好相反:有钱有势的贵族聚集在统御主周围,而权力跟财富聚集的地方便滋生腐败,尤其是统御主对贵族的管束远低于对司卡的控管,这似乎与统御主喜爱贵族们的祖先有关。无论如何,凯蒙这种集团就像是以城市的腐败为生的老鼠,而且跟老鼠一样,无法完全歼灭,尤其是在像陆沙德这么大的城市里。

"食腐者。"卡西尔微笑说道,显然他很喜欢微笑,"这个描述很贴切,纹。这样说来,老多跟我也是食腐者,只是等级比较高一点。你可以说我们比较有教养,也可以说我们野心比较大。"

她皱眉:"你们是贵族?"

"天哪,当然不是。"多克森说道。

"至少……"卡西尔开口,"不是血统纯正的那种。"

"没有混血儿。"纹小心翼翼地说道,"教廷猎杀他们。"

卡西尔挑起眉毛:"你这种混血儿?"

纹感到大为震惊。他是怎么……

"就连钢铁教廷都不是万能的,纹。"卡西尔说道,"如果他们没抓到你,也会漏掉别人。"

纹深思地顿了顿。"米雷夫,他称你们为迷雾人。迷雾人是某种镕金术师,对不对?"

多克森瞥向卡西尔。"她的观察力很敏锐。"较矮的男子赞赏地点点头。

"没错。"卡西尔同意。"他是称我们为迷雾人,不过这样称呼过于草率,因为严格说来,老多跟我都不算是真的迷雾人,不过我们倒蛮常跟他们打交道。"

纹静静地坐着,承受对方的打量眼光。镕金术,号称是千年前统御主赐予贵族的神秘力量，作为其效忠的奖赏。这是基本教廷教义，连纹这样的司卡都知道。贵族拥有镕金术跟特权，是因为他们的祖先。司卡也因为同样的原因而被惩罚。

但事实是，她并不知道镕金术是什么，她一直以为这跟战斗有关系。传言一个"迷雾人"就足以杀死整个盗贼集团，但司卡之间对于这股力量的讨论都是偷偷摸摸，半信半疑的。在此刻之前，她从来没想过也许它跟她的"幸运"根本是同样的东西。

"告诉我，纹。"卡西尔好奇地向前倾身，"你知道你对财务廷的圣务官做了什么吗？"

"我用了'幸运'。"纹低声说道，"我用它来让人不要那么生气。"

"或不要那么多疑，"卡西尔说道，"更容易骗。"

纹点点头。

卡西尔抬起一根手指："有很多事情要学，包括技巧、规则和练习，但有一堂课不能等。永远不要对圣务官使用情绪镕金术。他们都受过训练，分辨得出何时情绪受到操控。就连上族都不准'拉'或'推'圣务官的情绪。是你让那名圣务官找来审判者的。"

"祈祷那怪物再也不要发现你的踪迹，小姑娘。"多克森轻轻地说道，啜着酒。

纹脸色一白："你没有杀死那个审判者？"

卡西尔摇摇头："我只是让他分神片刻，不过我得说，光是这样就已经够危险。别担心，关于他们的许多传言都不是真的。如今他失去了你的踪迹，再也无法找到你。"

"应该不太可能。"多克森说道。

纹担忧地望着较矮的男子。

"应该不太可能。"卡西尔同意，"我们对于审判者有很多不明白的事情——他们似乎不依照常理生存。举例而言，穿过他们眼睛的那对钢钉应该能致命，但以我对镕金术的任何知识都无法解释那些怪物是怎么活下来的。如果只是一般的迷雾人探子在找你，我们不用担心。但是一名审判者……你得眼睛睁大些。不过你已经蛮擅长于这点了。"

纹不自在地坐了片刻。终于，卡西尔对她的那杯啤酒点点头："你没有喝。"

"你可能在里面加了东西。"纹说道。

"噢，我不需要在你的饮料里面加东西。"卡西尔微笑，从外套口袋里掏出一个东西，"毕竟你要很情愿地喝下这瓶神秘液体。"

"那是什么？"她问道。

"如果我告诉你，它就不神秘了。"卡西尔笑着说道。

多克森翻翻白眼："那个小瓶子里装着酒精，还有一些金属碎屑，纹。"

"金属？"她皱眉问道。

"八种基本镕金术金属的其中两种。"卡西尔说道，"我们得做些测试。"

纹打量着瓶子。

卡西尔耸耸肩："你如果想对你的'幸运'有更进一步的认识，就得把它喝下去。"

"你先喝一半。"纹说道。

卡西尔挑起一边眉毛："原来你这么多疑啊。"

纹没有反应。终于，他叹口气，拿起瓶子，拔掉瓶塞。

"先摇一摇。"纹说道，"确保你喝得到一些沉淀物。"

卡西尔翻了个白眼，但仍然按照她的要求晃着瓶子，喝下一半的液体，然后咔的一声将瓶子放回桌上。纹皱眉，打量起卡西尔，后者微笑。他知道她上钩了。他炫耀了自己的能力，以此来诱惑她。服从掌权者的唯一理由是为了有一天能夺取它。瑞恩说的。

纹伸出手拿起瓶子，然后一口喝下。她坐在原处，等着某种魔法变化或力量涌现，甚至是中毒迹象也好，但一无所感。

真是……令人失望啊。她皱眉，靠回椅子上，突然好奇地碰碰她的"幸运"。

她感觉自己的眼睛因震惊而大张。

它在那里，像是一堆巨硕的金矿，力量大得几乎要超出她的理解。她之前都必须非常吝惜地使用，好好保存，一次只能用一丁点儿，现在她感觉像是饥饿无比的妇人被邀去参加贵族的宴席。她惊愕地坐在原处，感觉着体内巨大的财富。

"好了。"卡西尔以催促的声音说道，"试试看，安抚我。"

纹怯生生地探向她新找到的"幸运"，拿了一点点朝卡西尔施放。

"很好。"卡西尔兴奋地向前靠，"但我们已经知道你会这么做了。现在是真正的测试，纹。你能用另外一种方法操作它吗？你能抑制我的情绪，但你能激发它吗？"

纹皱眉。她从来没有以这种方式使用过，甚至没想过自己可以办到。为什么他这么兴奋？

纹多疑地朝"幸运"的来源探去，此时发现一件有意思的事情：她原本以为是一大股的力量来源，其实分成两种。有两种不同的"幸运"。

八种。他说有八种。但是……其他的有什么用？

卡西尔还在等她。纹朝第二种不熟悉的"幸运"来源探去，照她先前的做法，朝他施放。

卡西尔的微笑加深，往椅背一靠，瞥向多克森："一点也没错。她办到了。"

多克森摇摇头："说实话，阿凯，我不知道该怎么想。光有一个你就已经够让人不安了。有两个……"

纹眯起眼睛，怀疑地打量他们。"两个什么？"

"纹，就连在贵族之间，镕金术也算是稀有的能力。"卡西尔说道，"的确，这是可以传承的能力，而大多数强大的血统都是上族所有，但光是血统不足以保证镕金术的力量。

MISTBORN: THE FINAL EMPIRE

"许多贵族都只能运用一种镕金术技巧，那种只能施用八种基本镕金术法之一的人被称为迷雾人。有些时候这些能力也会出现在司卡身上，但必须是那名司卡拥有贵族血统，或是他的亲族拥有。大概……每一万名混种司卡中会有一个迷雾人。贵族血统越高贵，越纯粹，司卡就越有可能是迷雾人。"

"你的父母是谁，纹？"多克森问道，"你记得他们吗？"

"我是我同母异父的哥哥养大的，他叫瑞恩。"纹不安地说道。这不是她会跟外人讨论的事情。

"他提过你父母吗？"多克森再问。

"有时候。"她承认，"瑞恩说我们的妈妈是个妓女，不是她自愿的，而是地下世界……"她说不下去了。有一次，她还很小时，妈妈想杀她。她隐约记得这件事，是瑞恩救了她。

"你父亲呢？"纹问道。

纹抬头。"他是钢铁教廷的一名上圣祭司。"

卡西尔轻轻地吹声口哨："这可算是有点嘲讽的渎职行为了。"

纹重新低头看着桌子，终于伸出手，拿过啤酒，大喝了一口。

卡西尔微笑。"教廷中等级比较高的圣祭司大多数是上族，你的父亲透过血统给了你稀有的天分。"

"所以……我是你之前提到的迷雾人？"

卡西尔摇摇头："其实不是。所以你对我们而言这么有意思，纹。迷雾人只能使用一种镕金术。你刚证明自己能使用两种，而如果你在八种中至少通用两种，那就代表你也能施用其他几种。这就是它运作的方式——如果你是镕金术师，你要么只拥有一种术法，要么就全部都有。"

卡西尔向前倾身："纹，你是所谓的'迷雾之子'。就连在上族间，都是极端少有。而在司卡间……这么说吧，我这辈子只见过一名我以外的迷雾之子。"

不知为何，房间突然显得格外安静，格外凝定。纹以不安、恍惚的眼神盯着酒杯。迷雾之子。她当然听说过那些故事，那些传说。

卡西尔跟多克森静静地坐着，让她思考。终于，她开口："所以……这是什么意思？"

卡西尔微笑："意思是，纹，你是一个非常特别的人，你拥有大多数贵族都嫉妒的力量，如果你生来就是贵族，那这份力量会让你成为整个最后帝国中最致命也最有权力的人之一。"

卡西尔再度向前倾身。"但是，你并非贵族。你不是贵族，纹。你不用按照他们的规则行事——这让你更强大。"

很显然的，我下一阶段的任务会带我们进入泰瑞司的高地。据说那是一个寒冷、严酷的地方，连山都是冰做的。

我们普通的侍从无法应付我们这种旅程，可能该雇些泰瑞司挑夫来帮我们拿行李。

4

"你听到他说的！他在策划一次行动。"

乌雷的眼睛因兴奋而闪闪发光："不知道他会对哪个贵族下手。"

"一定是某个强大的家族。"迪斯敦是凯蒙的小队长之一。他少了一只手，但眼睛跟耳朵是集团中最敏锐的，"卡西尔向来不做小买卖。"

纹静静地坐着，她的啤酒，也就是卡西尔给她的那杯，仍然几乎全满地放在桌上。她的桌子围满了人，因为卡西尔趁会议开始前让盗贼们先回家一下。可是纹宁可独处。跟瑞恩在一起的生活让她习惯寂寞——如果让人太靠近，只是给他们背叛你的更好机会。

MISTBORN: THE FINAL EMPIRE

即便是在瑞恩消失后，纹仍然不跟其他人打交道。她不愿意离开，但也不觉得需要跟其他的集团成员交际，而他们也很愿意对她不理不睬。纹的地位相当脆弱，跟她来往可能会牵连他们，只有乌雷愿意对她伸出友谊之手。

如果让人靠近你，那他们背叛你时只会把你伤得更重。瑞恩似乎在她脑海中这么低语。

乌雷真的是她朋友吗？他的确很快便出卖了她，而且团员相当自然地接受了纹被打又突然被救一事，从来没有提起他们的背叛或拒绝协助，他们的一切行为都那么自然。

"幸存者最近什么案子都没做。"哈门，一名年纪较大、胡须凌乱的窃贼说道，"他最近几年只来过陆沙德几次。事实上，从他……一次也没有。"

"所以这是第一次？"乌雷兴奋地问道，"他从深坑逃出来后的第一次？那一定是很了不起的事！"

"他提到过吗，纹？"迪斯敦问道，"纹？"他朝她的方向挥挥断手，引起她的注意。

"什么？"她问道，猛然抬起头。她被凯蒙打过后，稍稍清理了一下自己的外貌，接下多克森的手帕擦拭过脸上的血迹。可是对瘀青她无能为力，它们仍然在隐隐作痛，希望没有骨头断裂才好。

"卡西尔。"迪斯敦重复道，"他提到过他正在计划的行动吗？"

纹摇摇头。她低头看着满是鲜血的手帕。卡西尔跟多克森不久前离开，答应让她花点时间想想他们说的事情，之后会再回来。但是他们的话中隐有深意——一个邀请。无论他们在安排什么计划，她都被邀请参加。

"为什么他挑你当他的联络人，纹？"乌雷问道，"他讲到过这点吗？"

集团成员自行认定卡西尔挑了她作为跟凯蒙……米雷夫集团的联络人。

陆沙德的地下组织有两类，有普通的集团，就像是凯蒙的这种，还有就是特别的。那种集团成员均非常优秀，非常冲动，或非常有天分。比如镕金术师。

地下世界的这两边不会来往，普通的盗贼不会去干扰这些能人异士，但偶尔一个迷雾人集团会雇用一组普通人来处理一些比较平常的事，而他们会挑一名联络人在两个集团之间游走，乌雷认为这就是纹的角色。

米雷夫的团员发现她没什么反应，因此转开话题：迷雾人。他们以不确定的语调低声谈着镕金术，而她不安地听着。她怎么可能跟他们这么敬畏的能力有关？她的"幸运"……她的镕金术……是个小东西，她赖以生存的东西，但其实不太重要。

可是，这么大的力量……她心想，感觉体内蕴藏的巨量"幸运"。

"不知道卡西尔这几年在做什么？"乌雷问道。他一开始在她身旁还不太自在，但很快也就过去了。他背叛了她，但这是地下世界，没有朋友。

卡西尔跟多克森之间似乎不是如此。他们似乎信任彼此。那是假象吗？还是他们是那种很罕见的组合，完全无须担心对方会背叛？

卡西尔跟多克森之间最令人诧异的一点是他们对她很坦白。他们似乎愿意去信任，甚至接受纹，即使认识的时间这么短。这不可能是真的——没有人能以这样的方式在地下世界生存，但他们的友善仍然让她相当诧异。

"两年了……"贺鲁德，一名安静，五官扁平的打手说道，"他一定花了所有时间在策划这起行动。"

"一定是很大的行动……"乌雷说道。

"跟我说说他的事。"纹轻轻开口。

"卡西尔？"迪斯敦问道。

纹点点头。

"南边的人没谈论卡西尔的事？"

纹摇摇头。

"他是陆沙德中最优秀的首领。"乌雷解释,"就连在迷雾人间都是个传奇,对城市中最富有的大家族下手。"

"然后?"纹说道。

"有人背叛他。"哈门低声说道。

果然,纹心想。

"统御主亲自抓到了卡西尔。"乌雷说道,"把卡西尔跟他妻子都送去海司辛深坑。但他逃出来了!他从深坑里逃出来了,纹!从来没有人办到过,只有他!"

"那他妻子呢?"纹问道。

乌雷瞥向哈门,后者摇摇头:"她没逃出来。"

所以他也失去过某人。那他怎么还能那样笑?那样真诚地笑?

"他就是从那里得到那些疤痕。"迪斯敦说道,"他手臂上的疤都是从深坑得来的,因为他必须爬上一面很陡峭的高墙才出得来。"

哈门轻哼。"才不是这样。他是逃脱时杀了一名审判者,所以才有那些疤。"

"我听说那些疤是因为他跟守卫深坑的怪兽打斗。"乌雷说道,"他把手伸进它的嘴巴,从里面把它勒死,牙齿刮伤他的手臂。"

迪斯敦皱眉。"你要怎么从里面把人勒死?"

乌雷耸耸肩:"我也只是听说。"

"那个人是个异类。"贺鲁德低声道,"他在深坑里碰到了一些事情,很可怕的事情。他原本不是镕金术师。进去深坑时不过是一个普通的司卡,但如今……他绝对是个迷雾人——如果他还算得上是个人类。毕竟他没事常往雾里走。有人说真的卡西尔早已死去,现在带着他那张脸的……是别的东西。"

哈门摇摇头:"你说话怎么像那种农庄里的司卡?我们都进过雾里啊。"

迷雾之子
卷一·最后帝国 [珍藏版]

"但不是进城外的雾里。"贺鲁德坚持,"雾魅都在城外,会抓住人,夺取他的脸,跟统御主一样,是千真万确的。"

哈门翻翻白眼。

"贺鲁德有一件事没说错。"迪斯敦说道,"那个人不是人类。也许他不是雾魅,但他也不是司卡。我听说过他做的某些事,都是那些只有在夜晚出现的他们会做的事情。你们也看到他怎么对付凯蒙。"

"迷雾之子。"哈门喃喃道。

迷雾之子。纹在卡西尔跟她说之前就听过这个名字。谁没听过?但是,相较于迷雾之子的传言,审判者跟迷雾人的传言听起来都理性多了。人们都说迷雾之子可以召唤浓雾的到来,由统御主亲自授予极高的能力。只有上族才能成为迷雾之子,据说他们是服侍统御主的秘密杀手部队,只在夜间出没。瑞恩向来告诉她那只是传说,而纹也一直认为他是对的。

卡西尔说我跟他一样,都是其中之一。她怎么可能是他说的那种人?她只不过是个娼妓的孩子,是个无名小卒。什么都不是。

永远不要相信告诉你好消息的人,瑞恩总是这么说。这是最古老,却也最容易的骗人方法。

可是,她的确有她的"幸运",她的镕金术。她仍然可以感觉到卡西尔的瓶子为她积储起的力量,也朝团员试用过。她再也不受限于每天只能用一点点,可以创造出更为惊人的效果。

纹开始发现,她生命中原本的目标——单纯地存活——格局实在太小。她有太多能做的事情。她原来是瑞恩的奴隶,后来是凯蒙的奴隶,现在她愿意当这个卡西尔的奴隶,只要有一天能让她自由。

坐在自己桌前的米雷夫看看怀表,站起身:"好了,所有人都出去。"

房间开始清空,为了卡西尔的聚会做准备。纹留在原处。卡西尔让所有人都清楚,她是被邀请的。她静静地坐着,空旷的房间顿时舒适许多。卡西尔的朋友不久后也开始出现。

第一个走下楼梯的男子有着军人一般的身型,穿着一件宽松无袖上

065

MISTBORN: THE FINAL EMPIRE

衣，显露出一对贲起的手臂，全身肌肉结实，却不巨硕，头发剪得很短，一根根朝天上刺去。军人的同伴穿着精致的贵族服装——枣紫色的外套，金色扣子，黑色大衣，还有短檐帽跟决斗杖。他年纪比军人大，身材也比较富态，一进房间就脱了帽子，露出整得一丝不苟的发型。两名男子边走边友善地闲聊，但一看到空空如也的房间便停下脚步。

"啊，这一定就是我们的联络人。"穿着贵族服装的男子说道，"亲爱的，卡西尔到了吗？"他说话的方式很自然，好像他们是多年老友。突然，纹禁不住对这穿着精致、口齿清晰的男子产生好感。

"还没。"她静静说道。虽然外套跟工作衬衫向来很适合她，但她突然希望自己有比较好看的衣服。这个人的态度似乎让他周遭的环境也有了比较正式的气氛。

"早该想到阿凯连自己召开的会议都会迟到。"军人说道，挑了一张靠近房间中心的桌子坐下。

"这倒是。"贵族服装男子说道，"他既然来晚了，我们正好有机会先用点点心。我想先喝点东西……"

"我来帮你拿。"纹连忙说道，立刻站起。

"你真是客气。"男子说道，选了军人旁边的椅子坐下，双腿交叠，一手按着杖头，决斗杖抵着地面靠在一旁。

纹走到吧台边，开始翻找酒瓶。

"微风……"纹挑了凯蒙最昂贵的一瓶酒，开始倒入酒杯的同时，军人以威胁的语调说道。

"嗯？"贵族服装男子挑起一边眉毛。

军人朝纹点点头。

"唉，好吧好吧。"男子叹口气道。

纹顿了顿，倒酒的动作也半途停止，她略略皱眉。我在做什么？

"我敢发誓，哈姆。"贵族服装男子开口，"你有时候实在太古板了。"

"可以推人不代表你应该推人，微风。"

纹瞠目结舌地站在原地。他……对我用了"幸运"。当卡西尔试图操控她时,她感觉到他的碰触而且可以拒绝,但这次她甚至没发现自己在做什么。

她抬头看着男子,眯起眼睛。"迷雾之子。"

贵族外装的男子——微风,轻轻笑了。"差远了。卡西尔可能是你唯一会见到的司卡迷雾之子,亲爱的,而且你该祈祷,永远不要碰到贵族迷雾之子。不,我只是一名普通、谦卑的迷雾人。"

"谦卑?"哈姆问道。

微风耸耸肩。

纹低头看着半满的酒杯:"你拉了我的情绪。我是说,用……镕金术。"

"其实我是用推的。"微风说道,"拉会让一个人较多疑,更为坚决。推情绪,安抚情绪,可以让一个人更愿意信任。"

"无论是哪一种,你都控制了我。"纹说道,"你迫使我去帮你倒酒。"

"我不觉得那是我迫使你的。"微风说道,"我只是略略改变了你的情绪,让你比较想照我的想法去做。"

哈姆搓搓下巴:"这我就不知道了,微风。这个问题颇有意思。你在影响她的情绪同时,是否也夺去了她选择的机会?举例来说,如果她在受到你控制的情况下杀人或盗窃,那她犯下的罪应该算是她的还是你的?"

微风翻翻白眼:"这根本不是问题。你不应该想这种问题,哈姆德——你会伤透脑筋的。我其实是在鼓励她,只是方法不太常见而已。"

"可是——"

"我不要再跟你争下去了,哈姆。"

粗壮的男子叹口气,看起来很沮丧。

"你想要拿酒给我喝吗?"微风期盼地看着纹,"反正你已经站了起来,而且本来就需要走回这个方向……"

纹检视自己的情绪。她现在在不正常地愿意照对方的要求去做吗？这个人又在操控她了吗？最后，她仍然是离开了吧台，杯子搁在原处。

微风叹口气，不过也没去拿那杯酒。

纹怯生生地走向两人的桌子。她习惯躲在阴影和角落中，近到足够偷听，又远到足够脱逃，可是房间空成这样，她实在没有办法躲开这些人，所以她选择在两人相邻的桌子，小心翼翼地坐下。她需要信息，因为每多一分无知，她在这群迷雾人之中就多处于一分下风。

微风轻笑："你可真是紧张的小东西。"

纹不理会他的话。"你。"纹朝哈姆点点头，"你也……也是个迷雾人？"

哈姆点点头："我是个打手。"

纹不解地皱眉。

"我烧白镴。"哈姆说道。

纹再次带着疑问看着他。

"亲爱的，他可以让自己变得更强壮。"微风说道，"他会打东西，尤其是那些想干扰我们行动的人。"

"不只这样。"哈姆说道，"我负责行动的安全，必要时提供人力给首领。"

"不必要时他会拼命畅谈哲理到哈欠连连。"微风在旁边补上一句。

哈姆叹口气："微风，说实话，有时候我真不知道自己为什么……"门再度打开，又进来一人，哈姆便没再说下去。

新来的人穿着暗土色的外套，一条褐色的长裤，还有一件样式简单的白上衣，但他的五官远比衣服更引人注目——脸孔纠结盘转，像是扭曲的木块，眼中散发只有老年人才有的不赞许和批判。

纹分辨不出他的年纪，因为他似乎尚未到佝偻的年纪，但也大到让中年的微风相较之下显得年轻。

新来的人看了看纹和其他人，鄙夷地哼两声，走到房间对面的桌边坐下。他一拐一拐的脚步敲出明显的重顿声响。

微风叹口气："我会很想念陷阱。"

"我们都会。"哈姆静静说道，"不过歪脚很行。我以前跟他共事过。"

微风端详着新来的人："不知道我能不能让他帮我把酒端过来……"

哈姆轻笑。"我愿意付钱看你尝试。"

"我相信你会的。"微风说道。

纹打量着新来的人，后者似乎很愿意忽略她和另外两人："他的能力是什么？"

"歪脚？"微风问道，"亲爱的，他是烟阵。他可以让我们不被审判者发现。"

纹咬着下唇，一面研究歪脚，一面消化着新信息。他瞪了她一眼，令她转开眼睛，纹因此也注意到哈姆正看着她。

"我喜欢你，孩子。"他说道，"跟我共事过的跑腿要不怕到不敢跟我们说话，要不就是嫉妒我们进入他们的地盘。"

"没错。"微风说道，"你跟一般的碎渣不像。当然，如果你愿意去帮我拿那杯酒，我会更喜欢你……"

纹不理他，瞥向哈姆："碎渣？"

"我们之中比较自我膨胀的成员常会这么称呼低阶窃贼。"哈姆说道，"他们称你们为碎渣，因为你们通常参与……比较没有远见的行动。"

"当然，我无意冒犯你。"微风说道。

"我怎么会觉得被冒犯呢。"纹顿了顿，觉得自己异常地想满足那衣着光鲜的男子。她瞪着微风。

"住手！"

"你看。"微风瞥向哈姆后说道，"她仍然有选择的能力。"

"你没救了。"

他们认为我是跑腿的，纹心想。所以卡西尔还没跟他们说过我是谁。为什么？时间不够？还是这秘密珍贵到不能跟人分享？这些人到底有多值得信任？而且，如果他们认为她只不过是个碎渣，为什么要对她态度这么好？

"我们还在等谁？"微风问道，瞥向门口，"我是说除了阿凯跟老多以外。"

"叶登。"哈姆说道。

微风脸色难看地皱了眉。

"是啊，我同意。"哈姆说道，"但我敢打赌，他对我们也是一样的想法。"

"真不知道干吗要邀他。"微风说道。

哈姆耸耸肩："当然跟阿凯的计划有关。"

"啊，又是那赫赫有名的计划。"微风深思地说道，"不知道那会是什么样的行动？"

哈姆摇摇头："阿凯总是要保证他该死的戏剧化效果。"

"一点都没错。"

片刻后，门被打开，他们之前谈论的叶登走了进来。纹没想到他是个外貌平凡的人，更不了解为何另外两人对他的出现如此不满。满头短卷发的叶登身着简单的灰色司卡服装，和一件满是补丁跟灰渍的褐色工人外套。他带着不赞许的神情环顾四周，但鄙夷之情反倒不如歪脚那样显露在外。后者仍坐在房间对面，任何人只要朝他的方向转头，就会接收到他恶狠狠的瞪视。

不是很大一组人马，纹心想。加上卡西尔跟多克森也不过六个人。当然，哈姆说他手下带着一群"打手"。这些来开会的人只是代表吗？下面有更小、更专门的成员？有些组织是这样运作的。

微风又看了三次怀表后，卡西尔才姗姗来迟。身为迷雾之子的领袖，他以一贯的抖擞精神大步进入房间，多克森则懒洋洋地跟随在后。哈姆见到他们，立刻露出了大大的微笑，站起身与卡西尔握手，微风也站了起来，虽然他的表现比较含蓄，但纹必须承认她从来没看过这么受手下欢迎的首领。

"啊,"卡西尔说道,望向房间另一端,"歪脚跟叶登也来了。那大家都到了,很好——我最痛恨等人了。"

微风挑起一边眉毛,跟哈姆一同在原本的椅子上坐下。多克森随即也加入他们。"你会向我们解释你迟到的原因吗?"

"多克森和我去找我兄弟了。"卡西尔解释,走到房间的前方,转身靠着吧台,环顾四周。当他的眼光落到纹身上时,轻轻地眨了眨眼。

"你的兄弟?"哈姆说道,"沼泽要来开会吗?"

卡西尔跟多克森交换一个眼神。"今晚不会。"卡西尔说道,"但他早晚会加入我们的。"

纹端详其他人,他们对此看法似乎有相当的怀疑。也许卡西尔跟他兄弟间的关系很紧张?

微风举起决斗杖,尖端指向卡西尔。

"好了,卡西尔,你过去八个月来都神秘兮兮的,不肯跟我们说这起'行动'到底是什么,弄得我们大家都很气愤,所以你要不要直接告诉我们到底是要做什么?"

卡西尔微笑,然后站直身体,朝全身脏污,外表平凡的叶登挥挥手:"各位先生,这是你们的新雇主。"

这句话显然令众人相当震惊。

"他?"哈姆问道。

"他。"卡西尔点点头。

"怎么?"叶登第一次开口说话,"你没办法跟真正有道德良知的人一起工作吗?"

"不是这样说的,亲爱的。"微风说道,将决斗杖平放在膝盖上,"只是,怎么说,我不知道为什么觉得你并不喜欢我们这种人。"

"我是不喜欢。"叶登直截了当地说道,"你们自私、没有纪律,而且背弃了其余的司卡。你们穿着精美的衣饰,但内心和灰烬一样肮脏。"

哈姆轻哼："我已经可以预见，这次的行动对于团队向心力会有莫大的帮助。"

纹静静地看着，咬着下唇。叶登很明显是个司卡工人，也许是在冶铁厂或是纺织厂工作。他跟地下组织有何关联？还有……他怎么负担得起聘雇盗窃集团的费用，而且还是卡西尔这种专业集团？

也许卡西尔注意到了她的疑惑，因为她发现其他人在说话时，他的眼睛依然留在她身上。

"我还是有点不明白。"哈姆说道，"叶登，我们都知道你对盗贼的看法。所以……为什么要雇用我们？"

叶登不自在地扭动了一下身体。"因为……"他终于开口，"大家都知道你们做事多有成效。"

微风轻笑："原来看不起我们的道德操守不影响你利用我们技能的决心啊。那到底是什么样的行动？司卡反抗军要我们帮什么忙？"

司卡反抗军？纹终于解读出对话的背景。

犯罪世界有两块，大部分是盗贼、集团、娼妓、乞丐，都是想在主流司卡文化之外生存的人。再来就是反抗军。那些人戮力于对抗最后帝国。瑞恩向来称他们为笨蛋——纹碰到过的大多数人，无论是道上的人，或是一般司卡，都跟瑞恩有相同看法。

所有人的目光都缓缓转回卡西尔身上，他又靠回了吧台上："司卡反对大军的领袖叶登代表他们全体，雇用我们进行一项特定任务。"

"什么任务？"哈姆问道，"抢劫？暗杀？"

"都有一点。"卡西尔说道，"但同时，可能也都不需要。各位先生们，这不是我们平常接的工作，会跟我们做过的任何事情都不同——我们要协助叶登推翻最后帝国。"

一片静默。

"你能不能再说一遍？"哈姆打破寂静，率先开口。

"你没听错，哈姆。"卡西尔说道，"这就是我一直在策划的行动——

摧毁最后帝国。或者该说，先从政府中心组织下手。叶登雇用我们，让我们提供一支军队给他，同时给他一个可以掌控都市的良好契机。"

哈姆靠回椅背，跟微风交换一个眼神。两个人都转向多克森，后者严肃地点点头。房内的沉默继续蔓延，最后被叶登自嘲的懊恼笑声打破。

"我真不应该答应这件事。"叶登摇着头说，"现在听你说出口后，我才发现这件事有多荒谬。"

"相信我，叶登。"卡西尔说道，"这些人很习惯于达成一开始听起来很荒谬的计划。"

"你说得也许对，阿凯。"微风说道，"但在这个情况下，我得说自己同意那位不喜欢我们的朋友。推翻最后帝国……这是司卡反抗军已经努力一千年的目标了！你凭什么认为在他们失败这么久以后，我们会成功？"

卡西尔微笑："我们会成功的理由是，我们有远见，微风。这是反抗军向来缺乏的。"

"请问你这话是什么意思？"叶登忿忿不平地说道。

"很抱歉，但我说的是实话。"卡西尔说道，"反抗军谴责我们这种人贪婪，但是，虽然他们拥有高尚的道德情操——我当然也尊崇他们这一点——不过至今却是一事无成。叶登，你的手下们躲藏在山林里，策划有一天该如何起义，领导一场光辉的战役，打倒最后帝国，但你们这些人完全不知道该怎么策划与执行一次行动。"

叶登的脸色越发难看："你根本不知道自己的话有多离谱。"

"噢？"卡西尔轻松地说道，"告诉我，你的反抗军在千年以来有什么成果？你的成功跟胜利是什么？是三百年前有七千名司卡反抗军被歼灭的图吉珥大屠杀吗？还是偶尔打劫或绑架个小贵族官员？"

叶登脸色涨红："我们只有这些人，已经尽力了！你不要把失败怪罪于我的手下，要怪就怪其他的司卡。我们甚至无法说服他们来帮助我们。他们已经被践踏一千年，完全没有半点骨气，光要让千分之一的人听我们说话就已经够困难了，更不要提反抗！"

"冷静一点，叶登。"卡西尔举起手说道，"我不是要侮辱你们的勇气。我们是站在同一边的，记得吗？你来找我正是因为你在招募军队上有问题。"

"我越来越后悔这个决定了，小偷。"叶登说道。

"嗯，你已经付钱了。"卡西尔说道，"所以现在要打退堂鼓也有点晚，但我们会让你得到你需要的军队，叶登。这个房间里面的人是本城中最高超、最聪明也最优秀的一批镕金师。请你就拭目以待吧。"

房间再次安静下来。纹坐在桌边，皱着眉头观察众人的互动。你在玩什么把戏，卡西尔？他说要推翻最后帝国的话显然是骗局，她觉得他应该是想骗司卡反抗军，可是……如果他已经拿到钱了，又何必继续这场骗局？

卡西尔将注意力从叶登身上转向微风跟哈姆："怎么样，两位，你们有何想法？"

两人交换一个眼神。终于，微风开口："统御老子明鉴，我从来不会拒绝挑战。可是，阿凯，我对你的逻辑有点疑问。你确定我们办得到吗？"

"我很确定。"卡西尔说道，"之前推翻统御主的行动之所以会失败，是因为他们缺乏良好的组织跟规划。我们是窃贼，各位先生，而且我们非常厉害。我们可以抢他人不能抢，骗他人不能骗。我们知道如何将一件庞杂巨大的工作切割成可以实施的步骤，然后一一执行。我们知道如何得到想要的东西。这些技巧让我们绝对适合这个工作。"

微风皱眉："那么……为了达成不可能的任务，我们收多少钱？"

"三万盒金。"叶登说道，"先付一半，军队成立之后再付一半。"

"三万？"哈姆说道，"这可是件大行动，三万连支出成本都不太够，我们需要派间谍到贵族间去注意流言，需要两间安全的密屋，更不要提可以隐藏、训练一整个军队的足够大的空间……"

"现在讨价还价已经没用了，小偷。"叶登呵斥。"三万对你们这种人听起来可能不是大数字，但可是我们省了几十年的成果。我们付不出更多钱是因为我们没有更多了。"

"这是做好事。"多克森说道，首次加入对话。

"是啦，这么说，的确很棒。"微风说道，"我也觉得我是个好人，但是⋯⋯这似乎有点太理想化了，或者该说太蠢了。"

"这个嘛⋯⋯"卡西尔说道，"我们的好处可能不只这点。"

纹整个人精神一振，微风微笑。

"统御主的财库。"卡西尔说道，"目前的计划是提供给叶登一支军队还有夺取城市的机会。一旦他攻下皇宫，他会攻下财库，用里头的资金来巩固势力，而财库的镇库之宝——"

"就是统御主的天金。"微风说道。

卡西尔点点头："我们跟叶登的合作协议包括皇宫中一半的天金存量，无论实际多寡。"

天金。纹听说过这种金属，但从来没见过，它非常稀有，据说只有贵族能使用。

哈姆正在微笑。"这样啊。"他缓缓说道，"这奖赏几乎大得诱人呢。"

"据说那里的天金存量相当惊人。"卡西尔说道，"统御主只卖非常少量给贵族，收取天价。他必须拥有极大的存量好确保他能控制市场，同时确保在紧急时候他有足够的财富。"

"是没错⋯⋯"微风说道，"但你确定在上一次我们尝试进入皇宫之后，这么快就要⋯⋯再试一次？"

"这次的做法不同。"卡西尔说道，"各位先生，坦白说，这次行动不会简单，但可以成功。计划很简单，我们要找到方法让陆沙德警备队动弹不得，令全城区失去镇压动乱的力量，然后，我们要让城市陷入恐慌。"

"我们有两个选择可以办到这件事。"多克森说道，"不过这件事我们

MISTBORN: THE FINAL EMPIRE

等一会儿再谈。"

卡西尔点点头:"然后,叶登趁乱可带军队进入陆沙德,夺取皇宫,禁锢统御主。在叶登掌控城市的同时,我们则可去夺取天金,把一半交给他,带着另一半消失。在此之后,要如何留住他所夺得的一切就凭他的本事了。"

"听起来对你而言有点危险,叶登。"哈姆评论,瞥向反抗军首领。

叶登耸耸肩。"也许吧,如果真有奇迹出现,我们控制了皇宫,那至少我们能办到没有司卡反抗军达成过的事情。对我的部属而言,这已经不是攸关财富,甚至不是攸关生存,重点在于做一件伟大、辉煌的事情,让司卡们能拥有希望。这种心情,你们这种人是不会了解的。"

卡西尔以眼色示意叶登别再继续说下去,后者哼了哼,坐回椅子上。他用了镕金术吗?纹猜测。她以前也见过雇主与集团间的关系,但这次看起来是叶登被卡西尔吃得死死的,而非反过来。

卡西尔转回去面对哈姆跟微风。"这一切不只是展现胆识而已。如果我们真的能偷到天金,这对统御主的财政基础会是猛烈的一击。他仰赖天金提供的金钱,少了它,他有可能连军队都负担不起。

"就算统御主逃出我们的陷阱,或是我们选择在他不在时夺取城市以尽量减少跟他正面交锋的机会,他的财务也会崩垮,无法驱使士兵进城来夺回首都。如果一切顺利,整个城市就会陷入混乱,贵族会软弱到无法抵抗反抗军,而统御主更是无法号召到像样的军队。"

"那克罗司呢?"哈姆低声问道。

卡西尔顿了顿。"如果他让那些怪物进入自己的首都,造成的毁损会比财务上的赤字更危险。在混乱中,乡村的贵族会反抗,自立为王,统御主则无军队剿平他们。叶登的反抗军会掌控陆沙德,而朋友们,我们会变得非常、非常有钱。大家各偿所愿。"

"你忘记钢铁教廷了,"歪脚坐在原本几乎被众人遗忘的角落斥骂,"那些审判者不会坐视我们将完美的神权政府推向混乱。"

卡西尔顿了顿,转向老人。"我们得想办法对付教廷,我是有几个计划,无论如何,这种问题都是我们该要解决的。我们得除掉陆沙德警备队,因为街道上若是有他们在巡逻,那我们什么都无法办到。我们也得想个办法让城市陷入混乱,还得让圣务官逮不到我们。

"如果一切顺利,我们可能可以强迫统御主将皇宫警卫,甚至是审判者派入城里好维持秩序,如此一来,皇宫就会成为弱点,让叶登有完美的攻击机会。在此之后,教廷或警备队都不重要了,因为统御主将没有金钱可以控制帝国。"

"我不知道,阿凯。"微风说道,不断摇头,他原本轻浮的态度收敛起来,似乎是认真在考虑这个计划,"统御主的天金也是从某处取得的,如果他去别处挖矿怎么办?"

哈姆点点头:"甚至没有人知道天金矿在哪里。"

"我不觉得没有人。"卡西尔带着微笑说道。

微风跟哈姆交换眼神。

"你知道?"哈姆问道。

"当然。"卡西尔说道,"我花了一年时间在那里工作。"

"深坑?"哈姆惊讶地问。

卡西尔点点头:"这就是为什么统御主要耗费功夫确定没有人能从那里活着走出来,因为他不敢让秘密外泄。那不只是罪犯聚集地或是让司卡等死的地狱。它是个矿场。"

"这就合理了……"微风说道。

卡西尔站直身,离开吧台,走向哈姆跟微风的桌子。"我们有个机会,各位先生,有机会做一件伟大的事,一件没别的窃盗集团做过的事——我们要去抢劫统御主!

"不只如此。深坑几乎致我于死,从我逃出后,我开始对世界有……不同的看法。我看到司卡毫无希望地工作着;我看到窃盗集团试图靠贵族丢弃的垃圾生存,还往往因此害死自己;还有其他司卡,我看到司卡

MISTBORN: THE FINAL EMPIRE

反抗军这么努力地试图抗拒统御主,却从未有进展,反抗军会失败是因为它太不灵活、太分散,每次只要有点契机,就会被钢铁教廷碾碎。这不是打败最后帝国的方法,各位。但是一个既专业又拥有出色技能的小团队,是有希望能达成这件事的。我们工作的方式可以避免曝光的危险,我们知道如何躲避钢铁教廷的爪牙,我们了解贵族如何思考,如何利用其成员。我们可以办得到!"他在微风和哈姆的桌边停下。

"我不知道,阿凯。"哈姆说道,"不是我不同意你的动机,而是……这似乎有点有勇无谋。"

卡西尔微笑:"我知道,但你还是会加入,对不对?"

哈姆顿了顿,然后点点头:"你知道不论是哪种行动,我都是你的人。这听起来是有点疯狂,而你的计划向来如此。只是……你得坦白说。你说要推翻统御主,是认真的吗?"

卡西尔点点头。不知道为什么,纹几乎也有相信他的冲动。

哈姆坚决地一点头:"好,算我一份。"

"微风?"卡西尔问道。

衣着精美的男子摇摇头。"我不确定,阿凯。就算以你的标准来看,这也太离谱了一点。"

"我们需要你,微风。"阿凯说道,"没有人比你更擅长'安抚'群众。为了要组织军队,我们需要你的镕金术师,还有你的力量。"

"这话倒是真的。"微风说道,"但即便如此……"

卡西尔微笑,然后在桌上放了个东西——是纹帮微风倒的酒。她甚至没注意到卡西尔已经将酒杯端离吧台。

"你想想其中的挑战,微风。"卡西尔说道。

微风瞥向杯子,然后抬头看着卡西尔,终于笑了,朝酒杯伸手:"好吧。也算我一份。"

"这是不可能的。"房间后方传来粗哑的声音。歪脚双手抱胸,皱着眉头瞪着卡西尔:"卡西尔,你真正的计划到底是什么?"

"我已经坦白说了。"卡西尔回答,"我打算夺取统御主的天金,推翻他的帝国。"

"你办不到。"男子说道,"这真是蠢到家了。我们全会被审判者的钩子吊死。"

"也许吧。"卡西尔说道,"但想想我们成功时等着我们的报酬。财富、权利,还有一片司卡可以活得像人,而非奴隶的土地。"

歪脚明显一哼,站起身,椅子在他身后翻倒。"没有任何报酬值得我这样做。统御主曾经想杀你却失败了,看得出来他不成功,你是不会罢休的。"说完,他便转身,拖着脚步,一拐一拐地踏出房间,在身后将门重重甩上。

密室一片安静。

"看来,我们需要另一个烟阵了。"多克森说道。

"你们就这样放他走?"叶登质问,"他什么都听到了!"

微风轻笑:"你不是我们这一小撮人的道德良知吗?"

"道德良知跟这件事无关。"叶登说道,"让那样子的人离开太蠢了!他可以在几分钟内就带着一群圣务官找到我们头上。"

纹点点头同意,但卡西尔摇头:"我不是这样做事的,叶登。我邀请歪脚来参加会议,会议中我提出一个危险,甚至有人会称为愚蠢的计划。他觉得这对自己而言太危险,我不会因为这样就派人暗杀他。如果凡事都这样,要不了多久,没有人会愿意跟你合作。"

"况且……"多克森开口,"除非我们相信一个人不会背叛我们,否则我们根本不会邀他来。"

不可能的,纹皱着眉头心想。他一定是在吹牛好激励大家的士气,不可能有人像他说的那样愿意信任别人。毕竟,其他人不是说了,卡西尔几年前的失败,害他被抓去海司辛深坑的那次,就是因为他被背叛?他可能此刻就派杀手在跟踪歪脚,确保他不会去告密。

"好了,叶登。"卡西尔回到正题上,"他们接受了。计划成立。你还

MISTBORN: THE FINAL EMPIRE

要参与吗?"

"如果我说不的话,你会把钱还给反抗军吗?"叶登问道。

唯一的回答是哈姆的低笑声。

叶登的脸色一黑,但他只是摇摇头:"如果我有别的选择……"

"拜托,能不能请你别再抱怨了。"卡西尔说道,"既然你现在已经正式成为盗贼团队的一员,你也该过来跟大伙儿坐在一块儿。"

叶登好半晌没作答,最后终于叹口气,走到微风、哈姆和多克森的桌子边坐下,卡西尔依旧站在桌边,纹则仍是坐在隔壁桌。

卡西尔转身,看着纹:"你呢,纹?"

她没反应。*他为什么要问我?他早就知道他能够控制我。什么样的行动不重要,只要我学会他所知的一切就好。*

卡西尔期待地等待。

"算我一份。"纹说道,猜想这是他想要的答案。

她一定是猜对了,因为卡西尔微笑,然后朝桌边最后一张椅子点头。

纹叹口气,照着他的指示站起身,在桌边最后的位子坐下。

"这孩子是谁?"叶登问道。

"跑腿的。"微风说道。

卡西尔挑起一边眉毛:"其实,纹算是我新招募来的人。几个月前我兄弟发现她在安抚他的情绪。"

"安抚者是吧?"哈姆问道,"这种人多一个总是好的。"

"其实……"卡西尔补充道。"她似乎也能'煽动'他人的情绪。"

微风一惊。

"真的?"哈姆问道。

卡西尔点点头:"老多跟我几个小时前才测试过她。"

微风轻笑:"我刚才还跟她说,她可能碰不到你以外的迷雾之子呢。"

"团队中有第二个迷雾之子……"哈姆赞叹地说道,"这可让我们的成功概率又提高了一些。"

"你在说什么啊？"叶登气急败坏地说道，"司卡不可能是迷雾之子。我甚至不确定迷雾之子真的存在！我可从来没见过。"

微风挑起一边眉毛，按上叶登的肩头："朋友，你应该试着少说两句。"他提议，"这样就不会显得那么笨了。"

叶登甩开微风的手，哈姆大笑。纹则静静地坐着，思考卡西尔方才说的话。偷窃天金的部分是很诱人，但为此必须夺取城市？这些人真的有这么冲动吗？

卡西尔为自己拉过来一张椅子，反跨坐下，双手靠在椅背上。

"好。"他说道，"我们现在有一组人马了。下次开会时我们再讨论细节，我要你们每个人都花时间去思考该如何达成这项任务。我有些计划，但我希望你们能用全新的观点来研究这件事。我们需要讨论该如何把陆沙德警备队诱离城市，还有该如何让这个地方混乱到各大家族都无法动用武力来阻止叶登的军队。"

除了叶登以外的所有人都点点头。

"不过，在今晚的会议结束之前……"卡西尔继续说道，"这个计划还有一部分要特别警告各位。"

"还有？"微风笑问，"偷取统御主的财产跟颠覆他的王国还不够？"

"不够。"卡西尔说道，"如果办得到，我还要杀了他。"

沉默。

"卡西尔……"哈姆缓缓开口，"统治者是无穷宇宙的一截碎片。他是神的一部分。你杀不死他的。就连捕捉他也许都是不可能的事。"

卡西尔没有回答，但他的眼神很坚定。

果然。纹心想。他一定疯了。

"统御主和我……"卡西尔静静开口，"我们有一笔债没算清。他夺走了我的梅儿，几乎也夺走了我的神智。我必须向你们承认，我策划这次行动的部分原因是要报复他。我们要夺取他的政府，他的家园，还有他的财富。"

MISTBORN: THE FINAL EMPIRE

"可是,要做到这一点,我们必须处理掉他。也许将他禁锢在他的地牢里,最少也得把他赶出城市。但是,我可以想得出比这两者更好的选择。在他把我送去的深坑里,我'绽裂'了,镕金术的力量在我体内觉醒。我现在打算用这股力量来杀死他。"卡西尔探入外套口袋,拿出某样东西放在桌子上。

"在北方,他们有个传说。"卡西尔说道,"故事中说,统御主并非完全长生不老,据说只要拿对的金属,就能杀死他。第十一金属。那种金属。"

众人的目光都转向桌上的东西。那是一块金属,大概跟纹的小指头等宽等长,边缘相当平整,全部是银白色。

"第十一金属?"微风不确定地问道,"我从来没听过这种传说。"

"统御主压下了这个传说,但只要知道去哪里找,还是找得到的。镕金术理论教导有十种金属:八种基本金属,两种高等金属,但还有一种鲜为人知的金属,远比另外十种更为强大。"

微风质疑地皱眉。不过叶登似乎深感兴趣:"这种金属能杀掉统御主?"

卡西尔点点头:"这是他的弱点。钢铁教廷要你们相信他是不死的,但就连他,也能被镕合这种金属的镕金术师杀死。"

哈姆伸出手,拿起薄薄的金属块问道:"你在哪里拿到的?"

"北方。"卡西尔说道,"靠近远方半岛的地方,那里的人们还记得,在'升华'前,他们的王国是什么名字。"

"它有什么作用?"微风问道。

"我不确定。"卡西尔坦白地说道,"但我打算找出来。"

哈姆端详着陶瓷色的金属,在指尖翻转它。

杀死统御主?纹心想。统御主是一股力量,像风或像雾。这种东西是杀不死的。它们其实也不是活生生的东西,只是单纯的存在。

"无论如何……"卡西尔说道,接过哈姆递过来的金属,"你们不用担心这件事。杀死统御主是我的责任。如果办不到，那就把他骗出城外，抢得他一穷二白就够了。我只是觉得你们都该知道我的计划。"

我把自己交给了一个疯子，纹无奈地想。

可是这无所谓，只要他能教她镕金术。

我甚至不了解我该怎么做。泰瑞司哲人说，时机到时，我自然会知道，但这实在无法令人安心。

深黯必须被摧毁，显然只有我能办得到。即便是现在，它也仍然摧残着这世界。如果我不尽快阻止它，这片大地将只剩下骨骸和尘土。

5

"啊哈！"卡西尔胜利的身影从凯蒙的吧台后出现，将一瓶满是灰尘的酒瓶重重放在吧台上。

多克森好笑地转头："你是在哪里找到的？"

"某个秘密抽屉。"卡西尔说道，擦拭着瓶身上的灰尘。

"我以为我都找过了。"多克森说道。

"你是都找过了。但其中一个有伪夹层。"

多克森轻笑："真聪明。"

卡西尔点点头，拔开瓶塞，倒出三杯酒。"秘诀就是不要停止寻找。永远都有另一个秘密。"他抱起三只酒杯，走回纹跟多克森的桌子。

纹迟疑地接下了她的杯子。

会议不久前才结束。微风、哈姆和叶登已经离开去思索卡西尔刚告诉他们的事情，纹觉得她也该离开，但她无处可去。卡西尔似乎理所当然地觉得她会留下来跟他们在一起。

卡西尔啜了一口红宝石色泽的红酒，露出笑容。

"啊，这好多了。"

多克森同意地点点头，但纹没有喝自己的酒。

"我们还需要一个烟阵。"多克森说。

卡西尔点点头："不过其他人似乎还颇能接受的。"

"微风仍然有点迟疑。"多克森说道。

"他不会退出的。微风喜欢挑战，而且他绝对找不到比这更大的挑战。"卡西尔微笑，"而且光是让他知道我们有一项他没有参与到的行动，就够憋死他了。"

"不过，他的担忧是对的。"多克森说道，"我自己也有点担心。"

卡西尔同意地点头，令纹皱眉。他们的计划是认真的吗？还是他们仍然在假装给我看？这两人显得非常有能力。可是，要推翻最后帝国？倒不如去阻止白雾流泻或太阳升起吧。

"你的其他朋友什么时候到？"多克森问道。

"再过两天。"卡西尔说道，"我们那时候得有另一名烟阵。而且我还需要天金。"

多克森皱眉。"这么快？"

卡西尔点点头。"我把大多数天金都花在购买欧瑟的契约上。然后最后一点在特雷斯廷的农庄用光了。"

特雷斯廷。上个礼拜在自己的农庄里被杀害的贵族。卡西尔是如何涉及这件事的？而且卡西尔之前是怎么提到天金来着？他说统御主靠独占那种金属来控制上族。

多克森搓搓长满胡子的下巴："阿凯，天金很难弄的。之前光为了偷你那一点就花了八个月的策划时间。"

"那是因为你要低调。"卡西尔狡诈地微笑。

多克森用略微忧虑的眼神打量着卡西尔。

卡西尔只是露出更大的笑容，终于，多克森翻翻白眼，叹口气，然后瞥向纹："你没有喝东西。"

纹摇摇头。

多克森等着听她解释，最后纹不得不回答："我不喜欢喝不是自己准备的东西。"

卡西尔轻笑："她让我想到狂风。"

"狂风？"多克森一哼，"小妞是有点多疑，但没那么糟糕。我发誓，那家伙紧张到会被自己的心跳声吓个半死。"

两名男子一起笑了。和善的气氛只是让纹更不安。*他们希望我怎么做？我该算是他们的学徒吗？*

"好吧。"多克森说道，"你要告诉我打算怎么样弄到天金吗？"

卡西尔开口正要回答，但楼梯响起有人下楼的声音。卡西尔跟多克森一起转头，纹当然早就挑了不需转头就可观察两边入口的位置坐下。

纹以为新来的人会是凯蒙的手下之一，被派下来看看卡西尔用完密室了没。所以，当门一打开，出现的是歪脚的恼怒丑脸时，她大吃一惊。

卡西尔微笑，双眼炯炯有神。

他一点不意外。也许有点得意，但不意外。

"歪脚。"卡西尔说道。

歪脚站在门口，一视同仁地对三人露出格外不满的眼神，最后才一拐一拐地进入房间，另一名瘦弱，看起来笨手笨脚的男孩跟在他身后。

男孩帮歪脚端来一张椅子，放在卡西尔的桌边。

歪脚坐下，自言自语地抱怨几句，良久后才眯着眼睛，皱着鼻子，开始瞄起卡西尔。

"安抚者走了？"

"微风？"卡西尔问道，"是啊，他走了。"

歪脚闷哼一声，然后瞄了瞄酒瓶。

"请用。"卡西尔说道。

歪脚挥手要男孩去吧台帮他拿个杯子,然后转回身面向卡西尔。"我得确定一下。"他说,"有安抚者在的时候,特别不能相信自己——尤其是有他那种安抚者在。"

"你是个烟阵,歪脚。"卡西尔说道,"如果你不愿意,他奈何不了你的。"

歪脚耸耸肩。"我不喜欢安抚者。不只是因为镕金术,而是那种人……就是没法相信那种人不会趁机操弄人,不论我烧的是红铜还是什么。"

"我不会仰赖那种手段来赢得你的忠诚。"卡西尔说道。

"我是这么听说了。"歪脚说道,男孩此时为他倒了一杯酒,"不过还是得确定一下,得趁微风不在时再想想。"他恶狠狠地拿起杯子,灌下半杯,但纹实在看不出来他不高兴的理由。

"好酒。"他闷声说道,然后,转头看着卡西尔,"深坑真的把你逼疯了,是吧?"

"疯透了。"卡西尔一本正经地说。

歪脚微笑,不过这表情出现在他脸上显得格外扭曲。"所以你打算做到底?你所谓的行动?"

卡西尔严肃地点点头。

歪脚灌下剩余的酒:"那你得到了一名烟阵。不过,不是为了钱。如果你是认真要推翻他们的政府,那算我一份。"

卡西尔微笑。

"然后不要对我微笑。"歪脚斥骂,"我最讨厌人家那样。"

"我可不敢。"

"好吧。"多克森说道,帮自己倒杯酒,"这就解决烟阵的问题了。"

"没差。"歪脚说道,"你们会失败的。我花了一辈子把迷雾人藏起来,不被统御主跟他的圣务官找到,不过早晚还是都被他们抓到。"

"那干吗还帮我们?"多克森问道。

"正因为如此,"歪脚一面站起身,一面说道,"他反正早晚会逮到我。至少,做这件事可以让我在挂掉之前朝他脸上呸一口。推翻最后帝国……"他微笑,"也算走得漂亮。走吧,小子,我们得去准备开店,等客人上门。"

纹看着他们离开。歪脚蹒跚地拐出门外,身后的男孩把门拉起。

她瞥向卡西尔:"你知道他会回来。"

他耸耸肩,站起身来左右伸展。"我是希望如此。人们会受远见吸引。我提出的行动……不是令人容易放手的,尤其如果你是对生命的一切都感到极端不满的无聊老头。对了,纹,我猜你的集团拥有整栋大楼?"

纹点点头:"楼上的店面是伪装。"

"很好。"卡西尔说道,检视他的怀表,然后递还给多克森,"跟你的朋友说密室可以还他们了——浓雾大概也已经出来了。"

"那我们呢?"多克森问道。

卡西尔微笑:"我们要去屋顶。刚跟你说过了,我得弄点天金来。"

白天时,陆沙德是个乌黑的城市,被灰烬跟红色阳光烙黑,刚硬、清晰、压迫。

但是夜晚时,白雾袭来,遮蔽、模糊一切。

上族的堡垒变成鬼魅般的高耸轮廓。

雾中的街道似乎变得更狭窄,每条大道都变成了孤寂、危险的小巷。就连贵族跟盗贼都对于在夜晚行走感到惴惴不安,得是十分大胆之人才敢走入不祥、多雾的沉静。晚上的暗城属于亡命之徒与有勇无谋之辈,是盘绕谜团与奇特怪物的地方。

像我这样的奇特怪物,卡西尔心想。他站在密屋平坦屋顶边缘的平台上。夜里,伫立在阴影中的建筑物包围着他,浓雾让黑暗中的一切看起来像是不断在晃动。

偶尔有一扇窗户传出微弱的灯光,但细小的光明是畏缩、胆怯的

087

MISTBORN: THE FINAL EMPIRE

东西。

一阵凉风穿过屋顶，拨弄着白雾，刮过卡西尔被雾气沾湿的脸颊，宛如吐出的气息。过去，在一切变质之前，他行动的前一晚总要找个屋顶，想要看一眼市景。他没发现今晚自己是在重拾旧习，直到他瞥向身侧，满心以为梅儿会一如往常地在旁边。

如今，只有空气、寂寞、沉默、迷雾取代了她的位置，远不及她的人在身边。

他叹口气转身。纹和多克森站在他身后，两人对于身处浓雾中显得局促不安，但都能处理自己的恐惧。地下世界的人如果不能忍受迷雾，是撑不了多久的。

卡西尔则不只是"忍受"而已。过去几年，他在白雾中行走的次数多到他开始觉得，夜晚走在迷雾的隐匿拥抱中，比走在白昼下还自在。

"阿凯。"多克森开口，"你一定得要那样走在边缘吗？我们的计划也许有点疯狂，但我希望结局不是看到你在下面的石板路上摔成稀巴烂。"

卡西尔微笑。他还是没把我当成迷雾之子，他心想。他们都得花点时间才能适应。

很多年前，他成为陆沙德中最著名的首领，那时的他甚至不是镕金术师。梅儿原本是个锡眼，但他跟多克森……只不过是普通人。一个是没有任何力量的混血司卡，另一名则是从农庄逃跑的司卡。在两人的携手合作下，贵族被偷得片甲不留，他们大胆地从最后帝国里最有势力的人身上偷盗，如今卡西尔更胜从前，远非昔日能比。曾经，他梦想拥有镕金术，希望能有梅儿那样的力量。只是，在他绽裂得到力量前，她就死了。她永远也看不到他如何运用自己的力量。

在之前，贵族怕他。只有统御主亲自设下的陷阱才抓到卡西尔。而今……不撼动最后帝国，他誓不罢休。再看城市最后一眼，将白雾深吸入体内后，他终于从平台上跳下，回到多克森跟纹身边。三人都没有带灯火，通常有被迷雾模糊的星光就足以视物。

卡西尔脱下外套跟背心，递给多克森，然后拉出衬衫，让下摆散在外，布料颜色深到不会暴露他在黑夜中的身影。

"好了。"卡西尔说道，"我该找谁下手？"

多克森皱眉。"你确定你想这么做？"

卡西尔微笑。

多克森叹口气："兀尔班跟坦尼尔最近才被偷过，但不是对他们的天金下手。"

"现在哪家的守卫最严密？"卡西尔问道，蹲身解下靠在多克森脚边的背包系带。"谁是没有人会去动的？"

多克森顿了顿。"泛图尔。"他最后说道，"他们最近几年来都是最强盛的一族，平时即有几百人，而且住在府宅中的贵族就有二十几名是迷雾人。"

卡西尔点点头："好，我就去那里。他们一定有天金。"他拉开袋子，抽出一件深灰色的披风，大得可以包裹住他全身。披风本身并非由一块布所做成，而是由数百条缎带般的长布条所组成，在肩膀跟胸口前密缝在一起，但在别处则是各自垂挂，有如层层叠叠的彩带。

卡西尔披上衣服，布条不断翻滚扭转，几乎就像迷雾一般。

多克森轻轻吐气："我从来没这么靠近过穿这种衣服的人。"

"这是什么？"纹问道，低低的声音在夜雾中宛如幽魂之声。

"迷雾之子的披风。"多克森说道，"他们都会穿这种披风，有点像是……俱乐部的徽记。"

"它的颜色跟设计都是为了让人隐身在雾里。"卡西尔说道，"而且警告城市守卫跟其他的迷雾之子不要来打扰你。"他转身，让披风戏剧化地翻舞。"我觉得它穿在我身上挺合适的。"

多克森翻翻白眼。

"好了。"卡西尔说道，弯腰从背袋中拿出一条布腰带，"泛图尔。还有什么我该知道的事情吗？"

MISTBORN: THE FINAL EMPIRE

"据说泛图尔大人在书房里有个保险柜。"多克森说道,"他的天金应该就收藏在那里。书房位于三楼,在上南阳台的三个房间外。小心点,泛图尔的宅邸中除了一般的士兵跟迷雾人之外,还有大约十二名杀雾者。"

卡西尔点点头,绑上腰带。腰带上虽无扣环,却有两个剑套。他从包包里抓出一对玻璃匕首,检查一阵发现没有缺口后,塞入剑套。然后,他踢掉鞋子、除下袜子,光脚踩在冰冷的石头上。如此一来,他身上已经没有半点金属,只剩下钱袋跟腰带中的三小瓶金属。他选了最大的一瓶喝下,然后将空瓶子交给多克森。

"就这样?"卡西尔问道。

多克森点点头:"祝你好运。"

站在他身旁,纹带着好奇心专注地观看卡西尔的准备过程。她是个安静的小东西,但体内隐藏着令他刮目相看的强烈情绪。的确,她很多疑,却不胆怯。

会有你的机会的,孩子。他心想。只不过不是今晚。

"好了。"他说道,从钱袋中掏出一枚硬币,抛到建筑物下,"看来我该走了。晚点跟你们在歪脚的店里会合。"

多克森点点头。

卡西尔转身,走回到屋顶边缘的平台,然后从建筑物上跳了下去。

迷雾盘绕在他身旁的空气中。他燃烧钢,基本镕金术金属的第二种。透明的蓝色线条出现在他身体周围,只有他能看到。每条都从他的胸口延伸到附近的金属来源。每条线都很淡,显示指向小的金属来源:门铰链、钉子以及其他的零散金属。哪种金属不重要,燃烧铁或钢都会指向附近各式各样够大的金属。

卡西尔选了一条直接指向他的钱币的线条,燃烧钢,反推着钱币。

下坠的身形立刻停止,沿着蓝线反弹回空中。他伸向侧面,选择刚经过的窗沿一推,让自己靠到一旁,再小心翼翼地推送,让他翻进纹的组织密屋对面的建筑物。

卡西尔轻巧地落下，蹲下身，朝翘起的屋檐上方跑去。他在对面的阴影间停下，望向翻腾空气的彼方。他燃烧锡，感觉它在胸口苏醒，增强他的感官。突然，迷雾显得较不深邃——不是周遭的黑夜变得更明亮，而是他的视觉增强了。在北方稍远处，他依稀可以看到一个大建筑物的轮廓。泛图尔堡垒。

卡西尔烧着锡——因为锡燃烧的速度较慢，他应该不用担心用完的问题。他站在原处，迷雾轻轻地绕着他的身体盘旋、扭转、旋飞，顺着他身边一道几乎难以察觉的气流流窜。迷雾认得他、拥有他，它们可以感觉到镕金术。

他再次一跳，反推身后的铁烟囱，让自己横越得更远，同时抛出一枚钱币，一小点金属穿过黑暗跟白雾，卡西尔趁钱币落地前反推它，身体的重量把钱币用力下压。等到钱币落地的同时，反推力也让他弹上，将跳跃的第二段变成优雅的弧线。

卡西尔落在另一座高尖的木头屋顶上。"钢推"跟"铁拉"是盖穆尔教导他的第一件事。当你反推某样东西时，就像是用你的全身重量推挤它，老疯子如是说。而你不能随时改变你的体重——你是镕金术师，不是北边的隐士。不要拉某个比你轻的东西，除非你想要它朝你飞来，还有不要推比你重的东西，除非你想要被抛向反方向。

卡西尔搔抓着疤痕，蹲在屋顶上，拉紧迷雾披风，木纹嵌入他没穿鞋子的脚趾。他经常希望燃烧锡不会增强所有的感官，至少不是同时增强。他需要增强的视觉好能在黑暗中见物，同时增强的听觉也很有用，但是燃烧锡的同时也让过分敏感的肌肤对夜晚格外觉得寒冷，脚板也感觉得到每一块碎石跟木纹。

泛图尔堡垒伫立在他面前。相较于黯淡的城市，堡垒似乎是个发光体。上族的生活作息与常人不同，因为负担得起，他们甚至会挥霍灯油跟蜡烛，以彰显不需要仰赖季节或太阳的有钱人身份。堡垒甚为壮观，

MISTBORN: THE FINAL EMPIRE

　　光从建筑物外表就可见一斑，它最外围仍有防卫性的高墙，堡垒本身的设计是偏向贵族的豪宅而非军事碉堡。建筑物两旁伸展着稳固的拱壁，允许在其上下搭建精致的窗户和纤细的高塔。鲜艳的彩色玻璃沿着长方形建筑物的上缘绕行一圈，让环绕在堡垒周围的白雾都染上缤纷的色彩。

　　卡西尔燃烧大量的铁直至沸腾，寻找夜晚何处有大量金属聚集。他离堡垒太远，无法使用钱币或门铰链这种小东西，需要更稳固的标的物来穿越这段距离。

　　大多数的蓝色线条都很黯淡，卡西尔注意到有一两条在前方以缓慢的速度在移动，可能是一组站在屋顶上的守卫，而他会注意到是因为他们的胸甲跟武器。虽然知道镕金术的能力，大多数贵族仍然选择让他们的士兵身着金属盔甲，因为能推或拉金属的迷雾人并不常见，迷雾之子更是少有。大多数贵族认为，为了针对这么小一部分族群就得让自己的士兵和守卫毫无防备之力，实在很不实际。

　　因此，大多数贵族仰赖其他方法来处理镕金术师。卡西尔微笑。多克森说，泛图尔大人雇佣了一批杀雾者。如果是真的，今晚大概就会碰到他们。他暂且先将守卫撂在一旁不管，专注在一条直指堡垒高耸屋顶的粗蓝线，这应该是指向屋顶上的黄铜或红铜遮盖。卡西尔燃起铁，深吸一口气，用力朝线一拉，猛然被拖入空中。

　　卡西尔继续烧铁，以极快的速度将自己拉向堡垒。有些传说声称迷雾之子会飞，那只是夸张之词而已。拉跟推金属通常感觉像是一直在坠落，而非飞翔，只是跟一般坠落的方向相反而已。镕金术师必须用力拉才能得到足够的惯性，因此会让他以惊人的速度冲向他的支点。卡西尔射向堡垒，迷雾在身边盘旋，他轻而易举地跳过了堡垒周围的保护城墙，身体随着飞行距离变长而逐渐落下。又是他讨厌的体重，总是将他往下拉，但就连最快的箭也会在飞行时微微下坠。

　　体重的拖力意味着他不是直线冲向屋顶，而是以弧线跳跃。他靠近堡垒外墙时，比屋顶低了几十尺，却仍然以可怕的速度在前进。

迷雾之子
卷一·最后帝国 [珍藏版]

卡西尔深吸一口气，燃烧了白镴，就像用锡来增强感官一样，用它来增强力气。他在半空中一回旋，脚先踩上了石墙，经过增强的肌肉对此发出抗议，但总算是在没有折断骨头的情况下停住。他的手立刻松开屋顶，抛下一枚钱币，趁钱币还没落地前就开始反推，然后选了上方的一个金属来源，应该是彩绘玻璃外的铁丝保护网，以此上拉。钱币落到地面，突然能支撑住他的体重，让卡西尔能够反弹，同时推着钱币跟拉着窗户。最后，让两种金属熄灭后，他任由惯性带他穿过最后几尺暗雾，披风沉静翻飞一阵，他跳上堡垒的上层修缮用走道，翻过石栏杆，静静地落在阳台。

一名受惊的守卫站在不到三步外的地方。卡西尔不消一秒便扑向那人，他跳入空中，轻拉守卫的钢胸甲，让那人重心一阵不稳，同时抽出自己的玻璃匕首，允许铁拉的力量将他带向守卫。他双脚踩上男子的胸口，然后蹲低，以白镴增强的手劲用力挥划。

被割喉的守卫立即瘫倒。卡西尔轻巧地落在他身侧，耳朵敏锐地观察夜晚是否有骚动声传来。一片死寂。

卡西尔让守卫自行冒血死去。那个人应该是名低阶贵族。敌人。如果他是司卡士兵，因为几个钱就被诱惑来背叛他的族人……那么卡西尔更乐意让这些人进入永恒的安息。

他反推濒死守卫的胸甲，跳下以石头修缮的走道，落上屋顶，脚下的黄铜屋顶又冰又滑。他快速沿着它朝向建筑物的南方奔去，寻找多克森所描述的阳台。他不太担心被人看到，今晚的其中一个目的是要偷取天金——为人所知的镕金术金属中的第十种，也是最强大的一种——不过，他的另一个目的是要引起骚动。

他很轻松地便找到阳台，又宽又深，应该是能用来招待小群客人的场所。目前阳台一片安静，只有两名守卫。卡西尔蹲在阳台上方的黑雾中，卷起的灰色披风隐匿了他的身形，脚趾紧攀着屋顶的金属外缘。两名守卫毫无知觉地在下方交谈着。

MISTBORN: THE FINAL EMPIRE

该制造些噪音了。

卡西尔落在两人中间的走道,一面燃烧白镴增强肌力,一面伸出手,用力同时钢推了两人。由于他卡在中间,他的推力让两名守卫各自朝反方向弹开。突来的力道让守卫猛然后翻,跌过了阳台护栏,落入下方的黑暗,引起两人一阵惊呼。

尖叫伴随着守卫下坠。卡西尔推开阳台门,让一阵迷雾随着他一起进入,丝丝探索的白手指伸向屋内阴暗的房间。

里面第三个房间,卡西尔心想,半伏着身子前跑。第二个房间很安静,是个类似温室的地方,低矮的土堆上种着精心修整过的矮灌木丛跟小树,另一面墙则是落地窗,好提供阳光给所有的植物。虽然房内一片漆黑,但卡西尔知道那些植物的颜色都会跟一般的褐色不同,有些是白色,有些是深红色,甚至可能有几株浅黄色的植物。不是咖啡色的植物相当罕见,经常有贵族养殖跟培育。

卡西尔快速穿过了温室,在第三道门外停下,发现门后透着一圈光。他灭了白镴,以免突然进入明亮的房间时会暂时丧失视觉,然后猛力推开门。

卡西尔一弯腰进了房间,强烈的光线令他眨着眼睛,双手已各自握好了匕首,但房间却是空荡荡的。很显然,这是间书房,每个书柜边的墙壁上都各自有一盏灯笼,角落还有一张书桌。

卡西尔收起了匕首,烧起钢,寻找金属的来源。房间角落有一个大保险柜,太明显了。果然,东墙里面又有一个强大的金属来源在发光。卡西尔走向墙,一手摸着墙板。墙板和大多数贵族堡垒中的墙壁一样,上面都画着淡色彩绘,奇特的动物徜徉在红色的太阳下,假墙的部分还不到两尺见方,裂缝被壁画所遮掩。

永远都有另一个秘密,卡西尔心想。他甚至没有去想该怎么把门打开,直接就烧了铁,向前延伸,拉扯着他认为应该是假门开关的部位,一开始还有些阻力,他被拉近了墙边,但他燃烧起白镴,更用力的一阵拉扯后，锁断了，假门大开，显露镶嵌在墙壁上的小保险箱。

卡西尔微笑。它看起来小到够让有白镴增强的男子一把抱起——只要他能把它从墙壁中挖出来。

他一跃而起，用铁拉着保险箱，双脚跨着大开的假门，踩着墙壁，继续拉扯，稳住身形后，他烧起白镴，双腿瞬间充满力量，再骤烧铁，用力拉着保险箱。

他继续使力，因为用劲而轻轻闷哼。这是场较量，看先投降的会是谁——保险箱，或他的腿。保险箱的框架开始松动，卡西尔更用力地拉扯，他的肌肉不断抗议。有好一会儿，什么事都没发生，但突然，保险箱一阵颤动后，从墙壁脱出。

卡西尔向后一倒，烧起钢同时反推保险箱好闪躲开来。在他笨拙地落地的瞬间，保险箱也重重撞上木地板，碎屑顿时满天飞舞，他额上的汗水也顺势滴下。

两名惊愕的守卫冲入房间。

"你们早该来了。"卡西尔批评他们，同时举起手，拉引其中一名士兵的剑。剑从剑鞘中飞出，在空中一打转，立刻剑尖前地飞向卡西尔。卡西尔熄灭了铁，侧踏一步，顺势探手握住飞过的剑柄。

"迷雾之子！"守卫尖叫。

卡西尔微笑，向前一跳。

守卫拔出匕首，卡西尔反推，将武器从男子手中夺走，然后一旋身，砍飞了守卫的头。第二名守卫连声咒骂，一手则忙着解开胸甲的皮带。

旋砍的同时，卡西尔已经在反推自己的剑，让剑从手中飞出，嘶声飞向第二名守卫，男子的盔甲落地——以防卡西尔会推这件金属护具——早先被砍头的守卫身体此时才歪倒落地。片刻后，卡西尔的剑埋入第二名守卫毫无防备的胸膛，男子静静地一歪身，瘫落地面。

披风一阵飞扬，卡西尔再不理会地上的尸体。他的愤怒目前仍然沉静，不比杀死特雷斯廷大人那天晚上激动，但他仍然能感觉得到怒气在他的疤痕间骚动，听到他所爱的女人的尖叫声。

在卡西尔的眼中，自愿支持最后帝国的人同时也放弃了活命的权利。

他烧起白镴，挺直背脊，再蹲下抱起保险箱，沉重的负担让他摇晃了一秒，然后重新恢复平衡，开始慢慢朝阳台的方向走去。也许保险箱里有天金，也许没有，但他没时间去寻找其他可能的隐藏地点。

他穿过温室的途中，方才听到身后有脚步声，转身看到书房里满是人影，总共有八个人，每个人都穿着一件宽松的灰袍，拿着决斗杖跟盾牌。杀雾者。

卡西尔把保险箱抛在地上。杀雾者不是镕金术师，但他们受过杀迷雾人跟迷雾之子的训练。他们身上绝不会带半点金属，而且知道该怎么应付他。

卡西尔后退一步，伸展四肢，露出微笑。八名男子分散着走入书房，踏着安静且精准的步伐。有点意思。

杀雾者发起攻势，两两杀入温室，卡西尔抽出匕首，弯身躲过第一组人马，划向一名男子的胸口，但杀雾者立刻后跳，同时决斗杖一挥，逼退卡西尔。

卡西尔烧起白镴，让增强的腿力带着他远远后跳，一手挥撒出一把钱币，将它们推向他的敌人。铁片朝前飞穿过空气，但他的敌人早已准备好应对方式：所有人同时举起盾牌，钱币撞上木块，锉起木屑，敌人则毫发无伤。

卡西尔打量着拥入房间、步步紧逼的杀雾者。时间拖得够久的话，他们是打不过他的，所以攻击方式必定是集中火力，希望能速战速决，或者至少要绊住他，直到能把镕金术师叫醒，叫他们来战斗。他落地时瞥向保险箱。

他不能留下它离开，得尽快结束。再烧一次白镴后，他向前跳跃，尝试性地挥舞匕首，却无法突入对手的防御范围，幸好卡西尔躲得快，否则他差一点被决斗杖敲破脑袋。

三名杀雾者冲到他身后，截断他退入阳台间的后路。太棒了，卡西尔心想，试图要一次对付八个人。他们小心翼翼地以团队合作的方式前进。

牙关一咬，卡西尔再次烧起白镴，并注意到白镴的量开始变少了，因为它是八种基本金属中燃烧最快的。

现在没时间担心这个问题。他身后的男子攻来，卡西尔跳开，对保险箱拉引，将自己带入房间中央，一落地便立刻斜向反推飞起，屈身翻过两名攻击者的头顶落在修剪整齐的灌木丛边，一转身，燃烧白镴，举起手臂抵抗他知道会敲下来的攻击。

决斗杖敲上他的手臂，一阵痛楚窜过前臂，但经过白镴增强的骨头并无损伤。卡西尔不断移动，另一只手前伸，将匕首戳入对手的胸口。

男子讶异地后退，这个动作反而带走了卡西尔的匕首。第二名杀雾者杀到，但卡西尔一弯身，便空手把钱袋从腰带扯下。杀雾者已经准备好要阻挡卡西尔另一把匕首，但卡西尔却举起拿着钱袋的手，重重击向攻击者的盾牌，同时大力一推袋里的钱币。

杀雾者大喊，钢推的力道让他猛然后倒，卡西尔一烧钢，推力大到把自己也弹飞了出去，躲开了想从后方攻击他的两人。卡西尔向敌人的反方向后飞，撞上围墙，却没停手，仍然继续后推，把他的敌人、钱袋、盾牌等等推撞上巨大的温室玻璃墙。

玻璃粉碎，书房的灯光反射在成百上千的碎片上，杀雾者绝望的脸庞消失在身后的黑暗中，宁静却暗藏杀意的浓雾则开始从碎裂的窗户间潜入。

剩下六名男子不罢休地继续前进，卡西尔被迫先忽略手臂上的痛楚，专注于闪躲两方来的挥击，他转身躲开攻击跟一棵小树，但第三名杀雾者的攻击得逞，他手中木杖重重敲在卡西尔的身侧，让他摔倒在苗床上。苗床的植物绊倒了他，他跌倒在明亮书房的门口，匕首脱手落地。他痛苦地闷哼，一滚身跪起，手按着身侧。方才那一击足以打断普通人的肋

097

骨,就连卡西尔都免不了有一大块瘀青。

六名男子继续前进,再次散开好包围他。卡西尔跌跌撞撞地站起,视觉因痛楚跟流失的体力而恍惚,但他仍咬紧牙关,探入怀中掏出最后一小瓶液体,一口饮尽,补充他的白镴,然后燃烧锡。亮光几乎让他眼睛瞎掉,手臂跟身侧的痛楚也显得格外清晰,而突然增强的感官知觉也让他神志清醒。

六名杀雾者以令人措手不及的速度发动集体猛攻。卡西尔将手按在身侧,燃烧铁,开始寻找附近的金属。最近的金属物是书房内桌上的一枚厚重的银色镇纸。卡西尔将镇纸引入手中,一转身,手举向靠近的人,摆出防御姿势。

"好了!"他低吼。

卡西尔猛然燃烧钢铁,长方形的金属从他手中飞出,穿过空气,最前方的杀雾者举起盾牌,但动作太慢,金属块咔啦一声撞上男子的肩膀,他惨叫着软倒在地。

卡西尔侧转两圈,闪躲决斗杖的挥击,让一名杀雾者挡在他跟倒地男子之间,烧起铁,将金属块拉回自己的方向。金属块咻地飞来,正中第二名杀雾者的后脑勺,他倒地的同时,金属块也飞入空中。

剩余的一名男子咒骂,冲向前来攻击。卡西尔拉扯仍然在空中的金属块,让它闪过了杀雾者的盾牌。卡西尔听到金属块落在身后地面的声音,然后他伸出手,瞬间燃烧白镴,握住杀雾者挥舞过来的决斗杖。

杀雾者闷哼一声,在卡西尔增强的钳握中不断挣扎。卡西尔没在拉扯武器上浪费力气,而是用力一拉身后的金属块,让它以致命的速度朝自己飞来,最后一刻扭转上半身,顺势将杀雾者拨转了半圈,后者的背心正对上金属块的飞行路径。那人随即倒地不起。

卡西尔烧起白镴,准备迎接将来的攻击。果不其然,一根决斗杖重击上他的肩膀。木头发出碎裂声,也逼得他跪倒在地,但燃烧的锡让他保持清醒,痛楚通过敏锐的感官闪过他的脑海。他拉出金属块,将它从濒死之人的背上拔起，再往侧面一踏，让他临时找到的武器飞过身边。

两名最靠近他的杀雾者警戒地蹲下。金属块嵌入其中一人的盾牌，但卡西尔没有继续推送，以免失去重心。反而燃烧铁，把金属块拉回自己的方向，弯下身后熄灭铁，感觉金属块从头上呼啸而过。金属块撞上想从背后偷袭他的男子时，传来一阵碎裂声。

卡西尔转身，先烧铁，后烧钢，让金属块飞向最后两名男子。他们都朝两侧躲开，但卡西尔将金属块往后一拉，让它落在两人面前。他们相当警戒地看着它，一时恍神，没注意到卡西尔已经跳起，凭借金属块，利用钢推的能力一个筋斗跃过两人的头顶。杀雾者们咒骂连连，连忙回身，但卡西尔落地时已经又引拉来金属块，从后方击碎一人的头颅。

杀雾者静静地倒地。金属块在黑暗中翻滚几次，被卡西尔一手抓住，沁凉的表面因鲜血而湿滑。从破裂窗户流入的白雾聚集纠结在他脚下。他伸直手，直指着最后一名杀雾者。在房间某处，一名倒下的人发出呻吟。

最后一名杀雾者后退一步，抛下武器逃走。卡西尔微笑，放下手。突然，金属块从他的手指被推出，飞窜过房间，直捣入另一扇窗户。卡西尔咒骂，快速转身看到更多人马拥入书房，全都穿着贵族的衣服。镕金术师。

其中几人举起手，一波钱币朝卡西尔飞来，他燃烧钢，推开钱币，天女散花的钱阵粉碎了窗户，击裂了木头。卡西尔感觉腰带被人一扯，看到他最后一瓶金属飞出，被拉入另一间房中。几名壮硕男子弯身向前奔跑好躲避飞散的钱币。应该是一群打手，也就是像哈姆那样专燃烧白镴的迷雾人。

该走了，卡西尔心想，转移另一波钱币，咬紧牙关忍下身侧跟手臂上的痛楚。他瞥向身后，发现虽然还有一点时间，但他绝对来不及逃回阳台。更多迷雾人逼近，卡西尔深吸一口气，冲向其中一扇破碎的落地窗，跃入雾中的同时翻转身体，猛力拉扯他抛在地上的保险箱。

099

MISTBORN: THE FINAL EMPIRE

他在半空中一抖，晃向建筑物的侧墙，仿佛有绳索将他与保险箱系在一起。他可以感觉到保险箱向前滑，被卡西尔的重量拖拉，摩擦着温室的地板。他撞向建筑物的侧墙，但继续拉扯，一脚踩上窗沿的上层，以头下脚上的方式卡在窗户间，引拉着保险箱。

保险箱出现在楼上的边缘，摇晃一阵，掉出窗户，开始笔直朝卡西尔落下。他微笑，熄灭铁，双脚一撑，蹬离建筑物，让自己像是不要命的潜水员一样落入白雾，背朝下跌进黑暗中，最后一刻，他看到楼上窗户间探出一张愤怒的脸庞。

卡西尔小心翼翼地拉引着保险箱，在空气中挪移着自己的身体。白雾在他身边翻绕，阻碍他的视线，让他觉得他不是在坠落，而是悬浮在一片空无之间。

他来到保险箱上方，在空中半转身后反推保险箱，让自己上弹。

保险箱撞上下方的石板地。卡西尔轻推保险箱，让自己的速度减慢到停在离地面尚有几尺的空中。他挂在空中片刻，任披风的缎带在风中卷绕腾飞，然后让自己落在保险箱旁边的地面上。

保险箱因下坠之力碎裂。卡西尔扳开扭曲的箱门，锡增强的耳朵听着上方传来的惊呼。在保险箱内，他找到一小袋宝石和几万盒金，都被他收在口袋里。

他继续往内摸索，突然担心整个晚上的努力都是白费力气。然后，他的手指探入最深处——摸到了，一个小布囊。

他拉开袋口，看到一堆像细珠子般的深色金属。天金。他的疤痕猛然作痛，关于深坑的回忆涌现脑海。

他拉紧袋口站起身，好笑地发现不远处有个扭曲的身躯躺在地上——就是被他丢出窗外的杀雾者。卡西尔走了过去，用铁拉拿回他的钱袋。

今晚的确没有浪费。在他眼里，即使没有找到天金，只要能杀死一堆贵族，就算是成功之夜。

一手紧握钱袋，一手牢握天金，他继续燃烧着白镴，要不是有它提供的额外体力，他早就因为伤口的痛楚而倒地。借着白镴的力量，他冲入黑夜，朝歪腿的店铺奔去。

没错，这从来都不是我想要的，但总得有人来阻止深黯。显然，这件事只可能在泰瑞司完成。

不过，关于这个事实，我不需要仰赖哲人们的意见。如今，我可以感觉到我们的目标，可以感应到它，即使其他人不能。它在我的脑海中……鼓动着，传递来自远方山脉中的信息。

6

纹在一间安静的房间中醒来，红色的清晨日光透过木头百叶窗射入。她在床上躺了一会儿，心神不宁。有哪里不对劲。不是因为她在不熟悉的地方醒来，跟瑞恩的旅行已经让她熟悉四处为家的生活模式。她花了一段时间才发觉自己为何觉得不安。

房间是空的。

不只空，更是空旷。毫不拥挤。而且……很舒服。她躺在真正的床垫上，下面有木柱撑起床板，上面铺着床单和厚软的拼布棉被。房间里的家饰包括一座牢固的木制衣柜，甚至还有一块圆形的地毯。

也许别人会觉得这房间太窄小且简陋，但纹觉得它已经奢侈至极。

她皱着眉头坐起身，总觉得拥有自己的房间是不对的。她向来都是跟一群集团成员挤在同一间小卧室里，就连旅行时她也是睡在乞丐街或反抗军的洞穴里，身边也随时都有瑞恩。她被逼得必须靠争斗的方式才

MISTBORN: THE FINAL EMPIRE

能拥有隐私，如今却从别人手中轻易获得，令过去她珍视的独处时光仿佛突然丧失了价值。

她下了床，没有打开百叶窗。阳光不强，意思是现在时间还早，但她已经可以听到有人在走廊间走动。她小心翼翼地走到门边，开了一条窄缝，窥视外面。

前晚跟卡西尔分道扬镳后，多克森带着纹来到了歪脚的店里。因为夜色已深，所以歪脚领着他们去了各自的房间，但纹没有立刻上床睡觉，而是等到所有人都睡着后才溜出房间检视环境。

这间住宅看起来比较像旅社而非店铺。虽然楼下有展示间，后面也有工作室，但建筑物的二楼充满了许多两旁都是客房的狭长走廊，而三楼的门扇间距更大，似乎意味着有更大的房间。她没有敲墙去找暗门或假墙，以免有人被声响惊醒，但经验告诉她，如果里面没有至少一层秘密地下室跟一些逃脱密道，根本不能算是间密屋。

整体而言，她相当佩服房屋的设计。楼下的木工设备跟半完成的作品显示它是信誉良好且正常营业的店面。密屋很安全，补给充分且修缮良好。透过门缝，纹看见六名睡眼惺忪的年轻男子出现在对面的走道，身着简单的衣物，朝工作室走去。

木匠学徒，纹心想。这就是歪脚的伪装——他是一名司卡工匠。大多数司卡都在农庄里操劳，即使住在城市里的司卡也通常被强迫要从事低阶劳力工作，但少数一些优秀的工匠被允许拥有自己的商行。他们还是司卡，只能收取卑微的报酬，且必须完全随时听从贵族的差遣，但他们拥有的自由程度是大多数司卡所羡慕不已的。

歪脚应该是木工大师。什么样的条件才会吸引像他这样以司卡标准已经拥有相当优渥生活的人，冒险加入地下世界？

他是个迷雾人，纹心想。卡西尔跟多克森称他为"烟阵"。她可能得靠自己猜出这是什么意思。经验告诉她，像卡西尔这样神通广大的人会尽量不透露任何信息给她，只会偶尔丢出只言片语好继续牵着她鼻子走。

他是靠知识牵制她的行动，因此太早提供太多讯息是不智的行为。

脚步声在外面响起，纹继续透过门缝观察。

"你该要准备准备了，纹。"多克森经过她的门口时说道。他穿着一件贵族的衬衫跟长裤，看起来已经相当清醒，梳洗完毕。他停下脚步，继续说道："在走廊尽头的房间里为你备好了干净的洗澡水，同时我要歪脚帮你找来了几套换洗衣物。在我们弄到更合适的衣服之前，那些衣服应该暂时够你穿了。你慢慢梳洗，不用急——今天下午卡西尔安排了一场会议，但是直到微风跟哈姆抵达之前，我们也不能开始。"

多克森微笑，从门缝外瞄了瞄她，然后继续沿着走道离去。纹因被发现而满脸通红。这些人的观察力很敏锐，我得记住这点。

走道安静下来。她溜出门，蹑手蹑脚地来到先前多克森所说的房间，有点讶异地发现，的确有一缸温热的洗澡水在等着她。她皱眉，端详着铺着瓷砖的房间跟金属澡缸。水闻起来有香味，像是贵族仕女用的。

这些人不像司卡，倒像贵族，纹心想。她不确定自己对此有何看法，但因为他们显然期待她按照他们的规矩行事，所以她把门关上、落锁，然后脱下衣服，爬入澡缸。

她觉得自己闻起来怪怪的。

虽然味道很淡，但纹还是偶尔能闻到自己身上的味道，这是贵族仕女经过时的香气，也是她哥哥偷偷拉开的熏香抽屉的味道。随着时间过去，气味越来越不明显，但仍然让她很担心。这会让她跟其他司卡显得不同。如果这个集团期待她定期洗澡，那她得要求洗澡水里不再放香料。

早餐倒是比较贴近她的预期。几名不同年纪的司卡妇女在店铺的厨房里工作，准备菜卷——一捆捆的薄扁饼里卷着水煮的大麦跟蔬菜。纹站在厨房门口，看着妇女们工作。没有人闻起来像她那样，但她们显然比一般司卡更干净整洁。

MISTBORN: THE FINAL EMPIRE

　　事实上，整栋建筑物干净得出奇。昨晚因为已经是黑夜，所以她没注意到，但现在就可清楚看见地板刷洗得相当洁净。所有工作的人，无论是厨房工人或是学徒都有干净的脸跟双手。这一切都让纹觉得很怪异。她已经习惯自己的手指因灰渍而乌黑。跟瑞恩在一起时，即使她洗过脸，也会连忙重新抹上灰烬，因为干净的脸庞在街道上特别显眼。

　　角落没有灰烬，她心想，研究着地板。这房间随时都有人洒扫。她从来没有住在这种地方过，几乎像是住在贵族家。

　　她继续看着厨娘们。她们穿着简单的灰色与白色洋装，头上绑着围巾，后面垂着长长的马尾。纹摸摸自己的头发，剪得很短，像男生一样，她现在凌乱的发型是另一名盗贼帮她剪的。她跟这些妇女不同，她这辈子从来没有像过她们。因为瑞恩的命令，所以纹的生活模式是让别的团员先将她视为盗贼，其次才会想到她是女孩。

　　可是，我现在是什么呢？因为洗澡而全身芬芳，但仍然穿着学徒的浅褐色长裤跟有扣上衣，她觉得格格不入，这绝不是好事——如果她觉得自己很突兀，那她一定看起来也很突兀。又一件会让她变得醒目的事。

　　纹转身，打量着工作室。学徒们已经开始早上的工作，每人负责不同的家具，全部都待在工作室后方，而歪脚则是在主要展示间中工作，为家具完成最后的细部修饰。

　　厨房后门突然被打开。纹反射性地躲到一旁，背靠着墙壁，绕过墙角偷看厨房。

　　哈姆站在厨房大门前，背后映照出红色的太阳，身上穿着宽松的无袖上衣跟背心，手上拿着几个大背包。他身上没有灰烬的脏污——在纹跟他们的数次会面中，他们身上从无黑污。

　　哈姆穿过厨房走入工作室。"好啦。"他说道，抛下手中的背包，"谁知道哪个房间是我的？"

　　"我去问问克莱登师傅。"一名学徒说道，走入前方的展示间。

　　哈姆微笑，伸伸懒腰，然后转身面向纹。"早安，纹。你知道吗？你不需要这样躲着我。我们是队友啊。"

纹放松心神，却没有移动脚步，仍站在一排即将完工的椅子边："你也要住在这里？"

"住在烟阵附近向来是好事。"哈姆说道，转身消失在厨房里，片刻后拿着四个菜卷重新出现，"有人知道阿凯在哪吗？"

"在睡觉。"纹说道，"他昨天晚上很晚才回来，现在还没起床。"

哈姆闷哼一声，咬了一口菜卷："老多呢？"

"在三楼他的房间里。"纹说道，"他起得很早，下来找点东西吃以后又回楼上了。"她没说她从钥匙孔中偷看到他坐在书桌前，忙着写东西。

哈姆挑起一边眉毛："你向来都会记得每个人的行踪吗？"

"对。"

哈姆一时没有反应，然后开始轻笑："你是个怪小孩，纹。"此时学徒回到他身边带路，因此他拾起背包，走上楼梯。纹站在原处，聆听他们的脚步声。他们停在第一条走道的中间，大概离她的房间只有几间远。

熟蒸大麦的味道引诱着她。纹瞄着厨房。哈姆进去之后拿了食物。她也可以吗？

纹试着摆出自信的神情，走入厨房，大盘上有一叠菜卷，可能是要送去给工作中的学徒。纹拿起两个，没有人反对，反而有几名厨娘朝她点头致以敬意。

我现在是个重要的人了，她有点不自在地想道。他们知道她是……迷雾之子吗？还是对她的敬重单纯出于对客人的尊重？

最后，纹拿了第三个菜卷，飞奔回自己的房间。这么多食物她根本吃不完，但她打算把大麦挖出来以后，把薄饼收好，因为薄饼不容易坏，她可以留下来作为贮备粮。

门口传来敲门声。纹上前小心翼翼地拉开门。一名年轻人站在门外，就是昨天跟歪脚一起回到凯蒙密屋的那名男孩。

他又瘦又高，而且看起来有点笨手笨脚，身上穿着灰色的衣服，大

MISTBORN: THE FINAL EMPIRE

概十四岁左右,但他的身高让他显得比实际年龄还大,不知为何他似乎很紧张。

"什么事?"纹问道。

"呃……"

纹皱眉。"你说什么?"

"找你。"他带着浓重的东方口音说道,"上在那里楼上有做事。跟跳师傅三楼。呃,我得走了。"男孩脸上一红,转身快步离开,三步并做两步冲上楼梯。

纹当场傻在门口。他刚刚在说什么啊?她心想。

她偷瞄了走廊一眼。男孩似乎期待她会跟着他走。终于,她决定照做,小心翼翼地爬上三楼。

走廊尽头大开的房门传来交谈声。纹走近房间,拐着脖子绕过墙角偷瞧,发现里面是间装潢精美的房间,有一条精致的地毯跟几把舒适的椅子。一面墙边有一座熊熊燃烧的壁炉,椅子则被统一面向画架上那张大煤炭写字板。

卡西尔站着,一边手肘靠着砖头壁炉,手中端着一杯酒。纹微微侧身即可看到他在跟微风说话。安抚者中午才到,借用了歪脚半数的学徒去帮他卸下行李。纹从她的房间窗户看着学徒们抬着伪装成木块的箱子进入微风的房间,微风本人则完全没有要帮忙的意思。

哈姆跟多克森都到了,歪脚缓慢地在离微风最远的大软椅上坐下。

带纹来的男孩坐在歪脚身边的板凳上,他很显然正试着不要去看她。最后一张椅子上坐着叶登,跟之前一样穿着普通司卡的工作服,背挺得直直的,离椅背甚远,仿佛他不赞许椅子的柔软。他的脸也沾满灰烬,正如纹预期的司卡工人外表。

有两张空椅子。卡西尔注意到纹站在门口,对她露出欢迎的笑容:"她来了。进来吧。"

纹环顾房间。里面有一面窗户,但百叶窗拉下,挡去逼近的暮色,除了卡西尔周围的半圆圈外，没有其他的椅子。迫于无奈，她只好上前，选了多克森身边的空椅坐下。椅子对她来说太大，所以她只能窝坐在上面。

"所有人都到齐了。"卡西尔说道。

"最后一张椅子是给谁的？"哈姆问道。

卡西尔微笑，眨眨眼，却没回答："好，我们来讨论吧。眼前有项重大的工作，我们越早开始规划越好。"

"我以为你已经有计划了。"叶登不安地说道。

"我有个大致轮廓。"卡西尔说道，"我知道必须要发生什么事，而且我对于该怎么办倒也有一些想法，但你不能聚集起这样一群人，却只是直接告诉他们要怎么做。我们需要一起思考，如果要这个计划成功，必须先从要处理哪些问题开始。"

"好吧。"哈姆说道，"让我先来弄清楚你的框架。计划是帮叶登募集一支军队，在陆沙德造成混乱，占领皇宫，偷窃统御主的天金，然后等着政府自行崩解？"

"基本上是。"卡西尔说道。

"好。"哈姆说道，"那我们主要的问题就是警备队。如果我们想要在陆沙德引发混乱，不能有两万名士兵在这里维持治安，更别提只要城墙上有武装士兵，叶登的部队就绝对攻不下这座城。"

卡西尔点点头，拿起一根粉笔，在黑板上写下"陆沙德警备队"。"还有呢？"

"我们需要一个在陆沙德中制造你们提到的混乱的办法。"微风说道，挥舞手上的酒杯示意。"亲爱的家伙，你的直觉是正确的。这个城市是教廷的总部，也是上族经营商业王国的地方。如果要打破统御主主宰王国的能力，我们得先攻下陆沙德。"

"讲到贵族又得提起另一件事。"多克森补充道，"上族在城里都有守卫队，更不要提他们也有镕金术师。如果我们要把城市交到叶登的手上，我们得处理这些贵族。"

卡西尔点点头，在板子上的"陆沙德警备队"旁边写上"混乱"和"上族"。

"教廷。"歪脚说道，整个人深陷入软椅中，直到纹几乎看不到他充满抱怨神情的脸。

卡西尔在黑板上写下了教廷。"还有呢？"

"天金。"哈姆说道，"你干脆就写在上面吧——一旦混乱爆发，我们必须尽快占领皇宫，确保没有别人会趁机溜入国库。"

卡西尔点头，写下"天金：守护国库"。

"我们需要找到方法来召集叶登的部队。"微风说道，"我们得很安静，但动作迅速，同时在统御主找不到的地方训练他们。"

"我们也得确保司卡反抗军准备好要掌控陆沙德。"多克森补充。

"掌握并长期占据皇宫会是很棒的脚本，但如果叶登跟他的手下做好一切结束后能立刻统治的准备会更好。"

"军队"跟"司卡反抗军"被写在板上。

"还有……"卡西尔开口，"我要加上'统御主'。如果其他可能性失败，我们至少需要一个计划把他引出城市。"在写下"统御主"之后，他转身面向众人，"我漏掉什么了吗？"

"这个嘛……"叶登半挖苦地说道，"如果你是要列出我们得克服的所有困难，那你该写'我们都发疯了'，而我怀疑我们能解决这件事。"

众人轻笑，卡西尔在黑板上写下"叶登的不良态度"。然后他向后退一步，看着列表。"把事情条列一下之后，看起来也没这么糟，不是吗？"

纹皱眉，想确定卡西尔是不是在说笑。这个列表不只艰难——也令人不安。两万名皇家士兵？上族的综合力量和权力？教廷？据说一名钢铁审判者就比千人军队更强大。

可是，更令人不安的是他们是多么理所当然地在考虑这件事！他们怎么能去想要反抗统御主？他是……他是神啊。他统治整个世界。他是

108

创造者、保护者、惩戒者。他保护人们免受深黯危害，然后招来灰烬跟白雾惩罚缺乏信仰的人们。纹不是特别虔诚，但有智慧的盗贼都知道该避开钢铁教廷，就连她都知道。

可是，这群人很坚决地在研究他们的"问题"列表。他们的态度总带着黑色幽默，仿佛心中明白让太阳半夜升起比推翻最后帝国还要简单，但他们还是要试。

"统御主啊……"纹低语，"你是认真的。你真的要这么做。"

"不要用他的名字来咒骂，纹。"卡西尔说道，"就连亵渎对他来说也是一种荣耀——当你用那怪物的名字来诅咒时，你已经承认他是你的神。"

纹沉默，倒回椅子上，脑子一时呆滞。

"好啦。"卡西尔轻松地微笑，"有人知道该怎么样克服这些问题吗？当然，叶登的不良态度不包括在内。我们都知道他没救了。"

房间里因深思而沉默。

"想法？"卡西尔问道，"角度？概念？"

微风摇摇头："全写在上面之后，我不禁觉得说不定那孩子是对的。这的确是颇为艰难的任务。"

"但是，是可以办到的。"卡西尔说道，"我们先从如何打破城内的防线说起。有什么事情是我们能做的，具有极大的威胁性，能让贵族陷入混乱，甚至把皇宫警卫引出城外，让他们直接暴露在我们部队的攻击之下？能让教廷跟统御主分心，让我们趁机可以调动军队攻击？"

"嗯，第一个想到的就是群众暴动。"哈姆说道。

"不会成功的。"叶登坚决地说道。

"为什么不行？"哈姆问道，"你也知道这些人受到何种待遇。他们住在垃圾堆，整天在磨坊跟冶铁厂中工作，但有半数人仍然吃不饱。"

叶登摇摇头："你们不明白吗？司卡反抗军已经花了一千年让这个城市的司卡反抗，从来没有成功过。他们被压迫得太彻底，完全没有反抗的意志力或希望,所以我才来找你们招募军队。"

房间陷入沉默,但纹缓缓地点头。

她亲眼见证过,也感觉得到。不能反抗统御主。就连游走在社会的边缘,以盗贼身份生存的她都知道,人民不会有反抗行为。

"恐怕他说得对。"卡西尔说道,"无论他们现在的处境为何,司卡是不会起义的。如果我们要推翻这个政府,我们必须在没有群众协助的情况下完成。我们也许能从他们之间招募来义勇军,但不能仰赖所有人。"

"我们能引发某种天灾吗?"哈姆问道,"像是火灾?"

卡西尔摇摇头。"它可能会暂时影响商业活动,但我怀疑那能达到我们要的效果,况且,必须牺牲的司卡人数太多,燃烧的会是贫民窟,而不是贵族的石头堡垒。"

微风叹口气。"唉,那你要我们怎么做呢?"

卡西尔微笑,眼神闪烁:"如果我们让贵族之间内讧呢?"

微风停顿。"家族战争……"他说道,深思地啜了一口酒,"城内已经好久没有这种事发生了。"

"所有的矛盾都是通过相当长时间累积起来的。"卡西尔说道,"上族日渐强盛,统御主对他们的掌控已经接近临界点,这就是为什么我们能有机会粉碎他的政权。陆沙德的上族们就是其中的关键,因为他们控制皇室的商业交易,而且奴役绝大部分的司卡。"卡西尔指向板子,在"混乱"跟"上族"之间移动。

"如果可以让陆沙德中的上族之间内讧,我们就能攻下城市。迷雾之子会开始谋杀贵族领袖,财富根基会垮台,要不了多久,街上就会公然出现械斗。我们跟叶登的部分合约规定要给他机会去夺取城市。你们能想得出更好的机会吗?"

微风点头微笑:"的确是高招——而且我喜欢贵族自相残杀这个主意。"

"只要辛苦的是别人,你都喜欢,微风。"哈姆评论道。

"我亲爱的朋友啊……"微风回答,"生命的目标就是借由他人之手完成自己的工作。难道你对于经济学没有一点基本概念吗?"

哈姆挑起一边眉毛:"其实,我——"

"刚才那个问题只是为了强调我的观点而已,没有真的要你回答,哈姆。"微风打断他,翻翻白眼。

"那是最好的问题!"哈姆回答。

"晚一点我们再谈哲学,哈姆。"卡西尔说道,"先谈正事。你们对于我的提案有何看法?"

"有成功机会。"哈姆靠回椅背,"但我觉得统御主不会允许情况恶化到那种地步。"

"让他别无选择是我们的工作。"卡西尔说道,"过去他允许贵族间争吵,想来应该是想保持贵族内部有某种程度的不稳定性。我们只要在紧张情势下一旁煽风点火,想办法强迫警备队撤离城市,这样贵族之间认真开始打斗时,统御主已经无力阻止他们,顶多是派皇宫卫队出动,这正是我们希望他采取的反应。"

"他也可能下令要克罗司怪物军队进城。"哈姆观察道。

"是有可能。"卡西尔说道,"可是他们驻扎的地方离这里有段距离,这是我们需要利用的缺点。克罗司军队是很好的蛮力,但他们必须远离文明城市。最后帝国的中心因此暴露在外,但统御主对他的权力有完全的信心,而这很合理,不是吗?他已经有好几个世纪没有面对一场真正的威胁了。大多数城市只需要小型警备兵力。"

"两万人不算是'小'数字。"微风说道。

"从国家的层级来看,是小。"卡西尔举起手指说道,"统御主大人将大部分军队都部署在帝国的边缘,也是反抗军威胁最大的地方,所以我们要在陆沙德内部攻击,这也是我们可能可以成功的原因。"

"假设我们能处理警备队的问题。"多克森评论。

卡西尔点点头,转身在"上族"跟"混乱"下面写下"上族内战"。

"那好,我们来谈谈警备队的问题。该怎么处理呢?"

"这个嘛……"哈姆深思地说道,"历史上,处理大量士兵的最佳方式就是自己也有支军队,我们反正得帮叶登组织一支军队,何不直接让他们去攻击警备队?组织军队的目的不就在此?"

"这不成的,哈姆德。"微风说道。他看了看自己的空酒杯,朝坐在歪脚身边的男孩举起杯子,后者立刻跑到一旁来将酒倒满。

"如果我们想要打败警备队……"微风继续说道,"我们自己的军队至少需要跟对方势均力敌,人越多越好,因为我们都是新兵。我们也许能为叶登组织一支军队,甚至可能人数多到能守住城市一阵子,但要强大到能打败躲在防御工事内的警备队?如果这就是我们的计划,那干脆现在就放弃算了。"

众人陷入沉默。纹在椅子上扭着身体,轮流看着每个人。微风的话对所有人起了莫大的影响。哈姆开口要说话,但又把嘴巴闭了起来,靠回椅背重新思考。

"好吧。"卡西尔终于开口,"我们等一下再回到警备队的问题。先来看看我们自己的军队。该如何组织一支有分量的军队,却又不让统御主发现?"

"跟先前一样,很难。"微风说道,"统御主大人能在中央统御区里高枕无忧是有原因的。陆路跟水路上随时都有巡逻人员,走不到一天的路程就会碰上村庄或农庄,这不是能在不引人注意的情况下建构军队的地方。"

"反抗军有北方的山洞。"多克森说道,"我们也许能在那里藏些人。"

叶登脸色一白。"你知道阿谷瓦山洞的事?"

卡西尔翻个白眼:"就连统御主都知道,叶登。反抗军只是还没危险到需要他去处理的地步。"

"你手下有多少人,叶登?"哈姆说道,"包括在陆沙德跟附近山洞里的人?我们一开始有多少?"

叶登耸耸肩:"也许三百人——包括妇孺。"

"你觉得这些山洞能藏多少人?"哈姆问道。

叶登再次耸肩。

"山洞绝对可以隐藏更多人。"卡西尔说道,"也许可以藏入一万人。我去过那里,反抗军过去许多年来都藏在里面,统御主向来懒得去摧毁他们。"

"我可以想象为什么。"哈姆说道,"洞穴战是很要命的事,尤其对攻击方而言。统御主喜欢尽量降低失败的可能性——他最大的个性特征就是虚荣。所以,一万。这数字还可以,足够轻易地守住皇宫,甚至可能可以守住有围墙的城市。"

多克森转向叶登。"当你跟我们要军队时,你心里想着多少人?"

"一万听起来像是个好数字吧。"叶登说道,"事实上……这比我想的还要多了一点。"

微风轻侧杯子,晃着酒:"我很不喜欢泼人冷水——那通常是哈姆德的工作——不过我必须提到我们先前的问题。一万人。连吓都吓不到警备队。他们可是两万名装备充足、训练精良的精兵。"

"他说得有道理,阿凯。"多克森说道。他在某处找到一本小本子,开始为会议做记录。

卡西尔皱眉。

哈姆点点头:"阿凯,不论你怎么看这个问题,警备队会是很棘手的麻烦。也许我们应该直接专注于贵族身上。也许我们能造成足够的混乱让警备队无法压制。"

卡西尔摇头:"我很怀疑。警备队的主要任务就是维持市内治安,如果应付不了这些军队,我们永远不会成功。"他停顿下来,看着纹,"纹,你觉得呢?有没有什么建议?"

她全身一僵。凯蒙从来没问过她的意见。卡西尔要她做什么?她发现其他成员都在看她,整个人略缩回椅子里。

"我……"纹缓缓开口。

"噢,不要欺负这小东西了,卡西尔。"微风挥手说道。

纹点点头,但卡西尔没转开注意力:"我是认真的。跟我说说你在想什么,纹。有一个比你大很多的敌人在威胁你,你该怎么办?"

"这个嘛……"她缓缓开口,"绝对不要跟他打。就算能赢,也会伤得非常惨重,无法再去抵挡别人的攻击。"

"有道理。"多克森说道,"可是我们也许别无选择,总得想办法处理掉那个军队。"

"如果它离开城市呢?"她问道,"这也可以吗?如果我得要对付某个很大的人,我会先试图分散他的注意力,让他不要来理我。"

哈姆轻笑:"要警备队离开陆沙德可是需要相当好的运气噢。统御主有时候会派巡逻队出去,但我唯一知道整个警备队出动过的一次,就是半个世纪前在库特蓝爆发的司卡暴动。"

多克森摇摇头:"纹的主意相当好,应该要继续深入下去。的确,我们不能跟警备队打,至少当他们有据守地的时候不行。如果问题不够具有威胁性,那统御主不会派出整个警备队。如果太危险,他会锁城,叫来克罗司军队。"

"附近城市的反叛?"哈姆提议。

"这让我们陷入和之前同样的问题。"卡西尔摇头说道,"如果我们不能让这里的司卡反叛,那么也绝对无法让城外的司卡反叛。"

"如果是虚招呢?"哈姆说道,"我们本来也就假设得先组织起一群不小的士兵。如果他们假装要攻击附近某处,也许统治者大人会派出警备队去协助。"

"我怀疑他会派遣他们去保护另一个城市。"微风说道,"因为这会让他在陆沙德中缺乏保护。"

房间静默,众人再次陷入沉思。纹环顾四周,发现卡西尔正盯着她。

"想到什么了?"他问道。

她低头，略略扭动着身体。"海司辛深坑有多远？"她终于问道。

所有人一愣。

终于，微风大笑："啊，这太狡诈了。贵族们根本不知道深坑有天金，所以统御主也不能大声嚷嚷，除非他要别人都知道那些深坑是很特别的。意思是，不能动用克罗司军队。"

"他们也来不及赶来，"哈姆说道，"深坑离这里只有两天，如果受到威胁，统御主必须尽速反应。警备队是攻击范围内的唯一军力。"

卡西尔微笑，双眼放光："而且不用太多军力就能威胁深坑。一千人就办得到。我们派他们去攻击，等警备队一离开，就让更大的第二组人马冲入，掌控陆沙德，等到警备队发现被骗时，根本来不及赶回来阻止我们占领城市。"

"但是守得住吗？"叶登担忧地问道。

哈姆热切地点头："有一万名司卡，我可以守住这座城，不让警备队攻下，而统御主必须找他的克罗司怪物来。"

"到那时，天金已经到手了。"卡西尔说道，"上族也无法阻止我们，他们会因为内斗虚耗而衰败。"

多克森在他的笔记本上奋笔疾书。"我们需要利用叶登的洞穴。它们在既可攻击陆沙德，亦可抵达深坑的范围内，如果我们的军队从那里离开，可以趁警备队从深坑回来前到达这里。"

卡西尔点点头。

多克森继续做笔记："我得开始在山洞里囤积物资，也许要出去一趟，看看那边的情况。"

"还有，我们该怎么把士兵运到那里？"叶登问道，"那里离城市有一个礼拜的路程，而且司卡们也不被允许旅行。"

"我已经有人来帮我们。"卡西尔说道，在"陆沙德警备队"下方写下"攻击海司辛深坑"，"我有朋友可以掩护我们用运船北上。"

"这是其次。"叶登说道，"首先你得实现你的第一个主要承诺。我付

MISTBORN: THE FINAL EMPIRE

你钱是要你帮我组织军队。一万人是个大数字，但我还没看出来你有何办法来招募他们。我已经跟你说过我们在陆沙德招募新兵碰到的困难。"

"我们不需要所有人都来支持我们。"卡西尔说道，"只需要一小部分。陆沙德里面跟附近有将近上百万名工人。这应该是工作中最简单的一部分，因为世界上最伟大的安抚者之一就是我们其中一员。微风，我要仰赖你跟你的镕金术师们来帮忙强迫选出一批优秀的新兵。"

微风啜着酒。"卡西尔，好朋友，我希望你不要用'强迫'这种词来阐述我的能力，我只是鼓励人们而已。"

"好，那你能为我们鼓励出一支军队吗？"多克森问道。

"我有多少时间？"微风问道。

"一年。"卡西尔说道，"我们计划明年秋天行动。如果我们占据城市之后，统御主真的聚集起军队来攻击叶登，何不干脆强迫他们必须过冬？"

"一万人。"微风带着微笑说道，"不到一年的时间，出自不情愿的群众。这绝对会是场挑战。"

卡西尔轻笑："你这么说就是答应了。从陆沙德开始，再往邻近城市扩充。我们需要找住得离山洞够近，能在那里聚会的人。"

微风点点头。

"我们还需要武器跟补给品，"哈姆说道，"以及训练他们。"

"我已经有采购武器的计划。"卡西尔说道，"你能找到训练的人吗？"

哈姆陷入沉思："应该有。我知道有些司卡士兵在统御主的镇压行动中战斗过。"

叶登脸色一白："叛徒？"

哈姆耸耸肩。"他们大多数人对自己的行为并不感到骄傲。"他说道，"可是他们大多数也想吃饱。这是个残酷的世界，叶登。"

"我的手下绝对不会跟这种人合作的。"叶登说道。

"他们必须要合作。"卡西尔严肃地说道，"司卡反抗行动大多失败的原因就是他们并没受过良好的训练。我们要给你一群装备精良，吃饱穿暖的士兵，而打死我也不会让你害死他们，甚至都不给他们机会去学该用剑的哪一端朝向自己。"

卡西尔顿了顿，然后打量哈姆。"不过我的确建议，你该去找憎恨最后帝国、强迫他们做违心之事的人，可以被口袋中的盒金收买忠诚的人，我也不信任。"

哈姆点点头，叶登安静下来。卡西尔转身，在"军队"下面写下"哈姆：训练"，还有"微风：招募"。

"我很有兴趣知道你要从哪里得到武器。"微风说道，"你要怎么样让一万人全副武装而不引起统御主的疑心？他向来对武装流向非常留心。"

"我们可以制造武器。"歪脚说道，"我有足够多的木头，可以每天都磨出一两把战棍。应该也能做些箭。"

"谢谢你的提议，歪脚。"卡西尔说道，"我觉得这是个好主意。不过，我们需要的不只是战棍。我们需要剑、盾和盔甲。而且急需，这样才能开始训练。"

"那你要怎么弄来？"微风问道。

"贵族可以购买武器。"卡西尔说道，"他们可以随心所欲装备自己的军队。"

"你要我们偷他们的？"

卡西尔摇摇头。"不，这次我们要尽量走正途——我们要买自己的武器。或者该说，我们要让一名体谅我们处境的贵族帮我们购买。"

歪脚大笑出声："体谅司卡处境的贵族？这种事绝对不可能发生。"

"嗯，'绝对不可能'刚刚发生了。"卡西尔轻松地说道，"因为我已经找到帮我们的人。"

房间一片安静，只有壁炉的柴裂声。纹在位子上稍稍扭动，瞥向其他人。他们似乎很震惊。

"谁？"哈姆问道。

MISTBORN: THE FINAL EMPIRE

"他的名字是雷弩大人，"卡西尔说道，"几天前才到这里。他住在费里斯，他的影响力没有大到能让他住进陆沙德。况且，我觉得雷弩的活动范围应该尽量远离统御主比较妥当。"

纹侧着头。费里斯是离陆沙德一个小时路程之外的小型郊区城市，在搬来陆沙德前，她跟瑞恩在那边工作过，后来才搬入首都。卡西尔是怎么招募到这个雷弩大人的？卡西尔贿赂了他，还是说这是个骗局？

"我听说过雷弩。"微风缓缓开口，"他是个西方贵族，在至远统御区中有极大的力量。"

卡西尔点点头："雷弩大人最近决定要尝试将他的家族抬升到上族的地位，他对外宣称来南方是为了拓展生意。他希望能靠将优良的南方兵器运到北方来赚取足够的钱跟人脉，好让自己在十年后拥有陆沙德中的一座堡垒。"

房间一片安静。

"可是……"哈姆缓缓开口，"这些武器反而是会到我们手中。"

卡西尔点点头："我们还是得假造运货单，以防万一。"

"这是……非常大胆的伪装，阿凯。"哈姆说道，"有贵族跟我们一起合作。"

"但是……"微风一脸困惑地开口，"卡西尔，你痛恨贵族。"

"这个不同。"卡西尔带着狡狯的笑容说道。集团成员打量着卡西尔。他们不喜欢跟贵族一起工作，这点纹很清楚就可以看得出来，再加上雷弩也是个实力雄厚的贵族，可能让他们更不放心。

突然，微风大笑。他靠回椅背，一口饮尽杯中的酒："老天保佑你这个疯子！你把他杀了，对不对？你把雷弩杀了，换上一名冒牌货。"

卡西尔的笑容更深。

叶登咒骂，但哈姆只是微笑："啊。这就合理了。至少，如果当事人是'鲁莽'卡西尔就很合理。"

"雷弩要在费里斯长住。"卡西尔说道，"如果我们需要走任何正式管道，就靠他当伪装。举例而言，我会用他来购买装备跟补给品。"

微风深思地点头："很有效率。"

"有效率？"叶登问道，"你杀了一名贵族！而且是一名很有地位的贵族！"

"你计划要推翻整个帝国，叶登。"卡西尔认真地说道，"雷弩在你的小事业中不会是最后一名贵族牺牲者。"

"是没错，但派人假冒他？"叶登问道，"那听起来有点太冒险。"

"我的好兄弟，你雇用我们是因为你想要非凡的结果。"微风啜着酒说道，"在我们这行里，非凡的结果通常需要冒非凡的风险。"

"我们已尽量将风险降至最低了，叶登。"卡西尔说道，"我的演员非常厉害，这就是我们在这场行动中必须做的事。"

"如果我命令你们停止冒这种险呢？"叶登问道。

"你随时都可以对整个行动喊停。"多克森说道，头都没从笔记本前抬起，"但只要它在运作中，卡西尔对任何的计划、目标和程序都有最终决定权。这是我们的做事方法。你在雇用我们之前就知道了。"

叶登懊恼地摇摇头。

"怎么样？"卡西尔问道，"我们要继续下去吗？你决定，叶登。"

"朋友，你大可喊停，没问题。"微风以大方的语调说道，"别担心让我们不高兴。至少我可是很喜欢不劳而获。"

纹看出叶登脸色微微一白。在纹的眼里，光是卡西尔没拿了他的钱后一刀刺死他，他就已经够幸运了，但她渐渐开始相信这里的人不会用这种方式做事。

"你们都疯了。"叶登说道。

"想要推翻统御主？"微风问道，"嗯，事实上，的确是。"

"好吧。"叶登叹口气说道，"我们继续。"

"很好。"卡西尔说道，在"军队"下面写下"卡西尔：装备"。"雷弩的伪装也会让我们有渠道'进入'陆沙德的上流社会，这将是很重要的优势，如果我们要挑起战争，就必须对各个家族间的政治局势了如指掌。"

"要挑起这场家族战争可能没你想的容易，卡西尔。"微风警告，"目前这些世家贵族都是很小心、仔细的一群人。"

卡西尔微笑："幸好我有你帮忙，微风。你的专长就是让别人照你的想法去行动——你跟我会一同计划要如何让上族们自相残杀。每一两个世纪似乎就会发生一场大型世家战争。现在这群人的能耐只会让他们变得更危险，所以挑动他们应该没那么难。事实上，我已经开始这个进程了……"

微风挑起一边眉毛，然后瞥向哈姆。打手闷哼一声，从怀里掏出一枚盒金，弹给房间对面志得意满的微风。

"这又是怎么？"多克森问道。

"我们在打赌。"微风说道，"赌卡西尔跟昨晚的动乱有无关联。"

"动乱？"叶登问道，"什么动乱？"

"有人攻击了泛图尔。"哈姆说道，"传言说有三名迷雾之子被派去暗杀史特拉夫·泛图尔本人。"

卡西尔嗤之以鼻。"三个？史特拉夫也太看得起自己了。我根本没靠近那位贵族大人。我只是去拿天金，还有确保自己被人家看见而已。"

"泛图尔不确定要怪谁。"微风说道，"但因为有迷雾之子的参与，所以每个人都认定是某个上族下的手。"

"这就是我的目的。"卡西尔高兴地说道，"上族对于迷雾之子的攻击向来看得很重，他们之间有不成文的协议，不能用迷雾之子来暗杀彼此，再攻击个几次，我会让他们像受惊的动物一样相互抓咬。"

他转身，在"上族"下面又写上"微风：计划"，还有"卡西尔：制造混乱"。

"就是这样。"卡西尔继续说道，"我们需要密切观察当地局势，了解哪些世家在缔交同盟。意思是，我们要派间谍去参与他们的某些活动。"

"有必要吗？"叶登不安地问道。

哈姆点点头："这其实是任何陆沙德行动的标准流程。任何有效的信息都是透过宫廷里的重权高官口中传出，所以在这种聚会间派人去探听，向来很有价值。"

"这个简单。"微风说道，"我们把你的假冒者带进来，让他去参加派对就好。"

卡西尔摇头："很可惜，雷弩大人不会亲自前来陆沙德。"

叶登皱眉："为什么不行？你的假冒者难道不耐细看吗？"

"噢，他看起来跟雷弩大人很像。"卡西尔说道，"可以说是一模一样，我们只是不能让他靠近审判者。"

"啊。"微风跟哈姆交换了一个眼神，"原来是那样。好吧。"

"什么？"叶登问道，"他是什么意思？"

"你不会想知道的。"微风说道。

"我不会吗？"

微风摇摇头："你不是光听到卡西尔说他要让人冒充雷弩大人就很紧张了？这个做法其实更严重几十倍。相信我，你知道的细节越少，你会越高兴。"

叶登转头看向卡西尔，后者正露出灿烂的笑容。叶登脸一白，靠回椅背上："我想你说得对。"

纹点头，打量房间中的其他人。他们似乎都知道卡西尔在说什么。有空时她得去研究一下这名雷弩大人。

"无论如何……"卡西尔说道，"我们得派人去这些社交聚会。因此，老多会假扮雷弩的侄子跟继承人，一名刚得到雷弩大人眷爱的亲族。"

"等等，阿凯。"多克森说道，"你没跟我说过这件事。"

卡西尔耸耸肩："我得找人去安插在贵族之间，我觉得你很合适。"

"我不能去。"多克森说道，"两个月前我才因为艾瑟行动被标记了。"

卡西尔皱眉。

"怎么?"叶登问道,"这次我能了解他们在说什么吗?"

"他的意思是教廷在注意他。"微风说道,"他假装是贵族,结果被发现了。"

多克森点点头:"我有一次还被统御主本人看到,他有完美的记忆力。就算我能避开他,总会有人认出我。"

"所以……"叶登说道。

"所以,"卡西尔开口,"我们需要别人来假冒雷弩大人的继承人。"

"不要看我。"叶登紧张地说道。

"相信我。"卡西尔直截了当地说道,"没有人会看你。歪脚不可能,他的本地司卡工匠身份太明显了。"

"我也不行。"微风说道,"我在贵族间已经有几个不同的化名,也许我能使用其中一个,但我不能去任何大型的舞会或派对——如果碰上认识我不同身份的人就尴尬了。"

卡西尔深思地皱眉。

"我可以。"哈姆说道,"但你知道我不擅长演戏。"

"我的侄子呢?"歪脚朝他身边的年轻人点点头。

卡西尔端详男孩。"孩子,你叫什么名字?"

"雷司提波恩。"

卡西尔单挑眉毛。"这名字很拗口啊。没有绰号吗?"

"啥还没先。"

"我们得处理一下这件事。"卡西尔说道,"你总是以东方方言说话吗?"

男孩耸肩,显然对于成为注意力焦点感觉很紧张。"俺小时老那里。"

卡西尔瞥向多克森,后者摇摇头:"阿凯,我不觉得这是个好主意。"

"同意。"卡西尔转身面向纹,微笑,"那我想就剩你了,纹。你有多擅长伪装贵族女性?"

纹的脸色微微发白。"我哥哥教过我几次。可是,我从来没有尝试过……"

"你可以的。"卡西尔说道,在"世家"下面写下"纹:渗透","好了,叶登,你应该要开始计划在一切结束后,要如何控制住帝国。"

叶登点头。纹其实有点同情他,因为这么多计划,而且都是很夸张的计划,似乎让叶登一下子无法招架,但她很难真正去同情他,因为卡西尔刚才已经决定她在整件事的角色。

假冒贵族?她心想。一定有人比我更合适吧……

微风的注意力仍然放在叶登跟他明显的不自在上。"不要看起来这么严肃,朋友。"微风说道,"说不定你根本不需要统治这座城市。我们很有可能在那件事发生前老早就被抓起来处决了。"

叶登衰弱地微笑:"如果没有呢?我要怎么知道你们不会把我刺死,自己接手帝国?"

微风翻翻白眼:"亲爱的兄弟,我们是盗贼,不是政治家。国家这种资产太笨重,不值得我们浪费时间。我们只要有天金就高兴了。"

"更不要提有钱了。"哈姆补上一句。

"这两个是同义词,哈姆德。"微风说道。

"不只这样。"卡西尔对叶登说道,"我们不会给你整个帝国,当然,很可能一旦陆沙德沦陷,整个帝国就会瓦解,所以你会得到这座城市,可能还有一大块中央统御区——假设你能贿赂当地军队来帮你。"

"那……统御主呢?"叶登问道。

卡西尔微笑。"我仍然计划要亲自料理他——只是得先想清楚该让第十一金属如何运作。"

"如果不行呢?"

"这个嘛……"卡西尔说道,在司卡反抗军下面写下"叶登:准备与统治"。"我们会试着找到方法把他骗出城外,也许能叫他跟军队一起去深坑镇压。"

"然后呢?"叶登问道。

"你想方法去处理他。"卡西尔说道,"你没有雇用我们去杀死统御主,叶登——那只是如果可以,我打算附加的福利而已。"

"要是我,我不会太担心,叶登。"哈姆补充道,"统御主没有经费也没有军队,成不了太大的事。他是个强大的镕金术师,但绝对不是无所不能。"

微风微笑:"不过如果你仔细想想,充满敌意又被逼退的伪神应该不是什么好邻居。你得想办法处理他。"

叶登似乎不喜欢这个主意,但他没有继续争论。

卡西尔转身:"应该就这样了。"

"呃……"哈姆开口,"教廷呢?我们不该至少找个方法看住审判者吗?"

卡西尔微笑:"我让我兄弟应付他们。"

"你该死的才不会。"一个新的声音从房间后方传来。

纹立刻跳起,转身警向房间充满阴影的入口。一名男子站在那里。他又高又壮,身形如雕塑般刚硬,穿着很朴素的衣服,一件简单的衬衫跟长裤,配上宽松的司卡外套,双手不满地环抱胸前,有着冷硬的方脸,看起来有点面熟。

纹转头看看卡西尔,一眼即知两人长得很相像。

"沼泽?"叶登起身问道,"沼泽,真的是你!他答应你会加入这场行动,但是我……这个……欢迎回来!"

沼泽依然面无表情:"我不确定我是否'回来',叶登。如果你们不介意,我想私下跟我的小弟谈谈。"

沼泽冷硬的语调似乎对卡西尔毫无威吓效力。他朝众人点点头:"大伙儿,今晚就先到此结束。"

其他人缓缓站起身,离开时刻意绕了老大一段路避过沼泽。纹跟在他们身后,拉起门,走下台阶,假装回到自己房间。不到三分钟她就已经躲回门边,小心翼翼地偷听里面的对话。

拉刹克是个高大的男子，不过大多数的泰瑞司人都很高。以这么年轻的人来说，其他的族人都相当尊敬他。他很有魅力，宫廷中的女子们大概会形容他有着粗犷英俊的外表。

然而，我很惊讶会有人去听他充满仇恨的言语。他从来没见过克雷尼恩，但他仍然诅咒这个城市。他还不认得我，但我已经看见他眼中的怒气与敌意。

7

三年的岁月并没有让沼泽的外表改变太多。他仍然是卡西尔从小就认得的严肃、威风的男子。他的眼中仍然带着一抹失望，语气中仍然透露着不赞许。

可是，如果多克森所言为真，沼泽的态度跟三年前相比已经大大不同。卡西尔仍然很难相信他哥哥放弃领导司卡反抗军。他向来对自己的工作充满热情。

显然他的热情如今已经被浇熄。沼泽走上前，以批判的角度打量黑板。

他的衣服被黑灰弄脏了一点儿，但以司卡标准而言，脸孔仍然颇为干净。他站在原处片刻，研究卡西尔的笔记，最后转身将一叠纸抛在卡西尔身边的椅子上。

"这是什么？"卡西尔问道，拾起纸堆。

"你昨天晚上残杀的十一人的名字。"沼泽说道，"我认为你应该至少会想知道。"

卡西尔将纸抛入燃烧的炉火中。"他们是最后帝国的人。"

"他们是人，卡西尔。"沼泽斥骂，"他们有生活，有家人。好几个还是司卡。"

"叛徒。"

"凡人。"沼泽说道，"只是尽量运用生命给他们的资源让生活变得更好的凡人。"

"我也是。"卡西尔说道，"幸好生命给了我将这种人推下楼顶的能力。如果他们想像贵族那样对抗我，那他们也可以死得像贵族一样。"

沼泽脸色一变。"你怎么能这么满不在乎地谈论这种事？"

"因为……"卡西尔说道，"我只剩下幽默感。幽默感跟决心。"

沼泽轻哼。

"你应该要高兴。"卡西尔说道，"在聆听你的教诲几十年后，我终于决定要拿我的天分来做点有用的事情。现在有你来帮忙，我确定——"

"我不是来帮忙的。"沼泽打断他的话。

"那你来做什么？"

"来问个问题。"沼泽上前一步，停在卡西尔面前，两人差不多一般身高，但沼泽严肃的个性总是让他显得更高大一些。

"你怎么敢这么做？"沼泽低声问道，"我将一生奉献给推翻最后帝国。当你跟你那群盗贼朋友在寻欢作乐时，我在隐匿逃犯；当你在计划那些小窃案时，我在规划劫掠物资；当你养尊处优时，我看着勇敢的人死于饥饿。"

沼泽伸出手，戳着卡西尔的胸口。

"你好大胆子！居然敢把反抗军行动，当做你的小'行动'？你居然敢用这个梦想来中饱私囊？"

卡西尔推开沼泽的手指："这不是原因。"

"哦？"沼泽问道，敲着黑板上的"天金"，"你这番惺惺作态是为了什么，卡西尔？为什么要骗叶登，假装接受他是你的'雇主'？为什么要装做关心司卡的样子？我们都知道你要的是什么。"

卡西尔下巴一紧，好脾气开始消失。"你已经不了解我了，沼泽。"卡西尔低声说道，"这跟钱无关。我曾经拥有一个人一辈子也享之不尽的财富。这次行动的目的不同。"

沼泽站在他面前，端详卡西尔的双眼，仿佛试图找出其中的真相。

"你一向很会说谎。"他终于说道。

卡西尔翻翻白眼："好吧，随便你怎么想，但别对我说教。推翻帝国也许曾经是你的梦想，但你现在已经变成一个乖司卡，每天只会待在店里谄媚来访的贵族。"

"我面对了事实，"沼泽说道，"这是你从不擅长的事。就算你是认真的，你还是会失败。反抗军做过的一切，无论是我们的劫掠、盗窃还是死伤，通通毫无意义。我们尽了最大努力才只让统御主稍微有点心烦。"

"啊。"卡西尔说道，"不过让人心烦可是我非常擅长的事。事实上，我不只能令人'稍微'心烦。很多人都跟我说过我可以让人伤透脑筋。所以我何不干脆将这个天分用于正途，是吧？"

沼泽叹口气，转过身："卡西尔，你不是为了'目标'。你是为了复仇。那还是为了你自己，你向来如此。我可以相信你要的不是钱，我甚至相信你打算把那支军队交给叶登，但我不相信你会真心在乎。"

"这就是你看错我的地方了，兄弟。"卡西尔低声说道，"你向来看错我这点。"

沼泽皱眉："也许是吧。不过，这件事到底怎么开始的？是叶登去找你，还是你去找他？"

"重要吗？"卡西尔问道，"听我说，沼泽。我需要有人渗透教廷。如果我们找不出方法来看住那些审判者，这个计划完全无用武之地。"

沼泽转身："你居然想要我帮你？"

卡西尔点点头。"不管你嘴上怎么说，这才是你今天来的主要原因。你曾经跟我说过，如果我肯朝一个值得的目标努力，你相信我必能成就大事。这就是现在的我,而我要你来帮我。"

"没有那么简单了,阿凯。"沼泽摇头道,"有些人不同了。其他的……不在了。"

卡西尔让房间安静下来,就连炉火也开始熄灭:"我也想她。"

"我相信,可是我必须诚实告诉你,阿凯。虽然她做了那种事……有时候我仍然希望从深坑中幸存的人不是你。"

"我每天都这么希望。"

沼泽转身,以他冰冷、洞悉一切的双眼端详卡西尔。搜寻者的眼睛。无论沼泽看到卡西尔的内心有什么样的反应,他似乎终于满意了。

"我要走了。"沼泽说道,"不知道为什么,你这次居然似乎是认真的。我会回来听你凑出的计划。之后……我们再说吧。"

卡西尔微笑。沼泽其实是个好人,是卡西尔向来不能及的好人。沼泽转向门的同时,卡西尔注意到门下有一道阴影闪过。他立刻燃烧铁,淡蓝色的线条从他身体向外发射,将他跟附近的金属源连结在一起。沼泽身上当然没有金属,就连钱币都没有,因为穿过司卡城区时,就算看起来只是稍微过得好一点都是相当危险的。

不过有人还没学会身上不要带金属。蓝线很细很微弱,不太能穿透木头,但已经够强到让卡西尔能追踪走廊外的人身上的腰带扣,那人以快速无声的脚步远离门口。

卡西尔暗自微笑。那女孩相当有能耐,但在街头讨生活的过去在她心上留下极大的伤痕。如果顺利的话,他想培养她的能力,同时协助治愈伤痕。

"我明天会回来。"沼泽走到门边后如此说。

"别来得太早。"卡西尔眨眼说道,"我今天晚上有点事要做。"

纹静静地在她黑压压的房间中等待,聆听走下楼梯的脚步声,她蹲在门边,试图判断是否两双脚都正朝一楼走去。走廊沉默了下来,良久后,她终于松了一口气。

忽然，离她的头不到几寸的地方响起敲门声。她被吓得全身一跳，差点摔倒在地。他好厉害！她心想。

她连忙拨乱头发，揉揉眼睛，拉出衬衫，假装刚在睡觉，直到第二次敲门声响起才拉开门。

卡西尔靠在门框上，走廊里的唯一一盏灯笼点亮他的身影。高大的男子挑眉检视她衣衫不整的凌乱模样。

"什么事？"纹假装睡眼惺忪地问道。

"你对沼泽的看法如何？"

"我不知道。"纹说道，"他把我们赶出来前，我没来得及多看他两眼。"

卡西尔微笑。"你不会承认我逮到你了，对不对？"

纹几乎报以微笑。瑞恩的训练教会了她。最想要你信任他的人也就是你必须最害怕的人。他哥哥的声音似乎在她脑中回响。自从她遇上卡西尔之后，他的声音越发清晰，仿佛她的警戒心随时都在戒备状态。

卡西尔打量她片刻，然后从门边退开。"把衣服塞好，跟我来。"

纹皱眉："我们要去哪里？"

"开始你的训练。"

"现在？"纹瞥向黑暗的百叶窗外问道。

"当然。"卡西尔说道，"今晚是最适合散步的时候。"

纹理好衣服，跟他一同踏入走廊。如果他真的打算要教导她，那她绝对不会抱怨，无论现在是几点。他们走下楼梯到了一楼，工作室一片漆黑，半成品家具倒在阴影中，但厨房还是十分明亮。

"等一下。"卡西尔说道，走向厨房。

纹等在工作室的阴影中，让卡西尔独自一人走入厨房。从她站的地方，勉强可以望入屋内，看到多克森、微风、哈姆跟歪脚和学徒们一起坐在一张宽桌边，桌上有红酒跟啤酒，不过量不多，然后大家一起吃着简单的晚餐，是炸膨的荞麦饼跟裹面衣炸过的蔬菜。

工作室里传来笑声。不是凯蒙桌上经常有的粗野狂笑，而是更为轻柔的那种，传达出真正的笑意，表明了相处的愉快。

纹不确定她为什么没有进入房间，她迟疑着，仿佛光芒跟愉悦是一道鸿沟，所以她只能留在安静、肃穆的工作室里，可是她仍然站在黑暗中向外看着，无法完全压抑自己的渴望。

卡西尔片刻后回来，手中拿着包包跟一个小布包。纹好奇地看着布包，于是他带着微笑递给她。"礼物。"

布料握在纹手里，光滑柔软，她旋即明白这是什么。灰色的布料在她手中展开，披露出迷雾之子披风的真面貌。就像卡西尔前一晚穿的衣服一样，它也完全是由一条条、缎带式的布条所裁制成。

"你看起来很讶异。"卡西尔注意到。

"我……我以为我得用什么方式赢得这件披风。"

"有什么好赢得的？"卡西尔说道，拉上自己的披风，"这是你的，纹。"

她停顿了一下，然后将披风围上肩头，绑起系带。感觉……很不一样。它挂在肩上又厚又重，但双臂跟双腿周围则是感觉轻巧自在。缎带上方都缝在一起，必要时可以靠拉紧领口来收紧披风。她觉得……被包围，被保护。

"感觉怎么样？"卡西尔问道。

"很好。"纹简单地回答。

卡西尔点点头，拿出几个玻璃瓶，递给她两个，"喝一个，另外一个留着备用。我等一下教你怎么样混合新旧瓶使用。"

纹点点头，先喝了第一瓶，然后将第二瓶塞入腰带。

"我正在叫人帮你做新衣服。"卡西尔说道，"你要养成习惯，身上的衣服不能有半点金属：没有扣环的腰带、直接穿脱的鞋子、没有环扣的长裤。之后如果你觉得胆子大点了，再来帮你换成女性的服装。"

纹略略脸红。

迷雾之子
卷一·最后帝国 [珍藏版]

卡西尔笑了："我刚是在逗你而已。可是，你现在开始要进入一个新的世界，也许你会发现，有些情况下看起来比较像年轻贵族淑女而非集团盗贼，会对你更有利。"

纹点点头，跟在卡西尔身后走到店门口。他推开大门，露出一墙在黑暗中挪移的黑雾。他踏入雾中。纹深吸一口气，尾随在后。

卡西尔在两人身后把门推上，石板路面的声音似乎被蒙上一层阻隔，不断翻滚的黑雾让一切都变得略微潮湿，纹看不清四周，街道似乎都消失于虚无，成为通向永恒的小径，头顶上没有天空，只有灰之又灰的纠结。

"好吧，我们开始。"卡西尔说道，他的声音在安静、空旷的街道上感觉很大声。他的语调中带着自信，绝对是正在与四周浓雾对峙的纹所没有的心情。

"你的第一课。"卡西尔说道，缓缓走在街道上，纹跟在他身旁，"我们不从镕金术开始，而是从态度。"他向前举起手，"纹，这个。这个是我们的。夜晚、白雾，都属于我们。司卡对待浓雾像对待死亡，唯恐避之不及。盗贼跟士兵会在夜晚行动，却仍然害怕。贵族假装毫不在意，但雾让他们不安。"

他转身看着她。"而雾是你的朋友，纹。它们隐匿你、保护你……而且给你力量。根据教廷的教义，司卡鲜少会听到这件事，迷雾之子是在统御主升华前，对他忠心之少数几人的后裔。其他传说则谣传我们甚至是超越统御主力量的存在，也就是迷雾第一次来到这片大地后所诞生的人。"

纹微微点头。听到卡西尔这么大大咧咧地谈话似乎有点怪，两旁的建筑物里满是沉睡的司卡，但黑暗的百叶窗跟安静的氛围让纹觉得她跟卡西尔在独处，独处于最后帝国里最密集、拥塞的城市。

卡西尔继续前进，脚步中的活力与阴冷的黑暗格格不入。

"我们不用担心士兵吗？"纹静静问道。她的集团成员以前都要很小心夜晚的警备巡逻队。"

卡西尔摇摇头:"就算我们不小心到被发觉,也不会有皇家巡逻队敢打扰迷雾之子。他们看见我们的披风后,会假装没看见。记得,几乎所有的迷雾之子都是上族的成员,其他的则是来自位阶较低的陆沙德家族。无论是哪一种,都是很重要的人。"

纹皱眉:"所以守卫们直接忽略迷雾之子?"

卡西尔耸耸肩:"直接点明自己在屋顶上看到的鬼鬼祟祟身影,其实是位非常高贵且举止得宜的贵族大人,那是非常失礼的行为,况且那还有可能是贵族仕女。迷雾之子太罕见,没有家族能以性别成见对待他们。

"总而言之,大多数迷雾之子都有双重生活——既是朝堂上的贵族,也是偷偷摸摸、鬼祟窥视的镕金术师。迷雾之子的身份是极其隐秘的家族机密——关于谁是迷雾之子的谣传,向来是上族间的最佳八卦素材。"

卡西尔转向另一条街道,仍然跟在他身边的纹还是有点紧张。她不确定他要带她去哪里,在夜晚中很容易迷路,也许他甚至没有目的地,只是要让她习惯黑雾。

"好了。"卡西尔说道,"我们先让你习惯基础金属。你可以感觉到你的金属存量吗?"

纹停顿片刻。如果集中注意力,她可以分辨出体内有八种不同的力量来源,每一种都比卡西尔测试她那天给她的多出许多。她从那时起就不太愿意使用她的"幸运",因为她开始发现,自己一直在使用一件她并不了解的武器,而这项武器会意外引来钢铁审判者的注意。

"开始一次一种燃烧它们。"卡西尔说道。

"燃烧?"

"这是启动镕金力量的术语。"卡西尔说道,"你'燃烧'跟那种力量相关的金属。你会明白我的意思。先从你不了解的金属开始——我们改天再练习安抚跟煽动情绪。"

纹点点头,在马路中间停下脚步,谨慎地朝新的力量来源探去。

其中一样似乎有点熟悉。她之前在不了解的情况下使用过吗？这有什么效果？

只有一种方法能知道……不是很确定她到底该怎么做，纹紧握住力量的来源，试图要使用它……

她立刻感觉到胸口一阵热，不会不舒服，但很明确清晰。随同暖意一起出现的是另一种感觉——某种身体苏醒跟充满力量的感觉。她觉得自己似乎变得更……硬实了。

"发生了什么事？"卡西尔问道。

"我觉得不一样。"纹说道。她举起手，突然觉得四肢的动作好像变得太快了一点，肌肉好像很急着想作用。"我的身体感觉很奇怪，已经不觉得累，而且很清醒。"

"嗯。"卡西尔说道，"那是白镴，它会增强你的体能，让你变得更强壮，更能抵抗疲累跟疼痛，你在燃烧它时反应也会比较快，身体会变得比较坚韧。"

纹尝试收缩一下肌肉。她的肌肉看起来没变得比较大，却可以感觉到力量——不仅存在于肌肉中，而是充盈她的全身，包括骨头、躯体和皮肤。她朝存量探去，可以感觉到它在减缩。

"我快要用完了。"她说道。

卡西尔点点头："白镴燃烧的速度颇快。我给你的瓶子里面可供十分钟的持续燃烧，不过如果你经常骤烧会用得更快，用得越小心则消耗得越慢。"

"骤烧？"

"你可以试试看，更大力地去燃烧金属。"卡西尔说道，"这会让金属消耗更快，而且很难维持，却可以在短时间内让力量加倍。"

纹皱眉，试图照他所说的去做，再用力一推后，她点起胸口内的熊熊火焰，骤烧白镴。

感觉上像是大胆一跳之前深吸一口气，突然一阵力量跟气力涌现。

MISTBORN: THE FINAL EMPIRE

她的身体因期待而紧绷，有一瞬间她觉得自己无所不能。但那瞬间一过，身体便缓缓开始放松。

有意思，她心想，发现她的白镴存量在那一瞬间燃烧得有多快。

"还有一些关于镕金金属的事情是你该知道的。"两人一同在雾中漫步时，卡西尔说道，"金属越纯越有效。我们所准备的瓶子里的是绝对纯粹的金属，是特别准备与贩卖给镕金术师的。

"合金，像是白镴这种就更困难，因为金属的比例必须刚刚好，才能得到最大的力量。如果你在买金属时不小心，可能会买到完全不对的合金。"

纹皱眉："你是说有人会骗我？"

"不是故意的。"卡西尔说道，"重点是，大多数人在说'黄铜'、'白镴'，还有'红铜'的时候都是很不精确的。举例而言，一般人都认为白镴就是锡混铅，也许还加一点铜或银，看是何种用途，用在什么情况等。可是镕金术师的白镴，是百分之九十一一的锡，混合百分之九的铅。如果你希望从金属中汲取到最大的力量，就必须用这个比例的合金。"

"那么……如果你烧的比例不对呢？"纹问道。

"如果比例只差一点，那你还是能得到一部分力量。"卡西尔说道，"可是如果差得太多，你会因此感觉很不舒服。"

纹缓缓点头："我……我想我以前燃烧过这种金属，偶尔才用，用得很少。"

"残留矿物。"卡西尔说道。"来自于混入金属的饮用水，或是吃饭时用到了白镴金属餐具。"

纹点点头。凯蒙的密屋里有些杯子就是白镴制的。

"好了。"卡西尔说道，"熄灭白镴，我们继续试下一种金属。"

纹依言照做。力量的消散让她觉得衰弱、疲累和脆弱。

"现在注意看看。"卡西尔说道，"你应该可以感觉到体内不同的金属可以配对。"

"像是两种情绪金属。"纹说道。

"没错。找出跟白镴连接的金属。"

"我找到了。"纹说道。

"每种力量都有两种金属。"卡西尔说,"一种推,一种拉。前者通常是后者的合金。以情绪金属而言——也就是外部意志力量——你要用锌来拉,用黄铜来推。你刚才用白镴推你的身体,那是内部肢体力量的一种。"

"像哈姆。"纹说道,"他会烧白镴。"

卡西尔点点头。"烧白镴的迷雾人通常叫做打手。这个词是比较粗一点,但他们通常也是粗人。我们家的哈姆德算是特例。"

"那另一种外部金属有什么功效?"

"试试看啊。"

纹兴奋地试了,顿时,周遭的世界突然变得更为明亮。或者该说……其实明亮不太对,她只是可以看得更好,看得更远,但雾仍然存在,只是变得比较……透明了。附近的自然光也似乎显得更为光亮。

还有其他改变。她可以感觉到她的衣服,虽然以前都有感觉,但通常都会忽略,如今却觉得衣服更贴近。她可以感觉到衣服的质地,明显感觉得出衣服哪里特别贴身。

她也饿了。原本她也忽略这件事,但现在她的饥饿似乎更迫切,皮肤感觉更湿,还可以闻到沁凉的空气中混着泥土、灰烬和垃圾的气味。

"锡可以增强你的感官。"卡西尔说道,声音突然变得相当大,"而且这是燃烧最慢的金属之一——那一瓶的锡够你用好几个小时。大多数迷雾之子只要一进入雾中就会开始烧锡——我们一出店里我就这么做了。"

纹点点头。丰富的感官让她几乎难以招架。她可以听到黑暗中的嘎吱摩擦声,让她不断想要惊跳转身,深信有人正鬼鬼祟祟地从她背后袭来。

"让它慢慢烧。"卡西尔说道,挥手要她跟在他身边,继续在街上行走,"你得适应增强的感官,只是不要随时都在骤烧。骤烧不只会让你很快用光金属,而且持续性骤烧会对人造成……奇怪的影响。"

"奇怪?"纹问道。

"金属,尤其是锡跟白镴是在提升你身体的能力。骤烧金属只是让身体更加提升至极限,久了,会开始破裂。"

纹不安地点点头。卡西尔再也没说话,两人继续前进,让纹有时间去探索她的新感官跟锡所呈现的世界细节。原本她的视野只局限于夜晚中的一小块区域,如今却看到整座城市被包围在一片不断挪移翻腾的雾中。她可以看到远方像小山一样的堡垒,也可以看到光点从窗户中透出,像是黑夜被针刺破了一个个小洞。而在天上……她看到天上的光芒。

她停下脚步,赞叹地仰望。光线很暗,即使在她被锡增强的眼里仍然相当模糊,但她隐隐约约能看到数百、数千个光点,好小好小,像是刚被熄灭的烛火余光。

"星星。"卡西尔说道,踱步到她身边,"不是随时都能看到,就算烧了锡也是。今天一定是特别晴朗。以前的人可以每天都看到星星——那是在白雾来临、灰山爆发,将烟雾跟灰烬带入城市之前。"

纹瞥向他:"你怎么知道?"

卡西尔微笑:"统御主很努力想要摧毁对过去日子的记忆,但有些记忆还在。"他转过身,没有真的回答她的问题,继续前进。纹跟上。有了锡,身旁的雾气突然没有那么可怕了。她开始了解卡西尔如何能这么自信地走在雾里。

"好。"卡西尔终于又开口,"我们再试试另一种金属。"

纹点点头,留下锡继续烧,但又挑出另一种金属,结果她一烧,立刻出现很奇特的事情——许多蓝线从她胸口散出,朝回旋的白雾间伸去。她动都不敢动,微微惊喘,低头看着自己的胸口。大多数线条很细,像是透明的麻线,但有几条跟毛线一样粗。

卡西尔轻笑。"你先别用它跟它的搭配金属。它们比其他几种更复杂。"

"那是什么……"纹问道,以眼光追寻着蓝光的去处。它们指向各式各样的东西,有门,有窗——有一两条甚至指向卡西尔。

"我们晚点会学到。"他承诺,"先把那个灭了,再试试最后两种之一。"

纹灭了奇怪的金属,跳过它的同伴,挑出最后两种之一,立刻感觉到奇特的震动。纹停下脚步。这股鼓动没有发出她能听到的声音,但她可以感觉到鼓动一波波席卷而来,似乎是来自卡西尔。她皱眉看着他。

"应该是青铜。"卡西尔说道。"内部意志拉引的金属。它让你感觉到附近有谁在用镕金术。像我哥哥那样的搜寻者会用。青铜通常没什么需要用到,除非你刚好是钢铁审判者,在寻找司卡迷雾人。"

纹脸色一白:"审判者会用镕金术?"

卡西尔点点头:"他们都是搜寻者——我不确定是因为搜寻者被选来做审判者,还是成为审判者的过程让他们得到这股力量。无论如何,因为他们的主要任务是找到混血儿跟不当使用镕金术的贵族,这对他们而言是很有用的技巧。很不幸的是,他们的'有用'对我们来说代表'有点讨厌'。"

纹开始点头,然后顿住了。鼓动停止了。

"发生什么事了?"她问道。

"我开始燃烧红铜。"卡西尔说道,"就是青铜的同伴。当你烧红铜时,可以让你不被其他镕金术师发现你在使用力量。你现在可以试试看,不过不会有什么感觉。"

纹试了试,唯一的感觉就是体内有微微的震动。

"红铜是必须学会的金属。"卡西尔说道,"它能让你不被审判者发现。我们今天晚上可能没什么好担心,审判者应该会认为我们是一般的贵族迷雾之子,出来进行训练。可是,如果你穿着司卡衣服,却又需要燃烧金属,记得先要开启红铜。"

纹点点头。

"事实上……"卡西尔说道,"许多迷雾之子随时都在烧红铜。它烧得很慢,而且可以让你不被其他镕金术师察觉,除了让你躲避青铜之外,还可以预防其他人操弄你的情绪。"

纹眼睛一亮。

"我就猜你会对这个有兴趣。"卡西尔说道,"任何烧红铜的人都不受情绪镕金术影响,同时,红铜的影响范围会是你身边的一个圈圈,这片云,又称为红铜云,可以隐藏任何躲在里面的人,不被搜寻者的感官找到,但是无法让他们不受情绪镕金术的影响。"

"歪脚。"纹说道,"这就是烟阵的能力。"

卡西尔点点头。"如果我们有人被搜寻者发现,他们可以跑回密屋消失,也可以在不用担心被发现的情况下练习能力。来自司卡城区的镕金鼓动可是很容易被经过的审判者察觉。"

"可是你可以烧红铜。"纹说道,"你为什么这么担心无法帮集团找到烟阵?"

"我是可以烧红铜。"卡西尔说道,"你也可以。我们能使用所有的能力,但我们也会分身乏术。成功的首领需要知道该如何分工,尤其是在进行这么大一件工作时。标准的做法是让密屋随时都被包围在红铜云里。歪脚不是靠独立办到的,他有几名学徒也都是烟阵。当你雇用歪脚这样的人时,我们双方都知道他会提供运作基地跟一组烟阵,有足够能力时时隐藏所有人。"

纹点点头,不过她对红铜能保护自己情绪的能力比较有兴趣。她得想办法弄到足够的红铜来让它随时都能焚烧。

他们再次开始前进,卡西尔给了她更多时间去习惯燃烧锡,但纹的思绪开始乱跑。总有些事情觉得……不对劲。卡西尔为什么要告诉她这些事?感觉他太轻易就分享他的秘密。

除了一个,她多疑地想。有蓝线的金属。他还没提起。也许他就是不打算告诉她这件事,这就是他会保留下来好控制她的力量。

它一定很强,八种中最强的。

当他们走在安静的街道中,纹尝试性地朝内探去,一面瞄着卡西尔,一面小心翼翼地燃烧着未知的金属。蓝色线条再次出现在她身体周遭,似乎朝四面八方射去。

线条随着她移动,一端黏在她胸口,另一端接着路上的某个端点,她每走一步就会有新的线条出现,旧的消失在身后。线条有不同粗细,有些比其他更粗。

纹好奇地以意念测试了线条,想要发现它们的秘密。她专注于某个特别小,看起来相当无害的一个小对象,发现如果集中注意力,她可以单单只感觉到它,几乎觉得自己可以碰到它。她以意念伸出,轻轻一扯。

线条晃动,立刻有东西从黑暗中朝她飞来。纹大叫,试着想跳开,但那物件——一根生锈的铁钉——直直朝她飞来。

突然,有东西抓住铁钉,将它扯离,抛回黑暗中。

原本滚地躲避的纹立刻紧绷地蹲起,迷雾披风在她身边飞舞。她搜寻着黑暗,然后瞥向在轻笑的卡西尔。"我早该猜到你会试用它的。"他说道。

纹尴尬地脸红。

"过来。"他招招手,要她过来,"没事的。"

"钉子攻击我!"它会让金属物体活起来吗?那真是不可思议的力量。

"其实应该说是你自己攻击自己。"卡西尔说道。

纹小心翼翼地站起身,重新跟在他身边,继续前进。

"我等一下会解释你刚才做了什么。"他承诺,"首先,有些关于镕金术的事情是你必须先了解的。"

"又是规则?"

"比较像是哲学。"卡西尔说道,"跟后果有关。"

纹皱眉:"什么意思?"

MISTBORN: THE FINAL EMPIRE

"我们做的每个行为都有后果，纹。"卡西尔说道，"我发现无论是镕金术或是人生，最能判断自己行为会导致何种后果的人，最是成功。举例而言，燃烧白镴的后果是什么？"

纹耸耸肩："会变得更强壮。"

"如果在拿重物时白镴用完了，会发生什么事？"

纹顿了顿。"应该会掉下来吧？"

"而且，如果太重，你会严重伤到自己。许多迷雾人打手在燃烧白镴时受到重伤，然后不当一回事，结果白镴一用完，立刻因为伤重而死。"

"我明白了。"纹静静说道。

"哈！"

纹吓得后跳，双手遮起增强听觉后的耳朵。"好痛！"她抱怨，瞪着卡西尔。

他微笑："燃烧锡也有后果。如果有人突然发出声音或光线，你会因此暂时失明或被震晕。"

"这跟最后两种金属有何关系？"

"铁跟钢给你操弄身边其他金属的能力。"卡西尔解释，"用铁，你可以将金属来源拉向自己。用钢你可以推开金属。啊，到了。"

卡西尔停下脚步，抬头看着前方。

穿过白雾，纹可以看到巨大的城墙耸立在前方。"我们到这里做什么？"

"我们要练习铁拉跟钢推。"卡西尔说道，"但首先，先来练基本概念。"他从腰带中拿出某样东西——是一枚夹币，所有钱币币值中最小的。他将钱币举在她面前，侧身站立。"燃烧钢，就是跟你刚刚烧过的金属相反的那一种。"

纹点点头。蓝色线条再次出现在她身边。其中一条直指向卡西尔手中的钱币。

"好。"卡西尔说道，"推它。"

纹探向正确的线,轻轻地推了一下。钱币翻出卡西尔的手指,直线飞离纹,她继续将注意力集中在钱币上,将钱币推在空中,直到撞上附近房子的墙壁。

纹突然像是被人拉扯一样,用力被后抛入空中。卡西尔抓住她,让她不至于摔倒在地。纹脚步一跄跄,好不容易再次站直。不受她控制的钱币在对街当的一声落到地面。

"刚才发生了什么事?"卡西尔问她。

她摇摇头:"我不知道。我推了钱币,然后它飞走了,当它撞上墙时,我被推开。"

"为什么?"

纹思索般地皱眉:"我想……我想因为钱币哪里都去不了,所以只有我能被移动。"

卡西尔赞赏地点点头:"后果,纹。当你钢推时,你用了自己的重量,如果你比你的锚点重很多,它会像钱币那样飞走,可是如果东西比你重,或是它撞到比你重的东西,你会被推走。铁拉的情况很相似,要么你被拉向物体,要么物体被拉向你。如果你们的重量很相近,那你们都会移动。

"这就是镕金术的伟大之处,纹。知道你在燃烧钢或铁的时候会移动多少,会让你在面对敌手时拥有更大的优势。你会发现,在所有能力中这两种最有弹性,最好用。"纹点点头。

"现在,记住,"他继续说道,"在使用这两者的情况下,你的推或拉是直接让物体远离你或朝你来。你不能随意抛掷东西,或控制它们随处乱跑,镕金术不是如此运作,因为现实世界也不是如此运作。当你推东西,无论是靠镕金术或靠自己的双手,它会直接朝反方向去。力量,反应,结果。了解吗?"

纹再次点头。

"很好。"卡西尔高兴地说道,"现在我们来跳过那面墙。"

"什么?"

他留下她一个人目瞪口呆地站在街心,看着他走向墙边,然后快步追上。

"你疯了!"她低声说道。

卡西尔微笑:"这是你今天第二次这么对我说。你应该更留心自己的环境——如果你好好听了其他人说话,你早该发现我的脑子很久前就已经不在了。"

"卡西尔。"她开口说道,抬头看着墙,"我不行……我在今晚前甚至没有真正用过镕金术!"

"是没错,但你学得很快啊。"卡西尔说道,从披风下抽出某样东西,看起来像是条腰带,"来,把这戴上。它上面有金属块,如果发生什么不对劲的事情,我应该可以追得上你。"

"应该?"纹紧张地问道,系上皮带。

卡西尔微笑,然后在脚边抛下一大块金属。

"把金属块直直放在你脚下,记得要用钢推,不是铁拉。直到抵达墙头之前,不要停止推。"

然后他弯腰向上一跳。

卡西尔冲入空中,暗色的身影消失在纠结的雾气中,纹等了片刻,但他没有摔到地上变成一团肉泥。

即使在她敏锐的耳中,一切仍然绝对安静。白雾在她身侧嬉闹地盘旋,激她、挑衅她。

她低头看着金属块,燃烧钢,蓝色的线条散发出隐约、模糊的光芒,她走到金属边,跨在它上方,抬头看着白雾,然后最后一次低头看。

终于,她深吸一口气,以全力推向金属块。

迷雾之子
卷一·最后帝国 [珍藏版]

他应该保护他们的生活方式,却侵犯他们。他会是他们的拯救者,但他们将称他为叛教徒。他的名字将是纷争,但他们会因此而爱戴他。

8

纹冲入空中,压下一声尖叫,虽然害怕却还记得要继续推。石墙化成离她仅仅几尺远外的模糊晃动,下方地面消失,指向金属块的蓝色线条越来越淡。

如果线条消失会发生什么事?

她开始减速,线条越淡,她的速度就越慢。飞不了多久,她就慢到停下来——悬吊在半空中,一条几乎不可见的蓝线上方。

"我向来喜欢上面的风景。"

纹瞥向身边,卡西尔站在不远处,只是她刚才专注到没有发现她离墙边只差几尺远。

"救命!"她说道,继续慌乱地推,避免自己坠落。她身下的雾气翻移回旋,像某种充满地狱灵魂的深色海洋。

"你不必太担心。"卡西尔说道,"如果你有三个锚点,在空中会比较容易平衡,但就算只有一个锚点也可以。你的身体很习惯平衡,你从学会走路起就在做的事情会部分转移到镕金术上。只要不乱动,挂在钢推能力的边缘,就可以维持平衡——你的意志和身体会调整跟下方锚点重心的偏差,避免让你向侧方歪倒。

"不过如果你推了另外一样东西,或是太过朝侧边移动……那才真的

MISTBORN: THE FINAL EMPIRE

会失去下方的锚点，也没办法再直直向上推，那时才会真的碰上问题——像是高柱上的铅块一样歪倒。"

"卡西尔……"纹说道。

"我希望你不是怕高，纹。"卡西尔说道，"那对于迷雾之子来说是蛮大的弱点。"

"我……不……怕……高。"纹咬紧牙关说道，"但我也不习惯吊在离什么该死的街一百尺高的空中啊！"

卡西尔轻笑，纹感觉到有力量在拉扯着她的腰带，将她从空中拉向他。他抓住她，然后拉着她翻过石栏杆，让她站在身侧，一手则伸过墙边。一秒后，金属块顺着墙一路飞刮而上，直到落入他等待的掌心。

"做得很好。"他说道，"现在，我们要下去。"他将金属块抛过肩头，让它落入墙壁另一边的黑色迷雾。

"我们真的要出去？"纹问道，"出城墙？晚上？"

卡西尔以他最令人生气的方式微笑，走到墙边，爬上平台："调整推或拉的力道很困难，但你可以办得到。最好是坠落一点后用推的方式减缓速度，再放开，坠落，然后再推一次。如果你能把其中的韵律掌握得当，就能很顺利地抵达路面。"

"卡西尔。"纹靠近墙边说道，"我不……"

"你已经来到城墙顶了，纹。"他说道，踏入空中，微微摇晃地挂在空气里，以他先前解释的方法保持平衡，"只有两种方法可以下去。一是跳下，或者你可以试着跟巡逻守卫解释为什么有迷雾之子需要用他们的楼梯。"

纹担忧地转身，发现黑雾中出现一团灯笼光晕，正逐渐靠近。

她回身面对卡西尔，但他已经消失了。她咒骂一声，弯腰探过城墙，望入黑雾。她可以听到守卫们在她身后，一面巡逻城垛，一面低声交谈。

卡西尔说得没错：她没多少选择。怒气冲冲的她爬上城墙边缘的平台。她不特别怕高，但有谁站在城墙上，低头看着足以摔死的高度而不会怕的？纹的心脏跳得飞快，胃部一阵绞缩。

希望卡西尔已经让开了，她心想，检查蓝线好确定她刚好在金属块上方。然后，她向前一踏步，离开城墙。

她立刻开始直直坠落。

她几乎是反射性地以钢反推，但她的轨迹歪了，落点偏到金属块的一侧，而非直线上方，推力让她歪偏得更严重，以至于开始在空中翻滚。

大惊之下，她再次反推，这次更用力地骤烧钢。突来的力道让她反弹而上，斜斜地在空中划出一道弯弧，又出现在城墙顶边。经过的守卫惊讶地转身，但他们的脸很快便因为纹又重新朝地面坠落而再度模糊、消失。

纹的脑中因恐惧而一片混乱，她直觉性地探出，朝金属块拉引，试图想把自己朝那个方向拖去。当然，金属块便因此乖乖地朝她直射而来。

我死定了。

突然间，她的身体猛然从腰带的部分被上提，下降之势骤减，直到她轻轻地飘在空中。

卡西尔出现在雾里，站在她身下的地面。他当然在微笑。

他让她落下最后几尺，接住她，然后让她重新站直在软土地上。她颤抖地伫立片刻，紧张、焦虑地喘息。

"刚刚真好玩啊。"卡西尔轻松地说道。

纹没有回应。

卡西尔让她坐在旁边的石头上，显然是要让她有恢复心神的时间。最后，她燃烧了一些白镴，利用它提供的实在感来稳定自己的心绪。

"你做得很好。"卡西尔说道。

"我差点死了。"

"每个人的第一次都是这样的。"卡西尔说道，"铁拉跟钢推都是很危险的技巧。只要把一点金属拉引入身体就足以让自己穿肠破肚，你也可能跳下时离锚点太远，或者犯下十几种其他错误。"

MISTBORN: THE FINAL EMPIRE

"以我的经验——虽然很有限——但最好是趁还有人能看着你的时候，早早学到这些经验。不过，我想你现在应该了解，为什么镕金术师身上应该要尽量少带金属吧。"

纹点点头，然后停顿下来，一手探向耳朵。"我的耳环。"她说道，"我得停止戴它。"

"它后面是用夹的吗？"卡西尔问道。

纹摇摇头："只是一根耳针，后面的针是往下弯的。"

"那就没事。"卡西尔说道，"体内的金属——就算只有一点是在你体内——都不能被推或拉，否则其他镕金术师就可以把你在腹中燃烧的金属直接扯出来。"

幸好先知道了这件事，纹心想。

"这也就是为什么那些审判者眼眶里插了一对钢锥还可以这么自信地走来走去。那些金属穿刺了他们的身体，所以不能被另外一名镕金术师影响。耳环留着，它很小，可能没什么大用，但紧急时候它或许会是你的武器。"

"好。"

"现在可以走了吗？"

她抬头看着墙，准备好要跳，然后点点头。

"我们不是要回去。"卡西尔说道，"来吧。"

纹对着朝雾中走去的卡西尔皱眉。所以他是真有目的地——还是他只是决定要继续乱走一阵？奇特的是，他友善且一派轻松的态度反而让人更难摸清楚他的思绪。

纹快步跟上，不想被独自留在雾中。陆沙德附近的环境相当荒凉，只有矮树丛跟野草，布满了早先落尘的荆棘跟枯叶，随着她的脚步，不断摩擦她的双腿，地上的植被因他们的行走发出破碎的声音，周遭因雾露而安静且潮湿。

偶尔他们会经过几堆被推出城外的灰烬，但大多数时候，灰烬都是

迷雾之子
卷一·最后帝国 [珍藏版]

被抛入贯穿城市的香奈瑞河。水最后会溶化灰烬，至少这是纹的猜测，否则整片大陆老早就被掩埋在灰烬中了。

两人继续走着，纹没有离卡西尔太远。虽然她之前也出过城，但都是跟着一群船夫，也就是在最后帝国随处可见的运河中撑窄船跟货船的司卡工人们。这是很辛苦的工作，大多数贵族都用司卡而非马匹将船拖过曳船道，但光是知道自己在旅行就让她感觉得到了某种程度的自由。因为大多数司卡，就算是盗贼司卡，都从不离开他们的农庄或城市。

从城市到城市间不断旅行是瑞恩的选择，他对于不能被锁定在某个地方有强烈的执念。他通常会让两人搭上地下组织营运的渡船，从不在一个地方待超过一年，不断地搬移，总是在出走，仿佛在逃离什么。

两人继续前进。在夜晚，连光秃秃的山丘跟布满矮灌木的平原都显露出肃杀之气。纹没有说话，尽量不要发出声音。她听人说过晚上有些东西会在外面四处走动，而就算燃烧锡能稍稍穿透迷雾的遮蔽，她仍然觉得正被人监视着。

他们走得越久，这感觉越令她心惊。不久，她开始在黑暗中听到声音，声音很低也很模糊，像是野草的弯折声，回荡在雾气中的脚步摩擦声。你想太多了！她因为一点小动静而惊跳起时，这么告诉自己。可是最后，她忍不住了。

"卡西尔！"她急急地悄声说道，但在她增强后的耳里，声音听起来大得足以泄漏她的行踪，"我觉得这附近有东西。"

"嗯？"卡西尔说道，看起来似乎正深陷入思绪中。

"我觉得有东西在跟踪我们！"

"噢。"卡西尔说道，"对，你说得没错。是个雾魅。"

纹顿时僵在原地，不过卡西尔倒是继续前进。

"卡西尔！"她叫道，令他停下脚步，"你是说，它们是真的？"

"当然是。"卡西尔说道，"要不然你觉得那些传说是从哪来的？"

纹瞠目结舌地站在原地。

147

"你想去看吗?"卡西尔问道。

"去看雾魅?"纹问道,"你——"她没说下去。

卡西尔轻笑,懒洋洋地走回她身边:"雾魅外表上看起来可能不会让人很舒服,但它们基本上是无害的。大多数情况下,它们都是食腐者。来吧。"

他开始往回走,挥手要她跟上。

纹虽然不情愿,但在不敢看却又忍不住想看的好奇心驱使下,仍然跟了上去。卡西尔疾步走着,带着她爬上一座没多少矮灌木的山丘,蹲下身,示意要纹也照做。

"它们的听力不是很好。"他对着正跪在他身边布满灰烬的粗糙土地上的纹说道。"但是它们的嗅觉,或该说它们的味觉相当敏锐。它可能是在跟着我们,希望我们会丢点能吃的东西给它。"

纹眯着眼睛看着黑夜。"我看不到。"她说道,在雾中搜寻某个身影。

"在那里。"卡西尔说道,指向一座矮矮的山。纹皱眉,想象有怪物蹲在山丘上,在她寻找它的同时也正在看她。

然后,山动了。

纹全身微震了一下。黑色的山丘——大概有十尺高,两倍宽——以奇特的蹒跚步伐一蹭一蹭地前进,纹向前倾,想要看得更清楚。

"骤烧你的锡。"卡西尔建议。

纹点点头,召唤更多的镕金力量。一切立刻变得更明亮,白雾的阻碍显得更单薄。

眼前的东西让她全身一阵颤抖——有点失神和恶心,还有不止一点的不舒服。那怪物有着半透明的皮肤,纹可以看见它的骨头,还有几十只手,每只看起来都来自于不同的动物。有人手、牛蹄、犬腿,还有其他她辨别不出来的部位。不对称的手足让那怪物能够行走,但更像是拖着脚慢慢爬行,有如笨拙的蜈蚣,而有许多四肢看起来根本没有作用,以扭曲、不自然的角度从怪物体中突出。

它的身体圆滚且长，但也不只是一团肉球……它的形体是某种奇特的逻辑存在，有很清楚的骨骼结构，纹眯着锡增强的眼睛，可以约略看到透明的肌肉跟筋条缠绕在骨头上。怪物移动时会收缩一堆肌肉，看起来像是有几十个不同的肋骨腔，在身体主干的两侧，手臂跟腿以怪异的角度垂挂着。

还有头——她算出有六个。虽然皮肤透明，但她仍然看得出有一个马头在鹿头旁边，另一个头转向她，她可以辨认出那是人类头骨，顺着一条长长的脊椎骨连着某种动物的上半身，下面又接着一堆奇特的骨头。

纹几乎要呕吐出来："什么？怎么会……"

"雾魅的身体可以任意改变。"卡西尔说道，"它们可以用肌肤包围任何骨骼架构，如果有模板可以参考，甚至可以重新创造肌肉跟器官。"

"你是说……"

卡西尔点点头："当它们找到一具尸体时，会把它整个包围，缓缓消化肌肉跟器官，最后用它吃下的东西当范本，创造出跟尸体一模一样的副本，然后重新调整部位——把不要的骨头除掉，把要的加入——最后就变成你看到的那一团。"

纹看着怪物蹒跚地走过草原，跟随她的足迹，一片黏滑的皮肤从肚子下垂下，拖在地面上。它在尝着气味，纹心想。跟踪我们经过后留下的味道。她让锡回到正常燃烧速度，雾魅再次成为一团阴影，不过它的轮廓反而突显出它的不正常之处。

"所以它们有智慧吗？"纹问道。"既然它们可以分割……身体，然后安排想要的部分该放到哪里？"

"有智慧？"卡西尔问道，"像这么年轻的是没有。它的行为比较靠本能，而非智慧。"

纹再度发抖。"别人都知道这些东西吗？我是说传说以外的？"

"你说'别人'指的是谁呢？"卡西尔问道，"有很多镕金术师知道，我很确定教廷也知道。一般人……他们晚上并不出门。大多数司卡畏惧也诅咒雾魅,但可能一辈子都没看过。"

"他们运气真好。"纹喃喃道,"为什么没有人要处理一下那些东西?"

卡西尔耸耸肩:"它们没那么危险。"

"那一只有个人头!"

"它可能是找到一具尸体。"卡西尔说道,"我从没听说过雾魅会去攻击健康的成年人,大概就是因为这样所以没人去理它们。当然,它们对上族而言另有他用。"

纹询问地看看他,但他没再说话,而是站起身走下山坡,她再瞥了一眼不自然的怪物,然后跟着卡西尔走去。

"你是带我来看这个吗?"纹问道。

卡西尔轻笑:"雾魅可能看起来很诡异,但不值得走这么老远一趟。我们是要去那边。"

眼光追随着他的动作,她看出前方土地有点改变。"皇家大道?我们绕回城门前方了。"

卡西尔点点头。短短一段路后——途中纹至少回头三次确定雾魅没跟上来——他们离开了矮木丛,踏入皇家大道的平坦硬泥土路。卡西尔停下脚步,转头看着四周,纹皱眉,不知道他在做什么。

这时,她才注意到一辆马车停靠在大道边,纹可以看到马车旁还有人在等着。

"噢,沙赛德。"卡西尔说道,走上前去。

男子鞠躬。"卡西尔主人。"他说道,平滑的声音穿透夜空,嗓音比较高亢,口音宛如音乐,"我几乎以为你决定不来了。"

"你知道我这个人,阿沙。"卡西尔说道,开怀地拍着那人的肩膀,"我这个人向来准时。"他转身朝纹挥挥手,"这个警戒的小东西是纹。"

"啊,是的。"沙赛德说道,口齿缓慢却清晰。他的口音有个很奇特之处。纹小心翼翼地靠近,端详对方。沙赛德有张又长又扁的脸,细瘦的身体甚至比卡西尔高,高到有点不正常,手臂也异常的长。

"你是泰瑞司人。"纹说道。他的耳垂被撑大,耳朵轮廓上满是耳钉。他穿着华丽、鲜艳的外袍,那是泰瑞司侍从官的衣服——上面是层叠的V形刺绣,重复排列出主人的家徽三色。

"是的,孩子。"沙赛德鞠躬,"你认得很多我的同胞吗?"

"不认得。"纹说道,"可是我知道高等贵族偏好泰瑞司侍从官跟仆人。"

"的确如此,孩子。"沙赛德说道。他转向卡西尔,"我们该走了,卡西尔主人。时间已晚,我们离费里斯还有一个小时的路程。"

费里斯,纹心想。所以我们要去见假冒的雷弩大人。

沙赛德为他们打开马车门,在他们进入之后再度关起。纹刚在柔软的厚椅垫上坐下就听到沙赛德爬上马车,接着马匹就前进了。

卡西尔静静地坐在马车里,关好窗户阻隔雾气,一盏半遮蔽的小灯笼挂在角落。纹坐在他正对面的椅子上,双脚缩在身体下,她将宽大的迷雾披风拉得紧紧的,隐藏住自己的手臂跟腿。

她向来如此,卡西尔心想。无论她在哪里,都试图尽量要缩小不引人注意。这么紧张。

纹不坐,她蹲踞;不行走,而是潜行;就算她正大光明地坐在某处,都试图要躲起来。

不过她很勇敢。卡西尔接受训练的时候,并没像她那么主动从城墙上跳下去——老盖穆尔最后被逼得用推的。

纹以安静、深沉的眼睛看着他。当发现他在注意她的时候,纹转开目光,更深地缩入披风里,不过出人意料的是,她开口了。

"你的兄弟,"她以近乎耳语的声音说道,"你们两个处不好。"

卡西尔挑起眉毛。"是不好,其实向来不好。蛮可惜的。我们应该要好好相处,但就是……不行。"

"他年纪比你大?"

卡西尔点点头。

"他常打你吗？"纹问道。

卡西尔皱眉。"打我？他从来没有打过我。"

"所以你阻止了他？"纹说道，"也许他就是因此不喜欢你。你怎么逃的？是跑走，还是原本就比他强壮？"

"纹，沼泽从来没有试图要打我。我们是会争吵，但我们从来没有真的想过要伤害对方。"

纹没有反驳，但他从她的眼神可以看出来她不信。

什么样的人生啊……卡西尔想着，沉默了。地下组织中有许许多多像纹这样的小孩。当然，大多数还不到她那个年纪就死了。卡西尔是个幸运的人，他的母亲是一名厉害的上族情妇，一个聪明的女人，没让她的夫君发现她是司卡。卡西尔跟沼泽在优渥的环境中成长——当然是被视为私生子，但仍然是贵族——直到他们的父亲终于发现真相。

"你为什么要教我这些事情？"纹问道，打断他的思绪，"我是指镕金术。"

卡西尔皱眉。"因为我答应过你。"

"那我知道你的秘密之后，你要靠什么来阻止我跑掉？"

"什么都不靠。"卡西尔说道。

她不信任的注视再次告诉他，她不相信他的答案。"有金属你没跟我说过。在我们第一次会面时，你跟我说有十种。"

卡西尔点点头，向前倾身。"是有，但我跳过两种不是因为要留一手，而是因为它们……不容易习惯。如果你先从基础金属开始练习会比较简单，不过若是你想要知道另外两种的话，到了费里斯之后，我可以教你。"

纹的眼睛眯起。

卡西尔翻翻白眼。"我不是要骗你，纹。别人会参与我的集团是因为他们想要参与，而我的计划能成功是因为他们仰赖彼此。没有不信任，没有背叛。"

"除了一次。"纹低声说道,"让你被送去深坑的背叛。"

卡西尔全身冻结。"你从哪里听来的?"

纹耸耸肩。

卡西尔叹口气,一手搓搓额头,但他其实是想挠抓顺着他的手指跟手掌,一路扭曲绕行到肩膀上的疤痕。他抗拒这股冲动。

"那件事不值得一提。"他说道。

"但里头有叛徒。"纹说道。

"我们不确定。"就连他自己都觉得这句话很没说服力,"无论如何,我的组员们以信任为基础,意思是没有任何强迫。如果你想退出,我们现在就可以回陆沙德。我会告诉你最后两种金属的用法,然后你就可以自行离去。"

"我没有足够的钱可以独自生活。"纹说道。

卡西尔探入披风,拉出一袋钱币,抛到她身旁的座位上。"三千盒金。我从凯蒙那里拿来的钱。"

纹不信任地瞥向袋子。

"拿去吧。"卡西尔说道,"赚到这笔钱的人本来就是你——根据我搜集来的情报,凯蒙最近大多数的成功都是来自你的镕金术,而且冒险推动圣务官情绪的人也是你。"

纹没有动作。

好吧,卡西尔心想,举起手朝马车夫的座位下方敲两下。马车停下,沙赛德随即出现在窗边。

"请调转马车,阿沙。"卡西尔说道,"带我们回陆沙德。"

"是的,卡西尔主人。"

没多久,马车已经朝来时的方向前行。纹静静地看着,似乎已经没有原本的自信。她瞄着那袋钱币。

"我是认真的,纹。"卡西尔说道,"我的团队中不能有不想跟我合作的人。让你离开不是惩罚,而是必须如此。"

MISTBORN: THE FINAL EMPIRE

纹没有回应。让她离开会是一场赌局，但强迫她留下更是冒险。卡西尔坐在原位，尝试剖析她，试图了解她。她如果离开，会去向最后帝国告密吗？他觉得不会。她不是个坏孩子。

她只是觉得每个人都是坏人。

"我觉得你的计划简直疯了。"她轻轻说道。

"半数成员都这么想。"

"你们无法击败最后帝国。"

"不需要。"卡西尔说道，"我们只需要帮叶登弄到军队，然后控制皇宫就好。"

"统御主会阻止你们。"纹说道，"你们无法打败他——他是永生不死的。"

"我们有第十一金属。"卡西尔说道，"我们会找到杀死他的方法。"

"教廷太强大了。他们会找到你们的军队，摧毁它。"

卡西尔向前倾身，直视纹的双眼。"你对我有足够的信任，愿意从城墙上跳下，而我接住了你。这次你也得信任我。"

她显然不太喜欢"信任"这个词。她在微弱的灯笼光线下端详着他，安静的时间久到沉默蔓延成尴尬。

最后，她抓起那袋钱币，迅速地藏在披风下。"我会留下。"她说道，"但不是因为我信任你。"

卡西尔挑起一边眉毛。"那是为什么？"

纹耸耸肩，最后开口时听起来完全地诚实："因为我想看看会发生什么事。"

在陆沙德中拥有一座堡垒代表该家族有成为上族的资格，但拥有堡垒不代表真的要住在里面，更遑论随时都住在那里。许多家族也在陆沙德的外围城市中拥有住宅，可能更宽敞、干净，同时也没有如此严格遵守皇家律法。费里斯是座富裕的城市，里面没有高耸、雕梁画栋的堡垒，只有更加豪华的庄园与别墅。有些街道上甚至有行道树，大多数是白杨木,白骨色的树皮似乎能抗拒灰烬的污染。

纹透过窗户看着迷雾披盖的城市,马车的灯笼应她要求被熄灭。透过燃烧锡,她能仔细观看整齐清洁的街道。她很少见到费里斯的这区,虽然城镇相当富庶,它的贫民区跟任何其他城市一样雷同。

卡西尔透过自己的窗户浏览城市,皱眉。

"你不认可他们的奢侈。"纹猜测,声音刻意压低,光这一丝音量就足以传到卡西尔增强后的耳朵,"你看着城市的富庶,想到其背后努力创造财富的司卡。"

"那是其一,"卡西尔说道,声音几不可闻,"但不只这样。既然已经花了这么多钱,这个城市应该要是美丽的。"

纹侧过头。"它是很美。"

卡西尔摇摇头。"房子仍然被染黑,土地仍然干枯,毫无生气,树木仍然长着褐色的叶子。"

"它们当然是褐色的,难道该是别种颜色?"

"绿色。"卡西尔说道,"一切都该是绿色的。"

绿色?纹心想。好奇怪的想法。她试图想象有绿色叶子的树木,觉得这个景象实在太好笑。卡西尔果然怪怪的——不过任何在海司辛深坑待了这么久的人一定会有点奇怪。

他转回身面对她:"趁我忘记之前,还有几件关于镕金术的事情是你该知道的。"

纹点点头。

"第一件。"卡西尔说道,"记得晚上时要把当天体内还剩下的金属燃烧掉。我们用的有些金属如果消化了会有毒,最好不要留着它们在胃里过夜。"

"好。"纹说道。

"还有一件事。"卡西尔说道,"永远不要尝试燃烧十种金属以外的金属。我刚才警告过你,不纯粹的金属跟合金会让你不舒服。如果你试图燃烧不适合镕金术的金属,甚至可能会致命。"

纹很严肃地点头。的确是该知道的事,她心想。

"啊。"卡西尔说道,重新转过身面向窗户,"我们到了——刚买下的雷弩宅邸。你应该把披风脱下,这里的人都忠于我们,但还是小心为上。"

纹完全同意。她脱下披风,交给卡西尔塞回包包,然后将头探出马车的窗户,隔着迷雾看着迫近的大屋。园林边缘围绕着石头矮墙和铁栅门,一组守卫在沙赛德表明身份后为他们拉开门。通往屋子的道路两旁种满白杨树,纹可以看到前方小丘上有一栋大别墅,窗户四处散出迷蒙的光线。

沙赛德让马车停在大宅前,然后将缰绳交给一旁的佣人,爬下马车。"欢迎来到雷弩大宅,纹主人。"他说道,拉开门,示意要扶她下车。

纹看了看他的手,但没有抓住,而是自己滑下车。泰瑞司人似乎没有被她的拒绝冒犯。通往大屋的楼梯两边排着灯笼柱,卡西尔从马车上跳下时,纹看到一群人聚集在白色大理石楼梯的上方。卡西尔灵活地爬上台阶,纹则跟在后面,注意到台阶有多干净。它们一定要经常刷洗才能不被黑灰弄脏。维护这栋建筑物的司卡们知道他们的主人是冒牌货吗?卡西尔要推翻最后帝国的"慈善"计划会对清洁这些台阶的普通司卡有何帮助?

年老干瘦的"雷弩大人"穿着一套华美的外衣,戴着一副贵族气息浓厚的眼镜,嘴唇上有一道稀疏的灰胡子。虽然年纪不轻,手中却没有拿拐杖作为支柱。他尊敬地朝卡西尔点点头,仍然维持高贵的气质。纹立刻看得出来:这个人是个行家。

凯蒙很擅长假扮贵族,但他的自我膨胀向来让纹觉得有点幼稚。虽然有贵族是像凯蒙那样,但比较令人印象深刻的都是像雷弩大人这样:冷静、自信。这些人的贵族气质是来自于他们的态度,而非能鄙夷地对周遭人说话的能力。当冒充者的眼光落在她身上时,纹必须刻意阻止自己弯缩身体，因为他实在太像真的贵族，而她受到的训练是要能反射性地避过他们的注意。

"宅邸看起来好多了。"卡西尔说道，跟雷弩握手。

"是的，它的进度让人惊讶。"雷弩说道，"我的清洁工们非常有能耐——再给我们一点时间，这屋子会豪华到连宴请统御主都没问题。"

卡西尔轻笑。"那可真会是场奇怪的晚宴呢。"他退后一步，朝纹示意，"这就是我提过的年轻小姐。"

雷弩端详她，纹转开视线。她不喜欢别人用那种方式看她——会让她不禁猜想他们又要如何试图利用她。"我们需要进一步谈谈，卡西尔。"雷弩说道，朝宅邸的入口点点头，"时间晚了，但是……"

卡西尔踏入建筑物。"晚了？哪有，还不到午夜呢。叫你的人准备些食物——纹小姐跟我都还没吃晚餐。"

纹对错过饭点早就习以为常，但雷弩朝仆人挥挥手，后者立即展开行动。雷弩走入大宅，纹跟在身后，却在门口停了下来。沙赛德很有耐心地等在她身后。

卡西尔停下脚步，发现她没跟上时转过身。"纹？"

"好……干净啊。"纹说道，想不出其他形容词。在工作时，她不时会看到贵族的家，但通常都是在夜间一片漆黑的情况下，所以对于眼前通明灯火呈现的景象毫无心理准备。雷弩大宅的雪白大理石地板似乎散发着柔和的光芒，反射出十几盏灯笼的光线。一切都光新亮洁。墙壁除了有传统动物彩绘的地方之外，都是纯白的。双环楼梯上方悬挂着一盏晶光闪闪的水晶灯，耀眼生花，房间内其他的摆设——水晶雕像，一捆捆白杨木树枝作为支架的花瓶——通通都反射着光芒，不受任何灰烬、脏污或指印破坏。

卡西尔轻笑。"从她的反应可以看得出来，你对这一切有多费心思啊。"他对雷弩大人说道。

纹允许其他人领着她一路进入屋子，一行人又转个弯，进到的房间

MISTBORN: THE FINAL EMPIRE

因添加了赭红色家具跟布帘,所以没有白得那么刺眼。

雷弩停下脚步。"也许小姐可以在这里先用一些点心和饮料。"他对卡西尔说道,"有些比较……敏感的话题,我希望能跟你私下讨论。"

卡西尔耸耸肩。"没问题。"他说道,跟随雷弩走向另一个门口,"阿沙,在我跟雷弩大人谈话的期间,由你陪着纹吧?"

"当然好,卡西尔主人。"

卡西尔微笑,看了纹一眼,而她知道他留下沙赛德就是为了不让她去偷听。她恼怒地瞪了离去的两人一眼。你刚才不是说什么"信任"吗,卡西尔?不过她更生气自己为什么要心情不佳,为什么要在乎自己被卡西尔排除在对话之外?她这辈子向来都是受人忽略及轻视,其他首领不让她参与行动计划时,她从来都不会放在心上。

纹在一张绷得结结实实的暗红色椅子上坐下。她知道问题出在哪里了。卡西尔太尊敬她,让她觉得自己太重要,她开始觉得自己应该是能参与他秘密会谈的一分子。瑞恩的笑声回荡在她的脑海,让这些念头显得可笑,所以她坐在那里,对自己跟卡西尔生气,觉得丢脸,却又说不上来为什么。

雷弩的仆人为她端来一盘水果跟不同种类的面包,在她的椅子边架起一张小桌,甚至给了她一只水晶杯,里面装着闪亮的红色液体。她看不出来那是酒还是果汁,也不打算发现,不过倒是吃了几口食物——直觉不允许她放过免费的一餐,即使是经由她不认识的人所准备。

沙赛德走到她身边,在她椅子的右后方站得直挺挺的,双手交握在身前,眼睛直视前方。这个姿势显然是为了表现尊敬之意,但他伫立在后方的身影实在不能让她的心情好上半分。

纹试图要将注意力集中在周遭环境上,但这却只是更提醒她,这些装潢有多华丽。她在这些精致的物品中很不自在,感觉自己像是在干净地毯上的污点一样明显。她没吃面包,因为担心会把面包屑掉在地板上,也担心走过草原时被灰烬弄脏的双腿会破坏家具的整洁外观。

会这么干净都是因为某些司卡的努力，纹心想。我为什么要担心弄脏它？可是，她没办法很自然地发怒，因为她知道这只是为了掩饰。"雷弩大人"必须维持一定程度的奢华，不这么做反而会引起疑心。

况且，还有其他观察到的事让她不能对这样的浪费感到不满。仆人们都很快乐，以非常认真专业的态度在进行自己的工作，一点都看不出来有任何被虐待的迹象。她听到外面的走廊传来笑声。这些不是被虐待的司卡，而他们受到的待遇跟是否参与卡西尔的计划完全无关。

因此，纹坐在原地，强迫自己吃掉水果，偶尔打个呵欠。的确是很漫长的夜晚。仆人们终于慢慢散去，沙赛德仍然伫立在她身后。

这样我根本不能好好吃东西，她恼怒地想。"你能不能不要那样站在我肩膀后面？"

沙赛德点点头，向前两步，于是站到了她椅子旁边，而非后面，维持同样僵硬的姿势，跟先前一样矗立着。

纹有点着恼地皱眉，然后才发现沙赛德唇上的笑意。他低头看着她，眼神因自己的小玩笑而闪烁，然后走过来，坐在她身边的椅子上。

"我从来没见过有幽默感的泰瑞司人。"纹半挖苦地说道。

沙赛德挑起一边眉毛："我先前的认知是你完全不认识任何泰瑞司人，纹主人。"

纹顿了顿。"好吧，我没听说过有幽默感的泰瑞司人，你们应该要是绝对的僵硬跟一本正经。"

"我们只是低调而已，主人。"沙赛德说道。虽然他坐得笔直，但仍散发出……轻松的气息，仿佛就算正襟危坐，也能让自己跟别人歪躺时一样舒适。

他们应该就是这个样子。完美的侍从，对最后帝国绝对地忠心。

"你有什么困扰吗，纹主人？"在纹开始研究他之后，沙赛德问道。

他知道多少？也许他甚至不知道雷弩是假冒的。"我只是在想你怎么会……来到这里。"她终于说道。

MISTBORN: THE FINAL EMPIRE

"你的意思是，怎么会有泰瑞司侍从官变成推翻最后帝国的反叛行动一分子？"沙赛德以他柔和的声音回答。

纹脸一红。显然他清楚得很。

"这是个耐人寻味的问题，主人。"沙赛德说道，"我的情况的确是不常见。我会说，走到这一步是因为信仰。"

"信仰？"

"是的。"沙赛德说道，"主人，请告诉我，你相信什么？"

纹皱眉："这算是什么问题？"

"我想这算是最重要的问题。"

纹坐在原地片刻，但他显然等待她的回答，所以她耸耸肩："我不知道。"

"很多人经常这么说。"沙赛德说道，"但我发现这鲜少是真的。你相信最后帝国吗？"

"我相信它很强大。"纹说道。

"永垂不朽？"

纹耸耸肩："目前而言，是的。"

"那统御主呢？他是神的升华肉身吗？你相信教廷所教导的，他是无尽大宇宙的一截碎片？"

"我……我从来没想过这件事。"

"也许你该想想。"沙赛德说道，"如果，在检视之后，你发现教廷的教义不适合你，那么我很乐于提供你其他选择。"

"什么其他选择？"

沙赛德微笑。"这就不一定了。我觉得，合适的信仰就像一件好披风。如果合身，能让你温暖安全；不合身，能让你窒息。"

纹没再说话，微微皱眉，但沙赛德只是微笑。

终于，她将注意力转回餐点上。过不了多久，侧门打开，卡西尔跟雷弩再度出现。

"好了。"雷弩跟卡西尔一坐定,另一群仆人为卡西尔也端来一盘食物后,雷弩说道,"我们来讨论这个孩子的事情。你说原本挑定要来扮演我的继承者的人不合适,是吧?"

"很不幸,是的。"卡西尔说道,吃得飞快。

"这让情况大为复杂。"雷弩说道。

卡西尔耸肩。"我们让纹当你的继承人。"

雷弩摇头。"她这个年纪的女孩固然有权继承,但要我挑她未免可疑。雷弩家族中有许多合法的男性亲族,任何一个都是更适合的选择。光让一名中年男子避过宫廷的检视就已经够困难了,一名年轻女孩……不行,有太多人会去查她的出身背景。我们所创编的家谱能撑得住一般探查,但如果真的有人送讯息出来,要寻找她的家乡……"

卡西尔皱眉。

"况且……"雷弩补充,"还有另一个问题。如果我指定一名年轻未婚女孩作为我的继承人,她将立刻成为陆沙德中最受欢迎的结婚对象。如果她成为了焦点,就很难当间谍了。"

纹听到这话,脸红了红。出乎她意料,老冒牌货说的每句话都让她的心情更加沉到谷底。整个计划中,卡西尔只交给我这一部分。如果我做不成,我对集团有什么用?

"那你的建议是什么?"卡西尔问道。

"这个嘛,她不需要是我的继承人。"雷弩说道,"如果她只是一个我带来陆沙德的年轻族人呢?也许我答应她的父母会引荐她进入宫廷,因为他们虽然是远亲,我却蛮偏爱他们的?每个人都会认定我真正的目的是让她嫁入上族,借此跟手握重权的人多攀上一层关系,但她不会引来太多注意,因为她的身份不会太高,更是还带有乡村气息。"

"这就可以解释她为什么不像其他宫廷成员那般仪态优雅。"卡西尔说道,"请别介意我这么说,纹。"

纹正忙着将一片纸巾包裹的面包藏到上衣口袋中,一听到这话便抬起头:"我为什么要介意?"

卡西尔微笑。"没关系,不重要。"

雷弩自言自语地点点头:"嗯,这个借口好多了。所有人都认定雷弩家族早晚会成为上族的一分子,所以基于礼貌他们会接受纹。但她本人则是不够重要,大多数人会忽略她,这对我们想要她做的事情而言是最理想的状况。"

"这主意我喜欢。"卡西尔说道,"像你这个年纪又忙于事业的人,不出席舞会跟晚宴是自然的,但让一名年轻的淑女去参加而非送去婉拒函,会对你的名声也有帮助。"

"的确如此。"雷弩说道,"不过她需要一些培养,而且不只是在外表上。"

他们的注视让纹不自在地扭着身体,看样子她负责的部分会继续执行下去,她突然发现这是什么意思,在雷弩身边就够让她不安了——而他是一名假贵族。如果一屋子都是真贵族,她该怎么办?

"我恐怕得跟你借用沙赛德一阵子。"卡西尔说道。

"当然,"雷弩说道,"他其实不是我的侍从官,而是你的。"

"事实上……"卡西尔说道,"我觉得他已经不再是任何人的侍从官了,是吧,阿沙?"

沙赛德侧过头:"没有主人的泰瑞司人就像是没有武器的士兵,卡西尔主人。我在为雷弩大人服务的这段期间非常愉快,我相信重新为你服务也一样。"

"噢,你不会回来服务我。"卡西尔说道。

沙赛德挑起一边眉毛。

卡西尔朝纹点点头:"雷弩说得没错,阿沙。纹需要有人教导她,而我知道有很多贵族甚至没有你的仪态。你觉得你能帮这女孩吗?"

"我很确定我能为小姐提供一些服务。"沙赛德说道。

"很好。"卡西尔说道,将最后一块蛋糕塞入口中,然后站起身,"很高兴这件事情解决了,因为我开始累了,可怜的纹看起来则快要睡倒在她的水果盘上。"

"我没事。"纹立即说道,随即涌上的呵欠立即削弱她话语的可信度。

"沙赛德……"雷弩开口,"请你带他们去休息好吗?"

"当然,雷弩主人。"沙赛德说道,流畅地站起身。

纹跟卡西尔跟着高大的泰瑞司人走出房间,一群仆人则将残余的食物收走。我留下没吃完的食物了,纹发现,觉得有一点想睡。她不知道该对留下食物这件事有何看法。

当他们爬上台阶,转向一边走廊时,卡西尔减缓速度,跟纹并肩前进。"刚才没有找你一起谈话,我很抱歉。"

她耸耸肩。"我没有必要知道你所有的计划。"

"胡说。"卡西尔说道,"你今晚的决定让你跟其他人一样,都是不可或缺的成员。不过雷弩跟我说的话是属于比较私人性质的。他是个很棒的演员,但他对于有人知道他是如何取代雷弩大人的细节感到不安。我向你保证,我们讨论的任何事情都跟你在计划中扮演的角色毫无关联。"

纹继续前进。"我……相信你。"

"很好。"卡西尔微笑说道,拍拍她的肩膀,"阿沙,我知道怎么去男士客房。这地方好歹是我买的,我自己走就可以。"

"是的,卡西尔主人。"沙赛德尊敬地点头回应。卡西尔朝纹投以微笑,然后以他向来活泼的步伐转身走入一条走廊。

纹看着他离开,然后跟着沙赛德走向另外一条走廊,思索着镕金术训练,她跟卡西尔在车里的对谈,还有卡西尔不久前给她的承诺。三千盒金——一大笔财富化成一枚枚钱币,是绑在她腰带上的奇特重量。最后,沙赛德为她打开一扇门,走进房间点亮蜡烛。"床单刚换过,我早上会派女佣来倒洗澡水。"他转身将蜡烛递给她,"你还需要什么吗?"

纹摇摇头。沙赛德微笑,祝她晚安然后回到走廊中。纹安静地站在原处片刻,研究房间,然后她转身,再次瞥向卡西尔离去的方向。

"沙赛德？"她说道，头探入走廊。侍从官停下脚步，转过身，"是的，纹主人？"

"卡西尔，"纹低声开口，"他是个好人，对不对？"

沙赛德微笑："非常好的人，主人。我所认识的人中，最好的人之一。"

纹轻轻点头。"一个好人……"她柔声说道，"我想我从来没有认识过这样的人。"

沙赛德微笑，尊敬地低头，转身离开。

纹关上门。

第 贰 章

灰烬天空下的叛军
Rebels Beneath a Sky of Ash

最后，我担心我的骄傲会毁灭我们所有人。

9

纹反推钱币，让自己跃入雾中，飞离土地岩石，穿过空中的隐形气流，风挑动着她的披风。

这是自由，她心想，深深吸入沁凉、潮湿的空气，闭起眼睛，感觉吹过的风。这就是我一直需要，却从不知道的东西。

开始降落时，她睁开眼睛，等到最后一刻才又抛出一枚钱币。钱币落在石板上，她轻轻反推，减缓下坠之势。白镴骤烧，她一落地便立刻快跑，冲过费里斯的宁静街道。晚秋的空气很凉爽，但中央统御区的冬天向来温和，有时候多年来甚至一片雪都不飘。

她反抛一枚钱币，靠着它将自己轻轻推向右上方，落在低矮的石墙上，几乎没有停顿便轻巧地沿着墙顶奔跑。燃烧白镴增强的不只是肌肉——而是全身所有的肢体能力，维持白镴在慢燃的状态让她的平衡感好到会令任何夜贼大为羡慕。

墙壁转向北方，纹在转角停顿，蹲下，赤脚跟敏感的手指抓住冰凉的石头，她燃烧红铜以隐藏使用镕金术的迹象，骤烧锡增强感官。

寂静无声。白杨木在雾中排成稀稀拉拉的一排，像饿坏的司卡排成一列在工作。宅邸矗立在远方——每一间都包围在自己的围墙中，植物修剪得整整齐齐，守卫严谨。城市里的光点比陆沙德少很多，许多屋子都只是短期住宅，主人目前可能正在最后帝国的别处。

蓝色线条突然出现在她身前——一端指向她的胸口，另一端消失在雾中。纹立刻往侧边一跳，躲过一对切过夜空的钱币，它们在白雾中拖出一条轨迹。她骤烧白镴，落在墙壁边的石板地上。透过锡增强的听力发现摩擦的声音，一个黑色的身影冲入空中，几条蓝线指向他的钱袋。

纹抛下一枚钱币，让自己飞入空中，追逐她的对手，两人飞翔了片刻，越过某个浑然不觉的贵族宅邸。纹的对手突然在空中改变方向，冲向大宅。纹跟了上去，放开下方的钱币，改换成燃烧铁，拉扯大宅的窗锁之一。

她的对手先抵达，然后她听到一阵撞击声，是那人撞上建筑物墙壁的声音，但不到一秒又再度前冲。

一盏灯点亮，一个迷惘的脸探出窗户片刻，看到纹在空中一转身，双脚踩上大屋的墙，足尖一点，略略侧身，用同样的方式反推窗锁。玻璃破裂，她在被重力控制住之前又消失在夜空中。

纹飞过迷雾，眼睛尽力探索追踪她的猎物，他朝她抛掷了几枚钱币，但她很轻松地就以意念拨开它们。一条朦胧的蓝线下坠——是一枚被抛下的钱币——她的敌人再次转弯。

纹抛下自己的钱币，用力反推，但她的钱币突然顺着地面被往后一推——是她的敌人推了她的钱币。突来的动作改变了纹跳跃的抛物线，让她跳歪。她咒骂出声，将另一枚钱币抛向侧边，利用它将自己推回正轨，但此时已经失去猎物的踪影。

好……纹心想，落在墙壁边的柔软地面，倒了几枚钱币在手心，然后将几乎全满的袋子抛向她看到猎物消失的方向。钱袋消失在迷雾中，后方拖曳着一条淡蓝色的镕金术线。

一把钱币突然从前方的树丛射出，朝她的袋子飞去。纹微笑。她的对手以为飞在空中的钱袋就是纹本人，他远到看不见她手中握的钱币，就像她也看不见他手中握着的钱币。

一个黑暗的身影从树丛间跳出，跳上石墙。纹静静地看着那人沿着城墙奔跑，溜到另外一边。

她直直朝天空跃起，一把钱币撒向下方经过的身影。对方立刻将钱币推开，但那只是纹的调虎离山之计。她落在他身前，一对玻璃匕首从皮鞘中抽出，向前扑身划去，可是她的敌手往后跳了一步。

有哪里不对劲。纹弯下身，侧扑向一旁，好躲开一把从天而降的闪亮钱币花雨，居然都是她之前被敌手推开的钱，如今都落入对手的掌心。他转过身，再次朝她撒去。

纹低喊一声，抛下匕首，双手向前推着钱币，整个人都朝后飞出，因为对方与她同时互推。其中一枚钱币悬挂在两人之间的空中，其他的钱币消失在迷雾里，被冲散的力量抛向两旁。纹趁身体尚在空中时骤烧钢，听到她的对手也因为被后抛而闷哼一声，撞上了墙壁，纹则撞上树，但她骤烧白镴，忽略痛苦，利用树木作为支撑，继续前推。

钱币在空中颤抖，困在两名镕金术师被增强的力量之间，压力攀升，纹咬紧牙关，感觉身后的细小白杨木开始弯折。

她的对手传来的推力源源不绝。

不会……被……打败！纹心想，同时骤烧钢跟白镴，微微轻哼，将全部力气投向钱币。

一阵安静。接着纹猛然后倒，树木在夜空中发出清脆响亮的折断声。

纹落地之后翻滚了一阵，木屑在身旁四散，就连锡跟白镴都不足以让她在滚过石板地的同时还维持清醒的神志，良久后晕眩终于停了下来。一个黑色身影靠近，迷雾披风的缎带在他身边翻飞。纹猛然跳起，双手搜寻她忘记自己已经抛下的匕首。

卡西尔推下头罩，将匕首递还给她。一把已经断了。"我知道这是直觉，纹，但你推的时候不需要双手向前，也不需要放开手中握着的东西。"

纹在黑暗中龇牙咧嘴地揉着肩膀，点点头，接过匕首。

"钱袋那一招用得漂亮，"卡西尔说道，"骗到我一下。"

"到头来还不是没用？"纹埋怨。

"你才练了几个月，纹。"他轻松地说道，"从这个角度看来，你已是

MISTBORN: THE FINAL EMPIRE

进步神速,不过我会建议应该避免跟比你重的人比推力。"他停下来,打量着纹娇小的身材跟细瘦的身体,"我想,几乎你碰上的每个人应该都比你重。"

纹叹口气,稍稍伸展身体。她又要有新的瘀青了。还好不是在明显的地方。凯蒙在她脸上留下的瘀青终于消失后,沙赛德就警告她要小心,化妆能掩饰的程度有限,如果她要渗透宫廷,得看起来像是个"端庄"的年轻贵族仕女。

"拿去。"卡西尔说道,递给她一样东西,"纪念品。"

纹举起它,原来是他们两人之间推挤的钱币,如今因压力而弯曲,被压得更扁。

"我们宅邸见。"卡西尔说道。

纹点点头,卡西尔消失在夜里。他说得没错,她心想。我比较矮,也比较瘦,而且跟会碰上的对手比起来,手臂应该也比较短。如果我跟别人硬碰硬,八成会输。

规避的方法也就是她向来惯用的模式——安静地挣扎,不被看见。她必须学会用同样的方式使用镕金术。卡西尔一直说她在镕金术这方面的成长相当快速,而他似乎认为这是因为他教得好,但纹觉得不止如此。白雾……夜晚的鬼祟攀爬……她感觉一切都顺理成章。她一点都不担心会来不及掌握镕金术帮助卡西尔对付其他的迷雾之子。

让她担心的,是她在计划中的另一个角色。

纹叹口气,翻过墙去寻找她的钱袋。前面的大屋点起了灯,四处有人走动,那不是雷弩的家,而是属于别的贵族。没有人肯深入黑夜。司卡会害怕雾魅,贵族会猜到是迷雾之子引起的骚动,两者都不是脑筋清楚的人会想去面对的对象。

纹最后靠着钢线找到她的钱袋,它挂在一棵树的高枝上,她轻轻拉扯,让它落入手掌,然后走回大街。卡西尔也许就会把钱袋留在那里,里面的二十几枚夹币根本不值得他浪费时间,但纹的小半辈子都在挨饿受冻、省吃俭用，这种奢侈的习惯，她实在无法勉强自己适应，就连抛掷钱币来跳跃都让她觉得不自在。

所以，她在回到雷弩家中的道路上，非常少用钱币，尽量靠建筑物跟被弃置在路边的金属对象推拉。迷雾之子的半跳半跑步伐对她而言已是相当自然的技巧，她甚至不用多想自己的动作。

她假装贵族仕女能有多成功？她藏不住担忧，至少对自己不用隐藏。凯蒙很擅长模仿贵族是因为他有自信，那是纹没有的特质。她在镕金术上的成就只是证明她适合阴影跟角落，而不是穿着漂亮的洋装在舞会上自在穿梭。

不过，卡西尔拒绝让她退出。纹蹲落在雷弩大屋外，因费力而轻喘，带着略微担忧的心情看着屋子里的灯光。

你得学会这件事，纹。卡西尔不断告诉她。你是一名很有天分的镕金术师，但要能成功对抗贵族，你需要钢推以外的能力。直到你能在他们之间宛如在雾中一般自在地穿梭之前，你都处于下风。

无声地叹了一口气，纹站直身体，脱下迷雾外套，塞到角落，打算以后再取回。然后她走上台阶，进入建筑物。她问了沙赛德在哪里，大屋的仆人们指引她去厨房，所以她绕到宅邸中的仆人住区，一个密闭且隐匿的地方。就连仆人住的地方都干净得一尘不染。纹开始了解为什么雷弩能拥有如此具有说服力的伪装：他不容许不完美。如果他维持伪装的能力有他维持宅邸整洁的能力一半好，纹觉得应该不会有人发现他的骗局。

可是……她心想，他一定也有缺点。我们两个月前会面时，卡西尔说雷弩禁不起审判者的审视，也许他们会感应到他的情绪，然后暴露他的身份。

这是一件小事，但纹没有忘记。虽然卡西尔常提到诚实跟信任，但他还是有他自己的秘密。

每个人都有。

MISTBORN: THE FINAL EMPIRE

沙赛德果然在厨房里，跟一名中年仆人在一起。她以司卡女性的标准而言算高，但站在沙赛德身边显得相当娇小。纹认出她是大宅雇员之一，名字是珂珊。纹特别用心去记所有雇员的名字，这样才能追踪每个人的动向。

沙赛德看着纹走入。"啊，纹主人你来了。回来得刚好。"他朝同伴示意，"这是珂珊。"

珂珊很专业地打量纹，让纹好想回到白雾中，一个没有人能那样看清她的地方。

"我想现在够长了。"沙赛德说。

"也许吧。"珂珊说道，"但我无法创造奇迹，伐特先生。"

沙赛德点点头。"伐特"看来是泰瑞司侍从官的正式名衔。他们不是司卡，但也绝对不是贵族，泰瑞司人在皇家社会中有很奇特的地位。

纹疑心满满地研究两人。

"你的头发，主人。"沙赛德以平静的语调说道，"珂珊要帮你修剪。"

"噢。"纹说道，举起手摸摸。她的头发是有点过长了，但她怀疑沙赛德会愿意让她的头发被剪成像男孩子一样短。

珂珊朝椅子比了比，纹不情愿地坐下。她发现有人拿着剪刀在离她的头这么近的位置时，还要乖乖坐着，实在很让人紧张，但她避不掉。

珂珊双手梳过纹的头发，一面啧啧出声，一面剪着头发。"这么漂亮的头发。"她说道，近乎自言自语，"浓密，还有漂亮的深黑色。居然这么不用心保养，实在太可惜了，伐特先生。许多贵族仕女会愿意拿命来换这么美的头发——蓬松丰盈，却又直得容易打理。"

沙赛德微笑。"那我们得负责让它以后能获得更好的照顾。"他说道。

珂珊继续工作，自己对自己点点头。终于，沙赛德绕到纹面前，在离她几尺外坐下。

"我猜卡西尔还没回来？"纹问道。沙赛德摇摇头，纹叹口气。卡西尔觉得她还不够熟练到能参加他每夜的劫掠行动，因此大多数时候他们练习一结束，他便直接出发。过去两个月来，卡西尔出现在十几名不同贵族的宅邸，包括陆沙德跟费里斯两地。他每次都改变伪装跟动机，试图在世家间创造混乱与猜忌。

"什么事？"纹问道，瞄着沙赛德，他正以好奇的眼光看着她。

泰瑞司人敬重地微微点头："我是在想，你是否愿意再听我另一个提议。"

纹叹口气，翻翻白眼："好。"反正我除了坐在这里以外，也不能做什么别的事情。

"我想我找到跟你完美契合的宗教了。"沙赛德说道，向来平静的面孔出现一丝热切，"它叫做'特雷教'，根据特雷神命名。特雷的信徒是一族叫奈拉禅的人，他们住在遥远的北方，在那片大地上，白天跟黑夜的循环非常奇特，某些月份里，几乎全天是黑夜，但在夏天时，一天只会黑几个小时。

"奈拉禅人相信，黑暗为美，白日较为劣等，他们认为星辰是特雷神的千眼正在看着他们，太阳是特雷那爱嫉妒的兄弟——纳特的唯一一只眼睛。因为纳特只有一只眼睛，所以他让它灿烂到比他兄弟的眼睛更为明亮，但奈拉禅人不为所动，宁愿崇拜安静的特雷神，他们认为即使在纳特遮蔽天空时，特雷仍然守护着他们。"

沙赛德安静下来。纹不确定该如何响应，所以什么都没说。

"这真的是一个很好的宗教，纹主人。"沙赛德说道，"非常温和，但非常强大。奈拉禅人不是个先进的民族，却很有毅力，他们把整个夜空都描绘下来，计算且定位每颗主要星辰。他们的生活方式适合你——尤其是他们对夜晚的偏好。如果你想听的话，我可以继续说下去。"

纹摇摇头。"不用了，沙赛德。"

"不合适吗？"沙赛德说道，略略皱眉，"那好吧，我得再多想想。谢谢你，主人——我觉得你一直很有耐心地等我。"

"还要再想？"纹问道，"这已经是你想说服我皈依的第五个宗教了，阿沙。还能有几个啊？"

"五百六十二种。"沙赛德说道，"或者该说，这是我所能知道的信仰系统。很可能也很不幸，这世界上还有其他信仰系统在没有遗留下能让我的族人搜集的痕迹之前，就从这个世界消失了。"

纹停顿片刻。"你把这些宗教都背下来了？"

"尽我所能地去背。"沙赛德说道，"他们的祈祷、信仰和神话。有许多非常相像，是彼此的源头或是旁系。"

"就算是这样，你怎么能都记住？"

"我有……方法。"沙赛德说道。

"可是，这有什么意义？"

沙赛德皱眉。"我觉得答案应该很明显。人是宝贵的，纹主人，因此他们的信仰也是。从一千年前的升华之后，许多信仰都消失了。钢铁教廷禁止人民崇拜统御主以外的人，而审判者很努力地摧毁了数百种宗教。如果没有人去记得的话，它们就会消失。"

"你的意思是……"纹不可置信地说道，"你一直在试图要我去信仰已经死去超过一千年的宗教？"沙赛德点点头。

每个跟卡西尔有关的人都疯了吗？

"最后帝国不可能永垂不朽的。"沙赛德静静说道，"我不知道让它终结的人是否是卡西尔主人，但那终点必会来临。当终点降临时，钢铁教廷再也没有影响力时，人们会想要重回先祖的信仰，在那一天，他们会仰赖守护者，而我们在那天会将被遗忘的真实交还给人类。"

"守护者？"纹问道，珂珊此时绕到前面，开始帮她剪刘海。"还有其他像你这样的人吗？"

"没有很多。"沙赛德说道，"但有一些，足够将真实传承给下一代。"

纹深思地坐着，克制身体在珂珊的整治下不会乱动。那女人真的是花很多时间在慢慢剪——瑞恩剪纹的头发时，都是草草几下了事。

"我们等待的时候要不要顺便复习课程呢，纹主人？"沙赛德问道。

纹瞄着泰瑞司人，后者正露出浅浅的微笑。他知道他逮住她了。她不能躲，甚至不能坐在窗边，望着白雾，只能坐在这里听他说。"好。"

"你能根据权力强弱顺序列出陆沙德的十大家族吗？"

"泛图尔、海斯丁、埃拉瑞尔、太齐尔、雷卡、艾瑞凯勒、艾瑞凯、浩特、兀尔班，还有布维达。"

"很好。"沙赛德说道，"那你是？"

"我是法蕾特·雷弩贵女，泰文·雷弩大人的四表妹，宅邸就是雷弩大人的。我的父母是哈德伦·雷弩大人与费蕾特·雷弩夫人。主要出口品，羊毛。我的家族生意是以染料交易为主，特色为染晕红，来自当地常见的蜗牛，还有浅野黄，从树皮提取。由于跟远亲的商业协议，父母将我送来陆沙德，好让我能在宫廷过一段时间。"

沙赛德点点头。"你对这个机会有何感觉？"

"我很惊讶也有点胆怯。"纹说道，"很多人会注意我，因为他们想跟雷弩大人套交情，因为我对宫廷的事不熟悉，我会因为他们的关注而受宠若惊，我会让自己与宫廷成员交好，但我会保持安静，不惹麻烦。"

"你的记忆力相当令人佩服，主人。"沙赛德说道。"这名谦卑的仆人不禁要揣想，如果你愿意全心投入学习，而非全神投入地逃避课程，你能拥有多大的成就。"

纹打量他。"所有的泰瑞司'谦卑仆人'都像你这样常常跟主人顶嘴吗？"

"只有成功的会。"

纹打量他片刻，然后叹口气。"对不起，阿沙。我不是故意要逃避你的课程。我只是……迷雾……我有时候会分心。"

"幸好，我也可以很坦白地说，你学得很快，但宫廷中人花了一辈子来学习礼仪，就算你是来自农庄的贵族仕女，还是有些事情是你应该知道的。"

"我知道。"纹说道，"我不想惹人注目。"

"噢，这是你避免不了的，主人。一个刚从遥远的帝国边陲来的新人？他们一定会注意你。我们只要别让他们起疑。其他人把你放在心上评估之后，得觉得你是无足轻重的。如果你显得太笨拙，反而会引起更大的疑心。"

太棒了。

沙赛德停顿下来，微微歪头。几秒后，纹听到外面走廊上的脚步声。卡西尔大摇大摆地走入厨房，露出志得意满的笑容。他脱下自己的迷雾披风，然后看到纹时一顿。

"怎么了？"她说道，又更努力地想藏在椅子上。

"发型很好看。"卡西尔说道，"做得很好，珂珊。"

"没什么，卡西尔主人。"纹可以听出她声音中的羞怯，"我只是尽力而为。"

"镜子。"纹说道，伸出手。

珂珊递给她一面。纹举起镜子，眼前的景象让她顿住。她看起来……像个女孩。

珂珊很灵巧地帮她修齐了发尾，还把打结的部分也都处理掉。纹一直知道，她的头发长太长时会竖起来，珂珊也处理了这个问题。纹的头发仍然不是很长，目前勉强过耳线，但至少它是平顺的。

你不该要他们把你当成女孩，瑞恩的声音警告，但这一次，她发现自己想要忽视他的声音。

"我们说不定真的能把你变成一名淑女噢，纹！"卡西尔笑着说道，让他为自己赢得纹的瞪视。

"首先我们得先说服她不要这么常皱眉，卡西尔主人。"沙赛德说道。

"这很难。"卡西尔说道，"她很喜欢挤眉弄眼。不论如何，做得很好，珂珊。"

"我还剩下一点修剪没完成，卡西尔主人。"女人说道。

"那就请继续吧。"卡西尔说道，"不过我得占用沙赛德一会儿。"

卡西尔朝纹眨眨眼，向珂珊微笑，然后跟沙赛德离开房间——再次将纹留在她无法偷听的地方。

卡西尔偷窥厨房，看到纹闷闷不乐地坐在椅子上。她的新发型的确很好看，不过他的赞美另有目的——他怀疑纹的生命中太常听到别人告诉她，她是毫无价值的。如果她更有自信一点，也许她就不会这么努力想躲起来。

他让门轻轻关上，转向沙赛德。泰瑞司人以一贯的平和耐心等他先开口。

"训练的进度如何？"卡西尔问道。

"非常好，卡西尔主人。"沙赛德说道，"她从她哥哥那里已经受过一部分的训练，但除此之外，她是个非常聪明的女孩——目光锐利且记忆力绝佳。我没想到那种环境中长大的孩子能有如此能耐。"

"很多街头小孩都很聪明。"卡西尔说道，"只有聪明的才能活下来。"

沙赛德严肃地点点头。"她非常谨慎，而且我感觉到她并没有完全了解我课程的价值。她非常听话，但经常会利用我的疏漏或刻意曲解。如果我没有很明确地告诉她何时何地与我碰面，就经常得找遍整座宅邸才能找到她的人。"

卡西尔点点头。"我想这是她试图要掌控自己生活的方式。不过，我真的想知道的是，她准备好了没有？"

"我不确定，卡西尔主人。"沙赛德回答，"纯粹的知识不等同于技巧。我不确定她是否有足够的……仪态来模仿贵族仕女，即使这个伪装本该既年轻且缺乏经验。我们练习过晚餐，复习过对话的礼仪，也背过流言，在一切可控的情况下，她似乎相当熟练，甚至在参加雷弩招待贵族客人的茶会时也表现得很好。可是，对于放她一个人去参加满是贵族的宴会这件事，我们实在无法判定她到底能不能胜任。"

"我真希望她能够多点时间练习。"卡西尔摇头道，"可是我们每花一个礼拜练习，就多增加一分教廷发现我们开始在山洞藏军队的危险。"

"那么这就是一场如履薄冰的试炼。"沙赛德说,"我们必须有时间聚集起需要的人马,但行动速度要快到避免被发现。"

卡西尔点点头:"我们不能为了一位成员而拖延——如果纹表现不佳的话,得找别人来当间谍。可怜的女孩——我真希望我有时间能更进一步训练她的镕金术。我们才刚讲完前四种金属。我的时间真的不够。"

"能否容我提出建议……"

"当然,阿沙。"

"让那孩子去跟一些迷雾人成员学习。"沙赛德说道,"我听说那个叫微风的人是一名非常优秀的安抚者,相信其他人必定也是同样优秀,让他们来教纹主人该如何使用她的能力。"

卡西尔思索片刻。"这是个好主意,阿沙。"

"可是?"

卡西尔回望,门后纹仍不高兴地坐在原处,等着头发剪完。"我不确定。今天我们在训练时,比赛钢推的力道。那孩子的重量只有我的一半,但她还是结结实实地打了我一顿。"

"术业有专攻。"沙赛德说道。

"是没错,但差异通常没有这么大。"卡西尔说道,"况且,我花了好多个月才学会如何操作推跟拉的技巧,那并没有听起来这么简单——就连将自己推上屋顶这么一件容易的事都需要了解重量、平衡、抛物线。"

"可是纹……她似乎本能地知道这些事情。的确,她目前只能妥善利用前四种金属,但她进步的速度令人咋舌。"

"她是个特别的女孩。"

卡西尔点点头。"她应该用更多时间去学习使用她的力量。对于拉她参与我们的计划这件事,我觉得有点罪恶感。她大概会跟我们一起参加教廷的处决仪式。"

"但那份罪恶感不会阻止你利用她来当贵族间的间谍。"

卡西尔摇摇头。"对。"他低声说道,"是不会。我们需要所有能争取到的优势。只是……保护她，阿沙。从现在起，你就是纹的侍从官跟守护人，陪她一起参与所有聚会——她带着一名泰瑞司仆人不会显得很怪异。"

"一点都不会。"沙赛德同意，"事实上，她这个年纪的女孩不带随身人员参加宫廷聚会才很奇特。"

卡西尔点点头。"保护她，阿沙。她也许是名力量强大的镕金术师，但她缺乏经验。如果我知道有你在她身边，对于送她进贵族虎穴就不会觉得这么有罪恶感。"

"我会以生命保护她，卡西尔主人。我答应你。"

卡西尔微笑，一手搭上沙赛德的肩头致意。"我同情任何挡你去路的人。"

沙赛德谦虚地低头。他看起来很单纯，但卡西尔知道沙赛德隐藏的力量。不管是不是镕金术师，鲜少有人跟被激怒的守护者对战能有好下场。大概这就是为什么教廷几乎将这一派的人猎杀到将近绝迹的原因。

"好吧。"卡西尔说道，"回去教课吧。泛图尔大人下周末要开舞会，不论她有没有准备好，纹都得去。"

我很惊讶有这么多国家为了拥护我们的目标而统一阵线。当然还是有反对者，有些王国很遗憾地陷入我无法阻止的战争。

不过，如此的团结一致光是用想的就极为伟大，甚至令人感到谦卑。真希望人类的王国间不需要面对如此重大的威胁就能了解和平与合作的价值。

10

纹走在裂口区的一条街道上——这是陆沙德许多司卡贫民窟其中之

MISTBORN: THE FINAL EMPIRE

一——帽罩盖在头上。她觉得闷热的帽罩比充满压迫感的红阳光好得多。

她走路的时候弯着腰，眼睛看地，贴着街边走，经过的司卡也散发着同样落魄的气质。没有人抬头，没有人挺直背脊或带着乐观的微笑，在贫民窟中，这些事情会让人显得可疑。

她几乎忘记陆沙德有多么充满压迫感。她在费里斯过的几个月已经让她熟悉树木跟洗刷过的石头。但在这里，没有东西是白的——没有低矮的白杨木，没有洗白的大理石，一切都是黑的。

建筑物被无数重复的落灰沾污，空气中盘旋着恶名昭彰的陆沙德钢铁厂跟上千支贵族厨房的烟囱气味。石板路、门口、角落都堆积着灰烬——贫民窟中鲜少会被扫除干净。

仿佛……夜晚的事物比白天时更明亮，纹心想，拉紧她打满补丁的司卡披风转过角落。她经过缩在转角的乞丐，他伸出双手求人施舍，乞求的声音无用地落在自身难保的行人耳中。她经过工人，走路时头跟肩膀都垂得低低的，帽罩拉高以避免灰烬落入眼中。偶尔她会经过都市巡逻警备队，他们全副武装——包括护心甲、铁盔、黑披风——尽力让自己显得骇人。最后这一组穿过贫民窟，在大多数圣务官都觉得太恶心，不愿造访的地方充当统治大神的双手。警备队员踢乞丐好确定他们是否是真的病患，阻拦经过的工人好查清他们为何不在工作而是在街上乱窜，总之就是做一些惹人厌的事情。一组警备队经过她，她紧了紧头罩，低下头。她年纪大到应该在家里生孩子或是在磨坊工作，不过她的体型经常让她看起来更年轻。不知是她的伪装成功，还是这组人并没有兴趣找逃工者，他们几乎没看她一眼就让她走了。她绕过街角，走入一条飘满灰烬的小巷，来到窄街道尽头的食堂。

跟大多数的食堂一样，这家食堂既简陋又破旧。在工人鲜少——甚至从来没有——直接拿过薪水的经济环境中，食堂得由贵族来支持。有些本地贵族，可能是该区的磨坊跟铁厂的主人会付钱给食堂的拥有人给当地的司卡提供食物。上工的人会依据工时得到食物兑换币，中午的时候会有短暂的休息时间,让他们去吃饭。这种中央食堂可让小商家免除在工作场所供餐的成本。

当然,因为食堂的老板是收现钱,他在材料上省下的钱,都会分文不落地落入自己的口袋。所以在纹的经验里,食堂的食物跟灰烬水差不多味道。

幸好她不是来吃饭的。她加入入口的队伍,静静地等着工人们拿出他们的食物兑换币,轮到她时,她掏出一枚圆形的扁木片,交给门口的司卡。他流畅地接下了木片,朝右边以几乎不可见的动作点了点头。

纹朝他示意的方向走去,经过一间肮脏的用餐区,地板上满是从外面带入的灰烬。她走向远处的墙壁,看到一扇粗糙的门镶在房间的角落。一个坐在门边的男子注意到她,微微点头,推开门。纹快速进到后方的小房间。

"亲爱的纹!"微风斜靠在房间中央附近的一张桌前。"欢迎!费里斯如何?"

纹耸耸肩,在桌边坐下。

"啊。"微风说道,"我差点忘记跟你对话是多么精彩了。要喝点酒吗?"

纹摇摇头。

"但我想喝。"微风穿着他豪华的衣服,决斗杖躺在腿上,房间里只有一盏灯笼,但比外面干净许多。在房间里的四个人,纹只认得一名——歪脚店里的一名学徒。门边的两人显然是守卫,最后一个人看起来像是普通的司卡工人——包括污黑的外套跟抹满黑灰的脸。不过他满满的自信证实了他是地下社会的一员,也许是叶登的反抗军之一。

微风举起酒杯,指甲敲敲杯缘。叛军们没什么好脸色地瞪着他。

"现在嘛……"微风开口,"你在猜测我是否对你用了镕金术。也许我有,也许我没有。重要吗?我是应你家首领的邀请而来,他命令你好好招待我。我向你保证,手中握着一杯酒,对于让我感到舒适而言,是绝对必要的。"

　　司卡等了片刻，然后抓起酒杯踏步离去，低声咒骂着微风的愚蠢开销跟浪费。

　　微风挑起眉毛，转身面对纹，似乎对于自己的行为很满意。

　　"所以你真推了他吗？"她问道。

　　微风摇摇头。"那会浪费黄铜。卡西尔告诉过你为何今天要过来吗？"

　　"他要我来观察你。"纹说道，有一点不高兴自己被交给微风，"他说他没有时间亲自训练我所有金属的用法。"

　　"好吧。"微风说道，"那我们开始。首先，你必须了解安抚不只是镕金术，还是关于操纵人心的一门精致且尊贵的艺术。"

　　"的确尊贵。"纹说道。

　　"啊，你的口气像极了他们。"微风说道。

　　"他们是谁？"

　　"其他所有人。"微风说道，"你看到刚才那名司卡先生是怎么对待我的吗？人们不喜欢我们，亲爱的。光想到有人能玩弄他们的情绪，能'神秘地'让他们去做某些事情，会让他们很不舒服。但他们不必明白，而你必须明白的是，操控其他人是所有人都会做的事。事实上，操控其他人是我们社会互动的核心。"

　　他往后一靠，举起决斗杖，边说边微微挥舞着，"你想想，当男性在寻追一名年轻女性时，他会做什么？他当然想操控她，让她能对他有好感。两名老朋友坐下来喝一杯的时候发生什么事？他们交换故事，试着让对方佩服自己。人类生命的本质就是装模作样跟展现影响力——这不是坏事，反而是我们赖以维生的事，这些互动教导我们要如何回应别人。"

　　他停顿片刻，用木杖指着纹。"安抚者跟普通人之间的差别是，我们知道自己在做什么，也有些微的……优势，但这真的比拥有好人缘或一口漂亮的牙齿更'有力'吗？我觉得没有。"

纹陷入思考。

"况且……"微风继续说道，"正如我先前所提，一名优秀的安抚者，他的能力不仅仅在于擅长使用镕金术。镕金术不能让你读出别人的心绪，甚至不能让你读出别人的情绪——某种程度而言，你跟所有人一样茫然。你只能发出一波波情绪，瞄准某一特定的人或特定区域，而施用对象的情绪会被改变——希望能带出你期望的效果，可是一名伟大的安抚者是要能成功地使用眼睛跟直觉来知道一个人被安抚之前的情绪是什么。"

"他们怎么感觉重要吗？"纹说道，试图要掩饰自己的不耐烦，"你反正就是要安抚他们，不是吗？完成后，他们会照你所想的去感觉。"

微风叹口气，摇摇头："如果你知道我们对话过程中我安抚了你三次，你会怎么说？"

纹停顿。"什么时候？"她质问。

"重要吗？"微风问道。"这就是你必须学会的课程，亲爱的。如果你无法读透别人的心情，那你永远无法掌握情绪镕金术的细微之处。太过用力推人，就连最迟钝的司卡都会发现他们正在被操弄；施用得太轻柔，根本营造不出想要的效果——其他更强烈的情绪仍然会主宰你的对象。"

纹摇摇头。"这一切都跟了解人有关。"他继续说道，"你必须洞悉对方的心情，然后将情绪推往合适的方向，改变它，然后将他们新生的情绪引导至对你有利的状态。亲爱的，这就是我们的挑战！很困难，但对于能顺利达成的人而言……"

门打开，不情愿的司卡男子回来，手中握着一整瓶酒，将酒瓶跟酒杯放在微风面前，然后走到房间的另外一边，透过窥视孔观察餐厅。

"有极大的奖赏。"微风带着静谧的微笑说道。他朝她眨眨眼，然后倒了一些酒。

纹不确定自己该怎么想。微风的看法似乎有点残忍，但瑞恩将她训

MISTBORN: THE FINAL EMPIRE

练得很好,如果她没有能力操控这件事,其他人将会透过它得到操控她的力量。她开始照卡西尔所教导的燃烧红铜,好阻止微风再次操纵她。

门再度打开,一名穿着背心的熟悉身影踏步进来。"嘿,纹。"哈姆友善地挥手说道,他走到桌边,看着酒瓶,"微风,你知道反抗军没钱买这种东西。"

"卡西尔会退他们钱的。"微风毫不在意地挥手,"我实在不能口干舌燥地工作。这一区怎么样?"

"安全了。"哈姆说道,"但我还是在角落安排了锡眼以防万一。你的脱逃出口是那个角落拉门的后面。"

微风点点头,哈姆转身,看着歪脚的学徒:"你在那里布烟阵吗,大石?"

男孩点点头。

"好孩子。"哈姆说道,"那就这样。我们现在只要等阿凯演讲就好。"

微风检查怀表。"他还差几分钟才会出现。要我叫人去帮你拿杯子来吗?"

"不用了。"哈姆说道。

微风耸耸肩,啜着酒。

一阵沉默后,哈姆开口。

"所以……"

"不要。"微风打断。

"可是——"

"不管你要说什么,我们都不想听。"

哈姆瞪了安抚者一眼:"你不能强推我听你的,微风。"

微风翻翻白眼,啜一口酒。

"什么?"纹问道,"你要说什么?"

"不要鼓励他,亲爱的。"微风说道。

纹皱眉。她瞥向哈姆,后者微笑。

微风叹口气。"反正不要把我扯进去。我没兴趣参与哈姆无聊的辩论。"

"不要理他。"哈姆热切地说道，将椅子拉得离纹更近，"嗯，我一直在想这个问题。在推翻最后帝国这件事上，我们是在做好事，还是坏事？"

纹想了想。"有关系吗？"

哈姆看起来吃了一惊，可是微风轻笑。"回答得好。"安抚者说道。

哈姆瞪了微风一眼，然后转回身面对纹："当然有关系。"

"那么……"纹说道，"我想我们是在做好事。最后帝国好几世纪以来都在压迫司卡。"

"没错。"哈姆说道，"但是有个问题。统御主是神，对不对？"

纹耸耸肩："有关系吗？"

哈姆瞪她。

她翻翻白眼："好吧。教廷声称他是神。"

"事实上……"微风评论，"统御主只是神的一块。他是一截无尽浩瀚的碎片——不是全知全在，而是全知全在的意识中，独立的一块区域。"

哈姆叹口气。"我以为你不想参与。"

"我只是想确定所有人对事实都很清楚。"微风轻松地说道。

"总而言之……"哈姆说道，"神是一切的创造者，对不对？他是主宰宇宙定律的力量，因此是道德准则的来源。他是绝对的道德。"

纹眨眨眼睛。

"你看到其中的矛盾吗？"哈姆问道。

"我看到一个白痴。"微风嘟囔。

"我被你弄糊涂了。"纹说道，"问题在哪里？"

"我们声称是在做好事。"哈姆说道，"可是统御主既然身为神，就能定夺什么是好的，因此反对他的我们其实是邪恶的。但因为他做的事情是错的,所以在这个情况下,邪恶能算是好的吗?"

纹皱眉。

"怎么样?"哈姆问道。

"我想你让我头痛了。"纹说道。

"我警告过你了。"微风说。

哈姆叹口气。"但你不觉得这种事很值得思索吗?"

"我不确定。"

"我很确定。"微风说道。

哈姆摇摇头。"这里没有人喜欢进行有深度的讨论。"

角落的司卡反抗军突然精神一振:"卡西尔来了!"

哈姆挑起眉毛,站起身:"我该去看守防线了。你想想我的问题,纹。"

"好……"纹对着离去的哈姆说道。

"来这里,纹。"微风站起身说道,"这里墙上有给我们用的窥视洞。你能不能行行好,帮我拿把椅子过来?"

微风没有回头去看她是否照他的话去做了,她停在原地,不确定该怎么办。她启动了红铜,因此他无法安抚她,但是……最后,她叹口气,将两把椅子都拉到房间的一侧。微风推开墙壁上一片薄长的木片,显露出餐厅的景象。

一群衣着肮脏的司卡男子坐在桌边,穿着褐色的工作外套或褴褛的披风,暗沉的一群人,皮肤沾满了灰烬,身体无力地瘫在桌边,但他们光是来到聚会就意味着他们愿意聆听。叶登坐在房间前方的桌子边,穿着他惯常的那件补丁工人外套,卷发在纹不在的期间剪短了。

纹以为卡西尔会大张旗鼓地进屋,但他只是静静从厨房中走出来,在叶登桌边停了一下,跟他微笑且讲了一下子话,然后来到坐在原处的工人面前。

纹从来没看过他穿着如此平凡的衣服。他穿着一件褐色的司卡外套

迷雾之子
卷一·最后帝国 [珍藏版]

跟褐色长裤,就跟许多听众一样。不过卡西尔的衣服是干净的,布料上没有灰烬,虽然也是司卡惯用的粗布,上面却没有补丁或裂缝。这个差别就已经够明显了,纹判断——如果他穿套装出现,反而会适得其反。

他将双手交握在背后,一群工人缓缓安静下来。纹皱眉,隔着窥视洞往外看,猜想卡西尔是用什么能力,居然只靠站在一群饥饿的人面前,就能让整个房间安静下来。也许他是用镕金术?可是,即使她开启了红铜,她仍然能感受到从他身上传来的一种……存在感。

房间一安静下来,卡西尔便开始说话。"你们现在应该都已经听说过我。"他说道,"如果你们对我的目的没有最基本的理解,就不会来这里。"

纹身边的微风啜着饮料。"安抚跟煽动和其他镕金术能力不同。"他静静地说道,"大部分金属的推跟拉有截然相反的效果,但在情绪方面,无论你是安抚或煽动,往往都能达到相同的效果。

"当然,极端的情绪状态并非如此——例如完全毫无情绪或绝对的激情。但是在大多数情况下,你用哪种力量并不重要。人不像金属块,无论何时,人的心里都会有十几种情绪在翻腾。一名有经验的安抚者可抑制所有其他情绪,只留下他要用来主导目标的一种。"

微风微微转身:"鲁德,请将蓝衣侍者派进来,谢谢。"

一名侍者点点头,将门打开一条缝,对外面的人低声说了什么。片刻后,纹看到一名穿着褪色蓝洋装的女孩穿过众人,为大家添补饮料。

"我的安抚者混在人群里。"微风说道,语调透露出他开始分神,"女侍们是个暗号,告诉我的手下现在要安抚哪些情绪。他们会跟我同时进行……"他没再说话,专注地看着群众。

"疲累……"他低语,"那不是我们现在需要的情绪。饥饿……让人分神。怀疑……绝对没有帮助。没错,当安抚者在工作时,煽动者会激发我们希望众人感觉到的情绪。好奇……这是他们现在需要的。对,听卡西尔说话。你们听说过他的传奇跟故事,现在亲眼看着他,佩服他。"

MISTBORN: THE FINAL EMPIRE

"我知道你们今天为何而来。"卡西尔轻轻地开口。他说话时没有带着纹听惯的夸张语气，语调沉静却直接，"一整天在磨坊、矿场和钢铁厂工作十二小时。被殴打，没薪水，吃得差。这一切为了什么？好让你们每天终了时能回到居住区，发现又有悲剧发生？一个朋友被冷漠的工头杀死。一个女儿被带走，成为某个贵族的玩物。一个兄弟，死在一名经过的贵族手中，只因为他今天过得不顺心。"

"是的。"微风低语，"很好。红色，鲁德。派穿浅红色衣服的女生进去。"

另一名女侍进入房间。

"激情与怒气。"微风说道，声音几乎浑浊不清，"可是只要一点，只要轻轻一推——提醒即可。"

纹好奇地熄灭她的红铜片刻，燃烧起青铜，试图要感觉微风在使用的镕金术。他身上没有传来任何震动。

当然，她心想。我忘记歪脚的学徒了——他会让我无法感觉到任何镕金术震动。她又将红铜启动。

卡西尔继续说话："朋友们，悲剧不单单发生在你们身上，还有上百万跟你们有同样遭遇的人，而他们需要你们。我不是来这里乞求的——因为我们的生命中已经有太多事情是求来的。我只是想请你们思考。你们宁愿如何耗费自己的精力？是在锻冶统御主的武器上，还是在更宝贵的事物上？"

他没有提我们的军队，纹心想。甚至是加入他的人要做什么。他不想让这些工人知道细节，这可能是个好主意——他招募来的人可以被送去参加军队，而其他人不能泄漏任何特定信息。

"你们知道我为何而来。"卡西尔说道，"你们认得我的朋友叶登，还有他代表的事情。城中每个司卡都知道反抗军的存在。也许你们考虑过要加入，但大多数人不会——而你们会回去沾满灰烬的磨坊，燃烧的钢铁厂，亲众濒死的家庭。你们会回去，因为可怕的生活是熟悉的。可是你们之中有些人……有些人会跟我来，而那些就是在未来的年岁中被记得的人，因为他们做过某件伟大的事情。"

许多工人交换眼神，但也有些人只是盯着自己半空的汤碗。最后，某个靠近房间后方的人说话了。"你是个笨蛋。"男子说道，"统御主会杀了你。你不可能在神自己的国度中反叛他。"

房间陷入沉默与紧张。纹坐直身体，微风则低声自言自语。

在房间里，卡西尔静静站着片刻，终于伸出手，拉起外套上的袖子，显露出手臂上交错的疤痕。"统御主不是我们的神。"他冷静说道，"而且他杀不死我。他尝试过，却失败了，因为我是他永远杀不死的。"说完，卡西尔转身，从他进来的地方出去。

"嗯……"微风说道，"有点太戏剧性了。鲁德，把红衣叫回来，派褐色衣服出去。"

一名穿着褐色衣服的女侍走入人群间。"惊讶。"微风说道，"是的，还有骄傲。现在先暂时安抚怒气……"

群众安静地坐了片刻，餐厅里诡异地毫无动静。终于，叶登站起来说了话，给予更多鼓励，同时解释如果想要听更多细节，他们该怎么做，他一边说话，下面的人一边开始继续吃饭。

"绿色，鲁德。"微风说道，"嗯，对。让你们都陷入思考，然后再轻轻一推忠诚。我们可不希望有人跑去找圣务官，是吧？阿凯把自己的行踪隐藏得很好，但有关单位听到的消息越少越好，是吧？至于你嘛，叶登，该怎么办？你有点太紧张了，我们来安抚这点，拿走你的担忧，只留下你的热情，希望足够掩饰你愚蠢的语调。"

纹继续观察。如今卡西尔离开，她觉得比较容易专注在群众的反应还有微风的工作上。叶登在说话时，外面的工人似乎是完全照微风低语的指示在反应，连叶登都呈现经过安抚后的效果：变得比较自在，说话的声音也比较有自信。

纹好奇地再次熄灭红铜，集中注意力，尝试感觉微风是如何碰触她

MISTBORN: THE FINAL EMPIRE

的情绪，因为她也包括在他的镕金投射范围内。微风没有时间挑选特定对象——影响，唯一的例外可能是叶登。虽然非常非常难察觉，可是，微风坐在那里自言自语的同时，她开始感觉到跟他口中所描述一模一样的情绪。

纹忍不住大感佩服。卡西尔只有几次使用镕金术影响她的情绪，但每次都像是有人朝她脸上突然重重揍了一拳，他有力量，却鲜少技巧。

微风的手法精细到不可思议。他安抚某些情绪，抑制它们的强度，却同时让其他情绪不受影响。纹觉得自己可以感觉到他的手下也在煽动她的其他情绪，但他们的手法都没有微风这么巧妙。她保持红铜关闭，一面听着叶登继续演说，一面观察自己情绪上的变化。他向众人解释加入他们的人得离开亲朋好友一段时间，甚至可能长达一年，但在这段期间能够吃饱。

纹感觉她对微风的敬意逐渐上升，突然间，她不再那么生气卡西尔把她交给别人教导。微风只能做一件事情，但他显然对此下了许多功夫练习。卡西尔身为迷雾之子，得学会所有的镕金术技巧，因此他理所当然无法专精于其中某一项力量。

我需要确保他会送我去跟其他人学习，纹心想。他们也会是操控自身力量方面的大师。

叶登的演讲开始收尾，纹也将注意力转回餐厅。"你们都听到卡西尔——海司辛幸存者——怎么说了。"叶登说道，"关于他的传言是真的。他已经放弃了盗贼生涯，将全副注意力都专注于为司卡反抗军努力！大家听着，我们正为伟大的行动在做准备，这可能是我们最后一次需要反抗最后帝国。加入我们，加入你们的兄弟们，和幸存者本人并肩作战！"

餐厅陷入沉默。

"大红色。"微风说道，"我要这些人离开时会激动地想着他们所听到的事情。"

"情绪会退去不是吗？"纹看着大红衣服的女孩走入人群。

"是的。"微风说道，靠回椅背上，关上木板，"可是记忆会留存。当强烈的情绪跟某个事件产生关联时，人们会记得比较清楚。"

片刻后，哈姆从后门进入。

"刚刚很顺利。离开的人都精神奕奕，而且有不少人留下来。我们会有一批优秀的志愿军可以送去山洞。"

微风摇摇头："不够。每次要安排一场这样的聚会就要花上老多好几天，却只能招募到二十几个人。照这个速度，绝对来不及招募到一万人。"

"你觉得我们需要更多聚会吗？"哈姆问道，"那很困难。我们办这些事要很小心，所以只有那些大体上能被信任的人才会获得邀请。"

微风坐在原地片刻，最后喝尽杯中的酒。"我不知道，但我们得想点办法。现在先回店里去。我记得卡西尔今天晚上要开进度会议。"

卡西尔望向西方，午后的阳光是一抹毒气熏天的红，愤怒的光线穿透布满烟雾的天空，映照着下方的一座黑色山巅。特瑞安，所有灰山中最近的一座。

他站在歪脚店铺的平坦屋顶上，听着下方传来工人返家的声音。平坦的屋顶意味着要定期清理灰烬，所以大多数的司卡建筑物都是尖顶，但卡西尔觉得从平顶上能看到的景象值得为此多花点力气。

在他下方，司卡工人们垂头丧气地排队回家，众人的脚步踢起一小团灰烬。卡西尔别过头，望向北方的天际……朝向海司辛深坑。

它去了哪里？他心想。天金抵达城市，然后就消失了。不是教廷——我们观察了很久，也没有司卡碰触过那种金属，所以我们猜测它会进入国库，至少是这么希望的。

在燃烧天金时，迷雾之子几乎是所向披靡，所以它才这么宝贵，但他的计划不只是为了财富。他知道那些坑里挖出多少天金，多克森研究过统御主分发给贵族的数量，而且均是以天价卖出。挖出来的矿藏进到贵族手中的，不及十分之一。

世界上百分之九十挖出来的天金一年年地累积了一千年，有这么多的金属，卡西尔的团队可以压制最强大的贵族世家。也许有许多人觉得叶登占领皇宫的计划会失败，事实上，如果单单只有这么一个计划，那它注定失败，但卡西尔的其他计划……

卡西尔低头看着手中小小、白白的金属块。第十一金属。他听过关于它的传言，因为那是他开始散布的。现在，他只需要实现它们即可。

他叹口气，转向东方，面向克雷迪克·霄，统御主的皇宫。这个名字是泰瑞司语，意思是"千塔之山"，形容得十分恰当，因为皇宫看起来就像是一堆被刺入地面的巨大黑色长矛，有些塔是螺旋状，有些是直立的，有些很粗，有些则细如银毫，高度都不同，但每一座都很高，每一座的顶端都是尖的。

克雷迪克·霄。三年前从那里结束。他必须再回去。

暗门大开，一个人影爬上屋顶。卡西尔挑起眉毛，转身看着沙赛德拍拍外袍，以标准的尊敬姿势走近。就连反叛的泰瑞司人都会维持他经过长期训练被培养出的仪态。

"卡西尔主人。"沙赛德鞠躬说道。

卡西尔点点头，沙赛德走到他身边，望着皇宫。"啊。"他自言自语道，仿佛了解卡西尔的思绪。

卡西尔微笑。沙赛德的确是很宝贵的发现。守护者的身份必须相当隐秘，因为从升华的那一天起，统御主几乎就将他们狩猎殆尽。某些传说声称，统御主对泰瑞司人民在繁育跟侍从训练等方面的严格控制，都是出自于他对守护者的憎恨。

"如果他知道有守护者在陆沙德，不知道会怎么想。"卡西尔说道，"就在离皇宫这么近的地方。"

"希望他永远不要发现，卡西尔主人。"沙赛德说道。

"我很感谢你愿意前来城里，阿沙。我知道这对你来说很冒险。"

"这是好事。"沙赛德说道,"这个计划对所有参与的人都很危险。对我而言,光是活着就已经很危险了。隶属于统御主都畏惧的教派,对身体健康没有什么帮助。"

"畏惧?"卡西尔问道,转身抬头看着沙赛德。虽然卡西尔比一般人都高,但泰瑞司人仍比他高过一个头。"我不确定他有畏惧的东西,阿沙。"

"他畏惧守护者。"沙赛德说道,"绝对且莫名的畏惧。也许是因为我们的力量。我们不是镕金术师,而是……另外一种存在,他不了解的存在。"

卡西尔点点头,转身回去看着城市。他有这么多计划,这么多工作要完成——而一切的核心,就是司卡。可怜、卑微、气馁的司卡。

"再跟我说一个,阿沙。"卡西尔说道,"选个有力量的。"

"力量?"沙赛德说道,"用在宗教上,我觉得这个词的意义是相对的。也许你想听听珈教。他的信众相当忠实且虔诚。"

"说说看。"

"珈教是由一个人创立的。"沙赛德说道,"他的真名已经消失,追随者只以'珈'称呼他。他被当地的国王谋害,因为他煽动民众的不满情绪——显然他十分擅长这件事,可是他的殉道只是让追随他的群众更多。

"珈教相信,他们表现得越虔诚,就越能赢得相同比例的快乐,因此经常会大声宣告他们的信仰。据说跟珈教人说话非常的恼人,因为他们几乎每个句子都要以'赞美珈'结尾。"

"听起来不错,阿沙。"卡西尔,"但力量不只是言语。"

"噢,绝对是这样。"沙赛德同意,"珈教信众的信仰很坚强。传说中,教廷必须完全歼灭他们,因为没有一个珈教徒会接受统御主为神。升华过后没多久他们就消失了,因为他们总是要大声嚷嚷的习惯让猎杀他们变得很容易。"

卡西尔点头,然后微笑,瞄着沙赛德:"你没问我想不想皈依。"

"很抱歉，卡西尔主人。"沙赛德说道，"我觉得这个宗教不适合你。它有某种程度的大胆，也许会获得你的喜爱，但你应该会觉得他们的神学理论太过乏味。"

"你太了解我了。"卡西尔说道，依旧看着城市，"到最后，在王国跟军队都已经败退之后，宗教还是在奋斗，不是吗？"

"没错。"沙赛德说道，"有些比较强韧的宗教一直撑到第五世纪。"

"他们为何能这么坚强？"卡西尔说道，"他们怎么办到的？这些神学理论如何能如此影响众人？"

"我想这没有单一原因。"沙赛德说道，"有些是因为单纯的信仰，有些是因为它们承诺的希望，还有的很具有说服力。"

"但都有激情。"卡西尔说道。

"是的，卡西尔主人。"沙赛德点头说道，"这句评论很正确。"

"这就是我们失去的东西。"卡西尔说道，望向城市中数十万的人民，这些人中鲜少有敢战斗的。"他们不信仰统御主，只是畏惧他。他们已经没有什么能相信的。"

"我能否问一句，你相信什么呢，卡西尔主人？"

卡西尔挑起眉毛。"我还不完全确定。"他承认，"可是推翻最后帝国似乎是个好开始。有宗教认为杀害贵族是神圣义务之一吗？"

沙赛德不赞许地皱眉："我相信没有，卡西尔主人。"

"也许我该开始自创一个。"卡西尔懒洋洋地微笑说道，"对了，微风跟纹回来了吗？"

"我上来前他们才刚到。"

"很好。"卡西尔一点头，"跟他们说我一会儿就下去。"

纹坐在会议室中的大椅子上，双脚塞在身下，试图用眼角余光研究沼泽。他长得好像卡西尔，只是……严肃一点。他不是生气，也不像歪脚那样充满埋怨，他只是不快乐。他坐在自己的椅子上，脸上带着平和的神情。除了卡西尔以外，所有人都到齐，正在安静地交谈。纹注意到雷司提波恩在看自己，于是挥手要他过来。那十几岁出头的男孩靠近，蹲在她的椅子旁边。

"沼泽。"纹在众人交谈声的掩护下低声问道，"那是绰号吗？"

"他爸妈就这样叫。"

纹顿了半晌，试图解读男孩东方方言的意思。"所以不是绰号？"

雷司提波恩摇摇头："他以前是有一个。"

"叫什么？"

"铁眼。别人很久没用。太像铁在真眼睛里，是吧？像审判者。"

纹再次瞥向沼泽。他的表情冷硬，眼神专注，的确像是铁打的，不难了解为什么别人不再继续用那个绰号，光是提到钢铁审判者都能引起她一阵战栗。

"谢谢。"

雷司提波恩微笑。他是个认真的男孩。奇怪、紧绷、紧张，但很认真。他退回凳子边的同时，卡西尔也终于出现。

"好了，大伙儿。"他说，"我们有什么消息？"

"不包括坏消息？"微风问道。

"说来听听。"

"已经过了十二个礼拜，但我们才募集不到两千人。"哈姆说，"就算包括反抗军已经有的人数，还是不够。"

"老多，"卡西尔问道，"我们能安排更多聚会吗？"

"可能行。"多克森坐在一张堆满笔记本的桌子旁，如此回答。

"你确定要冒这个险？"叶登问道。他的态度在过去几个礼拜中有很大的进步——尤其是卡西尔招募来的新军开始出现后。就如瑞恩常说的那样，还是要用事实说话。

"我们已经有危险了。"叶登继续说道，"地下组织之间传遍谣言，如果我们引起更大的骚动，教廷可能会发现有大事要发生。"

"他说得可能没错，阿凯。"多克森说道，"况且，愿意听我们说话的司卡人数也有限。陆沙德的确很大，但我们在这里的行动大为受限。"

"好吧。"卡西尔说道，"那我们要开始朝其他城镇努力。微风，你能将手下分成两组有效率的人马吗？"

"应该可以吧。"微风迟疑地说道。

"我们可以留一组人在陆沙德活动，另一组负责城市周遭。我应该每场聚会都能到，只要时间错开即可。"

"这么多聚会会让我们更容易曝光。"叶登说道。

"这点引来另一个问题。"哈姆说道，"我们不是应该要派人渗透教廷吗？"

"怎么样？"卡西尔转向沼泽问道。

沼泽摇摇头："教廷很严密，我需要更多时间。"

"不可能的。"歪脚抱怨，"反抗军试过了。"

叶登点点头："我们试图派间谍渗入教廷内部十几次了，不可能的。"

房间陷入沉默。

"我有个想法。"纹低声说道。

卡西尔挑起眉毛。

"凯蒙。"她说道，"你们招募我之前，他正在进行一项工作，其实就是那件工作让我们被圣务官发现的。计划的核心部分是由另一名盗贼，叫做赛隆的首领所计划。他当时设立了一组假的运河船队，要将教廷的经费运到陆沙德。"

"然后呢？"微风问道。

"这些运河船会将新的教廷门徒送到陆沙德完成最后一步的训练。赛隆在这条路子上有个联络人，一名低阶圣务官，愿意接受贿赂。也许我们能说服他多加一名'门徒'到从当地分会出发的团体里头。"

卡西尔深思地点头："值得商榷。"

多克森的钢笔在纸上写了几个字："我去跟赛隆联络，看他的线人是否还能使用。"

"我们的资源准备得如何?"卡西尔问道。

多克森耸耸肩:"哈姆帮我们找到两名前任士兵的训练官。可是武器……雷弩跟我已开始进行接洽跟谈合作,但我们不能行动得太快。幸运的是,武器来时应该是整批运到。"

卡西尔点点头:"应该就这样了吧?"

微风清清喉咙。"我……听到街上很多谣言,卡西尔。"他说道,"大家都在谈论你那个第十一金属。"

"很好。"卡西尔说道。

"你不担心统御主会听到吗?如果他得到了预警,要……抵抗他就更难了。"

他没说"杀死",纹心想。他们不觉得卡西尔能办得到。

卡西尔只是微笑道:"不要担心统御主——一切都在我掌握中,事实上,我还打算过几天亲自去拜访他。"

"拜访?"叶登不安地问道,"你要去拜访统御主?你疯……"叶登顿了一顿,瞥向房间中的其他人,"对,我忘记了。"

"他开始学乖了。"多克森评论。

沉重的脚步声在走廊上响起,哈姆的一名守卫片刻后进来,走到哈姆的椅子边,低声说了两句。

哈姆皱眉。

"怎么了?"

卡西尔问道。

"出事了。"哈姆说道。

"出事?"多克森问,"什么样的事?"

"你知道我们几个礼拜前会面的密屋吧?"哈姆说道,"就是阿凯第一次介绍计划的地方?"

凯蒙的密屋,纹心想,越发紧张。

"嗯……"哈姆开口,"显然被教廷找到了。"

MISTBORN: THE FINAL EMPIRE

拉刹克似乎成为泰瑞司社会中逐渐壮大的一个分支代表。许多年轻人认为他们少见的力量应该用在务农、畜牧和石雕以外的用途上,他们吵闹,甚至使用暴力,跟我所认识的安静、睿智的泰瑞司哲人和圣人相差甚远。

我得仔细监督这群泰瑞司人,如果有机会跟动机,他们可能会变得非常危险。

11

卡西尔站在门口,挡住纹的视线。她弯下腰,试图从他身后窥见密室,但太多人挡着她,她只能看到大门歪挂着,木片碎裂,门栓完全被扯离门板。卡西尔站在原处许久,终于转身望向多克森身后的她:"哈姆说得对,纹。你可能不想看。"

纹站在原处,坚定地看着他。最后卡西尔叹口气,踏入房间。多克森跟上,纹终于能看到他们挡住不让她看的景象。

地上四处都是尸体,扭曲的肢体在多克森手中唯一的灯笼照耀下满布阴影,更显诡异。尸体还没开始腐烂,因为攻击早上才发生,房间中仍充斥着死亡的气味。血腥、悲伤、恐惧的气味散得很慢。

纹站在门口。她之前也看过死亡——经常在街上看到。小巷中的持刀抢劫,密屋里的殴打致死,孩子饿死。她曾经看过一名老妇人的脖子因为贵族恼怒的反手一挥而折断,尸体倒在路上三天才有司卡收尸队来将它带走。

可是那些事都没有凯蒙密室中的刻意屠杀的气氛恐怖。这些人不仅仅是被杀害，更被撕裂。四肢跟躯干分家，破裂的椅子跟桌子刺穿胸膛，地上鲜少有没被黏腻深红鲜血溅满的地方。

卡西尔瞥向她，显然是以为她会有什么反应。她站在那里，看着死亡，觉得……麻木。她应该有什么反应？这些是虐待她、偷她东西、打她的人，同时也是给她吃住、接受她的人，换做别人可能早就将她卖给老鸨了。

瑞恩可能会因为她看到眼前景象后感觉到伤感而责骂她，认为那是一种背叛。当她还是孩子，每次被强迫要离开一个城市时，他都会很生气，因为她不想离开熟悉的人，无论他们对她有多残酷或多无动于衷。显然她还没克服这个弱点。她踏入房间，没为这些人流下半滴眼泪，却同时希望他们没有落得如此下场。

除此之外，杀戮的本身就让人相当不舒服。她试图强迫自己要在其他人面前维持刚硬的表情，却发现自己还是忍不住偶尔会害怕地一缩身，转过头不去看破碎的尸体。进行攻击的人相当……彻底。

即使以教廷标准而言，这也太极端了，她心想。什么样的人会做这种事？

"审判者。"多克森轻轻说道，跪在一具尸体旁。卡西尔点点头。纹身后的沙赛德进入房间，小心翼翼不让袍子沾上血。纹转向泰瑞司人，让他的动作将她的注意力从特别恶心的一具尸体上转开。卡西尔是迷雾之子，多克森据说是很厉害的战士，哈姆跟他的手下们在检查周遭，但其他人——微风、叶登、歪脚——都没有跟来。这里太危险了。卡西尔甚至想拒绝纹的要求，不让她来看。

可是，他似乎毫不迟疑便将沙赛德带来。这个举动虽然很微不足道，却让纹以全新的角度来看待侍从官。为什么对迷雾人来说都太危险的环境，却对一名泰瑞司侍从官来说还算安全？沙赛德是战士吗？他从哪里学会战斗技巧的？泰瑞司人据说从小被非常严谨的训练师养大。沙赛德流畅的步伐跟平静的面孔没有给她太多提示，但眼前的血腥景象似乎也

MISTBORN: THE FINAL EMPIRE

没吓到他。

"有意思,"纹心想,绕过碎裂的家具,跨过血泊,绕到卡西尔身边。他蹲在一组尸体边。纹震惊地发现,其中之一是乌雷。男孩的脸孔扭曲痛苦,胸口满是断骨跟被撕裂的皮肉——仿佛有人徒手扒开他的胸腔。纹全身颤抖,转过头去。

"这不是好事。"卡西尔低声说道,"钢铁审判者通常不会理会普通的窃盗集团,一般而言,圣务官会带军队来抓住所有人,在处决日时好好展示一番。审判者只有在集团里有特殊成员时才会参与。"

"你觉得……"纹说,"你觉得会和之前是同一个?"

卡西尔点点头:"整个最后帝国只有二十名钢铁审判者,一半大多数的时候都在陆沙德以外。你引起某一个人的兴趣后消失无踪,结果你的老窝就被攻击,我觉得这是一连串巧合的可能性太低。"

纹静静地站着,强迫自己低头看着乌雷的尸体,面对自己的哀伤。他最后还是背叛了她,但是,曾经有一段时间里,他几乎算是个朋友。

"所以……"她静静地站着,"审判者仍然有我的线索?"

卡西尔站起身,点点头。

"这是我的错。"纹说道,"乌雷跟其他人……"

"是凯蒙的错。"卡西尔坚定地说道,"是他想要欺骗圣务官。"他停顿一下,转头看着她,"你还好吗?"

纹将目光从乌雷破碎的尸体上移开,试图维持坚强。她耸耸肩:"他们都不是我的朋友。"

"这么说有点冷血,纹。"

"我知道。"她静静地点头回答。

卡西尔看了她片刻,然后越过房间去跟多克森说话。

纹回头看着乌雷的伤口,像是某种发狂的动物所造成,而非出自一个人类之手。

审判者一定有人帮忙,纹告诉自己。就算他是审判者,也不可能靠一己之力做出这种事。紧急出口附近有一堆尸体,但她扫了一眼就知道,就算不是所有人,也是大多数的集团成员都在现场。一个人不可能这么快就杀死他们……可能吗?

有很多关于审判者的事情我们都不了解,卡西尔告诉过她。他们并非根据一般的规则生存。纹再次颤抖。

脚步声在楼梯上响起,纹全身紧绷,蹲下身体准备逃跑。

哈姆熟悉的身影出现在楼梯口。"周遭安全。"他说道,举起第二盏灯笼,"没有圣务官或警备队成员的迹象。"

"这是他们向来的风格。"卡西尔说道,"他们想要大屠杀的现场被人发现,留下死者是为了留下记号。"

房间一片寂静,只有沙赛德低低的声音不断传来,他站在房间的另一边。纹绕到他身旁,听着他的声音规律地抑扬顿挫。终于,他停止说话,低下头闭起眼睛。

"那是什么?"等他再次抬头后,纹问道。

"祈祷。"沙赛德说,"卡西教的《亡者经》,用来唤醒死者的灵魂,吸引他们脱离肉身,好能回到灵魂之山。"他瞥向她,"如果你想要的话,我可以教导你这个宗教的知识,主人。卡西是一个很有意思的民族——对死亡相当熟悉。"

纹摇摇头:"现在不要。你念诵了他们的经文——所以这是你相信的宗教吗?"

"我都信。"

纹皱眉:"它们不会相互矛盾吗?"

沙赛德微笑:"当然经常相互矛盾。但是,我尊敬其背后所拥有的真实——而且我相信每一个都需要被记得。"

"那你怎么决定该用哪个宗教的祈祷文呢?"纹问道。

"这似乎很……适合。"沙赛德低声说道,看着阴影满布的死亡景象。

"阿凯。"多克森从房间后方喊道,"来看看这个。"

MISTBORN: THE FINAL EMPIRE

卡西尔走去他身边，纹也跟了过去。多克森站在那间长廊般的房间中，那儿原本是集团成员睡觉的区域。纹探入头，以为会看到跟外面大房相同的景象，却只看到一具尸体被绑在椅子上。在微弱的灯光下，她勉强可以看出他的眼睛被人挖了出来。

卡西尔静静地站在原地片刻："是我安排负责这里的人。"

"米雷夫。"纹点头说道，"他怎么样？"

"他是被慢慢折磨致死的。"卡西尔说道，"你看地上的血量，还有四肢扭曲的方式。他有时间尖叫跟挣扎。"

"酷刑。"多克森点头说道。

纹感觉一阵寒冷，抬头看看卡西尔。

"我们要换基地吗？"哈姆问道。

卡西尔缓缓地摇头："当歪脚进入这个密屋时，应该在去跟回的路上都有伪装，隐藏起他的跛脚。身为烟阵的责任之一就是，别人不能光靠在街上打听就知道他的身份。他们一伙的人都不可能背叛我们——我们应该还很安全。"

没有人点出眼前明显的事实。审判者也不应该有办法找到这个密屋。

卡西尔踏回主间，把多克森拉到一边，低声跟他交谈。纹贴得更近，试图听到他们在说什么，可是沙赛德一手按住她的肩膀。

"纹主人。"他不赞许地说道，"如果卡西尔主人想要我们听到他在说什么，不是会用更大的音量说话吗？"

纹生气地瞪了泰瑞司人一眼，然后她朝体内的力量探去，燃烧锡。

突来的血腥味几乎让她摔倒。她可以听到沙赛德的呼吸声，房间再也不阴暗——两盏明亮的灯笼反而让她的眼睛流泪，她意识到闷热、不通风的空气，而且可以很清晰地听到多克森的声音。

"……依照你的要求，去看了他一两次。你可以在四井路口朝西走三个街口的地方找到他。"

卡西尔点点头。"哈姆。"他大声说道，让纹一惊。

202

沙赛德以不赞许的眼神低头看着她。

他对镕金术有点了解，纹读着对方的神情。他猜到我在做什么。

"什么事，阿凯？"哈姆从后面的房间探出头问道。

"把其他人带回去。"卡西尔说道，"小心点。"

"当然。"哈姆承诺。

纹打量卡西尔一阵，最后心不甘情不愿地跟着沙赛德和多克森一起被赶离密室。

我应该坐马车的，卡西尔心想，因缓慢的行进速度而感到烦躁。其他人可以从凯蒙的密室走回去。

他迫不及待想燃烧钢，朝他的目的地跳跃而去。不幸的是，在大白天飞越城市很难不引起众人注意。卡西尔调整帽子继续行走，贵族行人并非不常见，尤其是在商业区，那里比较幸运的司卡跟比较不幸的贵族会出现在同一条街上——不过两群人都很努力地忽视对方。

耐性。速度不重要。如果他们知道他的行踪，他早就死了。

卡西尔走入相当宽敞的十字路广场，四个角落各有一座水井，一座巨大的铜喷泉占据了广场的中心，绿色的表面粘满厚厚的黑灰。

雕像是统御主，他夸张地身着披风盔甲，一团象征死去深黯的东西躺在他脚边的水里。

卡西尔经过喷泉，水里飞散着最近一次的落灰。司卡乞丐在路边呼喊，可怜的音量介于能让人听见跟引人厌烦之间。统御主非常勉强地容忍他们，只有身患重度残疾的司卡才被允许乞讨，但他们可悲的生活连农庄司卡也不会羡慕。卡西尔抛给他们几枚夹币，不在乎这么做会让自己显得与众不同，然后继续路上走着。三个街口后，他看到另一个更小的十字路口，旁边同样也围满了乞丐，但没有华丽的喷泉在这里喷洒水花，角落也没有水井引来行人。

这里的乞丐更可悲——这些人可悲地虚弱到甚至无法为自己在主要十字路口争得一席之地。营养不良的小孩和年迈力衰的成人以胆怯的声音呼喊，缺胳膊少腿，还有更多的男子缩在角落，被黑灰沾污的身影几乎跟阴影融合为一。

卡西尔反射性地将手伸向钱袋。专心点，他告诉自己。你无法靠钱币拯救他们所有人。等最后帝国消失后，会有时间来救助像他们这样的人。

卡西尔无视于他们发现自己在注视他们之后越发大声的可怜呼喊，轮流检视一张张脸庞。他跟凯蒙只有短短的一面之缘，但他认得出凯蒙。可是没有一张脸看起来像，也没有一个乞丐有凯蒙的身材，以他的肥胖程度，就算饿了好几个礼拜，也应该很醒目。

他不在这里，卡西尔不满地想。

卡西尔曾对新任首领米雷夫下过命令，要他把凯蒙变成乞丐。多克森也来检查过凯蒙的状况，确定卡西尔的命令被执行了。

凯蒙从广场消失可能很单纯的只是他挑到了更好的位置，但也可能代表教廷找到他了。卡西尔静静地站在原处，听着乞丐们幽怨的哀鸣。几片灰烬开始从天空飘下。

有哪里不对劲。十字路口北边附近没有任何乞丐。卡西尔燃烧锡，闻到空气中的血腥味。

他踢掉鞋子，抽掉腰带，抛下披风别针，精致的衣服落在石板路上。在这之后，他身上唯一剩余的金属就是钱袋。他倒出几枚硬币握在手心，小心翼翼地前进，脱下的衣物留给乞丐们。

死亡的气味越发强烈，但他只听得到乞丐们在他身后发出的窸窣声。他小心翼翼地来到北面的街道，立即注意到有一条小巷通往左方。他深吸一口气，骤烧白镴，钻了进去。窄小、阴暗的小巷充满垃圾与灰烬，没有人在等他，至少，没有活人。

凯蒙，集团首领变成的乞丐，静静地被吊在一条高高挂起的绳子上，尸体在微风中缓缓旋转，灰烬轻轻在它周围落下。他不是以一般的方式被吊死——绳子绑在一个钩子上，而钩子则塞入了他的喉咙，沾满血的钩尖从他下巴的皮肤刺出，他的头后仰摆荡着，绳子从他口中被拉出，双手被绑缚，依旧圆滚的身体显示出曾遭受酷刑的迹象。

事情看来不太妙。

一阵脚步摩擦石板的声音从他身后传来，卡西尔转身，骤烧钢，撒出一把钱币。

一个小小的身影发出年轻女孩才有的惊呼声，她扑倒在地，燃烧钢以转移钱币的攻击。

"纹？"卡西尔说道。他咒骂两声，伸出手将她拉入小巷，检查了一下街角，看到乞丐们因听到钱币敲击石板路面的声音而精神一振。

"你在这里做什么？"他质问，回身面对她。纹穿着和先前同样的褐色外衣跟灰色衬衫，不过至少还知道要穿件普通的披风并拉起帽罩。

"我想要看看你在做什么。"她说道，面对他的怒气，缩起身体。

"这可能很危险！"卡西尔说道，"你在想什么？"

纹蜷缩得更紧了。

卡西尔镇静下来。不能怪她好奇，他心想，看着几名勇敢的乞丐一拐一拐地跑入街心，捡拾钱币。她只是个——

卡西尔僵住了。那种感觉细微到他差点没发现。纹正在安抚他的情绪。

他低下头。女孩紧贴着墙角，显然正试图让自己隐形，看起来如此胆怯，却又被他看出眼中隐匿的一抹决心。这孩子在让自己表现得弱小无害这方面已达到炉火纯青的境界。

精彩！卡西尔心想。她怎么进步得这么快？

"你不需要在我身上用镕金术，纹。"卡西尔柔声说道，"我不会伤害你。你应该知道。"

她脸上一阵红："我不是故意的⋯⋯只是个习惯。以前养成的。"

"没关系。"卡西尔说道，一手按住她的肩膀，"只要记得——不管微风怎么说，碰触朋友的情绪是很没有礼貌的事，而且贵族们认为在正式

MISTBORN: THE FINAL EMPIRE

场合使用镕金术是一种侮辱。如果你不学会控制自己的反应，可能会惹上麻烦。"

她点点头，站起身来研究凯蒙。卡西尔以为她会恶心地转过头，但她只是静静地站着，脸上透露出严肃的表情。

这个孩子绝不软弱，卡西尔心想。无论她表面上怎么伪装。

"他们在这里凌虐他？"她问道，"就在公开的地方？"

卡西尔点头，想象尖叫回荡在此处，传到外面不安的乞丐耳中。教廷喜欢以非常明显的方式惩罚人。

"为什么要用那个钩子？"纹问道。

"这个杀人仪式专门用于最卑下的罪人：误用镕金术的人。"

纹皱眉。"凯蒙是镕金术师？"

卡西尔摇摇头。"他在遭受酷刑时一定承认了某些罪大恶极的罪行。"卡西尔转身，"他一定知道你是什么人，纹。他刻意利用你。"

她的脸略呈苍白："所以……教廷知道我是迷雾之子？"

"也许吧。这就要看凯蒙知不知道。也许他认为你只是迷雾人。"

她安静地站在原地片刻："那对我在计划中的角色有什么影响？"

"我们按照计划进行。"卡西尔说道，"在教廷大楼中，只有一两名圣务官见过你，鲜少有人能将司卡仆人与衣着精美的贵族仕女联想成同一个人。"

"那审判者呢？"纹轻声回答。

卡西尔没有回答。"来吧。"他终于说道，"我们已经引起太多注意了。"

如果每个国家——从南方诸岛到北方的泰瑞司山脉——都统一在

单一的政府之下，将会如何？如果人类能永远放下争端，同心协力，我们能成就如何伟大的目标，达成多少进步？

我想，光是希望能有这么一天到来都太奢侈。所有人都在单一、统一的帝国之中？这件事情永远不会发生。

12

纹压下拉扯贵族仕女服装的冲动，在沙赛德的建议之下，她被强迫整天穿着，就这样过了半个礼拜。她还是觉得笨重的衣服相当不舒服，勒得她的腰部跟胸口紧紧的，下摆又有数码长的布料裁成曳地的皱褶花边，让走路变得很困难，她一直觉得自己会被绊倒。而且，虽然礼服很厚重，勒紧的胸线跟拉低的胸口却让她觉得自己相当暴露，虽然与她穿着一般衬衫时露出的肌肤面积也差不了太多，但感觉就是不一样。

可是她不得不承认，礼服的确大大改变她的外表。站在镜子面前的女孩是个奇异、陌生的人。浅蓝色的礼服缀有白色的皱褶花边和蕾丝，搭配头发上的蓝宝石发夹。沙赛德声称，她的头发至少要长到肩膀他才会满意，但他仍然建议她买下长得像胸针般的发夹，并帮她扣在耳朵上方。

"通常贵族不会掩饰自己的缺陷，"他如此解释，"反而会强调。让他人注意你的短发，说不定不会让人觉得你不够时髦，倒可能会让他们很欣赏你的独特造型。"

她还戴着一条蓝宝石项链，以贵族标准而言算是相当简单的样式，却仍价值两百多盒金。最后，她戴上一条红宝石手链，作为点缀。近来的流行似乎是需要有一抹不同的颜色来强调反差。

这些全部都是她的，出自集团经费。如果纹带着珠宝跟她的三千盒金逃走，她可以过上几十年的舒服生活。这个想法比她愿意承认的更为诱人。凯蒙死去的手下们扭曲地躺在安静密室的景象不断浮现在她的脑

MISTBORN: THE FINAL EMPIRE

海,如果她留下来,也许这就是等着她的命运。

那么,她为什么不走?

她转离镜子,披上一条浅蓝色的丝质披肩,这是贵族仕女的披风。为什么她不离开?也许是因为她对卡西尔的承诺。他给了她镕金术的礼物,也依赖她。也许是她对其他人的责任感。为了要生存下去,成员需要彼此完成各自的工作。

瑞恩的训练告诉她这些人都是笨蛋,但她深深地被卡西尔跟其他人所提供的东西诱惑了。说到底,让她留下的不是财富或行动的刺激感,而是一种潜在的可能性,是有一群人居然会真的信任彼此这个事实——虽然既不可能也不合理,却仍如此吸引着她。她必须留下。她必须知道这是否会长久,或如瑞恩日渐清晰的低语所承诺那般,一切都是谎言。

她转身离开房间,走向雷弩大宅的正门,沙赛德跟马车正在那里等着她。她决定留下,所以必须扮演好自己的角色。

该是她以贵族仕女的身份第一次出场了。

马车突然摇晃,纹惊讶地一震,但车辆继续前进,沙赛德也没有从驾驶座上移开。上面传来声响。纹骤烧金属,看到一个身影从车顶跳到门外的车夫踏板上,令她全身紧绷。卡西尔从窗子探入头,露出微笑。

纹松了一口气,靠回椅子。"你叫我们去接你就可以了啊。"

"不需要。"卡西尔说道,拉开马车门,一晃身进入里面。外面已经天黑了,他身上穿着自己的迷雾披风。"我跟沙赛德说过我会在途中来一下。"

"却没有跟我说?"

卡西尔眨眨眼,关上门:"有来有往啊,谁叫你上礼拜在巷子里吓到我。"

"真是成熟的表现啊。"纹一本正经地说道。

"我向来对自己的不成熟很有信心。所以,你准备好了吗?"

纹耸耸肩,试图隐藏自己的紧张。她低下头:"我……呃,我看起来怎么样？"

"棒极了。"卡西尔说道，"绝对就是年轻的贵族仕女。不要紧张，纹，你的伪装完美无缺。"

不知道为什么，纹觉得这不是她想听的答案。"卡西尔？"

"什么事？"

"我一直想问这件事。"她望向窗外，虽然目之所及只有一片白雾，"我明白你觉得这是很重要的事——需要在贵族之间安插间谍。可是……嗯，我们真的要用这种方式吗？我们不能找街头情报贩子来告诉我们需要知道的家族斗争内幕？"

"也许可以。"卡西尔说道，"但这些人被称为'情报贩子'不是没有原因的，纹。你问他们的每个问题，都让他们对你的真正动机多一条线索——就连跟他们会面都会变成他们可以卖给别人的情报。能不要动用到他们最好。"

纹叹口气。

"我不是轻率地要把你送入危险中，纹。"卡西尔倾身说道，"我们真的需要在贵族之中有个间谍。情报贩子的情报来源通常是仆人，但大多数贵族都不笨，重要的会议都在没有仆人能听到的地方举行。"

"你觉得我能进到这种会议中吗？"

"也许能，"卡西尔说道，"也许不能。无论如何，我学到的经验是，在贵族间安插间谍是很有用的。你跟沙赛德会听到很重要的事情，对那些情报贩子而言却可能都不重要。甚至光是在这些宴会中，就算你什么都没听到，也能为我们得来信息。"

"怎么说？"纹皱眉问道。

"注意谁对你有兴趣。"卡西尔说道，"那些会是我们要注意的家族。如果他们注意你，那他们大概也是在注意雷弩大人，而他们会这么做有一个很好的原因。"

"武器。"纹说道。

卡西尔点点头:"雷弩的武器商人身份让他变得对那些有计划军事行动的家族来说相当宝贵,这些就是我需要注意的家族。贵族间应该已经有某种程度的不和,希望他们已经开始在猜哪些家族想要攻击他人。过去一个世纪多以来,上族间都没有发生过全面的战争,但上次那一场相当惨烈。我们需要重新复制一次。"

"这意味着很多贵族可能会丧命。"纹说道。

卡西尔微笑:"我没什么问题。你呢?"

纹虽然紧张,却也忍不住微笑。

"让你做这件事还有另一个原因。"卡西尔说道,"在我这个鲁莽的计划进行到某个程度时,我们也许需要面对统御主。我有感觉,间谍的人数越少越好。有一个司卡迷雾之子藏在贵族之间……可能会是极大的优势。"

纹感觉微微一阵寒冷:"统御主……他今晚会在那里吗?"

"不会。有圣务官会参与,但应该不会有审判者,也绝对不会有统御主。这种宴会他根本不看在眼里。"

纹点点头。她从未见过统御主,也永远不想见到。

"别太担心。"卡西尔说道,"就算碰上他也没事。他不会读心术。"

"你确定?"

卡西尔顿了顿。"其实不确定。可是,如果他会读心术,那也不是对每个人都用。我知道有几名司卡假装成贵族出现在他面前过——我自己都做了几次,直到……"他没说完,低头看着满是疤痕的双手。

"他最后还是抓到你了。"纹低声说道。

"他可能还会再抓到我。"卡西尔眨眼,"但先别担心他——我们今晚的目标是要确立法蕾特·雷弩贵女的身份。你不需要做什么危险或不寻常的事,只要出现就好,等沙赛德要你离开时就走。我们明天再来担心建立信心的事。"

纹点点头。

迷雾之子
卷一·最后帝国 [珍藏版]

"好孩子。"卡西尔说道,伸出手推开门,"我会躲在堡垒附近观察跟窃听。"

纹感激地点点头,卡西尔跳出马车门,消失在黑雾间。

纹完全没有想到泛图尔堡垒在黑暗中会有多明亮。巨大的建筑物被包围在朦胧的光晕中。马车靠近时,纹可以看到长方形建筑物的外面有八个巨大的光源,跟营火一样明亮但稳定许多,而且后方有镜子,让光线直接照耀在堡垒上。纹不了解这有何用意。舞会是在里面进行——为什么要照亮建筑物外面?

"请把你的头放回去,纹主人。"沙赛德从上方说道,"好人家的小姐不会东张西望。"

纹朝声音的方向瞪了一眼,但还是把头缩了回去,不耐烦且紧张地等待马车停在巨大的堡垒前。终于,马车缓缓停下,一名泛图尔的男仆立刻为她拉开门,第二名男仆上前,伸出手协助她下车。纹接受了他的协助,尽量优雅地将满是花边、裙幅沉重的礼服拉出马车外。她小心翼翼地下马车,试图不要被自己绊倒。她非常感谢有侍从稳定的手,这才发现为什么男性应该要协助女性下马车。原来这根本不是个愚蠢的习俗——愚蠢的是衣服。

沙赛德把马车交给他人,站到她身后数步的位置,他的穿着比平常更精美,虽然还是有同样的 V 字形花样,但多了腰带跟宽大的敞袖。

"前进,主人。"沙赛德低声从后方提示,"走上地毯,别让礼服在石头上摩擦,穿过正门。"

纹点点头,试图压下她的不安。她向前走,经过不同衣着的贵族男士与仕女。虽然他们没有在看她,她却觉得自己暴露在众人的目光下。她的脚步远不及其他女子优雅,她们穿着礼服的身影显得美丽又自在,而她戴着蓝白丝质手套的双手已开始冒汗,可是也只能强迫自己继续前进。沙赛德在门口介绍纹的身份,将请帖交给侍从。两名身着红与黑色仆人装的男子鞠躬,挥手示意请她进入。一群贵族聚在玄关面前,等着

MISTBORN: THE FINAL EMPIRE

进入大厅。

我在做什么？她焦急地想。她可以挑战迷雾跟镕金术，盗贼跟小偷，也曾直面雾魅跟责打，但面对这些贵族和他们的仕女……走在光线下，暴露在他们面前，无法隐藏……这让她恐惧至极。

"前进，主人。"沙赛德以安抚的声音说道，"记得你上过的课。"

躲起来！找角落！阴影、白雾，什么都可以！

纹将双手紧握在身前，向前走去。沙赛德走在她身边。她从眼角余光，可以看到他向来平静的脸上出现关切。

他当然该担心！他教过她的一切似乎都在飞散、蒸发，有如白雾消失无踪。她记不得名字、习俗，通通都不记得。

她在玄关内停下脚步，一名身着黑色套装的尊贵贵族转头看她。纹当场僵住。男子轻蔑地上下打量她一次，然后别过头。她听到有人在低声说"雷弩"，因此紧张地看着两旁。有几名女子正看着她。

可是，感觉上她们在看的却不是她。她们在研究礼服、发型和珠宝。纹转向另一边，一群更年轻的男子也在看她，他们看到领口，漂亮的礼服，还有妆容，却没有看到她。

他们没有人能看到纹，只能看到她戴上的面具——或是她想要他们看到的面孔。他们看到法蕾特贵女，仿佛纹不存在。

仿佛……她就藏在某处，藏在他们的面前。突然间，她的紧张感开始退散。纹缓缓吐出悠长、冷静的一口气，装出第一次参加正式宴会而感到讶异的少女表情。她走到一旁，将披肩交给一名侍从，沙赛德在她旁边也开始放松。纹朝他飞快地笑，然后流畅地跨入大厅。

她办得到。当然还是紧张，但惊慌的瞬间已经过去。她不需要阴影或角落——她只需要蓝宝石、化妆、蓝色布料所组成的伪装。

泛图尔大厅华丽且壮观。挑高四五层楼，大厅呈长方形，前面窄，两边长。巨大的长方形彩绘玻璃窗沿着大厅的两旁并列镶嵌，外面奇特、强劲的灯光直接照射其上，在房间投入斑斓的色彩。巨硕、繁复的石柱嵌在墙上的玻璃之间，在柱子落地之前，墙壁凹陷进去，让窗户下方多了一条一层楼高的长廊，里面放置着几十张铺着白色桌巾的桌子，隐藏在石柱跟矮檐的阴影下。纹可以看到走廊远方的墙上有一个低低的阳台，上面则有寥寥几张桌子。

"那是史特拉夫·泛图尔大人的餐桌。"沙赛德低声说道，示意远处的阳台。

纹点点头："那外面的灯呢？"

"镁光灯，主人。"沙赛德解释，"我不确定是何种原理，但镁石可以被加热到相当强的亮度，却不会熔化。"

一组弦乐队在左方的平台上演奏，为在舞池中间的舞者伴奏。在她的右方，供餐桌上放着一盘又一盘的食物，许多身着白色衣服的仆人熙熙攘攘往来，等着服务宾客。

沙赛德走到一名侍从的旁边，给他看了纹的请帖，那人点点头，对一名更年轻的仆人耳语几句。年轻人对纹鞠躬，领着他们进入大厅。

"我要求了一张小小的单人桌。"沙赛德说道，"我想你这次来先不用交际，只要被别人看到即可。"纹感激地点点头。

"单人桌会显示你还是独身。"沙赛德警告，"慢慢吃。你一吃完，就会有人来邀你跳舞。"

"你没教我跳舞！"纹急促地低语道。

"之前没时间，主人。"沙赛德说道，"不用担心，你可以礼貌且正当地拒绝这些人。他们会认为你只是因为第一次来舞会所以有点慌乱而已，不会有事的。"

纹点点头，侍从带领他们来到走廊中央附近的一张小桌子。纹坐在椅子里等沙赛德为她点餐，之后他站到她椅子的后方。

纹端庄地坐着。大多数的桌子位于长廊的矮檐下，靠近舞池的位置，因此后面留下一条走廊般的通道，成群结队或三三两两的人们经过，低声交谈，偶尔有人指着纹或朝她的方向点头。

MISTBORN: THE FINAL EMPIRE

至少卡西尔这部分的计划成功了。她开始被注意了。不过，当一名上圣祭司走过她身后的通道时，她得强迫自己不要害怕地畏缩或是藏到椅子后。幸好他不是她见过的那一位，但他身着同样的灰袍子，眼睛周围有相同的深色刺青。

其实宴会中有不少圣务官，他们在四处走动，跟宾客们互动，但却带有某种……疏离感，差异感。他们站在人群之外，像是在监督。

警备队看着司卡，纹心想。显然圣务官和贵族也有类似的关系。看在她眼里，这副景象相当突兀——她一直以为贵族是自由的，当然，事实上他们也比司卡来得有自信得多。许多人似乎玩得相当愉快，圣务官的行为也不是真的像警察，甚至也不像间谍，可是他们就在那里，四处徘徊，参与对话，随时提醒着所有人统御主的存在，以及这是他的帝国。

纹将注意力从圣务官身上转移——尽管他们的存在仍然让她不安——改而注意其他东西：美丽的窗户。从她坐的位置可以清楚看到前方跟上方玻璃所描绘的景象。

全都是宗教题材，也是贵族偏好的景象，也许是为了表示虔诚，也可能是规定必须如此。纹对这件事不够了解，但这应该也是法蕾特不会太熟悉的事情，所以无妨。幸好她认得出几幅主题，主要是因为沙赛德的教导，他对于统御主的神话传说相当了解，不输对其他宗教的熟悉，不过她对沙赛德会花时间研究他觉得如此压抑人性的宗教这件事感到相当不解。

许多彩绘玻璃上的主题都是深黯，全都是深黑色，但在窗户上呈现出来的是深紫色。没有特定的形状，充满怨气，宛如触角的一团物体蔓延跨越几扇窗户，旁边是色彩鲜艳的统御主，纹抬头看着，发现自己被从后方打亮的影像迷住了心神。

那到底是什么？她心想。深黯？为什么都把它画成没有形状的样子？为什么不直接画出它的样貌？

她以前从来没多想深黯这件事，但沙赛德的课程让她不由自主地开始猜想，她的直觉在偷偷说，这是一场骗局，统御主编出某个他在过去毁灭的可怕怪物，好"赢得"他身为帝王的地位。可是，抬头望着那可怕、扭曲的东西，纹几乎相信那是真的。

如果像那样的东西真的存在怎么办？如果它存在，统御主又是如何打败它的？

她叹口气，对自己的想法摇摇头。她已经开始像个贵族仕女般地思考了，只是欣赏装饰的美丽，猜想它们的意义，而不太考虑为了创造它们背后所需的财富。应该是因为这里的一切都如此的神奇华美吧。

大厅中的柱子不是一般支柱，而是雕刻的杰作。天花板上垂挂着宽幅布幔，悬挂在窗户上方高挑的圆拱天花板以镂空刻花的梁柱交错支撑，上方点缀着顶石。虽然远到看不分明，但她就是知道每一颗必定是美轮美奂。

舞者们与精致的场景相得益彰，甚至有过之而无不及。一对对身影优雅地移动着，似乎毫不费力地以舞步配合轻柔的音乐，许多人甚至一边跳舞，一边与舞伴聊天。淑女们穿着礼服，自在地走动着，纹注意到有许多件让她身上已经满是花边的礼服显得相当朴素。

沙赛德说得没错：长头发果然才是风尚，不过盘起跟放下的造型大致上各占一半。

在华丽的大厅下，衣着光鲜的贵族们看起来似乎很不同……他们高贵了起来。这些跟责打她的朋友、奴役司卡的是同样一群人吗？他们似乎太……完美，太有礼貌，做不出那种可怕的事。

不知道他们有没有注意到外面的世界，她心想，在桌上交叉搭起手臂，看着众人跳舞。也许他们看不到堡垒跟舞会以外的事物——就如同他们看不穿我的洋装跟化妆一样。

沙赛德点点她的肩膀，纹叹口气，改回比较淑女的姿势。片刻后，餐点到来——许多奇特的味道相互激荡，要不是过去几个月纹都在吃类

215

似的食物，这一顿大概会让她完全无法招架。沙赛德的课程也许略过跳舞，但关于用餐礼仪则是相当详细的，纹对这点很感激。如卡西尔所说，她今天晚上的主要目的是出席，所以展现良好的仪态更是重要。

她秀气地照她所受的教导用餐，吃得缓慢又仔细。她并不想被邀去跳舞，很担心如果真有人对她说话，她会再次惊慌失措起来。不过，一餐饭吃得再缓慢，能拖延的时间也有限——尤其又是只适合淑女的小份量食物。她很快便吃完，将叉子横放在盘子上，示意已经用餐完毕。

两分钟之后，第一位邀舞的人便上前来。"法蕾特·雷弩贵女吗？"年轻人略略弯腰问道，他在黑色长外套下穿着一件绿色背心，"我是瑞安·史特罗布爵士。你愿意与我共舞吗？"

"大人。"纹说道，端庄地垂下眼帘，"谢谢你的好意，但这是我第一次参加舞会，这里的一切好华丽啊！我担心我会因为紧张而在舞池中绊倒。也许，下一次？"

"当然好，小姐。"他礼貌地点点头说道，然后告退。

"做得非常好，主人。"沙赛德轻声说道，"你的口音相当出色。下次舞会时你必须与他共舞，那时候我们一定能将你训练妥当。"

纹轻轻脸红了："也许他不会再来。"

"或许吧。"沙赛德说道，"但不太可能，年轻贵族成员相当喜欢夜晚的娱乐。"

"他们每天晚上都参加？"

"几乎。"沙赛德说道，"毕竟这些宴会是人们来陆沙德的主要原因。如果人在城里，又有舞会——几乎是一定会有——他们通常就会去参加，尤其是年轻未婚的贵族。你当然不需要这么经常参加，但一个礼拜两三次是应该的。"

"两三次……"纹说道，"我需要更多礼服！"

沙赛德微笑："啊，你已经像贵族仕女一样地思考了。好了，主人，

"如果你能容我告退……"

"告退？"纹转身问道。

"去加入侍从官的晚餐。"沙赛德说道，"我这种身份的仆人通常在主人用完餐后就可告退。我对于要离开你有点担忧，但那个房间会充满自以为重要的上族仆人，也会有卡西尔主人想要我去听的对话。"

"你要留下我一个人？"

"目前为止你表现得很好，主人。"沙赛德说，"没有明显的错误——至少都是新入宫廷的淑女会犯的错误。"

"像是什么？"纹担忧地问道。

"我们晚一点再讨论。你只管坐在桌子边慢慢地喝酒，不过尽量不要让他们添得太频繁，然后等我回来。如果有别的年轻男子靠近，就像对待第一个人那样，巧妙地拒绝他们。"

纹迟疑地点点头。

"我大概一个小时后会回来。"沙赛德承诺。不过他仍然没走，似乎在等什么。

"呃，你可以退下了。"纹说道。

"谢谢主人。"他说道，鞠躬退后。

留下她一个人。

不是一个人，她心想。卡西尔在夜里的某处看着我。这个念头让她感到一丝安慰，但仍希望自己不要这么清楚地意识到身边的空位。

后来有三名男子上前来向她邀舞，但每个人都接受了她礼貌的回绝，之后再也没有人来，想来消息已经传开，她对跳舞没有兴趣。她记下前来邀她的是哪四个人，卡西尔会想要知道他们的名字。然后，她开始等待。

奇怪的是，她发现自己越发感到无聊。室内通风良好，但层层的布料仍让她感觉闷热，双腿尤其严重，因为外面包裹着长达脚踝的一层里衣。长袖的丝质布料虽然细柔，却无法让她感到凉爽。众人继续跳舞，她饶富兴味地看了一会儿,注意力很快就转到圣务官身上。

有意思的是,他们在宴会上似乎是有某种功能的。他们经常与聚众交谈的贵族保持一段距离,但偶尔也会加入对话。而且每隔段时间,就会有一群人停下交谈,找个圣务官,以充满敬意的手势请对方过来。

纹皱皱眉头,想要看出她到底错过些什么。终于,隔壁桌子的一群人朝经过的圣务官挥挥手。

那个桌子的距离远到听不见他们的交谈声,但只要有锡……她探入体内的库存金属,准备燃烧,却停顿了一下。先烧红铜,她心想,启动金属的效果。她得习惯几乎随时都启动红铜,免得一不小心暴露自己的身份。

隐藏起镕金术后,她燃烧锡。室内的灯光立刻亮得刺眼,令她不得不闭起眼睛,乐团的音乐声也变得更响亮,附近的嗡嗡交谈声化成清晰可辨的声音。她费力地想要集中在自己想听的对话上,幸好那张桌子离她最近,终于让她分辨出想听的声音。

"……发誓我会最先与他分享我订婚的消息。"其中一人说道。纹微微将眼睛睁开一条缝——是其中一名贵族。

"很好。"圣务官说道,"我将见证与记录这件事。"

贵族伸出手,传出钱币敲击声。纹熄灭了她的锡,睁开眼睛,刚好看到圣务官离开桌边,将应该是钱币的东西塞入袍子的口袋。

有意思,纹心想。

很可惜,那桌的人旋即站起分道扬镳,让纹再也没机会可以偷听。她又开始等得无聊了起来,看着圣务官漫步穿越大厅,走向其中一名同伴身旁。她的手指无意识地敲着桌面,漫不经心地看着那两名圣务官,直到发现一件事。

她认得其中一人。不是先前拿钱的那一个,而是他的同伴,一名年纪较长的人。那人身材较矮,五官刚毅,有着尊贵的气势,就连另外一名圣务官似乎都对他相当尊敬。

一开始纹以为面熟是来自于她先前跟凯蒙一起前往教廷时留下的印象，因此感到一阵惊慌，但她很快就发现，那并不是同一个人。她见过他，但不是在那里。他是……

我的父亲，她惊愕地发觉。

他们一年前来到陆沙德时，瑞恩指过他一次，那时他正在视察当地冶铁厂的工人。瑞恩把纹带去，偷带她进屋，坚持要她至少见父亲一面——但她至今仍不了解为什么。不过，她还是记下了那张脸。她压下顺着椅背滑落的冲动。这个人不可能会认得她——他甚至不知道她的存在。所以，她强迫自己将注意力转开，继续抬头看着窗户。可是她看不太清楚，因为石柱跟上方的廊檐挡住她的视线。

坐了片刻后，她发现之前没看到的东西——一道深陷入墙壁的高挑阳台，跟对面的整面墙一样长，跟窗户下的长廊似乎是一组，只不过它顺着墙壁延伸，介于彩绘玻璃窗户跟天花板之间。她可以看到上面有人，成对或独自在上面行走，欣赏下面的宴会。她直觉想前往阳台，在那里她可以观看宴会，却不会被发现。那里也让她能够彻底地欣赏布幔和她餐桌正上方的窗户，更可让她研究石雕，又不至于看起来像是乡巴佬进城。

沙赛德告诉她要待在这里，但她坐得越久，越觉得自己的目光被吸引到隐藏的阳台上。她心痒难耐，想要站起身离开，伸伸腿，顺便让腿透透气。而她父亲的存在——无论他是否知晓纹——只是让她更有动机要离开一楼。

又不会有人要来邀我跳舞，她心想。而且我也照卡西尔想要的去做，让贵族们看过了。

她停下脚步，挥手招来男侍。

他快步上前："雷弩贵女，请吩咐？"

"我该怎么上去？"纹指着阳台说道。

"乐队旁边有楼梯，贵女。"男孩说道，"可以一路去到楼顶。"

MISTBORN: THE FINAL EMPIRE

纹点头致谢，然后下定决心站起，绕到大厅前方。经过的人顶多是对她匆匆一瞥，因此她走得更有信心，穿越前廊来到楼梯间。

石头通道向上盘旋，围成一根柱子，台阶短又陡，两旁只有她手掌宽的小幅彩绘玻璃窗户镶在面向外面的墙上，但因为缺乏灯光打亮，所以一片黑漆。纹兴奋地爬着台阶，急着想耗掉过多的精力，她很快就因为礼服的重量，再加上需要提起裙摆而气喘吁吁。不过在燃烧了一丁点儿的白镴之后，这段路程轻松到不用因流汗而破坏妆容。

顶楼的景致证明爬这段楼梯是值得的。阳台很黑，墙上只有几盏小小的蓝色玻璃灯笼——彩绘玻璃因此更显灿烂夺目。这里很安静，纹走到两根柱子之间的铁栏杆边时，觉得几乎像是只有她一个人。地面的石砖排成她先前没有注意到的花纹，有点像是随手画出的灰色弧线映在白色背景上。是雾吗？她随便猜了一下，靠着栏杆。栏杆跟她身后的灯笼架一样相当繁复精细，同样是粗藤蔓的造型。她两旁的石柱被刻成石头动物，冻结在从阳台上跃下的瞬间。

"果然，去重新倒杯酒就会碰上问题。"

突来的声音让纹一惊，她连忙转身。一名年轻男子站在她身后。他的衣装不是她所见过最精细的，背心也没有其他人那般鲜艳，外套跟衬衫穿在他身上都显得有点松垮，头发也有些凌乱。他手中端着一杯酒，外套的口袋鼓出一本书的轮廓，那书大得实在塞不太进去。

"问题是……"年轻男子说道，"回来时就发现，最喜欢的地点被一个漂亮女孩偷走了。如果我是绅士，就该走到别的地方，让漂亮女士继续深思。但这里真的是阳台上最好的位置——它是唯一一个能提供光亮阅读的地点。"

纹的脸一红："对不起，大人。"

"唉，你看，现在我觉得有罪恶感了。都是因为一杯酒。好吧，这里有足够空间容纳两个人——你过去一点就是了。"

纹站在原地没动。她能有礼貌地拒绝吗？他显然不是希望她走远——他知道她是谁吗？她是否应该要试图发现他的名字好告诉卡西尔？她略退到旁边，男子站到她身边，靠向旁边的石柱，令人惊讶的是，他真的拿出书来继续读。他说得没错：灯笼光直接照在他的书页上。纹站在原地片刻，看着他，但他似乎完全被书本内容吸引，甚至没有停下来抬头看她。

他难道完全都不打算注意我吗？纹心想，不了解自己为何感觉烦躁。也许我应该穿件更华丽的礼服。

"你每次都到舞会来看书吗？"她问道。

年轻人抬起头："如果没被抓到，是的。"

"那不就违背来这里的初衷吗？"纹问道，"如果你只是要避免跟别人社交的话，为什么要参加？"

"你也在这里。"他指出这点。

纹脸红："我只是想看一下整个大厅。"

"哦？那刚才邀你跳舞的三名男子为何都被你拒绝了？"

纹没回答。男子微笑，转回去继续看书。

"有四个。"纹有点气呼呼地说道，"而且我拒绝他们的邀约是因为我不太会跳舞。"

男子微微放下书，打量着她："你知道吗，你没外表看起来那么胆小。"

"胆小？"纹说道，"有年轻淑女站在身边却一直盯着书看，甚至没有好好自我介绍的人可不是我。"

男子深思地挑起一边眉毛："你讲话的方式居然很像我父亲。当然你好看很多，但口气一样差。"

纹瞪着他。最后，他翻翻白眼。"好吧，我就当个绅士。"他以高贵、正式的姿势向她鞠躬，"我是依蓝德爵士。法蕾特・雷弩贵女，请问我是否有这个荣幸在阅读时跟你分享这个阳台呢？"

纹交握双臂。依蓝德？这是姓还是名？我应该要在乎吗？他只是想把他的位置拿回去。可是……他怎么知道我拒绝了舞伴？不知为何，她猜测卡西尔会想要听她复述这段对话。

奇特的是，她并不想要像摆脱其他人那样摆脱他，反而又一次因为他把书举起来而气恼。

"你还没跟我说为什么你宁愿读书而不愿参与舞会。"她说道。

男子叹口气，又放下书："好吧，这是因为，我也不太会跳舞。"

"原来如此。"纹说道。

"可是，"他举起一只手指。"这只是其中一部分。你可能还没发现，但宴会比比皆是，严重超量。一旦参加过五六百场舞会后，感觉起来就都大同小异了。"

纹耸耸肩："如果你练习的话，可能会跳得比较好。"

依蓝德挑起一边眉毛："你没打算要让我继续看书，对不对？"

"是的。"

他叹口气，将书塞回外套口袋——那个口袋已经被书撑出一个方形的凸起。

"好吧。那你想去跳舞吗？"

纹全身一僵。依蓝德轻描淡写地笑了。

天哪！他要不然就是手段高明得过分，再不然就是毫无社交能力。

令她更不安的是，她分不出来是哪一种。

"我猜是不行吧？"依蓝德说道，"很好——我觉得自己是该邀请一下，因为很明显我是一名绅士，但我怀疑下面的舞者会想要我们去踩他们的脚。"

"我同意。你在读什么？"

"迪黎斯坦尼。"依蓝德说道，"《伟大的试炼》。听过吗？"

纹摇摇头。

"唉，是啦，没多少人听过。"他靠向栏杆，望着下方，"你第一次的宫廷体验有什么心得？"

"有点让人……不知所措。"

依蓝德轻笑:"不管你对泛图尔有何挑剔,他们的确很懂得如何办宴会。"

纹点点头。"所以你不喜欢泛图尔?"她问道,也许他是卡西尔正在注意的敌对关系。

"是不特别喜欢。"依蓝德说道,"就算以上族的标准来看,他们也是一群虚荣得不得了的家伙,办宴会不能光是办,要办就得办最好的宴会,完全没考虑到仆人被筹备工作累个半死,结果第二天早上还因为大厅不够光洁无瑕而把那些可怜的家伙狠打一顿。"

纹歪过头。这不是我预期会从贵族口中听到的话。

依蓝德没继续说下去,看起来有点尴尬:"可是,唉,不重要。我想你的泰瑞司人在找你了。"

纹吓了一跳,瞥向阳台另一侧,果然看到沙赛德高大的身影站在如今空空如也的餐桌旁,跟一名年轻男仆在说话。

纹无声地惨叫。"我得走了。"她说道,转身朝向楼梯走去。

"啊,好吧。"依蓝德说,"那我继续看书了。"他半挥手对她道别,但她还没走下第一阶台阶,他已经又把书打开了。

纹气喘吁吁地离开楼梯,沙赛德立刻找到她。"对不起。"她靠近时说道,感觉相当懊恼。

"不要对我道歉,主人。"沙赛德低声说道,"这么做既不合宜,也不必要。我觉得四处走走是个好主意,如果不是你看起来这么紧张,我也会如此提议。"

纹点点头:"所以我们该走了?"

"如果你希望的话,现在是退席的适当时间。"他说道,抬头望着阳台,"我能请问你在上面做什么吗,主人?"

"我想把雕花玻璃看得更清楚点。"纹说道,"可是最后却跟一个人开始聊天。他一开始似乎对我有兴趣,但现在我觉得他根本没有打算理会

223

我。没关系——他的名字似乎没有重要到要让卡西尔知道。"

沙赛德停下脚步。"你刚才跟谁说话?"

"阳台角落上的那个人。"纹说道。

"泛图尔大人的朋友之一?"

纹全身一僵。"他们其中有人叫做依蓝德吗?"

沙赛德脸色明显一白:"你刚才跟依蓝德·泛图尔大人聊天?"

"呃……是的?"

"他邀你跳舞了吗?"

纹点点头:"可是我觉得他不是认真的。"

"唉。"沙赛德说道,"想保持默默无闻的低调状态看来是不可能了。"

"泛图尔?"纹皱眉问道,"泛图尔堡垒的泛图尔吗?"

"他是泛图尔家族的继承人。"沙赛德说道。

"噢。"纹说道,觉得也许自己理应要更害怕些。"他有点烦人——但烦得不让人讨厌。"

"我们不应该在这里讨论这件事。"沙赛德说道,"你跟他之间的身份实在太……太悬殊了。来吧,该回去了。我不应该去吃晚饭的……"

他没再说下去,只是领着纹到达门口的一路上都在喃喃自语。她离开时瞄了大厅最后一眼,领走她的披肩,然后燃烧锡,眯着眼睛滤开光线,以目光搜寻上方的阳台。

他一手拿着合起的书,而纹敢发誓,他正朝她的方向低头看着。她微笑,让沙赛德领着她上了马车。

我知道我不应该因为一个普通的挑夫而心神不宁,但他来自泰瑞司,预言诞生的地方。如果真有人能看出谁是骗子的话,不就是他了?

然而,我继续旅程,前往预言书所说的,我的命运之地,一面走着,一面感觉拉刹克的眼睛盯着我的背。嫉妒、嗤笑、憎恨。

13

纹盘腿坐在雷弩大人家中一张舒适的单人沙发上,终于脱掉笨重的礼服,穿回比较熟悉的衬衫跟长裤,她感觉好多了。

可是沙赛德平静表情后隐藏的不快让她坐立不安。他站在房间另外一端,纹很明显地感觉得到,她惹麻烦了。沙赛德详细地盘问过她,得到了她跟依蓝德大人对话的所有细节。他问话的方式当然相当尊重,但问题也很尖锐。

在纹看来,那个泰瑞司人把她和年轻贵族之间的对话看得太严重了。他们其实没谈到什么重要的话题,依蓝德本人就上族而言,看起来也没什么特别之处,可是,他是有哪里怪怪的——这个感觉,纹没有坦白告诉沙赛德。她觉得跟依蓝德相处……很自在。回想起来,她发现在那短短的片刻中,自己其实不是法蕾特贵女,也不是纹,因为那部分的她——作为胆怯的小偷的她——几乎跟法蕾特一样虚假。

不,当时的她只是……她。这是种奇特的经验,她跟卡西尔与和其他人相处时,有时也会有同样的感觉,但比较局限。依蓝德怎么能这么快且这么彻底地就带出了她的本性?

也许他用了镕金术!她惊愕地一想。依蓝德是名上族,也许他是一名安抚者。也许这段对话没有她想的那么单纯。

纹靠回椅背,皱着眉头思考。她启动了红铜,意思是他不能对她用情绪镕金术,所以他只是用普通方式让她卸下了戒心。纹回想整个过程:她这么快就觉得跟他相处自在,仔细思考一下的话,很显然她当时不够小心。

MISTBORN: THE FINAL EMPIRE

我下次会更小心。纹认为他们会再次见面。他要是敢不跟她见面……

一名仆人进入房间，对沙赛德悄悄说了几句。纹快速燃烧了锡，让自己听到对话——卡西尔终于回来了。

"请跟雷弩大人传话。"沙赛德说道。白色衣服的仆人点点头，快速离开房间。

"你们其他人可以退下了。"沙赛德平静地说道，房间的侍从们连忙离开。沙赛德早先一直安静地候在一旁，这逼得他们也得一起在紧绷的房间里面站着等，不能说话也不能移动。

卡西尔跟雷弩大人一起到来，两人低声交谈，一如往常，雷弩穿着罕见的西式剪裁华丽套装，已呈现灰白的胡须修剪得稀薄且整齐，走路的姿态带着自信。就算跟贵族相处了一整晚，纹还是会被他的贵族姿态所震撼。

卡西尔仍然穿着他的迷雾披风。"阿沙？"他进屋时说道，"你有消息？"

"恐怕如此，卡西尔主人。"沙赛德说道，"纹主人今天晚上在舞会里似乎引起了依蓝德·泛图尔大人的注意。"

"依蓝德？"卡西尔问道，双手抱胸，"他不是继承人吗？"

"的确是。"雷弩说道，"大约四年前他父亲前来造访西方时，我见过那男孩，我认为以他的身份地位而言，他的态度显得太不庄重。"

四年？纹心想。他不可能伪装雷弩大人这么久。卡西尔三年前才从深坑逃出！她打量着假扮者，但一如往常，看不见任何破绽。

"那孩子有多殷勤？"卡西尔问道。

"他请她跳舞。"沙赛德说道，"可是纹主人很睿智地拒绝了。显然两个人的会面纯属意外，我担心她已经引起他的注意。"

卡西尔轻笑："你把她教得太好了，阿沙。纹，之后，也许你应该试着不要那么迷人。"

"为什么?"纹问道,试着想要掩饰她的烦躁,"我以为大家希望我受人喜欢。"

"但不是被像依蓝德·泛图尔那么有重要地位的人喜欢,孩子。"雷弩大人说道。"我们派你去宫廷是让你促进结盟,而不是引起丑闻。"

卡西尔点点头:"泛图尔年轻、单身,而且是强大家族的继承人。你跟他有关系可能会为我们引来严重的麻烦。宫廷里的女子会嫉妒你,年纪大的人会不赞同两人身份相差如此悬殊,你会被许多宫廷成员排挤;而为了得到需要的信息,我们需要贵族们觉得你没有自信,不重要,而且最重要的是,不具威胁性。"

"况且,孩子……"雷弩大人继续说道,"依蓝德·泛图尔不太可能是对你认真的,因为大家都知道他是宫廷中的怪人,他可能只是在用新的方式加强自己的怪名声。"

纹感觉脸上一红。他说得应该没错——她严正地告诉自己,却仍然忍不住对这三个人感觉有点生气,尤其是一派吊儿郎当、事不关己态度的卡西尔。

"没错。"卡西尔说道,"你以后最好完全避开小泛图尔,试试看让他生气之类的,就给他几个你最擅长的白眼。"

纹不友善地盯着卡西尔。

"对对,就像这样!"卡西尔笑道。

纹气得咬牙,又强迫自己放松:"我今天晚上在舞会中看到我父亲了。"她说道,希望能引开卡西尔与其他人对泛图尔的注意力。

"真的?"卡西尔很有兴趣地问道。

纹点点头:"我哥哥指给我看过一次,所以我记得。"

"这是怎么一回事?"

"纹的爸爸是一名圣务官。"卡西尔说道,"而且,如果他能参与这种舞会的话,显然还是一名高阶的圣务官。你知道他的名字吗?"

纹摇摇头。

"形容一下？"卡西尔问道。

"呃……光头，眼睛周围有刺青……"

卡西尔轻笑："下次指给我看，好吗？"

纹点点头，卡西尔转向沙赛德："你帮我记下了是哪些贵族来邀请纹跳舞吗？"

沙赛德点点头："她给了我一个名单，主人。我跟侍从官们吃饭时也得到一些有意思的消息。"

"很好。"卡西尔说道，瞥向角落的老爷钟，"你得明天再跟我说了，我现在得出门。"

"出门？"纹突然打起精神，"可是你才刚进门！"

"到达某处的确就是这么奇怪的一件事，纹。"他眨着眼说道，"一旦到了之后，除了再次离开，没什么别的事好做。去睡觉吧，你看起来有点累坏了。"

卡西尔向众人挥手告别，然后弓身出了房间，愉快地吹着口哨。

太散漫，纹心想，也太神秘了。他通常会告诉我们今天晚上打算对哪个家族下手。

"我想我要去歇息了。"纹打着呵欠说道。

沙赛德多疑地打量她，但还是让她离开，因为雷弩开始低声对他说起话。纹三步并做两步跑回自己的房间，套上迷雾披风，推开通往阳台的大门。

白雾涌入房间。她骤烧铁，立刻看到一条消失的蓝线，指向远方。

我们来看看卡西尔先生要去哪里。

纹燃烧钢，将自己推入又湿又冷的秋夜，锡增强她的视力，也让她呼吸时感觉潮湿的空气伴随瘙痒滑下喉咙。她更用力地推向身后，然后轻轻拉引下方的铁栅门，这个动作让她以漂亮的弧线飞越过铁栅门，越过的同时，她再度反推铁栅门，让自己跃入更远的空中。

她一面盯着指向卡西尔的蓝线，一面注意保持距离，以免被他发现。

她身上没有任何金属，连钱币也没有，同时她继续燃烧红铜好隐藏使用镕金术的迹象。理论上来说，卡西尔只能靠听觉发现她的存在，因此她试图尽量无声地行动。

令她意外的是，卡西尔没进城。他出了大宅后立刻往北走出了城，纹跟在他身后落下地面，静静地跑在粗糙的地面上。

他要去哪里？她不解地想。他在绕着费里斯跑吗？朝外围的宅邸去？

卡西尔继续往北边跑了一小段时间，然后他的金属线突然开始暗淡。纹缓下步伐，在一排矮树旁停下。蓝线消失得非常快速——卡西尔突然加速了。她自言自语地咒骂两句，急速奔跑。

卡西尔的线条消失在她眼前的黑夜中，纹叹口气，缓下脚步，骤烧了铁，却勉强只能看到他又消失在远处。她绝对跟不上的。

可是骤烧的铁却让她看到不一样的东西。她皱着眉头继续前进，直到抵达一处固定的金属来源——两支小铜棒被插入地面，中间有一两尺宽的距离。她拔起一支在手中抛了抛，然后望向北方翻滚的白雾。

他在跳跃，她心想。可是为什么？跳跃是比走路快，但在空无一物的野地里，似乎不太好做到。

除非……

她往前走，很快就看到地上嵌着另外两块铜块。纹回头看了看，在黑夜里很难判断，但这四条金属似乎是形成一条直线，直指陆沙德。

原来他是这么办到的，她心想。卡西尔具有令人匪夷所思的能力，能以惊人的速度在陆沙德跟费里斯之间移动。她一直以为他是骑马，但显然他有更好的方法。他，或者是别人，在两个城市之间铺下了一条镕金术道路。

她抓住手中第一支金属棒——如果她猜错了，得靠它来减缓落地的速度，接着踏到第二对金属块前方，让自己冲入高空中，同时骤烧铁，寻找其他金属来源。地面上立刻显现出两块位于北方的金属，还有两块

MISTBORN: THE FINAL EMPIRE

分据她的左右。

旁边的两块是用来做路径修正的,她意识到这点。如果她想要留在铜块公路上的话,得不断北行。她将自己略推向北方,好待在两块金属的正中央,然后再次让自己用力前跳,在空中划出一个大大的圆弧。

她很快就掌握了技巧,从一点跳到另一点,甚至没有靠近地面。几分钟之内,她对跳跃韵律的掌握成功到甚至不需要用两旁的金属块调整位置。

纹穿过干涸地面的速度快到令人难以看清她的身影。白雾飞散,迷雾披风在她身后猎猎作响。可是,她仍然继续强迫自己要加快速度,因为刚才光研究铜块就花了太多时间,她得快快赶上卡西尔,以免到了陆沙德后不知道该往哪里去。

她开始以几乎危险的速度在铜块之间穿梭,焦急地寻找其他镕金术的迹象。在跳跃十分钟后,一条蓝线终于出现在她眼前,而且是指着上方,并非朝下指着金属块。她松了一口气。然后,出现了第二条、第三条。

纹皱眉,让自己落地,仅发出一点沉闷声响。她骤烧锡,看到一个巨大的阴影出现在眼前的黑夜中,顶端闪烁着光球。城墙,她讶异地想着。这么快?比我骑马来还快了一倍!

不过,这也意味着她把卡西尔跟丢了。她皱着眉头,运用手中的金属块让自己跃上墙头,一落在潮湿的石头上,立刻将身后地面上的金属块拉入手中,然后走向城垛的另一边,跳上墙头蹲在石头护栏上,眼睛搜寻着。

怎么办?她烦躁地想。回费里斯?去歪脚的店看看他在不在?

她不确定地坐在原处片刻,然后跳下墙头,开始穿梭在一间间屋顶上,漫无目的地乱串,随意使用窗户锁跟其他零散的金属,需要长跳跃时就用手中的金属块,用完以后再拉回来。直到停下来时,她才知道自己不由自主地一直朝一个目的地走。

泛图尔堡垒耸立在她面前，镁石光已经被熄灭，只有守卫附近有几支黯淡的火把。

纹蹲在屋檐边，想要了解自己为什么会回到这巨大的堡垒来。沁凉的风吹动了头发跟披风，她感觉到似乎有几滴细小的雨点打在她的脸颊上，她坐了很久，脚趾越发冰冷。

然后，纹注意到右边有动静。她立刻蹲下，骤烧锡。

卡西尔就在离她不到三间屋子远的屋顶上，身影依稀可见。他似乎没注意到她，而是在看着堡垒，距离远到纹读不清他的表情。

纹怀疑地看着他。他之前没把她跟依蓝德的接触当一回事，但也许他只是没有显露出来自己有多担心。突来的恐惧让她全身一僵。他是来杀依蓝德的吗？谋杀上族的继承人的确会在贵族间造成紧张关系。纹不安地等着。可是卡西尔最后还是站起身离开，从屋顶跃入空中。

纹抛下她的铜块以免暴露行踪，然后立时尾随他冲去。燃烧铁后显示有蓝色线条在远方移动，因此她急急跳过街道，用下方的水沟盖推起自己，下定决心这次绝不可以再追丢他。

卡西尔正朝城市中心移动。纹皱眉，试图想猜测他的目的地。艾瑞凯勒堡垒是在那个方向，而且又是主要武器供货商的住处。也许卡西尔打算做什么事来阻挠它供货，让雷弩变成对当地贵族而言更重要的人。

纹落在屋顶上没动，看着卡西尔消失在黑夜里。他又开始提速了。我——

一只手落在她的肩膀上。纹大叫一声，往后一跳，骤烧白镴。

卡西尔挑起一边眉毛，看着她："你应该在床上睡觉的，小姐。"

纹瞥向旁边的金属线。"可是——"

"我的钱袋。"卡西尔微笑地说道，"对好的小偷来说，偷学跟偷盒金一样容易。自从你上礼拜开始跟踪我以后，我小心了很多——一开始我以为你是泛图尔的迷雾之子。"

"他们有吗？"

"我很确定有。"卡西尔说道,"大多数上族都有,但你的朋友依蓝德不是其中之一,他甚至不是迷雾人。"

"你怎么知道?有可能他把能力隐藏起来了。"

卡西尔摇摇头:"他两年前差点死在一场劫掠里,如果有力量,就该在那时候展现。"

纹点点头,依然看着下方,不敢直视卡西尔的双眼。他叹口气,坐在倾斜的屋顶上,一只脚悬挂在空中:"坐吧。"

纹坐在他对面,头上沁凉的白雾继续翻腾,下起了小雨,但跟一般有湿露的夜晚没什么差别。

"我不能让你一直这样尾随我,纹。"卡西尔说道,"你还记得我们关于信任的对话吗?"

"如果你信任我,就会告诉我你要去哪里。"

"不一定。"卡西尔说道,"也许我只是不想要你跟其他人担心而已。"

"你做的所有事情都很危险。"纹说道,"不过是说说细节而已,我们为何会更担心?"

"有些任务比其他的还要危险。"卡西尔轻轻地说道。

纹停顿下来,瞥向卡西尔原本在前进的方向。他在朝市中心去。朝克雷迪克·霄的方向去。统御主的皇宫!

"你要去跟统御主决斗!"纹说道,"你上礼拜说你要去拜访他。"

"'拜访'一词也许用得太重。"卡西尔说道。"我是要去皇宫,但我诚心诚意希望不要碰到统御主本人。我还没准备好要怎么对付他。无论如何,你得直接回歪脚的店。"

纹点点头。

卡西尔皱眉:"你会继续跟踪我,对不对?"

纹想了想,又点点头。

"为什么?"

"因为我想要帮你忙。"纹低声说,"到目前为止,我在整件事中的贡献就只不过是一场宴会而已。但我是迷雾之子，是你训练出来的，我不会在其他人都在做很危险的任务时袖手旁观，只是吃饭和看别人跳舞。"

"你在宴会中做的事情也很重要。"卡西尔说道。

纹点点头，看着地面。她会让他离开，然后再跟踪他。一部分原因是她先前所说：她开始对这个团体有参与感，这是她从来没有感觉到过的。她想要参与行动，想要帮忙。

不过，另外一部分的她则偷偷对自己说，卡西尔没有事事都告诉她。不论他信不信任她，他都有秘密。第十一金属，还包括统御主，都跟这些秘密有关。

卡西尔注意到纹的眼神，一定是看出她跟踪自己的打算，于是叹口气向后一靠："我是认真的，纹！你不能跟我来。"

"为什么不行？"她问道，索性不装了，"如果你在做的事情这么危险，身边带着另一名迷雾之子不是更好？"

"你还不会用所有的金属。"

"因为你没教我。"

"你还需要练习。"

"从实践中学是最好的方式。"纹说道，"我哥哥就是靠带我去偷东西教会我小偷的技巧。"

卡西尔摇摇头："太危险了。"

"卡西尔。"她以严肃的口吻说道，"我们在策划推翻最后帝国。我本来也就没有活到年底的打算。你一直跟其他人说，在团队中有两名迷雾之子有多大的好处，但除非你真的让我做迷雾之子该做的事，否则这根本没用。你要等多久？等到我'准备好'？我不觉得会有这么一天来临。"

卡西尔瞅着她好一阵子，终于微笑："当我们第一次见面时，我有半数以上的时间都撬不开你的嘴，而现在你已经开始长篇大论地教训我了。"

纹脸上一红。最后，卡西尔叹口气，手伸入披风，拿出某样东西：

MISTBORN: THE FINAL EMPIRE

"我真不敢相信自己居然在做这件事。"他自言自语道,同时给她一丁点儿金属。

纹观察着那团小小的银色球,光滑明亮到几乎像是一滴液体,摸起来却是硬的。

"天金。"卡西尔说道,"所有已知镕金术金属中,第十种也是最强大的一种。那一粒珠子比我先前给你的整袋盒金还要贵重。"

"这么一点?"她讶异地问道。

卡西尔点点头:"天金只来自于一个地方——海司辛深坑,所以统御主控制它的产量。上族每个月可以购买一定数量的天金,这也是统御主控制他们的方式。把它吞下吧。"

纹瞅着这一丁点儿的金属,不知道该不该浪费这么宝贵的东西。

"这卖不掉的。"卡西尔说道,"盗贼集团试过,但最后他们被找到、处决。统御主对他的天金来源相当敏感。"

纹点点头,吞下金属,立刻感觉到新的力量涌现体内,等待被燃烧。

"好了。"卡西尔说道,站起来,"我一开始走路就烧它。"

纹点点头。他一往前走,她就伸向新生的力量泉源,燃烧天金。

她眼中的卡西尔似乎突然变得模糊,然后一片如鬼影般的半透明影像呈现在他身前的白雾上。

那个影像看起来就像卡西尔,走在他前面几步处。一个非常模糊的残影则从影像的背后延伸到真人卡西尔身上。

看起来好像是……影子。影子复制了卡西尔做的所有事,但它先动。它转身,然后真人卡西尔才转身走向同一个方向。

影像的嘴巴开始动,一秒钟后,卡西尔说话了:"天金让你稍微看到未来,或者该说,它让你看到别人在未来会做什么事情。同时,它会增强你的脑力,让你能够处理新的信息,因此可以更快速、有效地反应。"

影子停下脚步,然后卡西尔走到它的位置,同样停下脚步。突然,影子伸出手甩了她一巴掌,纹反射性地举手格挡,正好半路拦下卡西尔挥过来的真手。

"当你在燃烧天金时……"他开口说道,"……你不会碰上任何意料外的突发状况。你可以挥动匕首,心中确定敌人会直直朝它冲去。你能轻松地闪躲攻击,因为你可以清楚看出每一击会落在哪里。天金增强你的脑力,让你能处理所有的新信息,可以让你近乎所向无敌。"

突然,几十个影像从卡西尔的身体投射出来,每一个都冲向不同的方向,有些是走过屋顶,其他跃入空中,纹放开他的手,迷惘不解地站起身退后。

"我刚刚也燃烧了天金。"卡西尔说道,"我可以看到你要做什么,因此改变了自己要做的事——所以也改变了你要做的事。影像反映出我们或许会采取的所有可能行动。"

"很混乱。"纹说道,看着一团混乱的影像,旧的不断消失,新的不断出现。

卡西尔点点头:"唯一能打败燃烧天金的人的方法,就是你也燃烧天金,这样你们谁都占不到上风。"

影像消失。

"你做了什么?"纹吃了一惊问道。

"什么都没做。"卡西尔说道,"你的天金大概用完了。"

纹意外地发现他说得没错——天金没了。"它烧得好快!"

卡西尔点点头,再次坐下。"这可能是你花得最快的一笔钱,是吧?"

纹惊愕地点点头:"感觉好浪费。"

卡西尔耸耸肩:"天金会宝贵的唯一原因是镕金术。所以,如果我们不烧它,它就不会像现在这样价值连城。当然,如果我们烧它,就会让它更稀有。这是很有趣的悖论——有空时你可以去问问哈姆。他很爱谈天金经济学。

"无论如何,你碰上的任何迷雾之子大概都会有天金,但他们不会很愿意使用,而且也不会预先吞下。天金很脆弱,你的消化液在几个小时之内就会用光它，所以节俭跟有效之间的平衡点相当微妙。如果敌人看起来是在用天金，那你最好也要用自己的，不过，要先确定他没骗你，以免你的存量比他先用完。"

纹点点头："意思是你今天晚上会带我去吗？"

"我大概会后悔吧。"卡西尔叹口气说道，"可是我不知道该怎么样让你留下，也许只能把你绑起来。可是，我要警告你，纹。这可能很危险。非常危险。我不打算跟统御主见面，但我的确打算要潜入他的堡垒。我认为自己知道该去哪里找到打败他的线索。"

纹微笑。卡西尔挥手要她上前一步时，她立即上前。卡西尔探入袋囊，掏出一个玻璃瓶，递给她。它外表看起来像是普通的镕金瓶，不过里面的液体只有一滴金属。这颗天金珠比她拿来练习的珠子要大几倍。

"除非必要，否则别轻易使用。"卡西尔警告，"你需要别的金属吗？"

纹点点头："我来的路上把大多数钢都烧掉了。"

卡西尔递给她另一个玻璃瓶："首先，我们先去拿回我的钱袋。"

有时候我不禁想，我是否发疯了。

压力也许是来自于知道我必须承担全世界重担的这一认知。也许是来自于我见过的死亡，我失去的朋友。我被迫要杀死的朋友。

无论如何，有时候我会看到有影子跟着我。那是我不了解，也不想了解的黑暗怪物。也许它们是我用脑过度后的想象？

14

他们找到钱币不久后就开始下起雨来，雨不大，但似乎略略驱散了白雾。纹的身体轻颤,蹲在卡西尔身边的屋顶上。他没有太去理会天气,所以她也有样学样。有点湿没什么大不了,可能甚至有点帮助,雨声会掩蔽他们靠近的脚步声。

克雷迪克·霄就在他们面前。尖长的圆柱楼跟陡峭的高塔像爪子般伸向黑夜,粗细各有不同,有些宽到可以容纳楼梯间跟大房间,但其他只不过是刺向天空的细铁柱。不同的粗细让成堆的尖锥呈现出某种扭曲、歪斜的对称感,外表上几乎达到一种平衡。

尖刺跟高塔在潮湿多雾的夜里有着令人避退三舍的阴影,像是从曝晒许久的尸体间露出的,被灰烬染黑的骨骸。看着它们,纹觉得她感受到一股……忧郁,好像光是靠近建筑物就足以吸走她的希望。

"我们的目标是最右方尖塔下的一条通道地下室。"卡西尔说道,声音不比悄然落雨声大多少,"我们要朝建筑物正中心的房子去。"

"里面有什么?"

"不知道。"卡西尔说道,"所以我们才要去探探。每三天,统御主就会去那个房间一次,不过不是今天。他会去三小时,然后离开。我以前曾经尝试要溜进去过。三年前。"

"那场行动。"纹低语,"就是让你……"

"我被逮捕的那次。"卡西尔点头说道,"是的。那时候,大家以为统御主在那个房间里收藏了金银珠宝。我不认为那是真的,但还是很好奇,因为他的造访如此规律,如此……奇怪。有东西在那房间里,纹。有很重要的东西。也许那东西就是他的力量来源,关系到他长生不老的秘密。"

"我们为什么要担心这点?"纹问道,"你有第十一金属可以打败他,不是吗?"

卡西尔微微皱眉。纹等着他给出一个答案,但他没有。"我上次去的时候失败了,纹。"他只是这么回答,"我们成功潜入,但一切进行得太顺利。到的时候,审判者在房间外等着我们。"

MISTBORN: THE FINAL EMPIRE

"有人告诉他们你们要去吗？"

卡西尔点点头："那个行动我们策划了好几个月。我们过度自信，但也有自信的理由。梅儿跟我是最优秀的一组人，那场行动应该完美无缺地被执行。"卡西尔停顿了一下，转身面向纹。"今天晚上，我完全没有计划。我们只是要进去，让任何试图阻挡我们的人安静下来，然后潜入那个房间。"

纹静静地坐着，感觉到潮湿的手臂上冰冷的雨水。然后，她点点头。

卡西尔微微笑了："没有反对意见？"

纹摇摇头："是我强迫你带我去的。现在轮不到我反对。"

卡西尔轻笑："我大概跟微风混太久了。如果没有人说我疯了，我就全身不对劲。"

纹耸耸肩。可是，她在屋顶上行动时，她又感觉到了——克雷迪克·霄传出的沮丧感。"有东西在里面，卡西尔。"她说道，"那个皇宫感觉……似乎不太对。"

"那是统御主。"卡西尔说道，"他像是极强的安抚者一样，会投射情绪，压抑所有太靠近他的人。启动红铜，可以让你免受影响。"

纹点点头，燃烧红铜，感觉立刻消失。

"好了？"卡西尔问道。

她再次点点头。

"那好吧。"他说道，给了她一把钱币，"别跟我走散，随时准备好天金——以防万一。"说完，他就从屋顶上跳下，纹跟在身后，披风的布条溅起了水花。她坠落的时候燃烧白镴，以经过镕金术增强后的双腿着地。卡西尔冲了出去，纹也跟在身后，她在潮湿石板地面上的速度真的是近乎不要命的快，但她经由白镴强化后的肌肉反应精准、充满力量和平衡感。她在潮湿、多雾的夜晚奔跑，燃烧锡跟红铜。一个让她能看见，一个让她能隐藏。

卡西尔绕过皇宫。奇特的是，皇宫周围没有外墙。当然没有。谁敢

迷雾之子
卷一·最后帝国 [珍藏版]

攻击统御主?

千塔之山周围只有空旷的平地,铺满了石板砖。没有树、没有草,也没有其他的建筑物,人们的目光无法从克雷迪克·霄诡异且不对称的侧翼、高塔和铁尖顶移开。

"出发了。"卡西尔低语,声音传到纹经由锡增强后的耳朵。他转过身,直接冲向皇宫中一片低矮如仓库般的区域。他们靠近时,纹看到两名守卫站在一道装饰繁复、长得像铁栅般的门边。卡西尔立刻扑向两人,一人眨眼间倒在挥划的刀子下,另一人尝试呼叫,但卡西尔跳起来,双脚踹上那人的胸口。非普通人类力量所能比拟的飞踢让守卫撞上墙壁,软倒在地。卡西尔立时站起,以全身重量撞向门,将它推开。

微弱的灯笼光线从屋内的石造走廊散出。卡西尔钻入门中,纹压下了锡,半蹲半跑地跟随在后,心脏如雷鼓动。她当小偷这么久,从来没做过这种事,她向来是偷偷摸摸窃取或诈骗,而不是成群劫掠、下面冲突。她跟着卡西尔沿着走廊前进,披风跟双脚在光滑的石板地上留下一条潮湿的痕迹。她紧张地抽出一把玻璃匕首,满是汗水的手掌抓紧了包裹皮革的握柄。

一名男子踏入前方的大厅,似乎是从某个守卫室中走出来。卡西尔向前一跳,肘击守卫的肚子,然后猛地一推,让男子重重撞上墙壁。守卫才刚倒下,卡西尔已经钻入房间。

纹尾随在后,房间中一片混乱。卡西尔从角落将一个金属烛台拉引入手,开始抓着它旋转,打倒一名又一名的士兵。守卫们慌张地大呼小叫,连滚带爬地散到两边,想到房间两侧抓木棍防身,一张放满残余餐点的桌子在众人挪移时被抛到了一旁。

一名士兵转向纹,她本能地燃烧钢,抛出一把钱币,用力一推,钱币立刻前冲,刺破守卫的皮肉,让他倒下。

她烧起铁,将钱币拉回手中,然后用满是鲜血的拳头,在房间里再度撒出一把钱币,又打倒三名士兵。卡西尔以临时抄起的木杖打倒了最

239

MISTBORN: THE FINAL EMPIRE

后一名。

我刚杀了四个人，纹震惊地想。之前，杀人的都是瑞恩。

她身后传来窸窸窣窣的声音，纹快速转身，看到另一队士兵从对面的门中出来。她身侧的卡西尔抛下烛台，向前一步，房间的四盏灯笼突然从墙上的架子上被扯下，直直朝他飞去。他钻向一边，让灯笼相互撞击。房间陷入黑暗。纹燃烧锡，眼睛适应从外面走廊传来的光线，但守卫们却停驻在原地。

卡西尔瞬间钻入他们之间，匕首在黑暗中闪动，人们发出尖叫，然后一切陷入沉默。纹的周围都是死亡，满是鲜血的钱币握在她惊愕的手指中，血浆滴滴坠下。不过她仍牢牢握住匕首，就算只是为了让她颤抖的双臂稳住也好。

卡西尔按上她的肩头，她全身一颤。

"这些是邪恶的人，纹。"他说道，"每个司卡心里都清楚，拿起武器保卫最后帝国罪不可恕。"

纹麻木地点点头。她觉得……不对劲。也许是因为四周的死亡，但进入建筑物后，她敢发誓，她仍然能感觉到统御主的力量，似乎有东西在推她的情绪，让她即使烧了红铜，却仍然感觉沮丧。

"来吧，时间不多。"卡西尔又冲了出去，灵巧地跳过尸体，纹跟在他身后。是我强迫他带我来的，她心想。我想要像他一样战斗，所以我得习惯。

他们冲入第二条走廊，卡西尔跃入空中，往前一扑，飞身蹿向前方。纹也一样照做，跳入空中后寻找走廊远方的锚点，利用锚点让自己飞去。

两旁的走廊呼啸而过，空气在她经由锡增强的耳朵里听起来像是怒吼，前方有两名士兵踏入走廊，卡西尔双脚直伸，踢上一人，然后翻身跃起，顺势将匕首埋入另一人的脖子里。两人倒地。

没有金属，纹落到地面后心想。这个地方的守卫都没有配戴金属。他们被称为杀雾者。专门训练来对付镕金术师的人。

卡西尔钻入侧面的走廊，纹得用跑的才跟得上。她骤烧白镴，要求双腿动得更快。前方的卡西尔停下脚步，纹猛然在他身边刹住。右边是一道开阔的弧形大门，里面的灯光远比小走廊的灯笼还要明亮。纹熄灭了她的锡，跟着卡西尔穿过门口，进入房间。

六座火炉在巨大的圆顶房间各角落燃烧着。和简单的走廊不同，这个房间布满了镶银的彩绘。每一片彩绘显然都讲述着统御主的传说，就像是她先前看到的彩绘玻璃，但更为写实。她看到一座山，一个很大的山洞，一池光，还有非常黑的东西。

卡西尔踏步前进，纹转过身。房间中央是一个小小的建筑物——建筑物中的建筑物。单层楼的建筑庄严地伫立在他们面前，有着繁复的石雕跟流畅的花纹。整体而言，这个安静、空旷的房间让纹涌起出奇强烈的肃穆感。卡西尔走上前，光裸的脚落在光滑的黑色大理石上。纹紧张地以半弯腰姿势跟随他，房间虽然看起来空旷，但一定有其他守卫。卡西尔走向内部建筑物的一面橡木大门，门表面上刻着纹不认得的文字。他伸出手，拉开门。

一名钢铁审判者站在里面。那怪物微笑，嘴角扬起，配上两支巨大的刺入眼睛的钢锥，组合成诡异的画面。

卡西尔只愣了一瞬，立刻大喊："纹，快跑！"同时间，审判者的手也探出，抓住了他的喉咙。

纹全身僵住。她看到另外两名穿着黑袍的审判者从大开的拱门下走出。高、瘦、光头，还有钢刺跟繁复的教廷眼部刺青。

最靠近的审判者抓着卡西尔的脖子，将他举起。"卡西尔……海司辛幸存者。"怪物以沙哑的声音说道，然后，他转向纹，"还有……你。我一直在找你。如果你告诉我是哪个贵族生了你的，小杂种，我会让这个人死得快些。"

卡西尔一面咳嗽，一面扳着怪物的手指，挣扎着呼吸。审判者转过头，以被钢锥刺穿的眼睛看着他。卡西尔再次咳嗽，仿佛要说些什么，

MISTBORN: THE FINAL EMPIRE

于是审判者好奇地将卡西尔拉近了些。

卡西尔的手立时挥出，将匕首刺入怪物的脖子。审判者身子一歪，卡西尔将拳头捶向怪物的手臂，审判者的骨头应声折裂。审判者将他抛下，卡西尔落到光滑的大理石地板上，不断咳嗽着。

他一面挣扎地喘息，一面以专注的目光抬头看着纹。"我说快跑！"他沙哑地说道，朝她抛去某个东西。纹定了定神，准备要接下钱袋，但它在空中突然一抖，向前飞冲。她突然发现，卡西尔不是把钱袋丢给她接，而是丢向她的身体。

袋子击上纹的胸口，让她被卡西尔的镕金术一路推到房间的另一端，她经过两名惊讶的审判者，终于笨拙地落地，脚步在大理石上一滑。

纹抬起头，有点晕眩。远方的卡西尔站起身，但主要那名审判者似乎不是太在意脖子中的匕首。另外两名挡在她跟卡西尔中间，一人转身面向她，纹被那可怕、不自然的目光看了一眼，全身发寒。

"快跑！"他的话回荡在圆顶大厅中，这一次，她终于听懂了。

纹连忙爬起——恐惧震慑着她，对她尖叫，强迫她移动，她冲向最近的拱门，不确定这是不是自己进来的那一个。她抓着卡西尔的钱袋，燃烧铁，疯狂地寻求走廊中的锚点。

得逃走！

她抓住她看到的第一个金属，用力一扯，将自己拖离地面，以失控的速度飞穿过走廊，在恐惧中燃烧着她的铁。

接着，她脚下一跄跄，一切天旋地转。她以不自然的角度落地，头撞上粗糙的石头，然后晕眩地躺在地上，不知道发生了什么事。

钱袋⋯⋯有人拉扯了它，利用金属将她向后扯。

纹一翻身，看到一个黑色的身影冲入走廊。审判者的袍子随着他落地的身影飞舞，那人大踏步向前，脸上毫无表情。

纹骤烧锡跟白镴，精神一振，挥开痛楚。她抽出几枚钱币，将它们推向审判者。

迷雾之子
卷一·最后帝国 [珍藏版]

他举起手,两枚钱币因此冻结在空气中。反作用力让纹突然后倒,她翻滚着滑过石板地。

停下来时,她听到钱币撞击地板的声音,摇摇头,十几处新生的瘀青强烈地在身体各处叫嚣。审判者跨过被抛下的钱币,迈着流畅的步伐走向她。

我得逃走!就连卡西尔都害怕面对审判者。如果他都打不过,那她还有什么机会?根本没有。她抛下钱袋跳起,然后用力奔跑,穿过第一扇看到的门。后面的房间空无一人,但一个金色的祭坛被放置在房间中央,四个角落有烛台,还有一堆其他礼器塞满了祭坛,整个房间显得狭窄不堪。

纹转身,将烛台拉入手中,想起卡西尔先前的伎俩。审判者踏入房间,几乎是好笑地举起一只手,轻松地以镕金术将烛台从她手中拉出。

他好强壮!纹惊恐地想。他可能是靠着拉引后方的灯笼架来保持稳定,但他铁拉的力量远比卡西尔要强很多。

纹一跳,将自己稍拉过祭坛。在门口,审判者伸手拿来一个放置于矮柱上的碗,抓出一把东西,像是小小的三角金属片,每一面都很锐利,在怪物的手上划出十几道不同的伤痕。他忽略伤口,对她举起一只鲜血淋漓的手。纹惊叫,钻到祭坛下,金属片飞刺入后墙。

"你被困住了。"审判者以粗哑的声音说道,"跟我来吧。"

纹瞥向一旁。房间里没别的门。她抬头,瞥向审判者,一片金属飞向她的脸。她想推开它,但审判者太强,因此她只能弯腰闪过金属,免得反而被他的力量推撞上墙壁。

我需要找到能挡住攻击的东西。某个不是金属做的东西。

她听到审判者踏入房间的同时,也找到自己需要的东西——一本皮革包裹的大书正躺在祭坛边。她抓起书,然后停顿下来。如果死了,有钱也没用,所以她抽出卡西尔的瓶子,一口吞下天金,开始燃烧。

审判者的影子绕过祭坛边,然后真的审判者一秒钟后才出现。天金

MISTBORN: THE FINAL EMPIRE

影子张开手,许多细小、透明的金属片飞向她。

纹举起书,书穿过影子,刚好挡下飞来的金属片,一个不漏,它们锐利、锯齿般的边缘深深刺入书本表面的皮革。审判者一顿,扭曲的脸上出现困惑的表情。然后,上百个影子从他的身体飞散出来。

统御主啊!纹心想。他也有天金。

纹没停下来细想那是什么意思,她跳到祭坛边,带着书作为保护,抵挡即将可能到来的飞击物。审判者转身,钢刺眼睛尾随着她钻回拱门的身影。

一堆士兵正等着她,但每一名都有自己的一个未来阴影。纹钻入它们之间,几乎没去看武器会落在哪里,不知怎的居然躲过了十二人的不同攻击。有一瞬间,她居然忘记了痛楚跟恐惧——那被不可思议的力量感所取代。她轻而易举地闪躲,木棍在她上方跟身侧挥舞,每一根都以毫厘之差与她擦身而过。她所向无敌。

她从他们之间冲出,甚至懒得去杀害或伤害他们,她只想逃跑。纹经过最后一人时,转了一个弯。

而第二名身上散发无数影子的审判者踏前一步,将某种锐利物品刺进她的身侧。

纹因痛楚而轻喘,怪物将武器抽出她身体时,传来一阵恶心的声音。那是一根木头,上面有锐利的黑曜石刀锋。纹抓紧身侧,感觉热血正以令人害怕的量汩汩流出。

审判者看起来很面熟。是第一个,从另外那个房间追来的,她在痛楚中想到。这……这代表卡西尔死了吗?

"你的父亲是谁?"审判者问道。

纹一直按住身侧,试图要止血。伤口很大,很严重。她看过这种伤口。向来都会致命。

可是,她还站在原处。白镴,她混乱的意识想到。纹骤烧白镴。

这么做以后,金属给了她身体以力量,让她能继续站立。士兵退后

迷雾之子
卷一·最后帝国 [珍藏版]

一步,让第二名审判者从侧面走向她。纹惊惧地来回看着两名朝她步步进逼的审判者,血从她的指缝间不断涌出,顺着身侧流下。领先的审判者仍然拿着长得像斧头的武器,边缘沾满鲜血。她的血。

我要死了,她恐惧地想。

然后,她听见了。雨声。相当细微的声音,但她经过锡增强的耳力判断出它是从身后传来。因此,她转过身,跌跌撞撞地穿过一扇门,看到房间另一侧有一道大拱门。白雾堆积在房间地面,雨滴拍打着外面的石墙。

守卫一定是从这里来的,她心想。

她继续燃烧白镴,很惊讶自己的身体居然还能运作得这么好。半跌半撞地走入雨中后,她反射性将皮革书抱在胸前。

"你想逃?"领头的审判者从身后问道,声音带着戏谑。

纹麻木地探向天空,朝皇宫的许多尖塔之一拉引。飞起时,纹听到审判者咒骂,然后她整个人被抛入夜空。千塔伫立在她周围,她一个接着一个地不断拉引。雨下得很大,让整个夜晚漆黑一片,没有白雾来反射自然光线,星星也被上方的云朵隐匿。纹看不见自己要去哪里,她得用镕金术去感觉尖塔的金属顶端,同时希望中间没有别的东西挡路。

她撞上一根尖塔,摸黑握住它,暂时停住。得先包扎伤口……她虚弱地想。她全身已经开始麻痹,虽然燃烧着白镴跟锡,神智却仍然模糊。

有东西撞上她上方的铁尖,她听到一声低低的咆哮。纹感觉到审判者切划她身旁空气的同时,也已经推开尖塔。

她只有一次机会。在半空中,她将自己侧拉向不同的尖塔,同时推出手中的书——封面仍然有金属片卡着。书继续朝她原本要去的方向飞行,金属线在黑夜中隐隐发光。这是她身上唯一的金属。

纹轻巧地握住旁边的尖刺,尽量不发出声音。她在夜晚中努力听着,燃烧锡,直到雨声在她耳里有如雷声隆隆。她明显听到有东西撞上书飞去方向的那根尖刺。

MISTBORN: THE FINAL EMPIRE

审判者被她骗过了。纹松一口气,挂在尖塔上,雨滴打在身体上。她先确定红铜在继续燃烧,然后轻轻拉着尖塔站定,扯下一块上衣来包扎伤口。虽然她的脑子已经麻木,却仍然注意到伤口有多大。

天哪,她心想。要不是有白镴,她早就已经昏倒许久了。她应该已经死了。

黑夜中有声响传来。纹感觉到一阵寒意,抬起头。周遭一片漆黑。

不可能。他不能——

有东西撞上她的尖锥,纹喊叫出声,立刻跳开,将自己拉向另一根尖锥,虚弱地握着它,立即又推开。身后,重重的落地声显示审判者正跟着她,一根接着一根在跳。他找到我了。他看不到我、听不到我、感觉不到我,但他找到我了。

纹撞上一根尖锥,单手握住它,虚软地挂在黑夜里。她的体力快用尽了。

我……得逃……躲起来……

她的手已经麻木,意识也渐渐远去,手指从光滑、冰冷的金属尖刺上松开,纹感觉自己在夜空中自由坠落。

随着雨滴坠落。

可是,她没摔多远就撞上某个坚硬的东西——皇宫中特别高的另一根尖顶。一片晕眩中,她跪起身,爬离尖塔,寻求一个角落。

躲起来……躲起来……躲起来……

她虚弱地爬到另一座塔形成的凹陷处,缩在阴暗的角落,躺在深深一池满是灰烬的雨水里,双手环抱自己,身体因为雨跟血而湿滑。

有那么一瞬间,她以为自己逃过一劫。

一个漆黑的身影落到屋顶,雨停止落在她身上,纹的锡让她看见有一个头颅,眼眶里面刺着两根尖刺,身体隐藏在黑色袍子里。

她衰弱得无法移动,衰弱到只能在水洼里颤抖,衣服贴在皮肤上。审判者转向她。

"你真是一个又小又令人困扰的东西。"他说道。他上前一步，但纹几乎听不清他的话。又开始变黑了……不，那只是她的意识在消失。她的视线开始变暗，眼睛渐渐闭上。她的伤口已经不疼了。她甚至……不能……思考……

某个声音传来，像树枝断裂。

一双手臂抓住她。温暖的手臂，不是死亡的手臂。她强迫眼睛睁开。

"卡西尔？"她低声问道。

可是回望她的，满是担忧的并非卡西尔的脸庞，不一样，是更平和的脸。她安心地叹了一口气，意识飘离，感觉强壮的手臂抱紧她，让她在可怕的暴雨夜中，出奇地感到安心。

我不知道为什么关要背叛我。直至今日，这件事的阴影仍盘踞在我的心中。发现我的人是他，称呼我为永世英雄的泰瑞司哲人也是他。而最讽刺且不真实的是，当初是他奋斗许久说服同侪们，但他也是唯一一个公开反对我统治的泰瑞司圣人。

15

"你把她一起带去了？"多克森质问，冲入房间，"你带着纹去克雷迪克·霄？你他妈的疯了吗？"

"对！"卡西尔怒吼，"你一直说得对！我是个疯子，是个傻子，也许我应该死在深坑，永远不再回来烦你们任何人！"

多克森停在门口，被卡西尔话语中的怒气震慑。卡西尔烦躁地捶打桌面，木头因为他的力道而龟裂。他仍然在燃烧白镴，运用金属来帮自

MISTBORN: THE FINAL EMPIRE

已抗拒几处伤口的痛楚。他的迷雾披风已经完全破烂，身上有五六处小割伤，整个右半身严重刺痛。他确定明天一定会有很大的瘀青，如果肋骨没折断算是他运气好。卡西尔骤烧白镴。体内的火焰让他感觉很好——他将所有怒气跟自我厌恶都投射在那火焰上。其中一名学徒手脚利落地包扎着卡西尔最严重的伤口。歪脚跟哈姆坐在厨房的一侧，微风去了郊区，还没回来。

"我的统御主啊，卡西尔。"多克森低声说道。

连多克森也是，卡西尔心想。就连跟我交往最久的老朋友也会呼喊统御主的名字。我们在做什么？我们怎么可能打败这一切？

"有三个审判者在等我们，阿多。"卡西尔说道。

多克森脸色一白："结果你把她丢在那儿？"

"她比我先逃走。我试图尽量引开审判者的注意，可是……"

"可是？"

"有一名审判者尾随她而去。我挡不了他，也许另外两名审判者只是想拖住我，好让同伴能去找她。"

"三个审判者。"多克森从其中一名学徒手中接下一小杯白兰地，一口喝下。

"我们进去时一定发出太多声音了。"卡西尔说道，"若非如此，他们就是已经在那里。而且我们还是不知道那房间里放着什么东西！"

厨房陷入沉默。屋外的雨又开始下了起来，怒气冲天地攻击房屋。

"那么……"哈姆开口，"纹怎么了？"

卡西尔瞥向多克森，看到他眼中的悲观。卡西尔自己也是千钧一发才逃了出来，而且他还身经百战。如果纹还在克雷迪克·霄……

卡西尔感觉胸口一阵剧痛。你也让她死了。先是梅儿，接着是纹。在这一切结束前，你还要送多少人走上死路？

"她可能是躲在城中的某处，"卡西尔说道，"不敢来店里，因为审判者在找她。或是……也许她因为某种原因回费里斯去了。"

也许她在外面某处，独自一个人在雨中等死。

"哈姆。"卡西尔说道，"你跟我一起回皇宫。阿多，带着雷司提波恩去找其他盗贼集团，也许他们有探子看到什么线索。歪脚，派学徒去雷弩的宅邸，看看她是否回去了。"

一群人井然有序地开始行动，但卡西尔不需要指出众人皆知的事情。他跟哈姆不可能在没碰上警备巡逻队的情况下靠近克雷迪克·霄。就算纹躲在城市某处，审判者可能也会先找到她。他们会——

卡西尔全身一僵，他的表情让所有人都停下手边的事情。他听到些什么。

仓皇的脚步声响起，雷司提波恩冲下楼梯进入房间，高瘦的身体被雨打得湿透。

"有人来了！在夜里外叫！"

"纹？"哈姆期盼地问道。

雷司提波恩摇摇头。"壮男。袍子。"

完了。我害死了所有人——我把审判者带来找他们。

哈姆站起身，抓起一根木杖。多克森抽出一对匕首，歪脚的六名学徒走到房间后方，恐惧地睁大眼睛。

卡西尔骤烧金属。

厨房后门被重重地撞开，一名高大黝黑身着湿袍子的身影站在雨里，手中抱着一具包裹在布里的身体。

"沙赛德！"卡西尔说道。

"她伤得很重。"沙赛德说道，快速步入屋子，昂贵的袍子不断滴着雨水，"哈姆德主人，我需要白镴，我想她的已经用完了。"

哈姆冲上前，沙赛德将纹放置在厨房的桌上，她的皮肤苍白又冰冷，细瘦的身体全身湿透。她好娇小，卡西尔心想。只不过是个孩子。我怎么会带她跟我一起去？

她身侧有一道巨大血腥的伤口，沙赛德放了一样东西在旁边——是

MISTBORN: THE FINAL EMPIRE

他垫在纹身下,一同抱进来的东西——然后接下哈姆德拿来的小瓶子,弯下腰,将液体倒入昏迷女孩的喉咙里。房间陷入沉默,风雨击打的声音从仍然洞开的大门传来。

纹的脸稍微有了点血色,呼吸似乎也稳住了。卡西尔透过青铜镕金术可以感应到她开始全身鼓动,有如多了第二道心跳。

"啊,太好了。"沙赛德说道,解开纹临时包扎的绷带,"我担心她的身体对镕金术不熟,以至于无法在无意识的状态下燃烧金属。我想,她还有救。克莱登主人,我需要一盆滚水,一些绷带,还有我房间里的医药袋。请快!"

歪脚点点头,挥手要学徒照他说的去做。卡西尔看着沙赛德处理伤势,脸上忧惧未减。那个伤口很严重,比他自己受过的任何伤都要重,深深刺入了她的腹腔,是那种缓慢却绝对致命的伤口。

可是,纹不是普通人。白镴可以让一名镕金术师比普通人撑得更久。况且,沙赛德也不是普通的医者。守护者好得诡异的记忆力中,寄存的不只是宗教仪式。他们的"金属意识"储存了大量关于文化、哲学和医学方面的知识。

手术刚开始,歪脚就将他的学徒们从房间里赶了出去。整个过程花费的时间久到令人坐卧不安。哈姆一直按压着伤口,好让沙赛德轻柔将纹的内脏缝起。最后,沙赛德终于缝好外伤部分,包上干净的绷带,然后请哈姆小心地将女孩抱上床去。

卡西尔站起身,看着哈姆抱着纹衰弱、毫无生气的身体出了房间。然后,他询问地转向沙赛德。多克森坐在角落,是房间中唯一留着的其他人。沙赛德严肃地摇摇头:"我不知道,卡西尔主人。她可能可以活下来。我们需要不断提供她白镴,它会加快她身体的造血功能。即便如此,我也看过许多强壮的男人因为比这小很多的伤而死去。"

卡西尔点点头。

"我想我到得太晚了。"沙赛德说道,"当我发现她从雷弩的宅邸消失时，就尽快赶来陆沙德，用光了整个金属意识。但还是太晚了……"

"不，我的朋友。"卡西尔说道，"你今天晚上做得很好，比我好太多了。"

沙赛德叹口气，然后伸出手，摸了摸他在手术开始前放在一旁的大书。书册因雨水跟血而湿滑。卡西尔皱着眉头，看着它："那到底是什么东西？"

"我不知道。"沙赛德说道，"我在找那孩子时，在皇宫里找到的。它是以克雷尼语写成。"

克雷尼，是克雷尼恩的语言，那是统御主在升华前的古老家乡。卡西尔略略打起精神："你能翻译吗？"

"也许吧。"沙赛德说道，突然听起来很累，"但是……我想得过好一阵子。经过今晚，我需要休息。"

卡西尔点头，要其中一名学徒帮沙赛德准备一间房间。泰瑞司人感激地点点头，然后疲累地走上台阶。

"他今天晚上不只救了纹的命。"多克森说道，从后方静静走来，"你今天晚上所做的事情，就算以你的标准而言也实在很笨。"

"我必须知道，阿多。"他说道，"我必须回去。如果天金真的在那里呢？"

"你说不是。"

"我是这么说过。"卡西尔点头说道，"而且我蛮确定的。可是，如果我错了呢？"

"这不是借口。"多克森愤怒地说，"现在纹快死了，统御主也知道了我们的行动。你为了进到那房间害死梅儿还不够吗？"

卡西尔没答话，他累到无法感受任何怒气。他叹口气坐下："不止如此，阿多。"

多克森皱眉。

"我在别人面前对于统御主的事向来避而不谈，"卡西尔说道，"可

MISTBORN: THE FINAL EMPIRE

是……我很担心。我们的计划很好,但我却有一种可怕、盘踞不去的感觉:只要他活着一天,我们就永远不会成功。我们可以夺走他的钱,我们可以夺走他的军队,我们可以把他骗出城外……但我还是担心我们阻止不了他。"

多克森皱眉:"你对于第十一金属这事情是认真的?"

卡西尔点点头:"我花了两年找杀他的方法。许多人尝试了各式各样的方法——普通的伤口对他无害,砍掉他的头只能让他有点生气。在早年的战争中,一群士兵将他的居所整个烧成白地,统御主走出来时,不比一具骷髅好多少,但他在几秒内就愈合了。

"只有第十一金属的故事才提供了我希望,但我无法让它运作!所以我得回去皇宫。统御主在那房间中藏了某种东西——我可以感觉得出来。我忍不住一直去想,如果我们知道那是什么东西,就可以阻止他。"

"你不需要带着纹一起去。"

"她跟踪我。"卡西尔说道,"我担心如果留下她在外面,她会试图自己溜进去。那女孩很冲动,阿多——她隐藏得很好,但她决定要做什么的时候,简直顽固到发指。"

多克森叹口气,静静地点头:"而我们还是不知道那房间里有什么。"

卡西尔打量沙赛德放在桌上的书。雨水在书皮上留下痕迹,但书的装订方法显然是打算要长久使用,外面包裹得相当仔细,避免雨水渗入,封面也是千锤百炼后的结实皮革。

"没错。"卡西尔终于说道,"我们是不知道。可是我们有那个,不论它是什么。"

"值得吗,阿凯?"多克森问道,"这个疯狂的把戏真的值得你跟那孩子差点死掉?"

"我不知道。"卡西尔诚实地说道。他转向多克森,迎向朋友的眼睛,"等到确定纹会不会活下来之后,再问我一遍。"

第叁章

流血太阳之子
Children of a Bleeding Sun

许多人以为，我的旅程是从克雷尼恩，那个伟大的神奇城市开始。他们都忘了当我的征途开始时，我不是国王。

当时跟现在真是天差地别。

我想人们应该要记得，这个任务不是由皇帝、祭司、预言家或将军所开始。它不是从克雷尼恩或柯珢所开始，也不是来自东方的伟大王国或是西方的炙热帝国。

它是从一个渺小，无足轻重，名字对你而言也毫无意义的城镇开始。它是从一名铁匠之子——除了惹麻烦的能力之外，一无所长的年轻人开始。

它是从我开始。

16

纹醒来时，身上的痛楚告诉她，瑞恩又打她了。她做了什么？她对其他集团成员太友善吗？她是不是说了什么蠢话，引来首领的不悦？她应该要安安静静地，随时安安静静地，躲别人远远地，不要引起别人对自己的注意。否则，他会打她。他说，她必须学会。她必须学会……

可是，她的痛楚似乎太过强烈。已经很久没有这么痛过了。

纹轻轻咳嗽，睁开眼睛，她正躺在一张舒服的床上，一名高瘦的青少年坐在床边的椅子上。

雷司提波恩，她心想。那是他的名字。我在歪脚的店里。

雷司提波恩立刻跳起来："你醒了！"

她试着想开口讲话，但又开始咳嗽，男孩连忙倒了杯水给她喝。纹感激地慢慢啜着，因身侧传来的痛楚而皱眉。其实，她全身都痛到像是

MISTBORN: THE FINAL EMPIRE

被人狠狠打过一遍。

"雷司提波恩。"她终于沙哑地说道。

"没事是现在。"他说道,"卡西尔把我名,换成鬼影。"

"鬼影?"纹问道,"很适合,我睡了多久?"

"两个礼拜。"男孩说道,"等着。"他连忙走开,她可以听到他在远处大喊。两个礼拜?她啜着杯子,试图理清混乱的记忆。红色的午后阳光从窗户射入,点亮房间。她将杯子放到一旁,检查自己身体的侧面,找到一大团白色绷带。

审判者就是刺到我那里,她心想。我应该死了。

她的身侧因为坠落时撞上屋顶,所以整片瘀青又变色,除此之外还有十几处不同的割伤、瘀青和破皮。整体而言,她感觉糟糕透了。

"纹!"多克森说道,踏入房间,"你醒了!"

"勉强醒着。"纹呻吟地说道,又躺回枕头上。多克森轻笑,走到她身边,坐在雷司提波恩的椅子上,"你记得多少?"

"大部分吧。"她说道,"我们打入皇宫,里面有审判者。他们追着我们出来,而卡西尔跟——"她停下,看着多克森,"卡西尔?他还——"

"阿凯没事。"微风说道,"他回来的样子比你好多了。他蛮熟悉皇宫的,因为我们三年前所规划的地图,然后他……"

纹皱眉看着多克森的语调渐渐转弱。"怎么了?"

"他说审判者似乎不是很针对他。他们派了一个去追他,然后派了两个来追你。"

为什么?纹心想。他们只是想要将力气集中在最弱的敌人身上吗?还是有别的原因?她深思地靠回枕头,厘清当晚发生的事情。

"沙赛德。"纹终于说道,"他救了我。审判者差点要杀掉我,但他……多克森,他到底是什么人?"

"沙赛德?"多克森问道,"那个问题或许该让他回答。"

"他在吗?"

多克森摇摇头："他得回费里斯。微风跟阿凯都在外面招募，哈姆上礼拜离开去检视军队。他至少要过一个月才会回来。"

纹点点头，觉得有点想睡。

"把水喝掉。"多克森建议，"里面放了止痛的东西。"

纹将其余的水喝掉，然后翻过身，再次让睡梦带走她。

她醒来时，卡西尔回来了。他坐在她床边的椅子上，双手交握，手肘撑着膝盖，在昏暗的灯笼光线下看着她。她睁开眼时，他微笑："欢迎回来。"

她立刻伸手拿床头上的水杯："工作进行得如何？"

他耸耸肩："军队开始扩大，雷弩开始购买武器跟补给品。你对于教廷的建议很好，我们找到了赛隆的联络人，几乎已经谈妥价格，让我们能将人安插入教廷的学徒之间。"

"沼泽呢？"纹问道，"他会亲自出马吗？"

卡西尔点点头："他向来对教廷有某种程度的……执着。如果有司卡能成功扮演圣务官，那一定是沼泽。"

纹点点头，啜着她的饮料。卡西尔有点不一样了。差异不大——只是他的气质跟态度微微改变。她生病时，外界发生了变化。

"纹。"卡西尔迟疑地说道，"我该向你道歉。我差点把你害死。"

纹轻哼。"不是你的错。是我强迫你带我去的。"

"你不应该能强迫我。"卡西尔说，"我原本要你回去的决定才是正确的。请接受我的道歉。"

纹静静地点头："那你需要我做什么？行动应该要继续，对不对？"

卡西尔微笑："的确如此。当你觉得可以了之后，我希望你能搬回费里斯。我们编了一套说辞，说法蕾特贵女生病了，但传言已经开始满天飞。你越早能亲自接待访客越好。"

"明天就可以。"纹说道。

卡西尔轻笑："我很怀疑，但你很快就可以。在那之前，多休息下吧。"他站起身，准备要离开。

"卡西尔？"纹问道，让他停下脚步。他转过身，看着她。

纹很努力想要表达她想说的话："皇宫……审判者……我们不是所向无敌的，对不对？"说完立刻脸红，她这种说法听起来很愚蠢。

卡西尔只是微笑，他似乎了解她的意思。"是的，纹。"他轻轻地说道，"我们还差得远呢。"

纹看着风景从她马车的窗户外掠过。雷弩大宅派来的车名义上是带法蕾特贵女去陆沙德一游，实际上则是在歪脚的街道上暂停，这才接了纹走。现在她的百叶窗终于可以被打开，再次让她展现在世人面前——若有人想看的话。马车回到费里斯。卡西尔说得没错：她在歪脚的店里多休息了三天，才觉得自己有足够的体力旅行。一部分让她多等一下的原因是，光想到要带着全身的瘀青跟腰部的伤口挤入贵族仕女的礼服，她就觉得可怕。

不过，能下床感觉还是很好。在床上复原总有哪里……不对劲。一般盗贼是不可能得到这么长一段休息时间的。盗贼如果不能快速回去工作，就会被弃置等死。那些不能带钱回来买食物的人没有资格在密屋中占有一席之地。

可是，那不是人们唯一的生活方式，纹心想。她对这一点仍然觉得不太自在。卡西尔跟其他人根本不在乎她耗尽了他们的资源——他们没有趁她虚弱时利用她的弱点，反而一直在照顾她，每个人都在她床边花了点时间陪她。在看护她的人中，最努力的要算是年轻的雷司提波恩。纹甚至不觉得她很了解他，但卡西尔说那男孩在她昏迷时，花了无数个小时守在她床边。

该要怎么样去看待有首领会为自己的手下心痛的世界？在地下组织中，每个人都必须为自己所遭遇的事情负全责——较为软弱的集团成员必须被遗弃等死，以免阻碍集团其他成员赚取勉强可供糊口的金钱。如果有人被教廷抓到了，自然是放他自生自灭，同时希望他们不要吐露太多秘密。你不会担心自己是否让他们陷入险境而产生罪恶感。

他们是笨蛋，瑞恩的声音悄悄说道。这整个计划会以灾难收场——你也会因为自己的错误而死，因为你没有在能走的时候离开。

瑞恩在他能走时离开了。也许他知道审判者早晚会因为她自己当时尚且不知的力量抓到她。他向来知道何时该离开——他没有跟凯蒙其他手下一样被屠杀不是意外，她心想。

可是，她无视于瑞恩在她脑海中的催促，仍然让马车带着她前往费里斯。不是因为她觉得自己在卡西尔的集团成员中的地位很牢靠，其实其他团员的想法反而让她更戒慎恐惧。万一他们不需要她了怎么办？万一她变成对他们而言没有用的人了怎么办？

她必须向他们证明，自己可以办到他们需要她做的事情。还有更多活动要参与，有社交圈要打入。她有好多工作要做，不能再浪费时间在睡觉上。

除此之外，她需要继续进行镕金术课程练习。才不过短短几个月的时间，她就已经变得依赖她的力量，渴望穿越白雾，靠推拉飞越天际的自由。克雷迪克·霄教导她，她不是所向无敌的——但卡西尔几乎毫发无伤的逃脱也向她证明，她有可能比现在做得更好。纹需要练习，需要增强自己的力量，直到有一天，她也能像卡西尔那样从审判者手中逃走。

马车绕过拐弯处，进入费里斯。熟悉、宁静的郊区让纹不由自主微笑。她靠向大开的马车窗户，感觉微风吹拂。如果运气好，上街的人会传出有人看到法蕾特贵女乘坐马车穿过城市的消息。几个转弯后，她抵达雷弩大宅。一名男仆打开门，纹很惊讶地看到雷弩大人亲自等在马车外，准备协助她下车。

"大人？"她说道，将手交到他手中，"你应该有更重要的事情要处理吧。"

"胡说。"他说道，"既然是大人，就该有时间宠溺他心爱的侄女。你的旅程如何？"

MISTBORN: THE FINAL EMPIRE

他从来都不会忘记自己的角色吗？他没有问在陆沙德的其他人好不好，或是表示出他知道她受伤的事情。

"相当令人满意，叔叔。"她说道，两人一同走上通往宅邸大门的台阶。纹感谢胃中有白镴在轻轻燃烧，好让她仍然软弱的双腿能有额外的力气。卡西尔警告过她不能用太多，以免过度依赖白镴的力量，但直到复原前，她觉得自己别无选择。

"太好了。"雷弩说道，"一旦你觉得舒服点，也许我们就可以在花园阳台上共进午餐。虽然冬天即将来临，最近的气候仍然颇为暖和。"

"那是我的荣幸。"纹说道。在以前，她觉得冒牌贵族的态度相当让她害怕，但当她也套上法蕾特贵女的个性时，她就能感受到先前那种沉静。小偷纹对雷弩这样的男人而言无足轻重，但社交名媛法蕾特则是另外一回事。

"很好。"雷弩说道，停在门口，"不过，我们得改天再聚。现在你应该想休息一下了吧？"

"事实上，大人，我想见见沙赛德。我有一些事情必须跟侍从官谈谈。"

"啊。"雷弩说道，"你可以在图书室找到他，他正在进行一项我指派的工作。"

"谢谢。"纹说道。

雷弩点点头离开，决斗杖敲在白色的大理石地板上。纹皱眉，试图想判定他的脑子是否还完全正常，真有人能如此完整地模仿别人吗？

你就是这样，纹提醒自己。当你成为法蕾特贵女时，你呈现的是完全不一样的面貌。

她转身，骤烧白镴，帮助自己爬上北边的台阶。走到阶梯顶时，她停止骤烧，回到普通的慢燃。正如卡西尔所说，骤烧金属太久是很危险的，镕金术师很容易因此让他们的身体养成上瘾的习惯。

她深呼吸几口气——就算有白镴的协助，爬台阶仍然很困难——然后走向通往图书室的走廊。沙赛德坐在小房间另一端的书桌前，旁边有个小煤炉，他正在写些什么东西，身上穿着标准的侍从官衣服，鼻子上还架着一副细框眼镜。

纹停在门口，端详救了她一命的男子。他为什么戴眼镜？我看过他不戴眼镜读书的样子。他似乎完全沉浸于自己的工作，不时研究书桌上的厚重书册，然后回头在笔记本上做记录。

"你是镕金术师。"纹静静说道。

沙赛德停下动作，放下笔转身："为何这么说，纹主人？"

"你到达陆沙德的速度太快了。"

"雷弩大人在他的马厩里养了很多匹传递信息的快马。我可能是用了其中一匹。"

"你在皇宫找到我。"纹说道。

"卡西尔主人跟我说过他的计划，而且我正确地判断你尾随他而去，找到你是我运气好，但你也差点回天乏术。"

纹皱眉："你杀了审判者。"

"杀？"沙赛德问道，"不，主人。杀死那怪物需要的力量远超我所能拥有的。我只是让他……分心而已。"

纹继续站在门口，试图了解为什么沙赛德讲话这么隐晦。"那你到底是不是镕金术师？"

他微笑，从书桌后方拉出一张矮凳："请坐。"

纹依照他的要求走入房间，在椅子上坐下，背靠着一张巨大的书架。

"如果我告诉你，我不是镕金术师，你会怎么想？"沙赛德问道。

"我会觉得你在说谎。"纹说道。

"我以前对你说过谎吗？"

"最擅长说谎的人就是最常说实话的人。"

沙赛德微笑，从眼镜后看着她。"我想你是对的。但你有什么证据说我是镕金术师？"

"你做到了没有镕金术就不可能办到的事。"

"哦？你才当了两个月的迷雾之子，就已经知道世界上所有可能性的界限了？"

纹顿了顿。直到最近，她才对镕金术入了门，而对其的了解也很有限，也许这世上的事真是超出她的预期范围许多。

永远都有另一个秘密，卡西尔说的。

"好。"她缓缓开口，"那么，'守护者'到底是什么？"

沙赛德微笑："这个是聪明许多的问题了，主人。守护者是……仓库。我们存贮事情，好让它们以后能再度被利用。"

"像是宗教。"纹说道。

沙赛德点点头："宗教是我的专项。"

"但你也记得其他的事情吧？"

"这个嘛……"沙赛德点点头，阖起他刚才在研读的书籍，"像是语言。"

纹立刻认出满是符文的书封："这是我在皇宫里找到的书！你从哪里拿到的？"

"我在找你时碰巧看到。"泰瑞司人说道，"它是以很古老的语言写成，已经将近有一千年没有人在用这种语言交谈了。"

"但是你会？"纹问道。

沙赛德点点头："我想够用来翻译这本书吧。"

"那么……你知道几种语言？"

"一百七十二种。"沙赛德说道，"大多数语言，例如克雷尼语，都没有人在说了。统御主在第五世纪的统一运动中确立了这点。现今人们用的语言其实是泰瑞司语的一种方言，而泰瑞司语是我家乡的母语。"

一百七十二种，纹惊愕地想，"听起来……不可能。一个人不可能记得这么多事情。"

"不是一个人。"沙赛德说道。"是一个守护者。我做的事情跟镕金术类似，但不一样。你从金属中汲取力量，我……运用金属来创造记忆。"

"怎么做？"纹问道。

沙赛德摇摇头："改天再说吧，主人。我们……我们偏好保守这方面的秘密。统御主以惊人但令人不解的专注在猎捕我们，我们没有迷雾之子那么具有威胁性，可是他可能会忽略镕金术师，却一定要摧毁我们，他痛恨泰瑞司人。"

"痛恨？"纹问道，"你们受的待遇比一般司卡好。你们得到受人敬重的职务。"

"这是实话，主人。"沙赛德说道，"但某种程度而言，司卡更为自由。大多数泰瑞司人从一出生就被培养成侍从官。我们没剩下多少人，而统御主的计生人员控制我们的繁衍。泰瑞司侍从官不得拥有家庭，甚至不得生孩子。"

纹从鼻子哼了哼："这听起来很难执行。"

沙赛德停顿片刻，手按在大书的封面上。"一点都不会。"他皱着眉头说道，"所有泰瑞司侍从官都是阉人，孩子。我以为你知道。"

纹全身一僵，然后满脸通红："我……我……对不起……"

"你真的真的不需要道歉。我刚出生没多久就被阉割了，这是成为侍从官的标准步骤。我常常会觉得我很愿意跟一般的司卡交换命运。我的族人比奴隶还不如，他们是由繁殖计划所创造出来的机器，从生下来就被训练要满足统御主的愿望。"

纹继续脸红，咒骂自己的鲁莽。为什么没人跟她说过？不过沙赛德看起来并没有不高兴——他似乎从不会为任何事情生气。应该是他的……状况所造成的，纹心想。这一定是计生人员的希望。温顺，脾气温和的侍从官。

"可是……"纹皱着眉头说道，"你是个叛逆分子，沙赛德。你在对抗统御主。"

"我的确算是比较另类。"沙赛德说道，"而且，我想我的族人也没有统御主以为的那般顺从。我们把守护者藏在他的眼皮下，甚至有些人能违背所受的训练。"

他停住，摇摇头："不过这不容易。我们是很软弱的民族，主人。我们乐于按照别人的嘱咐去做，随时都在寻找服从的机会，就连你认为是叛逆分子的我，也是立刻寻找侍从官的职位，希望继续服务他人。我想，我们并没有自己希望的那般勇敢。"

"你已经够勇敢到能来救我。"纹说道。

沙赛德微笑："啊，不过在那其中也包含服从的成分。我承诺卡西尔主人会负责你的安危。"

原来如此。她猜想过，不知道他这么做是否有原因，毕竟谁会牺牲性命，只是为了去救她？她坐在原处沉思片刻，沙赛德继续处理他的书籍。终于，她再次开口，引回泰瑞司人的注意力："沙赛德？"

"什么事，主人？"

"三年前是谁背叛了卡西尔？"

沙赛德一怔，放下他的钢笔，"没有定论，主人。我想大多数成员都认为是梅儿。"

"梅儿？"纹问道，"卡西尔的妻子？"

沙赛德点点头："显然她是少数能办到的人之一，除此之外，统御主本人也指证是她。"

"可是，她不是也被送去深坑了吗？"

"她死在那里。"沙赛德说道，"卡西尔主人不愿多谈深坑，但我感觉到他从那个可怕地方得来的伤痕远比手臂上的还要更深。我觉得他甚至不知道她是不是叛徒。"

"我的哥哥说，任何人都会背叛你，只要有恰当的机会及适当的动机。"

沙赛德皱眉："就算这是真的，我也不希望以这样的信念活着。"

就算这是真的，发生在卡西尔身上的事情还是很糟：被你以为自己爱的人交给统御主。

"卡西尔最近不同了，"纹说道，"他似乎低调许多。是因为他对于发生在我身上的事情有罪恶感吗？"

"我想这是一部分。"沙赛德说道，"另外他也开始意识到统领一小群盗贼跟组织一场大型叛乱之间是不同的。他不能再像过去那样冒险。我想这个过程对他而言有好处。"

纹不是这么确定，可是她没说话，同时烦躁地发现自己有多疲累。就算只是坐在椅子上，对现在的她而言都显得太劳累。

"去睡吧，主人。"沙赛德说道，拾起他的笔，重新以手指标出他先前处理到的段落，"原本该置你于死地的伤口被你熬过来了。好好感谢你的身体，让它休息吧。"

纹疲倦地点点头，站起身，留下沙赛德静静地在午后的光线下奋笔疾书。

有时候我不禁猜想，如果我留在那里，留在我出生的悠闲村庄，会发生什么事。我应该会成为一名铁匠，和父亲一样。也许我会拥有家庭，拥有自己的儿子。也许会有别人来承担这可怕的重担，会有人比我更擅长扛下这重责大任。会有更应该成为英雄的人。

17

在搬来雷弩大宅之前，纹未曾看过精心栽培修剪过的花园。虽然在偷窃或探查的时候，偶尔也会看到装饰性的植物，但她从来没有太过留心。一如许多贵族的其他兴趣，园艺在她眼里是华而不实的行为。

MISTBORN: THE FINAL EMPIRE

因此，她从未意识到当植物被小心翼翼地栽种时会有多美。雷弩大宅的花园阳台是一片薄薄的椭圆形建筑，望着下方的园林。花园不大，因为需要的水量跟照料实在太多，所以只能是绕着建筑物后方的一片狭长区域。

即使如此，它看来还是相当美妙。特意栽种的植物颜色比较深且鲜明——不同深浅的红、橘、黄色集中在叶子上，而不是普通的褐色跟白色。园丁们将植物排成繁复美丽的图样，靠近阳台的地方则有罕见的黄叶树木提供遮荫处与阻挡落下的灰烬。今年冬天很温和，大多数的树木都仍留有叶子。空气沁凉，风中摇曳的树枝沙沙声让人心情平静。

而且平静到几乎让纹忘记她有多烦躁。

"孩子，你还要再喝点茶吗？"雷弩大人问道。他不等她回答，直接挥手要仆人赶上前来，为她斟满茶杯。

纹坐在厚厚的椅垫上，藤椅的设计提供最大的舒适感。在过去四个礼拜中，她的所有愿望跟要求都被实现。仆人们帮她收拾好一切，照顾她的仪表，负责供应她的饮食，甚至帮她洗澡。雷弩确定纹要求的每样东西都会送到她面前，更没有人期待她去做任何疲累、危险，甚至是有任何一丁点不方便的事情。换句话说，她的生活无聊到简直要把她逼疯了。之前她在雷弩大宅的日子完全被沙赛德的课程跟卡西尔的训练所填满，白天一直在睡觉，跟宅中的员工鲜有接触。现在，镕金术不准用了，至少不能用在夜晚的跳跃上。她的伤口只愈合一半，太大的动作都会让它重新裂开。沙赛德偶尔还是会为她上课，但他的时间主要用在翻译那本书上。他花了很多时间在图书室，全神贯注于书页上，并且全身散发着罕见的兴奋气息。

他找到新知识了，纹心想。对于守护者而言，这可能跟迷幻药一样容易上瘾。

她压下自己的烦怒，啜着茶，观察着附近的仆人。他们很像一群以捡拾其他动物留下的残羹剩肴为生的鸟，蹲在一旁等待，一有机会就要冲上前来尽量让纹舒适——或更烦躁。

雷弩也帮不上什么忙。他口中跟纹"共进午餐"也不过只是坐在那里处理自己的事，在笔记本上做纪录或是口述信函，同时吃着饭。她的出席对他而言似乎颇为重要，但他却鲜少注意她，除了问她今天过得好不好。可是，她强迫自己要扮演成端庄贵族仕女的模样，因为雷弩大人雇了一些新的仆人，他们的背景并不是很清白——不是在大宅里的员工，而是园丁跟工人。卡西尔跟雷弩担心如果别的家族连少数几名仆人——间谍——都无法送入雷弩家的话，他们会起疑心。卡西尔不认为几名间谍会对他们的计划有什么威胁，但这代表纹应该尽量保持扮演贵女的角色。

我不敢相信真有人过着这样的生活，纹看着一些仆人清走餐点时心想。贵族仕女们整天无所事事，到底是怎么打发时间的？难怪每个人都这么急着要参加舞会！

"你的午休愉快吗，亲爱的？"雷弩问道，全神贯注于另一份笔记上。

"是的，叔叔。"纹透过紧抿的嘴唇说道，"相当愉快。"

"你体力应该快要能够去购物了。"雷弩抬起头来对她说道，"也许你想去坎敦街逛逛，买副新耳环好取代你现在的耳针？"

纹伸手摸着她的耳朵，母亲留给她的耳环仍在。"不。"她说道，"我还是留着它吧。"

雷弩皱眉，却没再说话，一名佣人上前来，引起他的注意。"大人。"仆人对雷弩说道，"有马车从陆沙德来了。"

纹眼睛一亮。仆人的意思是指有集团成员到了。

"啊，很好。"雷弩说道，"请他们过来吧，陶森。"

"是的，大人。"

几分钟后，卡西尔、微风、叶登和多克森都走到阳台上。雷弩暗地里朝仆人挥挥手，后者关上阳台玻璃门，留给集团秘密空间。几个人站在屋内看守，确定不会让不当人士有偷听的机会。

"我们打断你们用餐了吗？"多克森问道。

"没有！"纹连忙回答，截断雷弩大人的答复，"请坐。"

卡西尔踱步到阳台的边缘，看着下方的花园跟空地："你这边的景色不错嘛。"

"卡西尔，这么做好吗？"雷弩问道，"有些园丁我无法担保。"

卡西尔轻笑。"如果隔着这么远都能认出我，那他们值得拿到比现在那些贵族付得更高的酬劳。"最后他还是远离阳台边缘，走到桌边，抓出一张椅子翻个面，反坐了下来。过去几个礼拜内，他几乎已经回复成原来的样子，但还是有些改变。他更常举行会议，并跟其他成员更仔细地讨论计划。而且，他的个性似乎变了，变得比较……深思熟虑。沙赛德说得没错，纹心想。我们夜袭皇宫可能差点置我于死地，但对卡西尔而言是个好的转变。

"我们觉得这个礼拜应该在这里开会。"多克森说道，"因为你们两人很少有机会参与。"

"你真细心，多克森先生。"雷弩大人说道，"可是你过度担忧了。我们这里很好——"

"不。"纹打断他的话，"我们一点都不好。我们之中有些人需要信息。集团的情况怎么样？募兵的进度如何？"

雷弩不满地看着她，可是纹忽略他的目光。他才不是真的贵族，她告诉自己。他只是另一名成员，所以我的意见跟他的意见一样重要！现在仆人们走光了，我终于可以照自己的想法说话。

卡西尔轻笑："哎呀，被禁足至少让她说话更大胆了。"

"我无事可做。"纹说道，"我快发疯了。"

微风将他的酒杯放回桌上："很多人会觉得你的情况很令人羡慕，纹。"

"那他们一定疯了。"

"噢，他们大多数是贵族。"卡西尔说道，"所以，没错，他们是蛮疯的。"

"计划。"纹提醒他,"发生了什么事?"

"招募的速度还是太慢。"多克森说道,"但有进步。"

"为了人数,我们可能得多牺牲一点安全,卡西尔。"叶登说道。

这点也不同了,她心想,对于叶登跟卡西尔之间的相处变得如此理性感到佩服。叶登开始穿上比较好的衣服,虽然还不到多克森或微风那样贵族套装的程度,但至少是剪裁良好的外套跟长裤,里头还有一件有扣子的衬衫,从里到外全部都没有灰烬污渍。

"这没办法,叶登。"卡西尔说道,"幸运的是,哈姆的军队训练进展不错。我几天前才收到他的消息。他对军队的进步感受很深刻。"

微风一哼。"先警告你们——哈姆德对于这种事情有点过度乐观。如果整个军队都是一条腿的残障哑巴,他会称赞他们的平衡感跟听觉超强。"

"快了。"卡西尔承诺。

"我们应该这个月就能把沼泽弄入教廷之中。"多克森说道,向经过警卫进入阳台的沙赛德点点头,"希望沼泽能给我们一些线索——关于如何对付钢铁审判者。"

纹一阵颤抖。

"他们的确是问题。"微风同意,"想想他们几个人对你们造成的损伤,我完全不想在有他们的情况下攻打皇宫。他们跟迷雾之子一样危险。"

"更危险。"纹轻轻说道。

"军队真的能打败他们吗?"叶登不安地问道,"据说他们长生不老,不是吗?"

"沼泽会找出答案的。"卡西尔承诺。

叶登停顿,接受了卡西尔的保证。

是的,的确有改变,纹心想。显然连叶登也无法长期抵抗卡西尔的魅力。"

"在那之前……"卡西尔说道，"我希望听听沙赛德对统御主有何新发现。"

沙赛德坐下，将书本放在桌上："我会尽量告诉你们我所知的一切，不过这内容出乎我的意料。我原本以为纹主人找到了某种古老的宗教典籍，但这本书的内容其实相当平凡。"

"平凡？"多克森问道，"什么意思？"

"它是本日记，多克森主人。"沙赛德说道，"一本记录，显然是由统御主本人所撰写，或者该说，是成为统御主的那个人所写的——就连教廷的教义都同意在升华前，他只是普通人。

"这本书在叙述他千年前在升华之井最后一场战役之前的人生。大多数是记录他的旅行见闻，描述他见过的人，去过的地方，还有在征途中面对的挑战。"

"有意思。"微风说道，"可是它对我们有何帮助？"

"我不确定，拉德利安主人。"沙赛德说道。"不过，了解升华背后真正的故事对我们而言是绝对有用的，我想。至少我们会知道统御主的思考过程是怎样的。"

卡西尔耸耸肩："教廷认为它很重要。纹说她是在皇宫中央类似祭坛的地方找到它的。"

"所以……"微风评论，"我们完全不需要去质疑这本书的真实性？"

"我不觉得这是本伪作，拉德利安主人。"沙赛德说道，"里面有相当多的细节，还有很多是无关紧要的——例如挑夫跟补给品。同时，它描述的统御主内心非常挣扎。如果教廷要创造一本可供崇拜的书，它们会让自己的神更有……神性，我想。"

"你翻译完之后我想读一读，阿沙。"多克森说道。

"我也要。"微风说道。

"歪脚有学徒偶尔会充当书记。"卡西尔说道，"我们让他们帮每个人都抄一本。"

"那群人真好用。"多克森如此评论。

卡西尔点点头:"接下来呢?"

所有人都没说话,然后多克森朝纹点点头:"贵族的部分。"

卡西尔略略皱眉。

"我可以继续工作。"纹连忙说道,"我几乎已经痊愈了。"

卡西尔快速瞥向沙赛德,后者挑起一边眉毛。他定期会来检视她的伤口,显然他对自己看到的状况不满意。

"阿凯……"纹说道,"我快发疯了。我作为盗贼长大,每天都要为食物跟空间奋斗——我不能每天坐在这里让佣人宠坏我。"况且,我必须证明我对这群人而言仍是有用的。

"好吧。"卡西尔说道,"你是我们今天来的原因之一。这个周末有场舞会——"

"我去。"纹说道。

卡西尔抬起一根手指。"先听我说完,纹。你最近经历了很多事情,这次的渗透工作可能会很危险。"

"卡西尔。"纹不带笑意地说道,"我一辈子都活在危险中。我要去。"

卡西尔看起来没被说服。

"她必须要去,阿凯。"多克森说道,"首先,如果她没有继续参加宴会,贵族们会起疑心。其次,我们需要知道她看到了什么。让仆人偷窥宅邸中的员工,跟贵族间谍偷听内部阴谋是全然不同的,你也明白这点。"

"好吧。"卡西尔终于说道,"可是你得答应我,除非沙赛德说可以,否则你不得使用肢体方面的镕金术。"

纹简直不敢相信她有多急着想去参加舞会。那天稍晚时,她站在房间中央,看着多克森为她找来的不同礼服——过去一个月来,她都被强迫要穿着贵族仕女的衣物,现在却终于开始觉得,洋装穿起来比第一次

MISTBORN: THE FINAL EMPIRE

尝试时舒服一点。

　　不过还是很华而不实,她心想,检视眼前四套礼服。这么多蕾丝,这么多层的布料……简单的衬衫跟长裤实用多了。

　　可是,这些礼服还是有特别之处——它们的美就像外面的花园那般。如果只是单纯看着它,像是看着一株植物那样,这些礼服只不过是有点出色。可是,当她想到要参加舞会,这些礼服就有了全新的意义。它们很美,而且会让她变得很美。它们是她要呈现在宫廷众人面前的样貌,而她想挑选最合适的一面。

　　不知道依蓝德·泛图尔会不会去……沙赛德不是说大多数年轻贵族都是每场必到吗?她摸上一件礼服,黑色布料搭配了银色刺绣。它会衬托她的头发,但是否颜色过沉?大多数其他女子都穿着颜色鲜艳的礼服,似乎只有男性套装才穿深色。她看向黄色的礼服,总觉得它太……俏皮,白色那件又太繁复。只剩下红色。领口比较低,虽然她也没什么可露的,但它非常美。有一点薄纱,还有以透明纱布缝成的蓬松华丽的袖子,相当吸引她,只是感觉好……大胆。她拿起礼服,以指尖感受柔软的布料,想象自己穿上它的样子。

　　我怎么会变成这个样子?纹心想。穿着这件衣服不可能躲起来不被看见!这些花里胡哨的衣服,根本不适合我。

　　可是……有一部分的她渴望再次回到舞会。贵族仕女的日常生活让她难以忍受,但那一夜的记忆相当诱人。美丽的人们成双成对舞着,完美的气氛与音乐,美妙的透明玻璃……

　　我甚至已经忘记我用了香水了,她震惊地发现。她发现原来自己喜欢每天用掺有香油的水洗澡,仆人们甚至开始在她的衣服上熏香。当然所有的气味都很淡雅,却足以在她偷窥时暴露她的行踪。

　　纹的头发已经长得更长,经过设计师小心修剪后,落在她的耳际,略略卷曲。虽然她病了许久,但镜子里的身影已经不像先前那般干巴巴,有规律地用餐让她的身体终于有点曲线。我正变成……纹接不下去。她不知道自己在变成什么。绝对不是贵族仕女。贵族仕女不会因为晚上不能溜出去夜游而感到烦怒，可是她也不再是街头小鬼了。她是……

迷雾之子。

纹小心翼翼地将美丽的红色礼服放回床上，然后走过房间，望向窗外。太阳即将落下，迷雾很快便会涌来，而一如往常的是，沙赛德会在外面设下警备，确保她不会在未经许可的情况下用镕金术私自溜出去。她没有抱怨这些预防措施。他是对的：要不是有人看着她，她可能老早就守不住自己的承诺。

她瞥到右方有动静，勉勉强强才看得出有人站在花园阳台上。卡西尔。纹站在原地片刻，然后离开房间。

她走上阳台时，卡西尔转过身。她停下脚步，不想打扰他，但他对她露出标准的卡西尔式笑容。她走上前，跟他一起站在雕刻的石栏杆边。

他转身望向西方，并非宅邸的方向，而是更遥远的地方——直到野外，远离城镇的地方，那里如今被日落点燃。"这一切看在你眼里都不会不正常吗？"

"不妥当？"她问道。

卡西尔点点头："干涸的植物、炙热的太阳、灰黑的天空。"

纹耸耸肩："这些事情怎么是正不正常呢？它就是长这样而已。"

"也许是吧。"卡西尔说道，"但我觉得你的心态是一种不正确的反应。世界不应该长这样。"

纹皱眉："你怎么知道？"

卡西尔将手探入背心口袋，抽出一张纸，极端小心且温柔地摊开它，拿给纹看。

她接下纸片，小心翼翼地拿着它。它陈旧到似乎要从折纹间断裂，但那只是一张古老、褪色的图片。图画中只是一个奇异的形状——有点像是植物，却又不是纹见过的种类。太……脆弱了。它没有粗壮的茎，

MISTBORN: THE FINAL EMPIRE

叶子也太纤细，上面还有一团奇怪的叶子，颜色跟下面的不同。

"它叫做花。"卡西尔说道，"在升华前，它会长在植物上。对于它们的描述会出现在古诗跟故事中，但现在只剩守护者跟反叛军智者知道这些事情。据说这些植物很美，还有怡人的香味。"

"有香味的植物？"纹问道，"像水果？"

"类似吧，我想。有些报告甚至说，在升华前，这些花会变成水果。"

纹静静站着，蹙着眉想象这种事。

"那张图是我妻子，梅儿的。"卡西尔缓缓说道，"在我们被抓走后，多克森从她的东西里找到这个。他把它收了起来，希望有一天我们会回来。在我逃走后，他把图给了我。"

纹低头再次看着图片。

"梅儿对于升华前的时代很着迷。"卡西尔说道，依旧望着花园。太阳碰触到远方的天际，颜色变得更深红。"她会搜集和那张纸类似的东西：关于过去时光的图片跟描述。我引她进入地下组织的一部分原因是因为她对过去的着迷，当然也因为她是锡眼。她是第一个把我介绍给沙赛德认识的人，但当时我的团队里没有用到他。他对偷盗没有兴趣。"

纹折起纸。"你还留着这张图片？即使她……那样对你？"

卡西尔沉默半晌，然后看着她："你又隔门偷听人家说话了，是吧？唉，别担心，我想这也是众人皆知的事情。"远方的落日变成一簇火焰，暗红色的光线照亮了云朵跟烟雾。

"是的，我把花留了下来。"卡西尔说道，"我不确定为什么。可是……你会因为一个人背叛你就不爱他了吗？我觉得不会。所以受到背叛时才那么痛——痛苦、焦躁、愤怒……但仍然爱着她。直至今日。"

"为什么？"纹问道，"你为什么可以？而且，你为什么能信任别人？你没有从她对你做的事情当中学到教训吗？"

卡西尔耸耸肩："我想……如果让我有机会，在爱上会背叛我的梅儿，还是从来没有认识她之间选择，我会选择爱。我下了赌注，而且输了,但冒这个险还是很值得。我对待朋友也是一样。在我们这一行,怀疑是必要的,但必须适度。我宁愿信任我的手下,而非一直担心他们如果背叛会怎么样。"

"听起来有点蠢。"纹说道。

"快乐是蠢的吗?"卡西尔问道,转向她,"你在哪里比较快乐,纹?在我的集团里,还是在凯蒙那里?"

纹没说话。

"我不确定梅儿有没有背叛我。"卡西尔说道,回望着日落,"她总是说她没有。"

"而且她被送去深坑了,对不对?"纹说道,"如果她投靠了统御主,那就不合理了。"

卡西尔摇摇头,仍然望着远方。"我被送去深坑后几个月她才被送来。我们被抓到之后就分开了。我不知道那段时间之内发生了什么事,也不知道她为什么最后还是被送来海司辛。她被送来海司辛等死的事实也许暗示了她没有真的背叛我,可是……"

他转身面向纹:"你没有听到他抓到我们时,他是怎么说的,纹。统御主……他向她道谢,感谢她背叛我。他那些话听起来诡异的诚实,加上那个陷阱……真的让人很难去相信梅儿。不过,这没有改变我的爱,在内心深处,我仍是一样。当她一年后被深坑的奴隶头子打死时,我也几乎死去。那天晚上,在她的尸体被带走后,我绽裂了。"

"你发疯了?"纹问道。

"不是。"卡西尔说道,"绽裂是一个镕金术的名词。我们的力量一开始是潜藏的,只有在面对巨大冲击时才会出现,而且必须是很紧急,几乎致命的情况才会被激发。哲人说,一个人在面对死亡又死里逃生后,才能命令金属。"

"那……它什么时候发生在我身上的?"纹问道。

卡西尔耸耸肩:"很难说。以你成长的背景来看,应该有很多机会让你绽裂。"

他点点头,仿佛在自言自语:"我的时机……就是那一晚。我一个人在深坑里,手臂因为那天的工作而流血不止。梅儿死了,而我害怕是我造成的,因为我对她不够有信心,因此夺走了她的力量跟意志力。她直到死前都知道我质疑她的忠贞。也许如果我真的爱她,我永远不会质疑。我不知道。"

"可是你没死。"纹说道。

卡西尔摇摇头:"我决定要实现她的梦想。我会创造一个鲜花盛开的世界,一个充满绿色植物的世界,一个天空没有灰烬落下的世界……"他语音渐落,然后叹口气。"我知道,我疯了。"

"其实……"纹静静开口,"还蛮合理的。终于合理了。"

卡西尔微笑。太阳消失在天际下,虽然它的火光仍然在西方灼烧,白雾却已经开始出现。它们不是来自特定的一方,而是……在成长,像是天空中半透明、纠结的藤蔓,不断来回盘旋、拉长、舞动、融合。

"梅儿想要小孩。"卡西尔突然说道,"十五年前,我们刚结婚的时候。我……我不同意。我想要成为史上最著名的司卡盗贼,没有时间留给会拖慢我脚步的事物。

"也许我们没有孩子是件好事。统御主可能会找到且杀掉他们,但他也有可能办不到——多克森跟其他人都活下来了。所以有时候,我希望有一部分的她能和我在一起。她的孩子。也许一个女儿,有梅儿的深色头发跟强韧的固执。"

他停了停,然后低头看着纹:"我不希望再害你发生什么事情了,纹。不能再有第二次。"

纹皱眉:"我不要再浪费时间被锁在宅邸里面。"

"我猜也是。如果我们再把你留在这里,那有一天晚上你可能又在做了非常蠢的事情后,出现在歪脚的门口。这一点,我们很像。只是……要小心。"

纹点点头："我会的。"

他们继续站在原地数分钟，看着白雾聚集。最后，卡西尔站直身体，伸展关节。"就我个人而言，我很高兴你决定加入我们，纹。"

纹耸耸肩："说实话，我自己也想看看那个花什么的到底长什么样。"

你可以说是环境逼迫我离乡背井。如果我留下来，现在早已经死了。在那些四处奔波却不知自己为何负担着不明重担的日子里，我以为我会让自己在克雷尼恩中消失，寻求平凡无奇的人生。

慢慢地，我才明白，默默无闻跟生命中许多事情一样，对我而言已经永远遥不可及。

18

她最后决定穿红色礼服。它绝对是最大胆的选择，但感觉最合她的心意，毕竟她已经将真正的自己隐藏在贵族的外表之下，因此外表越突出，隐藏自己越容易。

男仆为她拉开马车门，纹深吸了一口气，胸口被她穿来隐藏绷带的特殊马甲略微压紧。她接受男仆扶持的手，下了马车，拉正礼服，对沙赛德点点头，然后加入其他贵族，一起爬上通往埃拉瑞尔堡垒的台阶。它比泛图尔的堡垒小一点，但埃拉瑞尔堡垒似乎是有一个独立的舞厅，泛图尔则是在巨大的大厅里设宴。

纹打量着其他贵族仕女，感觉自信略略消退。她的礼服很美，但其他仕女拥有的远不止是一件美丽的礼服。她们飘逸的长发与自信的态度和以珠宝点缀的身躯相得益彰，礼服的上半身有丰满的弧线，优雅的步

MISTBORN: THE FINAL EMPIRE

伐让礼服的花边下摆摇曳生姿。纹偶尔会看到那些女子的双足，她们穿的鞋子不是她那样的简单平底鞋，而是高跟鞋。

"我为什么没有那样的鞋子？"爬上地毯台阶时纹低声问道。

"穿高跟鞋行走需要练习，主人。"沙赛德回答，"你才刚学会跳舞，也许暂时穿普通鞋子会比较合适。"

纹皱眉，但接受了他的解释。但沙赛德提起跳舞这件事，反而增加了她的不安。她还记得上次舞会时舞者们的流畅身影，她绝对模仿不来——连基本舞步她都记不太熟。

没有关系，她心想。他们看到的不是我，是法蕾特贵女。她应该是新来的，处处惶恐，而且每个人都知道她最近生病了，舞跳得不好反而合理。

带着这个想法，纹比较有信心地来到台阶上方。

"我必须说，主人……"沙赛德说道，"跟之前相比，你今天远没有上次那么紧张，看起来甚至似乎蛮兴奋的。这是法蕾特应该表现的态度，我想。"

"谢谢。"她微笑地说道。他说得没错：她是很兴奋。很兴奋能够再次参与行动，甚至很兴奋能够又与贵族们的优雅和光辉同处一室。他们进入低矮的舞会大厅——位于主要堡垒许多侧翼中的一间。一名仆人上前来接过她的披肩。纹在门边停了一下，等沙赛德为她安排桌子跟餐点。埃拉瑞尔的舞厅跟泛图尔的宏伟大厅大相径庭。阴暗的房间只有一层楼高，所有的彩绘玻璃都在天花板上，圆形的玫瑰窗闪耀在头顶，由四周微小的镁光灯打亮。每张桌子都有蜡烛，虽然上方有照明，房间却有某种低调的幽暗，因此即使宾客众多，仍让空间显得更……私密。

这个房间显然是设计来举办宴会的。房间中央有低洼的舞池，照明比其他地方都好，舞池边有两圈桌子，第一圈只离舞池几尺高，第二圈比较贴近后方，位于高一层的位置。

一名仆人带她来到房间边缘的一张桌子。她坐下，沙赛德依照惯例站在她身边，开始等她的餐点到来。

"我应该怎么样取得卡西尔要的情报？"她低声问道，扫视昏暗的房间。上方投射下来的深沉水晶色彩在人群跟桌面上打出图样，制造出华贵的气派，却又让人看不清别人的面容。依蓝德也在人群之中吗？

"今天晚上应该会有人请你跳舞。"沙赛德说道，"接受他们的邀约，之后你就有理由找他们，混入他们的团体。你不需要参与对话，只需要聆听即可。也许在未来几场舞会中，会有年轻男士请你陪伴他们一起入场，那你就可以坐在他们那桌，倾听他们的所有对话。"

"你是说所有时间都跟一名男子坐在同一桌？"

沙赛德点点头，"这蛮常见的。那晚你也只会与他跳舞。"

纹皱眉。可是，她没继续追问下去，转身再次检视房间。他甚至可能不在这里——他说自己会利用所有机会避开舞会，就算他在这里，也会是独自一人。你甚至不会——

一阵沉闷的撞击声响起，有人在她桌上抛下一叠书。纹吓了一跳，转身就看到依蓝德·泛图尔拉近一张椅子，轻松地坐下。他靠回椅背，面向她桌子旁边的烛台，打开书开始阅读。

沙赛德皱眉。纹藏起微笑，瞅着依蓝德。他看起来还是头发凌乱，身上的套装也懒得扣起扣子。他的衣服并不简朴，但跟其他参与宴会的人相比又不够华丽，剪裁似乎是宽松舒适，而非传统贴身利落的线条。

依蓝德翻着他的书，纹耐心地等他跟她打招呼，但他只是一直看书。终于，纹挑起一边眉毛。"我不记得允许过你在我的桌边坐下，泛图尔大人。"她说道。

"别在意我。"依蓝德说道，没抬头，"你有张大桌子——我们都会有很大的空间。"

"对我们两人而言也许空间很大，但我不确定这些书该怎么办。侍者要把我的餐点放哪里？"

"你左边有点空间。"依蓝德随口说道。

MISTBORN: THE FINAL EMPIRE

沙赛德的眉皱得更深。他上前一步，收拾起书本，将它们放在依蓝德的椅子边。依蓝德继续阅读，可是举起手示意："你看，这就是为什么我从来不用泰瑞司仆人。我真的觉得，他们实在高效得令人难以忍受。"

"沙赛德并非令人难以忍受。"纹冷冷地说，"他是个好朋友，可能也是你永远无法相较的好人，泛图尔大人。"

依蓝德终于抬起头。"我……抱歉。"他以坦率的口气说道，"我道歉。"

纹点点头。可是依蓝德又打开书，再度开始阅读。

如果他只是要看书的话，干吗坐我旁边？"在你有我可以烦之前，你都在舞会做些什么？"她以愠怒的声音问道。

"我怎么会是在烦你呢？"他问道，"我是认真的，法蕾特。我只是坐在这里，静静地读书。"

"坐在我的桌边。我很确定你能有自己的一张桌子——你是泛图尔的继承人。我们上次会面时你对这点可是避而不谈。"

"没错。"依蓝德说道，"可是我记得告诉过你，泛图尔是很烦人的一族。我只是想配上我族的名声而已。"

"那个名声是你搞出来的吧！"

"很巧吧。"依蓝德略略微笑说道，继续阅读。

纹焦躁地叹口气，深深皱眉。

依蓝德越过书缘瞅着她："那件礼服真令人惊艳，几乎有你那么美丽。"

纹一顿，嘴巴微微张开。依蓝德淘气地微笑，然后将目光调回书上，眼睛熠熠发光，好像他会这么说的原因纯粹只是因为他知道会引起什么效果。

沙赛德站在桌边，毫不掩藏他的不悦，但什么都没说。依蓝德显然地位高到不能被一名普通的侍从官责难。

纹终于从震惊中恢复过来："泛图尔大人，像你这样的单身男子怎么会独自一人来舞会？"

"我不是一个人来的。"依蓝德说道，"我的家族通常都会安排一串女孩子陪我来。今晚轮到的是史黛西·白兰史贵女——那名穿着绿色礼服，坐在我们对面下方桌边的就是她。"

纹环顾房间。白兰史贵女是一位艳丽的金发女子。她一直抬头看着纹的桌子并试图掩饰她的皱眉。

纹脸上一红，转过身说："呃，你不是该跟她在一起吗？"

"应该是吧。"依蓝德说道，"可是呢，让我跟你说个秘密。事实上，我不是什么绅士，况且我没有邀请她——我是直到上了马车才被告知今晚伴随我的人会是谁。"

"原来如此。"纹皱眉说道。

"即使如此，我的行为仍然是相当令人唾弃的。不幸的是，我经常会做出如此令人唾弃的行为——例如我喜欢在餐桌上看书。抱歉，失陪一下，我去拿点喝的东西。"

他站起身，将书塞入口袋，走向房间的其中一座吧台。纹看着他离去，既气恼又迷惘。

"这样不太好，主人。"沙赛德低声说道。

"他没那么糟。"

"他在利用你，主人。"沙赛德说道，"泛图尔大人不按常理出牌，玩世不恭的行径众人皆知。许多人不喜欢他——因为他会做这种事情。"

"这种事情？"

"他跟你坐在一起是因为他知道这样会让他的家族生气。"沙赛德说道，"唉，孩子——我真的不想让你痛苦，但你必须了解宫廷中人的行事方法。这个年轻人对你没有情爱的兴趣。他是个年轻、高傲的贵族，对他父亲的束缚相当厌烦，因此他反抗，做出无礼且令人讨厌的举动。他知道如果持续表现出被宠坏的样子，他的父亲便会退让。"

纹觉得胃一阵抽痛。沙赛德当然应该是对的。否则依蓝德为什么要

281

找我？我正是他所需要的——身份低到足以引起他父亲的怒气，可是又没有足够的经验看清事实。

她的餐点被送来，但纹再也没有胃口。她开始拨弄食物，此时依蓝德返回坐下，拿了一大杯调酒，边读边喝。

如果我不打断他看书，看他会怎么反应，纹恼怒地想，想起她的训练，以仕女的优雅吃起餐点。食物不多，主要是以牛油烩煮的浓郁蔬菜，而她越早吃完，越能快点去跳舞。至少她就不再需要跟依蓝德·泛图尔坐在一起了。

年轻的贵族在她吃饭途中停下数次，越过书本偷瞄她，显然是以为她会开口说话，但她一次也没有。不过，她边吃怒气也边消退。她瞥向依蓝德，检视他略微散乱的外表，看着他读书的认真模样。这个人真的会暗中使出沙赛德所说那种扭曲的操弄人心的手段吗？他真的只是在利用她吗？

任何人都会背叛你，瑞恩低语道。所有人都会背叛你。

依蓝德看起来很……真诚。他感觉像是个真正的人，不是个伪装或只是一张面具，而且他似乎真的想要她跟他说话。当他终于放下书看着她时，纹感觉像是获得一场个人的胜利。

"你为什么在这里，法蕾特？"他问道。

"在舞会？"

"不，在陆沙德。"

"因为这里是一切的中心。"纹说道。

依蓝德皱眉。"也许吧，帝国是个大地方，却只有这么一个小中心。我不觉得我们真正了解世界有多大。你花了多久才到？"

纹感觉到一阵惊慌，但沙赛德的教诲立刻浮现她脑海："坐船几乎花了两个月，中间有稍停一阵子。"

"这么久。"依蓝德说道，"人们说光是要穿越帝国就得花一年的时间，但我们大多数人除了了解这中间一小块之外，对外界浑然不觉。"

"我……"纹没接下去。她跟瑞恩一起穿越过中央统御区,但那是统御区之中最小的一区,她从来没有去过更遥远的地方。中央区对盗贼来说很好,这也是最奇特的一点,最靠近统御主的地方也是最腐败,最富裕的地方。

"你对城市的观感如何?"依蓝德问道。

纹停顿了片刻。"它……很脏。"她诚实地说,在阴暗的灯光中,一名仆人前来收走她的空盘子,"它很脏,又很拥挤。司卡被虐待得很惨,但我想这点应该到处都是如此。"

依蓝德歪头,给了她一个奇特的眼神。

我不应该提司卡的。那不像贵族。

他倾身向前:"你认为这里的司卡受到的待遇比你们农庄上的司卡受到的还糟?我一直以为他们在城市里过得比较好。"

"嗯……我不确定。我不常去农田。"

"所以你没常跟他们有互动?"

纹耸耸肩:"这有什么关系?他们只是司卡。"

"你看,我们总是这么说。"依蓝德说道。"可是真的如此吗?也许我太好奇了,但他们引起我的兴趣。你听过他们交谈吗?他们听起来像是一般人吗?"

"什么?"纹问道,"当然像。要不然他们听起来会是怎样?"

"嗯,你也知道教廷的教义怎么说的。"

她不知道。不过,如果跟司卡有关,应该不是什么好话。"我向来不会对教廷的教义照单全收。"

依蓝德再次停下,又歪着头:"你……跟我预期的不同,法蕾特贵女。"

"人们鲜少表里如一。"

"跟我说说农庄的司卡。他们是什么样?"

纹耸耸肩。"跟任何地方的司卡都一样。"

"他们聪明吗?"

"有些是。"

"可是跟你我不同,对不对?"依蓝德问道。

纹停顿。贵族仕女会如何回答?"当然不一样。他们只是司卡。你为什么对他们这么有兴趣?"

依蓝德显得……失望。"没有原因。"他说道,重新靠回椅子,打开书,"我想那边有人想邀你跳舞。"

纹转身,发现的确有一群年轻人站在离她桌边一小段距离的位置。她一转身他们就别过头。不久后,其中一人指向另一张桌子,然后他走过去请一名年轻女子跳舞。

"有几个人已经注意到你了,小姐。"沙赛德说道,"可是他们都没有上前来。我想是泛图尔大人的存在让他们却步。"

依蓝德哼了一声,"他们应该知道我是最无害的。"

纹皱眉,但依蓝德只是继续读书。那好!她心想,转身朝向年轻男子们,与其中一名对上视线,微微朝他微笑。

不一会儿,那年轻男子便走了过来,以正式、僵硬的语调对她说:"雷弩贵女,我是梅莱德·李艾斯。请问你愿意与我共舞吗?"

纹瞥向依蓝德,但他没抬起头。

"我非常乐意,李艾斯大人。"纹说道,握住年轻男子的手,站起身。

他领着她来到舞池,一靠近,纹的紧张便再度出现。突然,一个礼拜的练习似乎不够了。音乐停止,让舞者们可以离开或进入舞池,李艾斯趁机领她上前。纹压下无谓的恐惧,提醒自己每个人看到的都是她的礼服和阶级,不是纹本人。她抬头看着李艾斯的双眼,出乎意料地看到担忧。音乐开始,众人翩翩起舞,李艾斯的脸上露出忧惧的神情,她甚至可以感觉到他的手在她的掌中渗渗冒汗。天哪,他跟我一样紧张!甚至比我还紧张。

李艾斯比依蓝德年纪还轻,与她年纪相当,也许他对舞会也不是很有经验，看起来他的确不像是经常跳舞的样子。他是如此专注于舞步，以至于动作很僵硬。

很合理，纹回过神来，渐渐开始放松，让她的身体依照沙赛德教的动作去移动。有经验的人不会邀我跳舞，因为我才刚到宫廷，他们对我不屑一顾。

可是依蓝德为什么要注意我？难道真如沙赛德所说的——激怒他父亲的伎俩？那么他为什么对我说的话如此感兴趣？

"李艾斯大人。"纹开口，"你对依蓝德·泛图尔大人了解得多吗？"

李艾斯抬起头来："呃，我……"

"不要这么专注于跳舞上。"纹说道，"我的教师说不要太刻意，舞步反而会更自然流畅。"

他脸红了。

统御主啊！纹心想。这小子会不会太嫩了？

"呃，泛图尔大人……"李艾斯说道，"我不知道。他是个地位很高的人。比我要高多了。"

"别让他的血统骗到你。"纹说道，"根据我的观察，他蛮无害的。"

"这我就不知道了，小姐。"李艾斯说道，"泛图尔是很有势力的家族。"

"是的，不过依蓝德跟他的名声不符。他好像很喜欢忽略身边的人——他对每个人都如此吗？"

李艾斯耸耸肩，因为两人的交谈所以舞跳得自然了点："我不知道……你似乎比我更了解他，小姐。"

"我……"纹没说完。她感觉自己很了解他，远超过刚见过两次面的熟悉程度。但她没办法向李艾斯如此解释。但，也许……雷弩不是说他见过依蓝德吗？

"噢，依蓝德是我们家的朋友。"纹说道，两人回旋到透明天窗下。

"他是？"

"对。"纹说道,"我叔叔很好心地请依蓝德在宴会时照顾我。他一直对我很好,不过我真的希望他不要这么专注于看书,多花一点精神介绍我。"

李艾斯精神一振,似乎没有先前那么怯懦。"噢。原来如此,很合理啊。"

"是的。"纹说道,"我在陆沙德这段期间,依蓝德就像我哥哥一样。"

李艾斯微笑。

"我会问你他的事情是因为他一直都不太讲自己的事。"纹说道。

"泛图尔家最近都很安静。"李艾斯说道,"自从几个月前的攻击事件后,他们就一直是这样。"

纹点点头:"你很清楚那件事吗?"

李艾斯摇摇头。"没有人跟我说什么。"他低头,看着两人的脚,"你很会跳舞,雷弩贵女。你在家时一定经常参加舞会。"

"谬赞了,大人。"纹说道。

"我是说真的。你好……优雅。"

纹微笑,感觉到一丁点儿的自信。

"真的。"李艾斯几乎是自言自语地说道,"跟珊贵女说的一点都不一样——"他戛然而止,身体一僵,好像突然意识到自己刚说漏了嘴。

"怎么了?"纹问道。

"没事。"李艾斯说道,脸上一红,"很抱歉。没事。"

珊贵女,纹心想。记住这个名字。

两人继续跳舞,她继续向李艾斯套话,但显然他在宫廷中的经验甚浅,因此没有什么信息,不过他的确也感觉到家族间的紧张情势有加重的迹象。虽然舞会继续举办,却越来越多人缺席,因为他们不再参加政治对手举办的舞会。当那支舞曲结束时,纹对于自己的努力相当满意。她也许没有发现什么对卡西尔有用的情报,但李艾斯是个开始,她会循序结识更重要的人物。

李艾斯领着纹回到她的桌边，纹则心想，意思是我得多参加几次这种舞会。舞会本身并不会令人不愉快，而且她现在对自己的舞技更有自信了。但更多舞会代表更少在雾中行动的机会。

　　反正沙赛德也不会让我去，她在内心暗叹，对鞠躬告退的李艾斯露出礼貌的微笑。依蓝德把书都摊在桌面上，她的桌子周围又多了好几个烛台，显然是他从隔壁桌子偷来的。

　　好吧，纹心想，我们至少有窃盗这个共通点。依蓝德趴在桌子上，在一本口袋大小的小笔记本上做注记。她落座时，他也没抬头。此时，她发现沙赛德不见了。

　　"我让你的泰瑞司人去吃饭了。"依蓝德心不在焉地边写边说道，"你反正在下面绕圈圈，没必要让他饿肚子。"

　　纹挑起一边眉毛，看着占据她桌面的书本。在她的注视下，依蓝德特地将某本书大开的书页固定住，推到一旁，拉过来另一本书。"对了，你方才的圈圈绕得如何？"

　　"其实还蛮有趣的。"

　　"我以为你不太会跳舞。"

　　"是不太会。"纹说道，"但我练习过了。也许你不知道，但通常坐在黑漆漆的房间深处是没法让人更擅长跳舞的。"

　　"你是在提议吗？"依蓝德问道，推开一本书，又选了另一本，"请男人跳舞不像淑女会做的事，你知道吧？"

　　"噢，我可不想打扰你的阅读。"纹说道，将一本书转向她。她皱起眉头——书上的字很小，字体又挤。"况且，跟你跳舞会破坏我刚才所有的努力。"

　　依蓝德停下，终于抬起头："努力？"

　　"对。"纹说道。"沙赛德说得没错——李艾斯大人觉得你很可怕，连带觉得我也很可怕。年轻淑女的社交生活将会因此受挫，因为所有的年轻人都认为她已非单身，只是因为一名烦人的大人决定要在她的桌边读书。"

"所以……"依蓝德说道。

"所以我告诉他，你只是在教我如何适应宫廷生活。像是……大哥哥。"

"大哥哥？"依蓝德问道，蹙起眉头。

"年纪很大的哥哥。"纹微笑说道，"毕竟你的年纪一定大我一倍。"

"大你两……法蕾特，我才二十一岁。除非你是个极端成熟的十岁女孩，否则我离'大你一倍'有相当远的距离。"

"我的数学向来不太好。"纹轻描淡写地说道。

依蓝德叹口气，翻翻白眼。李艾斯大人在附近跟他的朋友们低声交谈，朝纹跟依蓝德的方向挥手示意，纹希望等一下就有人来请她跳舞。

"你认识珊贵女吗？"纹在等待时随口问道。

令人惊讶的是，依蓝德抬起头："珊·埃拉瑞尔？"

"我想是吧。"纹说道，"她是谁？"

依蓝德的注意力转回书上："不重要的人。"

纹挑起眉毛："依蓝德，我也许只来了几个月，但连我都知道这种话是不可信的。"

"嗯，这个嘛……"依蓝德说道，"我可能跟她订过婚。"

"你有未婚妻？"纹有些生气。

"我不太确定。我们一年多来都没有处理这个状况。大家应该都忘记这回事了。"

我的老天啊，纹心想。

片刻后，李艾斯的一名朋友上前来。纹很高兴终于有机会可以摆脱这名恼人的泛图尔继承人，她站起身，接受年轻贵族伸出来的手。走向舞池时，她瞥向依蓝德，逮到他正越过书缘偷偷看她，他则立刻以夸张的满不在乎态度转回去研读书籍。

纹在桌边坐下，感觉相当疲累。她克制脱下鞋子按摩双脚的冲动，猜想那应该不太淑女。她静静地启动了红铜，然后燃烧白镴，增强体力，冲淡一点疲累。

然后，她关闭白镴，接着关闭红铜。卡西尔向她保证过，只要她在燃烧红铜，就不会有人发现她是镕金术师，但纹不那么确定。当她燃烧白镴时，她的反应太快，身体太强壮，她觉得细心的人是可以注意到这方面的变化的，无论他们本身是不是镕金术师。

少了白镴，她的疲惫感再度涌现。最近她开始尝试不再去依赖白镴。她的伤势已经恢复，除非她往不当的方向拉扯，否则不会剧痛，所以她希望靠自己恢复体力。某种程度而言，她今天晚上的疲累是件好事——是因为不断被邀舞所以才累。如今，所有的年轻人都将依蓝德视为她的监护人而非恋爱对象，他们毫不犹疑地一一上前来邀请纹共舞。纹则担心如果拒绝任何一人，都可能让别人误会她的政治立场，所以她没拒绝任何人。几个月前如果跟她说她可能因为跳舞而精疲力竭，她会觉得是个笑话；但如今她发疼的双脚、酸痛的腰侧、疲累的双腿还只是疲惫来源的一部分，另一部分来自于要记下所有舞伴的名字与家族，更遑论忍耐他们空洞无物的谈话内容，两者相加的结果让她身心俱疲。

幸好沙赛德让我穿平底鞋而不是高跟鞋，纹叹口气想着，啜着冰果汁。泰瑞司人还没吃完晚餐，更令人意外的是依蓝德也不在桌边——不过他的书仍然摊在桌面上。

纹打量着书本。如果她假装在读书，也许那些年轻人会放过她一阵子。她伸手翻弄着书籍，看看有哪些可看的内容。她最有兴趣的那一本，也就是依蓝德的小本皮革笔记，倒是不在桌上。

于是，她挑了一本大大的蓝色厚书，用力拉到面前，她挑选这本的原因是因为字体很大——纸张贵到让抄写者需要用最小字体挤入最多字数吗？纹叹口气，翻着书页。

我不敢相信有人会读这么大本的书，她心想。虽然字体大，但每一页也都印得满满，她得花好多好多天才读得完整本书。瑞恩教过她如何

MISTBORN: THE FINAL EMPIRE

阅读，好让她能了解契约、写笔记，有利于模仿贵族仕女，可是她的训练没有包括这么厚重的书。

《皇家政权统治之历史沿革》，书上第一页这么写着。后面的章节题目有"第五世纪州长计划"，还有"司卡农庄的崛起"。她一路翻到书的最后一页，猜想那应该是最有意思的内容。最后一章的题目是"现行政治架构"。

就目前为止，跟先前之方法相比，农庄系统之稳定度大胜从前。统御区之架构，亦即由每区区长统治且管理他的司卡，造成相互竞争的环境，纪律因此被严格执行。统御主显然觉得此系统让他相当困扰，因为它给予贵族极大自由，但本阶段中罕见之有组织的司卡反叛行动亦相当值得注意。自从两百年前应用该系统后，五大内部统御区中已无重大反叛事件的发生。

当然，该政治系统仅为更上层神权统治系统之延伸。贵族的独立由重新受到重视之圣务官执行制度调和。因此，无论多么高位之贵族，均不该自认不受圣务官管理。审判者有权传唤任何人。

纹皱眉。虽然书本的文笔相当枯燥，但她还是很讶异统御主会允许有人对他的帝国进行如此深入的分析讨论。她靠回椅背上，拿着书本，但没继续阅读。她因为过去几小时试图从舞伴身上挖掘情报而疲累不堪。可是，政治不会理会她的疲累，虽然纹尽力表现出全神贯注于依蓝德的书本上的模样，但一个身影还是很快来到她的桌边。

纹叹口气，准备要接下一支舞，却旋即发现来人并非贵族，而是一名泰瑞司侍从官。他和沙赛德一样穿着重叠V形布料的外袍，而且很喜欢穿戴珠宝。

"法蕾特·雷弩贵女？"高大男子以略有口音的声音问道。

"是的。"纹迟疑地回答。

"我的主人，珊·埃拉瑞尔贵女要你前去她的桌子。"

要？纹心想。她不喜欢这个口气，也不想跟依蓝德的前任未婚妻见面。可惜的是，埃拉瑞尔是上族之一，应该不是能随便应付的人物。

泰瑞司人期待地等着。

"好吧。"纹说道，尽力以最优雅的姿态起身。

泰瑞司人领着纹走到离她不远的一张桌子旁。大概有五名女子围绕着桌子，可是纹仍一眼就认出谁是珊。埃拉瑞尔贵女想必就是那名有着深色长发的高贵女子，因为她没有参与任何讨论，却似乎主导着所有对话。她的手臂上闪烁着跟礼服搭配的薰衣草色手环，对纹的到来投以淡漠的目光。

然而，她的目光相当锐利，纹暴露在她的目光下，觉得自己像被剥去华服，只留下满身肮脏的小乞丐。

"请各位让我们独处一下。"珊说道，所有女子立刻依言起身，以庄重却快速的步伐离开桌边。珊拾起一支叉子，开始精准地切割、吞下一小块蛋糕。纹不确定地站在原地，泰瑞司人则是站在珊的椅子后方。

"你可以坐下了。"珊说道。

我觉得自己好像又变成司卡一样，纹一面这样想，一面坐下。贵族也会这样对待彼此吗？

"你如今的处境令人羡慕，孩子。"珊说道。

"怎么说呢？"纹说道。

"以'珊贵女'称呼我。"珊说道，她的语调毫无改变，"或者你也可以用'贵女大人'这样的称呼。"

珊等着，一口一口精细地吃着蛋糕。终于，纹说道："怎么说呢，贵女大人？"

"因为年轻的泛图尔大人决定利用你来进行他的游戏。意思是你也有机会被我利用。"

纹皱眉。记得别露出马脚。你是容易被威胁的法蕾特。

"完全不要被利用不是比较好吗，贵女大人？"纹小心翼翼地说道。

"胡说。"珊说道，"就连你这样毫无修养的蠢蛋也应该了解，让自己在上层人物的眼中成为有用之人是很重要的事情。"珊说这些话时——即便是其中侮辱纹的部分——毫无愧气，好像她认为纹本来就应该同意这些话似的。

纹瞪目结舌地坐着。没有别的贵族这么对待过她，当然，她唯一接触过的上族就是依蓝德。

"我从你空洞的神情看出你接受了自己的地位。"珊说道，"好好去做，孩子，也许我会让你成为我的陪行仕女之一。你从陆沙德的仕女身上可以学到很多。"

"例如？"纹问道，试图不让怒气渗入声音。

"你偶尔也该看看自己，孩子。你的头发像是刚生过一场可怕的大病，身上瘦到礼服像是个布袋一样挂着。要成为陆沙德的仕女，需要……完美。不是像那样。"她说最后两个字的同时，朝纹轻视地挥一挥手。

纹满脸涨红。这个女子羞辱人的态度具有奇特的力量。纹猛然惊觉，珊让她联想到她曾经认识的一些集团首领，最近一个就是凯蒙——这些人打人时完全不认为有人会反抗他们，因为每个人都知道反抗这种人只是意味着会被打得更惨。

"您要我做什么？"纹问道。

珊挑起眉毛，将叉子放下，蛋糕只吃了一半。泰瑞司人端起盘子离去。"你真的很迟钝哪？"珊问道。

纹想了想。"您要我做什么，贵女大人？"

"我会告诉你——如果泛图尔大人决定继续跟你玩玩。"纹发现她在说依蓝德的名字时，眼中露出极细微的恨意。

"现在……"珊继续说道，"跟我说说你们今晚的对话。"

纹开口要回答，但……有哪里不对劲。她只有感觉到最细微的一丝——如果没有微风的训练，她甚至可能不会注意到。

安抚者？有意思。

迷雾之子
卷一·最后帝国 [珍藏版]

珊正试着让纹听话，或许是想让她吐露真相？纹开始重复她跟依蓝德的对话，避开任何可能会引起对方兴趣的部分，可是珊操弄自己情绪的手法还是有哪里不对劲。纹从眼角瞄到珊的泰瑞司人从餐厅回来，却没有走回珊的桌边，而是朝另一个方向走去。

走向纹的桌子。他站在桌子边，开始翻动依蓝德的书。

不管他想找什么，我都不能让他找到。

纹突然站起，终于引起珊的明显反应——后者惊讶地抬起头。

"我刚想起来，我要我的泰瑞司侍从到桌边找我！"纹说道，"如果我没坐在那里，他会担心的！"

"我的统御主啊。"珊低声咒骂，"孩子，不需要——"

"对不起，贵女大人。"纹说道，"我得走了。"

借口有点拙劣，但这已经是她能想到的最好的一个。纹屈膝鞠躬，从桌边退开，留下对她相当不满的女子。那名泰瑞司人很厉害——纹才刚离开珊的桌边数步，他就已经发现纹的动向，随后自然地走回珊的桌边。纹回到桌子旁，不知道自己这么无礼地离开珊会不会闯出什么麻烦，可是她已经累到管不了这么多了。她注意到另一群年轻人正在打量她，因此她连忙坐下，打开一本依蓝德的书。

幸好，这次看书这个计谋比较有成效。年轻男子们终于慢慢离开，留下纹可以静静一人靠着椅背，略微放松，让书摊在面前。夜开始深了，舞会中的人群也开始散去。

这些书，她皱着眉端起自己的果汁啜了一口，那个泰瑞司人要这些书干什么？她一眼扫过桌面，想要看出是否有哪些书被翻动过，但依蓝德放书的方式本来就已经乱成一团，实在很难分别。可是，压在另外一本厚书下面的薄书引起她的注意。其他的书本多半被摊开在某一页，她也看过依蓝德在读它们，可是这本是阖起来的，在她记忆中，他从未翻看过这本书。它原本就在桌上，所以不是被那泰瑞司人安放的，而她会记得的原因也是因为它比一般的书薄很多。

MISTBORN: THE FINAL EMPIRE

纹好奇地伸出手，将书从厚书下面抽出。上面有个黑色的皮革封面，书背上写着《北方统御区之气候变化》。纹皱眉，在手中翻动书本。没有扉页，也没有作者，第一页就是内容。

综观最后帝国全貌，有一事必为真，即以一个由自称为神者统御的国家而言，帝国经历了数量骇人之重大统治错误。大多数错误被成功地遮掩，只存在沸鲁藏金术师之金属意识中，或是禁书的书页上。然而，只要检视过去不久的历史，即可发现极大的失误，如戴凡奈大屠杀、深黯教义之改版，还有雷奈特族之强迫迁徙。

统御主不会年老，这部分至少是毋庸置疑的。然本书之立论为证明他绝非无所不能、全无谬误。在升华之前，人类因无止境的国王、皇帝、统治者轮回而遭受无尽的混乱与动荡折磨。如今有单一且永生不死之统治者，社会理当有机会找到稳定与开明；然而，两者明显于最后帝国内皆不可得，此正为统御主最严重之缺疏。

纹盯着书页。有些用字遣词超过她的阅读能力，但她能抓到作者的意思。他想说……

她连忙阖起书，赶紧将它塞回原位。如果圣务官发现依蓝德拥有这本书会发生什么事？她瞥向两旁。他们当然在场，跟在其他舞会中一样与众人交际，但他们的灰色外袍跟眼部刺青却又明显不同于一般人。不少圣务官跟其他贵族一起坐在桌边。朋友？还是统御主的间谍？当有圣务官在场时，似乎没有人觉得自在。

依蓝德拿那种书做什么？他可是上族啊！他怎么会去读诋毁统御主的书？

一只手落在她的肩头，纹反射性地转身，白镴跟红铜同时在腹部骤烧。

"哇。"依蓝德说道，往后退一步，举起手，"有人告诉过你，你紧张时反应很激烈吗？法蕾特。"

纹放松下来，靠回椅背，熄灭金属。依蓝德大摇大摆地走回原位坐下。"你喜欢读贺伯伦吗？"

纹皱眉，依蓝德朝躺在她面前的厚重大书点点头。

"不喜欢。"纹回答，"读起来很无聊。我只是假装在看书，好让那些男人别一直来烦我。"

依蓝德轻笑："你看，真是聪明反被聪明误。"

纹挑起一边眉毛，看着依蓝德开始收书，层层堆好在桌上。他似乎没有注意到她动过那本"气候"书，但他的确小心翼翼地将它夹入书堆中。

纹将目光移开书本。我想珊的事情先别跟他说的好，至少得等我先跟沙赛德谈过。"我觉得我的聪明并没有误到我什么。"她说道，"毕竟我是来舞会跳舞的。"

"我认为跳舞这件事的好处被过分渲染了。"

"你不能永远疏离宫廷，泛图尔大人——你是一个重要上族的继承人。"

他叹口气，伸展身体，靠回椅背。"我想，你说得对。"他出人意料地直言不讳，"可是我撑得越久，父亲就会越生气。光这一点就是很值得努力的目标。"

"你伤害的人不只是他。"纹说道，"那些因为你忙着翻书而从来没被人邀舞的女孩怎么办？"

"如果我没记错……"依蓝德说道，将最后一本书叠好，"有人刚才还在假装读书，好躲避跳舞。我不觉得淑女们会很难找到比我更适合的舞伴。"

纹挑起一边眉毛。"我没问题是因为我是新来的，而且位阶不高。我想与你位阶差不多的仕女们不容易找得到舞伴，更遑论合适与否。就我了解，贵族男士们不喜欢跟比自己位阶高的仕女共舞。"

依蓝德停下动作，显然是想找话反驳她。

纹向前倾身："到底是什么原因，依蓝德·泛图尔？你为什么这么执着于躲避你的责任?"

"责任?"依蓝德反问,靠向她,身体语言传达出诚恳,"法蕾特,这不是责任。这个舞会……只不过是锦上添花,供人消磨时光而已。根本就是浪费时间。"

"那女人呢?"纹问道,"也是浪费吗?"

"女人?"依蓝德回问,"女人就像……暴风雨。看起来很美,有时候听起来也很愉快,但大多数时间只是不方便。"

纹感觉到嘴巴似乎有点合不拢来的趋势。然后,她注意到他眼中的闪烁和嘴角的笑意,发现自己也报以微笑。"你这么说只是想激怒我!"

他的笑意更深:"这就是我的迷人之处。"他站起身看着她,眼中带着真切的喜爱。"唉,法蕾特,别让他们带你走向自我膨胀的歧途,那条路实在太累了,犯不着花这么多精神。不过呢,我得先跟你道声晚安了。下次别再这样了,隔好几个月才来参加一次舞会。"

纹一笑:"我会考虑考虑。"

"请你考虑一下。"依蓝德说道,弯腰将高高一叠书捧起,身体略微摇晃片刻后稳住,然后从书堆后探出头来瞧她,"说不定有一天你能说服我跟你一起步入舞池。"

纹微笑,点点头,看着贵族男子转身离开。很快的,他身边就多了另外两名年轻男子。纹好奇地看着其中一人友善地拍拍依蓝德的肩膀,然后接过他一半的书。三人边走边聊地离开了。

纹不认得那些新来的人是谁。她坐在原地深思,直到沙赛德终于从旁边的走廊中出现。纹迫不及待地挥手要他上前,他连忙加快脚步。

"那些跟泛图尔大人在一起的人是谁?"纹问道,指向依蓝德。

沙赛德在眼镜后的双眼眯起。"咦……其中一人是加斯提·雷卡大人。另一名是海斯丁家族的人,但我不知道他的名字。"

"你听起来有点诧异。"

"雷卡跟海斯丁都是泛图尔的政治对手,主人。贵族们经常会在舞会后举行的小宴会里会面、安排结盟……"泰瑞司人停下，转身面对她，"卡西尔主人应该会想听到这个消息。我们该走了。"

"我同意。"纹说道，站起身，"我的脚也同意。走吧。"

沙赛德点点头，两人走向前门。"你怎么去了那么久？"纹问道，等着门房将她的披肩拿来。

"我回来了几次，主人。"沙赛德说道，"可是你一直在跳舞。我想我跟仆人们交谈会比站在你的桌旁有用。"

纹点点头，接下披肩，然后走出前门的楼梯，沿着台阶上的地毯走下，沙赛德跟在她身后。她的脚步相当轻快——因为急着回去告诉卡西尔她记下的名字，免得忘记。她停在楼梯下方，等着仆人叫来马车。她一面等着，一面注意到奇怪的事情。不远的雾中有一阵骚动。她上前一步，但沙赛德按住她的肩膀不让她前进。贵族仕女是不会在雾中乱走的。她原本要燃烧红铜跟锡，却停了下来——骚动越来越近，最后一名士兵从雾中走出，抓着一具瘦小的挣扎身影——一个司卡男孩，身上穿着肮脏的衣服，脸上满是灰烬。士兵远远躲过纹，抱歉似的朝她点点头，走向其中一名侍卫长官。纹燃烧锡好听见他们的交谈。

"厨房打杂的小厮，"士兵低声说道，"在贵族马车门开时，想要冲上去向他们乞讨。"

长官只是点点头。士兵拉着他的囚犯走回雾中，朝中庭远方走去。男孩挣扎，士兵烦怒地闷哼，牢牢抓着他不放。纹看着他离去，沙赛德的手更用力地按在她肩膀，仿佛在制止她。她当然帮不了那男孩，他不应该——

在雾里，在一般人看不到的地方，士兵抽出匕首，割断了那男孩的咽喉。纹混身一震，听到男孩的挣扎声渐渐消退。士兵放开尸体，然后抓住一只脚，开始拖走了他。

纹震惊地站在原地，无视于上前来的马车。

"主人。"沙赛德提醒，但她仍然站在原地。他们杀了他，她心想。

就在那里，离贵族们的马车几步远的地方。仿佛……杀死这么一个人是件稀松平常的事。只是一名司卡被杀。像是宰杀动物一样。

甚至连动物都不及。没有人会在堡垒的中庭里杀猪。士兵杀人时的姿势意味着他只是觉得男孩一直挣扎很烦，所以懒得找更合适的地点。纹身边其他贵族就算注意到这件事，看起来也毫不关心，继续聊天等马车。其实，尖叫声停止后，他们似乎聊得更起劲了。

"主人。"沙赛德再度说道，推着她上前。她任自己被带上马车，思绪仍旧纷乱无比。对她而言，这似乎是不可能的反差。和善的贵族们在一个充满闪烁光亮和礼服的房间跳着舞，中庭里却有人丧命。他们不在乎吗？他们不知道吗？

这是最后帝国，纹。她告诉自己，马车绝尘而去。不要只因为你看到一丁点儿丝绸就忘记了灰烬。如果里面那些人知道你是司卡，他们会轻松地杀了你，就像杀了那名男孩一样。

这个念头令她如坠冰窟，在她回到费里斯的这一路上，纹都无法摆脱它。

关和我是偶然邂逅——不过我想他会说那是"神意"。

我从那天起，见过许多泰瑞司哲人。他们每个人都充满了丰富的智慧，知晓深奥的哲理，身份地位明白地彰显于外表。

关并非如此。几乎可以说，他跟我一样，都是外表与身份不符的人——我不像英雄，他不像先知。他从来不刻意凸显自己的智慧——他甚至不是宗教学者。当我们第一次见面时，他正在伟大的克雷尼图书馆中钻研他众多可笑兴趣中的某一项——我记得他是想判断树木到底会不会思考。

因此，伟大的泰瑞司英雄预言居然是被他发现的，足以令我捧腹大笑——可惜结局稍微不遂人愿。

19

卡西尔可以感觉到白雾中有另一名镕金术师的力量鼓动，像是浪潮，规律地拍打在宁静的海岸上，震动微弱，却清晰明确。

他蹲在一座花园矮墙上，聆听着鼓动的来源。翻搅的白雾如常缓慢飘动，对周遭无动于衷，只不过会因为他四肢散发的镕金术力量而缠绕得更近一点。

卡西尔在夜色中眯起眼睛，骤烧白镴，寻找另一名镕金术师。他觉得在远方墙头上看到了另一个蹲踞的身影，但不是很确定。不过他认得传来的镕金震动。每一种金属被燃烧时都会散发出独特的信号，对熟悉青铜者来说清晰可辨。远方的人在燃烧锡，一如卡西尔感应到的隐藏在太齐尔堡垒周遭的另外四名镕金术师。一共五名锡眼围绕成一个圈正观察着黑夜，寻找入侵者的踪影。

卡西尔微笑。上族们已经开始觉得紧张了。对于太齐尔这种家族而言，安排五名锡眼守夜不是难事，但这些贵族镕金术师会抱怨自己为什么要被强迫来做单纯守卫的工作。如果有五名锡眼在守卫，那应该还有一些打手、射币和扯手随时待命。

陆沙德正悄悄地进入警戒状态之中。

上族现在警觉到连卡西尔都很难发现攻破其防卫的破绽。毕竟他只有孤身一人，迷雾之子也并非万能。他到目前为止的成功都是靠偷袭，但现在有五名锡眼在看守，卡西尔很难在不被发现的情况下靠近堡垒。

幸好今晚不需要测试太齐尔的防卫能力。他沿着墙来到了外围庭院，在花园井边停下，一面燃烧青铜确认附近没有镕金术师，一面探入一堆树丛，拉出一个大袋子。袋子重到他得燃烧白镴才能拉起、甩过肩头。

MISTBORN: THE FINAL EMPIRE

他在夜里站了片刻，努力地想分辨雾气中的声音，然后将袋子拖向堡垒。

他在一座小沉思池旁的白色石板平台边停下脚步，将袋子从肩头甩下，里面的东西顺势被抛在地上——这是一具刚死亡不久的尸体。

尸体滚落地面，面朝下趴定不动，背上两道匕首伤口显而易见——这是查斯·恩创大人。卡西尔在司卡贫民区外的街道上突袭了这名喝得半醉的贵族，让世界上的贵族又少了一名。世人肯定不会怀念恩创大人，因为他以喜好变态的娱乐出名。他最喜欢的娱乐之一就是看司卡死斗，这也是他今晚的去处。

当然，恩创是太齐尔家族的重要政治盟友一事也并非偶然。卡西尔让尸体倒在自己的血泊之中。园丁会先发现他，一旦被仆人们知晓，无论贵族们嘴巴有多牢，消息都会传开。这起谋杀将会引起某些人的震怒，而且应该立刻就会怪在依森瑞身上，他们是太齐尔的政敌。然而，恩创令人疑惑的猝死可能会让太齐尔格外谨慎，因此如果他们继续探听下去，就会发现恩创在死斗那晚的赌注对手是克鲁斯·詹芬利——他的家族最近正跟太齐尔请求达成更稳固的联盟。众人均知克鲁斯是迷雾之子，尤其擅长匕首。

因此，谜团就会出现。是依森瑞杀的，还是詹芬利下的手，好让太齐尔进入更高的警戒状态，以此鼓励他们在低阶贵族中寻找盟友？还是，有第三个答案——有家族想要加深太齐尔跟依森瑞间的矛盾？

卡西尔跳下花园墙头，搔抓着脸上的假胡子。太齐尔最后决定怪谁不重要，卡西尔的真正目的是要他们质疑跟担心，让他们不信任且误解彼此。

在家族战争的策划过程中，混乱是他最强大的盟友。一旦战争爆发，每个被杀死的贵族都会让司卡反叛军少一名敌人。卡西尔离开太齐尔堡垒一小段距离后立刻翻弹钱币，跳上屋顶。偶尔，他会猜想屋顶下方住户在听到他的脚步声时会怎么想。他们知道迷雾之子觉得他们的屋顶是很方便的快速通道，是可以不受守卫或小偷打扰的行动场所吗？还是他们会把撞击声怪在饱受责难的雾魅身上？

他们可能一无所知。正常人在白雾出来之前就睡了。他落在一座尖顶上，从屋顶缝隙间掏出怀表确认时间，然后又将金属表及表带一并藏回原处，杜绝它们潜在的危险。许多贵族会大喇喇地在身上佩戴金属，那算是某种愚蠢的逞能，这个习惯是直接从统御主那边得来的。但卡西尔不喜欢在身上携带不必要的金属——无论是怀表、戒指或是手链。

他再次跃入空中，绕向炭窝——城市北边的司卡贫民区。陆沙德是个朝四面八方扩展的巨大城市，每隔几十年就会增添新的区域，城墙在司卡的血汗中被扩建。进入现代运河时期后，石头的运输变得越来越便宜且简单。

不知道他为什么还要费心筑城墙，卡西尔心想，沿着屋顶以和巨大的建筑物平行的轨迹移动。还会有谁来攻击？统御主控制一切。连西方诸岛都不再反抗了。

好几个世纪以来，最后帝国都没有发生过真正的战争。偶尔的"反叛"也不过就是几千人藏在山林或洞穴里，定期出来劫掠。就连叶登的反抗军也不是依赖力量——而是打算利用家族战争引发的混乱，搭配对陆沙德警备队的技巧性误导，好让他们能有得手的机会。如果转为持久战，卡西尔会输。有需要的话，统御主跟钢铁教廷随时可以动员数百万的兵力。

当然，他还有另一个计划。卡西尔不提它，甚至不敢想它，大概也没有机会执行。可是，如果有机会……

他在炭窝外区落地，拉紧了迷雾披风，自信地走在街上。他的联络人坐在一间已关门的店铺门口，静静地抽着烟斗。卡西尔挑起眉毛。烟草是昂贵的奢侈品。霍伊得要不就是浪费成性，再不然就是真有多克森所说的那么成功。霍伊得冷静地收起烟斗，然后站起身，但也没因此变高多少。瘦矮的光头佬在浓雾的夜里深深鞠躬："晚安，大人。"

卡西尔在男子面前停下，双臂小心翼翼地藏在迷雾披风中。可不能让街头的情报贩子发现跟他交易的不具名"贵族"手臂上居然有海司辛的疤痕。

"推荐你的人对你大为称赞。"卡西尔说道,模仿贵族的高傲口音。

"我的确是最优秀的人选之一,大人。"

能活得像你这般久的人一定很行,卡西尔心想。贵族不喜欢有人知道他们的消息,所以情报贩子通常活不久。

"我需要情报,贩子。"卡西尔说道,"可是首先,你必须发誓绝对不对别人谈起这次会面。"

"当然,大人。"霍伊得说道。他大概不用等今晚过去就会违背承诺——这是情报贩子活不久的另一个原因。"不过,费用的问题……"

"你会拿到钱的,司卡。"卡西尔呵斥。

"当然,大人。"霍伊得连连点头说道,"大人要求得到雷弩家族的情报是吧……"

"对。有什么消息?它跟哪些家族联盟?我要知道这些事情。"

"没有太多消息,大人。"霍伊得说道,"雷弩大人刚到这里,行事非常谨慎,目前尚未有结盟对象,也没有敌人。他买了相当大量的武器跟盔甲,但可能只是从许多家族跟商人手上购买,好跟他们都能攀上关系。这是很睿智的策略。因此,他可能手上会有过多的货品,但他也会拥有很多的朋友,是吧?"

卡西尔哼了一声。"如果只是这种消息,我干吗付钱给你?"

"他手上会有过多货品,大人。"霍伊得连忙说道,"如果知道雷弩会赔本出货,你可以大赚一笔。"

"我不是商人,司卡。"卡西尔说道,"我不在乎利润跟出货!"让他去猜吧。现在他开始怀疑我是来自上族——当然,如果他看了迷雾披风还没怀疑这件事,那他根本不配拥有那样的名声。

"当然,大人。"霍伊得连忙说道,"当然不止于此……"

重点来了。街上的传言有没有把雷弩家族跟反叛军的动荡传闻连在一起呢？如果有人发现了这个秘密，卡西尔的集团就处于极大的危险之中。

霍伊得轻轻咳嗽，伸出手。

"你这个令人忍无可忍的家伙！"卡西尔斥骂，将一袋钱抛在霍伊得的脚边。

"是的，大人。"霍伊得说道，跪倒在地，四处摸索，"我道歉，大人。我的视力很差，就算把手举在眼前都看不太清楚自己的手指。"

聪明，卡西尔心想，看着霍伊得摸到钱袋，收起来。他方才所说关于视力如何如何当然是谎言，在地下世界混到这份儿上的人不可能有这种残疾，可是如果贵族认为他的情报贩子是个半瞎子，他就不会那么担心被指认。卡西尔是不担心，因为他用了多克森最好的伪装之一，除了胡子之外，他还戴了一个几可乱真的假鼻子，鞋底还特别加厚，并涂上粉底改变肤色。

"你说还不止这些？"卡西尔说道，"我发誓，司卡，如果你的消息不好……"

"一定好。"霍伊得连忙说道，"雷弩大人正考虑让他的侄女，法蕾特贵女跟依蓝德·泛图尔大人联姻。"

卡西尔呆了一下。没想到会是这个……"太蠢了。泛图尔远高过雷弩。"

"这两名年轻人在一个月前的泛图尔舞会中被人看见交谈了许久。"

卡西尔大笑："每个人都知道这件事。这又没什么大不了。"

"是吗？"霍伊得问道，"难道每个人都知道依蓝德大人在他于折羽酒吧聚会的贵族朋友们之间，对那女孩赞誉有加？"

"年轻人聊聊女孩子而已。"卡西尔说道，"没什么大不了。把钱还我。"

"等等！"霍伊得说道，首次听起来有点焦虑，"不止如此。雷弩大人以及泛图尔大人之间有秘密交易。"

什么?!

"是真的。"霍伊得继续说道,"这是新消息——我也是不到一个小时前才收到。雷弩跟泛图尔之间有关联。不知为何,雷弩大人能够要求依蓝德·泛图尔大人来舞会照顾法蕾特贵女。"他压低声音,"甚至有人偷偷传言,雷弩大人握有泛图尔的某个……把柄。"

今天晚上在舞会上到底发生了什么事?卡西尔心想。不过他口上仍说:"这听起来很不可信,司卡。你除了空洞的猜测之外,没别的了吗?"

"关于雷弩是没有了,大人。"霍伊得说道,"我试过了,但您对这个家族的担忧是不必要的。您应该挑一个更靠近政治核心的家族,例如埃拉瑞尔……"

卡西尔皱眉。霍伊得提埃拉瑞尔的意思是他有关于该家族的重要消息,对得起卡西尔付的钱。雷弩的秘密似乎安全了。现在该将讨论转移到别的家族,免得让霍伊得怀疑卡西尔为何如此执着于雷弩。

"好吧。"卡西尔说道,"可是这如果不值得我花时间……"

"值得,大人。珊·埃拉瑞尔贵女是安抚者。"

"证据?"

"我感觉到她碰触我的情绪,大人。"霍伊得说道,"一个礼拜前在埃拉瑞尔的纵火事件中,她去安抚仆人的情绪。"

火是卡西尔放的。可惜它没有延烧超过守卫室的范围。"还有呢?"

"埃拉瑞尔家族最近允许她在宫廷聚会中更常使用她的力量。"霍伊得说道,"他们担心会有家族战争爆发,因此希望她尽力拉拢盟友。她右边的手套内随时都有一个薄薄的信封,里面装的是黄铜薄片。只要让搜寻者在宴会中靠近她,您就可以看出来,大人,我没有说谎!作为情报贩子,我的性命完全仰赖自己的名声。珊·埃拉瑞尔贵女千真万确是名安抚者。"

卡西尔半晌没有反应,好像在沉思。这名情报贩子对他而言毫无用处,但他真正的目的是要了解雷弩家族的消息,而这点已经被满足。霍伊得的情报已为他换来相当的酬劳,无论他知不知道这点。

卡西尔微笑。现在该散布更多混乱了。

"那珊跟沙门·太齐尔的秘密关系呢?"卡西尔说道,随意挑了一个可能有关系的年轻贵族的名字,"你觉得她是运用自己的力量好揽获他的好感吗?"

"绝对是的,大人。"霍伊得连忙说道。卡西尔看到对方眼中出现的兴奋,他以为卡西尔免费给了他一件美味的小道消息。

"也许上礼拜就是她为埃拉瑞尔取得了跟海斯丁的合约。"卡西尔思考般地说道。根本没有这张合约。

"很有可能,大人。"

"好吧,司卡。"卡西尔说道,"钱你可以拿走了。也许下一次我还有用到你的机会。"

"谢谢大人。"霍伊得说道,深深鞠躬。

卡西尔抛下一枚钱币,让自己飞入空中。落在屋顶上时,他瞄到霍伊得上前飞快把钱币从地上拾起。霍伊得虽然"眼睛不好",但找钱可没问题,卡西尔微笑想着,然后继续移动。霍伊得没对卡西尔的迟到多说什么,但卡西尔的下一个见面对象可不会这么容易应付。他一路东行,朝奥司托姆广场前进,边走边脱下迷雾披风,然后扯下背心,露出破烂的衬衫。他落在一条小巷中,抛掉披风跟背心,从角落抓了两把灰烬,将粗糙的黑屑涂抹在手臂上,隐藏上面的疤痕,也顺便揉入脸跟假胡子里。

几秒钟后从小巷中踉跄而出的男子,跟和霍伊得见面的贵族大为不同。原本整齐的胡子现在凌乱地朝四面八方突出,他还扯下其中几块,让胡子看起来参差不齐,有如大病初愈后的样子。卡西尔跌跌撞撞地走着,假装跛腿,对广场安静的喷泉旁站着的隐约身影喊道:"大人?"卡西尔以沙哑的声音说道,"大人,是您吗?"

史特拉夫·泛图尔——泛图尔家族的领袖——在贵族间算是甚为威

MISTBORN: THE FINAL EMPIRE

猛的男子。卡西尔可以看到他身边站了两名侍卫，大人似乎不将白雾放在心上，众人皆知他是个锡眼。泛图尔坚定地上前一步，决斗杖敲着身边的地面。

"你迟到了，司卡！"他斥责。

"大人，我……我……我在小巷里等着，大人，和我们约定的一样。"

"我们没有这种约定！"

"对不起，大人。"卡西尔再次说道，深深鞠了躬，然后身体一歪，因为他"瘸腿"，"对不起，对不起，我只是站在巷子里，不是故意要让您等的。"

"你这家伙，没看到我们吗？"

"对不起，大人。"卡西尔说道，"我的眼睛……不太好。几乎看不见伸在面前的十指。"多谢提供这个小伎俩，霍伊得。

泛图尔闷哼一声，将决斗杖交给一名守卫，然后用手大力朝卡西尔脸上挥去。

卡西尔跌倒在地，捧着脸颊。"对不起，大人。"他再次喃喃道。

"你再让我等一次，向你招呼去的就会是我的决斗杖。"泛图尔冷冷地说。

好吧，那下次我有尸体要丢在某人家的草坪上时，就知道该去哪里了。卡西尔心想，跌跌撞撞地站起身。

"好了。"泛图尔说道，"我们来谈正事。你答应要告诉我的重要情报是什么？"

"是艾瑞凯勒，大人。"卡西尔说道，"我知道大人之前跟他们打过交道。"

"然后呢？"

"大人，他们骗了您。他们一直以给您的半价将剑跟决斗杖卖给太齐尔！"

"证据呢？"

306

"您只需要看看太齐尔的新装备即可,大人。"卡西尔说道,"我是说真的。我只剩下我的信誉!如果我丧失信誉,等于丧失生命。"

他没有说谎,至少没有完全说谎。如果卡西尔散布的消息是泛图尔能轻易推敲出来或立刻查验的消息,那就没有用了。他的部分话是真的——太齐尔是多给了艾瑞凯勒一点好处,不过当然到了卡西尔口中就被放大。如果他好好操弄,可以让艾瑞凯勒与泛图尔两大家族间产生嫌隙,同时让泛图尔嫉妒太齐尔。如果泛图尔去跟雷弩而非艾瑞凯勒买武器……这算是锦上添花的好处。

史特拉夫·泛图尔哼了一声。他的家族相当强盛,强盛得不可思议,因此并不仰赖特定的产业或生意来积蓄财富。考虑到统御主的税收跟天金的价格,这在最后帝国是很难达成的地位,因此也让泛图尔成为卡西尔眼中的重要工具。如果他能真假参半地给这个人情报……

"这个消息对我来说没什么用。"泛图尔突然说道,"我们来看看你到底知道多少,贩子。跟我说说海司辛幸存者的事情。"

卡西尔全身一僵。"大人,您说什么?"

"你想拿钱吗?"泛图尔问道,"那就跟我说幸存者的消息。有传言说他回到陆沙德了。"

"只是传言而已,大人。"卡西尔连忙说道,"我从未见过这名幸存者,但我觉得他不太可能在陆沙德,甚至不知道他是否仍于人世。"

"我听说他正在聚集司卡反抗军。"

"总是有几个笨蛋教唆司卡反叛,大人。"卡西尔说道,"总也有人试图利用幸存者的名字,但我不相信有人能从深坑中幸免于难。如果您需要的话,我可以做进一步的探查,但我担心您会对我找出的结果失望。幸存者要是活着……统御主大人他不会允许这种失误发生。"

"没错。"泛图尔深思地说道,"可是司卡似乎坚信这个'第十一金属'的传言。你听说过吗,贩子?"

"啊,有的。"卡西尔说道,掩藏自己的惊讶,"这是个传说,大人。"

MISTBORN: THE FINAL EMPIRE

"我从来没听说过的传说。"泛图尔说道,"而且我对这种事情非常仔细。这不是'传说'。有个很聪明的人正在以此操控司卡。"

"啊……这个结论很有意思。"卡西尔说道。

"的确是。"泛图尔说道,"如果幸存者真的死在深坑里,而如果有人得到他的尸体……他的骨骸……有办法可以伪装一个人的外貌。你知道我的意思吧?"

"是的,大人。"卡西尔说道。

"去查查。"泛图尔说道,"我对你的小道消息不感兴趣——带给我关于这个人或这个东西的消息,能让我循线查到背后的司卡。那时候你才能拿到我的钱。"泛图尔在黑暗中转身,向他的手下招招手,留下深思的卡西尔。

卡西尔不久后回到雷弩大宅。费里斯跟陆沙德之间的金属大道让两者之间的旅程变得很短。金属棍不是他放的,他也不知道是谁做的好事。他经常在猜想,如果在金属大道上来往时碰上另一名朝反方向移动的迷雾之子,会发生什么事。

大概会无视对方吧,卡西尔一面想,一面落在雷弩大宅的花园中。我们蛮擅长这种事的。

他透过白雾朝点满灯笼的大宅望去,取回的迷雾披风在平静的风中轻轻翻飞。空无一人的马车意味着纹跟沙赛德从埃拉瑞尔大宅回来了。卡西尔发现两人在客厅里,正跟雷弩大人低声交谈着。

"这是你的新造型啊。"纹看着走入房间的卡西尔说道。她仍然穿着她的舞会服,一件美丽的红色礼服,不过,她把双脚塞在身下,坐姿相当不淑女。

卡西尔暗自微笑。几个礼拜前,她一定一回来就把衣服换掉。我们早晚会让她成为真正的淑女。他找到位置坐下,扯着沾满灰烬的脏胡子。"你是说这个?我听说胡子快要重新流行了,我只是想走在流行的尖端而已。"

纹嗤笑地一哼。"我看是乞丐风的尖端吧。"

"你的会面如何，卡西尔？"雷弩大人问道。

卡西尔耸耸肩："没什么不同。幸运的是，雷弩仍然没有受到怀疑——不过我本人倒是引起某些贵族的担忧。"

"你？"雷弩问道。

卡西尔点点头，仆人为他拿来温热的湿毛巾擦脸——卡西尔不确定仆人是为了他的舒适着想，还是担心他会把灰烬沾在家具上。他擦擦手臂，露出浅白色的疤痕，然后开始拔掉胡须。

"似乎司卡们都听说关于第十一金属的消息了。"他继续说道，"有些贵族也听说了甚嚣尘上的传闻，比较聪明的那些开始担心起来。"

"那对我们会有何影响？"雷弩问道。

卡西尔耸耸肩："我们会散播相反的传言让贵族专注于彼此而非是我。好笑的是，泛图尔大人鼓励我去找出关于自己的消息。一直这样假装实在很让人头痛——我不知道你是怎么办到的，雷弩。"

"这就是我。"他简单地说。

卡西尔再次耸肩，转向纹跟沙赛德："你们晚上过得如何？"

"很烦。"纹口气不好地说道。

"纹主人有点烦躁。"沙赛德说道，"在从陆沙德回来的路上，她跟我说了跳舞时搜集到的秘密。"

卡西尔轻笑："没什么引人兴趣的？"

"沙赛德早就知道了！"纹怒声说道，"我花了好几个小时跟那些男人转来转去，吱吱喳喳，结果得来的消息全无价值！"

"算不上是没有价值，纹。"卡西尔说道，扯下最后一点假胡子，"你跟别人有接触，有人看到你，你也练习了吱吱喳喳的技巧。至于情报——还不会有人跟你说重要的事情。你得再等等。"

"还要等多久？"

"既然身体好多了，我们可以让你开始定期参加舞会。几个月后，你应该就能累积足够的人脉来找出我们需要的情报。"

纹点点头，叹口气，不过她似乎没有之前那么反对定期参加舞会了。沙赛德清清喉咙。"卡西尔主人，我觉得我必须提一件事。依蓝德·泛图尔大人坐在我们的桌子将近一整晚，但纹主人找到方法让他的青睐在宫廷众人眼中显得比较没有那么具有威胁性。"

"是的。"卡西尔说道，"就我所知是这样。你跟那些人是怎么说的，纹？雷弩跟泛图尔是朋友？"

纹脸色略略一白："你怎么知道？"

"我拥有神秘的伟大力量。"卡西尔挥手说道，"总而言之，现在所有人都以为雷弩家族跟泛图尔家族有秘密生意往来。他们大概会认为泛图尔一直在囤积武器。"

纹皱眉："我不是有意要让传言变得这么严重……"

卡西尔点点头，搓掉下巴上的胶水："宫廷就是如此，纹。事情失控得很快，但问题还不大——只不过也意味着你跟泛图尔家族打交道时要很小心。雷弩大人，我们得看看他们对纹的话作何反应。"

雷弩大人点点头："同意。"

卡西尔打个呵欠："如果没有别的事情我就休息去了，一晚上又装贵族又扮乞丐让我累个半死……"

"还有一件事，卡西尔主人。"沙赛德说道，"在夜晚将近时，纹主人看到依蓝德·泛图尔大人和雷卡跟海斯丁家族的年轻大人们一起离开舞会。"

卡西尔停下脚步，皱眉。"这种组合很奇怪。"

"我也是这么想。"沙赛德说道。

"他也许只是想激怒他的父亲，"卡西尔思索着说道，"在公开场合与敌人交陪……"

"也许吧。"沙赛德说道，"但那三人看起来的确是好朋友。"

卡西尔点点头，站起身。"再去多查查，阿沙。有可能泛图尔大人跟他的儿子把我们当笨蛋在耍。"

"是的,卡西尔主人。"沙赛德说道。

卡西尔离开房间,伸展身体,将迷雾披风递给一名仆人。他走上东向的楼梯时,听到匆忙的脚步声,一回身就看到纹急急忙忙地跟来,双手撩高闪闪发光的红礼服爬着楼梯。

"卡西尔。"她轻声说道,"还有一件事。我想跟你谈谈。"

卡西尔挑起眉毛。她有事不想被沙赛德听见?"去我的房间吧。"他说道,她跟上他的脚步来到楼梯上方,进入房间。

"什么事?"他问正忙着关门的她。

"依蓝德大人。"纹说道,头低低的,看起来有点不好意思,"沙赛德已经不喜欢他了,所以我不想在别人面前谈起这件事。可是,今天晚上我发现一件怪事。"

"什么事?"卡西尔好奇地说道,靠着桌子。

"依蓝德手上抱着一叠书。"纹说道。

直呼名字,卡西尔不赞许地想着。她喜欢上那男孩了。

"大家都知道他读很多书。"纹继续说道,"可是这些书……他不在时,我翻了几本。"

好孩子。街上的生活至少让你的直觉很不错。

"其中一本引起了我的注意。"她说道,"书名是在说气候,但里面的文字是在讨论最后帝国与它的缺点。"

卡西尔挑起眉毛:"它是怎么写的?"

纹耸耸肩:"它说统御主大人既然是长生不老的,他的帝国应该更先进更和平。"

卡西尔微笑:"那是《伪日出之书》——任何守护者都能把整本书背给你听。我以为没有抄本还存在世上呢。它的作者——德鲁斯·库佛继续写了一些更诋毁的书。虽然他没有涉及镕金术,但圣务官在他的案子中开了先例,仍然用钩子把他吊死了。"

"嗯。"纹说道,"依蓝德有一本。我想其中一名贵族仕女想要找到那本书。我看到她的仆人之一去翻动他的书。"

"哪位贵族仕女?"

"珊·埃拉瑞尔。"

卡西尔点点头:"前任未婚妻。她大概在找可以勒索小泛图尔的东西。"

"我猜她是镕金术师,卡西尔。"

卡西尔心不在焉地点点头,想着这个信息。"她是安抚者。她去动书应该是正确的方向——如果泛图尔的继承人正在读《伪日出之书》之类的作品,更笨到会带在身边……"

"有这么危险吗?"纹问道。

卡西尔耸耸肩:"普通。它是本比较老的书,而且并没有直接鼓吹反抗,所以应该还可以混得过去。"

纹皱眉:"这本书听起来对统御主大人持批判态度。他允许贵族读那种东西?"

"他其实不'允许'他们做这种事。"卡西尔说道。"不过他们这么做时,他通常选择无视。禁书是很麻烦的事情,纹——教廷因为一本书闹得越大,它就会引起越多的注意,更多人就会想去读。《伪日出之书》是本很闷的书,只要无视它,教廷就能让它默默无闻下去。"

纹缓缓点头。

"况且……"卡西尔说道,"统御主大人对待贵族比对待司卡要宽容太多了。他将贵族们视为那些据说协助他打败深黯,已经死去多年的朋友跟盟友的子嗣,所以偶尔会在读危险作品或谋杀亲人的罪名上面放他们一马。"

"所以……不用担心那本书?"纹问道。

卡西尔耸耸肩:"我不会这么说。如果小依蓝德有《伪日出之书》,那他可能还有别的书是在明令禁止之列。如果圣务官有证据,他们会把小依蓝德交给审判者，不管他是不是贵族。问题是，我们要怎么样确保这件事发生？如果泛图尔的继承人被处决，绝对会增加陆沙德的政治乱象。"

纹明显脸色一白。

没错，卡西尔在心中暗自叹口气，她的确喜欢上那男孩了。我早该预料到这点。派一名年轻漂亮女孩进入贵族社交场合？一定会有秃鹰缠上她。

"我跟你说这些不是为了害死他，卡西尔！"她说道，"我以为，也许……既然他在读禁书，看起来又是好人，也许我们能将他当做盟友之类的。"

唉，孩子，卡西尔心想。我希望他抛弃你时，不会伤你太深。你应该很清楚事情并非如此。

"不要相信这点。"他出声说道，"依蓝德大人也许在读禁书，但不代表他就是我们的朋友。他这种贵族一直都有——年轻的哲学家跟梦想家，以为自己的想法新潮。他们喜欢跟朋友们喝酒，抱怨统御主，但内心深处仍然是贵族，绝对不会推翻既有体制。"

"可是——"

"不行，纹。"卡西尔说道，"你得相信我。依蓝德·泛图尔不在乎我们或司卡。他是个贵族无政府主义分子，因为这件事很时髦又刺激。"

"他跟我谈过司卡的事。"纹说道，"他想要知道他们是不是有智慧，是不是像一般人那样。"

"那他的兴趣是出自同情心，还是纯粹是知识性的探索？"

她一呆。

"你看，"卡西尔说道，"纹，这个人不是我们的盟友——事实上我记得曾明确告诉过你，离这个人远一点。当你花时间跟依蓝德·泛图尔相处时，会让整个行动，还有你的团员们都陷入危险，了解吗？"

纹垂首点了点头。

MISTBORN: THE FINAL EMPIRE

卡西尔叹口气。*为什么我觉得她完全不打算远离他呢？该死的，我没时间处理这种事。*

"去睡觉吧。"卡西尔说道，"我们之后再谈。"

它不是影子。

这个跟在我身后的黑色东西，只有我能看得见——它不是影子。它又黑又透明，但没有影子有形的轮廓，它的存在相当薄弱，透明且无形。像是黑雾。

或是迷雾，也许吧。

20

纹开始对费里斯跟陆沙德之间的风景感到厌倦。过去几个礼拜以来，她一定走过这条路几十次，每次都看着同样的褐色小丘，干巴巴的枯树，还有干草铺成的草地。她开始觉得自己可以辨认出路面上的每一块凸起。

她参加了无数的舞会——但这只是开始。午餐、聚会，还有其他娱乐都同样受欢迎。有时候纹甚至一天要来回两三次。显然年轻贵族仕女除了每天坐六个小时的马车外，没有别的事情好做。

纹叹口气。不远处，一群司卡在运河旁的曳道上卖力地工作，将一艘船拖向陆沙德。她的人生已经很好了。

可是，她仍然感觉到焦躁。已经是中午，但重要的活动得到晚上才有，所以她除了回费里斯之外，无处可去。她不断地想着，如果能用金属大道会有多快。她渴望再次飞纵于白雾间，但卡西尔不愿意继续她的训练。他允许她每天晚上出去一下子练练手，但她不被允许进行任何危险、刺激的纵跃，只能做一些基本的动作——像是站在地面上，推拉一些小东西。

她开始对自己身体持续的孱弱感到不耐烦。距离她跟审判者对峙已过了三个月，严冬在没下一片雪的状况下结束，而她到底还要多久才能复原？

至少我还能去舞会，她想。虽然她讨厌不断地旅行，但已经开始享受她的工作。假装是贵族仕女其实比盗窃来得轻松。当然，如果她被发现，就死定了。但就目前而言，贵族们似乎愿意接纳她——跟她跳舞、用餐、聊天。这种生活不错，虽然有点不刺激，但一旦她重拾镕金术，这个问题也会消失。

于是她剩下两个焦躁的来源。第一个是她无法搜集到有用的资料，她开始生气自己提出的问题都被避而不谈。纹的经验已经足够让她看出四周有许多计谋正在进行，但她的资历仍然太新太浅，不被允许参与其中。

虽然她对自己仍被当成外人的处境感到烦心，但卡西尔却很有信心这点早晚会改变。纹的第二个焦躁来源就没有那么容易处理了。依蓝德·泛图尔大人在最近几周的舞会上都未现身，而且他已经不像之前那样整晚坐在她的桌边。虽然她鲜少独处，但她却开始发现大多数贵族都没有依蓝德那样的……深度。没有人有他的幽默感，还有诚实、认真的双眼。其他人感觉不真实。跟他不同。

他似乎不是在躲她，可是也没有花心力想与她相处。是我判断错误吗？马车抵达费里斯时，她心想。依蓝德有时很难懂。不幸的是，他的摇摆不定没有改变他前任未婚妻的态度。纹开始了解为什么卡西尔警告她不要引起重要人物的注意。幸好她不常碰到珊·埃拉瑞尔，但她们见到面时，珊会利用所有机会来鄙夷、侮辱、贬低纹，而她冷静、高贵的态度，就连她的仪态都提醒纹，她们的差距有多大。

也许我太过在意我法蕾特的身份了，纹心想。法蕾特只是个幌子，

MISTBORN: THE FINAL EMPIRE

珊所说的一切应该都跟法蕾特的个性完全相符,可是她的侮辱仍然刺伤了纹。纹摇摇头,把珊跟依蓝德都抛诸脑后。她到城市时,灰烬虽然已经停止飘落,街道上仍然可以看见小团小团的黑色灰烬在空气中飘荡飞舞。司卡工人来来去去,将灰烬扫入桶中,带出城外。他们偶尔得加快脚步避开行经的贵族马车,因为没有一驾会为这些工作的人放慢速度。

可怜的孩子们,纹心想,经过一群衣衫褴褛的小孩,他们正在摇晃树木,好让灰烬落下能被扫起——可不能让经过的贵族头上突然顶了一堆灰。孩子们两人一组晃着树,让黑色的灰雨纷纷落在自己头上。握着木杖的工头们仔细地来回巡视,确保大家都在工作。

依蓝德跟那些其他人……她心想,他们一定不了解司卡的生活有多痛苦。他们活在漂亮的堡垒中,跳着舞,完全不了解统御主的压迫有多么残酷。

她可以看到贵族的美,因为她不像卡西尔那样痛恨他们。有些人甚至看起来相当善良,她开始觉得司卡之间流传的残酷主人的故事有些应该是被夸大的。可是,当看到那可怜的男孩被处决或这些司卡小孩的景况时,她不禁想,贵族们怎么能不看到这些?他们怎么能不了解?

她叹口气,不再看那些司卡,马车终于抵达雷驽大宅。她立刻注意到内庭中有许多人聚集,因此马上抓起一瓶新的金属,担心统御主派了士兵来逮捕雷驽大人,但她很快便发现那群人不是士兵,只是穿着简单工作服的司卡。

马车经过大门,纹的迷惑更深了。司卡们之间有许多成堆的箱子跟袋子,而许多司卡身上都是新落下的灰烬。工人们相当忙碌,正在往一辆辆驮车上装货。纹的马车停在大宅前,她没等沙赛德替她开门便自己跳下,拉起礼服走到站在一旁检视工作进度的卡西尔和雷驽身边。

"你们要从这里把货品送到洞穴去?"纹靠近两人后,低声问道。

"请为我考虑一下,孩子。"雷驽大人说道,"在公众场合时得维持形象。"

纹照他说的去做，压下她的烦躁。

"当然得这么做，纹。"卡西尔说道，"雷弩搜集了这么多武器跟补给品，总得处理一下。如果他们没看到他运任何东西出去，有人会起疑心的。"

雷弩点点头："表面上我们是将这些货品透过运河送到我在西方的农庄，但船只会在路途中停下，将补给品和许多船夫运下船，送到反抗军洞穴去。运船跟剩下几个人则会走完全程，好维持伪装。"

"我们的士兵甚至不知道雷弩参与了计划。"卡西尔微笑说道，"他们以为他是被我骗到的贵族，况且这会是让我们去检视军队的大好机会。在洞穴待一个礼拜左右以后，我们可以搭乘雷弩东行的船只回陆沙德。"

纹呆了呆。"我们？"她问道，想象在船上待上好几个礼拜，一天一天又一天看着同样的景色的情景。这比在陆沙德跟费里斯之间往来更无聊。

卡西尔挑起一边眉毛。"你听起来很担心。显然有人开始喜欢舞会跟宴会了。"

纹脸上一红："我只是觉得我应该在这里。毕竟我生病时错过这么多，我——"

卡西尔轻笑地举起手："你是要留下的。要去的人是叶登跟我。我需要去检视军队，而叶登要接手看管军队，好让哈姆能回陆沙德。我们也要带着我哥哥一起去，然后把他放在文尼亚的渗透点，混入教廷的门徒中。幸好你赶回来了——我要你在我们离开前花点时间跟他学习。"

纹皱眉："跟沼泽？"

卡西尔点点头："他是个搜寻者，青铜是比较没有功用的金属，尤其对迷雾之子而言，但沼泽说他有一些东西可以教你。这可能是你跟他学习的最后一次机会。"

纹瞥向聚集起的车队："他人呢？"

卡西尔皱眉："迟到了。"

MISTBORN: THE FINAL EMPIRE

我想这应该是家族遗传吧,纹心想。

"他应该很快就到,孩子。"雷弩大人说道,"也许你想进去用点餐点?"

我最近用了很多餐点,她压下心中厌烦。她没有进大屋,而是走过中庭,端详着货物跟工人,他们正将补给品堆上运输的驮车,好带到当地的运河码头。花园修剪得很好,虽然灰烬还没被扫除,但地面的草剪得颇短,意思是她不用将裙子撩起太高就可免于拖地的困扰。

同时,要从衣服上除掉灰烬远比想象中容易许多。只要用昂贵的肥皂好好清洗,就连白色衣物都能焕然一新,难怪贵族都能拥有看起来簇新的衣物。这么简单、轻易的事情就能区分司卡跟贵族。

卡西尔说得对,纹心想。我开始享受当贵族仕女了。她有点担心这样的生活方式对她内心造成的改变。曾经,她的问题是饥饿跟被打,现在却是坐很久的马车,还有迟到的同伴。这种变化对一个人会有什么影响?

她叹口气,走在货品间。有些箱子会装满武器——剑、棍、弓之类的,大多数都是食物。卡西尔说成立新军队所需的谷粮数量远超过钢铁。

她摸着一堆堆箱子,小心不要摸到上面的灰烬。她知道他们今天会派出船队,但没想到卡西尔也会去。当然,他有可能是不久前才决定要去——就算是改头换面后的卡西尔,仍然相当冲动。也许这在领导者身上是优点。他有源源不断的新点子,不论何时何地。也许我该要求跟他一起去,纹随性地想着。我最近装贵族仕女的次数有点太多了。那天她发现自己虽只有一个人,但仍挺背直腰,仪表端庄地坐在马车里。她开始担心自己的直觉丧失——当法蕾特现在比当纹还要自然。但她当然不能离开,她要跟芙拉玟贵女共进午餐,更不要提海斯丁的舞会——那是当月最大的社交活动。如果法蕾特没到,又得花上好几个礼拜来弥补。况且,还有依蓝德。如果她又消失,他可能会忘了她。

他已经忘了你了,她告诉自己。最近三次宴会中,他几乎没跟你说话。脑子清醒点，纹。这只是一场骗局，跟你之前的游戏一样。你的目标是建立起声誉好取得情报，不是去玩乐调情的。

她点点头，下定决心。她身边有几名司卡男子正在上货。纹停下脚步，站在一大堆箱子旁看着男子们工作。根据多克森的说法，军队的招募速度增快了。

我们的行动进展顺利，纹心想。消息应该传开了吧。这是好事，只要不要传太远就好。她继续看着众人打包，感觉有哪里……怪怪的。他们似乎不够专心。片刻后，她发现他们不专心的原因。因为他们一直在偷偷看卡西尔，一面工作，一面交头接耳。纹走得更接近，贴着箱子，燃烧锡。

"……不对，一定是他。"其中一人低语道，"我看到了疤痕。"

"他很高。"另一人说道。

"当然高。要不你以为他长什么样？"

"他在我被招募的集会上发表过谈话。"另一人说道，"海司辛幸存者。"他的语调中有着敬畏。男子们前进，去搬运更多箱子。

纹偏着头，开始穿梭在工人之间聆听着。不是所有人都在讨论卡西尔，但有很多人，她也听到不少人在提"第十一金属"。

原来如此，纹心想。聚集起来的不是反抗军的人气，而是卡西尔的。那些人以安静，几乎崇拜的语气在谈他。不知为何，纹感觉到不安。她绝对无法忍受听到有人这么说她。可是，卡西尔很自然地就接受了，而他迷人的个性可能只是让传言流散得更广。

当这一切结束时，不知道他能不能放开这一切。其他团员对于领导显然兴趣缺缺，但卡西尔似乎以此为动力。他真的会让司卡反抗军接手吗？有人能放弃这种力量吗？

纹皱眉。卡西尔是好人，他可能也是个好的统治者，但如果他想接管，那就会有背叛的嫌疑——背弃了他对叶登的承诺。她不想看到卡西尔这么做。

MISTBORN: THE FINAL EMPIRE

"法蕾特。"卡西尔唤道。

纹一惊,觉得有点罪恶感。卡西尔手指向刚进入宅邸的马车。沼泽到了。她走回他们身边,马车正好也停了下来,她跟沼泽差不多同时来到卡西尔身边。

卡西尔微笑,朝纹点点头。"我们还会待一下子才走。"他对沼泽说道,"如果你有时间,也许能教这孩子一两招?"

沼泽转身面对她。他有卡西尔的高瘦身材和金色头发,但没有那么英俊。也许是因为他都不笑。

他指着大宅楼上的前阳台:"在上面等我。"

纹开口要答应,但沼泽的表情让她又闭上嘴。他让她想起几个月前的旧日子,那时的她绝对不会质问自己的上司。她转身离开三人,进入大宅。

通往前阳台的楼梯很短。她一到就拉出一张椅子,坐在白木栏杆边。阳台上的灰烬当然已经被刷洗干净。沼泽仍然在下方跟卡西尔和雷弩说着话,在他们身后,长长的车队后方,纹可以看到城市外光秃秃的山丘被红色阳光点亮。

我才装了几个月的贵族仕女,就已经开始看不惯任何没有好好栽培的植物了。她跟瑞恩在旅行的几年中从来没把那里视为"光秃秃"。卡西尔说整片大地以前甚至比贵族的花园更丰饶。

他想要重新得回这些东西吗?也许守护者们能记住语言跟宗教,但他们无法为早就绝种的植物创造种子,也不能让灰烬停止落下,让白雾消失。如果最后帝国倾覆,世界真的会全然不同吗?况且,统御主的地位在某种程度上,难道不算是他应得的吗?照他的说法,他打败了深黯,拯救了世界,因此按照某种扭曲的逻辑来说,这世界应该是他的。他们有什么权力将世界从他手中夺走?她常想这种事,但她没有对其他人表达过她的疑虑。他们似乎一心一意要达成卡西尔的计划,其中一些人甚至跟他拥有同样的愿景,但纹比较迟疑。她从瑞恩那里学到要对乐观抱持质疑的态度。

如果该对某个计划感到迟疑，一定就是这个计划。

可是她已经过了会质疑自己的时候。她知道自己留下来的原因，不是因为计划，而是因为人。她喜欢卡西尔。她喜欢多克森、微风、哈姆。她甚至喜欢奇怪的鬼影跟他坏脾气的叔叔。她从来没跟这种团队共事过。

这个理由好到足以让他们害死你吗？瑞恩问道。

纹呆了半晌。她最近比较少听到他的声音在她的脑海中，但他还是存在。过去十六年来深植她心中的教诲无法被轻易舍弃。

沼泽片刻后来到阳台。他以冷硬的眼神瞥向她，然后开口说："卡西尔显然期待我该花一整个晚上来训练你使用镕金术。我们开始吧。"

纹点点头。

沼泽打量她，显然以为她会有更明显的响应。纹静静地坐着。不是只有你的话少，朋友。

"很好。"沼泽说道，在她身旁坐下，一只手臂靠在阳台栏杆上。他的声音听起来不再那么不耐烦。"卡西尔说你很少花时间锻炼内部意志能力，对吗？"

纹再次点头。

"我猜很多迷雾之子都忽略这些能力。"沼泽说道。"这是错的。青铜跟红铜也许没有其他金属那么突出，但在受过良好训练的人手中，它们可以相当强大。审判者是通过对青铜的操控行动，而地下迷雾人能生存是仰赖了红铜。

"在这两种力量中，青铜更为精细。我可以教你怎么样正确地使用它——如果你好好去练习我教的事情，那你会拥有大多数迷雾之子都忽视而错失的优势。"

"可是其他迷雾之子不也知道如何燃烧红铜吗？"纹问道，"如果跟你对战的每个人都不受它的力量影响，那练习青铜的能力有什么用？"

"你的思考方式已经变得跟他们一样了。"沼泽说道，"不是每个人都

MISTBORN: THE FINAL EMPIRE

是迷雾之子,女孩——只有很少数人才是,而且不管你们这种人怎么想,普通迷雾人也会杀人。知道即将杀死你的人是打手而非射币可以救你一命。"

"好吧。"纹说道。

"青铜也会帮助你辨认出别的迷雾之子。"沼泽说道。"如果你看到有人在附近没有烟阵的地方用镕金术,却没感觉到他们释放出镕金术波长,那你就该知道他们是迷雾之子,或者是审判者。无论是何种情况,你都该拔腿就跑。"

纹无声地点点头,身侧的伤口隐隐作痛。

"烧青铜比光靠启动红铜跑来跑去来得好。的确,使用红铜时你能烟阵自己,但也让自己盲目,因为红铜让你的情绪不受拉引。"

"这是好事啊。"

沼泽微微侧首。"哦?那么哪一种会对你比较有利呢?是不受某个安抚者的影响,却也不知道有人在对你动手?还是因为你的青铜而清楚地知道他到底想压制哪种情绪?"

纹呆了呆。"你能分辨得这么清楚?"

沼泽点点头。"只要经过仔细练习,你可以辨认出敌人镕金术中最细微的变化,可以精准地知道安抚者或煽动者打算影响那个人情绪的哪一部分。你也可以看得出来别人在骤烧金属。如果练得够好,甚至可以看出来他们的金属是否快用完了。"

纹陷入沉思。

"你开始看出优点了。"沼泽说道,"很好。现在,燃烧青铜。"

纹照做,立刻感觉到空气中有两股韵律的鼓动。无声的鼓动淹过她,像是有人在打鼓,又像浪潮的拍打,交杂且混乱不明。

"你感觉到什么?"沼泽问道。

"我……觉得有两种金属在燃烧。一种来自于下面的卡西尔,一种来自你。"

"很好。"沼泽赞许地说道,"你练习过。"

"不常练。"纹承认。

他挑起一边眉毛。"不常练?你已经能判断波长的来源了,这通常需要练习。"

纹耸耸肩:"对我而言这似乎很自然。"

沼泽有一会儿没有说话。"好吧。"他终于说道,"这两种鼓动是不一样的吗?"

纹皱起眉头集中注意力。

"闭上眼睛。"沼泽说道,"摒开其他杂念,专注于镕金波长上。"

纹照做。这不像是听东西,她得相当专注才能分辨出波长中确切的不同。有一种像是在……击打她;另一种的感觉也很奇怪,像是每一波都在拉引她。

"一种是拉引金属,对不对?"纹睁开眼睛说道,"那是卡西尔。你在推。"

"很好。"沼泽说道,"他在燃烧铁,我请他这么做以便你练习。我当然是在燃烧青铜。"

"都是这样的吗?"纹问道,"我的意思是,每种感觉都不一样吗?"

沼泽点点头。"镕金讯号可以告诉你这是属于拉引还是推动的金属。其实,一开始金属就是依此被分类。像是锡属于拉,白镴属于推,这种关系不是靠直觉就能判断出来的。我没叫你睁开眼睛。"

纹立刻闭起双眼。

"专注于鼓动上。"沼泽说道,"尝试去辨认它们的长短。你能分辨差异吗?"

纹皱眉。她尽可能地专注,但她对金属的感觉似乎很……钝拙、模糊。几分钟后,不同鼓动的长短对她而言还是一样。

"我什么都感觉不到。"她气馁地说道。

"很好。"沼泽不带一丝笑意地说道,"我花了六个月的练习才分辨出波长的长短。如果你第一次就成功了，我会觉得自己相当无能。"

纹睁开眼睛："那为什么要我做？"

"因为你需要练习。如果你已经能分辨拉跟推的金属……那你显然很有天分。可能如卡西尔四处炫耀的那般有天分。"

"我应该感觉到什么？"纹问道。

"最终，你会感觉到两种不同的波动长度。内部金属，像是青铜跟红铜，会比外部金属的波动要长。经过练习后，你也可以感觉到波长中有三种不同的韵律：一种是肢体金属，一种是意志金属，还有一种是属于另外两个高等金属。

"波动长度、内外类别、拉引差异——只要知道这三件事，你就能明确辨认出对手在燃烧哪种金属。击打你且拥有快速韵律的长波是白镴——那是内推肢体金属。"

"为什么要有这些名字？"纹问道，"内部跟外部？"

"金属分两大类，一类有四种，至少八种普通金属可以这样被分类。每类有两种是外部，两种是内部，而两种之一会属于拉，另一种则是推。例如铁，是在拉体外的东西，用钢是推体外的东西，用白镴则是推自己体内的东西。"

"可是，还有青铜跟红铜。"纹说道，"卡西尔称呼它们为内部金属，但感觉像是在影响外部的东西。比如红铜避免别人感受到你在用镕金术。"

沼泽摇摇头："红铜不会改变你的对手。它会改变你体内的某样东西，进而影响你的对手。所以它是内部金属。而黄铜则是直接改变另一个人的情绪，所以那是外部金属。"

纹若有所悟地点点头。然后她转身，瞥向沼泽。"你对所有的金属了解很多，但你只是迷雾人，对不对？"

沼泽点点头。不过他看起来不打算回话。

那我们换一招吧，纹心想，熄灭她的青铜，开始轻轻燃烧起红铜隐藏她的镕金术。沼泽没有反应，继续低头看着卡西尔跟车队。

我对他的感官而言应该是隐形的，她心想，小心翼翼地同时燃烧锌跟黄铜。她按照微风训练她的方式，轻轻碰触沼泽的情绪，抑制他的多疑跟戒心，同时带出他的惆怅。理论上，他会因此比较愿意谈话。

"你一定是从哪里学到这些的？"纹小心翼翼地问道。

他绝对会看出来我做的事情。他会生气，然后——

"我很年轻时就绽裂了。"沼泽说道，"有相当长的练习时间。"

"很多人都有。"纹说道。

"我有……原因。很难解释。"

"向来很难解释。"纹说道，略略增加她的镕金压力。

"你知道卡西尔对贵族的想法吧？"沼泽问道，转身面对她，眼神如冰。

铁眼，她心想。就像他们说的。她以点头代替回答。

"我对圣务官有同样的感觉。"他别过头说。"我会尽我所能地去伤害他们。他们夺走了我们的母亲——那就是我绽裂的原因，也是我发誓要毁灭他们的起因。因此，我加入反抗军，开始学习关于镕金术的一切。因为审判者会用，所以我必须了解它，了解关于它的一切，让自己尽可能地擅长——还有，你在安抚我吗？"

纹一惊，立刻熄灭她所有的金属。沼泽再次转身面向她，表情冰冷。

快跑！纹心想。她几乎要拔腿就跑。她很高兴自己的直觉还在，只是稍稍被掩盖起来。

"是的。"她怯懦地说道。

"你的确很不错。"沼泽说道，"要不是我开始喋喋不休起来，我绝对不会发现。现在停手。"

"我已经停下来了。"

"很好。"沼泽说道，"这是你第二次改变我的情绪。绝对不要再这么做。"

纹点点头："第二次？"

"第一次是八个月前，在我的店里。"

没错。为什么我不记得他？"对不起。"

沼泽摇摇头，终于转过身："你是迷雾之子——这是你的天性。他也是一样。"他低头看着卡西尔。两人静静坐了片刻。

"沼泽？"纹问道，"你怎么知道我是迷雾之子？我当时只知道用安抚。"

沼泽摇摇头。"你靠直觉知道了其他金属。你那天燃烧了白镴跟锡，只有一点点，几乎可以忽略。你可能是从饮用水跟餐具得到金属。你从来没有想过为什么自己能活下来，但很多人却死了吗？"

纹顿了顿。我的确没被打死。就算很多天没有吃东西，晚上睡在小巷里，天上一直下着雨或下着灰烬……

沼泽点点头："就算是迷雾之子，也鲜少有人与镕金术相合到能靠直觉燃烧金属。因此我对你大感兴趣，于是我追踪你，并且告诉多克森要去哪里找你。另外，你又在推我的情绪了吗？"

纹摇摇头："我答应过了不会。"

沼泽皱眉，以冷硬的目光注视她。

"好严肃。"纹静静地说道，"像我哥哥。"

"你们很亲近吗？"

"我恨他。"纹低声道。

沼泽一呆，然后别过头："原来如此。"

"你恨卡西尔吗？"

沼泽摇摇头："我不恨他。他很贪玩又自以为是，但他是我弟弟。"

"就这样？"纹问道。

沼泽点点头。

"我……很难理解这点。"纹诚实地说道，望着外面一片的司卡、箱子和袋子。

"我猜你哥哥对你不好?"

纹摇摇头。

"那你的父母呢?"沼泽说道,"一个是贵族。另一个呢?"

"疯子。"纹说道,"她会幻听,严重到哥哥很怕我们跟她独处,但是他当然别无选择……"

沼泽静静地坐着,没有说话。怎么情况整个逆转了?他不是安抚者,但这跟我从他身上套话一样,他也让我滔滔不绝。

可是,终于能讲出这些事的感觉很好。她抬起手,漫不经心地摸摸耳环。"我不太记得了。"她说道,"可是瑞恩说,有一天他回到家,发现我母亲全身是血。她杀了我当时还是小婴儿的妹妹,她死得很惨。可是她却没有碰我,只给了我一只耳环。瑞恩说……他说她把我抱在怀里胡言乱语,说我是皇后,当时妹妹的尸体在我们脚下。他把我从我母亲怀里拉了过来,她逃跑了。他应该算是救了我一命吧。我想,这是我一直没离开他的部分原因。无论他对我有多不好。"

她摇摇头,瞥向沼泽:"可是,你不知道你有多幸运,有卡西尔这样的弟弟。"

"我想是吧。"沼泽说道,"我只是……希望他不会把人当玩物。我的确会杀圣务官,但只因为别人是贵族就杀人的话……"沼泽摇摇头。"还不止如此。他喜欢别人崇拜他。"

他说得有道理。可是纹也从他声音中感应到别的情绪。是嫉妒吗?你是哥哥,沼泽。你是有责任感的那个——你加入了反抗军,而非跟盗贼工作。结果大家喜欢的却是卡西尔,那一定让你很受伤。

"可是……"沼泽说道,"他变好了。深坑改变了他。她的……死改变了他。"

这是什么?纹心想,精神稍微一振。这里头绝对有点什么。伤痛。深刻的伤痛,远超过一个人对自己的弟妹该有的情绪。

原来如此。不只是"大家"都喜欢卡西尔,还有某一个人。某个你爱的人。

"总之，"沼泽说道，声音变得更坚定，"他并没完全抛弃过去的狂妄。这个计划简直是疯了，而且我相信他会这么做的部分原因是为了给自己谋利，但是……唉，他不需要协助反抗军。这次他的确是想做好事——却可能因此而死。"

"如果你这么确定他会失败，为什么还要参加？"

"因为他会让我混入教廷。"沼泽说道，"我在那里搜集到的情报可以协助日后的反抗军，甚至是卡西尔跟我死了好几个世纪以后。"

纹点点头，瞥向中庭。她迟疑地开口："沼泽，我不觉得那一切都不复存在了。他让自己在司卡心中拥有地位……他们仰赖他的方式……"

"我知道。"沼泽说道，"一切都是从那个'第十一金属'的计谋开始。不过我不觉得有什么好担心的——阿凯向来都会这样玩玩。"

"但是我不知道他为什么这次要去。"纹说道，"他有整整一个月无法参与行动。"

沼泽摇摇头："他会有一整个军队的观众欣赏他。况且，他需要离开城市一阵子。他的名声开始过盛，贵族开始对幸存者表现出过度的兴趣。如果传言说某个手臂上有疤的男子跟雷弩大人住在一起……"

纹点点头，醒悟过来。

"现在……"沼泽说道，"他假装成雷弩的远亲之一，必须趁还没有人把他跟幸存者联系在一起前离开。当阿凯回来后，他必须相当低调，进大宅不能走台阶，得靠偷溜，在陆沙德时也要一直戴着兜帽。"沼泽语音渐低，然后站起身。"无论如何，我已经教导你该有的基础，你现在需要练习。当你跟迷雾人在一起时，叫他们为你燃烧金属，然后集中注意力在他们的镕金波长上。如果我们能再次见面，我会教你更多，但除非你真的练习过，否则我没什么可再教你的。"

纹点点头。沼泽走出门，没跟她道别。片刻后，她看到他又走到卡西尔跟雷弩身边。

他们真的不憎恨彼此,纹心想,双臂靠在栏杆上。那会是什么感觉?

思索片刻后,她觉得亲情的感觉有点像是她得要找寻的镕金波动一样——

对她而言,目前还太不熟悉,无法理解。

"永世英雄不是人,而是力量。没有国家能占有他,没有女人能留住他,没有国王能杀害他。他将不属于任何人,甚至不属于自己。"

21

卡西尔静静坐着读书。船缓缓顺着运河前进,往北而去。有时候,我担心我不是众人认定的英雄,文章这么写着。我们有什么证据?全都是一些早就死了的人说的话,直到现在才被人视为具有预知能力?就算我们接受这些预言,也只有很薄弱的解释将这些预言与我串连起来。我守卫夏丘真的就是"英雄将因此得名之重担"?从某种角度而言,我的几场婚姻是能让我"与世界国王均有无血之亲"。还有一些类似的语句可以用来描述我生命中的事件。可是,那都可能只是巧合。

哲人们不断说服我,命运的时刻已然来到,所有征象均已显现,但我仍然怀疑,也许他们弄错人了。这么多的人都仰仗我,他们说我会一臂托起整个世界的未来。

如果他们知道,他们的守护者——永世英雄,他们的救世主——怀疑自己的能力,他们会怎么想?说不定他们根本不会感到意外。某

MISTBORN: THE FINAL EMPIRE

种程度而言,这也是我最担心的事情。

也许,他们的心里也在质疑——像我一样。

当他们看着我时,双眼是否看到了骗子?

我知道我不应该因为一个普通的挑夫而心神不宁,但他来自泰瑞司,预言诞生的地方。如果真有人能看出谁是骗子的话,不就是他了?

然而,我继续旅程,前往预言书所说的,我的命运之地。一面走着,一面感觉拉刹克的眼睛盯着我的背。嫉妒、嗤笑、憎恨。

最后,我担心我的骄傲会毁灭我们所有人。

卡西尔放下小册子,船舱因为外头纤夫的努力而微微晃动。他很高兴在船队出发前,沙赛德给了他这份统御主日记的部分译本。船上几乎无事可做。幸好,日记相当令人着迷。诡异得令人着迷。读到统御主亲笔写的东西让人很不安。对卡西尔而言,统御主不是人,而是……怪物,是一股邪恶的力量,必须被摧毁。但是,在书中所呈现出来的人着实平凡。他既质疑也思考,似乎是有深度,甚至是有坚持的人。

最好不要太相信他的叙述,卡西尔心想,摸着书页。人鲜少会认为自己的行为是不正当的。

不过,统御主的故事让卡西尔想起他听说过的传说——司卡之间偷偷讲述的故事,贵族们的讨论,还有守护者记忆的内容都声称,在升华前,统御主是最伟大的人,受敬爱的领袖,掌握人类所有命运的人。

很不幸的是,卡西尔知道故事如何结束。最后帝国本身就是日记的结尾。统御主没有拯救人类,他奴役了人类。读到第一手资料,看到统御主的自我怀疑跟内心挣扎,只是让故事更悲剧化。

卡西尔捧起书要继续阅读,但他的船开始慢下来了。他望向船舱外,看到运河上方有几十个人在曳道上使劲,曳道只是一条沿着运河而上的狭窄道路,他们拉着整个船队的四艘大船和两艘窄船,这个方法相当有效率,也相当费工,不过用同样的人力拉船过运河的载重量比用人力驮货物多好几百磅以上。

这些人停了下来。卡西尔可以看到前面有个水闸，在其后运河分成两段，像是交错的水道。终于到了，卡西尔心想，历经数个礼拜的旅程终于到达终点。

卡西尔没等人来传讯就踏上窄船的甲板，他从袋里摸出几枚钱币。该是要炫耀两招的时候了，他心想，将钱币抛上甲板，燃烧钢，将自己推入空中。他斜冲上天，很快就到达可以看到整排人的高度——下面的人正半拉着船前行，等着人来交班。卡西尔以圆弧飞行，飞越另一艘装满补给品的船舰时又抛下一枚钱币，摆脱坠势再度推起。准士兵们抬起头，赞叹地指着飞腾在运河之上的卡西尔。

卡西尔燃烧白镴，增强体能，同时落到船队领头的窄船甲板上。叶登踏出船舱，略微惊讶：“卡西尔大人！我们，嗯，来到岔路了。”

"我看到了。"卡西尔说道，回望着一串船队。拉道上的人正兴奋地交谈，指指点点。在大白天，而且还是在众目睽睽之下用镕金术，感觉很奇怪。

没办法，他心想。这次之后，这些人要好几个月才会再看到我。我需要让他们印象深刻，给他们可以抓住的东西，否则不会成功……

"我们要不要去看看洞穴的人有没有来跟我们会合？"卡西尔问道，转身面向叶登。

"当然。"叶登说道，挥手要仆人将他的窄船拉到运河边，抛出上岸的木板。叶登看起来很兴奋。他真的是个认真的人，卡西尔敬重他这点，就算叶登没什么气势。

我大半辈子的问题正好相反，卡西尔好笑地想，跟叶登一起走下船。气势有余，认真不足。

两人走到运河工人队伍的前面，靠近最前端。哈姆的一名打手——此时扮成卡西尔的侍卫队长——跟他们敬个礼：“我们来到岔路了，卡西尔大人。”

MISTBORN: THE FINAL EMPIRE

"我看到了。"卡西尔再次说道。前方一团茂密的白杨木顺着山坡长到山林里，运河与树林朝相反的方向延续，因为最后帝国中有更好的木材来源，因此这里的森林独自耸立，被大多数人忽略。

卡西尔燃烧锡，突然炫目的阳光让他眼睛一疼，但他很快便适应了，能够看出森林的细节，还有其中些微的动静。

"那里。"他说道，将钱币抛掷入空中，推向前方。钱币直线前冲，直到撞上树干，发出砰的一声。听到预先安排好的暗号，一小群身着迷彩衣服的男子从树林边缘走出，越过沾满灰烬的土地，来到运河边。

"卡西尔大人，"最前面的人说道，敬了个礼，"我是德穆队长。请带着新募人员跟我一起来——哈姆德将军热切期待见到你们。"

德穆"队长"虽然年纪轻轻，却已经训练有素。他才二十出头，便能以相当严谨的态度带领他的一小队人马，同样的态度若是出现在能力较差的人身上，只会让人觉得自大而已。

比他更年轻的人也曾带领士兵上战场，卡西尔心想。虽然我在那年纪时只晓得吃喝玩乐，但这不代表每个人都是如此。看看可怜的纹，才十六岁，严肃的程度跟沼泽已经得比。

依照哈姆的命令，他们绕了一段路才穿过森林，每个小队都走不同的路径以避免留下明显的痕迹。卡西尔转头看着身后的两百多人，略略皱眉。这么多人留下的行踪应该还是蛮明显的，但他无能为力，如此多人的行动几乎无法掩盖。

德穆放慢速度，挥挥手，几名小队队员快步向前，他们的军队仪节不及领袖的一半好，但卡西尔仍然相当佩服。上次他来到此处时，那些人根本只是杂牌军，完全没有纪律，跟大多数的司卡流浪人差不多。哈姆跟他的军官们真的训练出优秀的成果。

士兵们拉开一些假的树丛，露出地面上的裂缝，里面一片漆黑，两旁凸起结晶大理石。那不是个普通的山边洞穴，而是地上的裂口，直接往下延伸。卡西尔静静站在一旁，低头看着石块交错的黑色裂口，全身略略颤抖。

"卡西尔?"叶登问道,皱起眉头,"怎么了?"

"它让我想起深坑。它就是这样——地上的裂口。"

叶登脸略微一白:"噢。我,呃……"

卡西尔挥手表示无所谓:"我知道会发生这种事。我曾经连续一年每天爬入这种洞穴一次,每次都出得来。我打败了它们。它们无法影响我。"

为了证明他的话,他上前一步,爬下狭窄的裂口,里头的宽度刚好容纳一名壮汉。卡西尔一面往下爬,一面看着德穆跟新招募来的士兵静静地看着他。他方才是故意让所有人听见他的话。

让他们看到我的弱点,也让他们看到我克服它。这是很勇敢的念头,但他一经过地表,就又仿佛像是回到深坑,夹在两片石墙中间,以颤抖的手指探索向下的道路。冰冷、潮湿、黑暗。挖掘天金的人必须是奴隶。也许用镕金术师会比较有效率,但在天金水晶附近使用镕金术会将水晶震碎,所以统御主使用被判死刑的犯人,强迫他们入坑,强迫他们往下爬,一直爬……

卡西尔强迫自己前进。这里不是海司辛。裂缝不会长到要爬好几个小时之久,也不需要将手臂探入长满水晶的洞穴,忍受刮伤流血,寻找藏在里面的天金晶石。一颗晶石换来的是一个礼拜的生命。工头鞭打下的生命。残忍神明统治下的生命。红色太阳下的生命。

我会替其他人改变这一切,卡西尔心想。我会让它变得更好。

攀爬对他而言很辛苦,比他愿意承认的还要辛苦。幸好,裂口过不久便扩张成洞穴,卡西尔随即瞄到下方的光线,最后一段路程他松开手,落在不平滑的石地板上,对站在一旁等待的男子微笑。

"你的玄关很不错啊,哈姆。"卡西尔说道,拍拍双手。

哈姆微笑:"你还没看到厕所呢。"

卡西尔大笑,让路给后面的人。几条天然通道从石穴向四周延伸而出，裂口垂着一条小绳梯协助大家爬回上方。叶登跟德穆不久后便爬下绳梯，来到洞穴，衣服在爬行途中被割破、弄脏。这不是容易通过的入口，但正合他们心意。

"见到你真好，阿凯。"哈姆说道。穿在他身上的衣服袖子依然健在，看了令人好不习惯，而他军事化的服装看起来相当正式，线条方正，前面还有扣子。"你帮我带了多少人来？"

"两百四十多个。"

哈姆挑起眉毛："招募的速度加快啦？"

"终于加快了。"卡西尔点头说道。士兵开始坠入洞穴中，几名哈姆的副官上前来，协助新来者着地，指引他们朝一侧的通道走去。叶登走到卡西尔跟哈姆身边："这个洞穴真惊人，卡西尔大人！我从来没有亲自来过洞穴。难怪统御主找不到藏在这里的人！"

"这个洞穴万无一失。"哈姆骄傲地说道，"只有三个入口，每个都是类似的裂口。只要有足够的补给品，就可以无限期地防守此地，抵抗外来攻击。"

"而且……"卡西尔说道，"这不是这一片山下的唯一洞穴。就算统御主下定决心要摧毁我们，他的军队要花上好几个礼拜搜寻，却可能还是找不到我们的人。"

"太惊人了。"叶登说道。他转身，看着卡西尔："我对你的判断错了，卡西尔大人。这个行动……这支军队……你办到很了不起的事情。"

卡西尔微笑："其实，你对我的判断是对的。你从一开始就相信我——我们会在这里，都是因为你。"

"我……我的确做了正确的选择，对不对？"叶登微笑地说道。

"无论如何，"卡西尔说道，"谢谢你对我这么有信心。可能要花上一段时间才能让这些人都爬下裂口，你介意指挥一下这边的事情吗？我想跟哈姆德谈谈。"

"当然，卡西尔大人。"他的声音里有尊敬，甚至有逐渐萌生的崇拜。

卡西尔朝一旁点点头。哈姆微微皱眉，拾起一盏灯笼，跟着卡西尔出了第一间石穴。两人走入侧边的一条通道，一出了听觉范围，哈姆便停下脚步，瞥向后方。

卡西尔也停下，挑起眉毛。

哈姆朝入口的石室点点头："叶登的确改变不少。"

"我对人向来有如此的影响。"

"一定是因为你令人佩服的谦虚。"哈姆说道，"我是认真的，阿凯。你是怎么办到的？那人之前可以说是恨死你了，结果他现在看起来像是崇拜大哥哥的小弟弟一样。"

卡西尔耸耸肩："叶登从来没加入过有效率的团队。我想他开始意识到，我们是有成功机会的。只花了半年多一点的时间，我们募集到一支人数他前所未见的反抗军。再固执的人都会被这种成果说服。"

哈姆看起来没有被说服。最后，他只是耸耸肩，再次开始行走："你想要谈什么？"

"其实，如果可以的话，我想要去看看另外两个入口。"卡西尔说道。

哈姆点点头，指向侧面的一条通道，领路向前。那条通道跟大部分的道路一样，不是借由人力挖空，而是天然形成的洞穴，在中央统御区中有数百个类似的洞穴，但大多数面积没有这么广，而且只有一个，也就是海司辛深坑，才生长天金晶石。

"无论如何，叶登说得没错。"哈姆说道，钻过通道中的一个狭窄处。"你挑了一个好地方来藏这些人。"

卡西尔点点头："不同的反抗军团体利用这些洞穴坚持了好几个世纪，它们离陆沙德近得可怕，但统御主从来没有成功领军攻下这里的任何地方。所以他现在直接忽略此处。"

"对此我一点都不怀疑。"哈姆说道，"这底下有好多凹槽窄道，可不是打仗的好地方。"他踏离通道，进入另一间小石穴。这间的天花板有一道裂口，渗入细微的一道阳光。有十名士兵守卫着房间，哈姆一走入，他们立刻立正。

卡西尔赞许地点点头:"随时都有十个人?"

"三个出口都有。"哈姆说道。

"很好。"卡西尔说道。他上前一步,检阅士兵。他卷起袖子露出疤痕,知道众人都在打量那些疤痕。他不知道到底该检查什么,但试着露出挑剔的样子。他检查了他们的武器——八人用战棍,两人用剑——也拍了拍几个人肩膀,虽然没有人穿制服。

最后,他转向一名肩膀上有徽章的士兵:"士兵,你会让谁出洞穴?"

"只有手持哈姆德将军亲笔密函的人。"

"没有特例?"卡西尔问道。

"没有,长官!"

"那如果我现在想离开呢?"

男人迟疑:"呃……"

"你要阻止我!"卡西尔说道,"没有特例,士兵。我不行,你同寝的同袍不行,军官不行——谁都不行。如果没有密函信,不准他们离开!"

"是的,长官!"士兵说道。

"做得好。"卡西尔说道,"将军,如果你的士兵都这么优秀,那统御主怕得有道理。"

士兵们一听这话,个个更加抬头挺胸。

"继续操练,各位。"卡西尔说道,挥手要哈姆跟着他出房间。

"你刚才那么做很体贴。"哈姆轻声说道,"他们期盼你来,盼了好几个礼拜了。"

卡西尔耸耸肩:"我只是想看看他们是否好好守住了那道裂口。现在你有更多人了,我要你在所有通往这些出口洞穴的通道中安排守卫。"

哈姆点点头:"不过,似乎有点太极端?"

"算是看在我的分上。"卡西尔说道,"只要有一个逃兵或是一个心怀不满的人,就可以把我们所有人都出卖给统御主。你觉得你能守住此处是很好，但如果外面有军队驻扎困住你，那这支军队对我们而言就算是没用了。"

"好吧。"哈姆说道，"你想要看第三个入口吗？"

"请带路。"卡西尔说道。

哈姆点点头，领着他走向另一条通道。

"噢，还有一件事。"卡西尔走了一段路后说道，"找大概一百个人，都得是你信得过的，叫他们去森林里走走。如果有人来找我们，我们无法抹消这么多人通过树林的痕迹。可是，也许我们能把踪迹弄乱混淆视听。"

"好主意。"

"我满脑子都是好主意。"卡西尔说道，两人一同踏入另一个洞穴，这个比前两个都来得大，上面不是裂口，而是练习室。一群群人拿着剑或杖，在身着制服的教官训练下对打。军官穿制服是多克森的主意。他们无法负担为所有士兵置装，一来是太贵，二来是要买这么多制服会引人怀疑，但也许看着他们的领袖都穿着制服能增加凝聚力。哈姆站在房间边缘，没有继续往前。他打量士兵，轻声说道："我们得找时间谈谈这件事，阿凯。这些人开始觉得自己像士兵……可是，他们是司卡。他们一辈子都在磨坊或农田里工作，我不知道，一旦上战场他们会有何种表现。"

"如果我们一切做得对，那他们根本不用打多少仗。"卡西尔说道。"深坑只有两百名士兵在守卫——统御主不能派太多人去，免得让别人猜到那里的重要性。我们的一千人可以轻松攻下深坑，然后只要警备队到就立刻撤退，另外九千人可能要面对几家上族的守卫队跟皇宫的士兵，但在人数上我们应该占上风。"

哈姆点点头，但他的眼神仍然不确定。

"怎么了？"卡西尔问道，靠着洞穴岔路的光滑水晶开口。

"之后该拿他们怎么办，阿凯？"哈姆问道，"我们一拿到天金，就把

MISTBORN: THE FINAL EMPIRE

城市跟军队交给叶登。然后呢？"

"然后就是叶登的事情了。"卡西尔说道。

"他们会被屠杀。"哈姆低声说道，"一万人无法对抗整个帝国、守御陆沙德。"

"我打算给他们更大的生存机会，哈姆。"卡西尔说道，"如果我们能让贵族相互残杀，推翻政府……"

"也许吧。"哈姆说道，仍然没被说服。

"你同意这计划，哈姆。"卡西尔说道，"我们一直以来都是这样打算。扶植军队，交给叶登。"

"我知道。"哈姆说道，叹口气，靠向石墙，"我想……现在不一样了，因为我一直在带领他们。也许我不应该负责带人。我是保镖，不是将军。"

我知道你的感觉，朋友。卡西尔心想。我是盗贼，不是先知。有时候，我们必须成为任务需要的角色。

卡西尔按上哈姆的肩膀："你在这里已经做得很好了。"

哈姆一顿。"'已经'？"

"我带叶登来替换你。老多跟我决定最好让他有机会来当军队的指挥官——这样军队才会习惯他是领导者。况且，我们需要你回到陆沙德，得要有人去警备队搜集情报，而你是唯一一个有军队联络人的人。"

"所以我要跟你一起回去？"哈姆问道。

卡西尔点点头。

哈姆有片刻看起来相当沮丧，之后随即放松露出微笑："我终于不用穿这身制服了！但是，你觉得叶登行吗？"

"你自己也说他最近几个月变了许多。而且，他真的是一名很杰出的行政人员——自从我哥哥离开后，他把反抗军接管得很好。"

"我想是吧……"

卡西尔懊恼地摇摇头："我们人手不够，哈姆。你跟微风是我真正信任的少数几人之一，我需要你们在陆沙德。叶登不是这里最完美的人选，但军队总归会是他的，干脆先让他率领一下，况且，他这样才有事情做。他对于自己在集团中的地位变得有些敏感。"卡西尔停了一下，再笑着说，"我想他嫉妒我对别人太过关注。"

哈姆哈哈一笑："这的确是个改变。"

两人继续开始前进，离开练习室。他们进入另一条蜿蜒的石头长廊，这条路稍稍向下，哈姆的灯笼是唯一光源。

"你知道吗……"走了几分钟后，哈姆开口，"这里还有一点很好。也许你以前已经注意到了，这里有时候的确很美。"

卡西尔没有注意到。他瞥向两人经过的墙壁，房间一侧的边缘是由天花板滴下的矿物所组成，脆弱的石柱跟石笋像肮脏的冰柱一样融合为一，形成类似布帘的样子。矿物在哈姆的灯光下闪烁，前方的道路似乎是冻结住的翻腾河水。

不，卡西尔心想。我看不见它的美，哈姆。其他人可能可以在层次分明的色彩跟熔化的岩石中看到异景，卡西尔只看到深坑。无尽的洞穴，大多数是直朝下方。他被强迫要钻过缝隙，直坠入黑暗，甚至没有灯光能照亮方向。

他经常考虑不要爬回上方，但他会在洞穴中找到尸体——另一名囚犯的尸体，是迷路者或单纯放弃的人。卡西尔会摸摸他们的骨头，然后对自己承诺更多。每个礼拜，他会找到一颗天金晶石。每个礼拜，他都躲避了被殴打致死的命运。

除了最后一次。他不该活着——他该被杀死。可是，梅儿给了他一颗天金晶石，还向他保证那个礼拜她找到两颗。直到他交上晶石时，他才发现她在撒谎。第二天，她就被打死，在他眼前活生生被打死。

那天晚上，卡西尔绽裂了，拥有迷雾之子的所有力量。第二个晚上，死了人。

很多人。

海司辛幸存者。一个不该活下来的人。即使看着她死在我面前，我仍然无法确定她有没有背叛我。她是因为爱才给我那颗晶石吗？还是因为罪恶感？

不，他看不到洞穴的美。其他人被深坑逼疯，极端畏惧狭窄密闭的空间。这种事没发生在卡西尔身上，这些洞穴中无论有多神奇的秘密，多惊人的景观或多细致的美景，他永远不会承认。因为梅儿死了。

我不能再想下去了，卡西尔下定决心，洞穴似乎在他身边变得更黑暗。他抬头望着旁边："好吧，哈姆。说吧。告诉我你在想什么。"

"真的吗？"哈姆兴奋地说道。

"对。"卡西尔无奈地说。

"好。"哈姆说道，"所以，这是我最近担心的事情：司卡跟贵族有差别吗？"

"当然有。"卡西尔说道，"贵族有钱跟土地，司卡什么都没有。"

"我不是说经济——我是说身体上的差异。你知道圣务官是怎么说的吗？"

卡西尔点点头。

"好，那是真的吗？我是说，司卡真的能生很多孩子，而我听说贵族子嗣艰难？这被称为平衡。据说统御主是靠此确保司卡不会需要供养太多贵族，而且也保证虽然司卡会被殴打或任意虐杀，总会有足够的司卡来种植食物和在磨坊里工作。"

"我一直认为这只是教廷的说法而已。"卡西尔认真地说。

"我知道有些司卡女人生了一打小孩。"哈姆说道，"可是我说不出哪个主要的贵族家有三个以上的孩子。"

"这只是某种文化？"

"那身高呢？据说光用看的就可以分辨司卡跟贵族。这点是有改变，应该是因为混血，但大多数司卡都还蛮矮的。"

"是因为营养不足的缘故。司卡没有足够的食物。"

"那镕金术呢？"

卡西尔皱眉。"你得承认这点就有实质上的不同了，"哈姆说道，"除非司卡在过去五代中有贵族血统，否则绝对成不了迷雾人。至少这一点是真的。"

"司卡的思考方式跟贵族不一样，阿凯。"哈姆说，"就连这些士兵都很胆怯，而他们已经算是勇敢的！叶登对于一般司卡群众的判断是正确的——他们绝对不会叛变。如果……如果我们真的有肢体上的差异？如果贵族是有权利来统治我们的呢？"

卡西尔在走廊上停住脚步："你不是认真的。"

哈姆也停下来："我想……的确不是，但我有时还是会想。贵族有镕金术，对吧？也许他们是应该管理我们的。"

"'应该'？谁说的，统御主？"

哈姆耸耸肩。

"不，哈姆。"卡西尔说，"不对，那是不对的。我知道这想法改变起来很困难，事情向来如此，习以为常。但你必须要打从心底相信，司卡的生活是个严重的错误。"

哈姆呆了呆，然后点点头。

"走吧。"卡西尔说，"我想去看看另一个入口。"

接下来的一个礼拜缓慢地过去。卡西尔校阅军队，检查训练、食物、武器、补给品、探子、守卫，还有任何他能想到的事物。更重要的是，他不断探视士兵，赞美且鼓励他们，同时刻意在他们面前经常使用镕金术。

虽然很多司卡都听说过"镕金术"这个词，但很少有人确切知道它到底有何效用。贵族迷雾人鲜少在别人面前使用力量，混血迷雾人更是格外谨慎。一般司卡，就算是城市里的司卡对于钢推或燃烧白镴亦一无所知。当他们看到卡西尔飞过空中，或是以超人的力量与其他人对打时，他们将这一切归功于模糊的"镕金魔法"。卡西尔并不介意这样的误解。

可是，虽然一个礼拜有许多活动，他未曾有片刻忘记他与哈姆的对话。

哈姆他怎么可能去想司卡会不会真的比较劣等？卡西尔心想，坐在中央会议厅的首桌，拨弄着食物。巨大的"房间"大到足以容纳整个军队七千人，虽然有许多人是坐在旁边的洞穴或半坐在通道中。首桌则是摆设在洞穴一端高起的平台上。

我可能太过担忧了。哈姆经常会想许多常人不会去想的事情，这也不过就是他的众多哲学问题之一罢了。而且，看起来他已经忘记先前的疑虑，正跟叶登说笑，享受着自己的晚餐。

至于高瘦的反叛军领袖叶登看起来则对自己的将军制服相当满意，过去的一个礼拜他非常认真地向哈姆请教军队运作的事宜，并将之写成笔记。他似乎很自然地就接下自己的任务。事实上，看起来只有卡西尔一个人无心享受宴席。晚上的食物是由船队所带来，特别为了今晚准备的，以贵族标准而言只是相当简朴的菜肴，但远比士兵们习惯的餐点精致许多。所有人以亢奋喜悦的心情在享受这一餐，喝着每个人配给到的少量啤酒，庆祝这个时刻。

可是，卡西尔仍旧在担心。这些人认为他们在为何而战？他们似乎相当热切地在接受训练，但也许只是因为这样能得到温饱。他们真的相信自己是有资格来推翻最后帝国的人吗？他们认为司卡比贵族低等吗？

卡西尔可以感觉得到他们有所保留。许多人意识到了即将来临的危险，要不是有严格执行的出入规定，可能早就逃跑了。虽然他们很乐于谈论到接受的训练，却避免提及最后的任务——夺取皇宫跟城墙，然后抵挡陆沙德警备队。

他们不觉得自己能够成功，卡西尔猜测。他们需要信心。关于我的传言是个开始，但是……他推推哈姆，引起对方的注意。

"这里有人在训练时常惹麻烦吗？"卡西尔低声问道。

他奇特的问题让哈姆皱起眉头："当然有一两个。在这么大的团体里，总会有不满的人。"

"有哪个人特别显眼吗？"卡西尔问道，"想要离开的人？我需要某个曾大声表明过反对我们行动的人。"

"指挥部里面有几个。"哈姆说。

"这里呢？"卡西尔问道，"最好是坐在我们看得见的桌子旁。"

哈姆想了想，眼光搜寻众人。"坐在第二桌，披着红披风的那个。他两个礼拜前想逃跑被抓到。"

卡西尔摇摇头："我需要一个比较有群众魅力的人。"

哈姆深思地搓搓下巴，然后动作一滞，朝另一张桌子点点头："比格。坐在右边第四张桌子的大块头。"

"我看到了。"卡西尔说。比格是个壮硕的男子，穿着背心，留着大胡子。

"他很聪明，所以不会反抗命令。"哈姆说，"可是他一直在暗地制造麻烦。他不认为我们有机会对抗最后帝国。我很想把他关起来，但又不能真的去惩罚一个只是表达恐惧的人——如果要这么做，我得以同样方法处理军队里半数的人。况且，他是名优秀的战士，不该被随意处置。"

"他很完美。"卡西尔回应道。他燃烧锌，然后望向比格。虽然锌不会让他读取那人的情绪，但在燃烧锌的时候可以针对特定的人进行安抚或煽动，就像从众多金属中挑选特定一块来拉引那样。即便如此，要从这么多人中单单针对比格一人施术有点困难，所以卡西尔干脆瞄准整桌人，"握住"他们的情绪以防万一，然后他站起身，洞穴慢慢安静下来。

"各位，在我离开前，我想最后一次表达，这次的造访让我深感佩服。"他的话响彻室内，洞穴的天然扩音效果传达到各个角落。

"你们正在成为一支很优秀的军队。"卡西尔说，"我很抱歉得借走哈姆德将军一阵子，但我留下另一名同样很杰出的人来替代他的位置。你们之中有许多人认得叶登将军，你们知道他担任反抗军首领已经有多年经验。我相信他有能力训练你们成为更好的士兵。"

MISTBORN: THE FINAL EMPIRE

他开始煽动比格跟他的同伴，鼓推他们的情绪，相信他们对他的话一定不甚同意。

"我向你们要求的是件伟大的任务。"卡西尔说，没有看比格的方向，"那些在陆沙德之外的司卡，甚至几乎是所有的司卡，都不知道你们将为他们做的事情。他们不知道你们历经什么样的训练，也不清楚你们正准备要迎接什么样的战争。可是，他们会享受即将来临的成果。有一天，他们会称呼你们为英雄。"

他更用力煽动比格的情绪。

"陆沙德警备队很强，"卡西尔说，"可是我们能打败它，尤其是如果我们能快速夺下城墙的话。不要忘记为何来此，你们的目标不只是学会如何挥剑或戴钢盔。这是一场世界前所未见的革命，我们将为自己夺取政权，并推翻统御主。不要忘记你们的目标。"

卡西尔暂时安静下来。他从眼角可以看到比格桌上的每个人都面露不悦之色。终于，在一片沉默中，卡西尔听到那桌传来一句压低的咕哝，被洞穴的天然传声效果带进许多耳朵里。

卡西尔皱眉，转向比格。整个洞穴似乎更安静了。"你刚才说什么了吗？"卡西尔问道。现在是关键时期。他会抗拒，还是会顺从？

比格迎向他的注视。卡西尔骤烧金属，瞬时增强煽动的效力。结果便是比格从桌边站起，满脸涨红。"是的，长官。"壮汉怒叱，"我说了话。我说，军队中这些人没有忘记'目标'。我们每天都想着它。"

"为什么？"卡西尔问道。洞穴后方响起交头接耳的声音，前方的人开始转述给后方听不到的人。

比格深吸一口气。"长官，因为我们认为你是派我们去自杀。最后帝国的军队不止一个警备队。我们夺下城墙是没有意义的——反正早晚我们都会被屠杀。你无法靠一两千名士兵来推翻帝国。"

很完美，卡西尔心想。对不起，比格，但得有人要说这些话，而且那人绝对不能是我。

"我们之间似乎有分歧,"卡西尔大声说道,"我相信这些人,还有他们的任务。"

"我相信你是个有妄想症的笨蛋。"比格怒吼,"而且我一定是个更大的笨蛋,要不然才不会来到这个鬼地方。如果你这么深信我们有机会成功,为什么不准任何人离开?我们被困在这里,直到你把我们派去送死!"

"你侮辱我。"卡西尔怒斥,"你很清楚为什么所有人都不准离开。你为什么想要离开,士兵?你那么急着想通报统御主、背叛你的同伴吗?拿四千条人命快速赚几枚盒金?"

比格的脸涨得更红:"我绝对不会做这种事,但也绝对不会乖乖去送死!这支军队根本是白费功夫!"

"你说的话可是叛乱!"卡西尔说。他转身搜寻众人,"将军不应与他麾下的人决斗。这里有士兵愿意维护反抗军的荣誉吗?"

立刻有二十几人站起身。卡西尔特别注意到其中一人。他的个头比其他人都小,但先前卡西尔就注意到他身上的单纯认真。"德穆队长。"

年轻的队长立刻跳上前。

卡西尔伸出手,握住自己的剑,抛给下方的男子:"小伙子,你会用剑吧?"

"是的,长官!"

"谁去帮比格拿柄武器,再拿两件锁子甲的背心。"卡西尔转向比格,"贵族有个传统——当两人争执时,他们以决斗来裁定。打败我的勇士,你就可以离开。"

"那如果他打败了我呢?"比格问道。

"那你就得死了。"卡西尔说道。

"反正留下来也是死。"比格说道,从附近的人手边接过剑,"我接受。"

卡西尔点点头,等着士兵们将桌子拉开,在首桌前面让出空间。众

MISTBORN: THE FINAL EMPIRE

人纷纷开始站起，围成一圈来观看比赛。

"阿凯，你在做什么?!"哈姆在他身侧低声急问道。

"一件该做的事情。"

"该做的……卡西尔，那男孩打不过比格！我信任德穆，所以才将他擢升，但他算不上是很厉害的战士，而比格却是军队中最优秀的剑士之一！"

"所有人都知道这点吗？"卡西尔问道。

"当然。"哈姆说道，"快点取消。德穆的体格几乎只有比格的一半——他的手长、力气、技巧都不如人。他会被宰的！"

卡西尔没有响应哈姆的要求。他静静地坐着，看比格跟德穆举起武器，一对士兵帮他们绑好皮革护甲。准备完成后，卡西尔挥手，示意让战斗开始。哈姆呻吟出声。这会是一场很短暂的战斗。两人都用长剑，没穿多少盔甲。比格自信满满地上前一步，试探地朝德穆挥了几下。那男孩至少有两下子，他挡下了攻击，但同时也暴露出自己到底有多少能耐。

深吸一口气，卡西尔燃烧钢跟铁。

比格挥剑，卡西尔将剑拨向一边，让德穆有逃脱的空间。男孩尝试刺击，但比格轻易地打掉了他的攻势。强壮的战士接下来连续进攻，将德穆节节逼退，最后一挥时，德穆尝试要跳到一旁，但他动作太慢，对方的剑无可闪避地落下。

卡西尔骤烧铁，拉着后方的灯笼铁框稳住自己，然后抓住德穆背心上的金属钉，趁他跳起时用力一拉，将男孩朝后拖去，闪开比格的攻击。

德穆落地时脚一歪，比格的剑同时也砍入地面。比格惊讶地抬起头，众人也发出惊奇之声。比格咆哮一声，高高举起剑往前冲去。德穆挡下了强而有力的挥砍，但比格轻轻松松便把男孩的剑拍向一旁。比格再次攻击，德穆反射性地抬起手。

卡西尔一推，将比格的剑冻结在空中，德穆站起身，手仍往前举着，仿佛他只靠意念便制止了敌人的攻击。两人如此僵持了片刻，比格尝试将剑往前推，德穆敬畏地盯着自己的手，他稍稍挺直背脊，尝试性地将手推向前。

卡西尔也往前推，让比格向后摔去。壮硕的士兵惊讶地大喊，跌倒在地。当他再度站起时，卡西尔再也不需要煽动他的情绪。他愤怒地咆哮，双手抓起剑，冲向德穆。

有些人就是不懂得放弃，卡西尔看着挥砍的比格，如此心想。

德穆开始闪躲。卡西尔将男孩推向一边避开攻击。德穆双手抓起武器转身，朝比格挥砍。卡西尔半途抓住德穆的武器，在骤烧铁的同时将剑用力前扯。

两把剑撞击在一起，有了卡西尔的力量加成，德穆的攻击将比格的剑打飞。

清脆的断裂声后，壮硕的造反男子被德穆的攻击推倒在地，武器在远处的石板地上弹了两下后落地。

德穆上前一步，对着震惊的比格举起武器。然后，他停下来。卡西尔燃烧铁抓住武器，想将它拉下，进行最后一击，但德穆抗拒。

卡西尔停了半晌。这个人该死，他愤怒地心想。

地面上的比格轻声呻吟，卡西尔勉强可以看到他扭断的手臂，骨头被方才重重的一击震碎，正在流血。

不，卡西尔心想。够了。

他放开德穆的武器。德穆放下剑，低头看着比格。然后，德穆举起双手，不可思议地看着它们，手臂略略颤抖。

卡西尔站起身，众人再度安静下来。

"你们以为我会将毫无准备的你们推到统御主面前吗？"卡西尔以响亮的声音质问道，"你们以为我会让你们去白白送死吗？你们为正义而战。你们为我而战。当你们去对抗最后帝国的士兵时，我不会弃你们于不顾。"

MISTBORN: THE FINAL EMPIRE

卡西尔将手高高举起，握着一小块金属："你们都听过这个，对不对？你们都知道第十一金属的传言吧？我，拥有它。我，会使用它。统御主必定会死！"

所有人开始欢呼。

"这不是我们唯一的工具！"卡西尔大喊今晚的消息，"在你们这些士兵体内也有从未碰触过的力量！你们听说过统御主用的怪异魔法吧？我们也有！尽情享受宴会吧，我的士兵们，不要畏惧将来的战斗！期待它！"房间内爆发出响亮的欢呼声，卡西尔挥手要人送上更多酒。几名仆人快速上前，扶着比格出了房间。

当卡西尔再度坐下时，哈姆正重重皱眉："我不喜欢这样，阿凯。"

"我知道。"卡西尔低声说道。

哈姆打算继续说下去，可是叶登此时探身过来："刚才太惊人了！我……卡西尔，我都不知道！你应该告诉我你能将力量渡给其他人。有了这种力量，我们怎么会输呢？"

哈姆一手按在叶登的肩膀上，将他推回原位。"吃饭。"他命令。然后，他转向卡西尔，把自己的椅子拉近，低声说："你刚才对我整团的军队说了谎，阿凯。"

"不，哈姆。"卡西尔低声说，"我对我的军队说了谎。"

哈姆一顿，然后脸色一沉。

卡西尔叹口气。"只有一部分是谎言而已。他们不需要当战士，只需要看起来具有威胁性，让我们能夺取天金，贿赂警备队，我们的人甚至不必战斗。这跟我答应他们的事情几乎一样。"

哈姆没有回答。

"在我们离开之前……"卡西尔继续说道，"我要你挑几十个最值得信赖，最忠诚的士兵，将他们送回陆沙德，但他们得发誓不得泄漏军队的所在地。让他们去司卡之间散播今晚的消息。"

"所以，这一切都是为了满足你的自大？"哈姆怒叱。

卡西尔摇摇头："有时候我们必须做自己不喜欢的事情，哈姆。也许我的确相当自大，但这次是为了完全不同的目的。"

哈姆坐在原位片刻，然后转回去面对他的食物。但他没有进食，只是坐在那里，盯着首桌前地上的血迹。

唉，哈姆。卡西尔心想，真希望我能将一切坦白解释给你听。

计谋后的计谋，计划外的计划。

永远都有另一个秘密。

一开始，有人不相信深黯是个严重的威胁，至少对他们而言不是。但是它带来了几乎感染整片大陆的危险。军队对其无用，城市被它的力量击倒，庄稼无法收成，土地正在衰亡。

这是我对抗的东西。这是我必须打败的怪物。我害怕自己花的时间太多了。已经发生了这么多灾难，我担心人类的生存。

这难道真是许多哲人所预言的，世界的终结？

22

我们在这礼拜初时抵达泰瑞司，纹读到。我必须说，这片土地相当美丽。北方的高山有着光裸的雪峰跟满是森林的披肩，如守卫的天神般望着丰饶的绿色大地。我在南方的家乡看起来几乎都是平地，如果地面上也有几座山的话，或许能让景色看起来不会那么单调。

这里的人大多数以畜牧为生，但也不乏伐木者跟农夫。这片大地绝对是以农业为主。很奇特，如此乡野的地方居然能孕育出如今全世界都赖以为存的预言跟神学。

MISTBORN: THE FINAL EMPIRE

我们雇用了一批泰瑞司挑夫带领我们穿越困难的山道，但他们不是普通的人。关于他们的传言似乎是真的。有些泰瑞司人拥有相当令人想探究的能力。不知为何，他们居然能储存力量，以备日后使用。他们晚上睡觉前，会花一个小时躺在被褥里。在这段时间之中，他们的外表会突然变得很虚弱——几乎像是突然老了五十岁。可是第二天醒来时，他们会变得相当强壮，显然他们的力量跟他们总不离身的铁手环及耳环有关。挑夫的首领是拉刹克，他向来话不多，但一向好奇心很重的布拉克斯答应要去询问他，好知道这种神奇的力量储存过程是怎么办到的。

明天，我们将开始旅程的最后一段——泰瑞司远山。希望在那里，我终于能找到平静——为了自己，也为了我们可怜的大地。

纹读着自己的那一份日记，很快做出几个结论。首先是她确定了，自己不喜欢读书。沙赛德不肯听她的抱怨，总是说她看得不够。他看不出来读书不像匕首或镕金术那么有用吗？可是她仍然听从他的命令继续阅读，只是固执地想证明，自己并不是不会。许多日记上的用词对她而言颇为困难，她得在雷弩大宅无人的一区读书，以便边看边念，试图解析统御主奇怪的文笔。继续阅读的结果是，她得到第二个结论：统御主这么爱抱怨，太没有神的威严了。整本日记不是关于统御主旅程的无聊笔记，就是他的内心活动，还有漫长的道德讨论，喋喋不休。纹开始希望她当初根本没找到这本书。

她叹口气，靠回藤椅。一阵沁凉的早春微风吹过下方的花园，掠过左方的小瀑布喷泉。空气潮湿得很舒服，上方的大树为她挡去午后的太阳。当贵族，就算是假贵族，也是有不少好处的。

一阵安静的脚步声在她背后响起。声音很远，但纹已经习惯随时都要烧一点锡。她转身，偷瞄一眼身后。

"鬼影？"她讶异地问，看着年轻的雷司提波恩从花园小径的另一端走来，"你在这里做什么？"

鬼影全身僵住，脸上一红："跟老多来没住。"

"多克森?"纹问道,"他也在这里?"也许他有卡西尔的消息!

鬼影点点头,走上前来:"武器来拿,给点时间。"

纹想了想。"这句我没听懂。"

"我们需要放更多武器来。"鬼影努力不以方言说话,"在这里暂存一下。"

"噢。"纹说道,站起身,掸掸洋装,"我该去见见他。"

鬼影突然露出紧张的神色,再次脸红。纹歪过头:"还有什么事吗?"

鬼影突然伸手从背心内掏拿出某样东西。纹条件反射地骤烧白镴,但那东西只是一条粉红与白色相间的手帕。鬼影将手帕塞给她。

纹迟疑地接了过来:"这是干吗的?"

鬼影再次脸红,转身跑走。

纹看着他离开,半晌说不出话来。她低头看看手帕,材质是柔软的蕾丝做的,没什么不寻常之处。

这个男孩真奇怪,她心想,将手帕塞入袖子里,拾起那本日记书,开始沿着小径走回屋内。她穿洋装已经习惯到走路时几乎是不自觉地拉起下摆,以免刮到草地或石头。

我想这算是很有价值的技巧,纹心想,顺利地从花园回到屋内,没有一次被树枝卡到。她推开众多玻璃门之一,拦下看到的第一名仆人。

"德顿先生到了?"她问道,用的是多克森的假名。他扮演雷弩在陆沙德中的商业联络人。

"是的,小姐。"仆人说,"他正跟雷弩大人在议事。"

纹让仆人离去。她也许能强行进入,但这么做似乎并不恰当。法蕾特贵女没有任何参与雷弩与德顿两人会议的理由。纹深思地咬着下唇。沙赛德总是提醒她要保持伪装。好吧,她心想,我等。也许沙赛德可以告诉我那疯疯的男孩要我拿这手帕做什么。

她去图书室找了一阵子,维持和善的淑女式笑容,同时试图猜测雷弩跟多克森在谈什么。来这里存放武器是个借口。多克森不需要亲自来

MISTBORN: THE FINAL EMPIRE

做这么普通的事情。也许卡西尔路上被耽搁了。或者多克森终于从卡西尔的哥哥沼泽那里得到消息，说他跟其他新的圣务官门徒即将回到陆沙德。多克森跟雷弩应该要找我去的，她烦躁地想，法蕾特经常跟叔叔一起招待客人。她摇摇头。就算卡西尔声称她绝对是正式的集团成员，其他人仍将她视为孩子。他们很友善地接纳她，但常常不让她加入谈话。也许这不是故意的，但还是让人很烦躁。

光线从前方的图书室中射出，沙赛德果然坐在里面，正翻译日记的最后几页。纹进屋内时他抬起头，微笑着点了点头以示尊重。这次没戴眼镜了，纹注意到。他前一阵子为什么需要戴眼镜？

"纹主人。"他说道，站起身帮她端来一张椅子，"日记的阅读进展如何？"

纹低头看看手中装订松散的书。"还好吧，我想。不知道为什么我还需要读——你也将副本给了阿凯跟微风，不是吗？"

"当然。"沙赛德说道，将椅子放在他的桌子旁，"卡西尔主人要求每个集团成员都读读这本书。我想他这么做是正确的。越多人读到这份文字，我们就越有可能发现其中隐藏的秘密。"

纹轻轻叹气，抚平洋装后坐下。白蓝相间的洋装相当美丽，虽然是日常款式，但其实它与她的晚宴礼服相差不远。

"你必须承认一点，主人。"沙赛德边坐下边说道，"里面的内容相当惊人，简直就是守护者的梦想成真。关于泰瑞司人自己的文化，我甚至读到一些原本不知道的事情！"

纹点点头。"我刚读到他们抵达泰瑞司那段。"

希望下一篇不会有那么多补给品清单。真的，以暗黑恶神而言，他还真是无聊。

"对，对。"沙赛德说道，语气之兴奋迥异于平常，"你读到他把泰瑞司形容成'肥沃的绿色之地'了吗？守护者的传说都提到这件事。泰瑞司现在是冰冻的高原，完全没有任何植物能够存活，而那里曾经是有如文章所说,又绿又美之地。"

又绿又美,纹心想。为什么绿就是美?如果有蓝色或紫色的植物只会很奇怪吧。

但是日记中有一段让她很好奇——某件沙赛德跟卡西尔都不愿多提的事情。"我刚读到统御主雇用一批挑夫那段。"纹小心翼翼地说,"他说他们白天会变得更强壮,是因为夜晚时保持虚弱。"

沙赛德的兴奋突然收敛:"是的,的确如此。"

"你知道这件事吗?这跟当守护者有关吗?"

"有。"沙赛德说道,"但这件事应该继续是个秘密,我想。不是你不值得信任,纹主人,可是越少人知道守护者的事,传闻就越少。如果统御主相信他完全摧毁了我们就更好,因为这是他过去千年来的目标。"

纹耸耸肩:"好吧。希望卡西尔想要我们从书里发掘的秘密都跟泰瑞司人的力量无关。要不然的话,我一定会完全错过。"

沙赛德一愣。

"唉,"纹意兴阑珊地说道,"日记上花很多时间在谈论泰瑞司人的事,看样子卡西尔回来时,我大概没办法给他什么回馈了。"

"你说得相当有道理。"沙赛德缓缓说道,"即便你的方式有点太夸张了。"

纹甜甜地微笑。

"好吧。"沙赛德叹口气说道,"我觉得,不应该让你花这么多时间跟微风主人相处的。"

"日记书里提到的那些人,"纹问道,"他们是守护者?"

沙赛德点点头:"我们如今称为守护者的人在当时相当常见——也许甚至比现代贵族间的迷雾人更常见。我们的技艺称为'藏金术',能将某些肢体能力储存在金属中。"

纹皱眉:"你们也燃烧金属?"

"不是的,主人。"沙赛德摇头说道,"藏金术师跟镕金术师不同——

我们不'烧'金属。我们利用金属作为储藏的媒介。每一片金属,根据不同的大小跟成分,可以储存不同的肢体能力。藏金术师会储藏某种特质,之后再使用。"

"特质?"纹问道,"像是体力?"

沙赛德点点头:"在文章中,泰瑞司挑夫们让自己夜晚时变得虚弱,好在手环中储存力量以供隔天使用。"

纹研究沙赛德的脸。"所以你戴这么多耳环!"

"是的,主人。"他说道,伸手拉起袖子。他袍子下方的上臂戴着粗铁环。"我有部分的储存处是藏起来的,但戴很多戒指、耳环还有其他珠宝,这向来都是泰瑞司文化的一环。统御主曾经试图禁止泰瑞司人碰触或拥有任何金属——他甚至曾试图让戴金属成为贵族的特权,而非司卡可以做的事。"

纹皱眉。"真奇怪。"她说道,"我还以为贵族不会想戴金属,因为那会让他们容易受到镕金术威胁。"

"确实如此。"沙赛德说道,"可是,帝国里向来流行用金属妆点自己。我想,起因是统御主不想让泰瑞司人拥有碰触金属的权利,因此他就自己开始戴金属戒指跟手环,而贵族习惯以他马首是瞻,所以现在最富有的贵族通常会戴金属来展现力量跟骄傲。"

"听起来很笨。"纹说道。

"流行通常是如此的,主人。"沙赛德说道,"然而,这个计谋失败了——许多贵族只戴涂上漆,看起来像是金属的木头,而泰瑞司人在这方面算是没因统御主的不满而遭殃。不让侍从官碰触金属实在太不实际了。不过这并没有打消统御主试图歼灭守护者的想法。"

"他畏惧你们。"

"也痛恨我们。不只是藏金术师,更是所有泰瑞司人。"沙赛德一手按上尚未翻译的文章部分,"我希望在这里能找到答案。没有人记得为什么统御主要迫害泰瑞司人民,而我怀疑跟这群挑夫有关——他们的首领拉刹克似乎相当爱跟人唱反调。统御主经常提到他。"

"他也提到宗教。"纹说道,"泰瑞司宗教。好像跟预言有关?"

沙赛德摇头:"我无法回答这个问题,主人,因为我跟你一样对泰瑞司宗教一无所知。"

"你搜集宗教。"纹说道,"却不知道自己的?"

"我不知道。"沙赛德严肃地说,"因此,主人,才需要出现守护者。好几个世纪前,我的族人藏起了最后几名泰瑞司藏金术师。统御主对泰瑞司人民的肃清当时相当野蛮——这是在他开始繁殖计划之前。在那时,我们不是侍从官,也不是仆人,甚至不是司卡。我们是要被摧毁的人。

"可是,不知为何,统御主没有完全消灭我们。我不知道为什么——也许他认为灭族的惩罚对我们而言还算太轻了。总之,在他统治的前两个世纪中,他成功地摧毁了我们的宗教。守护者组织在下一个世纪成立,成员的目的是要发现失去的东西,然后为下一代人记忆。"

"靠藏金术?"

沙赛德点点头,摸着右臂上的臂环:"这个是红铜制的,能储存回忆跟思想。每名守护者身上都有几个这样的环,充满知识——歌谣、故事、祈祷文、历史和语言。许多守护者都有自己特别的兴趣——我的是宗教——但我们都会记得整套知识。就算我们之中只有一个人能在统御主死后存活下来,全世界的人民仍然有办法找回他们失去的东西。"

他停语片刻。"嗯,不能算是所有东西,我们仍有欠缺。"

"你们自己的宗教。"纹低声说道,"你们一直没有找到,对不对?"

沙赛德摇头。"统御主在日记中提到是我们的先知带他到升华之井,就连这件事我们也是首次听闻。我们相信什么?我们崇拜谁?这些泰瑞司先知是从哪里来的,还有他们如何预知未来?"

"我很……遗憾。"

"我们一直在找,主人。我想,早晚会找到答案。就算没找到,我们仍然为人类提供了极端宝贵的服务。其他人认为我们乖顺,奴性坚强,但我们仍以自己的方法在对抗他。"

纹点点头。"所以,你还能储存什么?力量跟记忆。还有呢?"

沙赛德瞧瞧她:"我想,我已经说得太多了。你已了解我们是如何办到这些事情,所以如果统御主在书中提到过,你不会混淆。"

"视力。"纹突然兴奋地说道,"所以你救了我以后的几个礼拜中都戴眼镜。你救我那天晚上需要看得更清楚,所以用完了存量,因此接下来几个礼拜你的视力都比较差,好补充存量。"

沙赛德没有回应。他拾起笔,显然打算继续翻译工作:"还有事吗,主人?"

"事实上是有的。"纹说道,从袖口拉出手帕,"你知道这是什么吗?"

"它看起来像是条手帕,主人。"

纹好笑地挑起眉毛:"非常幽默。你跟卡西尔混太久了,沙赛德。"

"我知道。"他静静叹口气说道,"他带坏我了,我想。不过我还是不了解你的问题,这手帕有何特别之处?"

"这就是我想知道的。"纹说道,"鬼影刚刚把它给我。"

"啊,这就合理了。"

"什么意思?"纹质问。

"主人,在贵族社会中,一名年轻男子想认真追求一名仕女时,送的传统礼物就是一条手帕。"

纹顿了顿,惊愕地看着手帕。"什么?那小子疯了吗?"

"我觉得他那个年纪的男孩子大多不太正常。"沙赛德带着微笑说道,"可是,这并不令人意外。你没有注意到每次你进屋里来时,他都盯着你瞧吗?"

"我只是觉得他很诡异而已。他在想什么啊?他比我小好多啊。"

"他十五岁,主人。只跟你差了一岁。"

"两岁。"纹说道,"我下礼拜就要十七了。"

"即使如此,也没比你小太多。"

纹翻翻白眼："我没时间接受他的追求。"

"个人以为，主人，你应该珍惜自己拥有的机会，不是每个人都这么幸运。"

纹呆了一下。他是个阉人，你这个笨蛋。"沙赛德，对不起，我……"

沙赛德挥挥手："那件事我从未知晓，所以更不会遗憾，主人。也许我很幸运——地下世界的人很难兼顾家庭。看看可怜哈姆德主人，他已经好几个礼拜没看到他太太了。"

"哈姆结婚了？"

"当然。"沙赛德说道，"我相信叶登主人也是。他们为了保护家庭，从不将家人扯入地下活动，但这也代表他们得分开许久。"

"还有谁？"纹问道，"微风？多克森？"

"我想，微风主人太……自我中心，无法成家。多克森主人从未提及他的恋爱关系，但我猜想他过去曾经经历过很痛苦的事情。这很有可能，他是农庄司卡。"

"多克森是从农庄来的？"纹惊讶地问道。

"当然。你难道从来不花时间跟你的朋友们聊聊吗，主人？"

朋友，我有朋友。她这时才发现。有点怪异。

"无论如何……"沙赛德说道，"我该继续工作了。很抱歉这么突兀，但我的翻译快完成了——"

"当然。"纹站起身顺顺洋装，"谢谢你。"

她在客用书房找到多克森，他正静静地在桌上写些什么，一叠文件整齐地排列在桌面上。他穿着标准的贵族套装，看起来向来比其他人更自在。卡西尔很帅气，微风是一丝不苟且华贵，但多克森……看起来就是很自然。纹进门时，他抬起头。"纹？对不起——我应该要派人去找你的。不知为什么，我以为你出去了。"

"我最近是经常不在。"她说道，在身后将门带上，"但我今天待在家里。每天听贵族妇女在午餐时刻喋喋不休有点烦人。"

"我可以想象。"多克森微笑说道,"请坐。"

纹点点头,步入房间。这里很安静,以温暖的颜色跟深色木头装饰。外面仍然明亮,但多克森已经拉起窗帘,正靠着蜡烛在写作。

"有卡西尔的消息吗?"纹一面坐下一面问道。

"没有。"多克森说道,将文件放在一旁,"这也没什么好奇怪的。他没有打算在洞穴待太久,所以没必要特别送信回来——他是镕金术师,可能回来的速度比一般骑马的人还要快。无论如何,我猜他会晚个几天,毕竟我们在讲的人可是阿凯。"

纹点点头,然后静静坐在原处片刻。她没有花多少时间跟多克森相处,不像跟卡西尔和沙赛德那样。多克森和她相处的时间甚至没有哈姆跟微风多。不过,他似乎是个善良的人。非常理智,非常聪明。其他人为集团提供某些镕金术,但多克森的宝贵就在于他提供的后勤保障。需要买东西时——例如纹的服装——多克森会负责采办。当需要租建筑物、采购补给品或是拿到许可证,多克森会完成这些事。他不在前线欺骗贵族、在白雾中战斗或是招募士兵,但少了他,纹猜想整个集团会瓦解。他是个好人,她告诉自己。我问他的话,他不会介意的。"老多,住在农庄中是什么样子?"

"嗯?农庄?"

纹点点头:"你是在农庄长大的,对不对?你是农庄司卡?"

"是的。"多克森说道,"至少,我以前是。是什么样子啊……我也不知道该怎么回答,纹。那种生活很辛苦,但大多数的司卡生活都很辛苦。如果没有事先许可,我不可以离开农庄,甚至不可离开住的区域。我们比大多数流浪司卡都吃得好,但跟谷仓工人一样费力工作。甚至更辛苦。

"农庄跟城市很不同。在外面,每个贵族都是自己的主人。表面上,统御主拥有司卡,但贵族租用他们后,要杀要剐随心所欲。每个贵族只要确定他的农作物有收成即可。"

"你听起来好……冷淡。"纹说道。

多克森耸耸肩:"我已经很久没有住在那里了,纹。我不觉得农庄生活在我身上留下了太深刻的印记,毕竟那只是过日子——我们也不知道有其他选择。现在我知道在农庄贵族之间,我的主人算是相当宽和的。"

"那你为什么离开?"

多克森停顿了片刻。"有一件事。"他说道,声音几乎流露出惆怅之情,"你知道律法规定贵族可以拥有任何司卡女人吗?"

纹点点头:"只是结束后得杀了她。"

"或是之后不久。"多克森说道,"趁她还来不及生下任何混血儿。"

"那名贵族夺走了你爱的女人?"

多克森点点头。"我很少谈这个。不是因为不能谈,而是因为我觉得没什么意义。我不是唯一因贵族的欲望甚至是贵族的冷漠而失去所爱之人的司卡,事实上,我敢打赌你很难找到一名所爱之人没有被贵族杀害的司卡。这就是……人生。"

"她是谁?"纹问道。

"一名农庄的女孩。我刚说了,我的故事没那么特别。我还记得……晚上偷偷从屋子里溜出去跟她见面。整个聚落都在帮我们的忙,不让我们被工头发现,因为司卡们晚上不该出门的。我第一次克服对雾的害怕,就是为了她,虽然许多人认为晚上出去很愚蠢,有些人仍克服了迷信鼓励我。我想我们的恋情感染了他们。凯芮安跟我的事提醒了每个人,生命仍然有其可贵之处。

"当凯芮安被戴文薛大人带走,次日尸体被归还、下葬时,司卡间的某种东西就……死了。我第二天晚上便离开。我不知道别处是否有更好的生活,但我就是不能留在那里,面对凯芮安的亲人,面对看着我们工作的戴文薛大人……"

多克森叹口气,摇摇头。纹终于在他脸上看到某些情绪。"你知道吗……"他说道,"我很惊讶我们居然仍会去尝试。他们对我们做了这么

MISTBORN: THE FINAL EMPIRE

多事,经历了死亡、酷刑、痛苦,你大概认为我们应该会放弃希望跟爱情这类的事。但我们没有。司卡仍然坠入情网,仍然试图有家庭,仍然会挣扎。我是说,看看现在的我们……进行着阿凯的疯狂小奋斗,反抗一名我们知道会杀害我们所有人的神。"

纹静静地坐着,试图了解他描述的恐怖。"我……你刚刚不是说你的主人蛮善良的吗?"

"噢,他是啊。"多克森说道,"戴文薛大人鲜少打死司卡,而且只有当人数多到不可控时,他才会扼杀老迈的司卡。他在贵族间的名声相当好。你可能在某些舞会上看过他——他最近在陆沙德过冬,等待下次播种的时候。"

纹感觉全身冰冷:"多克森,这太可怕了!他们怎么能让这种恶魔来?"

多克森皱眉,然后略略向前倾身,手臂靠在书桌上。"纹,他们全部都是这样。"

"我知道有些司卡是这么说的,老多。"纹说道,"可是我在舞会中碰到的人不是这样。我跟他们见过面,跟他们跳过舞。老多,很多人是好人。我想他们并不知道司卡的情况有多惨。"

多克森以奇特的表情看着她。"你刚才是认真的吗,纹?你以为我们为什么要反抗他们?你难道不知道这些人,他们所有人,都是如此?"

"或许是有些残忍,"纹说道,"还有冷漠。但他们不全部是恶魔,不像你之前的农庄主人。"

多克森摇摇头:"你只是看得还不够清楚,纹。一名贵族可以在前一晚强暴杀害司卡妇女,第二天则因为他的美德跟品行被称赞。对他们而言,司卡不算是人。当贵族男子与司卡女子上床时,贵族仕女甚至不认为那是出轨。"

"我……"纹没说下去,越发不确定。这是贵族文化中她不愿意面对的一块。她可以原谅责打,但这件事……

多克森摇摇头："你正在被他们欺骗，纹。这种事情在城市里不太明显，因为有妓院，但这些罪行仍然会发生。有些妓院会雇用非常贫困，但仍然是贵族出身的女子，可是大部分只是定期杀死他们的司卡妓女好安抚审判者。"

纹感觉有点晕眩："我……知道妓院的事，老多。我哥哥向来都威胁要把我卖去那里，但妓院存在也不代表所有男人都会去，有很多人是不去司卡妓院的。"

"贵族男性不一样，纹。"多克森严正地说道，"他们是恐怖的恶魔。你觉得卡西尔杀他们时，我为何不抱怨？我为什么要跟他合作推翻政府？你应该去问问那些和你跳舞的漂亮男孩儿们，他们有没有跟自己知道过不久就会被杀死的司卡女子上床。他们都去过，只是频率不同。"

纹低下头。

"他们是无法被拯救的，纹。"多克森说。他不像卡西尔那样对这个话题非常激动，只是显得有点……认命。"我想除非他们全死光，否则阿凯不会满意的。我怀疑我们必须要做到这么绝，甚至怀疑我们有这个能力，但就我个人而言，我乐见他们的世界崩解。"

纹静静地坐着。他们不可能都是那样，她心想。他们这么美丽，这么高贵。依蓝德从来没有跟司卡女子上床，然后杀害她……对吧？

我每天晚上都只睡几个小时。我们必须每天不断前进，能走多远就走多远，但当我终于躺下时，却发现自己很难入睡。白天困扰我的问题会因为夜晚的沉静而更加清晰。

而且，在此之外，我听到上方传来的震动声，高山的鼓动。每一次击打都引我靠得更近。

23

"他们说詹芬利兄弟的死是为了报复恩创大人被谋杀。"克礼丝贵女低声说道。乐团在纹一行人身后的舞台上演奏,但夜已深,没多少人在跳舞。

克礼丝贵女的同行贵族们听到这消息纷纷皱眉,总共有六人,包括纹跟她的同伴——米伦·戴文普鲁,一名小家族的年轻继承人。

"克礼丝,别说笑了。"米伦说到,"詹芬利跟太齐尔是盟友。太齐尔为什么会去谋杀两名詹芬利的贵族?"

"的确,为什么?"克礼丝说道,神秘兮兮地向前倾身,巨大的金色发髻微微晃动。克礼丝的时尚品位向来不佳,但她却是丰富的八卦来源。

"你们记得恩创大人被发现陈尸在太齐尔花园中吗?"克礼丝问道,"表面上是太齐尔家族的敌人之一杀了他的,但詹芬利家族一直在向太齐尔请求结盟。显然,该家族中有一派认为如果发生某件事惊动了太齐尔,他们会比较愿意寻求盟友。"

"你是说,詹芬利刻意杀了一名太齐尔盟友吗?"瑞尼,克礼丝今晚约会的对象问道。他边思索边皱起他的粗眉。

克礼丝拍拍瑞尼的手臂。"别太担心了,亲爱的。"她建议,然后迫不及待地继续跟众人讨论。"你们没看出来吗?靠着暗地里杀死恩创大人,詹芬利试图得到它需要的盟约,如此一来,它就可以使用太齐尔的运河穿越东方平原。"

"可是他们失败了。"米伦深思地说到,"太齐尔发觉了骗局,因此杀了奥杜司跟柯林司。"

"我上次舞会时跟奥杜司跳了两次舞。"纹说道。如今,他死了,尸体被弃置在司卡贫民窟外的街道上。

"哦?"米伦问道,"他的舞跳得好吗?"

纹耸耸肩:"不是太好。"你就只是问这些,米伦?有人被杀了,你只想知道我是否喜欢他胜于你?

"他现在去跟虫子一起跳舞了。"最后一名男子,泰敦说道。

米伦怜悯地笑了笑,算他好心。泰敦的幽默感往往令人无法苟同。他似乎更适合跟凯蒙的手下们打交道,而不是跟舞会中的贵族交谈。

当然,老多说他们骨子里都是一个样。

跟多克森的对话仍旧占据纹大部分的心思。当她第一晚——她差点被杀害的那晚——来到舞会时,觉得一切是如此虚伪。她怎么忘了自己的第一印象?她是否被骗倒了,开始欣赏他们的仪态跟光鲜的外表?

如今,每个环抱她腰际的贵族男子都令她想退缩——她仿佛可以感觉到他们内心的腐坏。米伦杀了多少名司卡?泰敦呢?他看起来像是那种会喜欢跟妓女寻欢作乐的人。可是,她仍然继续敷衍他们。她今天晚上终于穿了黑色的礼服,她就是觉得需要跟其他身着鲜艳衣装,脸上挂着更为艳丽笑容的女子有所区别。可是,她无法躲避他人。纹终于开始得到她的成员们需要的信任关系。卡西尔会很高兴知道他对太齐尔的嫁祸成功了,而且她的发现还不止于此。她有许多小道消息,对集团的工作绝对有帮助。

其中一部分关于泛图尔。该家族正为即将到来的漫长的家族战争做准备,所有人都尽量不外出,证据之一就是依蓝德参加的宴会比先前少了很多。当他出现时,通常都会避开她,她也不是真的很想跟他说话。多克森跟她说的事情,让她觉得在跟依蓝德说话时可能很难保持平静。

"米伦?"瑞尼大人问道,"你明天还是打算来跟我们一起玩贝牌吗?"

"当然,瑞尼。"米伦说道。

"你上次不也答应了?"泰敦反问。

"我会去的。"米伦说道,"上次是临时有事。"

"这次不会再有事?"泰敦问道,"你知道我们要有四个人才玩得起来。如果你不去,我们可以去找别人……"

MISTBORN: THE FINAL EMPIRE

　　米伦叹口气，举起手，用力对身旁挥舞一下。这个动作引起纹的注意，她刚才并没有全神贯注于对话上。她转过头，差点吓得跳起来，因为她看到一名圣务官正朝众人走来。

　　目前为止，她都能避过舞会中的圣务官，在几个月前她跟某位上圣祭司意外碰面，并引起审判者注意之后，她都不太敢靠近他们。

　　圣务官走了过来，露出某种诡异的笑容。他双臂环抱胸前，双手隐藏在灰色袍子之中，眼睛周围的刺青随着年老松垮的皮肤一同皱起。他审视她的方法，好像能够看穿她。这不是贵族，这是圣务官——统御主的眼睛，他的律法执行者。

　　圣务官在众人身边停下，刺青显示他属于教义部，是教廷的主要行政单位。他打量众人，以平滑的声音说道：“请问何事？”

　　米伦拿出几枚钱币。“我答应明天要跟那两个人去玩贝牌。”他说道，将钱币递给年迈的圣务官。

　　纹觉得因为这种理由就请圣务官过来实在有点蠢，但圣务官没有笑，也没有说这要求太过荒唐，他只是微笑，跟小偷一样利落地把钱收起。“我见证这件事，米伦大人。”他说道。

　　“满意了吗？”米伦问另外两人。

　　他们点点头。

　　圣务官转身，没多瞧纹一眼便缓步离开。纹偷偷吐了口气，看着他蹒跚的身影。

　　他们一定知道宫廷里发生的所有事，她意识到。如果贵族连这么简单的事都会找他们见证……她对教廷了解越深，越是发现统御主安排这个组织的做法有多聪明。他们见证所有的商业契约，多克森跟雷弩几乎每天都要跟圣务官打交道。只有他们能认可结婚、离婚、土地交易，或是爵位继承。事件没有圣务官见证，就等于没有发生，就像如果文件没有盖章，根本就等同于没有写过。

　　纹摇摇头，听着众人又换了话题。今晚相当漫长，她的脑袋里装满回费里斯途中该抄下的信息。

"不好意思，米伦大人。"她按上他的手臂说道，虽然碰触他让她略微不由自主地发抖，"我想我该告退了。"

"我送你上马车。"他说道。

"没关系。"她甜甜地说道，"我想要先去梳洗一下，反正还得等我的泰瑞司侍从回来。我回去自己的桌边坐着就好。"

"好吧。"他有礼地点点头说道。

"要走就走吧，法蕾特。"克礼丝说道，"但你可就没机会听到教廷的消息了……"

纹停下脚步。"什么消息？"

克礼丝的眼睛闪闪发光，瞥向消失的圣务官："审判者们最近像昆虫一样忙碌呢。他们最近几个月歼灭了比平常超过两倍多的盗贼集团，甚至不进行审判——而是当场格杀勿论。"

"你怎么知道的？"米伦怀疑地问。他看起来是如此正直、尊贵。绝对看不出他原来是那种人。

"我有我的消息来源。"克礼丝微笑说道，"唉，审判者今天下午才刚又找到一伙呢，而且总部还离这里不远。"

纹感觉全身一寒。他们离歪脚的店没有那么远……不，不可能是他们。多克森跟其他人太聪明了。就算卡西尔不在，他们也会安全的。

"该死的盗贼。"泰敦啐了一口，"该死，不知好歹的司卡。我们给他们的食物跟衣服太多了，还要从我们这里偷？"

"真惊人，这些东西能靠当盗贼活下去。"卡莉，泰敦年轻的妻子，以她娇滴滴的声音说道，"我没法想象到底是多无用的人才会被司卡抢劫。"

泰敦脸上一阵潮红，纹好奇地瞅着她。卡莉除非是要出声挖苦她丈夫，否则鲜少说话。他一定是被抢过。也许是某种骗局？

纹将这个信息记下，打算之后再慢慢查，她转身正准备离开时，迎

MISTBORN: THE FINAL EMPIRE

面碰上新加入的成员：珊·埃拉瑞尔。

依蓝德的前未婚妻一如往常完美无瑕，长长的赤褐色秀发几乎自行散发着朦胧的光芒，姣好的身材只让纹想起自己有多瘦弱，她的态度高傲到能让原本自信的人也心生动摇。纹此时开始发现，在大多数贵族的眼里，珊是完美的女性。

纹的男性同伴们纷纷点头致意，女性们则屈膝行礼，很荣幸有地位这么高的人加入他们的对话。纹瞥向一旁，试图逃跑，但珊正站在她的面前。

珊微笑。"啊，米伦大人。"她对纹的同伴说道，"真可惜你今晚原本邀约的对象生病了，让你没得选择。"

米伦的脸马上涨红。珊的话技巧性地让他陷入窘境。他是该为纹说话而冒险得罪一名势力强大的女子，还是该同意珊的话，进而侮辱纹？

他选择懦夫的解决方法：装作没听见。

"珊贵女，很高兴有你加入我们。"

"是的。"珊不疾不徐地说道，纹的不自在让她眼睛满意地闪闪发光。

该死的女人！纹心想。她似乎每次一无聊就会找我，以让我尴尬为乐。

"不过呢……"珊说道，"我恐怕不是来聊天的。虽然会令各位不快，但我跟雷弩家的孩子有事情要谈，请让我们告退，好吗？"

"当然好，小姐。"米伦说道，向后退开，"法蕾特贵女，谢谢你今晚的陪伴。"

纹向他跟其他人点点头，有种受伤的动物被同伴们遗弃的感觉。她今天晚上真的不想应付珊。

"珊贵女。"两人一独处，纹就立刻开口，"我想您对我是错爱了。我最近真的没有跟依蓝德大人相处多少时间。"

"我知道。"珊说道。"我似乎过度高估你的能耐，孩子。还以为一旦赢得比你地位高这么多的男子垂青，你不会这么轻易让他溜走。"

她不嫉妒吗？纹心想，感觉到珊一如她预料的，以镕金术碰触她的情绪、压下一阵畏缩。她不痛恨我取代她吗？

但贵族间并非如此。纹什么都不是，只是一时兴起。珊对重新获得依蓝德的喜爱没兴趣，只想找方法报复侮辱她。

"聪明的女孩会让自己处于能利用自身优点的环境里。"珊说道，"如果你觉得还有别的高阶贵族男子会注意你，那你就错了。依蓝德喜欢出人意表，所以他当然会挑最平凡、最笨拙的女子。你应该好好把握机会，要找到另一个类似的对象不容易。"

纹咬紧牙关抵抗对方的侮辱跟镕金术。珊显然很擅长强迫对方硬是接受她的口头凌虐。

"好了，"珊说道，"我想要知道他拥有哪些书籍。你识字吧？"

纹简单地点点头。

"很好。"珊说道，"你只需要记下书名——不要看封面，那些名字可能是要误导别人用的。先读头几页，然后回报给我知道。"

"如果我告诉依蓝德大人您在计划什么呢？"

珊笑了。"亲爱的，你不知道我在计划什么。况且，你似乎在宫廷里刚有点进展。你一定知道，背叛我是你想都不该想的事情。"

说完，珊便离开，附近的贵族立刻围了过去。珊的安抚减弱，纹感觉到自己的烦躁跟怒气攀升。曾经她只会偷偷溜走，被打击惯了的自尊不会在意珊的侮辱。可是今晚她发现自己想要报复。

冷静下来。这是好事。你成为上族的卒子了。其他低阶的贵族可能做梦都在盼望这种机会。

她叹口气，走回原本跟米伦共享的空桌。今晚的舞会是在美丽的海斯丁堡垒举行，高大的圆柱形中央堡垒周围有六座副塔环绕，每座离主建筑物都有一段距离，由一连串的走道连接。七座塔上都镶嵌了盘绕而上的彩绘玻璃。

舞会厅坐落于宽广的中央塔顶楼，一组由司卡拖拉的吊车平台系统

MISTBORN: THE FINAL EMPIRE

让贵客们免于自行爬上爬下。舞会大厅本身没有纹去过的某一些那么辉煌——只是个方形的房间，有着挑高的屋顶，边缘则环绕着彩绘玻璃。

没想到我这么快就对这种景色习以为常了，纹心想。也许贵族就是因此能做这么多可怕的事情。他们杀人杀了这么久，以致于对这件事已经麻木了。

她请一名仆人去找沙赛德来，然后坐下让脚休息一阵子。真希望卡西尔能快点回来，她心想。他不在的时候，所有集团成员，包括纹在内，似乎都比较没有动力。不是她不想工作，而是卡西尔丰富的幽默感跟乐观的态度总是让她更有前进的希望。

纹随意地抬起头，立刻瞄到依蓝德·泛图尔站在不远处，正跟一小群贵族男子们交谈。她全身一僵。一部分的她——纹的部分——想要逃走躲起来。她跟礼服都可以塞在桌子下。

可是，令她意外的是，她发现法蕾特那一面比较强势。我必须跟他谈谈，她心想。不是因为珊的事，而是因为我需要知道事实。多克森说得太夸张了。他一定是太夸张了。

她什么时候变得这么好战了？站起身的同时，她的决心坚定到令自己都大感意外。她一面走过大厅，一面检查自己的黑色礼服是否整齐依旧。依蓝德的同伴中有人敲敲他的肩膀，朝纹点点头。依蓝德转身，另外两名男子退开。

"是法蕾特啊。"他看到她停在他面前后说道，"我迟到了，甚至不知道你在这里。"

说谎。你当然知道。法蕾特是不可能在海斯丁舞会中缺席的。要怎么开口？要怎么问？"你在躲我。"她说道。

"我可没有。我只是在忙。家族问题，你明白的。况且，我警告过你我没什么礼貌，另外……"他语音渐弱，"法蕾特？你还好吗？"

纹发现自己在轻轻啜泣，感觉到脸颊上的一滴泪水。白痴！她心想，拿雷司提波恩的手帕擦擦眼睛。你的妆会花掉。

迷雾之子
卷一·最后帝国 [珍藏版]

"法蕾特,你在发抖!"依蓝德忧心地说道,"来吧,我们去阳台,呼吸一点新鲜空气。"

她让他领着自己离开音乐和交谈的人群,两人踏入安静、黑暗的空气中。这座阳台是从海斯丁中央塔往外延伸的众多阳台之一,上面没有半个人,只有一盏石栏杆上的灯笼,还有四周精心布置的植物。

白雾飘荡在空中,一如往常,不过阳台离温暖的堡垒很近,它们相当稀薄。依蓝德没有将雾放在心上。他跟大多数贵族男子一样,都认为怕雾是愚蠢的司卡迷信——纹觉得,他应该是对的。

"到底怎么了?"依蓝德问道,"我承认,我是在忽视你。对不起。你没有错,我只是……唉,感觉上你很适应这里,不需要像我这样的麻烦分子去。"

"你跟司卡女子上过床吗?"纹问道。

依蓝德惊愕地一呆。"是因为这种事?谁跟你说的?"

"你有吗?"纹质问。

依蓝德没回答。

统御主啊,是真的。

"坐下来。"依蓝德说道,为她端来一张椅子。

"是真的,对不对?"纹坐下时说道,"你也做过这种事。他说得对,你们都是恶魔。"

"我……"他一手按上纹的手臂,但她将手臂抽开,只感觉到一滴眼泪从脸上滑下,濡湿了礼服。她抬起手,擦拭眼睛,手帕上沾着妆。

"那时我十三岁。"依蓝德低声说道,"我父亲认为我是时候成为'男人'了。我甚至不知道他们事后会杀掉那名女孩,法蕾特。真的,我不知道。"

"之后呢?"她质问,开始生气,"你杀了多少女孩,依蓝德·泛图尔?"

"没有!再也没有了,法蕾特。在我知道那次以后发生了什么事情,

369

再也没有。"

"你认为我会相信吗？"

"我不知道。"依蓝德说道，"听我说，我知道宫廷女子普遍觉得所有的男人都是禽兽，但你一定要相信我，我们不是全都是那样。"

"有人告诉我你们都是。"纹说道。

"谁？乡村贵族吗？法蕾特，他们不了解我们。他们只是嫉妒我们控制了大部分的运河系统——而他们也有这么想的权利。可是并不能因为有人妒恨就说我们全是可怕的人。"

"比例呢？"纹问道，"有多少贵族男子会做这种事？"

"大概三分之一。"依蓝德说道，"我不确定。我不跟那种人来往。"

纹想要相信他，光是这个意愿就很不应该。但看着他这双眼睛，这双她向来认为很诚实的眼睛，她发现自己被说服了。打从有记忆以来，这是她第一次完全无视瑞恩的低语，单纯地去相信。

"三分之一。"她低声说道。这么多。可是，这比全部都是要好。她举起手擦擦眼睛，依蓝德看了看她的手帕。

"那是谁给你的？"他好奇地问道。

"一名追求者。"纹说道。

"是他告诉你关于我的这些事情？"

"不是，是另一个人。"纹说道，"他说……他说所有的贵族男子，或者该说，所有陆沙德的贵族男子，都是可怕的人。他说宫廷女子甚至不认为她们的丈夫跟司卡妓女上床是出轨。"

依蓝德哼一声。"你的朋友实在太不了解女人了。我敢跟你打赌，你绝对找不到有哪位贵女不在意自己的丈夫跟别人有染，无论对方是司卡还是贵族。"

纹点点头，深吸一口气，让自己冷静。她感觉自己很可笑……但也觉得一阵平静。依蓝德跪在她的椅子边，仍是一脸担忧之色。

"所以……"她说道，"你父亲也属于那三分之一？"

依蓝德在微弱的光线下脸红，低下头："他喜欢各式各样的情妇——不在意对方是司卡还是贵族。我还是会想到那一夜，法蕾特。我希望……我不知道。"

"那不是你的错，依蓝德。"她说道，"你只是一名十三岁的男孩，照着父亲所说的去做。"

依蓝德别过头，但她已经看到他眼中的怒气跟罪恶感。"该要有人阻止这种事情。"他低声说道，纹被他话语中的强烈情绪震慑。

这是个会在乎的男子，她心想。一个像卡西尔或多克森的男子。一个好人。他们为什么看不到这点？

终于，依蓝德叹口气，站起身，为自己拉来一张椅子。他坐下，手肘撑着栏杆，一手掠过凌乱的头发。"好吧。"他说道，"你也许不是第一个我在舞会惹哭的女孩，但你是我真心在意的女孩中，第一个被惹哭的。我的绅士水准到达了新的境界啊。"

纹微笑。"不是你的错。"她说道，向后一靠，"只是……过去几个月，很累。当我发现这些事情后，我完全无法处理。"

"陆沙德的腐败是需要被整治的。"依蓝德说道，"统御主甚至看不到——他不想看到。"

纹点点头，然后打量起依蓝德："你最近到底为什么都避开我？"

依蓝德再次脸红。"我觉得你有足够的新朋友陪伴。"

"这话是什么意思？"

"很多你来往的对象我不喜欢，法蕾特。"依蓝德说道，"你很能融入陆沙德的社交圈，而玩弄政治经常会改变一个人。"

"这话说得倒容易！"纹怒斥，"你当然好，属于社交圈最上层，可以忽略政治，但我们其他人就没这么幸运了。"

"我想是吧。"

"不只如此。"纹说道，"你跟其他人一样也擅长玩政治手段，难道你敢告诉我，你一开始对我的兴趣完全不是为了激怒你父亲？"

依蓝德举起双手："好好好，算我受教了。我是个笨蛋，也是个蠢货。这是家族遗传。"

纹叹口气，靠回椅背，感觉沁凉的白雾轻抚上她泪湿的脸庞。依蓝德不是恶魔，她相信这点。也许她是笨蛋，但这是卡西尔对她的影响。她开始去信任身边的人，而她最想信任的人莫过于依蓝德·泛图尔。

另外，发现这件事跟依蓝德没有直接关系之后，她觉得不那么害怕面对贵族和司卡间的紧张关系了。就算有三分之一贵族男子在杀害司卡女性，他们的社会也许仍然有值得挽救的部分。贵族不需要被歼灭——那是卡西尔他们的策略，纹得确保这种事情不是发自一个人的血统，这并不是罪。

统御主啊，纹心想。我开始跟其他人一样思考事情了，几乎真的认为自己能改变世界。她瞥向依蓝德，他正背对着身后的翻腾白雾，看起来闷闷不乐。

我引出了不好的回忆，纹充满罪恶感地想道。难怪他这么恨他父亲。她很想做一件能让他心情好转的事情。

"依蓝德。"她说道，引起他的注意，"他们跟我们一样。"

他一愣。"什么？"

"农庄司卡。"纹问道，"你曾经问过我他们的事。我很害怕，所以装出一般贵族仕女的样子，但是当我没再继续说下去时，你似乎很失望。"

他向前倾身："所以，你跟司卡相处过？"

纹回答道："相处过很久。我的家人觉得我跟司卡在一起的时间过分长了。也许正因为如此他们才把我送来这里。我跟几名司卡很熟，尤其是一名年长的男子。他所爱的女人被一名想要晚上有个漂亮小妞娱乐自己的贵族抢走了。"

"在你的农庄吗？"

纹连忙摇头："他逃来我父亲的庄园中。"

"你包庇他？"依蓝德惊讶地问道，"逃跑的司卡会被处决的！"

"我保守他的秘密。"纹说道,"我认识他的时间不久,可是……我可以向你保证这点,依蓝德,他的爱跟任何贵族的一样强烈。绝对比陆沙德中的大多数贵族还要强烈。"

"那智慧呢?"依蓝德热切地问道,"他们有显得……迟钝吗?"

"当然没有!"纹斥骂,"依蓝德·泛图尔,我认为我认识的几名司卡比你还要聪明。他们也许没有受过教育,但他们仍然很有智慧,而且很生气。"

"生气?"他问道。

"一部分人是的。"纹说道,"因为他们被那样对待。"

"所以他们知道?知道我们跟他们之间的不平等?"

"怎么可能不知道?"纹说道,举起手要拿手帕擦鼻子,但她发现上面已经沾满了化妆品,因此停下动作。

"拿去吧。"依蓝德说道,将自己的手帕递给她,"再跟我多说一点。你怎么会知道这些事情?"

"他们告诉我的。"纹说道,"他们信任我。我知道他们在生气,是因为听过他们抱怨自己的生活。我知道他们有智慧是因为他们会藏起许多事,不让贵族发现。"

"像是?"

"像是地下活动网?"纹说道,"司卡会帮助逃跑的司卡在运河和运河之间旅行。贵族不会注意,因为他们向来不注意司卡的脸。"

"有意思。"

"不只如此,"纹说道,"还有盗窃集团。我想那些司卡应该相当聪明,因为他们能躲起来,不被圣务官、审判者或贵族找到,同时从统御主眼皮下偷窃上族的东西。"

"是的,这我知道。"依蓝德说道,"我真希望能见见他们,问他们为何如此善于隐藏。他们一定是很令人着迷的一群人。"

纹几乎要再开口,但她克制下来没讲。我可能已经说得太多了。

依蓝德转头看着她:"你也很令人着迷,法蕾特。我应该知道你不会被那些贵族带坏的。也许你反而会带坏他们。"

纹微笑。

"不过呢……"依蓝德边说边站起身,"我得走了。我今天晚上来宴会有特别目的。我跟一些朋友约了要见面。"

没错,纹心想。上次跟依蓝德碰面的人之一就是令卡西尔跟沙赛德觉得奇怪的海斯丁人。

纹也站起身,将手帕递还给依蓝德。

他没接下。"你也许会想留着它。给你手帕不只是为了让你用它。"

纹低头看看手帕。当贵族男子想要认真追求一名仕女时,会送手帕给她。"噢!"她说道,收回手帕,"谢谢。"

依蓝德微笑,上前一步,离她更近:"不管那个人是谁,也许因为我一时的愚蠢,他暂时比我领先,可是我没有愚蠢到会错过跟他一争高下的机会。"他眨眨眼,浅浅鞠躬,然后朝中央大厅走去。

纹等了片刻,然后走上前,穿过阳台的门。依蓝德跟先前那名雷卡和一名海斯丁会了面,两人都是泛图尔的政敌。他们站在原地说了一会儿话,然后三人一同朝房间另一侧的楼梯间走去。

这些楼梯只通往一个地方——周围的高塔,纹心想,溜回房间。

"法蕾特主人?"

纹一惊,转身看到沙赛德走上前来。"我们能离开了吗?"他问道。

纹快步走向他:"依蓝德·泛图尔大人刚跟他的海斯丁跟雷卡朋友们消失在那道阶梯里了。"

"有意思。"沙赛德说,"但我们为什么……主人,你的妆怎么了?"

"别管它。"纹说道,"我觉得我应该要跟踪他们。"

"那是一条新的手帕吗,主人?"沙赛德问道,"你很忙呢。"

"沙赛德,你在听我说话吗?"

"是的,主人。我想你是可以跟过去,但会很引人注目。我不确定那样是不是取得情报的最好方法。"

"我不会明目张胆地跟踪他们。"纹低声说道,"我会用镕金术,但我需要你的许可。"

沙赛德一顿。"我明白了。你的身体如何?"

"好很久了,"纹说到,"我早就感觉不到那些伤了。"

沙赛德叹口气。"好吧。反正卡西尔主人原本也就打算回来时要认真训练你。只是……小心点。我知道对迷雾之子说这种话有点好笑,但我还是想这么请求。"

"我会的。"纹说道,"一个小时后,我在那个阳台跟你会合。"

"祝好运,主人。"沙赛德说道。

纹冲回阳台。她绕过角落,然后站在石头栏杆跟后方的迷雾面前。美丽、盘旋的虚无。可算等到,她心想,手探入袖子,拿出一瓶金属,急切地吞下液体,又拿出一小把钱币。

然后,她满意地踏上阳台,跳入黑暗的浓雾中。

风拉扯着她的礼服,锡增强她的视力,白镴给了她力量。她望向高塔与堡垒主体之间的圆拱墙,将钱币抛下,让它消失在黑暗中,借用钢给她的推力。

她的身影在空中一震,空气的阻力吹涨她的礼服,让她觉得像是在拖着一捆布料,但镕金术的力量强大到可以应付这点。依蓝德所在的塔是隔壁那一座,她得爬上它与中央高塔之间的墙顶走道。纹骤烧钢,将自己推得更高,然后朝身后再抛下一枚钱币。当钱币打上墙壁时,她顺势让自己高跃入空中。

她落点的位置有点太低,撞到了墙上,幸好礼服的布料帮她削减了许多撞击力。她抓到了上方走道的边缘,没有镕金术的纹绝对不可能将自己拉上城垛,但对镕金术师纹来说这易如反掌。

黑色礼服掩饰她蹲低的身影,纹静悄悄地走过墙壁上方的走道。四周没有侍卫,但前方的高塔底端有一盏警卫灯亮着。

MISTBORN: THE FINAL EMPIRE

不能走那里,她心想,抬头探路。高塔似乎有几间房间,其中两间有灯火。纹抛下一枚钱币,将自己抛掷入空中,牵拉着一扇窗的铁框,使力一扯,便落在窗户外的石框上。因为夜晚已经来临,百叶窗关着,纹得贴近窗边,燃烧锡才能听到里面的对话。

"……舞会总是很晚才结束。我们可能得多值一轮班了。"

守卫,纹心想,跳起反推窗户,窗框发出一阵喀啦声,她沿着塔墙往上飞冲,抓住下一扇窗户的边缘,将自己撑起,站好。

"……不后悔迟到。"一个熟悉的声音在里面说话。是依蓝德。"她刚好比你迷人多了,泰尔登。"

一个男子发出笑声:"伟大的依蓝德·泛图尔,被一张漂亮的脸蛋逮住了。"

"不只如此,加斯提。她心地善良,还帮助逃去农庄的司卡。我觉得我们应该找她来一起对谈。"

"不可能的。"一个声音低沉的男子说道,"依蓝德,我不介意你谈哲学,甚至愿意一边跟你喝酒一边听你说,但我绝对不会随便让别人加入我们。"

"我同意泰尔登。"加斯提说,"五个人已经够多了。"

"你们……"依蓝德说,"我觉得你们这么说不公平。"

"依蓝德……"另一个声音有点抱怨地说。

"好吧。"依蓝德说,"泰尔登,你读了我给你的书吗?"

"我试过了。"泰尔登回答,"有点厚。"

"但是本好书,对吧?"依蓝德说。

"还不错。"泰尔登说,"我可以了解为什么统御主这么恨它。"

"雷戴文的书更好。"加斯提说,"比较深入重点。"

"我不是要唱反调。"第五个声音说道,"可是我们只要这样吗?读书?"

"读书有什么不好?"依蓝德问道。

"有点无聊。"第五个声音说道。

一点也没错,纹心想。

"无聊?"依蓝德说道,"先生们,这些想法跟文字是一切。这些人知道他们会因此而被处决。你们看不到他们的热情吗?"

"热情是有的,"第五个声音说道,"用处倒没有。"

"我们可以改变世界。"加斯提说道。"我们之中有两名是家族的继承人,其他三人是第二继承人。"

"有一天,会由我们当家做主,"依蓝德说道,"只要我们贯彻公正、守序、自律的原则,就连统御主也不敢小看我们!"

"我们?"第五个声音嗤笑,"你也许是强大家族的继承人,依蓝德,但我们其他人可没这么重要。泰尔登跟加斯提甚至可能无法继承,而凯弗,容我冒昧地说一句,不会有多大的影响力。我们无法改变世界。"

"我们可以改变自己家族的运作方法。"依蓝德说道,"各族只有停止争斗,我们才能得到真正的政府力量,而不只是大小事都屈服于统御主的意志。"

"一年年过去,贵族的力量越见衰微。"加斯提附和道,"我们的司卡属于统御主,土地亦然。他的圣务官决定我们的婚嫁和信仰。就连我们的运河其实也是他的产业。教廷杀手会谋杀任何不顺从或是太招摇的人。这让人怎么活下去?"

"这点我同意。"泰尔登说,"依蓝德一天到晚在那边叨念阶级不平等什么的,我觉得根本是蠢话连篇,但我同意必须联合阵线,对抗统御主。"

"没错。"依蓝德说道,"这就是我们必须……"

"纹。"一个声音低声说。

纹一惊,差点吓得从窗台边摔下,她惊慌地四处张望。

"在你上面。"声音低语道。

她抬起头。卡西尔正吊在她头顶另外一座窗台上,他露出微笑,眨眨眼，然后朝下方走道点点头。

卡西尔从她身旁的雾间朝下坠落。她回望了依蓝德的房间片刻，终于也跟着卡西尔一起跳下，使用同一枚钱币减缓自己的速度。

"你回来了！"她一面热切地说道，一面落地。

"下午回来的。"

"你在这里做什么？"

"看看我们里面的朋友。"卡西尔说道，"看起来似乎跟上一次差不多。"

"上一次？"

卡西尔点点头。"自从你跟我提起这群人后，我来偷窥他们几次了。果然是浪费时间。他们不足以构成威胁，只不过是一群年轻贵族聚集在一起喝酒斗嘴。"

"可是他们想要推翻统御主！"

"根本没有。"卡西尔哼了一声，"他们只是在做贵族的事——安排结盟。下一代本来就经常在掌权前开始规划家族联盟。"

"不一样的。"纹说道。

"哦？"卡西尔有点好笑地说道，"你当贵族的时间已经久到能够分辨这点啦？"

她脸上一红，他大笑，和善地搂住她的肩膀："好啦，别这样。以贵族而言，他们看起来像是不错的孩子。我答应不杀他们，好吗？"

纹点点头。

"也许我们可以找个方式利用他们，他们似乎的确比一般贵族开明些。我只是不想要你失望而已，纹。他们还是贵族，这不是他们选的，天性无法更改。"

跟多克森一样，纹心想。卡西尔总把依蓝德往最坏处想，但这能怪他吗？要进行卡西尔跟多克森计划中的战斗，也许是应该把敌人都想成十恶不赦的坏人才比较有效，对精神也比较健康。

"对了，你的妆怎么了？"卡西尔问道。

"我不想谈。"纹说道，回想起自己跟依蓝德的对话。我干吗哭啊？真是大笨蛋！还有，我居然那样直截了当去问他有没有跟司卡上床。

卡西尔耸耸肩："好吧，那我们该走了。我觉得小泛图尔跟他的伙伴们不会讨论到任何重要的事情。"纹停下脚步。

"我偷听他们三次了，纹。"卡西尔说道，"你要的话，我可以给你大致简述一遍。"

"好吧。"她叹口气道，"可是我跟沙赛德说会回去宴会厅里找他。"

"那你去吧。"卡西尔说道，"我答应不跟他说你偷偷摸摸地用镕金术。"

"他说我可以了。"纹为自己辩护。

"他这么说？"

纹再点头。

"那是我弄错了。"卡西尔说道，"你在离开宴会厅前，也许该让阿沙帮你拿件披风来。你的衣服前面都是灰烬。我跟你在歪脚的店见。让马车在那里放下你们，然后继续出城，装装样子。"

纹再次点头，卡西尔眨眨眼睛，从墙头跳下，消失在雾中。

最后，我必须信任自己。我看过有些人泯灭了自身分辨善恶是非的能力，我觉得自己不是其中之一。我看到孩子眼中的泪水时，仍然会为他的苦难而心痛。

如果有一天我连这点能力都失去，那就是已经沦丧到极点了。

24

当纹跟沙赛德抵达时，卡西尔已经在店里了，他跟哈姆、歪脚和鬼

MISTBORN: THE FINAL EMPIRE

影一起坐在厨房，享受喝一杯的乐趣。

"哈姆！"纹从后门进屋时，兴奋地说道，"你回来了。"

"是啊。"他高兴地说道，举起酒杯。

"感觉你去好久好久了。"

"我也是这么觉得。"哈姆打从心底感慨地说道。

卡西尔轻笑，举起酒杯："哈姆扮将军扮累了。"

"我还得穿制服。"哈姆抱怨着伸展四肢，身上是一贯的背心与长裤，"就连农庄司卡都不用遭受那种酷刑。"

"你改天试穿礼服看看。"纹说道，自行坐下。她拍拍礼服前摆，看起来没她以为的那么脏。黑色的布料上仍能隐约看到黑灰色的灰烬，摩擦到石头的部分也有点粗糙，但都不太明显。

哈姆大笑："我不在的这段时间，你似乎已经成为真正的淑女了。"

"哪有。"纹说道，卡西尔递杯酒给她。

她沉吟片刻，然后啜了一口。

"纹主人太谦虚了，哈姆德主人。"沙赛德说道，在一旁坐下，"她的宫廷仪节相当有进步，比我知道的许多真贵族还更杰出。"

纹脸红，哈姆再度大笑："居然会谦虚，纹。你从哪里学来的坏习惯啊？"

"绝对不是我。"卡西尔说道，递酒给沙赛德，泰瑞司人抬手礼貌地拒绝了。

"当然不是跟你学的，阿凯。"哈姆说道，"也许是鬼影教她的。整团人中似乎只有他知道该怎么闭起嘴巴，是吧，小子？"

鬼影脸红，很明显不想直视纹。

有时间我得处理一下这件事，她心想。但不是今晚。卡西尔回来了，依蓝德不是杀人凶手。今晚是放松的夜晚。

脚步声在楼梯上响起，片刻后多克森踱步进入房间。"你们在办宴会？居然没人找我来？"

"你看起来很忙的样子。"卡西尔说道。

"况且……"哈姆补上一句,"我们知道你太有责任感,不会跟我们这种不求上进的懒鬼一起买醉。"

"总得要有人维持集团的运作嘛。"多克森轻松地说道,为自己倒了一杯酒。突然,他愣住,直朝哈姆皱眉头:"你那件背心看起来好眼熟……"

哈姆微笑。"我把制服外套的袖子给撕掉了。"

"不会吧!"纹笑着说。

多克森叹口气,往杯里倒满酒。"哈姆,那些东西是要花钱的。"

"什么都要花钱。"哈姆说,"可是,钱是什么?只不过是将抽象的劳力化成具象化的物体而已。那件制服我穿了那么久,算是贡献了相当多的劳力,所以这件背心跟我应该算是扯平了。"

多克森没答话,只是翻翻白眼。大厅的店门开了又关,纹听到微风跟看守的学徒问候。

"对了,老多。"卡西尔开口,背靠着柜子,"我也需要一些具象化的物体。我想要租用一些小仓库和我的情报贩子会面。"

"应该可以安排。"多克森说道,"只要能好好控制纹的置装费。我——"他瞥向纹,话硬生生被打住。"小姐,你对那件礼服做了什么!"

纹满脸涨红,缩在椅子里。也许是比我想的还要明显一点点……

卡西尔轻笑:"你可能得习惯衣服被弄脏了,老多。纹今天晚上重拾迷雾之子的工作了。"

"有意思。"微风走入厨房,"我能建议她这次避免跟钢铁审判者对打吗?"

"我会尽力的。"纹说道。

微风慢慢踱到桌边,以标准的优雅态度挑选椅子坐下。圆滚的男子以决斗杖指着哈姆:"看样子我的知识分子假期要结束了。"

哈姆微笑:"我不在这里时想到几个很可怕的问题,正等着你呢。"

"我期待死了。"微风说道。他将决斗杖指向雷司提波恩,"鬼影,酒。"

鬼影冲去为微风端酒。

"他真是个好孩子。"微风评论,接下酒,"我几乎不需要用镕金术推他。如果你们其他人也能这么配合就好了。"

鬼影皱眉。"好不是玩这样没的。"

"孩子,我完全听不懂你刚才说了什么。"微风说道,"但我要假装你讲得很清楚,只是我不理会。"

卡西尔翻了翻白眼。"没了紧张趁小。"他说道,"不是没的需要担心。"

"趁挑衅去右了。"鬼影点头说道。

"你们两个在胡说八道什么啊?"微风烦躁地说道。

"没的是那聪明。"鬼影说道,"趁小有希望这种。"

"向来是做这。"卡西尔同意。

"向来是希望有这有。"哈姆微笑递补上一句,"聪明希望是没的。"

微风气急败坏地转向多克森:"亲爱的朋友,我想我们的同伴们终于发疯了。"

多克森耸耸肩,然后相当严肃地说:"不是不不是是。"

微风瞠目结舌地坐在原地,房间内爆出一阵笑声。微风气恼地翻翻白眼,一面摇头一面低声咒骂这群成员的低级幼稚趣味。

纹边笑边差点被酒呛得岔气。"你刚才到底说什么啊?"她问在身边坐下的多克森。

"我不知道。"他坦承,"听起来好像蛮对的。"

"老多,你什么都没说。"卡西尔说道。

"他有说。"鬼影说道,"只是没有任何意义。"

卡西尔大笑。"向来都是这样。我发现,老多说的话,有一半听没听到都无所谓,除了他偶尔会抱怨花太多钱这件事之外。"

"嘿！"多克森说道，"难道还用我说吗？总要有人负责任！你们这些家伙花盒金的方法啊……"

纹微笑。多克森就连抱怨听起来都相当好脾气。歪脚静静坐在墙边，看起来跟平常一样乖戾，但纹发现他的嘴角也有一抹笑意。卡西尔站起身，又开了一瓶酒，一面为大家斟上，一面向大家讲述司卡军队的准备进度。

纹感到……满足。她啜着酒，瞄向通往黑暗工作室的门缝。有一瞬间，她以为自己看到阴影中的身影——一个害怕的娇小女孩，对周遭毫无信任、内心充满怀疑。女孩的头发又短又乱，穿着一件简单肮脏的长衬衫，还有一件褐色长裤。

纹记得在歪脚店里的第二天晚上，她站在黝黑的工作室里，看着其他人在深夜交谈。那个女孩真的曾经是她吗——宁愿躲在冰冷的黑暗中，隐藏自己的羡慕看着笑声跟友谊，却永远不敢加入？

卡西尔说了某件特别有趣的事情，引来哄堂大笑。

你是对的，卡西尔，纹微笑着想。这的确比较好。

她还不像他们——不完全像。六个月不足以让瑞恩的低语完全沉默，而且她无法想象自己变得像卡西尔那样容易信任别人，可是……她终于能了解，至少了解一点点，他为什么要这样行事。

"好吧。"卡西尔说道，抓过来一张椅子反坐，"看起来军队会按照原定时间表完成准备工作，沼泽也就位了。我们需要进行下一步。纹，舞会的消息？"

"太齐尔开始衰败。"她说道，"它的盟友们开始逃散，秃鹰们也开始行动了。有些人在偷偷传言，由于负债跟经商失败，太齐尔不得不在月底时就卖掉堡垒。他们不可能继续负担得起统御主的堡垒税。"

"意思是有一整个上族要完全从城市中消失了。"多克森说道，"大多数太齐尔贵族，包括迷雾之子跟迷雾人，都得搬到外区的农庄，以图弥补损失。"

"很好。"哈姆说道。任何家族被吓出城市都代表占领工作会更轻松一些。

"那么城市中还剩下九大家族。"微风点出。

"他们开始在夜里相互残杀了。"卡西尔说道,"离公开宣战只差一步。我猜我们会很快看到这里的撤离行动。任何不愿意只为了维持在陆沙德的权位就要冒被暗杀风险的人,都会搬出城里几年。"

"不过强大的家族似乎都不怕。"纹说道,"他们仍然在举办宴会。"

"噢,他们会一直这么做,直到最后。"卡西尔说道,"舞会是与盟友会面、监视敌人的绝佳机会。家族战争主要是政治斗争,所以也需要政治战场。"

纹点点头。

"哈姆。"卡西尔说道,"我们得看住陆沙德警备队。你明天依然打算拜访你的士兵联络人吗?"

哈姆点点头:"我不能保证,但我应该可以重建一些关系。给我一点时间,我就能发现军队到底要往哪里行动。"

"很好。"卡西尔说道。

"我想跟他一起去。"纹说道。

卡西尔一愣。"跟哈姆去?"

纹点点头:"我还没跟打手训练过。哈姆可能可以教我几件事。"

"你已经知道如何燃烧白镴了。"卡西尔说道,"我们练习过。"

"我知道。"纹说道。这要她怎么解释?哈姆的专长在白镴——他一定会比卡西尔更擅长。

"唉,别烦那孩子了。"微风说道,"她大概只是厌倦参加舞会跟宴会了。让她先当一阵子正常的街头流浪儿吧。"

"好吧。"卡西尔说道,翻翻白眼,为自己又倒了一杯酒。"微风,如果你一阵子不在,你的安抚者们还可以应付吗?"

微风耸耸肩:"我当然是整个团队中最厉害的,但我训练了其他人,他们没有我也可以顺利募兵，尤其是在幸存者的故事这么受欢迎的情况下。"

"我们得谈谈这点，阿凯。"多克森皱眉说道，"我不确定我喜欢有这么多迷信传言是关于你跟第十一金属的。"

"我们可以之后谈。"卡西尔说道。

"为什么提到我的手下？"微风说道，"你终于对我完美无瑕的时尚感嫉妒到打算要把我处理掉了？"

"要这么说也可以。"卡西尔说道，"我在想几个月后要把你送去替换叶登。"

"替换叶登？"微风惊讶地问道，"你是要我去领导大军？"

"有何不可？"卡西尔问道，"你很擅长发号施令。"

"我向来待在幕后的，老家伙。"微风说道，"我不站在前面。那样一来，我可是将军，你知道那听起来有多可笑吗？"

"你想一想就明白。"卡西尔说道，"那时候的招募工作应该差不多完成了，所以如果你能去洞穴，让叶登回来准备这里的联络人，可能最有效率。"

微风皱眉："也许吧。"

"无论如何……"卡西尔一面站起身，一面说道，"我不觉得我的酒喝够了。鬼影，当个好孩子，去地窖再帮我拿一瓶好吗？"

男孩点点头，对话转回轻松的话题。纹靠着椅背，感觉房间一旁煤炉的热力，暂时很满意只是享受平静的瞬间，什么都不要担心，包括战斗或计划。如果瑞恩能有机会经历这样的关系的话——她心想，懒洋洋地摸着耳环——也许事情对他就会有所不同。对我们而言也是。

哈姆跟纹第二天去造访陆沙德警备队。在假扮贵族仕女数个月后，纹以为穿街头混混的衣服会让她很不习惯，但其实没有。的确，是有点不同——她不用担心坐姿或走姿是否端正，也不用怕礼服划到肮脏的壁毯。可是，普通的衣服穿在她身上，仍然很自然。

MISTBORN: THE FINAL EMPIRE

她穿了一条简单的褐色长裤，宽松的白色衬衫塞入长裤中，外面加一件皮革背心，逐渐长长的头发塞在帽子下。经过的路人可能会误以为她是男孩，不过哈姆似乎觉得那无关紧要。

真的无关紧要。纹已经很习惯随时有人在审视、打量她，但街上的人甚至懒得多瞧她一眼。脚步蹒跚的司卡工人，对她浑然无觉的低阶贵族，甚至像歪脚那种地位较高的司卡——通通都忽略她。

我几乎忘记不被任何人看见是什么感觉了，纹心想。幸好，她原来的习惯——包括低头走路，让道给别人，弯腰驼背好让自己不引起其他人的注意——很轻易地就回到她身上。成为街头司卡对她而言，就像想起一首她曾经会哼的古老、熟悉曲调那么简单。

这其实也不过是另一个伪装，纹心想，走在哈姆身边。我的妆是小心翼翼擦在脸颊上的薄薄一层灰烬，我的礼服是一条长裤，刻意摩擦过，好让它们显得因常穿而陈旧。

那么，她到底是谁？街头流浪儿，纹？法蕾特贵女？都不是？她的朋友真的知道她是谁吗？她自己知道吗？

"啊，我真的好怀念这个地方。"哈姆说道，高兴地走在她身边，哈姆总是显得很高兴，她无法想象他对任何事感到不满，虽然他对领军的日子有诸多抱怨。

"有点奇怪。"他说道，转向纹，他不像纹那样故意装出畏缩的样子走路，他似乎不在乎在众多司卡中显得鹤立鸡群。"我不应该想念这个地方，毕竟陆沙德是最后帝国中最肮脏、最拥挤的城市，但它有某种特质……"

"你的家人住这里吗？"纹问道。

哈姆摇摇头："他们住在城外的小镇里。我太太是那里的裁缝，她告诉其他人我在陆沙德警备队中工作。"

"你不想他们吗？"

"当然想。"哈姆说道，"很辛苦，因为我只能跟他们相处几个月，但这样比较好。如果我工作时出了意外，审判者不会很容易就找到我的家人。我甚至没有告诉阿凯他们住在哪里。"

"你觉得教廷会花这么多精神吗？"纹问道，"毕竟，你都已经死了。"

"我是迷雾人，纹。意思是，我所有的子嗣都会有贵族血统。我的孩子可能也会变成镕金术师，他们的孩子也有可能。所以，当审判者杀死迷雾人的时候，他们也会杀掉他全部的孩子。唯一能保护我家人安全的方法就是远离他们。"

"你可以不用镕金术。"纹说道。

哈姆摇摇头："我不确定我能这么做。"

"因为力量？"

"不，因为钱。"哈姆坦白地说道，"打手，或照贵族的称呼，白镴臂，是最常被聘雇的迷雾人。一名优秀的打手可以跟六名普通人对战，比普通人抬起更重的物品，承受更重的重量，同时跑得更快。如果想要限制集团人数，这些事情将相当重要。拥有两名射币还有五名左右的打手，就等同于有一支灵活的小型军队。很多人会花很多钱雇用打手提供保护。"

纹点点头："我可以了解金钱的诱惑。"

"不只是诱惑，纹。我的家人不需要住在拥挤的司卡贫民区里，也不用担心被饿死。我的妻子会工作只是为了伪装，以司卡的标准而言，他们过得很好。一旦我存够了钱，我们会搬出中央统御区。最后帝国有很多不为人熟知的地方，只要有足够的钱，就可以过贵族的生活，不需要再担心，只需要好好过日子。"

"听起来……很吸引人。"

哈姆点点头，领着她转弯走上一条宽广的大道，它通往主城门。"其实，这个梦想是阿凯给我的。他一直说这是他想过的生活。我只希望我的运气比他好……"

纹皱眉。"每个人都说他很有钱。他为什么不离开？"

MISTBORN: THE FINAL EMPIRE

"我不知道。"哈姆说道,"总是有下一场行动,一次比一次规模更大。我想,一旦成为他那样的首领,游戏本身会令人上瘾,没过多久,他甚至就不太在乎钱了。终于,他听说统御主在密室中藏了某个价值连城的秘密。如果他跟梅儿能在那场行动前罢手……唉,可是他们没有。我不知道,说不定要他们过着无忧无虑的生活,反而会让他们不快乐。"

这个念头似乎引起他的兴趣,纹可以察觉他的脑中正在形成另一个"问题"。

我想,一旦成为他那样的首领,游戏本身会令人上瘾……

她先前的担忧再次浮现。如果卡西尔要霸占王座,会发生什么事?他当然不会像统御主那么可怕,可是……她越来越常去读日记。统御主一开始也不是个暴君。他曾经是个好人,是个误入歧途的好人。

卡西尔不一样,纹努力告诉自己。他会做对的事情。

可是,她无法不去想。哈姆也许不了解,但纹可以看到诱人之处。虽然贵族相当腐败,但上流社会自有其醉人之处。纹被其中的瑰丽、那些音乐和舞蹈迷惑。她跟卡西尔的兴趣不同,没有那么热衷政治游戏或是骗局,但她可以了解为什么他不愿离开陆沙德。

这份迟疑毁了过去的卡西尔,但它创造了一个更好,更坚定,更慷慨的卡西尔。至少大家希望是如此。

当然,他的计划也让他失去了所爱的女人。这就是为什么他这么痛恨贵族吗?

"哈姆?"她问道,"卡西尔向来痛恨贵族吗?"

哈姆点点头:"不过现在更严重了。"

"他有时会让我害怕。感觉好像他想把每个贵族都杀掉,无论他们是谁。"

"我也担心他。"哈姆说道,"第十一金属这整件事……他几乎把自己塑造成了某种圣人。"他没再说下去,然后望向她,"不要太担心。微风、老多还有我已经一起讨论过这件事。我们会去跟阿凯面对面谈谈,看能不能让他收敛一点。他都是出于好意，但往往会冲过头。"

纹点点头。前方是每天均会出现的人潮，等着被允许通过城门。她跟哈姆静静地走过严肃的人群——有被派去码头的工人、要去湖泊或河边磨坊工作的人，或是想要旅行的低阶贵族。所有人都需要正当的理由才能离开城市，统御主严格控制领域中的行动自由。

可怜的孩子，纹心想，经过一群衣着破烂的小孩，他们手中提着水桶跟刷子，应该是要等着爬城墙，把被水雾养出的苔藓刷掉。前方一名官员咒骂出声，将一个男子推出队伍中。那名司卡工人重重摔倒，好不容易才站起来，蹒跚地走到队伍的最后面。如果他不被获准离开城市，很可能就没法完成今天的工作，而没有工作就意味着他的家人今天拿不到食物兑换币。

纹跟着哈姆走过城门，走到一条跟城墙平行的街道，尽头是一大区的建筑物。纹从来没有仔细看过警备队的总部，因为大多数集团成员都宁愿尽量远远避开，但走近时，它牢不可破的外表让她相当印象深刻。环绕整个区域的城墙上插着巨大的尖刺，区域中的建筑物都相当低矮，守备森严。士兵们站在门口，充满敌意地审视路人。

纹停下脚步："哈姆，我们要怎么进去？"

"不要担心。"他说道，"警备队的人认得我。况且，它不像外表看起来那么严肃，警备队成员只是装做很吓人的样子。你也可以想象得到，他们不太受人欢迎，大多数里面的士兵都是司卡，他们为了过更好的生活，把自己出卖给统御主。每次城市里有司卡动乱，当地的警备队都会处于风暴中心，所以需要很完整的防御设施。"

"所以……你认得这些人？"

哈姆点点头："纹，我跟微风或阿凯不一样，我不能伪装自己，假装是别人。我就是我。这些士兵不知道我是迷雾人，但他们都知道我在地下组织工作。这里有很多人和我认识好几年了，他们一直想要说服我加入。招募我们这种边缘分子的成效向来比较大。"

"可是，你要背叛他们。"纹低声说，将哈姆拉到路边。

"背叛？"他问道，"这算不上是背叛。这些人都是佣兵，纹。他们受雇来打仗，而他们在镇压动乱或反叛时会攻击朋友甚至亲族。士兵已经有这种觉悟。也许我们是朋友，但在战斗时，我们绝不手软。"

纹缓缓点头。这听起来相当……残酷。可是生活便是如此。残酷。瑞恩这方面的教诲并非谎言。

"可怜的家伙。"哈姆说道，看着警备队，"我们还蛮需要这样的人。我出发前往洞穴前，招募到几名我觉得会愿意的人。其余的……他们选择了自己的人生，和我一样，只是想给孩子一个更好的生活。唯一的差别是，他们愿意为统御主工作。"

哈姆转身面向她："你想学燃烧白镴的技巧？"

纹热切地点点头。

"这些士兵通常会让我跟他们对打。"哈姆说道，"你可以看我打斗，燃烧青铜，观察我何时在用镕金术。关于白镴战斗最重要的一课就是，何时运用金属。我注意到年轻的镕金术师喜欢骤烧白镴，以为力气越大越好，但其实不是每一击都该用尽全力。

"力量是打斗中很重要的一部分，但不是唯一。如果你总是使出最大的力气，那会累得很快，而且会让敌人知道你的极限。聪明的人会在战斗的最后，敌人最虚弱时才使尽全力。而在持久战中，像是战争中，聪明的士兵会活得最久，站到最后的绝对是会妥善分配体力的那一个。"

纹点点头："可是在用镕金术时，不是比较不容易累吗？"

"是的。"哈姆说道，"如果白镴的量足够，是可以连续数小时竭尽全力地战斗，但保持白镴燃烧需要练习，而金属终究有用完的时候，在最后，你可能会活活累死。

"所以，我想要强调的是，通常最好的方法是不断调整白镴的燃烧量，如果力量用过了头，反而会让自己重心不稳，同时，我也看过打手过度倚赖白镴以至于忽略技巧训练。白镴是会增强体力，但对技巧毫无帮助。如果不知道该如何使用武器，或是不懂在战斗中灵活思考，无论力气有多大都会输。

"我在跟警备队对打时格外小心，因为不想让他们知道我是镕金术师。你会知道这件事有多重要。注意我如何使用白镴，我骤烧它不只是为了力量。如果我要跌倒，会烧白镴来让自己能立刻恢复平衡。当我在闪躲时，也许会烧白镴来帮助自己闪得更快，知道什么时候该加把劲。有许许多多这种小技巧可以使用。"

纹点点头。

"好。"哈姆说道，"那我们进去吧。我会跟警备队员说你是亲戚的女儿，反正你看起来年纪小，他们不会多想。注意我打斗的方式，之后再来讨论。"

纹再次点头，两人开始走向警备队。哈姆朝其中一名侍卫挥挥手："嘿，贝维登。我今天休假，赛提斯在吗？"

"他在，哈姆。"贝维登说道，"可是我不知道今天适不适合练习……"

哈姆挑起一边眉毛："嗯？"

贝维登与另外一名士兵交换眼神。"去请队长。"他对那人说道。

片刻后，一名看起来很忙碌的士兵从旁边的建筑物中走出来，一看到哈姆便开始挥手。他的制服多了几条彩色横杠，肩膀上还有一些金色金属。

"哈姆。"新来的人说道，跨过大门。

"赛提斯。"哈姆微笑，与男子握手，"当上队长啦？"

"上个月的事。"赛提斯点头说道。他突然一愣，打量着纹。

"是我侄女。"哈姆说道，"一个好孩子。"

赛提斯点点头："我们能不能单独谈一下话，哈姆？"

哈姆耸耸肩，让自己被拉去大门边一个比较隐秘的角落。纹靠镕金术可以听到他们在说什么。没有锡的日子我是怎么过的啊？

"听着，哈姆。"赛提斯说道，"你有一阵子不能来练习了。警备队会很……忙。"

"忙?"哈姆问道,"怎么说?"

"我不能说。"赛提斯说道,"可是……有你这样的士兵对我们来说会很有用。"

"会有战斗?"

"如果会需要动用到整个警备队,一定是大事。"

赛提斯安静了片刻,然后开口说话,声音低到纹得竖起耳朵才听得见。"发生反叛了。"赛提斯低声说道,"就在中央统御区里。我们刚接到消息。有一群司卡反叛军队出现,同时攻击了北方的霍斯太普警备队。"

纹突然觉得全身一冷。

"什么?"哈姆说道。

"他们一定是从那边的山洞来的。"士兵说道,"目前霍斯太普的防御工事还撑得住,但哈姆,他们只有一千人,急需后援,克罗司怪物一定来不及赶到。法尔特鲁警备队派了五千人过去,但我们不能只靠他们。那显然是很大一群反叛军,统御主允许我们去帮忙。"

哈姆点点头。

"怎么样?"赛提斯说道,"真正的战斗,哈姆。还有战斗的薪水。我们非常需要你这么厉害的人——我会让你立刻当军官,有自己的小队。"

"我……我得想想。"哈姆说道。

他不擅长隐藏情绪,纹觉得他的讶异听起来很可疑,但赛提斯似乎没注意到。

"不要花太久时间。"赛提斯说道,"我们打算两个小时内出发。"

"我明白。"哈姆说道,听起来尚未从惊愕中恢复,"让我先送我侄女回去,拿点东西。你们走之前我会回来。"

"好家伙。"赛提斯说道,纹看着他拍拍哈姆的肩膀。

我们的军队曝光了,纹惊恐地想。

他们还没准备好!他们应该是要快速、安静地夺下陆沙德,不是直接与警备队硬碰硬。

那些人会被屠杀!

到底发生了什么事?

没有人是我亲手或是直接下令杀死的,但我仍不好受。他们还是我害死的。有时候我真希望自己不是这么可恶的务实主义者。

25

卡西尔在背包里又丢进一个水壶。"微风,列出我们招募过的所有隐匿点,快去警告他们,教廷可能很快就会从犯人口中知道他们的位置。"

微风点头,难得地没有调侃卡西尔。他身后的学徒们在歪脚的店铺中忙碌地往来穿梭,按照卡西尔的命令搜集、准备补给品。

"老多,除非他们抓到叶登,否则这里应该是安全的。让歪脚的三名锡眼随时注意看守。如果有问题,立刻去备用密室。"

多克森点头,飞快地对学徒们下了一连串命令。有一个人已经离开,出发去警告雷弩了。卡西尔认为大宅是安全的——只有一群船队从费里斯离开,而且船上的人都认为雷弩并不知情。除非绝对必要,否则雷弩不会撤离,他的消失意味着他跟法蕾特都必须放弃他们精心打造的伪装。

卡西尔将一把干粮塞入背包,将包袱搭在肩上。

"我呢,阿凯?"哈姆问道。

"你得按照约定回去警备队。刚才你脑子动得很快,我们需要内应。"

哈姆不安地皱起眉头。

"我现在没有时间处理你的紧张问题,哈姆。"卡西尔说道,"你不需要骗他们,该怎样就怎样,耳朵竖起即可。"

"如果加入他们,我就不会背叛他们。"哈姆说道,"我会注意听,但我不会攻击将我视为战友的人。"

"好。"卡西尔简要地说道,"可是我也衷心希望你能找到方法,避免我们的士兵被杀。沙赛德!"

"卡西尔主人?"

"你存了多少速度?"

沙赛德微微脸红,环顾着四周忙碌的人群:"大概两三个小时。这是很难累积的特性。"

"不够久。"卡西尔说道,"我自己去。我回来前,这里由老多负责。"

卡西尔转身,停下脚步。纹穿着去警备队时的长裤、衬衫,戴着同样的帽子,站在他身后。她跟他一样,背上有个背包,固执地抬头看着他。

"这趟旅程很辛苦,纹。"他说道,"你从来没做过这种事。"

"没关系。"

卡西尔点点头,从桌子下拖出行李箱,打开,倒给纹一小袋白镴珠子,她没说话便接下。

"先吞五颗珠子。"

"五颗?"

"先这样。"卡西尔说道,"跑的时候如果还需要吃,跟我说,我们可以停一下。"

"跑?"纹问道,"我们不是要坐船?"

卡西尔皱眉。"我们为什么需要船?"

纹低头看着袋子,马上抓起水杯,开始吞珠子。

"确保你的背包里有足够的水。"卡西尔说道,"尽量带。"他离开她身边,走到多克森身旁,按上他的肩膀。"离日落还有三小时。如果我们加把劲,明天中午前就会到。"

多克森点点头。"该来得及。"

也许，卡西尔心想。法尔特鲁警备队离霍司太普只有三天路程，就算彻夜骑马，信差也要两天才能抵达陆沙德。等到我找到军队……

多克森显然读出卡西尔眼中的担忧。"无论如何，那支军队对我们而言已经没有用了。"他说。

"我知道。"卡西尔说道，"这只是为了救那些人的命。我会尽快送消息给你。"

多克森点点头。

卡西尔转身，骤烧白镴，背包突然轻得仿佛空无一物。"燃烧白镴，纹。我们要走了。"

她点点头。卡西尔感觉鼓动从她身上传来。

"骤烧。"他命令，从行李箱中拉出两件迷雾披风，将一件抛给她。他穿上另一件，走上前打开通往厨房的后门。红色的太阳耀眼地当空悬挂。慌乱的集团成员暂时停下动作，转身看着卡西尔跟纹离开。

女孩快步上前，走在卡西尔身边："哈姆告诉我，只有在必要时才该骤烧白镴，他说精细点使用比较好。"

卡西尔转身面对女孩："现在不是精细的时候。跟紧着我，尽量不要落后，绝对要确保随时都烧着白镴。"

纹点点头，突然看起来有点焦虑。

"好了。"卡西尔深吸一口气，"走吧。"

卡西尔以超人的速度冲入小巷，纹连忙跟上，跟着他离开小巷，进入街道中。白镴是她体内的一簇火焰，用这种方法不断骤烧，大概不到一小时就会用光五颗。

街道上满是司卡工人跟贵族马车。卡西尔无视于人潮，维持他超越常人的速度冲入街心。纹紧跟在后，越发担心自己到底在做什么。

我不能让他自己去，她心想。当然，她上一次强迫卡西尔带自己同行的结果是她半死不活地躺了一个月。

MISTBORN: THE FINAL EMPIRE

卡西尔穿梭在马车间，冲过行人身旁，奔驰在街道中，仿佛那是他一个人的大道。纹尽量跟在他身后，脚下的地面一片模糊，行进的速度快到令她看不清楚行人的脸。有些人在她身后叫骂出声，声音烦怒，但大多立刻安静下来，陷入沉默。

这就是为什么我们向来都要穿它。贵族看到迷雾披风就知道要避开。

卡西尔转身，直朝城市北门跑去。纹跟在身后。卡西尔靠近城门时没有停下脚步，排队的人群开始指指点点，检查的守卫一惊，抬起头。

卡西尔一跳。

其中一名盔甲守卫大喊一声，被越过顶上的卡西尔所施放出的镕金术重量压倒在地。纹深吸一口气，抛下一枚钱币给自己更多托力，然后跳起。她轻松地越过第二名守卫，他惊讶地抬起头，他的同伴则在地上挣扎不已。

纹反推士兵的盔甲，让自己飞入空中更高的地方。男子歪斜几步，但没跌倒，因为纹没有卡西尔那么重。

她冲过城墙，听到墙垛上的士兵发出惊呼声，暗自盼望不会有人认出她。不过应该不可能。虽然她飞过空中时，帽子飞掉了，但那些熟悉进出宫廷的法蕾特贵女的人，可能永远不会把她与穿着脏衣服的迷雾之子联想起来。

纹的披风在经过的空气中愤怒地拍打着。卡西尔在她面前再度完成一次跳跃，开始降落，纹随即跟随。在太阳下使用镕金术感觉不自然，甚至很奇怪。纹落下时，犯了低头看下方的错误，她没有看到令人安心的翻腾云雾，只有坚实的地面。

好高！纹惊恐地想。幸好，她没有失神到忘记用卡西尔降落时抛下的那枚钱币来反推，在重重撞上满是灰烬的地面前，她将速度减缓到还可以应付的程度。

卡西尔立刻朝高速道路冲去，纹紧跟在后，无视于商人跟旅人。现在他们出了城，她以为卡西尔会放慢脚步，但他没有。他又加快了速度。

突然，她了解了。卡西尔不打算要用走的，甚至不打算以正常速度跑到洞穴。

他打算一路全速冲去。

这趟旅程走运河要两个礼拜，他们要走多久？他们的移动速度很快，快得可怕。当然是比全速飞奔的马匹要慢些，但马无法长时间维持这种速度。

纹一点都不感到疲累，完全仰赖白镴，身体只用很少的力。她几乎感觉不到脚步踏在土地上，而且体内有了这么多白镴，她觉得可以维持这个速度好一段时间。

她赶上卡西尔，跟他并肩奔跑。

"这比我想的还简单些。"

"白镴会增强平衡感。"卡西尔说道，"否则你早就被自己的脚绊倒了。"

"你觉得我们会发现什么？我是说，在洞穴那边？"

卡西尔摇摇头。"多说无益。节省力气。"

"可是我一点都不累！"

"十六个小时过后，再看看你是什么感觉。"卡西尔说道，转离高速道路，奔向陆沙德运河旁边的宽广曳道，再次加快速度。

十六个小时！

纹略略落后在卡西尔身后，让自己有充足的奔跑空间。卡西尔不断加快速度，直到以令人发狂的步伐在奔跑。他说得对，在正常情况下，她早就被不平稳的路面绊倒了。可是，有白镴跟锡的指引，她没摔倒，虽然随着夜晚渐深，白雾探出，这件事越发困难，也耗去她越来越多注意力。

偶尔，卡西尔会抛下一枚钱币，在山丘顶端跳跃，但大部分时间他带领她以平稳的速度沿着运河奔跑。好几个小时过去了，纹开始感受到他早先提到的疲惫逐渐浮现。她维持住速度，但可以感觉到身体里有一

MISTBORN: THE FINAL EMPIRE

股抗拒，隐含停步跟休息的渴望。虽然有白镴的力量，她的身体却逐渐失去活力。

她很注意，确保体内的白镴量维持在一定水平，担心如果用光，席卷而来的疲累感将强烈到她再也无法举步行走。卡西尔同时命令她喝下极端大量的水，虽然她并不渴。

夜晚渐深，世界陷入寂静，没有旅人胆敢闯入雾中。他们经过夜泊的运河船只与驳船，偶尔还有一群运河曳船人将帐篷紧缩聚在一起，抵挡白雾。有两次，他们在路上看到雾魅，第一只让纹吓了一大跳，卡西尔恍若未见地经过，完全忽略那恐怖、半透明的由人兽肢体残骸作为骨架的生物。

他继续奔跑。时间模糊成一片，奔跑开始主宰纹的所有行动，成为她的一切。移动所需要的注意力让她甚至无暇留意卡西尔在前方雾气中的身影。她只是不断地轮流将脚踩在身前，身体仍然强壮，却又同时感觉无比疲劳。每一下脚步虽然快速，却已经成为负担，她开始渴望休息。

但卡西尔不允许。他一直跑，强迫她前进，维持不可思议的速度。纹的世界逐渐只剩下渐渐累积的痛苦与萌生的衰弱，混沌成一团。

他们偶尔会减缓速度喝水或吞更多白镴珠子，但她未尝有一刻停下脚步。几乎像是她无法停下。纹让疲累淹没她的神智。骤烧的白镴是一切。她什么都不剩。光线让她讶异。太阳开始升起，迷雾消失，但卡西尔没因光明的到来而停下脚步。怎么可能停？他们需要跑。他们只是需要……需……要……一直……跑……

我会死。

纹在奔跑的途中不止一次这么想。事实上，这个念头不断在她脑海中盘旋，像是等待啄食尸体的秃鹰不断啄着她的头脑。她不停移动。奔跑。

我痛恨奔跑，她心想，我一直住在城市，而不是乡下，就是为了不要跑。她的脑子某处知道这个念头一点都不合理，但以她目前的状况已经很难维持神智。

我也讨厌卡西尔。他只是一直跑。太阳升起多久了？几分钟？几小时？几周？几年？我发誓，我不觉得——

在她面前的卡西尔放慢脚步，停下来。

纹惊愕到差点撞上他。她脚步一歪，勉强停下自己的身体，仿佛除了奔跑外，已经忘却其他任何动作。她停下脚步，然后低头望着双脚，傻愣愣地说不出话来。

这是不对的，她心想。我不能站在这里。我得继续移动。

她感觉自己又要开始前行，但卡西尔抓住她。她在他的钳制中挣扎，虚弱地抗拒。休息，体内一个声音传来。放松。你已经忘记那是什么，但它很舒服……

"纹！"卡西尔说道，"不要熄灭白镴。继续燃烧，否则你会昏倒！"

纹摇摇头，头晕目眩，她想要理解他的话。

"锡！"他说道，"骤烧锡。快点！"

她依言照做。头颅内瞬间涌出几乎已经忘记的痛楚，逼得她得闭上眼睛，挡住刺目的阳光。她的双腿疼痛，双脚感觉更痛，但是突来这一阵感官刺激让她重新恢复了理智。她眨眨眼，抬头看着卡西尔。

"好些没？"他问道。

她点点头。

"你刚对自己的身体做了非常不公平的事。"卡西尔说道，"它好几个小时前就该停止运转了，但你用白镴强迫它不断继续。你之后会恢复，甚至会更擅长以这种方式来强迫自己，但现在你只能继续燃烧白镴，保持清醒。我们晚点可以睡觉。"

纹再次点了点头。"为什么……"她的声音沙哑，"我们为什么停下来？"

"听。"

她听了。她听到……声音。喊叫声。

MISTBORN: THE FINAL EMPIRE

纹抬起头看着卡西尔:"战斗?"

卡西尔点点头:"霍斯太普城离这里大概还要北行一个小时,但我觉得我们已经找到此行的目的地了。来吧。"

他放开她,抛下一枚钱币,越过运河。纹尾随在他身后,跟着他一起冲上附近的一座小山。卡西尔在山顶趴下,偷偷探出头,然后站起身,望向东方。纹也爬上山丘,轻易便看到远方的战场。风向改变,带来一阵气味。

血。后方的山谷中满是尸体。还有人在山谷的另一端打斗——一小撮零零散散,服色不齐的军队被比它大上许多、军装整齐的军队包围。

"我们太迟了。"卡西尔说道,"我们的人一定是把霍斯太普警备队解决掉后,决定要回到山洞里,但法尔特鲁城离这里只有几天远,它的警备队有五千人之多。那些士兵比我们早到。"

纹眯着眼睛,仍然燃烧着锡。她可以看出他所言非虚。大型的军队穿着帝国制服,而就那排尸体的状况看来,他们突袭了经过的司卡士兵,司卡的军队根本没有取胜的机会。在她注视时,司卡开始举手投降,但士兵只是持续杀戮,有些剩余的农民绝望地奋力一搏,但很快便纷纷倒地。

"这是场屠杀。"卡西尔愤怒地说道,"法尔特鲁警备队一定接到格杀勿论的命令。"他上前一步。

"卡西尔!"纹说道,抓住他的手臂,"你在做什么?"

他转身面向她:"下面还有人。我的人。"

"你想怎么样,一个人对抗整支军队?那有什么用?你的反抗军没有镕金术,他们不可能逃走。你阻止不了整团军队的,卡西尔。"

他甩开她的手。纹没有力量拉住他,身子一软,倒在粗糙的黑土上,灰烬飞扬。卡西尔开始走下山坡,前去战场。

纹跪起。"卡西尔……"她说道,全身因疲累而浅浅颤抖,"我们不是所向无敌的,记得吗?"

他停下脚步。

"你不是所向无敌的。"她低声说道,"你无法阻止所有人。你救不了那些人的。"

卡西尔静静地站在原地,双手握拳,然后缓缓地低下头。在远方,屠杀继续进行,所剩反抗军人数已经不多。

"山洞。"纹低声说道,"我们的军队一定会留人看守,对不对?也许他们可以告诉我们,为什么军队会暴露自己的行踪。也许你可以救回留下的人。统御主的手下一定会搜寻军队的总部,说不定他们现在正在找。"

卡西尔终于点点头:"好,我们走。"

卡西尔跳下山洞。在深沉的黑暗中,唯一的照明是上面远远反射来的微弱阳光,他得骤烧锡才勉强能见物,纹在上方裂缝间攀爬的声音听在他过度增强的耳里有如雷声。山洞里……什么都没有。没有声音,没有光线。

她错了,卡西尔心想。没有人留守。

卡西尔缓缓吐出一口气,想要找到焦躁与怒气的发泄口。他遗弃了战场上的人。他摇摇头,无视内心理智的声音。他的怒气还太炙热。

纹落在他身边的地方,在他奋力探索的眼中,只是一抹黑影。

"空的。"他宣称,声音在山洞中空洞地回响,"你错了。"

"不。"纹低声说道,"在那里。"

突然,她冲了出去,如猫般的灵巧身段蹿过地面。卡西尔在她身后的黑暗中喊着,然后一咬牙,凭声追踪她的身影,朝其中一条通道跟去。

"纹,回来!已经没有——"

卡西尔没继续说话。他勉强看到前方通道中有一丝光亮。该死的!她从这么远之外怎么能看得到?

他可以听到纹的声音从前方传来。卡西尔更小心地上前去,检查所有金属存量,担心这是教廷设下的陷阱。他走近光线的源头,一个声音从前方传来:"是谁?报上通行密语!"

卡西尔继续前进,光线明亮到他可以看到通道中出现一个幽暗的剪影,手中握着长矛。纹蹲在黑暗中等待。她询问地看着经过身旁的卡西尔,似乎暂时克服了白镴所带来的疲累,但等到他们终于能休息时,她一定会感觉到。

"我可以听到你的声音!"守卫焦急地说道,声音听起来有点熟悉,"报上身份。"

这是德穆队长,卡西尔想起。我们的人之一。不是陷阱。

"报密语!"德穆命令。

"我不需要密语。"卡西尔说道,踏入光线中。德穆放下长矛:"卡西尔大人?你来了……意思是军队成功了吗?"

卡西尔没回答。"你们为什么没有防守后面的入口?"

"我们……觉得退到内部区域比较容易防守,大人。我们没剩多少人了。"卡西尔回头望着入口通道。统御主的手下要多久会找到愿意吐露真相的囚犯?纹说得没错——我们需要把这些人带去安全的地方。

纹站起身,上前来,以她沉静的双眼研究那名年轻的士兵:"你们还有几个人在这里?"

"大概两千人。"德穆说道,"我们……错了,大人。对不起。"

卡西尔回望他:"错了?"

"我们觉得叶登将军太躁进了。"德穆说道,羞愧地脸红,"所以留下来。我们……觉得应该对你忠诚,而非对他,但我们应该跟军队其他人一起去的。"

"军队已全军覆没。"卡西尔说道,"召集你的手下,德穆。我们现在就得离开。"

那天夜里,卡西尔坐在树干上,任由白雾围绕在他身旁,强迫自己面对当天发生的事情。

他双手交握在身前,坐着听军队众人躺下后发出的隐约窸窣声。幸好有人之前就想到要所有人做好随时可以撤离的准备。每个人都有一捆被褥,一件武器,还有足够食用两礼拜的食物。卡西尔打算找到这个这么有先见之明的人,好好提拔一番,虽然他能指挥的士兵人数有限。令他非常沮丧的是剩余的两千人中,有一大部分不是年纪过大,就是年纪过小——要么昏聩到看不透叶登的计划,要么稚嫩到对死心存畏惧。

卡西尔摇摇头。死了这么多人。在这场意外前,他们聚集了将近七千人,但现在大多数都死了。叶登显然决定要以领军夜袭霍斯太普警备队的方式来"测试"军队。他怎么会做出这么愚蠢的决定?

是我,卡西尔心想。这是我的错。他承诺他们会得到超凡力量的协助。这是他自己设下的陷阱,让叶登成为集团的一员,轻轻松松地谈论要完成不可能的任务。在卡西尔给他注入如此多信心之后,能怪叶登误以为自己可以直接与最后帝国正面交锋吗?有了卡西尔的承诺,能怪那些士兵会愿意跟他走吗?如今,死了这么多人,都是卡西尔的责任。死亡对他而言并非新鲜事,失败亦然,他已跟从前不同,但他仍然无法停止撕裂心肺的痛楚。的确,那些人是因为跟最后帝国战斗而死,对司卡而言,算是死得其所。但他们死的时候可能还在指望卡西尔能提供某种神迹保护……这点令人痛苦不安。

你知道这会很困难,他告诉自己。你了解自己接下的重担。

可是,他有什么权力这样做?就连他自己集团中的成员——哈姆、微风和其他人,都认为最后帝国是无可动摇的。他们参与计划是因为相信卡西尔,是因为他把计划阐述成一份单纯的盗窃工作。如今,雇主死了——一名派去检查战场的探子确认了叶登的死讯,不知这是好事还是坏事。帝国士兵们把他还有几名哈姆任派的军官的头插在路边的矛上。任务毁了。他们失败了。军队没了。不会有反抗行动,没有人会占据城市。脚步声靠近,卡西尔抬起头,不知自己是否有站起来的力气。纹蜷缩在他身旁的树干边,睡在冰冷的地面上,只有迷雾披风作为软垫。长

MISTBORN: THE FINAL EMPIRE

时间使用白镴让女孩精力透支,几乎是卡西尔一下令扎营过夜她便倒在地上。他希望自己也能这么做,但他远比她习惯使用白镴的后遗症。他的身体终究也会累垮,但他还可以撑得久一点。

一个身影从雾中出现,一拐一拐地朝卡西尔的方向走来。那个人年纪很大,比卡西尔招募来的人年纪都大。他一定是原本的反抗军的一员——在卡西尔占用洞穴前就住在那里的人之一。

男子挑定卡西尔的树干边的一块大石,叹口气坐下。年纪这么大的人还跟得上,真是惊人。卡西尔要求众人快速前进,希望在最短时间带他们到远离洞穴的地方。

"所有人都睡不安稳,"老人说道,"他们不习惯待在迷雾里。"

"他们没多少选择。"卡西尔说道。

老人摇摇头。"我想是吧。"他坐了一会儿,年迈的双眼有如谜团,"你不认得我了,对不对?"

卡西尔想了想,然后摇摇头:"抱歉。是我招募你的吗?"

"算是吧。我是在特雷斯廷大人农庄的司卡之一。"

卡西尔略微惊讶地张开口,终于从那男子的光头跟疲惫却又坚毅的神色中找出一点熟悉之处。"你是那天晚上和我同坐的老人。你的名字是……"

"曼尼斯。在你杀了特雷斯廷后,我们退守到山洞里,那边的反叛军收容了我们。很多人后来离开去了其他农庄,有些人则留了下来。"

卡西尔点点头。"是你计划的对不对?"他说道,朝营地挥手,"这些准备?"

曼尼斯耸耸肩:"我们中的有些人不能战斗,所以做了点别的事情。"

卡西尔向前倾身:"发生了什么事,曼尼斯?叶登为何要这么做?"

曼尼斯只是摇摇头。"虽然大多数人认为年轻人才是笨蛋,但我发现,上了一点年纪的男人可以比男孩还更愚蠢。叶登……他是那种过于容易崇拜别人的人,他崇拜你跟你留给他的名声。他手下的一些人觉得让所有人多点实战经验是个好主意,所以他们认为夜袭霍斯太普军队是个聪明的举动。显然,那比他们想的要更困难。"

卡西尔摇摇头:"就算他们成功了,暴露行踪会让整支军队失去作用。"

"他们相信你。"曼尼斯静静说道,"他们以为自己不会失败。"

卡西尔叹口气,仰起头,望着飘移的白雾,慢慢地吐出一口气,气息与上方流动的空气混合为一。

"我们要怎么办?"曼尼斯问道。

"我会把你们分成两组。"卡西尔说道,"让你们以小组人马的方式回去陆沙德,消失在众多司卡之中。"

曼尼斯点点头。他看起来相当疲累,简直是精疲力竭,但却没有去休息。卡西尔了解他的感受。

"你记得我们在特雷斯廷农庄时的对话吗?"曼尼斯问道。

"记得一点。"卡西尔说道,"你试着说服我不要惹麻烦。"

"但没阻止你。"

"惹麻烦算是我唯一擅长的事情,曼尼斯。你会厌恶我在那里做的事,厌恶我强行改变你们的人生吗?"

曼尼斯想了想,点点头。"但某种程度上,我很感谢这份厌恶。我原来以为自己的人生要结束了,每天早上起床都以为自己不会有下床的力量,但我在山洞里再次找到目标。因为这一点,我很感激。"

"就算我如此对待军队?"

曼尼斯一哼。"你太抬举自己了,年轻人。这些士兵是自己害死自己的。也许你是他们的动机,但决定不是你做的。

"无论如何,这不是司卡反抗军第一次被屠杀。差得远了。某种程度上,你达成了很多事——聚集够强大的军队,让军队得到了超出任何人想象的武器跟训练。事情发展出乎你意料,但你应该引以为傲。"

"引以为傲?"卡西尔问道,站起身来发泄部分的紧张,"这支军队应该要用来推翻最后帝国,而不是因为一场毫无意义的、离陆沙德好几个礼拜路程远的战斗而元气大伤。"

"推翻……"曼尼斯低头,皱眉,"你真的打算做这种事?"

"当然。"卡西尔说道,"否则我为什么要募集这样的军队?"

"为了反抗。"曼尼斯说道,"为了战斗。那些小伙子就是为了这去的洞穴。重点不是输赢,而是要做点事——任何事——来抵抗统御主。"

卡西尔皱眉转身:"你们打从一开始就认定军队会输?"

"有什么其他的结局吗?"曼尼斯问道。他站起身,摇摇头,"有些人可能有别的梦想,小子,但统御主是不可能被打败的。曾经,我给了你一些建议,叫你面对战争要小心选择。而我,我发现这场战争是值得的。

"现在,卡西尔,海司辛幸存者,让我给你另一个忠告。学会适可而止。你做得不错,远超过别人所能期待的程度。你那些司卡在被抓到、摧毁之前杀了一整个警备队的士兵。这是数十年来,甚至数百年来,司卡所获得最大的胜利。现在该是结束的时候了。"

说完,老人尊敬地点点头,然后开始蹒跚地走回营地中心。

卡西尔瞠目结舌站在原处,半晌说不出话来。

司卡数十年来最大的胜利……

这才是他真正对抗的对象。不只是统御主,不只是贵族,而是上千年来的催眠。在这样的社会里活了上千年,才会将死了五千人称为"伟大胜利"。司卡的生活绝望到让他们会在预期的失败中得到安慰。

"那不是胜利,曼尼斯。"卡西尔低语,"我会让你看看什么才是胜利。"

他强迫自己微笑——不是因为喜悦,不是因为满意。

他要微笑,虽然士兵的死亡让他悲痛万分。他要微笑,因为这就是他所做的一切。这就是他向统御主,还有自己,证明他没有被击垮的方法。

不,他不要走开。他还没完成工作。

还早得很。

第肆章

雾海中的舞者
Dancer in a Sea of Mist

我好累，好累。

26

纹躺在歪脚店里属于她的床上，感觉头阵阵发疼。

幸好，头痛已经开始转弱了。她还记得那可怕的早上醒来的瞬间，痛楚强烈到她几乎无法思考，更无法移动。她不知道卡西尔是如何撑下去的，他带领残余的军队到达安全的地方已经是两个礼拜多以前的事情了。整整十五天过去，她的头还在痛。卡西尔说这对她是好事，宣称她需要练习"白镴延烧"，强迫身体超越极限运作。可是，不论他说得多好听，她还是怀疑这么痛的事情怎么可能对她是"好事"。

当然，这也会是有用的技巧。如今，在头痛大减之后，她愿意承认这点。她跟卡西尔两个人一天就跑到了战场，回程的路途却花了两个礼拜。

纹坐起身，疲累地伸展四肢。其实他们回来还不到一天。卡西尔大概大半夜未睡，跟其他成员解释发生的事情，但纹当时很高兴能直接上床。睡在冷硬泥土地上的夜晚提醒她，自己已经开始习惯一张舒服的床这种奢侈。

她伸伸懒腰，再次揉揉太阳穴，套上一件袍子，绕去厕所。她很满意地看到歪脚的学徒记得要帮她放洗澡水。她锁上门，脱下外衣，躺入温暖、散发芳香的洗澡水。她以前真的觉得这香味讨人厌吗？这味道确实是会让她有些介意，但只要能去除旅行时黏身的尘土污渍，那点麻烦根本不值一提。不过她还是觉得长头发很讨厌。她一面洗头，一面梳理着纠结的地方，不知道那些贵族仕女怎么能忍受头发长达腰际。她们每

MISTBORN: THE FINAL EMPIRE

天要花多少时间接受仆人的梳理跟打扮啊？纹的头发还不及肩，就已经很不愿意再让它继续长了。每次跳跃时它都会四处飞散，打痛她的脸，更遑论会让敌人有拉扯的机会。

洗完澡后，她回到房间，穿上衣服，下楼。学徒在下方的工作室忙碌着，管家们在楼上洒扫，但厨房很安静。歪脚、多克森、哈姆和微风坐在一起吃早餐，听到纹进来的声音，所有人同时抬头。

"干吗？"纹没好气地问道，停在门口。刚才泡澡舒缓了她的头痛，但脑勺后方仍隐隐鼓胀着不舒服。

四名男子交换眼神。哈姆最先说话："我们在讨论计划的进度，因为我们的雇主跟军队都不在了。"

微风挑起一边眉毛："进度？这词真有意思，哈姆德。要是我，我会说'不可行之处'。"

歪脚闷哼表示同意，四人一起转向她，显然是等着看她的反应。

他们为什么这么在乎我是怎么想的？她心想，走入房间坐下。

"你想吃点东西吗？"多克森站起身说道，"歪脚的管家们帮我们做了一些大麦卷——"

"麦酒。"纹说道。

多克森一愣："还不到中午啊。"

"麦酒。现在。拜托。"她双臂交叠在桌上，整个人趴下。

哈姆笑了："白镴延烧？"

纹点点头。

"会过去的。"他说道。

"如果我没先痛死。"纹嘟囔道。

哈姆再次轻笑，但笑意似乎很勉强。多克森递给她一个杯子，然后坐下，瞥向其他人。"所以……纹。你觉得呢？"

"我不知道。"她叹口气说道，"军队原本是一切的中心，对吧？微风、哈姆和叶登花了所有时间在招募上，多克森跟雷努则是补给。现在士兵没了……只剩下沼泽在教廷,还有阿凯对贵族的攻击——这两件事都不需要我们。我们这些人是多余的。"

房间陷入沉默。

"她说话的方式真是直接得令人心酸啊。"多克森说道。

"都是白镴延烧的后遗症。"哈姆评论。

"你又是什么时候回来的?"纹问道。

"昨天晚上,你睡着以后。"哈姆说道,"警备队提早解散了我们这些临时士兵,这样就不用付钱给我们。"

"所以他们还在那里?"多克森问道。

哈姆点点头:"在追踪猎捕我们剩余的军队。陆沙德警备队替换了法尔特鲁军队,因为他们打斗完后已经很疲累。大部分的陆沙德军队应该还会出去寻找叛军好一阵子,因为在战斗开始前,我们的主力军队似乎有很大部分已经先逃逸。"

对话陷入另一阵沉默。纹啜着麦酒,与其说是相信喝酒会让她舒服一些,倒不如说是在借酒发泄。片刻后,脚步声在楼梯响起。

卡西尔现身在厨房中。"大家早安。"他以惯常的开朗说道,"啊,又是菜卷啊。歪脚,你真应该雇用一些更有想象力的女佣。"虽然口中这么说,他还是抓起了一个大麦卷,大口咬下,然后愉快地微笑,为自己倒点东西喝。

所有人一片安静,男人们交换眼神。

卡西尔继续站着,靠在矮柜上吃着东西。

"阿凯,我们得谈谈。"多克森终于说道,"军队没了。"

"是的。"卡西尔边咬边说道,"我注意到了。"

"这计划毁了,卡西尔。"微风说道,"这是次很好的尝试,但我们失败了。"

卡西尔停下动作,皱眉,放下大麦卷。"失败?你为什么这么说?"

"军队没了,阿凯。"哈姆说道。

"军队只是计划中的一部分而已。我们的确是遭遇到挫折，但离结束还远得很。"

"噢，我的统御主，拜托你！"微风说道，"你怎么能这么高兴地站在那里？我们的人死了。你甚至不在乎吗？"

"我在乎，微风。"卡西尔以严肃的声音回答，"但过去的已经过去了。我们得走下去。"

"没错！"微风说道，"走下去的意思就是结束你这个疯狂的'行动'。该是终结的时候了，我知道你不喜欢这么做，但这是事实！"

卡西尔将盘子放在桌面上。"不要安抚我，微风。永远不要安抚我。"

微风愣了愣，嘴巴微张。"好。"良久后他说道，"我不用镕金术，只用事实。你知道我是怎么想的吗？我认为你从来都不打算要拿天金。

"你一直以来都在利用我们。你承诺我们财富，好让我们加入你，但你从来就不打算要让我们发财。这一切都是出于你的自负，因为你想成为史上最著名的首领。所以你散播谣言，招募军队。你早已知道财富是什么滋味，现在你想当传奇人物。"

微风一口气说完，眼神冷硬。卡西尔站在原处，双臂抱胸，看着众人。几个人转过头，羞愧的眼神表明他们曾想过微风说的话，纹是其中一个。沉默延续，每个人都在等卡西尔反驳。

脚步声再次在楼梯上响起，鬼影冲入厨房。"有小心上看！有人围观，在喷泉广场！"

卡西尔对男孩的消息丝毫没有讶异之色。

"在喷泉广场召集众人？"哈姆缓缓说道，"意思是……"

"来吧。"卡西尔说道，挺直身体，"我们去看看。"

"我宁可不要，阿凯。"哈姆说道，"我避免去这种地方是有原因的。"

卡西尔不理他。他走在众人面前，此时所有人，就连微风，都穿着普通的司卡衣服跟披风。一阵灰烬轻轻地下落，不带感情的灰片从天空飘下，像是从某棵看不见的树木上掉落。一大群一大群司卡拥塞在街道，

412

大多数都是工厂或磨坊的工人。纹知道只有一个原因会让工人被允许离开工作岗位,聚集于城市的中央广场。

处决。

她从来没有参加过。理论上,城市中的所有人,无论是司卡或贵族,都必须参加处决仪式,但盗窃集团知道要怎么躲起来。远方传来钟声,宣告仪式即将开始,圣务官们看着街道两旁。他们会进入磨坊、冶铁厂,并随机进入房子搜寻,看有谁违背召唤,而惩罚即是死亡。聚集这么多人是极为庞大的工作,但光从这么一件事就可看出统御主有多强大。

随着纹一行人逐渐靠近喷泉广场,街道更为拥挤。建筑物的屋顶上满满是人,街道中也都是向前挤去的人潮。空间根本不够所有人挤过去啊。陆沙德跟大部分城市不同,它的人口数量相当庞大,哪怕只算已经到现场的人,也不可能让所有人都看到处刑。

可是,人们还是来了。一部分原因是因为必须来,另一部分原因是来观看时不用工作,纹怀疑还有一部分是所有人都对这种事有某种程度的好奇。随着人群逐渐密集,卡西尔、多克森、哈姆开始在人潮中为集团的成员挤出一条路来。有些司卡不满地看着他们,不过大多数都呆滞而温顺,还有一些看到卡西尔时露出讶异,甚至兴奋的神情,虽然他没有露出疤痕。这些人仍很主动地让到一旁。

终于,集团抵达围绕在广场外的一圈建筑物。卡西尔挑了其中之一,朝那里点点头,多克森便向前移动。门口的一个人试图要拦下他,但老多只是指指屋顶,暗示性地掂掂钱包,整个屋顶就归他们独享了。

"请烟阵我们,歪脚。"卡西尔低声说道。佝偻的工匠点点头,让集团不会被镕金术的青铜感应察觉。纹走到屋顶边缘蹲下,双手握着低矮的石头栏杆,眼光扫过下方的广场。"这么多人……"

"纹,你从小到大都住在城市里。"哈姆说道,站在她身旁,"你一定看过集会吧?"

"是有,但是……"她要怎么形容?这些推推搡搡,水泄不通的人潮

MISTBORN: THE FINAL EMPIRE

是她前所未见的,范围之广,几乎是无边无际,每条从中央广场延伸出去的通道全都是人,司卡相互推挤的程度让她不知道那些人怎么还会有呼吸的空间。

贵族站在广场中央被士兵包围,跟司卡隔开,他们很靠近中央喷泉平台,位于比广场其他区域高大概五尺以上的地方。有人为贵族架起了座位,他们全部懒洋洋地坐在那里,仿佛是在看戏或是看赛马。许多人都有仆人打着阳伞,但今天的落尘细微到不少人直接忽视它。

站在贵族旁的是圣务官——普通的穿灰色,审判者穿黑色。纹发抖。总共有八名审判者,细瘦的身形都比圣务官要高一个头,但这些阴暗怪物与他们表亲之间的差异不仅只有身高,更包括钢铁审判者独有的气质,某种特殊的姿态。

纹转而研究普通的圣务官。大多数人骄傲地穿着行政外袍,地位越高,外袍越精致。纹眯起眼睛,燃烧锡,认出勉强算熟悉的脸庞。

"那里。"她说道,指向前面,"那是我父亲。"

卡西尔立刻专注起来。"在哪里?"

"在最前面。"纹说道,"比较矮的那个,身上套着金色的袍子跟围巾。"

卡西尔沉默了。"他是你父亲?"他终于开口。

"谁?"多克森眯起眼睛问道,"我看不清他们的脸。"

"泰维迪安。"

"至上圣祭司?!"多克森震惊地问道。

"什么意思?"纹问道,"那是谁?"

微风轻笑:"至上圣祭司是教廷的领袖,亲爱的。他是统御主的圣务官中最重要的一位,理论上来说,他的位阶甚至比审判者高。"

纹说不出话来。

"至上圣祭司。"多克森喃喃道,摇着头,"这真是越来越精彩了。"

"看!"鬼影突然说道,指着前面。

一群司卡开始移动，纹原来以为他们会挤得动不了，但显然她错了。人群开始往后退，让出一条宽广的通道，直通中央高台。

是什么事情让他们——

然后，她感觉到一阵令人窒息的麻木，像是一条巨大的棉被往下压，遏止她的呼吸，夺走她的意志。她立刻开始燃烧红铜，但就像先前一样，她发誓即使用金属，仍然能感觉到统御主的安抚。她感觉到他逐渐靠近，试图让她丧失所有决心，所有欲望，所有情绪的力量。

"他来了。"鬼影低语，蹲在她身边。

一对高大白马拖拉的黑色马车出现在一条侧边街道上，在司卡让出的通道间行动，带着一股……势不可挡之感通过。纹看到有几个人被它撞倒，怀疑就算有人跌到马车面前，它也只会硬生生碾过去，甚至不会停顿。

统御主的到来让司卡更畏缩，明显可以看到一波浪潮席卷过众人，他们的身躯因感受到强大的安抚而弯倒，交头接耳与闲谈组成的巨大背景声音消失，一股超现实的沉默降临在巨大的广场上。

"他好强大。"微风说道，"就算我用尽全力，一次也只能安抚几百个人。那里一定有几万个人！"

鬼影望着屋顶边缘："它让我想要摔倒，想要放手……"

突然，他停了口，摇摇头，仿佛清醒过来。纹皱眉。觉得有哪里不一样了。她尝试性地熄灭红铜，发现她不再能感觉到统御主的安抚。那可怕的压抑，行尸走肉般的空洞感觉，奇特地消失了。鬼影抬头，其他的成员站得更直了些。

纹环顾四周。下方的司卡看起来并无改变。但是她的朋友们——

她的眼睛找到卡西尔。首领仍然直挺挺地站着，坚决地看着逼近的马车，脸上出现专注的神情。

他在煽动我们的情绪，纹发觉。他在对抗统御主的力量。可是，很显然，卡西尔光是要保护他们这一小群人都很费力。

微风说得对,纹心想。我们怎么可能对抗这样的人?统御主同时在安抚十万人!

可是,卡西尔依然在奋斗。以防万一,纹仍然启动红铜,然后燃烧起锌,开始协助卡西尔,鼓动周遭人的情绪,感觉上像是她在拉扯某座巨大、毫无动静的墙壁。但一定有作用,因为卡西尔略略放松,对她投以感激的目光。

"看。"多克森说道,没意识到周遭的隐形战争,"囚车。"他指向十台跟在统御主后方满是铁柱的马车,它们从人墙间出现。

"你认得里面的人吗?"哈姆说道,向前倾身。

"我不是看。"鬼影说道,看起来很不安,"叔叔,你真烧,对吗?"

"对,我的红铜启动了。"歪脚烦躁地说道,"你很安全。我们离统御主的距离很远,所以没关系的,那广场大极了。"

鬼影点点头,然后露出燃烧锡的神色,片刻后摇摇头:"不认得人。"

"你参与的招募行动不多,鬼影。"哈姆眯着眼说道。

"是的。"鬼影说道,虽然还有口音,但他显然很努力想要用一般人的方法说话。

卡西尔站到边缘,举起手遮蔽眼前的阳光:"我可以看到囚犯。我都不认得那些脸。他们不是被抓到的士兵。"

"那是谁?"哈姆问道。

"大多数是女人跟小孩。"卡西尔说道。

"士兵的家人?"哈姆惊恐地问道。

卡西尔摇摇头:"我觉得不是。他们不可能花时间去辨认已死的司卡。"

哈姆皱眉,看起来相当迷惘。

"无关的人,哈姆德。"微风静静叹息说道,"杀鸡儆猴,随便处决几个人来惩罚胆敢窝藏犯人的司卡。"

"不,不是这样。"卡西尔说道,"我觉得统御主甚至不知道那些人大多是从陆沙德招募来的，或许他根本不在乎人是哪儿来的。他可能只是认为那又是一次乡村叛变。这……这只是提醒所有人，谁才是掌权的那一位。"

统御主的马车移上平台，抵达中央露台。阴冷的车辆停在广场的正中央，但统御主没有下车。囚犯车停下，一群圣务官跟士兵开始把人拉下，黑色的灰烬继续飘落。第一组囚犯大多只是虚弱地挣扎，然后就被抓上中央平台。一名审判者在指挥工作，示意要囚犯聚集在平台上四座碗一样的喷泉边。

四名囚犯被强迫跪下，一人跪在一座喷泉边，四名审判者举起黑曜石的斧头。四把斧头落下，四颗人头落地。士兵依旧抓着尸体，让鲜血流入喷泉的水盆中。

喷泉开始闪出红光，将血滴喷入空中。士兵将尸体抛在一旁，然后又拉来四个人。

鬼影反胃地转过头。"为什么……为什么卡西尔不做点什么？为什么不救他们？"

"别傻了。"纹说道，"下面有八名审判者，更别提还有统御主本人。卡西尔是白痴才会动手。"

但如果他考虑过要行动，我一点都不会意外，她心想，想到卡西尔当时已经准备好要冲下山坡，单挑整个军队。她瞥向身侧。卡西尔看起来像是在强迫自己不要动，指节泛白的手死握住身旁的烟囱，阻止自己冲下去阻止处决。

鬼影跌跌撞撞地走到屋顶的另外一边去呕吐，避免秽物落到下方人群的头顶上。

哈姆微微呻吟，连歪脚都看起来很难过。多克森严肃地看着，仿佛在见证死亡、为他们守灵。微风只是摇摇头。

可是，卡西尔……卡西尔很愤怒。他满脸通红，肌肉紧绷，眼神炙热。

又死了四人,其中一人是孩童。

"这个。"卡西尔说道,愤怒地朝中央广场挥手,"这就是我们的敌人。这里没有慈悲,没有结束。这不是我们碰到意外时,简简单单就可放弃的一般行动。"

又死了四个人。

"看看他们!"卡西尔指着坐满贵族的长凳。大多数人看起来觉得很无趣,甚至有几个显露出享受的样子,一面转身跟同伴说笑,一面看着处决继续进行。

"我知道你们质疑我,"卡西尔说道,转向众人,"你们认为我对贵族太苛刻,认为我太享受杀害他们。可是,你真的能看着那些在说笑的人,告诉我,他们不该死在我的剑下吗?我只是在伸张正义。"

又死了四人。

纹急迫地用锡增强的眼力搜索长凳,发现依蓝德坐在一群年轻人中间。他们没有一个人发笑,而且不笑的也不止他们。的确,许多贵族面对这种事仍然谈笑自若,但也有少数人看起来相当惊骇。

卡西尔继续说道:"微风,你问起天金的事,我跟你说实话,那确实从来都不是我的主要目的。我召集这群人是因为我想改变。我们会夺取天金,我们需要天金来扶植新政府,但这场行动不是为了让我,或是让你们任何人发财。

"叶登死了。他是我们的借口,让我们能用盗贼的方法做好事。如今,他不在了,你们要的话可以放弃、退出。但是,那无法改变任何事。这场挣扎会继续下去。人还是会死。你们只是在忽略它。"

又死了四个人。

"该是停止伪装的时候了。"卡西尔说,轮流盯着他们,"如果我们现在要做这件事,得对自己坦白诚实。我们必须承认这与金钱无关。这是为了阻止那种事。"他指向中庭里面的猩红喷泉——就连远到看不清发生什么事的上千名司卡都可以清楚明白,那是死亡的讯息。

"我打算继续我的战斗。"卡西尔低声说,"我了解你们有些人质疑我的领导能力。你们认为我在司卡心中过度哄抬自己的地位。你们偷偷在说,我想要成为另一个统御主,你们认为对我而言,自我满足远比推翻帝国重要。"

他暂停说话,纹看到多克森与其他人眼中的罪恶感。鬼影重新加入他们,依然看起来有点不舒服。

又死了四人。

"你们错了。"卡西尔低声说道,"你们必须信任我。当我们开始计划时,你们选择信任我,虽然情势危急,我仍然需要你们的信任!无论事情的表相如何,无论概率多渺茫,我们还是得继续战斗!"

又死了四个人。

集团成员缓缓转向卡西尔。虽然纹停止燃烧锌,但对抗统御主对他们情绪的推动似乎已经不会再耗费卡西尔如此多精神。

也许……也许他办得到,纹忍不住心想。如果有人能打败统御主,那一定就是卡西尔。

"我选择你们不是因为你们的能力。"卡西尔说道,"虽然你们毋庸置疑是能力杰出的人。我特别挑上你们每个人,是因为我知道你们是有良知的人。哈姆、微风、老多、歪脚……你们都有着诚实,甚至乐善好施的名声。我知道如果这个计划要成功,会需要真心在乎它的人。

"不,微风。这与盒金或荣耀无关。这是一场战争,一场我们打了千年的战争,一场我打算要终结的战争。你们想的话,可以离开。你们知道我会让你们任何一个离开,没有多余的问题,没有报复,只要你们想走。

"不过……"他说道,眼神冷硬,"如果你们留下,必须承诺停止质疑我的威信。你们可以提出针对行动本身的问题,但不准再私下讨论我的领导能力。如果你们决定留下,就是要追随我。了解吗?"

他一个一个与集团成员四目交望,每个人都对他点头。

"我不觉得我们真的质疑过你,阿凯。"多克森说道,"我们只是……我们担心,而且我们觉得自己担心得有道理。军队是我们计划中很大的一部分。"

卡西尔朝北边的主城门点点头。

"你看到北边有什么,老多?"

"城门?"

"它们最近有哪里不同?"

多克森耸耸肩:"没什么太不同的。看门的人手是有点不足,可是——"

"为什么?"卡西尔打断,"为什么人手不足?"

多克森耸耸肩:"因为警备队不在了?"

"一点也没错。"卡西尔说道,"哈姆说警备队可能会在外面追寻我们残余的军队追上好几个月,大概只有十分之一的人会留守,这很合理,镇压叛军是警备队创设的目的。陆沙德也许没有防守,但从来没有人攻击陆沙德。从来没有。"

默契在众人之间流窜。

"我们夺取城市的第一步已经达成了。"卡西尔说道,"我们让警备队离开陆沙德。代价远比我们预期的高,远比应该的高,被遗忘的神明知道我有多希望那些孩子没有死去。很不幸的是,我们无法改变这点,只能利用他们给我们的契机。"

"计划依旧能执行,维持城市秩序的主力已经离开了。如果家族战争真的开打,统御主将很难阻止它,而且他不一定会想阻止。至于某种原因,他每一百年都会放任贵族间内战,也许统御主发现让他们自相残杀可以避免贵族动他的脑筋。"

"但警备队回来怎么办?"哈姆问道。

"如果我猜得没错……"卡西尔说道,"统御主会让他们追上几个月的余党,让贵族有机会发泄一下。当家族战争开始时,我们要浑水摸鱼占领皇宫。"

"军队哪儿来，我亲爱的家伙？"微风说道。

"我们还有一些士兵留存。"卡西尔说道，"况且，我们还有时间招募更多人。我们得要小心，因为洞穴不能用了，所以得把军队藏在城市里，这也意味着人数会比较少，但那不是问题，因为警备队早晚会回来。"

集团中的成员交换眼神，下方的处决依旧在进行。纹静静地坐着，想猜出卡西尔那句话的意思。

"一点也没错，阿凯。"哈姆缓缓说道，"警备队会回来，而我们的军队不会大到能抵抗他们。"

"但我们会得到统御主的国库。"卡西尔微笑地说道，"你向来是怎么形容警备队员的，哈姆？"

打手想了想，同样露出微笑："他们是佣兵。"

"我们夺取统御主的金钱，"卡西尔说道，"就能得到他的军队。这点仍然可能成功，诸位，我们可以让它成功。"

集团成员似乎变得更有信心，纹将眼睛转回广场，喷泉红到似乎完全盛满鲜血，统御主坐在他深黑的马车中，从上而下俯瞰这一切。窗户是开的，纹用锡勉强可以看到坐在里面的身影。

那是我们真正的敌人，她心想。不是离开的警备队，不是手握斧头的审判者。是那个人，那个日记里的人。

我们得找到方法去打败他，否则我们做的一切会毫无意义。

我想，我终于了解为什么拉刹克这么憎恨我。他不相信我这种外人，异乡客，居然是永世英雄。他认为我不知用什么方法骗了哲人，而且通过不光明的手法取得了英雄的刺环。

MISTBORN: THE FINAL EMPIRE

根据拉刹克的说法，应该只有血统纯正的泰瑞司人才能被选为英雄。奇特的是，我发现他的憎恨让我更下定决心。我必须向他证明我能办到这件事。

27

那天晚上回到歪脚店铺的一行人心情都很沉重。处决持续了好几个小时。没有宣判，教廷或统御主也没有给任何理由，只是一次一次又一次的处决。所有囚犯都丧命后，统御主跟他的圣务官们便骑马离开，留下平台上的一堆尸体，猩红的血液流淌在喷泉之中。

一干人等回到厨房时，纹发现她的头已经不痛了。相较之下，她的痛楚似乎……无关紧要。菜卷仍然放在桌上，其中一名女仆细心地将它们盖起来，却没有人伸手去拿。

"好了。"卡西尔说道，站在他惯常靠着的矮柜旁，"我们来安排计划。该怎么样进行呢？"

多克森走到椅子边坐下，途中顺手从房间一侧拿了一叠纸。"警备队离开后，我们的主要焦点就是贵族。"

"没错。"微风说道，"如果我们真的打算只靠几千名士兵夺取国库，那绝对需要可以引开城堡守卫注意力的方法，还要阻止贵族夺走我们的城市。因此，家族战争将是最重要的关键。"

卡西尔点点头："我也是这么想。"

"但家族战争结束后呢？"纹说道，"有些家族会胜利，那我们就得处置他们。"

卡西尔摇摇头："我不打算让家族战争结束，纹……至少短时间内不行。统御主会任命教廷管理他的追随者，但真正强迫司卡工作的是贵族，如果我们击垮足够数量的贵族家族，政府可能会自行瓦解。我们无法跟整个最后帝国对抗，它太大了，但我们有可能使它分崩离析，然后让各个区域相互攻击。"

"我们需要让上族发生财务危机。"多克森说道,翻阅他的文件,"贵族社会最主要的是财务基础,资金紧缩将能让任何一个家族倾倒。"

"微风,我们可能会用到你的伪装。"卡西尔说道,"目前只有我一个人专注于家族战争,如果我们要趁警备队回来前让城市崩解,需要再加把劲。"

微风叹口气。"好吧,我们只能非常小心,确保不会有人意外识破我的多重身份。我不能参加宴会或活动,但应该可以单独拜访各个家族。"

"老多,你也是。"卡西尔说道。

"我猜到了。"

"这对你们两个都很危险。"卡西尔说道,"但重点是效率。纹会继续当我们主要的间谍,我们也许会需要她开始散播一些假讯息,只要能让贵族开始犹疑,任何事都好。"

哈姆点头:"那我们应该将注意力集中在最上层。"

"没错。"微风说道,"如果我们能让最强大的家族看起来岌岌可危,他们的敌人就会很快动手,只有在强大的家族消失后,人民才会发现他们才是真正的经济支柱。"

房间安静一秒,然后几颗头同时转向纹。

"干吗?"她问道。

"他们在讲的是泛图尔,纹。"多克森说道,"那是上族中最强的一家。"

微风点点头:"如果泛图尔垮台,那整个最后帝国都会震动。"

纹静静地坐着片刻。"他们并非全是坏人。"她最后说道。

"也许吧。"卡西尔说道,"可是史特拉夫·泛图尔绝对是,他的家族位于最后帝国的最顶端。泛图尔需要消失,而你与他最重要的家族成员之一已经搭上关系。"

我以为你要我离依蓝德远一点,她略微着恼地心想。

MISTBORN: THE FINAL EMPIRE

"你只要竖起耳朵就好，孩子。"微风说道，"看你能不能让那年轻人多谈谈家里的财务状况。只要帮我们找到一点门路，我们就能完成接下来的工作。"

就像依蓝德最痛恨的游戏。可是，处决的景象在她脑海中仍然鲜明。这种事情必须被阻止。况且，就连依蓝德都说他不喜欢他的父亲，不喜欢他的家族。也许……也许她能找到些什么。"我尽量试试看。"她说道。

前门传来敲门声，其中一名学徒去应门。片刻后，穿着司卡披风隐藏五官的沙赛德走入厨房。

卡西尔看看时钟。"你来早了，阿沙。"

"我试着让它成为一个习惯，卡西尔主人。"泰瑞司人回答。

多克森挑起眉毛："这是个某人该学的习惯。"

卡西尔哼了哼。"如果一个人向来守时，就代表那个人时间多到无事可做。阿沙，他们怎么样？"

"还算不错，卡西尔主人。"沙赛德回答，"但他们不能永远躲在雷弩仓库里。"

"我知道。"卡西尔说道，"老多，哈姆，我需要你们来处理这个问题。我们的军队还剩下两千人，我要你们把他们带入陆沙德。"

"你要我们继续训练他们？"哈姆问道。

卡西尔点点头。

"那我们得让他们分批藏起来。"哈姆说道，"我们没有资源进行个别训练。例如……一队两百个人？躲在邻近的贫民窟中？"

"确保他们不知道彼此的下落。"多克森说道，"甚至不要让他们知道我们仍然打算要攻击皇宫。城市里有这么多人，很可能有人因为各种原因被圣务官抓到。"

卡西尔点点头："告诉每一队，他们是唯一没有被解散的团体，只有他们被保留下来以备不时之需。"

"你刚才说到以后还需要继续招募行动？"哈姆问。

卡西尔点点头："我希望在动手之前有现在两倍的人马。"

"很困难。"哈姆说道,"因为已经有了先前的失败。"

"什么失败?"卡西尔问道,"告诉他们实话,我们的军队成功地调开了警备队。"

"但是大多数人因此而死去。"哈姆说道。

"这部分我们可以带过去。"微风说道,"大家会对于处决一事感到愤怒,这应该让他们更愿意听我们说话。"

"聚集更多士兵将是你接下来几个月的主要工作,哈姆。"卡西尔说道。

"没有多少时间了,"哈姆说道,"但我会尽力。"

"很好。"卡西尔说道,"阿沙,信息送到了吗?"

"是的,卡西尔主人。"沙赛德说道,从披风下方掏出一封信,交给卡西尔。

"那是什么?"微风好奇地问道。

"沼泽的信。"卡西尔说道,拆开快速浏览完。"他在城里,而且有消息。"

"什么消息?"

"他没说。"卡西尔说道,抓起一个菜卷,"但他指示我们今晚要去哪里跟他会合。"他走到桌边,拾起一件司卡披风,"我要趁天黑前先去探路。要来吗,纹?"

她点点头,站起身。

"你们继续想想计划的细节。"卡西尔说道,"两个月之内,我想要这个城市剑拔弩张,不堪重负到这样当它终于崩解时,连统御主都无法维持它的完整。"

"你有事情没告诉我们,对不对?"纹说道,背向窗户,转头面向卡西尔,"有一部分的计划没说。"

卡西尔瞥向她在黑暗中的身影。沼泽选定的会面地点是在扭转区中

425

MISTBORN: THE FINAL EMPIRE

最贫困的司卡贫民窟之一,具体是在其中的一栋废弃屋子内。卡西尔选定了他们会面地点对面一间相似的废屋,跟纹等在顶楼上,看着街道,等待沼泽的出现。

"为什么这么问?"卡西尔终于说道。

"因为统御主,"她边说边抠着窗框的陈腐木条,"我今天感受到他的力量了。我不觉得其他人感觉到了,因为他们不是迷雾之子,但我知道你一定感觉到了。"她再次抬头,迎向卡西尔的双眼。"你还是在计划我们夺取皇宫之前要把他引出城外,对不对?"

"不要担心统御主。"卡西尔说道,"第十一金属会处理他。"

纹皱眉。屋外的太阳在炙热的红光中落下焦躁的颜色。白雾很快会卷来,沼泽应该在不久之后也会抵达。

第十一金属,她心中响起其他人对它的质疑。"那是真的吗?"纹问道。

"第十一金属?当然是,我给你看过了,记得吗?"

"我不是这个意思。"她说道,"传说是真的吗?你在说谎吗?"

卡西尔转向她,微微皱眉,然后,他露出得意洋洋的笑容。"你讲话很直接,纹。"

"我知道。"

卡西尔的微笑加深。"答案是不。我没有说谎。传说是真的,虽然我花了好长一段时间才找到。"

"那你给我们看的那一丁点金属真的是第十一金属?"

"我觉得是。"卡西尔说道。

"可是你不知道要怎么样用它。"

卡西尔顿了顿,然后摇摇头:"我是不知道。"

"这说法令人不太安心。"

卡西尔耸耸肩,转头望向窗外:"就算我无法及时发现它的秘密,我仍然怀疑统御主会有你以为的那么厉害。他是一个强大的镕金术师,但不是无所不知。果真如此的话，那我们早已经死了。他也不是无所不能，如果他是，就不需要处决那些司卡，只为了让整个城市的人乖乖听话。

"我不知道他是什么东西，但我认为他比较像人，而非神。那本日记中的文字……是普通人的。他真正的力量来自他的军队跟财富。如果我们除掉这两样，他将无力挽回崩解的帝国。"

纹皱眉："他也许不是神，但……他是某种东西，卡西尔。不一样的。今天，当他在广场中时，就算我持续燃烧红铜，仍然能感觉到他碰触我的情绪。"

"不可能，纹。"卡西尔摇头说，"如果是这样，那么就算附近有烟阵，审判者依然能感觉到镕金术师，若真是如此，你不觉得他们早就猎捕和杀死所有的司卡迷雾人了吗？

"你知道统御主很强大，所以觉得自己应该能够感觉到他，因此才有感觉到了的错觉。"

也许他是对的，她心想，又抠掉一小块窗框。毕竟他当镕金术师的时间比我久很多。

但是……我感觉到某种东西，不是吗？而且那个几乎杀了我的审判者，他在黑暗跟大雨中仍然找到了我。他一定也是感觉到什么。

但她没再追问下去。"那个第十一金属。我们不能试试看它有什么效果吗？"

"没那么简单。"卡西尔说道，"你记得我之前说过，绝对不能燃烧十种以外的金属吗？"

纹点点头。

"燃烧另外的金属可能会致命。"卡西尔说道，"就连合金金属的比例不对都能让你很不舒服。如果我对第十一金属的猜测是错的……"

"它会害死你。"

卡西尔点点头。

所以你没有你假装的那么笃定，她做出结论。否则你早就尝试了。

MISTBORN: THE FINAL EMPIRE

"这就是你想在日记中找到的。"纹说道,"关于如何使用第十一金属的线索。"

卡西尔点点头:"恐怕我们在这方面运气不是太好。目前为止,日记中甚至没有提到镕金术。"

"但它倒是提到了藏金术。"纹说道。

卡西尔站在窗边,一边肩膀靠着墙,打量她:"沙赛德跟你说过这件事?"

纹低下头:"我……算是强迫他告诉我。"

卡西尔轻笑。"我常在想,教你镕金术是否代表得叫整个世界多多提高警觉。当然,我的训练者也是这么说我的。"

"他的确该担心。"

"当然。"

纹微笑。室外的阳光几乎消失,薄透的白雾开始出现在空气中,如鬼魅般悬挂在空中,缓缓增大,随着夜晚渐深,逐渐增强它们的影响力。

"沙赛德没有多少时间告诉我关于藏金术的事。"纹小心翼翼地说道,"它有什么能力?"她忧虑地等着,觉得卡西尔会看穿她的谎话。

"藏金术是完全内在的。"卡西尔以随性的声音说着,"它可以提供我们从白镴跟锡得到的同样东西,体力、耐力、眼力,但每种特质都必须被独立储存。它也可以增强很多其他能力,这是镕金术办不到的,包括记忆、速度、思绪清晰度……甚至有些奇特的东西,像是体重或年龄都能够通过藏金术更改。"

"所以,它比镕金术还强吗?"纹问道。

卡西尔耸耸肩:"藏金术没有外在力量,它不能推拉情绪,也不能钢推或铁拉,而且藏金术最大的限制是,所有能力都得从自己身体中取得。

"想要在一段时间内有一倍的力气的话,那你得花好几个小时让身体衰弱才能储存力气;如果想要储存快速痊愈的能力,就得花很多时间处于病恹恹的状态。在镕金术中,金属本身就是我们的燃料,通常只要有足够的金属燃烧就能持续使用。在藏金术中，金属只是储存用的工具，你的身体才是真正的燃料。"

"所以只要偷别人储藏用的金属就可以，对不对？"纹问道。

卡西尔摇摇头："不行，藏金术师只能使用他们自己创造的金属库存。"

"噢。"

卡西尔点点头："所以，我不会说藏金术比镕金术强，两者都有优点跟限制。举例而言，镕金术师能骤烧的金属量有限，所以最强的能力也有上限。藏金术师没有这种限制，如果藏金术师的力量储存量可以让他拥有比平常多一倍的力气，持续时间一小时，那他可以选择在比较短的时间内变得强壮三倍，甚至在更短的时间内有四、五、六倍的力气。"

纹皱眉："听起来是蛮大的优势。"

"没错。"卡西尔手伸入披风中，勾出一个装着几颗天金珠子的瓶子。"但是我们有这个。藏金术师有五个，六个，甚至五十个人那么强壮都没关系，如果我知道他要做什么，就可以打败他。"

纹点点头。

"拿去。"卡西尔说道，拔出瓶塞，倒出其中一枚珠子，又拿出一个瓶子，里面放着平常的酒精，他将珠子投入。"拿一个去。你可能会用到。"

"今天晚上？"纹问道，接下瓶子，"来的人只是沼泽而已。"

"可能是。"他说道，"也有可能圣务官抓到他，强迫他写下那封信。有可能他们在跟踪他，或是已抓到他，对他施以酷刑后发现有这个会面。沼泽身处在一个很危险的地方，想想，他要做你在舞会中做的所有事，但把对象换成圣务官跟审判者。"

纹微发起抖。"我想你说得有道理。"她说道，将天金珠子收起，"你知道吗，我一定哪里有问题，我甚至不会去想这东西价值多少。"

卡西尔没有立刻回答。"我很难忘记这东西值多少。"他静静说道。

"我……"纹没说完,只是低头看着他的双手。他通常都会穿长袖和戴手套,因为他的名声已经大到让足以暴露他身份的疤痕在公开场合中出现会很危险。不过纹知道它在那里,上千道微小的白色刮痕,层层叠叠。

"无论如何……"卡西尔说道,"关于日记那一点你说得没错。我原本希望它会提到第十一金属,但镕金术甚至没有跟藏金术一样出现。这两种力量在许多方面都很类似,理论上他应该会做比较的。"

"也许他担心别人会读这本书,不想暴露他是镕金术师的事。"

卡西尔点点头:"可能。也有可能他还没有绽裂。在泰瑞司山脉中发生的事情将他从英雄变成暴君,也许也唤醒了他的力量。我想,除非沙赛德完成翻译,否则我们永远不会明白。"

"他快翻完了吗?"

卡西尔点点头:"只剩下一点,希望是重要的那一点。目前的叙述让我有点烦躁。统御主甚至还没跟我们说他在这些山脉中应该要完成什么任务!他说他要做一件能保护整个世界的事情,但可能只是在自吹自擂。"

我不觉得他在书里显得很自大,纹心想,其实正好相反。

"无论如何……"卡西尔说道,"最后一点翻译完成后,我们会知道更多。"

外面开始变黑,纹得启动锡才能看得清楚。窗外的街道逐渐清晰,染上奇特的阴影跟光线,这是视力被锡增强的结果。她靠常识知道外面是黑的,但她还是能看得见,虽然没有在正常光线下看得清晰。一切都比较模糊,但仍然能见物。卡西尔检查怀表。

"还有多久?"纹问道。

"还有半个小时。"卡西尔说道,"如果他准时的话。不过这点我怀疑,毕竟他是我哥哥。"

纹点点头,移动重心,手臂交叠靠在断裂的窗框边。虽然不多,但拥有卡西尔给她的天金仍然相当安慰。想到天金，她想起某件重要的事。某件好几次都让她心里不踏实的事。

"你没教我用第九金属！"她指控，转过身。

卡西尔耸耸肩："我跟你说过那不是很重要。"

"即便如此，它是什么？某种天金的合金吗？"

卡西尔摇摇头："不，最后两种金属不遵照八种基本金属的规律，第九种金属是金。"

"金？"纹问道，"就这样？我早就可以自己试用看看了？！"

卡西尔微笑："如果你想要的话。燃烧金是种有点……不舒服的经验。"

纹眯起眼睛，转头望向窗外。走着瞧，她心想。

"你还是会试对不对？"卡西尔微笑着说道。

纹没有回应。

卡西尔叹口气，手伸入腰带，拿出一枚金币跟锉刀。"你应该弄一把这个。"他说道，举起锉刀，"如果你自己弄来金属，记得先烧一丁点儿好确保它纯正或比例正确。"

"如果不是呢？"纹问道。

"你会知道的。"卡西尔承诺，开始锉钱币，"记得延烧白镴时的头痛吗？"

"嗯，然后呢？"

"不好的金属更严重。"卡西尔说道，"严重多了。金属尽量用买的，在每个城市里都会有一小群商人提供粉状金属给镕金术师。这些商人绝对有理由确保他们的金属纯正，因为没有人想要一名头痛又脾气暴躁、对质量不满的迷雾之子客户。"卡西尔停止锉钱币，从一小块方帕上取下几片金子，将一片放在手指上吞下。

"这个没问题。"他说道，将布递给她，"用吧，记得，燃烧第九金属是很奇怪的经验。"

MISTBORN: THE FINAL EMPIRE

纹点点头，突然感觉到有点担心。不试的话，怎么会知道？她心想，将粉末般的金片倒入口中，和着水壶中的一点水吞下。

一种新的金属藏量出现在她体内——是她所不熟悉的，跟她所知的九种都不同。她抬头看看卡西尔，深吸一口气，燃烧金。

她同时身在两个地方。她可以看到自己，还可以看到自己在看自己。

其中一人是个陌生的女子，是原本的女孩转变而成。那个女孩既小心又谨慎，绝对不会因为一人之言便燃烧不熟悉的金属。而这个女人很愚蠢，她忘记许多帮助她存活的事情。她从别人准备的杯子中喝酒，跟陌生人交际，她不会记住周遭人的行踪。虽然跟大多数人相比，她仍然小心许多，但她也失去很多。

另一个她则是她向来偷偷鄙夷的样子。那其实只是个孩子，瘦到将近全身干扁，很寂寞，充满怨恨，毫不信任他人。她谁都不爱，也没有人爱她，总是偷偷告诉自己她不在乎。有什么是值得她活下去的理由？一定有。生命不可能真是如此可悲。可是，却似乎注定如此可悲，因为生命中别无他物。

纹两者皆是。她站在两个地方，挪动两具身躯，既是女孩，又是女人。她迟疑、不确定地伸出手，一手摸上一人的脸。

纹惊喘一声，影像瞬间消失。她感觉到突然涌上的情绪，既是自我鄙夷又是迷惘。房中没有椅子，所以她直接蹲在地上，背靠着墙，双膝曲起，用手臂搂紧自己。

卡西尔走到她身边蹲下，一手按上她的肩膀：「没事了。」

「那是什么？」她低声问道。

「金跟天金和其他金属一样，也是相辅相成的一组。」卡西尔说道，「天金让你略微得以窥见未来，金有同样的作用，但却是让你看到过去。或者说，能让你看到如果过去有所不同时，会出现的不同的自己。」

纹发抖。同时是两个人的感觉和看到两个自己的经验，相当诡异。她的身体仍然在发抖，意识也觉得……不太正常。幸好这种感觉似乎逐渐在消退。"提醒我以后要听你的话。"她说道,"至少你在讲解镕金术时要听你的。"

卡西尔笑道:"我尽力拖延了,希望你不要想到这件事,但你早晚都要试试的。过一阵子就好了。"

纹点点头:"已经……几乎完全过去了,但那不只是影像而已,卡西尔。那是真的,我可以碰到另一个我。"

"感觉上可能是如此。"卡西尔说道,"但她并不在这里,至少我看不见她,那是你的幻觉。"

"天金影像不只是幻觉。"纹说道,"那些影子真的会显现对方未来的动作。"

"没错。"卡西尔说道,"我也不太清楚。金是种很奇怪的镕金,纹。我想,没有人真的理解它。我的师父盖穆尔说,金影是一个不存在,却原本可能存在的人,一个如果你没有做出某些选择就会变成的人。当然,盖穆尔的脑子有点不大正常,所以我不确定他所说的话有几分可信。"

纹点点头,但她似乎短期内不会得到更多关于金的信息。如果有可能,她甚至打算一辈子都不要再燃烧金。她继续坐在原地,让情绪稍微恢复,而卡西尔则走回窗边。

过一阵子,他突然精神一振。

"他来了?"纹问道,四肢着地后撑着站起来。

卡西尔点点头:"你想要待在这里多休息一会儿吗?"

纹摇摇头。

"好吧。"他说道,将怀表、锉刀还有其他金属放在窗框上。"我们走吧。"

他们没从窗户出来,因为卡西尔想要尽量低调,虽然这块地区空旷到纹不知道他为何坚持如此小心翼翼。他们走下一排摇摇欲坠的楼梯,沉默地过了马路。

沼泽挑选的建筑物比纹跟卡西尔待的那栋还要老旧,前门已经消失,不过纹可以看到地板上破碎的门板。里面的房间闻起来尽是灰尘跟灰烬的味道,她得压下一阵打喷嚏的冲动。

一听到声音,站在房间另一端的身影立刻转身:"阿凯?"

"是我。"卡西尔说道,"还有纹。"

纹走近时,她可以看到沼泽在黑暗中眯着眼睛想要看清他们的身影,感觉很奇怪,因为她觉得自己应该相当显眼,但她知道对他而言,自己跟卡西尔不过是两道黑影。建筑物另一端的墙壁已经坍塌,白雾自由地往来在屋内,几乎跟室外一样浓密。

"你有教廷刺青了!"纹盯着沼泽说道。

"当然。"沼泽说,声音一如往常地冷峻,"我在跟车队会合前让人帮我刺上的,这样才像门徒。"

刺青范围不大,因为他假扮的是低阶圣务官,但花纹清晰可辨。黑色的线条绕在眼睛周围,像是闪电般往外延伸,还有一条更粗的大红色线条划下一边脸庞。纹认得这个花纹:属于审判廷的圣务官。沼泽不只渗透了教廷,他还选择了最危险的单位去渗透。

"但是,你永远都会有这些印记。"纹说道,"那很明显,无论你去哪里,都会被认成圣务官,或被发现是假扮的。"

"这就是他为了渗入教廷所付出的代价,纹。"卡西尔轻声说道。

"不重要。"沼泽说,"反正在这之前我的人生也没什么意思。我们能不能快一点?等一下我应该要去某个地方。圣务官相当忙碌,我只有几分钟的时间。"

"好。"卡西尔说道,"你的渗透工作顺利吗?"

"很好。"沼泽简洁地说道,"该说是太好了,我想我在这一组人中反而显得表现突出,我以为自己会处于劣势,因为我没有其他门徒受过的那五年训练,所以我尽量清楚回答问题,同时仔细妥善地完成工作,但我对教廷的了解甚至超过其中一些成员,而我绝对比这群新来的人都还要有能力,那些圣祭司都注意到了。"

卡西尔轻笑。"你向来都是要超越满分才满意。"

沼泽轻哼了一下。"总而言之，我的知识加上身为搜寻者的能力已经为我赢得出众的名声，我不确定要不要让圣祭司多注意我。当审判者开始盘查时，我凑出来的背景就开始显得有点薄弱了。"

纹皱眉："你跟他们说过你是迷雾人？"

"当然。"沼泽说道，"教廷，尤其是审判廷，相当积极地在找寻贵族搜寻者。因为我恰好是，所以他们对于我的背景反而不会多问，光是得到我就已经让他们相当高兴，虽然我比一般门徒年纪要来得大。"

"不止如此。"卡西尔说道，"他必须告诉他们，他是迷雾人，这样才能进入比较机密的部门，大多数的高阶圣务官都是某类迷雾人，他们偏好同类。"

"这是很好的理由。"沼泽快速说道，"阿凯，教廷远比我们想的要高明很多。"

"什么意思？"

"他们会运用他们的迷雾人。"沼泽说道，"用得很好。他们在城市中到处都有据点，称之为安抚站。每个站里面都有两名教廷的安抚者，他们的工作就是对附近散发压抑的影响，镇静且压制周围所有人的情绪。"

卡西尔轻轻吐口气。"有多少？"

"几十个。"沼泽说道，"集中在城市中的司卡区。他们知道司卡已经被完全打败，但想要确定这种状况能一直维持下去。"

"该死的！"卡西尔说道，"我本来就觉得陆沙德的司卡比其他的显得还要低落。难怪我们的招募行动这么不顺利。原来这些人的情绪是处于长期的安抚之下！"

沼泽点点头："那些教廷安抚者非常厉害，阿凯，非常厉害。甚至比微风还厉害。他们每天唯一做的事就是安抚，而且因为他们不是要你做任何特定的事情，只是让你的情绪不会剧烈起伏，所以很难被注意到。

"每一组都有一名烟阵隐匿他们，还有搜寻者找寻经过的镕金术师。

我敢打赌，审判者就是这样得到线索的，我们很多人聪明到知道不要在有圣务官的区域镕金，但在贫民窟里就比较粗心。"

"你能帮我们弄到据点名单吗？"卡西尔问道，"我们需要知道那些搜寻者在哪里，沼泽。"

沼泽点点头："我会试试看。我现在就是要去其中一个据点。他们总是在晚上换班以掩人耳目，上层开始对我有兴趣，所以他们让我去造访不同据点、熟悉工作方法。我看看能不能弄到名单给你。"

卡西尔在黑暗中点头。

"只是……不要拿那些信息做什么蠢事，好吗？"沼泽说道，"我们得很小心，阿凯。这些教廷据点许久以来都没有人发现，现在我们知道了，等于拥有极大的优势。不要浪费了。"

"不会的。"卡西尔承诺，"那么审判者呢？你发现了什么关于他们的信息吗？"

沼泽静静地站在原地片刻。"他们……很奇怪，阿凯。我不知道。他们似乎拥有所有的镕金力量，所以我认为他们原本是迷雾之子，除此之外，我没找到什么其他线索，但我知道他们会变老。"

"真的？"卡西尔连忙问道，"所以他们不是长生不老的？"

"不是。"沼泽说道，"圣务官们说审判者偶尔会更换，那些怪物是很长寿，但终究会死，所以得从贵族间招募新人。他们还是人，阿凯，只是被……改变了。"

卡西尔点点头："如果他们会老死，那或许也有别的方法能杀死他们。"

"我也是这么想。"沼泽说道，"我会看看还能发现什么情报，但不要抱太大希望。审判者跟一般圣务官没有什么交集，这两群人的关系有些敏感。至上圣祭司统领教会，但审判者觉得应该是由他们来主导。"

"有意思。"卡西尔缓缓说道，纹几乎可以听到他脑子里正处理着这些新信息。

"好了，我得走了。"沼泽说道，"我一路跑来，现在赶过去还是会迟到。"

卡西尔点点头，沼泽离开，身着暗色圣务官长袍的身影绕过四处的阻碍。

"沼泽。"卡西尔对抵达门口的沼泽说道。

沼泽转身。

"谢谢你。"卡西尔说道，"这件工作的危险程度一定远超过我所能想象。"

"我不是为你这么做，阿凯。"沼泽说道，"可是……还是谢谢你的关心。我有更多线索后，会想办法送消息给你。"

"小心点。"卡西尔说道。

沼泽消失在浓雾的夜晚，卡西尔站在坍塌的房间中数分钟，望着他哥哥离去的背影。

他没有说谎，纹心想。他真的很关心沼泽。

"走吧。"卡西尔说道。"我们应该要让你回去雷弩大宅了。雷卡几天后要办舞会，你应该要到场。"

有时候，我的同伴说我太过担心这个问题，虽然我会质疑我身为英雄的身份，但有一件事是我从不质疑的——我们任务的终极目标是良善的。

深黯必须被摧毁。我见识过它，感受过它。我认为，我们给它的名字太微薄。的确，它是深不见底，但它同时也很可怕。许多人不知道它是有意识的，但在我跟它直接对峙过的数次，我都感觉过它的意识，与我们大不相同。

MISTBORN: THE FINAL EMPIRE

它是充满毁坏、疯狂、堕落的东西。它不会因为愤怒或敌意摧毁这个世界，因为那就是它的本性。

28

雷卡堡垒的舞厅内部像是金字塔的形状，舞池是位于房间中央及腰高的平台，附近有类似的四个平台，上面放置着餐桌。仆人们在平台间的通道内穿梭，为贵族递送餐点。

金字塔形房间的内缘有四层阳台，每层都离尖端更近一些，更突出于舞池上一些。虽然房间本身照明充足，但阳台却被上层所遮蔽。这个设计是让访客能好好欣赏到堡垒中最独特的艺术特征——每个阳台上的小型彩绘玻璃窗。

雷卡家族夸耀说，虽然别的家族有更大幅的彩绘玻璃，但他们家的最精致。纹不得不承认的确很出色。她过去几个月中看过无数彩绘玻璃，开始觉得它们不过如此。但雷卡堡垒的彩绘玻璃窗将大多数都比了下去，每幅彩绘玻璃都充满了鲜丽的色彩，细部精致华贵，罕见的生物奔驰其上，大气的景致吸引人忍不住靠近浏览，而大贵族们则骄傲地坐着。

当然还包括必备的升华图。纹现在可以轻易认出它们，而且她很讶异地发现，内容的确是在描述她于日记里读到的东西。碧绿的山丘。险峻的山脉，顶端隐约有如波浪般的线条。一座既深又黑的湖泊。还有……黑暗。深黯。混沌的毁灭力量。

他打败了它，纹心想。可是……那到底是什么？也许日记的结尾会揭露更多细节。

纹摇摇头，离开暗室还有其中的黑窗。她沿着第二层阳台漫步，身上的雪白礼服是她在当司卡的时候甚至无法想象的衣着。灰烬跟尘泥那时已经融入她生活中，如今回想，她觉得自己甚至不知道雪白是长什么样子，而意识到这件事让这件礼服对她而言更显神奇。她希望永远不要忘记过去的日子，那让她比真正的贵族更懂得感谢生活。

她沿着阳台继续往前走，寻找她的猎物。璀璨的色彩从点亮的窗户后射入，在地板上投下晶亮的光芒，大多数的窗户都镶嵌在沿着阳台设置的暗室内，所以看过去明暗交织。纹没有再停步研究玻璃窗，她之前第一次来雷卡堡垒参加舞会时已经花了不少时间在这件事上头。今晚，她有正事要做。

她在东阳台走道半路上找到她的猎物。克礼丝贵女正跟一群人在说话，纹停下脚步，假装在端详一扇玻璃。因为对克礼丝的忍受度是有极限的，一行人不久便纷纷告辞。矮小的女子开始沿着阳台走向纹。

当她靠近时，纹转身，装出讶异之色："噢，克礼丝贵女！我一整个晚上都没见到你。"

克礼丝高兴地转身，显然对于又可以向另一个人八卦感到相当兴奋。"法蕾特贵女！"她说道，矮胖的身躯摇摇摆摆趋前而来，"你上礼拜错过了凯贝大人的舞会！希望不是旧疾复发？"

"不是的。"纹说道，"我那天晚上是跟叔叔共度。"

"噢。"克礼丝失望地说道，复发会是更好的八卦题材，"这是好事。"

"我听说你有关于特蓝佩得莉·德鲁斯贵女一些有意思的消息。"纹小心翼翼地说道，"我也听到了一些有趣的事情。"她瞄着克礼丝，暗示她愿意交换。

"噢，这件事啊！"克礼丝热切地说道，"我听说特蓝佩得莉完全没有跟艾枚联姻的兴趣，虽然她父亲暗示很快会有婚礼。你也知道艾枚家的儿子们都是些什么德性。费德蓝根本就是不折不扣的傻蛋。"

纹暗中翻翻白眼。克礼丝只顾不停说话，根本没注意到纹也有消息想要分享。跟这女人玩暗示根本就像卖香水给农庄司卡一样，无异对牛弹琴。

"真是有意思。"纹说道，打断克礼丝的话，"也许特蓝佩得莉的迟疑是因为艾枚与海斯丁的关系？"

克礼丝安静下来:"怎么会?"

"唉,我们都知道海斯丁在计划什么嘛。"

"我们知道吗?"

纹假装一脸尴尬:"噢。也许还没人知道。拜托你,克礼丝贵女,请忘记我刚才说了什么。"

"忘记?"克礼丝说道,"当然已经忘记了,可是,你不能话说一半啊。你刚才那句话是什么意思?"

"我不应该说的,"纹说道,"我只是偷听到叔叔说的话。"

"你叔叔?"克礼丝更为热切地问,"他说什么?你知道你能信任我的。"

"嗯……"纹说道,"他说海斯丁正把许多资源转运回南方统御区的农庄里。我叔叔蛮高兴的,因为海斯丁退回某些合约,所以叔叔希望能由他接手。"

"转运……"克礼丝说道,"啊,除非他们打算从城里撤走,否则不会做这种事的……"

"能怪他们吗?"纹轻声问道,"毕竟谁想发生像太齐尔那种意外?"

"的确是……"克礼丝说道,全身似乎因为想要分享这消息而发颤。

"无论如何请你理解,我也只是听说而已。"纹说道,"也许你不应该告诉别人。"

"当然。"克礼丝说道,"呃……失陪一下,我要去梳洗一下。"

"请便。"纹说道,看着克礼丝笔直地冲向阳台楼梯。

纹微笑。海斯丁当然没有这回事,它可是城中最强盛的家族之一,不太可能会退出,但多克森正在店里伪造一些文件,如果送到恰当的人手里,将会暗示出海斯丁的确在规划纹所说的事情。

假设一切顺利,整个城里的人都会认为海斯丁要撤退了,他们的盟友会因此做好打算,甚至也开始做撤退的打算。要买武器的人会去别的地方寻求合作,担心海斯丁一旦离开将拒绝履行合约。而若海斯丁没有撤离，这些安排也会让他们显得犹豫不决。没了盟友，收入又减少，他们很可能就是下一个衰败的家族。

海斯丁是容易下手的对象，因为它向来以行事诡秘著称，人们会相信它正在策划秘密撤离；它同时也是个强盛的商业贸易家族，意思是它的生存相当仰赖契约，而这么明显、主要的财富来源，也会成为它显见的弱点。过去数十年来，海斯丁大人很努力地在增加家族的影响力，因此将家族的资源用到了极限。

其他家族就稳定许多。纹叹口气，转身走向走廊，瞄着房间另外一端的阳台间所架设的大钟。

泛图尔不会轻易垮台。它的强盛完全是靠其丰厚的财力，虽然参与了一些商业活动，但它不像其他家族这么仰赖于此。泛图尔够有钱，够强大，就算是商业合作出了问题，损失也很有限。某种程度而言，泛图尔的稳定是件好事，至少对纹来说是。泛图尔家族若没有明显的弱点，当她找不到方法来拖垮泛图尔时，其他集团成员不会太失望。毕竟，他们不是绝对要摧毁泛图尔，只是因为那么做会让计划更顺利些。

无论发生什么事，纹必须确保泛图尔不会面临太齐尔那样的命运。他们的名声被摧毁，财政崩溃，而太齐尔想要撤离城市，这最后的示弱动作正是压死骆驼的最后一根稻草。有些太齐尔贵族在离城前被暗杀，其余的人则被发现陈尸在被烧焦的运船上，似乎是被土匪攻击，但纹很清楚不会有盗贼集团胆敢杀这么多贵族。

卡西尔不知道是哪个家族下的手，陆沙德贵族们似乎也不是很在意凶手是谁。太齐尔自己先示弱，对贵族阶级而言，没有什么比无法自保的上族更丢脸的事情了。卡西尔说得对。虽然这些人在舞会上对彼此彬彬有礼，但若为了得到好处，这些贵族绝对愿意在彼此心口捅上一刀。

有点像盗贼集团，她心想。贵族其实跟我成长时碰到的人差别不大。背后笑里藏刀，躲藏在表象下的计谋、暗杀，还有——也许这是最重要的——迷雾人。她最近参加的所有舞会都有许多守卫，有盔甲和没有盔

MISTBORN: THE FINAL EMPIRE

甲的都很多,这并非偶然,如今这些宴会同时有警告跟显示力量的目的。

依蓝德是安全的,她告诉自己。无论他对自己的家族有何看法,他们很擅长维护自己在陆沙德各阶级中的地位。他是继承人,他们会保护他不受刺客攻击。

她希望这些推论听起来能更有说服力。她知道珊·埃拉瑞尔正在计划些什么。泛图尔也许是安全的,但依蓝德本人就有点……迟钝。如果珊亲手做出了什么对他不利的举动,不一定会对泛图尔造成很大的打击,但绝对会对纹造成很大的影响。

"法蕾特·雷弩贵女。"一个声音说道,"我相信你迟到了。"

纹转过身,看到依蓝德懒洋洋地靠在她左侧的一间暗室中。她微笑,低头看着钟,注意到时间的确离她答应与他会面的时间晚了几分钟。"我一定是从某些朋友那里学来的坏习惯。"她说完踏入暗室中。

"噢,我可没说这是坏事。"依蓝德微笑说道,"迟到是仕女的宫廷任务。强迫绅士配合女性的要求对他是有好处的,至少我母亲经常这么跟我说。"

"她听起来真是名睿智的女子。"纹说道。暗室大到能让两人侧身面对面地站着。她站在他对面,上方的突出阳台在她左边,一扇美丽的浅紫色窗户在她右边,两人的双脚几乎要相碰。

"这我就不知道了。"依蓝德说道,"毕竟她嫁给了我父亲。"

"因此而加入最后帝国中最强盛的家族。这点很难超越,不过也许她可以试着嫁给统御主。但就我所知,他并没有想找妻子的打算。"

"可惜。"依蓝德说道,"如果他的生命中有女人的话,也许不会看起来那么忧郁。"

"我想这得看那女子是谁。"纹瞥向一旁经过的一群贵族,"嗯,这里算不上是最隐秘的地点,经过的人都对我们投以奇怪的眼神。"

"是你站到我这里来的。"依蓝德指出。

"是的,我忘记考虑此举会引起的流言蜚语。"

442

"没关系。"依蓝德站直身体。

"因为会让你父亲生气?"

依蓝德摇摇头。"我已经不在乎那件事了,法蕾特。"依蓝德上前一步,让两人贴得更近,纹可以感觉得到他吐出的气息。他站了片刻后才开口,"我想,我会吻你。"

纹闻言微微颤抖。"我不觉得你会想要这么做,依蓝德。"

"为什么?"

"你对我到底了解多少?"

"不及我想要的。"他说道。

"也不及你需要的。"纹抬头望入他的双眼。

"那么,告诉我。"他说道。

"不行。现在不行。"

依蓝德又站了片刻,然后微微点头,退后一步走到阳台走廊上:"我们去散散步好吗?"

"好的。"纹说道,松了一口气,却也有一点失望。

"这样最好。"依蓝德说道,"那个暗室的阅读光线简直是差劲透了。"

"你敢。"纹说道,一面站到他身旁,一面瞄着他口袋里的书,"要读也得等到没有跟我在一起的时候再读。"

"但我们的关系就是从此开始的!"

"有可能会因此结束。"纹挽上他的手臂。

依蓝德微笑。他们不是唯一在阳台上散步的一对,下方的其他人缓缓地随着隐约的音乐旋转。

一切显得好安宁。可是,就在几天前,这些人只是站在一旁,懒懒地看着女人跟小孩被杀。

她感觉得到依蓝德的手臂,他在她身边的温热。卡西尔说他这么常笑是因为他觉得需要尽力从世界汲取能得到的每一丝喜悦,去珍惜在最后帝国中如此罕有的快乐时光。漫步在依蓝德身边一段时间后,纹觉得

443

MISTBORN: THE FINAL EMPIRE

开始了解卡西尔的心情。

"法蕾特……"依蓝德缓缓开口。

"什么?"

"我要你离开陆沙德。"他说道。

"什么?"

他停下脚步,转头看着她:"我想了很多,你也许还没察觉到,但城市越来越危险,非常危险。"

"我知道。"

"那你知道没有盟友的小家族现在根本不该待在中央统御区吗?"依蓝德说道,"你的叔叔试图来此安身立命是很勇敢的举动,但他挑选的时机不对。我……我想这里很快会失控。若发生这种事,我无法保障你的安危。"

"我叔叔知道他在做什么,依蓝德。"

"不一样,法蕾特。"依蓝德说道,"各个家族在崩垮。太齐尔不是被土匪杀死,是海斯丁下的手。这件事结束前,死的不会只有他们。"

纹没说话,又想到珊。"可是……你是安全的,对不对?泛图尔跟别人不同。你们很稳定。"

依蓝德摇摇头:"我们比其他家族更脆弱,法蕾特。"

"可是你们家的财富很雄厚。"纹说道,"你们不仰赖契约。"

"表面上也许看不出来,"依蓝德低声说道,"可是还是有弱点的,法蕾特。我们伪装得很好,其他人也以为我们有相当多的财富,我们实际拥有的远没那么多。再加上统御主的家族税……我们能在这个城市中维持这么大的影响力是靠其他收入。秘密收入。"

纹皱眉。依蓝德靠得更近,几乎是以悄悄话的音调说:"我的家族在挖统御主的天金,法蕾特。"他说道。"这是我们财富的来源。某种程度而言,我们的稳定几乎完全仰赖统御主的意愿。他不喜欢自己费功夫去搜集天金,但如果运送时不及时,他会非常着恼。"

挖出更多消息！直觉告诉她。这就是秘密，这是卡西尔需要的。"依蓝德……"纹低声说道，"你不该跟我说这些。"

"为什么不能？"他说道，"我信任你。你需要了解情况有多危险。最近天金的供给量出了些问题。自从……几年前发生了某件事。从那时起，情况就不同了。我父亲无法交出统御主要的数量，而上次发生这种事时……"

"怎么了？"

"嗯，"依蓝德面露忧愁之色，"简单地说，泛图尔会出现大问题。统御主仰赖天金，法蕾特，这是他掌控贵族的方法之一。没有天金的家族是无法抵抗迷雾之子袭击的。因为持有极高的存量，所以统御主能掌控市场，确保自己富可敌国。他靠稀有的天金来保障军事开销，然后额外的部分以天价卖出。如果你对镕金术经济有更深一层的认识，对你而言会更容易理解。"

噢，相信我，我比你以为的更了解。现在我知道的事情也远超出我应该知道的。

依蓝德停止说话，愉快地微笑，看着圣务官从他们身旁的走道慢慢地走过。圣务官经过时转头看了看他们，刺青环绕的双眼露出深思的神色。

圣务官一走，依蓝德立刻转回身面向她。"我要你离开。"他重复道，"他们知道我注意到你了。希望他们会认为我是想要激怒父亲，但他们仍可能会尝试利用你。那些上族为了要拖垮我跟我父亲，会毫不迟疑击溃你的整个家族。你得离开。"

"我……我考虑考虑。"纹说道。

"没多少考虑的时间了。"依蓝德警告，"我要你在太过涉入城市中发生的事情之前就离开。"

我涉入的程度已经远超过你所以为的。"我说我会考虑看看。"她说道，"听我说，依蓝德，我觉得你应该更担心自己。我认为珊·埃拉瑞尔试图攻击你。"

"珊?"依蓝德好笑地说道,"她害不了人的。"

"我不认同你的想法,依蓝德。你得要更小心。"

依蓝德笑了:"看看我们……想要说服彼此对方的处境有多危险,却同样死脑筋地拒绝听从对方的建议。"

纹一时没说话,然后微笑。

依蓝德叹口气。"你不打算听我的,对不对?我能用什么方法说服你离开?"

"现在没有。"她低声说道,"依蓝德,我们能不能只是好好享受相处的时光?如果事情照这个情况发展下去,我们可能好一阵子都不会再有这样的机会了。"

他有片刻没说话,终于点点头。她看得出来他依然很烦恼,但的确重新开始专心跟她散步,让她轻轻地挽住他的手臂。两人走了一段时间都没说话,直到有东西吸引了纹的注意力。她将手从他的手臂移开,转而握住他的手。

他瞥向她,不解地皱眉,看着她敲击手指上的戒指。"这真的是金属。"她有点讶异,虽然她已经听说过这种事。

依蓝德点点头:"纯金。"

"你不担心……"

"镕金术师?"依蓝德问道。他耸耸肩。"我不知道,他们不是我要应付的对象。你在农庄中不戴金属吗?"

纹摇摇头,敲敲头发中的发夹。"上漆的木头。"她说道。

依蓝德点点头。"那可能蛮睿智的。"他说道,"可是,你在陆沙德待得越久,你越会发现我们在这里做的事情鲜少跟智慧有关。统御主会戴金属戒指,所以贵族也会。有些哲人认为那是他的计划的一部分。统御主戴金属是因为知道贵族会模仿他,因此让审判者有控制他们的力量。"

"你同意吗?"纹问道,再次跟他并肩前进,揽着他的手臂,"我的意思是，你同意哲人的说法吗？"

依蓝德摇摇头。"不。"他低声说道，"统御主……他只是自负。我很久以前曾经读过有关战士会不戴盔甲冲入战场，只为了证明他们有多骁勇的书。我觉得，他就是这么回事，只不过低调点。他戴金属是为了炫耀他的力量，显示我们能做的事对他而言有多无谓，有多不构成威胁。"

不错，纹心想，他愿意将统御主形容为自负。也许我能让他更进一步承认……

依蓝德停下脚步，回头望着时钟："我恐怕今天晚上没有太多时间了，法蕾特。"

"嗯。"纹说道，"你要去跟朋友见面。"她瞥向他，试图判断他的反应。他看起来不是很惊讶，只是朝她挑起一边眉毛。"没错。你很有观察力。"

"不需要有太多的观察力。"纹说道，"只要我们到海斯丁、泛图尔、雷卡或埃拉瑞尔堡垒，你就会跟同一群人一起离开。"

"我的酒友。"依蓝德微笑说道，"在现今的政治气氛下是不太可能的组合，但有助于激怒我父亲。"

"你们在这些聚会中做什么？"纹问道。

"通常是在谈论哲学。"依蓝德说道，"我们是蛮无聊的一群人，不过如果你认识我们之中的任何一个人，应该不会感到太意外。我们谈政府、谈政治……还有统御主。"

"谈什么事？"

"我们不喜欢他对最后帝国做的某些事。"

"所以你想要推翻他？"纹说道。

依蓝德奇怪地看了她一眼。"推翻他？你怎么会想到这种事，法蕾特？他是统御主，他是神。关于他掌权这件事，我们无能为力。"他们继续散步，他别过头。"我的朋友和我，我们只是……希望最后帝国能有点不同。我们现在无法改变，但也许有一天——如果一年后我们还能活下去,我们将能影响统御主。"

"为什么要影响?"

"以前几天处决的事情为例。"依蓝德说道,"我不觉得那有任何用处。因为司卡反叛所以教廷随意处决了几百个人,这除了让人们更生气之外,有何用处?因此下次的反叛会更严重。那么统御主要下令砍更多人的头吗?在司卡全数灭亡之前,还能这样持续多久?"

纹深思地走着。"那你要怎么做呢,依蓝德·泛图尔?"她终于说道,"如果是你当家的话。"

"我不知道。"依蓝德坦承,"我读了很多书,有很多是不该读的,我没有找到任何解决之道。不过我确定砍人头无法解决任何事。统御主已经存在了这么久,总觉得他应该能找到更好的方法。不过……总之,我们得之后再继续谈这件事……"他放慢脚步,转身看着她。

"时间到了吗?"她问道。

依蓝德点点头。"我答应要跟他们会面,他们蛮仰赖我的。我想也许迟到一点没事……"

纹摇摇头:"去跟朋友共饮吧。我没事的,况且我还得跟几个人说说话。"她打算要继续工作,微风跟多克森花了好几个小时准备她应该要散布的谎言,而且宴会结束时他们会在歪脚的店里等着听她回报。

依蓝德微笑。"也许我不该这么担心你。谁知道呢?有你这么努力地斡旋拉拢,也许雷弩很快会成为城里最大的势力,而我会沦落为卑微的乞丐。"

纹微笑。他鞠躬,对她眨眨眼,然后朝台阶的方向离去。纹缓缓地走到阳台栏杆边,望着下方正在跳舞跟用餐的人群。

所以他不是革命分子,她心想。卡西尔又说对了。不知道他会不会厌倦自己总是料事如神。

可是,她还是无法对依蓝德太失望。不是每个人都疯狂到想去推翻他们的神明皇帝。光是依蓝德愿意独立思考这点就已经让他跟其他人相差甚多。他是个好人,应该拥有配得上他信任的女子。

而不幸的是,他遇到的是纹。

所以泛图尔在偷偷挖掘统御主的天金,她心想。管理海司辛深坑的一定也是他们。

处于这种地位的家族真是如履薄冰,他们的财务完全仰赖于如何取悦统御主。依蓝德认为他已经够小心,但纹还是很担忧。他并没有认真看待珊·埃拉瑞尔的威胁,可是纹不一样。她刻意离开阳台,来到一楼。

珊的桌子很好找,她向来跟一大群伴护贵族仕女坐在一起,像是贵族在检视自己的农庄那般声势浩大。纹停下脚步。她从来没有直接去找过珊,但总要有人保护依蓝德,他显然笨到无法保护自己。

纹大步上前。珊的泰瑞司人端详着上前来的纹。他跟沙赛德真是天差地别,没有同样的……独立自主。这个人保持一种呆板的表情,像是石刻的雕像。几名仕女不赞许地瞥向纹,但大多数人,包括珊,都装作没看见她。

纹尴尬地站在桌边,等着对话告一段落。但这事迟迟没有发生。最终,她只能朝珊靠近几步。

"珊贵女?"她问道。

珊冰冷地转头瞪她:"我没叫你,乡下女孩。"

"是的,但我找到一些书,就跟你——"

"我不需要你的服务了。"珊说道,转身背对她,"我可以自己处理依蓝德·泛图尔。你就当个乖乖的小呆子,别再来烦我。"

纹震惊地站在原地。"可是,你的计划——"

"我说了,不需要你了。你以为我之前对你很严苛吗,丫头?那时我还算是仁慈的。你现在敢惹恼我试试看。"

纹反射性地在女子的鄙夷目光下退缩。珊似乎很……厌恶她。甚至是生气……嫉妒吗?

她一定是猜到了,纹心想。她终于发现我不只是在戏弄依蓝德。她

449

知道我在乎他，所以不信任我能为她保守秘密。

纹从桌边退开，显然她得用其他方法挖出珊的计划。

虽然他嘴上老是这么说，但依蓝德·泛图尔不认为自己是个无礼的人。他觉得自己比较像是……语言哲学家。他喜欢实验，改变对话的方向来观察别人会如何反应。他跟过去的伟大思想家一样，打破常规，以不按常理的方式实验。

当然，他心想，思索般地在眼前举起一杯白兰地检视，过去这些哲人都因为叛变被处决了，算不上很成功的楷模。

他今晚的政治谈话结束后，跟几名朋友回到雷卡堡垒的绅士休息室。那是一间在舞厅旁边的小房间，装潢是深绿色，椅子相当舒服，如果他心情好一点，这会是读书的好地方。加斯提坐在他对面，满足地抽着烟斗。看到这名年轻的雷卡如此冷静是件好事。过去的几个礼拜对他而言很辛苦。

家族战争，依蓝德心想。多可怕的事情。为什么是现在？原本一切都很顺利……

泰尔登一会儿后端着重新盛满的酒杯回来。

"你知道吗……"加斯提用烟斗指着他说道，"这里任何一个仆人都可以帮你端杯酒来。"

"我想伸展一下腿脚。"泰尔登说道，坐入第三张椅子。

"而且你在回来的路上至少与三名女子调情。"加斯提说道。"我有数。"

泰尔登微笑，啜着酒。这名壮汉从来不是"坐"，他总是半靠半躺。无论在什么情况下，泰尔登总是显得轻松且惬意，利落的套装跟出众的发型向来令人瞩目。

也许我应该对这种事情多注意一点，依蓝德心想。法蕾特是接受我头发现在的样子，但如果好好打理的话，她会不会更喜欢呢？

依蓝德经常打算要去发型师或裁缝师那里，但总有别的事情偷走他的注意力，例如沉浸于研究中或是花太多时间看书，然后发现错过预约时间，这种事发生不止一次。

"依蓝德今天晚上很安静。"泰尔登注意到虽然有其他绅士们坐在阴暗的男士休息室中，但椅子之间的间隔宽到能允许私人对话。

"他最近经常这样。"加斯提说道。

"的确是。"泰尔登说道，略略皱眉。

依蓝德跟他们已经熟到听得出来话中的暗示。"唉，为什么人们总是这样？如果有话要说，为什么不能直截了当地说出来？"

"因为礼仪啊，朋友。"加斯提说道，"也许你没注意到，但我们可是贵族。"

依蓝德翻翻白眼。

"好吧，我说就是了。"加斯提回答，手扒梳过头发，依蓝德确信他这个紧张的习惯跟他日渐严重的秃头绝对有关系。"你最近跟雷弩家的女孩花很多时间在一起，依蓝德。"

"这有个很简单的解释。"依蓝德说道，"因为，我刚好蛮喜欢她的。"

"不好，依蓝德。"泰尔登摇摇头说道，"不好。"

"为什么？"依蓝德问道，"泰尔登，你自己倒是很愿意忽略阶级差异。我看到你跟房间内半数的女仆都调过情。"

"我不是家族继承人。"泰尔登说道。

"还有一点，"加斯提说道，"这些女孩值得信任。我的家族雇用了她们，所以我们知道她们的家族背景，还有同盟关系。"

依蓝德皱眉："你想暗示什么？"

"那个女孩有些奇怪。"加斯提又恢复原来紧张的样子，架在桌上的烟斗早被遗忘。

泰尔登点点头："她跟你进展太快了，依蓝德。她有想要的东西。"

"例如？"依蓝德烦躁地问道。

MISTBORN: THE FINAL EMPIRE

"依蓝德，依蓝德。"加斯提说道，"光说你不想玩是躲避不了游戏的，因为游戏会找到你。雷弩在家族紧张情势节节攀升时搬来，带来一名没有人认识的家族成员，这名女孩立刻开始追求陆沙德中地位最重要的单身年轻男子。你不觉得这有点奇怪吗？"

"事实上……"依蓝德想了想说道，"是我先接近她的，因为她偷了我读书的地方。"

"可是你得承认，她黏上你的速度快到令人起疑。"泰尔登说道，"依蓝德，如果你想沾染情事，得学会一件事：跟女人玩玩可以，但不能太靠近，因为麻烦总是从此开始。"

依蓝德摇摇头："法蕾特不一样。"

另外两人交换一个眼神，然后泰尔登耸耸肩，继续喝酒，但加斯提叹口气站起身，伸伸懒腰："好吧，我该走了。"

"再喝一杯吧。"泰尔登说道。

加斯提摇摇头，一手扒梳过头发："你知道有舞会时我父母是怎么样的。好歹我得出去跟部分客人道别，否则他们会叨念我好几个礼拜。"

年轻男子向他们道晚安，走回舞池大厅。泰尔登啜着酒，瞅着依蓝德。

"我不是在想她。"依蓝德越发烦躁地说道。

"那在想什么？"

"今晚的聚会。"依蓝德说道，"我不确定我喜欢它进行的方向。"

"唉。"壮汉挥手说道，"你开始变得跟加斯提一样严重。那个参加聚会只为了跟朋友放松、享受的男人去哪了？"

"他开始担心了。"依蓝德说道，"他有些朋友可能比预期的更早掌权，而他担心大家都没有准备好。"

泰尔登哼了哼。"别那么夸张。"他说道，朝端走空杯的女仆微笑，眨眨眼睛，"我觉得这件事情很快就会结束。几个月后，我们回想此时，一定会觉得这时候的我们根本没有必要担心。"

凯尔·太齐尔已经无法回想此时了,依蓝德心想。

可是交谈就此结束,泰尔登最后一个告退。依蓝德坐在原处片刻,打开《社会的必备条件》,打算再读读书,但却没办法专注。他指尖转着白兰地杯,没有喝很多。

不知道法蕾特出来了没……他的聚会一结束便想找她,但她显然去了自己的私人聚会。

那个女孩啊……他懒懒地心想,实在过度热衷政治了。也许他只是嫉妒,虽然她进入宫廷才几个月,但似乎已经比他更擅长。她如此无畏,如此大胆,如此……有趣。她跟他印象中的所有宫廷标准仕女都不同。难道加斯提是对的?他猜想。她的确跟其他女人不同,而且她暗示了自己有些事情是我不知道的。

依蓝德将这个念头推出脑海。法蕾特的确与众不同,但她同时也有纯真的一面。积极,充满热情与活力。

他担心她。她显然不知道陆沙德能有多危险。这个城市里的政治绝对不仅限于单纯的宴会跟小阴谋。如果有人决定要派迷雾之子去对付她跟她的叔叔怎么办?雷弩的联盟关系不佳,若是费里斯发生几起谋杀事件,宫廷成员连眼睛都不会多眨两下。法蕾特的叔叔知道该采取何种预防措施吗?甚至,他担心过镕金术师吗?

依蓝德叹口气。他必须要让法蕾特离开这里。这是唯一的选择。

当他的马车抵达泛图尔堡垒时,依蓝德确定自己喝得太多了。他走向房间,满心期待床跟枕头,但通往他卧室的走廊经过他父亲的书房。书房的门是开的,虽然时间已晚,灯光仍从门口流泻出来。依蓝德试图静静走过铺有地毯的地板,但他从来就不太擅长偷偷摸摸的事。

"依蓝德吗?"父亲的声音从书房中传出,"进来。"

依蓝德轻轻叹口气。史特拉夫·泛图尔大人鲜少错失什么,因为他是个锡眼,感官锐利到也许早已听到依蓝德的马车驶近的声音。如果我现在不进去,他只会派仆人来烦我,直到我下来跟他说话……

MISTBORN: THE FINAL EMPIRE

依蓝德转身走入书房。他的父亲坐在椅子中，静静地跟坦孙——泛图尔的坎得拉兽——在交谈。依蓝德还不太适应那怪物最新取得的身体，它原本是海斯丁家族的一名仆人所有。它注意到他进来，这令依蓝德微微一寒。它鞠躬致意，然后静静从房里退开。

依蓝德靠着门框。史特拉夫的椅子位于几柜书前面，但依蓝德很确定他的父亲一本也没读过。房间靠两盏灯照明，灯罩几乎完全闭起，只透露出一点灯光。

"你今天晚上去参加舞会，"史特拉夫说道，"发现了什么？"

依蓝德举起手，搓搓额头："发现我往往会喝太多白兰地。"

史特拉夫并不觉得这句话好笑。他是完美的帝国贵族，高大、宽肩，总是穿着手工定制的背心跟套装。"你又跟那个……女子会面了？"他问道。

"法蕾特？嗯，是的，不过时间没有我想要的长。"

"我禁止了你花时间跟她相处。"

"是的。"依蓝德说道，"我记得。"

史特拉夫的脸色一沉，站起身走到书桌边。"依蓝德，"他说道，"你什么时候才能摆脱你那幼稚的脾气？你真以为我不知道你想借由那些愚蠢的行为来激怒我？"

"事实上，我好一阵子前就已经摆脱了我那'幼稚的脾气'，因为我的天性似乎更适合激怒你。我只希望自己早点发现这点，可以让我年少时不用那么辛苦。"

他的父亲哼了一声，然后举起一封信："我刚口述这封给史塔克里司的信，承诺会出席代加大人于明天下午的午餐聚会。如果真的发生了家族战争，我想确保我们有能力尽快摧毁海斯丁，而代加可能是很强大的盟友。他有一个女儿。我希望你在午餐时能跟她一起用餐。"

"我会考虑。"依蓝德说道，敲敲头，"我不确定明天早上的状况如何。我喝了太多白兰地，记得吗？"

454

"你得去，依蓝德。这不是请求。"

依蓝德没回答。有一部分的他想顶嘴，想坚持，不是因为他在意自己在哪吃饭，而是因为更重要的事情。

海斯丁是城市中第二强大的家族，如果我们跟他们联盟，可以一起阻止陆沙德陷入混乱，可以阻止家族战争，而不是激发它。

这就是读那些书对他造成的影响，它们将他从叛逆的纨绔子弟变成未来的哲人，很不幸的是，他当蠢货的时间太久了，以至于史特拉夫没注意到自己儿子的改变，因为依蓝德自己也是刚才发现。

史特拉夫继续瞪着他，依蓝德别过头。"我会考虑。"他说道。

史特拉夫挥手要他退下，准备转过身。

为了挽回他的自尊，依蓝德继续说道："你可能无需太担心海斯丁的事情，似乎他们正准备逃离城市。"

"什么？"史特拉夫问道，"你从哪里听来的？"

"舞会里。"依蓝德轻松地说道。

"你不是说没听到什么重要的事情？"

"我可没这么说。我只是不想跟你分享消息罢了。"

泛图尔大人皱眉："我不知道我为什么居然还会在意。你听到的东西一定没有价值。小子，我试着想要训练你的执政能力，我真的试过，但现在……我只希望能活着看到你死的那天，因为如果由你来掌权，这个家族一定会遭遇危难。"

"我知道的比你想的还多，父亲。"

史特拉夫大笑，走回椅子边："我很怀疑，小子。你连女人都搞不好。上一次，也是我所知道的唯一一次，还得要我亲自带你去妓院。"

依蓝德的脸涨得通红。小心，他告诉自己。他故意提这件事。他知道你多介意。

"去睡吧，小子。"史特拉夫一挥手说道，"你看起来脸色真差。"

依蓝德站在原处片刻，终于微微屈身走回走廊，静静地对自己叹息。

这就是你跟他们间的差别，依蓝德，他心想。你读到的那些哲人们，他们是革命分子，不惜赴死。你连对抗父亲都不敢。

他疲累地走回自己的房间，却发现有仆人在等他。

依蓝德皱眉。"什么事？"

"依蓝德大人，你有访客。"男子说道。

"现在？"

"是加斯提·雷卡大人，大人。"

依蓝德微微歪头。统御主的，怎么会……"他是在会客厅等我吧？"

"是的，大人。"仆人说道。

依蓝德遗憾地转身离开卧房，走回走廊，发现加斯提正不耐烦地等着。

"加斯提？"依蓝德疲累地说道，走入会客室，"我希望你有非常重要的事情要告诉我。"

加斯提不安地动了动，看起来比平常更紧张。

"干吗？"依蓝德质问，耐性即将耗尽。

"跟你那女孩有关。"

"法蕾特？"依蓝德问道，"你来讨论法蕾特？现在？"

"你应该更信任你的朋友。"加斯提说道。

依蓝德哼了一声。"相信你对女人的判断？我无意冒犯，加斯提，但我想不用了。"

"我派人跟踪她，依蓝德。"加斯提脱口而出。

依蓝德呆了一下。"什么？"

"我派人跟踪她的马车。或者该说，我派人在城门看着。它离开城市后，她不在里面。"

"什么意思？"依蓝德问道，眉头紧皱。

"她不在马车里，依蓝德。"加斯提重复道，"在她的泰瑞司人拿文件给守卫看时，我的手下溜上前偷看马车窗户，里面没有人。"

"马车一定是把她放在城内某处。她是别家的间谍,试图透过你动摇你父亲。他们创造了一个完美的女人来吸引你。黑色头发,有点神秘,在一般的政治架构之外。他们让她的身份低到你对她的兴趣会成为丑闻,然后派她出场。"

"加斯提,这太荒——"

"依蓝德。"加斯提打断他,"再跟我说一遍:你们怎么相遇的?"

依蓝德想了想。"她站在阳台上。"

"在你读书的位置。"加斯提说道,"所有人都知道那是你常去的地方。那会是巧合吗?"

依蓝德闭起眼睛。不可能是法蕾特。她不可能是这一切的一部分。但是,他脑里立刻出现了另一个想法。我跟她说了天金的事!我怎么会这么笨?

这不会是真的。他不相信自己这么轻易就被骗。但是……他能冒这个险吗?他的确不是个好儿子,但他不是家族的叛徒。他不想看到泛图尔倒台,他希望有一天能领导它,好改变一些事情。

他送走加斯提,心不在焉地走回房间。他累到不能去思考家族政治。可是,当他终于上床时,却发现自己睡不着。

终于,他起床,找来仆人。

"去跟我父亲说,我跟他谈场交易。"依蓝德对那人解释,"我会照他的意愿去参加午宴。"依蓝德顿了顿,穿着睡袍站到卧室门边。

"交换条件是……"他终于又开口,"跟他说我要借两名间谍,要他们帮我跟踪一个人。"

其他人都认为我应该处决背叛我的关。说实话,如果我知道他去了哪里，现在应该会杀了他。可是，我办不到。那个人几乎像是我的父亲。直到今天，我仍然不知道他为何突然宣布我不是英雄。他为什么背叛我，在整个世界引领者秘密大会前谴责我呢？

他难道宁愿深黯胜利吗？就算我不是对的人——如同关所宣称的——我去升华之井绝对不可能比放任深黯继续摧毁大地更严重。

29

几乎结束了，纹读到。

我们可以从营地看到洞穴。再过几个小时就会走到，我知道那是正确的目的地。我可以感觉到，感觉它在那里……在我的脑海中鼓动。好冷。我敢发誓那些石头根本就是冰做的，有些地方的雪深到我们得挖出一条道路。风随时在吹。我担心费迪克——自从那个雾的怪物攻击他后，他一直没恢复如常，我担心他会一不小心摔落悬崖或是摔入地上的冰隙。可是那些泰瑞司人简直太神奇了，幸好我们带了他们来，因为一般挑夫绝对不可能存活下来，而那些泰瑞司人似乎不介意严寒，他们奇特的代谢让他们有超凡的能力抗拒气候的严酷。也许他们"储存"了体温，好在日后使用？

不过他们不肯谈论他们的力量，而我确定都是拉刹克的错，我不觉得他能完全控制他们。在他被刺前，费迪克担心泰瑞司人会把我们遗弃在冰上，但我不认为会发生这种事。我是按照泰瑞司预言的意志而来，这些人不会因为其中一人不喜欢我就违背自己的信仰。

我最后直接去找拉刹克对质。他当然不想跟我说话，但我强迫他，而他终于爆发，滔滔不绝地讲着有多痛恨克雷尼恩跟我的族人。他认为我们把他的族人变得不比奴隶好多少，他认为泰瑞司人应该有更好的地位，他一直说他的族人应该有"主宰"的地位，因为他们有超自然的能力。

我害怕他的话，因为我同意其中的部分道理。昨天一名挑夫抬起巨大的石块，然后几乎是轻松地将它抛在一旁。我这辈子从来没看过如此神力。

我想这些泰瑞司人可以变得非常危险。也许我们对待他们的方式并不公平，但像拉刹克这样的人一定得被控制，偏执地坚信所有泰瑞司以外的人都在压迫他。他这么年轻，却已经这么易怒。

好冷。当这一切结束时，我想我要去一个终年温暖的地方居住。布拉克斯提过有这种地方，有岛屿在会创造火的大山南边。

一切结束后会是什么样子？我会恢复普通人的身份。不重要的人。听起来不错——甚至比温暖的太阳跟无风的天空更好。我实在很厌倦当永世英雄，厌倦进入一个城市总是面临武装和敌意，或者就是狂热的崇拜。我很厌倦因为一群老人的预言而被爱戴和憎恨。

我想被遗忘。默默无闻。对，那样很好。如果有人读到这些话，要知道权力是重担，不要被它的铁链束缚。泰瑞司预言说我会拥有拯救世界的力量，但它们也暗示我同时会有摧毁世界的力量。

我会有能力满足心中的任何愿望。"他会承继凡人不应拥有之权力。"

但是，哲人们也警告我，如果我将力量用于私途，我的自私也会玷污它。

这是人类该承担的重担吗？这是任何人能抗拒的诱惑吗？我现在感觉很坚定，但当我碰触到那股力量后又会发生什么事？我当然会拯救世界，但我是否还会尝试夺取它？

我在世界重生的前一夜，握着满是碎冰的笔，写下心中的恐惧。拉刹克在看着、恨着我。洞穴在上方。鼓动。我的手指在颤抖，不是因为冷。

MISTBORN: THE FINAL EMPIRE

明天，一切会结束。

纹急着翻页。小书的背面是空的。她翻过来，重新读最后几句。接下来的一篇在哪里？

沙赛德一定还没翻完最后一部分。她站起身叹口气，伸展四肢。她一口气读完日记的最新一部分，连自己都很惊讶居然办到这等壮举。雷弩大宅的花园绵延在她面前，修剪整齐的通道，枝丫宽广的树木还有静谧的小溪，形成她最喜欢的阅读地点。太阳低垂在空中，空气开始变冷。

她走回通往大宅的路上，虽然冷，但她根本难以想象统御主描述的地方。她在遥远的山峰上看过雪，但鲜少看过落雪，而看到那几回其实也只能算是冰霰。一天又一天地经历这么多雪，冒着遇上巨大雪崩压垮自己的危险……

有一部分的她希望能去看看这种地方，无论有多危险。虽然日记没有形容统御主的整趟旅行，但他提到的一些神奇景象，像是北方的冰原，巨大的黑湖，还有泰瑞司的瀑布，听起来相当惊人。

他怎么不多描述一些景色的细节！她烦躁地想。统御主花太多时间在担忧了。不过，她必须承认，透过这些文字，她开始对他产生某种奇特的……熟悉感。很难将她脑海中的人与造成如此多死亡的怪物串连在一起。在升华之井发生了什么事？什么东西如此剧烈地改变了他？她想要知道。

她抵达大宅，开始寻找沙赛德。她又换回裙装，因为被集团成员以外的人看见她穿长裤总觉得怪怪的，经过雷弩大人的室内侍从官时，她朝他投以微笑，迫不及待地爬上主楼梯，走向图书室。

沙赛德不在里面。他的小书桌边空无一人，灯光熄灭，墨水瓶空空如也。纹有点着恼地皱眉。不论他人在哪里，最好都是在继续翻译工作！她回到楼下去问沙赛德的下落，一名女仆指引她去主厨房。纹皱眉，回到走廊。他去找点心吃了吗？她发现沙赛德站在一群仆人中间，指着桌上的一张清单，低声说话，没注意到纹走入厨房。

"沙赛德?"纹打断他。

他转身。"是的,纹主人?"他问道,轻轻躬身。

"你在做什么?"

"我在处理雷弩大人的食物存量,主人。虽然我被指派去协助你,但我仍是他的侍从官,因此当没有别的要紧事情时,我还是有工作需要完成。"

"你等一下会继续翻译吗?"

沙赛德歪着头:"翻译吗,主人?那已经完成了啊。"

"最后一部分在哪里?"

"我给你了。"沙赛德说道。

"没有啊。"她说道,"我手上的部分在他们进入洞穴前一晚就结束了。"

"这就是结束,主人。日记只写到这里。"

"什么?!"她说,"可是……"

沙赛德瞥向其他仆人。"我想这件事我们应该私下再谈。"他给了其他人最后几道指示,指着清单,然后朝纹点点头,要她一起从厨房后门出去,进入侧花园。

纹愣在原地片刻,然后快步跟上。"阿沙,不会就这样结束了吧?我们不知道发生了什么事啊!"

"我想我们可以推断得出来。"沙赛德说道,走上花园小径。东花园没有纹常去的花园那么华丽,而是由平滑的褐草跟零星几株灌木丛所组成。

"推断什么?"纹问道。

"统御主一定拯救了世界,因为我们还在这里。"

"应该是吧。"纹说,"可是他将权力占为己有。一定是这样,他无法抵挡使用力量的诱惑。可是,为什么他没有再写下去?他为什么不继续谈他的成就?"

MISTBORN: THE FINAL EMPIRE

"也许权力将他改变得太彻底。"沙赛德说道,"或者他只是觉得自己不需要再记录了。他达成了目标,顺利成为永生不死的存在。我想当一个人会永生不死时,似乎就不太需要再写日记流芳百世。"

"这实在……"纹恼怒地咬牙,"这个故事的结局令人很不满意,阿沙。"

他忍俊不禁:"小心点,主人,太喜欢读书的话可是会变成学者的噢。"

纹摇摇头:"如果我读的每本书都这么结尾的话,绝对不会!"

"也许有一点能让你心里感觉舒坦些。"沙赛德说道,"对日记内容失望的不只是你。里面的内容对卡西尔主人也不是很有用,可以确定完全没有提及第十一金属。我感到有点罪恶感,因为从书中受益最多的人是我。"

"可是里面也没有提到很多关于泰瑞司宗教的事。"

"是不多。"沙赛德同意。"可是令人遗憾的真相是,'不多'已经比我们先前所知要多许多了。我只担心没有机会将这个信息传送出去。我已经将一份日记副本送到我的守护者兄弟跟姊妹们会去检查的地方,如果这份新的知识跟着我一起消失,那就太可惜了。"

"不会的。"纹说道。

"哦?我的贵女主人什么时候突然这么乐观?"

"我的泰瑞司人突然变得伶牙俐齿了吗?"纹反击。

"我想他向来如此。"沙赛德微微欠身说道,"这就是他无法成为优秀侍从官的原因之一,至少他大多数的主人都是如此认为。"

"那他们一定是笨蛋。"纹诚恳地说道。

"我也这样想,主人。"沙赛德回答,"我们该回大宅去了,雾来时最好不要被别人发现我们人在外面。"

"我才正要进雾里去。"

"有许多花园工人不知道你是迷雾之子,主人。"沙赛德说道,"我想这个秘密应该要守住比较好。"

"我知道。"纹转身说道,"那我们回去吧。"

"明智的决定。"

两人走了一阵子,享受东花园的低调美丽。这里的草皮修剪得很仔细,以美观的行列排着,偶尔出现灌木丛点缀。南花园相当壮观,有小溪、树木、罕见的植物,但东花园有其独特的平和气氛——简单的宁静感。

"沙赛德?"纹低声开口。

"什么事,主人?"

"一切都要改变了,对不对?"

"哪件事?"

"所有事。"纹说道,"就算一年后我们没有全死光,集团成员也会继续其他工作。哈姆应该会跟他的家人团聚,老多跟卡西尔会去计划别的冒险,歪脚会将店租给另一组人马……就连我们花了这么多钱的花园,也会属于别人。"

沙赛德点点头:"很有可能。不过如果事情顺利,也许明年此时将会是司卡反抗军统治着陆沙德。"

"也许吧。"纹说道,"但即便如此……一切还是会改变。"

"这就是生命的本质,主人。"沙赛德说道,"世界必须改变。"

"我知道。"纹叹口气说道,"我只是希望……其实我很喜欢现在的生活,沙赛德。我喜欢跟其他成员一起相处,我喜欢跟着卡西尔训练。我很爱周末时跟依蓝德一起去参加舞会,也很爱跟你一起在花园中散步。我不想要这些事情改变。我不想要我的生活回到一年前的样子。"

"不需要的,主人。"沙赛德说,"一切可能会变得更好。"

"不会的。"纹低声说道,"已经开始了。卡西尔暗示我的训练即将结束。之后我进行练习时,得自己来。至于依蓝德,他甚至不知道我是司卡,而且我的工作是要尝试摧毁他的家族。就算泛图尔不是借由我的手垮台，其他人也会拖垮它。我知道珊·埃拉瑞尔在计划某些事情，但我无法找出她的计划细节。

"不过，这只是开始。我们面对的是最后帝国。我们可能会失败，说实在的，我想不出还有什么别的结果。我们会奋斗，会带来一些好事，但无法改变太多，而存活下来的我们必须耗费终生躲避审判者。一切都会改变，沙赛德，而我无力阻止。"

沙赛德宠溺地微笑。"那么，主人……"他低声说道，"就享受你现有的吧。我想未来会大出你意料之外。"

"也许吧。"纹说道，并没有被说服。

"啊，你得要有希望啊，主人。也许你是该有一点好运了。在升华前，有一族人叫做'阿司塔西'。他们声称，每个人一生下来的恶运是有限的。因此，当坏事发生时，他们觉得自己真是走运，因为在那之后，人生只会更好。"

纹挑起一边眉毛："听起来有点白痴。"

"我不觉得。"沙赛德说道，"其实阿司塔西人蛮先进的，他们的宗教跟科学息息相关。他们认为不同的色彩代表不同的运气，因此对光线跟色彩的描述很详细。所以，对于升华前的事物是什么样子，大多都是透过他们所得知。他们有一个色谱，运用它来描述天生最深的蓝色跟植物深浅不一的绿色。

"无论如何，我觉得他们关于运气跟命运的哲学相当优秀。对他们而言，贫困的生活代表即将来临的好运。这宗教可能很适合你，主人，因为你会知道自己的运气不可能一直差下去。"

"我不知道……"纹怀疑地说道，"照理说，如果厄运是有限的，那好运不也有限吗？每次发生好事，我就会担心快将好运用完了。"

"嗯。"沙赛德说道，"我想这是个人观点的不同了，主人。"

"你怎么能这么乐观？"纹问道，"你跟卡西尔都是这样。"

"我不知道，主人。"沙赛德说道，"也许我们的人生一直比你的轻松。或者只是我们比较愚蠢。"

纹没接话。两人继续并行,绕回大屋,完全不赶时间。"沙赛德。"她终于开口,"那天晚上,你在雨中救了我的那天,你用了藏金术,对不对?"

沙赛德点点头:"是的。那个审判者全神贯注在你身上,所以我能溜到他身后拿石头砸他。我那时比一般人强壮许多倍,因此我的攻击让他撞上墙,我猜也让他断了几根骨头。"

"就这样?"纹问道。

"你听起来很失望,主人。"沙赛德发现,微笑地说,"你以为会是更刺激的过程,是吗?"

纹点点头:"因为……你很少谈藏金术,所以让它显得更神秘吧,我想。"

沙赛德叹口气:"实在没有什么事情能瞒着你,主人。藏金术真正独特的地方,在于储存与取得,你一定早就猜到了。其他的力量其实跟你能从白镴和锡得到的没有差太多。有几种比较奇怪,例如让藏金术师更胖,或改变他的年纪,但这些并没有什么战斗上的用途。"

"年纪?"纹突然全神贯注,"你能让自己变得更年轻?"

"其实不是,主人。"沙赛德说道,"记住,藏金术师的力量必须来自身体,举个例子,他可以花好几个礼拜让身体老到看起来感觉比实际年龄大十岁,然后可以在同样时间内使用储存的年纪,让自己在同等时间中显得年轻十岁。在藏金术中能量必须守恒。"

纹想了片刻。"你使用的金属种类重要吗?"她问道,"像是镕金术那样?"

"当然。"沙赛德说道,"金属决定可以储存什么。"

纹点点头,继续前进,想着他说的话。"沙赛德,我能拿一点你的金属吗?"她终于问道。

"我的金属,主人?"

465

"某个你用来储存藏金术的东西。"纹说道,"我想试着烧烧看,也许这样能让我使用它的一些力量。"

沙赛德好奇地皱眉。

"有人试过吗?"

"我相信一定有。"沙赛德说道,"可是我实在想不出什么实际的范例。也许我去我的记忆红铜意识中找找的话……"

"为什么不让我现在试试看?"纹问道,"你有基本金属做成的东西吗?某样里面没储存什么太贵重内容的东西?"

沙赛德停下脚步,手举向他撑大的耳垂,取下一只很像纹耳朵上戴着的那个耳针。他将耳针后方的塞子递给纹:"这是纯白镴,主人。我在里面存了一些力量。"

纹点点头,吞下小块。她碰了碰她的镕金存量,但耳针塞子的金属似乎没有什么特别的行为。她尝试性地燃烧白镴。

"有感觉吗?"沙赛德问道。

纹摇摇头。"没有,我……"她话没说完便打住。是有东西,某种不同的东西。

"怎么样,主人?"沙赛德问道,不寻常的急切出现在他的声音里。

"我……可以感觉到力量,阿沙。很隐约,不是我所能掌握的,但我敢发誓体内有另一种力量,只有在我燃烧你的金属时才会出现。"

沙赛德皱眉:"你说很隐约吗?像是……能看到存量的影子却摸不到?"

纹点点头:"你怎么知道?"

"这就是尝试用另一名藏金术师的金属时的感觉,主人。"沙赛德叹口气说道。"我早该猜到会是这种结果。你不能动用这力量,因为它不属于你。"

"噢。"纹说道。

"别太失望,主人。如果镕金术师能从我的族人身上偷取力量,我们应该早就知道了。不过这仍是个相当聪明的想法。"他转身,指向大宅,"马车已经到了。我想我们的聚会迟到了。"

纹点点头,两人加快脚步走向大宅。

真奇怪,卡西尔一边暗自心想,一边偷溜过雷弩大宅前面的阴暗中庭。我得偷溜进自己的家,好像要攻击某个贵族的堡垒一样。

不过这是无可避免的,他算是受自己的名声所累。盗贼卡西尔已经够显眼了,反叛煽动者跟司卡精神领袖卡西尔更是恶名昭彰。这当然不会阻止他继续夜夜散播混乱,他只是得更小心。越来越多家族搬出城市,而强盛的家族益发多疑。某种程度上这代表操纵他们会变得更容易,但在他们的堡垒附近窥视则变得非常危险。

相较之下,雷弩大宅几乎是无人守护。当然会有警卫,但没有迷雾人。雷弩得低调些,太多镕金术师会让他过分显眼。卡西尔贴着阴影,小心翼翼地绕到建筑物的东边,然后反推一枚钱币,来到雷弩大人的阳台。

卡西尔轻轻地降落,然后朝阳台玻璃门偷窥。窗帘紧闭,但他可以辨认出多克森、纹、沙赛德、哈姆,还有微风站在雷弩的书桌边。雷弩本人则是坐在房间远处的一角,没有参与讨论。他的契约虽然包括扮演雷弩大人,但他不希望过度参与计划。

卡西尔摇摇头。杀手要潜进来实在太容易了。我得确保纹继续睡在歪脚的店里。他不担心雷弩,坎得拉的天性使他根本无须担心杀手的刀剑。

卡西尔轻敲门,多克森慢慢走来,拉开门。

"他终于在众人的惊叹中出场了!"卡西尔宣告,大步进入房间,一撩将迷雾披风甩到肩后。

多克森哼了哼,关起门。"你真是让人眼睛一亮啊,阿凯。尤其是你膝盖上的灰烬脏污。"

"我今晚得爬过一段路。"卡西尔说道，毫不在意地挥挥手，"有一条废弃的水沟直接穿过了雷卡堡垒的外墙。他们居然没把它填起来。"

"我想他们根本不需要担心。"微风从书桌边说道，"你们这些迷雾之子大多数骄傲到不屑爬行，我很惊讶你居然愿意。"

"骄傲到不屑爬行？"卡西尔说道，"胡说八道！我认为我们迷雾之子骄傲到不屑谦卑地爬来爬去，要爬当然要爬得很有尊严。"

多克森皱眉，走到桌子边："阿凯，你的话完全不合理。"

"迷雾之子讲话不必合理。"卡西尔高傲地说道，"这是什么？"

"你哥哥传来的。"多克森说道，指着书桌上的一张大地图，"今天下午它被塞在教义廷送给歪脚修的一张桌子的断桌脚里。"

"有意思。"卡西尔说道，浏览地图，"我猜这是安抚站的名单？"

"的确是。"歪脚说道，"这实在是个大发现，我从来没看过一张这么精细、详尽的城市地图。它不止标出三十四座安抚站的位置，甚至还有审判者活动的位置，以及各部单位关心的重点区域。我没太多机会跟你哥哥共事，但我得说他真是个天才！"

"真难相信他跟阿凯有血缘关系，是吧？"多克森笑着说道。他面前放着一本记事本，正在上面列出所有的安抚站。

卡西尔哼了一声。"沼泽也许是天才，但是我长得比较帅。这些数字是什么？"

"审判者的搜捕行动跟日期。"哈姆说道，"你会发现纹的集团密屋被列在上头。"

卡西尔点点头："沼泽是怎么偷到这种地图的？"

"他不是用偷的。"多克森边写边说道，"地图上有张字条。据说是上圣祭司给他的。他们对沼泽相当器重，想要他研究整个城市布局后建议在哪里设新的安抚站。教廷似乎对家族战争有点担心，所以想要派出额外的安抚者控制情势。"

"我们应该要把地图塞在修好的桌脚里面送回去。"沙赛德说道，"今天晚上聚会结束后,我会尽快抄下它。"

以及背下它,让它成为每个守护者的一部分,卡西尔心想。你停止记忆,开始授业的日子快要来临了,阿沙。我希望你的族人已经准备好。

卡西尔转身,端详着地图,的确如微风所说的那么厉害。沼泽能将它送出是冒了天大的风险,甚至有点太冲动了,而里面的情报……

我们得赶快把它送回去,卡西尔心想。可能的话,明天一早。

"这是什么?"纹轻声问道,俯身指着大地图。她穿着贵族仕女的洋装,一件漂亮的连身衣服,只略比舞会礼服简单一点。

卡西尔微笑。他还记得,过去穿着礼服的纹看起来笨拙到了极点,但她似乎越来越喜欢洋装了。她的行动还是不完全像是贵族仕女。她很优雅,那是猎食者的灵动优雅,而非贵族仕女刻意摆出的姿态,但礼服现在似乎很适合纹,而这跟剪裁毫无关系。

唉,梅儿,卡西尔心想。你总是想要一个由你教导、游走在贵族仕女跟盗贼之间的女儿。梅儿和纹会喜欢彼此的,因为两人骨子里都藏着不按牌理出牌的想法。如果他的妻子还在世,在如何扮演贵族仕女这件事上,也许她能教纹一些甚至连沙赛德都不知道的事情。

当然,如果梅儿还活着,我绝对不会做这种事。我一定不敢。

"你们看!"纹说道,"其中一个审判者日期是新的——上面标的是昨天!"

多克森瞄了卡西尔一眼。

我们早晚都得告诉她的……"那是赛隆的集团。"卡西尔说道,"一名审判者昨天晚上攻击了他们。"

纹脸色一白。

"我应该要认得这个名字吗?"哈姆问道。

"赛隆的集团原本计划跟凯蒙一起骗倒教廷。"纹说道,"意思是……他们可能仍然有我的踪迹。"

我们探入皇宫的那天晚上,审判者认出她,想知道她的父亲是谁。

MISTBORN: THE FINAL EMPIRE

幸好这些非人类的怪物让贵族很不安,否则我们得担心是否该派她去舞会。

"赛隆的集团。"纹说道,"是……像上次那样吗?"

多克森点点头:"没有幸存者。"

一阵不安的沉默,纹看起来很不舒服。

可怜的孩子,卡西尔心想。不过他们也只能继续。"好吧,我们要如何使用这张地图?"

"上头有教廷对于家族守卫状况的记录。"哈姆说道,"这很有用。"

"不过审判者的攻击似乎无迹可寻。"微风说道,"他们可能只是跟着信息走。"

"我们要避免在安抚站附近太活跃。"多克森放下笔,"幸好歪脚的店大多数都在贫民区,没有离任何一个站很近。"

"我们不能只是躲避这些站。"卡西尔说道,"我们得准备好歼灭它们。"

微风皱眉:"这么做太冒险了。"

"想想那会对敌人造成多大的打击。"卡西尔说道,"沼泽说每一个站至少有一名安抚者跟一名搜寻者。这里有一百三十名教廷迷雾人,他们一定在整个中央统御区招募才能聚集到这么一大组人。如果我们能同时拔除他们……"

"我们绝对杀不了这么多。"多克森说道。

"如果用剩余的军队就可以。"哈姆说道,"我们把军队藏在贫民窟里。"

"我有更好的主意。"卡西尔说道,"我们可以雇用杀手队。如果派出十组人,每组负责消灭三个站,那几个小时之内就可清除掉城里大多数的教廷安抚者跟搜寻者。"

"不过我们得协调时间。"多克森说道,"微风说得对。一个晚上杀那么多圣务官是大事。审判者用不了多久就会展开报复。"

卡西尔点点头。多克森说得对，协调时间是重点。"你能不能研究一下？找找合适的对象，但要等到我们确定好时间再给他们安抚站的地址。"

多克森点点头。

"很好。"卡西尔说道，"说到士兵，哈姆，他们情况如何？"

"其实比我想的还要好。"哈姆说道，"他们在山洞里受过训练，所以已经颇有能耐，而且他们认为自己是军队中比较'虔诚'的一群，因为他们没有跟随叶登，违背你的意志去打仗。"

微风一哼。"靠这种方法来忽略他们因为策略错误而失去的四分之三的人真是方便。"

"他们是好人，微风。"哈姆坚决地说道，"那些死了的也是，不要说他们的坏话。无论如何，我担心像现在这样藏匿军队，要不了多久就会被人发现。"

"所以他们都不知道彼此躲在哪里。"卡西尔说道。

"我还有个问题。"微风说道，坐在雷弩的书桌椅中，"我知道派哈姆德去训练士兵的重要性，但是，为什么还要强迫多克森跟我去拜访他们？"

"他们需要知道领袖们都有谁。"卡西尔说道，"如果哈姆因故缺席，需要有别人来下命令。"

"为什么不是你？"微风说道。

"就为我忍耐一下吧。"卡西尔微笑说道，"这样对大家都好。"

微风翻翻白眼："为你忍耐一下。我们最近好像经常这么做……"

"就这样吧。"卡西尔打断他，"纹，最近贵族有什么消息？你发现了任何跟泛图尔相关的有用信息吗？"

她停顿片刻。"没有。"

"下个礼拜的舞会将会在泛图尔堡垒举行，对不对？"多克森问道。

纹点点头。

471

卡西尔盯着女孩。如果她知道些什么，会告诉我们吗？

她迎向他的注视，但他什么也读不出来。

臭小妞的说谎经验太丰富了。

"好吧。"他对她说道，"继续找。"

"我会的。"她说。

虽然卡西尔很疲累，却发现睡意迟迟不肯出现。不幸的是，他不能在走廊间乱走，因为只有某些仆人知道他在大宅里，名声所累，他必须尽量低调。

名声。他叹口气，靠着阳台栏杆望着白雾。就某方面而言，他做的事情连自己都担心。因为他的要求，其他人没有明白地质疑他，但卡西尔可以看得出来，他们仍然介意他日渐大噪的声名。

这样最好。我可能不需要这些……但如果真有需要的那一天，我会很高兴自己当时不怕麻烦，多做了这些准备。

门上传来轻敲声。他好奇地转身，看到沙赛德将头探入房间。

"真抱歉，卡西尔主人。"沙赛德说道，"可是有守卫告诉我说，他可以看到你站在阳台上。他担心你会暴露自己的行踪。"

卡西尔叹口气，远离了阳台，关上门，拉上窗帘。"阿沙，我实在不适合低调行事。以盗贼而言，我真的不太擅长躲藏。"

沙赛德微笑，准备要退下。

"沙赛德？"卡西尔的询问令泰瑞司人停下脚步，"我睡不着，你有新的提议给我吗？"

沙赛德深深地微笑，走入房间："当然，卡西尔主人。最近我一直在想，你应该听听看'班内特之实言'。班内特人是一个高度文明的民族，住在南方诸岛上。他们是勇敢的航海家，专业的堪舆者，最后帝国至今仍沿用的某些地图就是班内特探险家所制。

"他们的宗教被设计成在一次出海多月的船舰上亦能贯彻。船长也是牧师，而且必须先接受神学训练才能担任领导职务。"

"看来也不会有太多叛变。"

沙赛德微笑："那是个好宗教，卡西尔主人。它着重于探索新知。对这些人而言，绘制地图是神圣的义务。他们相信，当知晓、了解整个世界并为其编纂完整地图之后，人类终将能找到和平与和谐。许多宗教都教导过这样的理念，但鲜少有如班内特一族这样，能够执行得这么好的。"

卡西尔皱眉，靠着阳台窗帘边的墙壁。"和平与和谐。"他缓缓地说道，"我现在并不是在寻找这两样东西，阿沙。"

"哦？"沙赛德说道。

卡西尔抬起头，望着天花板："你能不能……再跟我说说法拉族的事？"

"当然。"沙赛德从卡西尔的书桌边拉过一张椅子，坐下，"你想知道哪方面的事？"

卡西尔摇摇头。"我不太清楚。"他说道，"对不起，阿沙。我今天晚上的心情有点奇怪。"

"我想你的心情向来有点奇怪。"沙赛德略带微笑地说道，"不过，你挑了一个有意思的教派询问。在统御主的主宰下，法拉族比任何其他宗教都撑得更久。"

"所以我才会问。"卡西尔说，"我……我需要了解他们为什么能维持这么久，阿沙。他们为什么能一直奋斗下去？"

"我想，是因为他们最有决心。"

"可是他们没有领袖。"卡西尔说，"统御主的第一次出征就消灭了整个法拉宗教教会。"

"噢，他们是有领袖的，卡西尔主人。"沙赛德说道，"的确都已经死去，但仍然是领袖。"

"有些人认为他们的信仰不合理。"卡西尔说道，"失去领袖应该让人民溃散,而不是让他们更坚决地走下去。"

沙赛德摇摇头:"我认为人们比你说的还坚韧。我们的信仰往往在最应脆弱的时候却最坚定。这就是希望的本质。"

卡西尔点点头。

"你要我继续为你解说法拉的事情吗?"

"不了,谢谢你,阿沙。我只是需要被提醒:在环境绝望时,仍然有人会奋斗下去。"

沙赛德点点头,站起身:"我想我了解你的意思,卡西尔主人。祝你晚安了。"

卡西尔心不在焉地点点头,让泰瑞司人退下。

大多数的泰瑞司人不像拉刹克那么激进,但是我可以看得出来,他们在某种程度上是相信他的。他们是单纯的人,不是哲人或学者,而且并不懂为何自己一族的预言会说永世英雄是外来人。他们只看得见拉刹克指出的事情——就是他们是更优秀的民族,应该有"主宰"的地位,而非屈服于他人之下。在这样的热情跟恨意面前,就连善良的人都能被欺蒙。

30

一直到她再度造访泛图尔的舞池,纹才知道真正的恢弘华丽是什么。

她拜访过如此多的堡垒,已对美丽装潢开始有了点免疫力,但泛图尔堡垒有其特别之处,这是其他堡垒努力想要模仿却从来无法达成的目标。仿佛泛图尔是家长,而其他人是成绩优异的学生,所有的堡垒都很美丽，但哪一座最出色是毋庸置疑的。

巨大的泛图尔大厅两旁有粗壮的柱子，似乎比平常要更华贵，纹也说不上来为什么。她在等着仆人接下披肩时，一直在想这件事。镁光灯如常在彩绘玻璃外照耀着，向房间内洒入光线碎片。柱子间的垂挂布料下，桌子整整齐齐排列着。大厅最远的小阳台上，摆置的主桌显得跟往常一样尊贵。

几乎……太完美了。纹心想，暗地皱眉。一切都显得略微夸张。餐桌比平常还要更白净平整，仆人的制服显得特别利落，门口站的不是普通士兵，而是杀雾人，刻意显露出威势，木盾牌跟未穿盔甲的身躯让他们格外显眼。

总体而言，这个大厅让泛图尔的完美又更上一层楼。

"有哪里不对劲，沙赛德。"她趁一名仆人去为她备桌时偷偷说道。

"什么意思，主人？"高大的侍从官问道，站在她身后一侧。

"这里太多人了。"纹说道，意识到一样引起她戒心的事情。过去几个月来，舞会参与的人数日渐减少，但今天似乎所有人都为了泛图尔的宴会而返回，每个人的衣着更是无与伦比的华丽。

"事情不对劲。"纹低声说道，"有我们不知道的事情。"

"是的……"沙赛德低声说道，"我也感觉到了。也许我今天应该提早去参加侍从官的晚餐。"

"好主意。"纹说道，"我想我今天晚上先不吃饭了。我们有点迟到，看起来大家都已经开始在聊天了。"

沙赛德微笑。

"怎么了？"

"我记得你过去绝对不会误餐的，主人。"

纹哼了哼。"你应该高兴我从来没试过要在口袋里塞满这些舞会提供的食物。相信我，我曾经差点就这么干了。快去吧。"

沙赛德点点头，走向侍从官的晚餐。

MISTBORN: THE FINAL EMPIRE

纹的眼光扫过在聊天的人群。幸好没有看到珊，她心想。很不幸的是，她也没看到克礼丝，所以纹得找别人聊天。她慢慢上前，朝艾德伦·席瑞斯大人微笑，他是埃拉瑞尔的表亲，也是与她共舞过数次的人。他对她僵硬地一点头，因此她加入了他的团体。纹朝团体中的另外几人微笑——三名女子，还有一名男士。她与女孩们有一面之缘，也跟这名男子——叶斯塔大人——跳过舞。但今天晚上，四个人都对她投以冰冷的目光。

"我好一阵子没来泛图尔堡垒了，"纹说道，装出乡下女孩的样子，"都忘记它有多宏伟了呢！"

"的确是。"其中一名仕女说道，"不好意思，我要去拿点东西喝。"

"我跟你一起去。"另外一名仕女跟着说，两人一起离开。

纹皱眉，看着她们离去。

"啊，"叶斯塔说道，"我们的餐点来了。要一起来吗，特丽斯？"

"当然好。"最后一名仕女说道，跟叶斯塔一同离去。

艾德伦调了调眼镜，抱歉地看了纹一眼，然后也退开。纹不敢置信地站在原处。她从最早的几场舞会之后就没有受到众人这么明显的冷落。

怎么了？她带着逐渐升高的担忧心想。这是珊的作为吗？她让一整个房间的人都拒绝我吗？

不对，不是这样。那要花太多力气，况且，奇怪的事情不只发生在她身边。每一群贵族今晚都……不太一样。

纹试了第二群人，结果更糟糕。她一加入，所有人都刻意忽略她，纹觉得自己万分突兀，最后只得自行退开，慌忙地去端了一杯酒。她一面走着，一面发现了一群人——也就是叶斯塔跟艾德伦的团体，之前的成员重新聚集了起来。

纹停下脚步，站在东面装饰垂布的阴影中端详众人。很少有人跳舞，而且在场男女早已成对，不同的桌子跟团体间似乎也鲜少往来。虽然舞厅相当拥挤，但大多数人都在试图忽略其他人。

我需要看得更清楚，她走到台阶处，爬上一小段，来到舞池上方的狭长阳台走廊，熟悉的蓝色灯笼让石雕显得忧郁、柔软。

纹停下脚步。最右边的石柱跟墙之间是依蓝德的小角落。几乎每个泛图尔宴会，他都会坐在那边读书，只因为不喜欢主办宴会时的繁文缛节。

小角落是空的。她走到栏杆边，探出头去好看清大厅。主桌在跟阳台同高的高台上，她很惊讶地看到依蓝德在跟他的父亲一同用餐。

什么？她难以置信地想。在过去来泛图尔堡垒的六次之中，她从未看过依蓝德跟家人同坐。

在下方，她看到一个熟悉的斑斓身影穿梭在人群中。她朝沙赛德挥挥手，但他显然已经看到她。在等他的同时，纹觉得隐约听到一个熟悉的声音从阳台的另外一端传来。她转身确认，发现是之前没看到的克礼丝的矮小身影。克礼丝在跟一群低阶贵族男子们交谈。

原来她在那里，纹心想。也许她会跟我说话。纹站在原地，等着克礼丝结束对话，也等着沙赛德到来。

沙赛德先到，他爬上台阶，重重地喘息。

"主人。"他低声说道，跟她一起站在栏杆边。

"告诉我你有发现，沙赛德。这个舞会感觉很……诡异。每个人都很严肃冰冷。几乎像是我们在参加丧礼，不是宴会。"

"这个比喻很恰当，贵女。"沙赛德低声说道，"我们错过了一个重大通知。海斯丁说它这个礼拜不会举办例行舞会。"

纹皱眉。"那又如何？其他家族以前也取消过舞会。"

"埃拉瑞尔也取消了。通常，太齐尔会跟进，但他们已经名存实亡。书纳也已经宣布它不会再举行舞会了。"

"这话是什么意思？"

"主人，意思是，这会是一段时间内的最后一场舞会……可能是很长的一段时间内。"

477

MISTBORN: THE FINAL EMPIRE

纹低头看着大厅的灿烂彩绘窗，它们耸立在各个独立且几乎是剑拔弩张的团体之间。

"原来是这么一回事。"她说道，"他们在确定联盟关系。每个人都跟自己最强大的朋友和支持者站在一起。他们知道这是最后一场舞会，所以全部都出席，但也知道没有时间进行政治拉拢了。"

"看样子似乎是如此，主人。"

"他们全部都采取防守的态度，"纹说道，"可以说是都躲到自己的城墙后面，所以现在没有人要跟我说话，因为我们让雷弩过度中立。我们没有党派，而现在不是他们随便押宝的好时机。"

"卡西尔主人需要知道这个信息，主人。"沙赛德说道，"他今天晚上打算要再装成情报贩子，如果他对这个状况一无所知，会严重影响他的可信度。我们该走了。"

"不。"纹说道，转身面向沙赛德，"所有人都待着，我不能走。他们都认为来这最后一场舞会并被别人看到是很重要的事，所以我不应该在他们离开前先退场。"

沙赛德点点头："好吧。"

"去吧，沙赛德。去雇马车，告诉阿凯我们发现的事情。我会再多待一会儿，等到不会让雷弩看起来太没用时再离开。"

沙赛德想了想。"我……不确定这样做是对的，主人。"

纹翻了翻白眼。"我感谢你提供协助，但你不必一直照顾我。这里有很多人没有侍从官陪伴，照样来参加舞会。"

沙赛德叹口气。"好吧，主人。不过在找到卡西尔主人之后，我会再回来。"

纹点点头，向他道别。他走下石头台阶离去。纹靠在阳台边依蓝德的位置上，注视着沙赛德出现在下方，消失在门口。

现在该怎么办？就算有愿意跟我讲话的人，也没有散播谣言的必要了。

她感觉到一阵忧惧。谁能猜到她会变得这么喜欢贵族的娱乐？当然，知道那些贵族男子见不得光的行为是让她的经历蒙上一层阴影，但整体而言，这个经历带着某种……梦幻般的喜悦。

她还能再次参加这种舞会吗？贵族仕女法蕾特会发生什么事？她得要收起礼服跟化妆品，恢复成只是街头窃贼的纹吗？卡西尔的新王国中可能不会出现大型舞会，而那或许也不是坏事。当有司卡在挨饿时，她有什么立场去跳舞？可是……如果这世界上没有堡垒跟舞者，礼服跟庆典，应该会少了某种美丽的事物。

她叹口气，踏离阳台，低头看着自己的礼服——带着闪光的深蓝色，裙摆边缘有白色的圆圈图案，没有袖子，蓝色丝质手套一路延伸到手肘上方。

曾经她觉得这件礼服真是臃肿至极，但现在却觉得，礼服让她更美丽。她喜欢布料剪裁的款式，让胸口显得丰腴，却又强调她纤细的上半身；喜欢腰边收紧后散开，成为一个大钟形，随着她的步伐发出摩擦声。她会想念，想念这一切。可是，沙赛德说得对。人无法阻止时间的行进，她只能享受现在。

我不会让他坐在那里一整晚忽略我，她下定决心。

纹转身沿着阳台前进，经过克礼丝时朝她点点头。阳台的尽头是一条转弯的长廊，而正如纹所料，尽头就是主桌。

她站在走廊上片刻，看着外面。男女贵族们坐在尊贵的桌边，享受和史特拉夫·泛图尔大人同桌的荣幸。纹等着，试图引起依蓝德的注意力。终于，一名客人注意到她，轻推了依蓝德一下。他惊讶地转过身，看到纹，脸色一红。

她稍稍挥手，他站起身，告退。纹回到石头走廊内，好让两人能有比较隐私的空间来谈话。

"依蓝德，"她对走入走廊的他说道，"你跟你父亲坐在一起！"

他点点头。"这次舞会变成了很特别的事件，法蕾特，所以父亲很坚持我必须要遵守仪节。"

"我们什么时候才有时间说话?"

依蓝德一时没响应。"我不确定我们会有时间。"

纹皱眉。他似乎很……保留。他通常有点皱、有点旧的套装被利落、合身的套装取代,连头发都梳整过。

"依蓝德?"她问道,上前一步。

他举起手,挡住她:"事情不一样了,法蕾特。"

不要,她心想。这个不能改变,现在还不能!"事情?什么事情?依蓝德,你在说什么?"

"我是泛图尔的继承人。"他说道,"而且危险的时刻即将来临。海斯丁家族这个下午失去了整个商旅队,这还只是开始。在一个月之内,会有公开的家族战争。这些不是我能无视的事情,法蕾特,我不能再危及我的家族。"

"没关系的。"纹说道,"这不代表……"

"法蕾特。"依蓝德打断她,"你会危及我们。而且是大大危及。我不会骗你说我从来没有在乎过你,我现在仍然在乎你,但是我从一开始就知道我们之间没有结果。事实是,我的家族需要我,而家族比你重要。"

纹脸色一白。"可是……"

他转身要回去。

"依蓝德。"她低声说道,"请不要这样离开我。"

他停下脚步,回头望着她。"我知道事实,法蕾特。我知道你对于自己的身份说了谎。我不生气,我真的不生气,甚至不失望。其实,我早就预想到了。你只是在玩游戏,大家都是。"他停顿片刻,摇摇头,转过身,"我也是。"

"依蓝德?"她说道,想握住他的手。

"不要逼我让你在公众场合下不了台,法蕾特。"

纹停下动作,感觉麻木。然后,她愤怒到无法麻木。太愤怒、太气恼……还有太害怕。

"不要走。"她低声说道,"不要离开我。"

"对不起。"他说道,"可是我得回去找我的朋友们。跟你在一起,是蛮……好玩的。"

然后,他走开了。

纹站在阴暗的走廊中,感觉自己轻轻发抖,于是她转过身,跌跌撞撞地走回主阳台边。她看到一旁依蓝德正在跟他的家人道晚安,然后走向一条后方的长廊,回到堡垒的起居区。

他不能这么对我。不能是依蓝德。不能是现在……然而,内心中有一个她几乎忘记的声音开始说话。他当然会离开你,瑞恩低语。他当然会遗弃你。所有人都会背叛你,纹。我是怎么教你的?

不!她心想。这只是因为政治情势紧张。一切结束后,我可以说服他回来……

我从来没有回来接你,瑞恩低声说道。他也不会。

他的声音真实到纹几乎可以感觉他站在自己身旁。

纹靠着阳台栏杆,仰赖铁栅栏支撑着自己。她不会让这件事毁了她。在街上讨生活没有摧毁她,所以她不会允许一名自大的贵族这么做。她不停地这么告诉自己。

可是,为什么这比饿肚子、比被凯蒙痛打一顿,还要痛上许多倍呢?

"哎呀,法蕾特·雷弩。"一个声音从后方传来。

"克礼丝。"纹说道,"我现在没心情说话。"

"啊,"克礼丝说道。"所以依蓝德·泛图尔终于甩了你了?别担心,孩子,过不久他就罪有应得了。"

纹转身,因为克礼丝声音中的奇怪语气而皱起眉头。那女人听起来不像平常的她,她似乎很能……控制自己。

"亲爱的,帮我送个讯息给你叔叔好吗?"克礼丝轻松地问道,"告诉他,像他这样没有家族联盟的人,在未来的几个月中要搜集情报会是困难的事。如果他需要更好的消息来源，叫他派人来找我。我知道很多有意思的事情。"

"你是情报贩子?！"纹惊讶地说道，暂时将心痛推到一旁，"但你是……"

"傻傻的长舌妇？"矮女人问道，"我的确是。当众人认为你是宫廷中的八卦重心时，你就会知晓到许多有意思的事情。有人会来找你散播明显的谎言，像是你上个礼拜告诉我的，关于海斯丁家族的事情。你为什么会要我散播这种谎言呢？雷弩想要在家族战争中分得一杯羹吗？有可能。雷弩会是最近攻击海斯丁运货船的凶手吗？"克礼丝的眼睛闪闪发光，"告诉你叔叔，只要一点点的费用，我就可以不去大声嚷嚷自己所知道的事情。"

"你一直在骗我……"纹麻木地说道。

"当然，亲爱的。"克礼丝说道，拍拍纹的手臂，"在宫廷里的每个人都是如此。你如果能存活下来，早晚也会学到的。现在，当个好孩子，帮我送个讯息，好吗？"

克礼丝转身，她矮胖俗气的洋装看在纹的眼里，似乎变成了绝佳的戏服。

"等等!"纹说道，"你刚说依蓝德会怎么样？他罪有应得？"

"嗯？"克礼丝转过身，"没错。你不是一直在问珊·埃拉瑞尔有什么计谋吗？"

珊？纹越发担忧地想。"她在策划什么？"

"亲爱的，那可是个昂贵的秘密。我可以告诉你——但是，我会得到什么呢？像我这样来自小家族的女人总需要从某处得到补助……"

纹扯下脖子上的蓝宝石项链，这是她身上唯一一件珠宝。"好了。拿去。"

克礼丝不假思索接下项链。"嗯，的确很不错。"

"你知道什么？"纹斥问。

"小依蓝德恐怕会是泛图尔在家族战争中的第一批罹难者。"克礼丝说道,将项链塞进袖子里的口袋,"真是不幸,他似乎是个好孩子。可能太好了。"

"什么时候?"纹质问,"在哪里?会发生什么事?"

"这么多问题,但项链只有一条。"克礼丝懒洋洋地说道。

"我现在只有这些!"纹诚实地说道,她的钱袋里只有用来钢推的铜夹币。

"可是我说了,这是很宝贵的秘密。"克礼丝继续说道,"如果我告诉你,我会有性命之忧——"

不管了!纹愤怒地心想。愚蠢的贵族游戏!

纹燃烧锌跟黄铜,以强劲的情感镕金力攻击克礼丝。她安抚那女人除了恐惧之外的所有情绪,然后抓住恐惧,用力一拉。

"告诉我!"纹低吼。

克礼丝惊喘,双腿一软,几乎倒在地上。"镕金术师!难怪雷弩会带这么远的表亲来陆沙德!"

"快说!"纹说道,向前踏上一步。

"你来不及了。"克礼丝说道,"要是提前泄露秘密可是会遭报复的,我绝对不会做这种事。"

"告诉我!"

"今天晚上他会被埃拉瑞尔的镕金术师谋杀。"克礼丝低声说道,"他现在可能已经死了。他从主桌一退下杀手就会动手。如果你想要复仇,也得要注意史特拉夫·泛图尔大人。"

"依蓝德的父亲?"纹惊讶地问道。

"当然啦,傻孩子。"克礼丝说道,"泛图尔大人巴不得将家族继承人的称号给他的侄子。泛图尔只需要撤掉几个小依蓝德房间附近的守卫,好让埃拉瑞尔的杀手进去,而且因为谋杀会在依蓝德的小哲学讨论会当中发生,泛图尔大人还可以顺便解决一名海斯丁跟雷卡。"

483

纹转身。我得想想办法。

"当然不只这样。"克礼丝轻笑，站起身，"泛图尔大人之后可是会被吓一跳。我听说你的依蓝德手边有些非常……特别的书。小泛图尔应该特别注意跟自己的女人们说了些什么。"

纹转身面向微笑的克礼丝。那女人对她眨眨眼："我会保守你的镕金术秘密，孩子。你只要明天下午送钱来就成。你知道的，贵族仕女也得买食物，而且你应该看得出来，我需要很多食物。

"至于泛图尔……如果我是你，我会躲得远远的。珊的杀手今天晚上会引起不少骚动。要我猜，今天晚上会有半个宫廷的人都出现在那孩子的房间，去查看到底骚动从何而来。当宫廷看到依蓝德有的书……这么说吧，我觉得圣务官们会有好一阵子对泛图尔很有兴趣。很可惜依蓝德那时候已经死去。我们已经好一段时间没看过贵族被公开处决了呢！"

依蓝德的房间，纹绝望地想。聚会一定是在那里！她转身，抓着礼服两边，沿着阳台走道快步走向她刚离开的走廊。

"你要去哪里？"克礼丝讶异地问道。

"我得阻止这一切！"纹说道。

克礼丝笑了。"我已经跟你说过，太迟了。泛图尔是个很古老的堡垒，通往贵族起居区的后方通道相当复杂，如果不知道路，绝对会在里面迷路好几个小时。"

纹环顾四周，感觉相当无助。

"况且，孩子。"克礼丝补上一句，转身离开，"那男孩不是才刚甩了你吗？你欠他什么呢？"

纹停下脚步。

她说得对。我欠他什么？

答案立刻出现。我爱他。

伴随着念头而来的是力量。纹在克礼丝的笑声中往前冲去。她得试试看。她进入走廊后方的通道。可是，克礼丝的话很快就应验了：阴暗的石头通道很狭窄，上面没有任何装饰或标示。她绝对赶不到的。

屋顶，她心想。依蓝德的房间会有对外的阳台。我需要窗户！

她冲下来，踢掉鞋子，脱下袜子，虽然穿着礼服却仍继续努力奔跑，慌乱地寻找大到足够她穿出去的窗户。她冲入一条大通道，里头除了闪烁的火把外，空无一人。

一面巨大的浅紫色玫瑰窗出现在房间外的另一侧。

足够了，纹心想。她骤烧钢，跃入空中，反推身后的巨大铁门，向前飞了一阵子后，又用力地钢推玫瑰窗的铁框。她停在空中，同时推着前后双方，悬挂在空旷的走廊中，费尽力气地骤烧白镴，好避免被压扁。玫瑰窗很大，但大部分是玻璃。它能有多牢固？

非常牢固。纹费力地呻吟，听到身后有东西断掉，门开始在门框中扭转。

你……得……松！她愤怒地思考，骤烧钢。石头碎片落在窗户边，然后在巨大的断裂声中，玫瑰窗从石墙边脱落，向后坠落在黑暗的夜中，纹随之蹿出。

沁凉的白雾包围住她。她轻拉房间内的门，避免冲出去太远，然后用力反推坠落的窗户。巨大的暗色玻璃窗在她身下翻滚坠落，搅动着白雾。纹反向飞冲，直冲向屋顶。窗户撞上地面的同时，纹飞过屋顶的边缘，礼服在风中疯狂地拍打着。她带着撞击声落在青铜瓦的屋顶上，立即蹲下，脚趾跟手指下的金属冰凉。

骤烧的锡点亮夜晚。一切看起来都很正常。

她燃烧青铜，按照沼泽教导的方式使用，寻找镕金术的迹象。什么都没有。杀手带了烟阵。

我无法搜索整栋建筑物，纹绝望地心想，骤烧青铜。他们在哪里？

然后奇特的事发生了。她感觉到某种东西。夜晚中，有一股镕金鼓动。微弱。隐蔽。可是够了。

纹站起身冲过屋顶，信任自己的直觉。她一边跑一边骤烧白镴，双

485

MISTBORN: THE FINAL EMPIRE

手抓住礼服的领口，一把将前襟撕裂，从隐藏的口袋中抽出钱袋跟金属瓶，然后边跑边撕掉了剩余的礼服、衬裙、贴身长裤，将它们全抛到一旁。接下来是她的马甲跟袖子。她在里头穿着无袖的白衬衣跟白短裤。

她焦急地冲上前。我不能迟，她心想。拜托。我不能迟到。

人影出现在前方的白雾中，他们站在一道歪斜的屋顶天井边，纹一路上经过了几扇类似的。其中一名守卫指着天井，手中的武器闪闪发光。

纹大喊，反推青铜屋顶，以弧形跃起，落在一群相当惊讶的人之中。她将钱袋往上举起，撕成两半，钱币散在空中，反射窗户投照出的光线，闪烁的金属花雨落在纹身边的同时，她往外一推，钱币如一团昆虫从她身边蹿开，每一枚在雾中都留下一道踪迹。几名深暗的身影因为被钱币击中而呼喊着倒下。

还有几名没有。有些钱币被隐形的镕金之手推开了。剩下四个人站着。其中两人穿着迷雾披风，有一人很眼熟。

珊·埃拉瑞尔。纹不需要看到她的披风就明了，只有一个理由会让珊这般重要的女子亲自出马。她是迷雾之子。

"你？"珊震惊地问道。她穿着一套黑色的长裤跟衬衫，黑色的头发梳在脑后，迷雾披风几乎是时髦地披在身上。

两名迷雾之子，纹心想。这不好。她连忙滚开，弯腰躲过一名杀手对她挥来的决斗杖。

纹滑过屋顶，然后拉停自己，一手按着冰冷的青铜，在原地转了一圈。她伸出手，拉过几枚尚未消失在夜晚中的钱币，握在手心中。

"杀了她！"珊呵斥。两个被纹打倒的人正在屋顶上呻吟，不过他们还没死，其中一人正歪歪倒倒地站起。

打手，纹心想。另外两人应该是射币。仿佛为了证明她是对的，其中一人试图拉扯纹的一瓶金属。幸好瓶子里的金属没有多到能让他拉得很稳，所以她轻易便阻止瓶子被夺去。

珊将注意力转回天井。

才不让你得逞！纹心想，再次冲上前。

她靠近时，射币大喊出声，纹将钱币朝他射去，他当然是反推，但纹让自己抵住青铜屋顶，骤烧钢，用力一推。

男子的钢推力量从钱币传来，传到纹，再传到屋顶，反作用力让他飞入空中，他边大叫边消失在黑暗中。但他只是个迷雾人，所以无法将自己拉回屋顶上。

另一名射币对纹撒出一把钱币，她立刻便察觉钱币的贴近，显然，他没有同伴那么蠢，所以一推完立刻放了手，可是很显然他绝对击不中她，为什么他要一直——

另一名迷雾之子！纹心想，弯下腰一滚，刚好错过从黑暗的雾中飞越而下、手持闪烁玻璃匕首的黑色身影。

纹勉强闪过后，骤烧白镴好维持平衡，借翻滚在受伤的打手边站起，后者正以虚弱的双腿站立。白镴再次骤烧，纹将肩膀重重撞入男子的腹部，将他推到一旁。

男子脚步一歪，按紧流血的身侧，然后绊倒，跌入天井，薄透的染色玻璃被他撞碎，纹经过锡增强的耳力可以听到下方传来的惊呼声，还有撞到地面的撞击声。

纹抬起头，邪恶地朝震惊的珊微笑。在她身后，第二名迷雾之子低声咒骂。

"你……你……"珊气急败坏、语不成句，双眼因愤怒在黑夜中危险地闪烁。

快收到警告吧，依蓝德，纹心想，赶快逃。我该走了。

她不能同时面对两名迷雾之子。大多数时候她甚至无法打败卡西尔。纹骤烧钢，向后反弹。珊踏前一步，用力钢推去追纹，脸上的表情显示她已下定决心。第二名迷雾之子跟随她一同追来。

惨了！纹心想，在空中转身，将自己拉引到被打破的玻璃窗附近的屋顶边缘上。下方的宾客们惊慌地乱跑，灯笼照亮了迷雾。泛图尔大人

MISTBORN: THE FINAL EMPIRE

可能以为这起骚动意味着他的儿子死了。之后他将会大吃一惊。

纹再次跃入白雾缭绕的空中,听到两名迷雾之子在她身后降落,然后反推跃起。

这下不好了,纹担忧地想,飞穿过充满白雾的空气。她身上已经没钱,也没匕首,而后面还有两名迷雾之子在追她。

她燃烧铁,疯狂地寻找黑暗中的锚点。一条缓缓移动的蓝线出现在她的右下方。

纹拉扯那条线,改变方向,朝下直飞,泛图尔堡垒外墙的黑影出现在她身下。她的锚点是一名倒霉守卫的胸甲,他躺在围墙上,用尽全身力气抓着城垛上的凸起,不让自己被拉向纹。

纹双脚用力踢上那个人,然后在雾中一回身,落在沁凉的石头上。守卫瘫倒在石头上,然后再次重新抓紧石头大喊出声,他正被另一股镕金力量拉着。

抱歉了,朋友,纹心想,将男子的手踢离城垛。他立刻冲上天空,仿佛被强劲的绳索扯入空中。

身体撞击的声音从上方黑暗的空中传来,纹看到两具身体软软地跌落在泛图尔的中庭。纹一笑,沿着城墙飞奔。我真心希望那是珊。

纹跃起,落在门房屋顶,在堡垒附近,人群四散,纷纷爬入马车好窜逃。

于是,家族战争开始了,纹心想。没想过正式引发的人会是我。

一个身影从上方的白雾中直朝她冲来。纹大喊一声,骤烧白镴,跳到一旁。珊灵巧地落地,迷雾披风在门房屋顶上散开。她手中握着两把匕首,眼睛因怒气而燃烧。

纹跳到一旁,滚落门房顶,落在下方的城墙上。一对守卫惊讶地朝后一跳,很讶异看到有名半裸的女孩落在他们之间。珊落到他们身后的围墙上,然后钢推,将一名守卫抛向纹的方向。

那人大喊,纹则钢推他的胸甲,但守卫比她重很多,所以她被往后一抛,她铁拉守卫好减缓自己的速度,男子重撞上城墙地面。纹轻巧地落在他的身边,然后抓起从他手中滚落的战棍。

珊翻转着匕首展开攻击,纹被逼得节节后退。她好厉害!纹焦急地想。她几乎没有练过匕首,现在后悔当初没多跟卡西尔要求练习。她挥舞着战棍,但她从来没用过这种武器,所以攻击显得可笑。

珊一划,纹闪躲的同时感觉到脸颊上传来一股刺痛,她惊愕地放开了战棍,朝脸伸出手,摸到了血。她跌跌撞撞地往后退,看到珊脸上扬起微笑。

然后,纹想起她的小瓶——她还带在身上,是卡西尔给她的。

天金。

她没浪费时间从腰间将瓶子掏出,而是燃烧钢,将瓶子推到面前的空中,立刻燃烧铁,用力一扯那一颗天金。瓶子粉碎,珠子朝纹的方向飞来,她以嘴巴接住,含住后强迫自己咽下。

珊停下动作,在纹还没来得及反应前,也喝了一瓶东西。

当然她也会有天金。

可是她有多少?卡西尔没给纹太多,大概只够三十秒。珊向前一跳,露出微笑,长长的赤褐色头发散在空中。纹咬紧牙关。她没多少选择。

她燃烧天金,珊的身形立刻散出十几个鬼魅般的天金影子。迷雾之子的胶着对峙——最先用光天金的会先暴露出弱点,根本躲不过知道你下一步要如何行动的对手。

纹一边跌跌撞撞地后退,一边看着珊。贵族女子慢步往前,鬼魅般的影子疯狂地在她身边形成透明的动作气泡。她似乎很平静。很安稳。

她有很多天金,纹心想,感觉自己的存量快用光了。我得逃走。

一支木头影子突然穿过纹的胸口。她朝旁边一躲,此时真的箭——虽然没有箭头——穿过她原本站的位置。她瞥向房屋门,那里有几名守卫都举起了弓。

纹咒骂两声,瞥向旁边的浓雾,这么做的同时,她瞄到珊的微笑。

MISTBORN: THE FINAL EMPIRE

她在等我的天金用完。她要我逃,她知道自己能逮到我。

只有另一个选项:攻击。

珊有点讶异地看到纹冲向前,影箭撞上石板后不久,真正的箭便抵达。纹闪过两支,被天金增强的意识知道该如何行动,与箭贴得如此近,她可以感觉箭的劲风从她身体两侧刮过。

珊挥舞匕首,纹扭转到一旁,躲开一划,同时以前臂挡下另一波攻击,换得一道深深的刮痕。她的血液随着她转身的动作飞散在空中,每一滴都在空中抛出透明的天金影像,然后纹骤烧白镴,朝珊的肚子用力搥了一拳。

珊痛楚地闷哼一声,略略弯腰,却没有摔倒。天金快用完了,纹绝望地想。只剩几秒钟。

所以她提早熄灭天金,暴露出自己。

珊邪恶地微笑,从蹲姿站起,右手匕首自信地划下。她认为纹的天金用完了,因此觉得她的弱点已经暴露出来。同一瞬间,纹燃烧她最后一点天金。珊混乱地暂停片刻,让纹有空隙注意到划破头顶浓雾的影箭。

纹抓住随之而来的真箭,粗糙的木头磨伤了她的手指,然后她用力拿木箭朝珊的胸口戳入。木棍在纹的手中折断,留下一寸左右露在珊的身体外。女子跌跌撞撞地退后,却没倒下。

可恶的白镴,纹心想,从脚边昏迷的士兵身上抽出剑。她跳向前,下定决心地咬紧牙关,依然神智不清晰的珊举起手想钢推剑。

纹丢开武器,剑只是佯攻,同时她将另一半断箭刺入珊的胸口,跟前一根并列。

这次,珊终于倒下。她尝试要站起,但其中一支箭一定对她的心脏造成了致命的损害,因为她的脸色一白,挣扎片刻后,毫无生气地躺在石板地上。

纹站在旁边,深吸口气,擦拭脸庞的血,才发现满是鲜血的手臂只是让脸上情况更糟。在她身后,士兵们大喊着搭上了更多箭。

纹转头望着堡垒，向依蓝德道别，然后钢推，飞入空中。

其他人担心他们能不能被记得。我没有这种恐惧。就算没有泰瑞司预言，我也已经为这个世界带来如此多的混乱、冲突，还有希望，以至于不太可能会被遗忘。

我担心的是他们会怎么说我。历史学家可以随意解读过去。千年之后，我会被看作是保护人类免受强大邪恶侵袭的人吗？还是会被看作是自负地想让自己成为传说的暴君？

31

"我不知道。"卡西尔说道，耸肩微笑，"微风应该能当个不错的清洁部长。"

所有人轻笑，微风只是翻翻白眼。

"说真的，我不知道为什么我一直都是你们这些人取笑的对象。你们为什么总要挑这个集团中唯一有点尊严的人来挖苦呢？"

"因为啊，亲爱的家伙……"哈姆开口，模仿微风的口音，"你是我们之中，最好挖苦的那个。"

"噢，拜托。"微风说道，鬼影笑得差点要在地上打滚，"实在很幼稚，只有青少年才觉得那句话好笑，哈姆德。"

"我是个士兵。"哈姆说道，举起杯子，"你犀利的口舌攻击对我毫无作用，因为我笨到完全听不懂。"

卡西尔轻笑，靠着矮柜。晚上工作的问题之一就是他会错过在歪脚店铺的夜间聚会。微风跟哈姆继续斗嘴，老多坐在桌子的另一端，研究

MISTBORN: THE FINAL EMPIRE

笔记跟报告,而鬼影认真地坐在哈姆身边,努力想要参与对话。歪脚坐在他的角落中看顾所有人,偶尔微笑,作为整个房间中最能摆出难看脸色的人,他享受着这一殊荣。

"我该走了,卡西尔主人。"沙赛德说道,检查墙上的钟。"纹主人应该准备好离开了。"

卡西尔点点头:"我也该走了。我还得去——"

厨房的外门被猛然打开。纹站在门边,暗色的雾气勾勒出她的身形,身上只穿着内衣——薄透的白衬衫跟短裤。上面都是鲜血。

"纹!"哈姆惊呼,站起身来。

她的脸颊上有一道细长的刮痕,前臂包扎过。"我没事。"她疲累地说道。

"你的礼服呢?"多克森立刻质问。

"你是说这个吗?"纹抱歉地问道,举起一团被撕烂且沾满灰烬的蓝色布料。"它……碍了我的事。对不起,老多。"

"他统御主的,女孩!"微风说道,"别管那个了,你发生什么事了?!"

纹摇摇头,关上门。鬼影因她的衣衫不整而满脸赤红,沙赛德立刻上前来检查她脸颊上的伤痕。

"我想我做了件坏事。"纹说道,"我……算是杀了珊·埃拉瑞尔。"

"你做了什么?"卡西尔问道,沙赛德则轻轻地啧了两声,没先处理脸上的小刮痕,反而开始动手解开她手臂上的包扎。

沙赛德的动作让纹略略抽痛。"她是迷雾之子。我们对打。我赢了。"

你杀了一名受过完整训练的迷雾之子? 卡西尔惊愕地想。*你才只练习了不到八个月!*

"哈姆德主人。"沙赛德开口要求,"能否请你去把我的医药袋拿来?"

哈姆点点头,站起身。

"也顺便拿点东西给她穿。"卡西尔建议,"我想可怜的鬼影快要心脏病发了。"

"我哪里有问题?"纹问道,朝身上的衣服点点头,"这没有比我穿过的某些盗贼服更暴露。"

"这些是内衣,纹。"多克森说道。

"那又怎样?"

"这是原则问题。"多克森说道,"年轻小姐不会穿着内衣乱跑,不论这些内衣跟日常衣服长得有多像。"

纹耸耸肩,坐下来让沙赛德为她的手臂按上绷带。她似乎……累坏了。而且不只是因为战斗。宴会上还发生了什么事?

"你在哪里跟那个埃拉瑞尔女人打斗?"卡西尔问道。

"在泛图尔堡垒外头。"纹低头说道,"我……想有些守卫看到了我。有些贵族可能也有,我不确定。"

"这会有麻烦的。"多克森叹口气说道,"当然,脸颊上的伤会蛮明显,就算化了妆也是。真是的,你们这些镕金术师……打架时难道从来不担心隔天自己看起来会怎么样吗?"

"我那时候比较注意能不能活下去,老多。"纹说道。

"他只是因为担心所以才抱怨,"卡西尔说道,这时哈姆拿着医药袋回来了。"这是他表示担心的方法。"

"两个伤口都需要立刻缝起来,主人。"沙赛德说道,"我想你手臂上的伤口见骨了。"

纹点点头,沙赛德以麻药搓揉她的手臂,然后开始工作。她没露出太多不适,不过显然她不断地在骤烧白镴。

她看起来好疲累,卡西尔心想。看起来真是个脆弱的小东西。哈姆德在她肩膀披上披风,但她似乎累到不在乎。而且,是我把她扯进来的。

当然,她应该知道不该涉入这种麻烦。沙赛德终于结束他利落的缝合工作,在手臂的伤口上绑起新绷带,接下来开始处理脸颊。

"你为什么跟迷雾之子对打?"卡西尔严肃地问道,"你应该要逃的。

你跟审判者对打后没学到教训吗?"

"如果要逃跑,我就会把后背暴露给她。"纹说道,"而且她的天金比我多。如果我不攻击,她会追上我,我得趁我们势均力敌时反击。"

"你一开始是怎么惹上这种麻烦的?"卡西尔质问,"她攻击你吗?"

纹低头看着双脚。"是我先攻击的。"

"为什么?"卡西尔问道。

纹坐在原地片刻,沙赛德处理着她的脸颊。"她要杀依蓝德。"她终于说道。

卡西尔气急败坏地大叹一口气。"依蓝德·泛图尔?你冒生命危险,冒着计划曝光跟让我们送命的危险,就为了那个笨蛋?"

纹抬起头瞪他:"是的。"

"你是哪里有问题啊?"卡西尔问道,"依蓝德·泛图尔不值得你这么做。"

她愤怒地站起身,沙赛德退后一步,披风落在地板上。"他是个好人!"

"他是个贵族!"

"你也是!"纹斥骂。她焦躁地冲厨房工人跟集团众人挥手:"你觉得这是什么,卡西尔?司卡的生活?你们这些人对司卡懂多少?穿着贵族的套装,在黑夜中追踪敌人,三餐温饱,晚上跟朋友相聚喝一杯?这不是司卡的生活!"

她上前一步,瞪着卡西尔。他因被她突来的暴怒震惊得猛眨眼睛。

"你对他们知道多少,卡西尔?"她问道,"你上一次是什么时候睡在小巷里,在冰冷的雨中不断发抖,听你身边的乞丐病得不断咳嗽,心知他快死了?你上次是什么时候得半夜清醒地躺在床上,害怕集团中会有人想强暴你?你有没有饿到跪在地上,希望有勇气刺杀身边的同伴,好能拿走他手上的面包皮?你有没有缩在不断打你的哥哥面前,同时心怀感谢,因为至少有人注意到你?"

她停下来，微微喘气，所有集团成员都呆呆地望着她。

"不要对我说贵族是如何。"纹说道，"也不要对我说你不了解的人是如何。你们不是司卡，你们只是没有头衔的贵族。"

她转过身，大踏步从房间离开。卡西尔惊愕无比地看着她离开，听到她的脚步声在楼梯上响起。他瞠目结舌地站在原地，感觉到脸上少有地因羞愧和罪恶感而泛红。难得一次，他发现自己无话可说。

纹没有回卧室。她爬上屋顶，看着白雾在安静墨黑的夜晚中扭转。她坐在屋顶的木头角落，粗糙的石造平坦屋顶边缘贴在她几近裸露的后背。

她很冷，但她不在乎。她的手臂有点痛，但大部分是麻木的。可惜她的心不够麻木。

她抱着双臂，身体缩成一团，看着雾，不知该怎么思考，也不知该如何感觉，只知道不应该对卡西尔发怒，但所有事……逃亡，依蓝德的背叛……让她整个人很焦躁。她需要对某个人生气。

你应该对自己生气就好，瑞恩的声音低语道。是你让他们靠得太近，他们现在都要离开了。

她无法让痛楚停下，只能坐在原处不断发抖，任凭泪水落下，不知道为什么一切这么快就崩塌。

屋顶的暗门随着静静的吱嘎声打开，卡西尔的头冒了出来。

噢，我的统御主啊！我现在不想面对他。她想擦干眼泪，却只是让脸上刚缝好的伤口更疼。

卡西尔在身后关起暗门，然后站在原处，抬头望着白雾，如此气宇轩昂。我对他说的话是不公平的。对他们每个人都不公平。

"看雾让人很心安，对不对？"卡西尔问道。

纹点点头。

"我以前是怎么跟你说的？雾会保护你，会给你力量……会隐藏你……"

MISTBORN: THE FINAL EMPIRE

他低下头，走到她面前蹲下，递给她一件披风："有些事情是你躲不掉的，纹。我很清楚，因为我尝试过。"她接下披风，围在自己肩膀上。

"今天晚上发生了什么事？"他问道，"真正发生了什么事？"

"依蓝德跟我说他不想再见我了。"

"噢。"卡西尔说道，坐在她身边，"那是在你杀了他的前任未婚妻之前还是之后的事？"

"之前。"纹说道。

"但你还是保护他？"

纹点点头，安静地啜泣。"我知道，我是笨蛋。"

"我们每个人不都是？"卡西尔叹口气说道。他抬头望着白雾，"我也爱梅儿。虽然她背叛了我，但什么都无法改变我的感觉。"

"所以这么痛。"纹说道，想起卡西尔之前说的话。我想我终于明白了。

"你不会因为某人伤害了你就停止爱对方。"他说道，"如果真能这样，事情就简单多了。"

她又开始啜泣，他宛如父亲般伸手搂住她的肩膀。她贴近他身旁，想用他的体温来驱走心痛。

"我爱他，卡西尔。"她低声说道。

"依蓝德？我知道。"

"不是，不是依蓝德。"纹说道，"瑞恩。他一而再，再而三地打我、骂我，对我大喊，说他会背叛我，我每天都想着自己有多恨他。

"但我爱他。我仍然爱他。想到他离开了，我的心好痛，虽然他一直都跟我保证他会走。"

"唉，孩子。"卡西尔说道，将她拉近，"我为你感到难过。"

"每个人都会离开。"她悄声说道，"我几乎不记得我的母亲。你知道吗？她曾经想杀我。她在脑子里听到声音，而那些声音让她杀了我妹妹。她接下来差点就杀了我，但瑞恩阻止了她。

"无论如何,她离开了我。在那之后,我依赖着瑞恩,但他也离开了。我爱依蓝德,他却不想要我。"她抬头看着卡西尔,"你什么时候也会走?你什么时候要离开我?"

卡西尔一脸哀伤。"我……纹,我不知道。这个行动,这个计划……"

她探索他的双眼,寻找其中的秘密。你有什么事情没有告诉我,卡西尔?某个危险的秘密?

她再次擦擦眼睛,从他怀中抽离,觉得自己很蠢。

他看着身上,摇摇头:"你看,你把我脏得好好的假情报贩子衣服弄得都是血了。"

纹微笑。"至少一部分是贵族的血。我狠狠地打了珊几拳。"

卡西尔轻笑。"你之前对我说的话应该是对的,的确,我是没给贵族太多机会,对不对?"

纹脸上一红:"卡西尔,我不该说那些话的。你们都是好人,而且你的这个计划……我知道你想为司卡们做些什么。"

"不是的,纹。"卡西尔摇摇头,"你说得对。我们不是真的司卡。"

"但这是好事。"纹说道,"如果你是一般的司卡,根本不会有足够的经验或勇气计划这种事情。"

"他们也许缺乏经验,"卡西尔说道,"可是不缺乏勇气。的确,我们的军队没有了,但那是因为他们愿意在仅仅接受过基本训练的情况下就冲向更强大的敌人。不,司卡不欠缺勇气,只欠缺机会。"

"那么,你一半司卡,一半贵族的身份就给了你机会,卡西尔。而你选择运用这个机会来协助你司卡的那一半。光凭这件事,你就有当司卡的资格。"

卡西尔微笑:"当司卡的资格。我喜欢这句话。即便如此,也许我应该少花点时间思考该杀哪名贵族,而多花点时间想想该去帮助哪名农人。"

MISTBORN: THE FINAL EMPIRE

纹点点头，拉紧披风，望着白雾。它们保护我们……给我们力量……隐藏我们……她已经好久都不觉得自己需要隐藏了，但刚才在下面说完那些话以后，她几乎希望自己能像一抹雾一样消失。

我需要告诉他。这可能意味着计划的成功或失败。她深吸一口气。"泛图尔有弱点，卡西尔。"

他立刻转头："有吗？"

纹点点头："天金。他们负责采集金属，运送给统御主，这是他们财富的来源。"

卡西尔半晌没说话。"难怪！他们就是靠此来负担税赋，这就是为何他们如此强盛……统御主是需要有人帮他处理这些事情……"

"卡西尔？"纹开口。

他低头看着她。

"除非必要，不要……做什么，好吗？"

卡西尔皱眉。"我……不知道我能承诺什么，纹。我会试着想别的办法，但照目前的情况看来，泛图尔必须垮台。"

"我了解。"

"我很高兴你告诉了我。"

她点点头。现在我也背叛他了。可是，知道自己这么做不是为了赌气，让她心中有种宁静感。卡西尔说得对：泛图尔是需要被打倒的势力。奇特的是，这个家族的秘密对卡西尔的震撼其实远胜过她。他坐在原处，望着迷雾，奇特地忧郁了起来。他伸手，不自觉地抓抓手臂。

疤痕，纹心想。他不是在想泛图尔，他是在想深坑。她。"卡西尔？"她说道。

"什么事？"他望着雾的眼神看起来仍然有点……空洞。

"我不觉得梅儿背叛了你。"

他微笑："我很高兴你这么想。"

"不，我是认真的。"纹说道，"你们抵达皇宫中央时，审判者就等着你们,对不对?"卡西尔点点头。

"他们也在等我们。"

卡西尔摇摇头:"你我当时攻击了一些守卫,制造了一些噪音。但梅儿跟我进去时,我们很安静,那计划策划了一年,所以相当隐秘,我们非常小心,很低调。有人对我们设下陷阱。"

"梅儿是镕金术师,对不对?"纹问道,"他们可以感觉到你们要来。"

卡西尔摇摇头:"我们身边有名烟阵。他叫雷德,审判者们当场就杀了他。我曾想过叛徒是不是他,但不合理。雷德在那晚之前甚至不知道我们的计划,是我们去接他的时候才晓得的。只有梅儿知道足够的信息,包括日期、时间、目标,只有她能背叛我们。况且,还有统御主的话。你没有看到他,纹。他微笑地感谢梅儿。他的眼神很……诚实。据说统御主从不说谎。他又何必要说谎?"

纹静静地坐了片刻,思索他的话。"卡西尔。"她缓缓开口,"我认为就算在燃烧红铜,审判者也能感觉到我们的镕金术。"

"不可能。"

"我今天晚上办到了。我穿透珊的红铜云找到她跟其他杀手,所以才能及时赶到依蓝德那里。"

卡西尔皱眉。"你一定是弄错了。"

"之前也发生过。"纹说道,"就算燃烧红铜,我仍然能感觉统御主碰触我的情绪。还有,我敢发誓,当我在躲那名审判者时,他在不该找到我的情况下找到了我。卡西尔,如果有可能呢?如果用烟阵隐藏自己不是只有启动红铜这么简单?如果这跟你力量强弱有关?"

卡西尔思索般地坐在原地。"我想……这是有可能的。"

"那么梅儿可能没有背叛你!"纹激动地说道,"审判者很强大。那些在等你们的人,也许只是感觉到你们在燃烧金属!他们知道有镕金术师想溜入皇宫,然后统御主感谢她是因为她泄漏了你们的行踪!因为她是燃烧锡的镕金术师,才领着他们找到你们。"

499

MISTBORN: THE FINAL EMPIRE

卡西尔的脸上露出困扰的表情,他转过身,坐在她的正对面:"那么,现在来试试。告诉我,我在燃烧什么金属。"

纹闭上眼睛,骤烧青铜,照沼泽教她的方法听着……感觉着。她记得自己在练习时专注于微风、哈姆、鬼影等人给她的波长,她试图找出镕金术的嗡嗡韵律,试图……

有一瞬间,她觉得自己感觉到什么,某个奇怪的、缓慢的鼓动,像是遥远的鼓声,跟她感觉过的任何镕金韵律都不同,但那不是来自于卡西尔,而是有段距离……很遥远。她更努力地集中注意力,试图找出它的来源方向。

可是,就在她集中的同时,有别的东西引起她的注意力。一个更为熟悉的韵律,来自卡西尔。很微弱,很难感觉出它跟自己心跳的差异,而且节奏相当大胆、明快。

她睁开眼睛。"白镴!你在燃烧白镴。"

卡西尔惊讶地眨眼。"不可能。"他低语道,"再来一次。"

她闭起眼睛。"锡。"片刻后她说道,"现在是钢,我刚一开口你就变了。"

"该死的!"

"我是对的。"纹热切地说道,"镕金韵律是可以隔着红铜感觉到的!很安静,但我想只要集中足够注意力……"

"纹。"卡西尔打断她的话,"你不觉得镕金术师们以前都尝试过了吗?你不觉得如果可行在一千年内,早该有人注意到能穿透红铜云吗?甚至连我都尝试过。我花了好几个小时将注意力集中在我师傅身上,试图要穿透他的红铜云。"

"那……"纹说道,"那为什么没人注意到?"

"这一定如你所说,跟力量大小有关。审判者比任何一般迷雾之子拉跟推的力量都大,也许他们也强大到能够克服别人的金属。"

"可是,卡西尔。"纹低声说道,"我不是审判者。"

"但你很强,"他说道,"比你以为的更强。你今天晚上杀了一名迷雾之子!"

"运气好。"纹说道,脸色一红,"我只是用小伎俩骗到她。"

"镕金术就只是伎俩而已,纹。你一定是特别的。我第一天时就注意到了,当你很轻易就摆脱我拉和推你情绪的时候。"

她脸色涨红。"不可能的,卡西尔。也许我只是比你常练习青铜……我不知道,我只是……"

"纹。"卡西尔说道,"你还是太谦虚了。你很擅长,这是很明显的。如果这是你能穿透红铜云的原因……我不知道。可是你得学习对自己多点骄傲,孩子!如果有东西是我能教你的,一定就是如何自大点了。"

纹微笑。

"来吧。"他说道,站起身,伸出手要拉她起来。

"如果你不让沙赛德好好缝合脸颊上的伤口,他一个晚上都不会安稳,还有哈姆好想听你的打斗细节。噢,还有,把珊的尸体留在泛图尔堡垒这件事做得很好,当埃拉瑞尔发现她死在泛图尔的产业里……"

纹让他将她拉起,却担忧地望着暗门:"我……不知道我要不要下去,卡西尔。我该怎么面对他们?"

卡西尔大笑:"别担心。如果你不偶尔说出一些蠢话,那你根本算不上是这个团体的人。来吧。"

纹迟疑地让他牵着她回到温暖的厨房。

"依蓝德,这种时候你怎么还能看得下书?"加斯提问道。

依蓝德抬起头:"看书有助于我保持冷静。"

加斯提挑起眉毛。年轻的雷卡不耐地坐在马车中,手指不断敲击把手。窗户的百叶窗被拉起,一部分是为了隐藏依蓝德的阅读灯,一部分是为了将雾气挡在外面。虽然依蓝德绝对不会承认,盘绕的雾气仍然让他有一点紧张,贵族不应该怕这些东西,但黏腻、深沉的雾团还是让他

MISTBORN: THE FINAL EMPIRE

觉得很诡异。

"你回去后，你父亲会气死。"加斯提说道，依旧敲着把手。

依蓝德耸耸肩，虽然这句话的确让他有点紧张。不是因为他的父亲，而是因为那晚发生的事情。显然有些镕金术师正在偷窥依蓝德跟他朋友的聚会。他们搜集到什么样的信息了？他们知道他在读什么书吗？幸好其中一名绊倒，从依蓝德的天窗中坠入。在那之后，一切大乱，秩序失控，士兵跟参加宴会的惊慌得到处乱窜。依蓝德的第一个念头是要小心书本，那些危险书籍，如果被圣务官发现他持有那些书，他将会惹上严重的麻烦。

所以，他在混乱中将所有书都塞入袋子里，跟着加斯提走到侧门，拦下一辆马车。溜出来是相当危险的举动，但也简单得可笑。同时有这么多马车在逃离泛图尔宅邸，没有人有空注意依蓝德坐上了加斯提的马车。

应该都结束了，依蓝德告诉自己。大家会发现泛图尔并没有尝试攻击任何人，也没有真正的危险，只是有间谍不小心现身而已。

他现在应该要回去了。但是这次出行刚好让他有完美的借口可以去与另一群间谍会面，而这次，是依蓝德派的间谍。

门口突然一阵敲门声，让加斯提一惊，依蓝德阖起书，打开马车门。一名泛图尔的间谍骨干——柔皮——爬入马车，他那如鹰隼般的大胡子脸先对依蓝德尊敬地点点头，然后是加斯提。

"怎么样？"加斯提问道。

柔皮以他那行独有的流畅灵活动作坐下："那栋建筑物外表上只是木匠店，大人。我的手下之一听过那个地方，店主是克莱登师傅，一名技巧颇为出众的司卡木匠。"

依蓝德皱眉："法蕾特的侍从官为什么要去那里？"

"我们认为那个店铺只是伪装，大人。"柔皮说道，"自从侍从官领着我们去到那里之后，我们就一直遵从你的命令在观察，但我们要非常小心，因为屋顶跟上层楼都有许多的观察亭。"

依蓝德皱眉："一家单纯的木匠店应该不需要这么繁复的保护措施。"

柔皮点点头："不止如此，大人。我派了一名最优秀的手下靠近建筑物，我们认为应该没人看到他，但很难听到里面的对话。那些窗户都被封起、堵死以隔音。"

另一个很奇怪的保护措施，依蓝德心想。"你觉得这是什么意思？"他问柔皮。

"这一定是个地下组织的秘密据点，大人，"柔皮说道，"而且是很好的一处。要不是我们很仔细地观察，而且很确定要找什么，绝对不会注意到这些迹象。我猜里面的人，包括那名泰瑞司人，都是司卡盗贼集团的成员，并且这是一个经费充足且能力高超的组织。"

"司卡盗贼集团？"加斯提问道，"法蕾特贵女也是？"

"应该是，大人。"柔皮说道。

依蓝德顿了顿。"一个……司卡盗贼集团。"他震惊地说道。他们为什么会派成员去舞会？是要安排诈骗吗？

"大人？"柔皮问道，"你要我们强行突破吗？我有足够的人手可以把他们整团人都抓起来。"

"不要。"依蓝德说道，"把你的人叫回来，今天晚上看到的事情绝不能外泄。"

"是的，大人。"柔皮说道，爬出马车。

"统御主的！"加斯提在马车门关上后说道，"难怪她看起来不像一般的贵族仕女。不是因为她是在乡村长大，而是因为她是盗贼！"

依蓝德深思地点点头，不知道该说什么。

"你欠我一个道歉。"加斯提说道，"我没说错吧？"

"也许吧。"依蓝德说道，"可是……在某种方面，你对她的说法也不对。她不是要从我身上套情报——她只是想抢我的钱。"

"所以呢？"

MISTBORN: THE FINAL EMPIRE

"我……得想想。"依蓝德说道，伸出手敲敲马车，要马车继续前进。马车开始朝泛图尔堡垒前进，依蓝德靠回椅背。

法蕾特不是她自称的那个人，这件事他早有心理准备。除了加斯提对她的疑虑引起他的疑心外，今天晚上法蕾特也没有否认依蓝德的指控。事情明明白白：她在对他说谎，她在扮演某个角色。

他应该要很愤怒。逻辑上他了解这点，有一部分的他的确因遭受背叛而难过，但出乎意料之外，他主要感觉到的情绪是……安心。

"什么？"加斯提问道。他皱着眉头，端详依蓝德。

依蓝德摇摇头。"你害我担心这件事好几天了，加斯提。我整个人难过到几乎无法正常起居，只因为我以为法蕾特是个叛徒。"

"她是，依蓝德，她可能是想骗你的钱！"

"是。"依蓝德说道，"可是她至少不是另一个家族的间谍。最近有这么频繁的计谋、政治角力和相互诬陷，相较之下，单纯的骗钱还算有点令人耳目一新。"

"可是……"

"只是钱而已，加斯提。"

"钱对我们有些人很重要，依蓝德。"

"没有法蕾特那么重要。那可怜的女孩……这段时间里，她一定很烦恼居然要骗我！"

加斯提坐了片刻后，终于摇摇头。"依蓝德，只有你才会因为发现某人想骗你钱而松了一口气。难道要我提醒你这女孩一直在说谎吗？你也许喜欢上她，但我怀疑她对你的情感是真实的。"

"也许你是对的。"依蓝德承认，"可是……我不知道，加斯提。我觉得我了解这女孩。她的情绪……感觉太真实、太诚实，不会是假的。"

"我很怀疑。"加斯提说道。

依蓝德摇摇头。"我们没有足够的信息来为这女孩定性。柔皮觉得她是小偷，但像这样一个集团派人参加舞会的目的一定不止如此。也许她是传递情报而已,或者她是盗贼,但完全不打算对我下手。她花很多时间跟别的贵族来往,如果我是她的目标,她为什么要这么做?其实她跟我相处的时间算是相当少,而且她从来没跟我要过任何礼物。"

他暂时没说话,想象跟法蕾特的相遇是个美好的意外,让两人的生活有了出其不意的大转折。他微笑,摇摇头:"加斯提,这件事里有很多是我们还不了解的,她身上有很多事情仍然不合理。"

"我……想你说得对,依蓝德。"加斯提皱眉说道。

依蓝德坐得直挺,突然想到一件事,这件事让法蕾特的动机显得一点都不重要。"加斯提,"他说道,"她是司卡!"

"所以?"

"她骗过我,骗过我们两人。她几乎完美地扮演了贵族的角色。"

"也许她是没见过什么世面的贵族。"

"我身边有一名真正的司卡盗贼!"依蓝德说道,"想想我能问她的问题。"

"问题?什么问题?"

"和司卡有关的一切问题。"依蓝德说道。"这不是重点。加斯提,她骗过我们了。如果我们分不出司卡跟贵族仕女之间的差别,那司卡跟我们一定没有太大不同,而如果他们跟我们之间没有那么不同,那我们有什么权力这样对待他们?"

加斯提耸耸肩:"依蓝德,我觉得你没把事情的轻重缓急看清楚。我们正身处于家族战争之中。"

依蓝德心不在焉地点点头。我今天晚上对她非常狠心。

或许太狠心了?

他想要她彻底相信自己再也不要跟她有任何瓜葛,这一部分是真的,因为他满心担忧,无法信任她,而且目前他的确不能。无论如何,都得要她离开城市,他以为最好的方法就是结束两人的关系,直到家族战争结束。

可是,如果她不是真的贵族仕女,那她也没有离开的理由。

"依蓝德?"加斯提问道,"你在听我说话吗?"

依蓝德抬起头:"我想我今晚做错事了。我想让法蕾特离开陆沙德,但我现在认为自己毫无理由地伤害了她。"

"该死的,依蓝德!"加斯提说道,"镕金术师今天晚上偷听了我们的会议!你有没有想过原本可能发生什么事?如果他们原本是要杀了我们,而非只是偷窥我们?"

"啊,对,你说得对。"依蓝德心不在焉地点头,"法蕾特离开还是比较好。任何与我亲近的人在未来一阵子都会有危险。"

加斯提气得好一阵子无法说话。最后,他忍不住笑了:"你根本无可救药!"

"我会尽力而为。"依蓝德说道,"说真的,担心也没有用。间谍们暴露了自己的行踪,应该在混乱中被人赶走,甚至被抓到了。我们现在知道法蕾特隐藏的一些秘密,所以在这方面也有进展。今天晚上很有收获啊!"

"这也算是个蛮乐观的说法吧⋯⋯"

"我说了,会尽力而为。"即便如此,回到泛图尔堡垒后,他会比较安心,也许他在了解所发生的事件细节前就溜走是不智的行为,但当时也无法仔细思考,况且他已经跟柔皮有约,在一片混乱中溜走时机正好。

马车缓缓地停在泛图尔宅邸的大门前。"你应该离开。"依蓝德说道,下了马车,"把书带走。"

加斯提点点头,抓起袋子向依蓝德告别,同时关上马车门。依蓝德一直等到马车远离大门后才转身走回宅邸,讶异的守门警卫没有刁难便让他进入。

花园中仍然照明充足,警卫已经在堡垒的前庭等他,一群人冲入白雾中迎接及包围他。

"大人,令尊⋯⋯"

迷雾之子
卷一·最后帝国 [珍藏版]

"我知道。"依蓝德叹口气,打断他的话,"我要立刻被带去见他,对不对?"

"是的,大人。"

"带路吧,队长。"

两人从建筑物侧面的贵族入口走入。史特拉夫·泛图尔大人站在书房中,跟一群守卫军官在说话。依蓝德从他们苍白的表情可以看出来他们被重重责骂过一顿,甚至可能被威胁了会遭鞭打。他们是贵族,所以泛图尔不能处决他们,但他喜欢使用比较暴力的处罚。

泛图尔大人用力一挥手,遣开了士兵,然后带着充满敌意的目光转向依蓝德。依蓝德皱眉,看着士兵离去。一切似乎都有点太……紧绷了。

"怎么样?"泛图尔大人质问。

"什么怎么样?"

"你去哪里了?"

"噢,我离开了。"依蓝德漫不经心地说道。

泛图尔大人叹口气。"好吧,你要拿自己的生命冒险随你便,小子。就某方面看来,那个迷雾之子没逮到你真是可惜,她原本可以帮我省下一大堆要发的脾气。"

"迷雾之子?"依蓝德皱眉问道,"什么迷雾之子?"

"原本打算刺杀你的那个。"泛图尔大人斥骂。

依蓝德惊愕地眨眨眼睛:"所以……那不只是间谍?"

"当然不是。"泛图尔说道,露出奸恶的笑容,"一整团杀手,被派来对付你跟你的朋友。"

统御主!依蓝德心想,这才意识到独自出门的行为有多愚蠢。我没想到家族战争会这么快就变得如此凶险!至少没想过会针对我……

"怎么知道那是迷雾之子?"依蓝德问道,回复神智。

"我们的守卫杀了她。"史特拉夫说道,"趁她脱逃的时候。"

依蓝德皱眉:"真正的迷雾之子?被一般士兵所杀?"

"弓箭手。"泛图尔大人说道,"他们似乎是趁其不备得手的。"

"那个从我的天窗摔下来的人呢?"依蓝德问道。

"死了。"泛图尔大人说道,"脖子折断。"

依蓝德皱眉。我们逃走时那个人还活着。你在隐瞒什么,父亲?

"那名迷雾之子是我认得的人吗?"

"可不是?"泛图尔大人说道,重新坐回椅子,没有抬头,"是珊·埃拉瑞尔。"

依蓝德惊讶得全身僵直。珊?他瞠目结舌地想。他们订过婚,但她从来没提过她是镕金术师。那可能意味着……

她一直是暗桩。也许埃拉瑞尔原本就打算等孙子一生下来,能继承家族称号时,就把依蓝德杀死。

你说得对,加斯提。我不能靠被忽视的方式躲避政治。我比自己想的更早就参与其中了。

他父亲显然很得意。一名高阶埃拉瑞尔在刺杀依蓝德未果后,死在泛图尔的宅邸中……有了这种成功,泛图尔大人接下来好几天都会趾高气昂到令人受不了。

依蓝德叹口气。"活捉到杀手没?"

史特拉夫摇摇头:"一个在脱逃时摔到中庭里逃走了,他也有可能是迷雾之子。我们在屋顶上发现一具尸体,不确定团队中还有没有别人。"他一时停了口。

"怎么了?"依蓝德问道,发现他父亲眼中的一丝迷惘。

"没事。"史特拉夫说道,挥挥手,"有些侍卫宣称有第三名迷雾之子在攻击另外两名,但我怀疑这个报告的真实性,那不是我们的迷雾之子。"

依蓝德停顿。第三名迷雾之子,击退另外两名……

"也许有人发现刺杀行动,想要阻止。"

泛图尔大人一哼。"怎么会有别人的迷雾之子要保护你?"

"也许他们只是想阻止无辜的人被杀。"

泛图尔大人摇头大笑："你是个蠢蛋，小子。这点你也知道，对不对？"

依蓝德脸孔涨红，转身离开。泛图尔大人似乎没再有其他要求，所以任依蓝德离去。依蓝德不能回到自己的房间，因为里头都是破玻璃跟侍卫，所以挑了一间客房，找来一组杀雾者看着他的房门跟阳台，以防万一。他开始准备就寝，想着刚才的对话内容。他爸爸关于第三名迷雾之子的推论应该是对的。不该有这种事，第三名迷雾之子的存在是说得通的。有这个可能性，应该有。

有好多事情依蓝德都想做，但他父亲很健康，以这么有威势的领主来说正值壮年。至少要等几十年，依蓝德才能继承家族领袖的地位，假设他能活那么久。他希望能够去找法蕾特，跟她说话，缓解他的焦躁。她会了解他的想法。不知为何，她似乎比其他人都了解他。

而且，她是司卡！他放不下这个念头。他有好多问题，好多事情想从她身上知道。

再晚一点，他心想，爬上床。现在，专注于捍卫家族完整。他当时对法蕾特说的话不是谎言，他必须确保自己的家族能在家族战争中存活下来。

在那之后……也许他们能找到方法来克服谎言跟骗局。

虽然许多泰瑞司人表示厌恶克雷尼恩，却也有不少羡慕者。我听过挑夫们神往地谈着克雷尼大教堂令人惊叹的彩绘玻璃。他们似乎也很喜欢我们的衣着。在城市中，我看到许多年轻的泰瑞司人把皮革跟毛皮衣服换成了剪裁精致的绅士套装。

MISTBORN: THE FINAL EMPIRE

32

离歪脚店铺两条街口远之处，有一栋跟四周的环境相比显得格外醒目的高楼。纹认为那是某种群体住宅区，是把司卡家庭聚集在一起的地方，可是她从来没有去过。她抛下一枚钱币，沿着六层楼高的建筑物边缘飞冲而上，轻巧地落在屋顶上，让趁着黑暗蹲在其上的身影惊讶地一弹。

"是我。"纹低声说道，偷偷溜过倾斜的屋顶。

鬼影在夜里对她微笑。身为组织中最好的锡眼，通常会轮到他担任最重要一轮的守夜。最近最重要的时间是傍晚，因为这是上族间的冲突最有可能演变为战斗的时候。

"他们还在继续吗？"纹低声问道，骤烧锡，眼光掠过城市。一道明亮的光线在远方闪起，让白雾也发出朦胧的光亮。

鬼影点点头，朝光源指着。"海斯丁堡垒。埃拉瑞尔士兵有攻击今晚。"

纹点点头。海斯丁堡垒被摧毁已是预料中事，过去一个礼拜他们有六起来自不同家族的劫掠行动，盟友们都开始撤退，财务全面崩塌，颓败已是指日可待。奇特的是，没有家族的攻击是在白天发生，大家都假装这些战争并未发生，仿佛贵族承认统御主的主宰，不希望因为在白天发动战争而激怒他。一切都是在晚上处理，隐藏在雾气的披风下。

"是想要这。"鬼影说道。

纹呆了一下。"呃，鬼影，你能不能试着……正常地说话？"

鬼影朝远方的黑色建筑物点点头："统御主。好像他想要打斗。"

纹点点头。卡西尔说得没错。教廷或皇宫对于家族战争都没有出声阻止，警备队也完全没有要赶回陆沙德的意思。统御主预期会有家族战争发生，也打算让它持续进行一阵子，像野火焚烧，让它烧光后，田地自然会重生。

只不过这一次，灭了这堆火，另一堆火会再度烧起——卡西尔将攻入城市。

假设沼泽能想出阻止钢铁审判者的方法，假设我们能攻下皇宫，当然还有，假设卡西尔能想到方法应付统御主……

纹摇摇头。她不想对卡西尔抱持怀疑，但她怎么想也想不出来这件事要如何发生。警备队还没回来，但有报告说它已经很接近了，也许只差一两个礼拜的路程。有些贵族家族正在走下坡，但似乎没有卡西尔想要的那种天下大乱。最后帝国维持得有点辛苦，但她怀疑它是否真的会崩裂。

然而，也许这不是重点。集团在策动家族战争上达到惊人成效，有三大家族已完全崩塌，剩余的严重衰败，贵族们要从自相残杀的后果恢复过来，恐怕也得花费数十年的时间。

我们达成了惊人的成绩，纹下了如此的判断。就算我们不攻击皇宫，就算攻击失败，我们也已经成就了了不起的大事。

有了沼泽关于教廷的情报，还有沙赛德的翻译日记，反叛军将会有崭新且有效的信息协助未来的抵抗。这不是卡西尔原本所盼望的，更没有完全推翻最后帝国，但仍然是重大的胜利，可以让未来许多年后的司卡作为勇气来源的胜利。

而且，纹很讶异地发现，她很骄傲自己也参与其中。也许在未来，她能协助煽动一起真正的叛变，就从司卡没有被如此彻底压迫的地方开始。

如果真有这种地方……纹开始理解让司卡奴性坚强的原因不止是陆沙德跟它的安抚站，而是一切——包括圣务官，包括从不间断的田野跟磨坊工作，以及长达千年的压迫统治所鼓励的思考模式。司卡反叛军的规模向来如此之小是有原因的。这些人知道，或者以为他们知道，反抗最后帝国无异螳臂当车。

MISTBORN: THE FINAL EMPIRE

就连自认是"开化过"的盗贼纹也都这么相信。直到参与了卡西尔疯狂且悖离常理的计划,她才被说服不需如此,也许这就是为什么他为集团设下如此宏远的目标,他知道只有这么具有挑战性的事情才能让他们发觉,他们是可以反抗的。虽然这个说法显得有点匪夷所思。

鬼影瞥向她。她的存在仍然让他无法自在。

"鬼影。"纹开口,"你知道依蓝德跟我分手了。"

鬼影点点头,突然有点期待地看着纹。

"可是……"纹遗憾地继续说道,"我仍然爱他。对不起,鬼影,但我说的是真话。"

他气馁地低下头。

"不是你的问题。"纹说道,"真的不是,只是……人们没法控制自己会爱上什么样的人。相信我,有些人我宁愿没有爱过,他们不配我爱。"

鬼影点点头:"懂。"

"我还能留着手帕吗?"

他耸耸肩。

"谢谢你,"她说道,"它对我意义重大。"

他抬起头,望着白雾。

"我不是笨蛋。我……知道是不发生。我看得到东西,纹。我看到很多东西。"

她安慰地把手放上他的肩膀。我看得到东西……这句话出自于像他这样的锡眼,相当贴切。

"你当镕金术师很久了?"她问道。

鬼影点点头:"是绽裂时我五岁。几乎记不得。"

"从那时起你就一直在练锡的用法?"

"大多数。"他说道,"对我是好事。让我看到,让我听到,让我感觉到。"

"有什么秘诀可以分享的吗?"纹期盼地说道。

他严肃地想了想，坐在歪斜屋顶的边缘，一脚从边缘垂下。"烧锡……不是看。是不看。"

纹皱眉："什么意思？"

"烧的时候……"他说道，"所有东西都会来。很多所有东西。这里那里都是干扰。如想要力量，忽视干扰。"

她把这些话翻译给自己：如果你想要擅长燃烧锡，就得要学习如何处理外来的干扰。重点不是看到什么，而是可以忽略什么。

"有意思。"纹深思地说道。

鬼影点点头："看的时候，看到物，看到房子，感觉木头，听到下面的老鼠。挑一个，不要分心。"

"好建议。"纹说道。

鬼影点点头。此时身后响起重重的撞击声，两人同时一惊弹起，看到卡西尔一面轻笑，一面走过屋顶。"我们得找个更好的方式警告别人我们要上来了。每次我造访窥视点，都很担心有人会被我吓得摔下屋顶。"

纹站起身，拍拍衣服上的灰尘。她穿着迷雾披风、衬衫和长裤。她已经好几天没穿过洋装了，也只有偶尔出现在雷弩大宅。卡西尔太过担心杀手，因此不让她在那里久待。

至少我们买到了克礼丝的沉默，纹心想，对于得付这么一大笔钱满心不悦。"时间到了吗？"她问道。

卡西尔点点头："差不多了。我想先在路上停一下。"

纹点点头。他们第二次的会面地点，沼泽挑了一个他应该要为教廷探查的地方。这是会面的完美机会，因为沼泽有借口可以在那栋楼里待一整晚，装作是在搜索附近是否有镕金活动在进行。他大多数时间身边都会有名安抚者，但沼泽认为在半夜时他应该会得到将近一个小时的独处时间。如果他得溜出来再溜回去时间是不太够用，但要两名迷雾之子偷偷地快速拜访他一下就绰绰有余。

他们向鬼影告别，钢推入夜里，没在屋顶上走多远，卡西尔便领着她跃下到街道路面，用走的来节省力气跟金属。

有点奇怪，纹心想，想起跟卡西尔一起练习镕金术的第一个晚上。我甚至已经不觉得空无一人的街道很诡异了。

石板路面因雾水而湿滑，空无一人的街道在远处消失于薄雾中。街道黑暗、安静、冷清，连家族战争都无法令这一区有太大改变。士兵小队要攻击时会聚成一团，快速地攻击，试图在第一时间打倒敌人。

虽然夜晚城市空无一人，纹却觉得很舒适。雾是跟她站在同一边的。

"纹，"两人并行时，卡西尔开口，"我想要谢谢你。"

她转身，看着身着尊贵迷雾披风的高大身影："谢谢我？为什么？"

"因为你说了那些关于梅儿的事。我一直在想着那天……想着她。我不知道你能看透红铜云的能力是不是一切疑问的解答，但是……如果有选择，我宁愿相信梅儿没有背叛我。"

纹微笑点头。

他懊恼地摇摇头："听起来很蠢，对不对？仿佛……这么多年来，我一直在等一个理由，让我能自欺欺人。"

"我不知道。"纹说道，"也许，过去的我会认为你是笨蛋，可是……信任不就是这么一回事，对不对？甘愿自我欺骗？你得挡掉那些在你耳边低声威胁，说你将会遭到背叛的声音，单纯希望你的朋友们不会伤害你。"

卡西尔轻笑。"纹，你的论调还是让我觉得自己是笨蛋。"

她耸耸肩。"我觉得很有道理。不信任其实是同样的事情，只是反过来而已。我可以了解这种感受：一个人如果可以选择其中之一，会想选择信任。"

"但你不会?"卡西尔问道。

纹再次耸肩。"我已经不知道了。"

卡西尔迟疑。"这个，依蓝德……有可能他只是想把你吓出城外，对不对？也许他说那些话是为了你好。"

"也许吧。"纹说道,"可是,他有哪里不一样……他看我的眼神不同了。他知道我对他说谎,但我想他没发现我是司卡,可能以为我是其他家族派来的间谍。无论如何,他似乎是很诚心想要把我赶走。"

"你会这么想也许是因为你已经很笃定他要离开你。"

"我……"纹没说完,低头看着脚下光滑的灰地,"我不知道。这都是你的错。我以前什么都弄得明白,现在都乱七八糟。"

"是啊,我们真是把你弄得一团乱了。"卡西尔微笑地说道。

"你似乎一点都不愧疚。"

"没错。"卡西尔说道,"一丁点儿都没有。啊,到了。"他停在一栋大而宽的建筑物前,应该又是另一栋司卡集体住宅。里面很黑,因为司卡负担不起灯油,而且在准备完晚餐后,一定也已经把建筑物的中央壁炉给熄灭了。

"这里?"纹不确定地问道。

卡西尔点点头,走上前去,轻敲门。纹很讶异地发现门迟疑地打开,一张干瘦的司卡脸探入白雾中。

"卡西尔大人!"那人低声说道。

"我说我会来的,"卡西尔微笑地说道,"今晚似乎是个好时间。"

"请进,请进。"男子说道,拉开门,向后退了一步,小心翼翼地不让半点雾碰到他,看着卡西尔跟纹走入。

纹以前拜访过司卡住宅,但从来没有看过这么令人……沮丧的。烟味跟体酸味浓得几乎让她无法呼吸,小煤炭炉的黯淡光线照出挤在一起睡在地板上的一大堆人。房间里面没有灰烬,但除此之外,他们能做的事情也有限——黑色的脏污仍然沾满了衣服、墙壁、脸庞。屋子里没什么家具,更不要提每个人连分到的棉被都不够。

我以前住在这种地方,纹惊恐地想。盗贼集团的密屋就是这么挤,甚至更挤。这原本是……我的生活。

人们看到有访客,纷纷醒了过来。纹注意到卡西尔卷起了袖子,即使在黯淡的光线下，他的众多疤痕依然清晰可见，白色纹路映在较深的皮肤上，顺着手腕一路延伸至手肘上方，交错重叠。

交头接耳声立刻响起。

"幸存者……"

"他来了！"

"卡西尔，迷雾之主……"

这是个新称号，纹挑起眉毛想着。她站在后方，看着卡西尔露出微笑，上前一步迎向众人。人群低声议论着，兴奋地围绕在他身边，伸出手碰触他的手臂跟披风，其他人只是站在原地盯着他看，眼中充满崇拜。

"我来这里是为了散播希望，"卡西尔低声对他们说道，"海斯丁今晚垮台了。"

惊讶与赞叹的低语纷纷响起。

"我知道你们有许多人在海斯丁的钢铁厂工作。"卡西尔说道，"我的确不知道你们会受到怎样的影响，但这是我们所有人的胜利。至少在一段时间里，你们的男人不会死在冶铁炉前或是海斯丁工头的鞭子下。"

一群人交头接耳，其中一个声音终于说出纹听得到的担忧。"海斯丁垮台了？那我们要靠谁保证温饱？"

如此害怕，纹心想。我没有像他那样害怕过吧……有吗？

"我会送另一批食物过来。"卡西尔承诺，"至少够你们撑一阵子。"

"你为我们做了好多。"另一人说道。

"胡说。"卡西尔说道，"如果你们想要回报我，那就站得挺一点。少害怕一点。他们是可以被打败的。"

"只有像你这样的人才办得到啊，卡西尔大人，"一名女子低语，"但我们不行。"

"你会对自己的能力感到惊讶的。"卡西尔说道。此时群众开始散开，让家长带着孩子上前来，似乎每个人都想要他们的儿子亲眼见见卡西尔。纹五味杂陈地看着他们。集团成员对于卡西尔在司卡之间逐渐升高的名声仍然有所顾虑，虽然他们信守承诺，没再说出口。

他似乎真的在乎他们，纹心想，看着卡西尔抱起一个小孩。我不觉得他是装出来的。他就是这样，真心地爱人民，爱司卡。然而……比较像是父母对孩子的爱，而非对同伴的爱。

这样不对吗？毕竟他算是司卡的父亲。他是他们一直以来应该有的高贵主人。可是，纹还是忍不住感到一丝不安，看着黯淡房间中那些司卡家庭脏污的脸庞，眼神崇拜且虔诚。

卡西尔终于向这群人道别，跟他们说他另有约会。纹离开拥挤的房间，踏入清新得令人想大呼感谢的空气中。走向沼泽的新安抚站途中，卡西尔一语不发，不过他的脚步似乎更轻盈一些。

终于，纹忍不住开口："你常去看他们？"

卡西尔点点头。"每天晚上至少去一两户。这样可以冲淡其他工作的单调和乏味。"

杀贵族跟散播假传言，纹心想。没错，拜访司卡算是不错的休息。

会面的地方只在几个街口外。靠近时，卡西尔停在门口，在黑夜中眯起眼睛。终于，他指着一扇隐隐发出灯光的窗户说："沼泽说，如果其他圣务官不在了，他会留一盏灯。"

"走窗户还是楼梯？"纹问道。

"楼梯。"卡西尔说道，"那个门应该没上锁，而且整栋楼都是教廷所有，里面应该是空的。"

卡西尔两者都说对了。建筑物闻起来没有被遗弃许久的霉味，但下面几层楼显然没人使用。纹跟他很快爬上台阶。"沼泽应该能告诉我们教廷对家族战争有多反胃，"卡西尔一面朝顶楼走一面说道。灯笼的光线隔着顶楼的门透过来，他推开门，继续说道，"希望警备队不要太早回来。我们想引发的伤害已经快达成了，但我希望能再维持——"

他僵在门口，挡住纹的视线。

她立刻骤烧白镴跟锡，迅速蹲下，聆听攻击者的声音。什么都没有。

MISTBORN: THE FINAL EMPIRE

只有沉默。

"不……"卡西尔低声说道。

然后,纹看到深红色的液体顺着卡西尔的脚边渗出,略微积成小水洼,然后开始滴下第一道台阶。

我的统御主啊……

卡西尔跌跌撞撞地踏入房间里。纹跟在后头,但早已知道会看到什么。尸体躺在房间中央附近,体无完肤,四肢残缺,头颅被完全压碎。整个身体看起来几乎不像人类。墙壁满是鲜红。一具身体真的能洒出这么多血吗?这里就跟先前在凯蒙密室时一样,只是受害者只有一名。

"审判者。"纹低语。

卡西尔无视周遭的血污,跪倒在沼泽的尸体旁,伸出手,仿佛想要碰触没有半点肌肤的尸体,却惊骇地冻结在原处。

"卡西尔。"纹焦急地说道,"这才刚发生——审判者可能还在附近。"

他没有移动。

"卡西尔!"纹斥喝。

卡西尔全身一震,环顾四周,迎上她的眼睛,眼中重新出现理智。他歪歪斜斜地站起。

"窗户。"纹说道,冲向房间对面,可是却半途停下脚步,因为她看到墙壁边的小书桌上有东西。一根木头桌脚,里面隐约塞了一张白纸。纹抓起它,卡西尔此时也到达窗户边。

他转过头,最后一次看房间,然后跳入夜空中。

永别了,沼泽,纹遗憾地想,跟着出去。

"'我想审判者在怀疑我。'"多克森念着。从桌脚里取出的纸既干净又雪白,没有沾到卡西尔的膝盖上跟纹披风下摆的血迹。

多克森坐在歪脚的厨房桌边,继续念道:"'我问了太多问题,而且我知道他们至少发了一封信给那名谎称训练了我当门徒的收贿圣务官。

我想要找出反叛军一直需要的秘密。教廷怎么招募到迷雾之子成为审判者？审判者为什么比一般镕金术师更强？如果他们有弱点，那弱点又在哪里？

"'不幸的是，我对审判者仍然几乎一无所知，但教廷之间的政治角力依旧让我相当惊讶。仿佛一般的圣务官对外面的世界完全不在乎，只想成为最擅长或最成功执行统御主指令的人，以便晋升。

"'可是审判者完全不同。他们比一般圣务官更忠于统御主，因此这应该是两组人之间产生歧见的部分原因。

"'但是，我还是觉得我很靠近了。他们是有秘密的，卡西尔。有弱点。我很确定。其他圣务官都在偷偷讨论，却没有人知道是什么。

"'我担心我窥探得太多。审判者们跟踪我，观察我，问我的行踪，所以我写下这张纸条。也许我的谨慎是多余的。

"'也许不是。'"

多克森抬起头。"就……只有这样。"

卡西尔站在厨房的另一端，背对着橱柜，以惯常的姿势斜靠着。可是……如今他的姿势毫无轻松感。他双臂抱胸站着，头微微低垂。他无法接受事实的悲伤似乎已经消失，取而代之的是另一种情绪——一种纹偶尔会在那对眼睛之后看到的阴暗焚烧的情绪。通常是在他谈起贵族时。

她忍不住发抖。此时此地，她突然意识到他的服装——深灰色的迷雾披风，长袖黑色衬衫，暗灰色长裤。在黑夜中，这些衣服只是伪装。可是在明亮的房间中，深暗的色调让他显得相当具有威胁性。

他挺直背脊，房间气氛变得紧绷。

"叫雷弩撤离。"卡西尔轻声说道，声音如冷铁，"他可以用预先安排好的撤退理由，因为家族战争，因此要'退回'家族领地，我要他明天就走。派对手跟锡眼跟他一起去，保护他，但告诉他出城后一天就要舍弃运河船，然后回来找我们。"

多克森一时没说话，然后瞥向纹跟其他人："好……"

"沼泽什么都知道，老多。"卡西尔说道，"他们杀了他之前，摧毁了他的意志，这是审判者的一贯作风。"

卡西尔让他的话悬挂在空气中。纹感觉到一阵寒意。密室曝光了。

"那么，退到备用密室？"多克森问道，"只有你我知道在哪里。"

卡西尔坚定地点点头："我要所有人，包括学徒，在十五分钟之内离开这间店。两天后我会在备用密室跟你们会合。"

多克森皱眉，看着卡西尔："两天？阿凯，你在计划什么？"

卡西尔大踏步走到门口，用力打开门，让雾进来，然后以如审判者的尖刺般冷硬的目光看着众人。

"他们击中了我最要命的地方。我要回敬他们。"

瓦林强迫自己在黑暗中前进，摸黑穿过狭窄的洞穴，强迫身体穿过几乎太窄的裂缝，不断向下，以手指探索，无视于众多破皮与割伤。

一定要继续前进，一定要继续前进……他残存的神智告诉他，这是他的最后一天。离他上次成功已经有六天了。如果他第七天再失败，他会死。一定要继续前进。

他看不见，他在地表下太深的地方，连反射的阳光都看不到，但即使没有光线他仍然能找到路。只有两个方向：上或下。向两侧的动作不重要，很容易忽略。只要他不断往下，就不会迷路。

他不断地用手指在寻找，搜寻萌芽水晶的粗糙感。他这次不能回去，除非他成功，除非……

一定要继续前进。

他移动时摸到某个冰冷柔软的东西。一具尸体，卡在两块岩石中，正在腐烂。瓦林继续前进。尸体在狭窄的洞穴中常见。有些尸体还是新鲜的，而大多数只剩骨头。瓦林经常想，死者也许才是运气好的那个。

一定要继续前进。

在洞穴中并无真正的"时间"。通常他会回到地面去睡觉，虽然地上有带着鞭子的工头,却也有食物。虽然不多,几乎不够让他活下来,却总比待在下面过久饿死来得好。

一定要继续——

他全身一僵,胸口卡在岩石中的窄小裂缝里,正试图钻过去,即使在他几乎要丧失神智时仍不停止搜寻的手指,一直摸着两边的墙壁,而且,找到了什么。

他的双手因期待而颤抖,摸着冒出头的水晶。没错,没错,就是这些。水晶会在墙壁上长成一个宽广的圆形图样,边缘的水晶很小,但越靠中间越大,在圆形花纹的正中央,顺着墙壁上如凹袋般的空洞,水晶会向内弯折。此处的水晶长得很长,每一根都有锐利、锯齿状的边缘,像是石头怪的嘴巴里所长的牙齿。瓦林深吸一口气,向统御主祈祷后,将手塞入拳头大小的圆形开口。水晶撕裂他的手臂,在皮肤上割出细长的浅刮痕。他无视于痛楚,强迫手臂不断伸入直到手肘完全没入,以手指探索⋯⋯

在那里!他的手指在洞穴中央找到一小块岩石——是水晶的神秘滴水所形成的岩石。一颗海司辛晶石。

他热切地抓住它,拿出来,从满是水晶的洞穴抽出手臂的同时,再次刮伤了自己。他捧着小圆石头,因喜悦而沉重地喘息。

再七天。他会再活七天。在饥饿跟疲累让他更衰弱之前,瓦林开始辛苦地向上爬,挤过裂缝,爬上墙壁的突出处,有时候他得朝右或左移动才能看到天空,但它一定会出现。这里真的只有两个方向:上或下。他警戒地聆听其他的声音。他曾经看过在攀爬的人被杀死,下手的是更年轻、更强壮,想偷得晶石的人。幸好,他没有遇上人影。很好。他年纪较大,大到知道他根本不该尝试从农庄主人那里偷食物。

也许他活该受此惩罚。也许他活该死在海司辛深坑。

可是我今天不会死,他心想,终于闻到甜美新鲜的空气。上面已经是夜晚。他不在乎。他再也不在乎白雾,就连被责打他也不在乎了。他

MISTBORN: THE FINAL EMPIRE

累到无法在乎。

瓦林开始爬出海司辛深坑的几十道裂缝之一，然后，他突然全身一震。一名男子映着夜色站在他上方。他身上穿着一件似乎被撕裂成碎片的大披风，低头看着瓦林，一身黑衣让他显得安静而强大。然后，他伸出手。

瓦林全身一缩，但那个人抓住了瓦林的手，将他拉出来。

"去吧！"男子在盘绕的白雾间静静地说道，"大多数的守卫已经死了。尽量叫醒囚犯，带着他们逃走。你有晶石吗？"

瓦林再次一缩，将手拉向胸前。

"很好。"陌生人说道，"把它打开，你会发现里面有一块金属，它相当值钱。无论去哪个城市，都可以把它卖给地下组织，你应该能换到足以活好几年的钱。快去！我不知道有人发出警讯前你有多少时间。"

瓦林迷惘地向后倒退几步："你……你是谁？"

"我是你即将成为的人。"陌生人说道，走到裂口边。覆盖全身的大黑披风碎片在他四周翻腾，随着他转身面对瓦林的动作与白雾混成一片。"我是一名幸存者。"

卡西尔低下头，研究岩石中的黑色疤痕，听着囚犯西歪东倒的脚步声远去。

"我回来了。"卡西尔低语。他的疤痕焚烧，回忆涌上，想到持续数月地反复挤过裂缝，被利刃般的水晶撕裂手臂，每天都在寻找着晶石……只要一个，好让他能活下去。

他真的能回到那些狭窄、安静的深洞吗？他能再次进入黑暗吗？卡西尔举起双臂，看着疤痕，它们仍旧雪白清晰地映在他手臂上。可以。为了她的梦想，他可以。

他跨到裂口边，强迫自己趴下，然后燃烧锡，立刻听到下方传来的崩裂声。

锡照亮他下方的裂缝。虽然裂缝增宽，却也向四周扩散，朝四面八方发散出扭曲的新的裂缝。既是裂缝，也是洞穴，还是通道。他已经看得到他的第一个天金水晶洞——或者该说是天金洞残骸。细长银亮的水晶已经龟裂断折。在天金水晶附近使用镕金术会让它们断掉，所以统御主得用奴隶而不是镕金术师来帮他搜集天金。

现在是真正的测试，卡西尔心想，更进一步挤入裂缝中。他燃烧铁，立刻看到有几条蓝线朝下指，朝天金洞指去。

洞穴里面本身应该没有晶石，但水晶却因为有残存的天金而散发出浅蓝色的光线。

卡西尔专注于某一条蓝线，轻拉，经过锡增强的耳力听到下方有东西碎裂的声音。

卡西尔微笑。

将近三年多前，站在打死梅儿的工头们面前，看着他们血肉模糊的尸体，他第一次注意到能用铁来感觉水晶洞穴在哪里。他当时还不太了解他的镕金力量，但即便如此，脑海中已经开始有计划成形。复仇计划。

计划不断发展，比他原本想的更大更广，但其中一个关键部分仍然塞在他脑子的一角。他可以找到水晶洞穴，他可以利用镕金术粉碎它们。

而且它们是整个最后帝国中，唯一能制造天金的地方。

你们试图想摧毁我，海司辛深坑，他心想，爬入更深的地方。该是我回报的时候了。

我们已经很贴近了。奇特的是，在这么高的山上，我们似乎终于脱离深黯的压制，已经有好一段时间我不曾有这种感觉。费迪克发现的湖泊如今在我们下方，我可以从山崖边看到，从上方往下看着它光滑如玻璃，近乎金属的光泽更是诡异。我几乎希望我让他采集过湖水做样本。

也许就是他的兴趣才激怒了跟踪我们的迷雾怪物。也许……这就是为什么它决定要攻击他，以隐形的刀戳刺他。

奇特的是，这起攻击让我感到安心，毕竟我知道有别人也看到那怪物了。这代表我没有疯。

33

"所以……就这样？"纹问道。"我是说我们的计划。"

哈姆耸耸肩："如果审判者粉碎了沼泽的意志，就代表他们什么都知道了。至少，他们会知道不少事情，知道我们打算攻击皇宫，利用家族战争做掩护。我们现在绝对不可能将统御主引出城外，而且绝对不可能让他照原来计划那样派皇宫守卫进入城里。情况看起来很不妙，纹。"

纹静静坐着消化这些信息。哈姆盘腿坐在肮脏的地板上，靠着另一面墙。备用密室是只有三个房间的潮湿地窖，空气闻起来是泥土跟灰烬的气味。光是歪脚的学徒们就占了一间房，多克森在来到密室前已经遣走了所有佣人。微风站在房间对面的墙边。他偶尔会不舒服地瞄瞄肮脏的地板跟满是灰尘的矮凳，但还是决定要站着。纹觉得他没必要这么麻烦——住在这个其实只能算是在地上挖的洞的地方，绝对不可能保持他想要的整洁。

不只有微风对目前画地为牢的状况感到不满。纹那天也听到几名学徒抱怨，他们宁愿被教廷抓走也不要再被关在这种地方，但在地窖中度过的这两天里，除非绝对必要，每个人几乎都躲在密室中。他们了解目前险峻的形势：沼泽可能已经将每个成员的名字跟特征都描述给审判者了。

微风摇摇头："各位，也许该是一口气结束这场行动的时候了。我们很努力，而且原本聚集军队的计划已经有如此悲壮的下场，我认为我们已经做得相当出色。"

多克森叹口气："我们的确是不能再靠剩下的钱过多久，如果阿凯再把钱送给司卡就更是如此。"他坐在桌子边，那是房间里唯一的一件家具，最重要的笔记本、记录和契约整整齐齐地堆在他面前。他先前以惊人的效率搜集起每张可能会露出组员或是进一步泄露计划细节的纸片。

微风点点头："我可是很期待有点改变。这一切都相当有趣、愉快，还带来了各种令人满足的情绪。但是跟卡西尔一道工作还蛮累人的。"

纹皱眉："你不想继续留在他身边了？"

"这得看他下一次的行动是什么。"微风说道，"我们跟其他集团不同，是否要参与是随我们的意思，不是因为我们被指定。仔细挑选工作对我们而言很重要。报酬大，但风险也大。"

哈姆微笑，双臂枕在头后，完全不在意脏污："所以，我们会参与这个工作实在蛮奇怪的，不是吗？非常高的风险，非常低的报酬。"

"其实是半点都没有。"微风评论，"我们现在绝对拿不到那些天金。卡西尔在那边说要无私无我、救助司卡，这都是很好的，但我一直希望还是能有机会去财库狠捞一笔。"

"没错。"多克森说道，从笔记前抬起头，"可是，这一切还是值得吧？我们做的工作，我们达成的事情？"

微风跟哈姆想了想，然后两人都点点头。

"这就是我们留下来的原因。"多克森说道，"阿凯自己也说了，他挑选我们是因为他知道我们会尝试一些不一样的方法来达成一个有价值的目标。你们都是好人，就连你也是，微风。不要这样臭脸看着我。"

纹因熟悉的斗嘴而微笑。虽然沼泽让所有人都蒙上一层哀戚的气氛，但这些人都知道该怎么样在伤痛之余继续前进。在这方面，他们的确很像司卡。

"家族战争。"哈姆懒懒地说道，自顾自地微笑，"你觉得死了几个贵族？"

MISTBORN: THE FINAL EMPIRE

"至少好几百。"多克森头都没抬地说道,"都是被他们自己贪婪的双手杀死的。"

"我承认我对整场闹剧是有疑虑。"微风说道,"可是这会造成商业贸易中断,更不要提政府的混乱……你说得没错,多克森。是值得的。"

"确实是!"哈姆说道,模仿微风正经八百的声音。

我会想念他们,纹惆怅地想。也许卡西尔会带我进行他的下一个计划。

楼梯喀啦作响,纹反射性地缩入阴影中。满是木刺的门打开,一个全身黑衣的熟悉身影踏入房中,手上抱着迷雾披风,满脸看来疲惫至极。

"卡西尔!"纹说道,上前一步。

"大家好。"他以疲累的声音说道。

我知道那种疲累。纹心想。白镴延烧。他去哪里了?

"你迟到了,阿凯。"多克森说道,还是没有从笔记本前抬起头。

"保持一贯的风格是我向来努力的目标。"卡西尔说道,将迷雾披风抛在地上,伸伸懒腰,然后坐下,"歪脚跟鬼影呢?"

"歪脚在后面睡觉。"多克森说道,"鬼影跟雷弩走了。我们猜你会想要我们最好的锡眼去帮他看着。"

"好主意。"卡西尔说道,深深叹口气,靠着墙闭上眼睛。

"亲爱的朋友……"微风开口。"你看起来好惨。"

"其实没看起来那么惨,我回来的时候慢慢走,甚至停下来几个小时睡了觉。"

"是啦,但你去哪里了?"哈姆直截了当地说,"我们担心得要命,怕你出去做什么……傻事。"

"其实不是。"微风评论道,"我们已经认定你一定是出去做傻事了,只是不知道这次有多傻。所以,到底是什么?你刺杀了圣祭司大人吗?杀戮几十名贵族?偷了统御主身上的披风?"

"我毁了海司辛深坑。"卡西尔低声说道。

房间陷入震惊的沉默。

"你们知道吗……"微风终于说道,"我们怎么到现在还学不会不能低估他呢。"

"毁了?"哈姆问道,"你怎么毁了海司辛深坑?那只是地底下的一堆裂缝而已!"

"我其实没有真的毁掉裂缝本身。"卡西尔解释,"我只是粉碎了生产天金晶石的水晶。"

"全部?"多克森瞠目结舌地问道。

"我能找到的全部。"卡西尔说道。"总共有好几百个洞,有了镕金术后,在下面行动变得简单很多。"

"水晶?"纹不解地问道。

"天金水晶,纹。"多克森说道,"它们会制造出晶石,中央会有天金珠子,但我想没有人知道这到底是怎么制造出来的。"

卡西尔点点头:"就是因为水晶,所以统御主不能派镕金术师去将天金晶石拉引出来。在水晶附近使用镕金术会让它们粉碎,得要花好几个世纪才长得回来。"

"好几个世纪无法生产天金。"多克森补充道。

"所以你……"纹没说完。

"我算是断绝了最后帝国未来三百多年的天金经济。"

依蓝德。泛图尔。他们负责深坑。统御主发现这件事会如何反应?

"你这个疯子。"微风低声说道,眼睛睁得老大,"天金是皇家经济的根源。控制天金是统御主掌控贵族的方法之一。也许我们动不到他的储备天金,但这终究会有同样的效果。你这个天赐的疯子……你这个天赐的天才!"

卡西尔半自谦地微笑:"谢谢你的两种赞美。审判者对付歪脚的店了吗?"

"我们的守卫没看到。"多克森说道。

"很好。"卡西尔说道,"也许他们没有粉碎沼泽的意志。至少,也许他们没发现他们的安抚站已经被外泄了。如果你们不介意的话,我得要去睡了,我们明天得规划很多事。"

所有人一呆。

"规划?"老多终于问道,"阿凯……我们还在想是不是该撤退了。我们造成家族战争,而你又刚破坏了帝国经济。我们的计划跟伪装都已经外泄……你不是认为我们还能继续下去吧?"

卡西尔一笑,跌跌撞撞地站起,走入后方房间:"我们明天再谈。"

"你觉得他在计划什么?"纹问道,坐在地窖的炉火旁,看着泰瑞司人准备下午的餐点。卡西尔睡了一晚,直到下午都还没起床。

"我真的不知道,主人。"沙赛德啜着粥回答。"不过此时此刻,城内情况这么纷乱,的确是对抗最后帝国的完美时机。"

纹坐在原处深思:"我想我们还是可以攻占皇宫,这是阿凯一直想要做的。可是大家认为如果统御主收到了警讯,这种事就不可能成功,况且我们的士兵似乎不足以在城市中引起什么大动乱。哈姆跟微风一直没完成他们的招募行动。"

沙赛德耸耸肩。

"也许卡西尔打算要对付统御主。"纹说道。

"也许。"

"沙赛德?"纹缓缓开口,"你搜集传说,对不对?"

"身为守护者,我搜集许多东西。"沙赛德说道,"故事、传说、宗教。在我年轻时,另一名守护者将他所有的知识都背给我听,好让我能够将它都储存起来,继续累积。"

"你听过卡西尔一直在说的'第十一金属'的传说吗?"

沙赛德想了想。"没有,主人。当我从卡西尔主人那边听到这个传说时,它对我而言是新的。"

"但他发誓那是真的，"纹说道，"而我……出于某种原因，我相信他。"

"很有可能有我没有听说过的传说。"沙赛德说道，"如果守护者无所不知，那我们何必还要继续搜寻呢？"

纹点点头，仍然有点不确定。

沙赛德继续搅着汤。他显得好有……尊严，即使只是在做一般杂事。他穿着侍从官的袍子，完全不在意自己正在做一件简单至极的事，轻易地接下了集团遣散的仆人的工作。

匆忙的脚步声在楼梯上响起，纹精神一振，从凳子上滑下。

"主人？"沙赛德问道。

"有人在楼梯间。"纹说道，朝门口走去。其中一名学徒，纹想他的名字是塔司，冲入主房。雷司提波恩离开后，塔司成为集团的主要守望人。

"大家都聚集在广场里。"塔司说道，朝楼梯挥手。

"怎么了？"多克森从另外的房间走进。

"所有人都去了喷泉广场，多克森师傅。"男孩说道，"街上都在传，圣务官正在准备更多的处刑。"

对深坑事件的报复，纹心想。他们可没浪费时间。

多克森脸色一沉："去把阿凯叫醒。"

"我打算去看。"卡西尔说道。

他走过房间，身着简单的司卡衣服跟披风。

纹的胃部紧缩。又要去？

"你们可以自行决定要不要去。"卡西尔说道。他在经过长时间休息后，气色看起来好很多，不再精疲力竭，恢复到纹惯见的精力充沛状态。

"这些处刑可能是针对我在深坑所做的事。"卡西尔继续说道，"我要看着那些人死，因为是我间接造成的。"

"那不是你的错。"多克森说道。

MISTBORN: THE FINAL EMPIRE

"这是我们所有人的错，"卡西尔不加掩饰地说道，"但不代表我们做的事情是错的。可是，要不是我们，这些人便不用死。我觉得我们能为这些人做的事是——至少要去见证他们的死亡。"他拉开门，爬上台阶。其余人缓缓地跟着他，但歪脚、沙赛德，还有学徒们则留在密屋里。

纹爬上空气污浊的楼梯间，终于跟其他人在肮脏的司卡贫民窟中会合。灰烬从天上落下，缓缓地一片片飘落。卡西尔沿着街道往前走，而其他人——微风、哈姆、多克森还有纹——则快步上前想跟上他。

密屋离喷泉广场不远。

可是卡西尔在目的地的几条街外便停下脚步。眼神呆滞的司卡继续绕过他们前进，推挤着集团众人。钟声在远处响起。

"阿凯?"多克森问道。

卡西尔歪着头："纹，你听到了吗?"

她闭起眼睛，烧起锡。专注，她心想。照鬼影所说的去做，拨开摩擦的脚步声跟压低的交谈声，不要去听关门声跟呼吸声，听着……

"马匹。"她说道，熄灭锡，睁开眼睛，"还有马车。"

"木板车。"卡西尔说道，转向街道的一边，"囚犯的木板车。他们要走这边。"

他抬起头看着四周的建筑物，抓了一条引水绳，开始爬上墙壁。微风翻了翻白眼，推推多克森，朝附近的大门点点头，纹和哈姆靠着白镴，轻松地随着卡西尔上了屋顶。

"那里。"卡西尔说道，指着不远处的街道。纹勉强能分辨出一排有铁柱的囚犯马车朝广场而去。

多克森跟微风靠着窗户爬上歪斜的屋顶。卡西尔站在屋檐边际，望着囚车。

"阿凯。"哈姆警戒地问道，"你在想什么?"

"我们离广场还有一小段距离。"他缓缓说道，"审判者们也没有跟囚犯在一起，他们会像上次一样从皇宫过来。顶多只有一百名士兵在守着那些人。"

"一百人也不少,阿凯。"哈姆说道。

卡西尔似乎没听到他的话。他再次向前一步,靠近屋顶的边缘:"我可以阻止这场处刑……我可以救他们。"

纹站到他身边:"阿凯,虽然没有很多守卫跟囚犯在一起,但喷泉广场只在几个街口外,那里都是士兵,更不要提有审判者!"

出乎意料之外,哈姆没有赞成纹的说法。他转过头,瞥向多克森跟微风。老多想了想,然后耸耸肩。

"你们都疯了吗?"纹质问。

"等等。"微风眯着眼睛说道,"我不是锡眼,但你不觉得有些囚犯的衣服穿得太好了吗?"

卡西尔全身一僵,开始咒骂,毫无预警地跳下屋顶,在下方的街道落地。

"阿凯!"纹说道,"怎么了……"然后她没再说话,在红色的太阳下抬头,看着缓缓逼近的一排木板车。透过锡力增强的双眼,她认出某个坐在前面一辆囚车的人。

鬼影。

"卡西尔,发生了什么事?"纹质问,跟在他身后冲上前。

他稍稍减缓速度。"我看到雷弩跟鬼影在第一台囚车上。教廷一定攻击了雷弩的运河船队,那些笼子里的人是我们雇来在大宅工作的仆人、工人和守卫。"

运河队伍……纹心想。教廷一定知道了雷弩是冒牌货。沼泽毕竟还是说了出来。

在他们身后,哈姆从建筑物里出现来到路上,微风跟多克森则跟在后面。

"我们得快!"卡西尔说道,再次加快速度。

"阿凯!"纹说道,抓住他的手臂,"卡西尔,你救不了他们。他们的防守太严密，现在又是大白天的城市中，你会害死自己的！"

他当街停下脚步，转过身，望入她的双眼，露出失望的神情。"你不了解这一切的意义，对不对，纹？你从来都不了解。我之前让你阻止了我一次，就在战场的山边。这次不行。这次我可以做些什么。"

"可是……"

他甩开手臂："关于友谊，你还有一些该学习的东西，纹。我希望有一天你能了解那是什么。"

然后他向前冲去，朝囚板车的方向疾奔。哈姆从纹的身边穿过，跑向另一个方向，推开正要前往广场的司卡。

纹傻愣愣地站在原处良久，任凭灰烬落在她身上。多克森赶到她身旁。

"这简直疯了。"她喃喃说道，"我们办不到的，老多。我们不是所向无敌的。"

多克森一哼。"我们也不是毫无缚鸡之力。"

微风气喘吁吁地跑步跟上，指着一条小巷："那里。我得去一个能看得见士兵的地方。"

纹任凭他们拖着她走，羞愧混着担忧齐齐涌上心头。

卡西尔……

卡西尔抛下两个喝完的空瓶。玻璃在空中闪烁、坠落，在石板路上摔了个粉碎。他钻过最后一条小巷，冲出空无一人、气氛诡异的路口。

囚车朝他驶来，进入两条街道交叉处所形成的小广场，每辆长方形的车上都用许多铁柱隔开，每辆车都载着他熟悉的人。仆人、士兵、管家，有些是反叛军，许多都是普通人。没有人应该送死。

已经死了太多司卡了，他心想，骤烧金属。上百。上千。数十万。到今天为止。从此停止。

他抛下一枚钱币跃起，将自己推入空中，划出大大的弧线。士兵们抬起头，用手指指点点。卡西尔降落在人群正中心。士兵们一同转身的

迷雾之子
卷一·最后帝国 [珍藏版]

瞬间，一切静止下来。卡西尔蹲在他们之中，灰烬片片从空中落下。然后，他钢推。

他大喊一声，骤烧钢，站起身往外推。突然迸发的镕金力量透过士兵的胸甲将他们抛向四面八方，十几个人同时飞入天空，落地时撞上同伴或墙壁。

有人发出尖叫。卡西尔转身，推向另一群士兵，让自己飞向其中一台囚车，顺势将木板撞碎，骤烧钢，双手拉开金属门。

囚犯们惊讶地向后一缩。卡西尔靠着白镴增强的臂力将门扯下，然后把门抛向一群靠近的士兵。

"走！"他告诉囚犯，跳下马车，轻盈地落在街上。转过身。

面前是一名身着褐色长袍的高大身影。卡西尔全身一僵，退后一步，看着高个子举手拨开帽罩，露出一对被尖刺刺穿的眼睛。审判者微笑，卡西尔听到脚步声从侧街贴近。数十人。数百人。

"该死！"微风咒骂，看着士兵涌入广场。多克森将微风拉入小巷，纹跟着他们躲入，蹲在阴影中，听着士兵在外面的十字路口大叫。

"怎么了？"她质问。

"审判者！"微风说道，指向站在卡西尔身前的褐袍身影。

"什么？！"多克森说道，站起身。

陷阱，纹惊恐地意识到。士兵开始从隐藏的侧面小巷涌入广场。卡西尔，快跑！

卡西尔钢推开一名摔倒的守卫，反身一跃，降落在囚车上，蹲下，打量着新来的士兵。许多人手中都握着木杖，没有穿盔甲。杀雾者。

审判者将自己钢推过满是灰烬的空中，重重一声落在卡西尔面前，那怪物微笑着。是同一个人。之前的那个审判者。

"那女孩在哪里？"怪物静静说道。

卡西尔无视于问题。"为什么只有你一个？"他质问。

怪物的笑容转深："我抽签赢了。"

533

MISTBORN: THE FINAL EMPIRE

卡西尔骤烧白镴，在审判者抽出一对黑曜石斧头的同时冲到一旁。广场很快便塞满士兵，他可以听到囚车里的人在大喊。

"卡西尔！卡西尔大人！求求你！"

卡西尔低声咒骂，看着审判者朝他而来。他伸出手，铁拉其中一辆满满是人的囚车，让自己越过一群士兵，降落，冲到车边，打算放出里面的人。但在他抵达的同时，车子震动。卡西尔抬起头，正好看到金属眼睛的怪物正从囚车上方朝他微笑。

卡西尔将自己向后钢推，感觉斧头从他的头边挥过。他顺利地落地，却被随即攻上前来的士兵逼得立刻跳到一旁；降落时，他铁拉其中一台囚车稳住身形，又铁拉之前被他抛在一旁的铁门。铁门飞入空中，砸入一群士兵中间。

审判者从他背后攻击，但卡西尔跳开，仍旧在翻滚的门滚过他面前的石板路，卡西尔朝它跑去，经过时顺势反推，让自己飞入空中。

纹说得对，卡西尔烦躁地心想。在下方的审判者以不自然的眼睛追踪他的方向。我不该做这件事。下方一群士兵再次抓住他放掉的司卡。

我应该要逃，应该要甩掉审判者，我以前办得过。可是……这次不行。他不愿意。他以前妥协过太多次。就算要牺牲一切，他也必须要放走这些犯人。

然后，在他开始下落的同时，他看到有一群人冲入十字路口，手上握着武器却没穿制服，最前方跑的是个熟悉身影。

哈姆！原来你去那里了！

"怎么了？"纹焦急地问道，扭着脖子想看广场的情况。卡西尔的身影从空中落回打斗中心，黑色的披风拖曳在身后。

"是我们的士兵！"多克森说道，"哈姆把他们带来了！"

"多少人？"

"一组是两百人左右。"

"所以他们是以寡敌众。"

多克森点点头。

纹站起身："我要去。"

"不可以。"多克森坚决地说道，抓住她的披风，将她拖回，"我不要你再体验上次面对那种怪物所发生的事。"

"可是……"

"阿凯没事的。"多克森说道，"他只是要拖延时间，让哈姆能将犯人放走，然后他就会逃了。你看着就知道。"

纹向后一步。

在她身边，微风正在自言自语："对，你在害怕，我们专注于这点，将其他所有情绪安抚下来，让你满心恐惧。那是一名审判者跟迷雾之子在打斗，你绝对不想干涉他们……"

纹转头看着广场，看到一名士兵抛下木杖逃跑。有别的战斗方法，她发现这一点，立刻跪到微风身边："我该怎么帮忙？"

哈姆的军队冲入皇家士兵之中，开始杀出一条通往卡西尔的血路，卡西尔同时也躲过了审判者的攻击。一般的士兵因审判者冲过来而分心，他们似乎非常乐意放卡西尔跟审判者两人单打独斗。

在一旁，卡西尔可以看到司卡开始聚集在小广场附近的街道上，打斗引来在喷泉广场等待的司卡注意力。卡西尔可以看到别群皇家士兵试图要挤入战斗区，但上千名塞满街道的司卡严重阻碍了他们。审判者挥舞斧头，卡西尔闪过。怪物显然焦躁了起来。在一旁的哈姆军队有几人来到其中一台囚车旁，打断了锁头，放走囚犯，哈姆其余的手下则忙着对付皇家士兵，让囚犯有脱逃的机会。卡西尔微笑，打量着烦躁的审判者。怪物低声咆哮。

"法蕾特！"一个声音大叫。

卡西尔震惊地转过头。一名衣着华贵的贵族正推开士兵，朝打斗中心走来，手中握着一根决斗杖，旁边两名四面受敌的保镖一路护着他。他并未受到多少伤害，因为两边都不太愿意攻击一名显然是贵族出身的

MISTBORN: THE FINAL EMPIRE

男子。

"法蕾特!"依蓝德·泛图尔再次大喊。他转向其中一名士兵,"是谁叫你们去劫掠雷弩的船队?是谁下令的?!"

这下可好了,卡西尔心想,警戒地盯着审判者。怪物以扭曲、憎恨的表情看着卡西尔。你尽管恨我好了,卡西尔心想。我只需要撑到能让哈姆把犯人放走,然后我就可以把你引走。

审判者伸出手,轻松地将一名跑过他的女仆的头砍下。

"不!"卡西尔大喊,看着尸体倒在审判者的脚边。

怪物抓起另一名受害者,举起斧头。

"好!"卡西尔说道,踏步上前,从腰带拉出两个瓶子,"好!你要跟我打吗?来啊!"

怪物微笑,将抓来的女人推向一旁,朝卡西尔前进。

卡西尔掰开两个瓶子的塞子,一口气喝下,将瓶子抛在一旁。金属在他的胸口焚烧,随着他的愤怒一起燃烧。他的兄长,死了。他的妻子,死了。家人、朋友、勇士们,都死了。

你逼我报仇?他心想。

这可是你自找的!

卡西尔停在审判者几尺前的地方,双拳紧握,用力猛然骤烧钢,周遭所有的人都在巨大无形的力量袭来时被身上的金属震飞。塞满皇家士兵、囚犯、反叛军的广场在卡西尔跟审判者周围扫出一小块空地。

"动手吧。"卡西尔说道。

我从来不想被人惧怕。

如果我有后悔的事,那就是我造成的恐惧。恐惧是暴君的手段。

很不幸的,当世界的命运悬于一发之际,我会不择手段。

34

死人跟濒死之人倒在石板路上。

司卡挤满道路。囚犯呼喊着他的名字。烟雾弥漫中太阳的热力燃烧着街道。

灰烬从空中落下。

卡西尔冲上前去,骤烧白镴,抽出匕首。他燃烧天金,审判者也是,两人大概有足够的存量可以燃烧好一段时间。卡西尔在热空气中来回挥砍,攻击审判者,手臂生出无数影子。怪物在疯狂的一团天金影子中闪躲,然后挥舞一把斧头。

卡西尔一跳,白镴让他的跳跃超过人类能及的高度,刚好越过挥舞中的武器,他伸出手,反推后方在打斗的士兵,让自己冲上前,双脚踢踩上审判者的脸,一蹬,以后空翻落地。

审判者脚步一歪,卡西尔趁下坠的同时拉引一名士兵,将自己往后扯,士兵被铁拉的力量拉飞,开始朝卡西尔飞去,两人在空中会合。

卡西尔骤烧铁,拉住右边的一堆士兵,同时拉着左边的之前那个士兵,让自己开始旋转,他飞向一旁,而仿佛被绳子牵绊在卡西尔身边的士兵,像是流星锤一般大幅度被挥晃。

不幸的士兵撞上踉跄的审判者,两人同时飞向一台空囚车的铁柱。

士兵昏倒在地,审判者从铁笼子弹开,四肢着地,一道鲜血沿着怪物的脸滴下,流过眼睛周围的刺青,但他抬起头,微笑,似乎没有半点晕眩的迹象。

卡西尔落地,低声暗自咒骂。

审判者随即以不可置信的速度抓起空囚车的两根铁柱,用力一扯,将铁柱框扯离底板。

MISTBORN: THE FINAL EMPIRE

该死！

怪物一转身，将巨大的铁笼子抛向只站在几尺外的卡西尔。卡西尔没有时间闪避，身后则是建筑物，如果他将自己反推，会夹在两者间被压扁。

笼子冲向他，于是他一跳，利用钢推引导身体穿过回旋中笼子的大门，在铁牢房中旋转身体，朝四面八方钢推，将自己的身体稳固在铁笼正中央，直到它撞上墙，旋即跳出，重获自由。

卡西尔让自己落在屋顶的下方，看着笼子缓缓沿着墙滑下，再也不动。隔着铁柱，他可以看到审判者在一片海潮般攻击的士兵之间看着他，身体周遭围绕着扭转、俯冲、移动的天金影像。审判者朝卡西尔微微一俯首，表达他的敬意。

卡西尔大喊一声，钢推，同时骤烧白镴以避免自己被压扁。铁笼炸开，金属顶端飞入空中，铁柱朝外四散。卡西尔拉引后方的铁柱，继续推行前方的铁柱，让一连串的金属如流水般射向审判者。

怪物举起手，利落地将大型飞行物击落两旁，但卡西尔却是让自己的身体藏在金属射棍之后，靠钢推让自己冲向审判者。

审判者将自己铁拉到一旁，挑了一名不幸的士兵做为锚点。男子突然从战斗中被拉走，大喊出声，但随即再也发不出声音来，因为审判者在跳跃时利用士兵反推，将那人压到地面。

审判者跃入空中，卡西尔靠反推一群士兵来减缓自己的速度，好看清审判者的位置。他身后的笼子再度倒回地上，激起一片石屑。卡西尔抵着笼子猛然高飞，追向审判者的方向。

灰烬和碎片飞过他身边，他面前的审判者转身，拉引下方的某样东西，顿时立刻改变方向，朝卡西尔扑来。

直接对撞。对于脑袋里没钢刺的家伙很不利。卡西尔连忙拉引一名士兵，垂直下坠，审判者斜飞过他头顶上方。卡西尔骤烧白镴，然后撞上他拉向自己的士兵，两人一同在空中回旋，幸好那人不是哈姆的手下。

迷雾之子
卷一・最后帝国 [珍藏版]

"抱歉了，朋友。"卡西尔轻松地说道，将自己钢推到一旁。

那人飞弹而去，最后撞上屋墙，卡西尔则借由他飞跃到战场上方。从上俯瞰，哈姆的主要军队终于来到了最后一辆囚车旁，很不幸的是，也多来了几群帝国士兵，正推挤过观看的司卡群众。其中一大群士兵身上背着以黑曜石为箭头的箭。

卡西尔咒骂出声，让自己落下。弓箭手摆好阵势，显然打算要直接攻击在打斗的群众。他们会误伤一部分自己人，但主要的攻击仍然会落在奔逃的囚犯身上。

卡西尔落在石板地上，铁拉一旁他摧毁的笼子的铁柱。铁柱朝他飞驰而来。

弓箭手拉弓，但他看得见他们的天金影子。卡西尔松开了铁柱，让自己略偏向一旁，铁柱立刻飞到弓箭手跟逃脱的囚犯之间。

弓箭手放箭。

卡西尔抓住铁柱，同时骤烧钢跟铁，对每根铁柱的两端分别推和拉，铁柱猛然在空中一震，立刻开始快速旋转，有如发了疯的风车。大多数的飞箭都被旋转的铁柱弹到一旁。铁柱跟四散的箭一同落在地上，弓箭手瞠目结舌站在原地，卡西尔趁此时再往旁边一跳，轻轻拉着铁柱，让它们飞到自己面前，再次一推，铁柱冲向弓箭手，然后他背过身，不去看后面尖叫着死去的士兵，眼神专注地寻找他真正的敌人。

那怪物躲去哪里了？

眼前一片混乱。人们在战斗、奔跑、逃离、死亡，每个人在卡西尔眼里都有预言的天金影子，但在这情况下，影子让在战场上移动的人数增加一倍，也相对增加了一倍的混乱。

越来越多的士兵抵达。哈姆的手下死了不少人，大多数则开始撤退，幸好他们可以直接脱下盔甲就立刻混入司卡人群里。卡西尔也担心最后一辆囚车——雷弩跟鬼影在里面。哈姆跟他士兵进入战场的方向让他们必须一辆一辆马车向前攻进，因此如果他们想要最先放掉鬼影跟雷弩，

539

MISTBORN: THE FINAL EMPIRE

就得经过其他五辆囚车，任凭里面的人继续受困。哈姆显然不打算在救出鬼影跟雷弩前离开，而只要哈姆在战斗的地方，反抗军士兵就能撑下去。这就是为什么白镴臂也被称为打手：他们的战斗没有任何精细技巧，没有聪明的铁拉或钢推，只是靠纯粹的力量与速度。哈姆将敌人士兵抛开，破坏他们的队形，领着五十人冲向最后一辆囚车，他到达时，退了一步好打退一群敌人士兵，其中一名手下则砸碎了囚车上的锁。

卡西尔露出微笑，为他们感到骄傲，眼睛仍然在搜寻审判者的身影。他这边的人数虽少，敌军却明显对司卡反叛军的决意心存忌惮。卡西尔的人带着热血在战斗——虽然他们有许多劣势，但这一点是他们的绝对优势。

当终于能说服他们去战斗时，这就是潜藏在他们所有人之中的力量。只是很难释放而已……

雷弩下了马车，来到一边，看着他的仆人从囚车里冲出来。突然，一名衣着华贵的身影从群众中冲出，抓着雷弩的前襟。

"法蕾特在哪里？"依蓝德·泛图尔质问，声音传到锡力增强的卡西尔耳里，"她在哪个笼子里？"

小子，你真的开始要惹怒我了，卡西尔心想。他在士兵之中推开一条道路，朝那个方向奔去。

审判者出现，从一堆士兵后方跃出，落在笼子上，晃动整台囚车，枯爪般的双手各持一柄黑曜石斧头。怪物迎向卡西尔的双眼，微笑，然后从笼子落下，一斧头砍上雷弩的背。那只坎得拉全身一震，眼睛圆瞪。审判者接下来转向依蓝德。卡西尔不确定那怪物是否认得他，也许审判者以为依蓝德是雷弩的家人，也许他根本不在乎。

卡西尔停下脚步。

审判者举起斧头要攻击。

她爱他。

卡西尔骤烧体内的钢，不断煽高熔金火焰，直到他的胸口有如灰山般炙热，他抵着后方的士兵，向前奔射而去，推倒后方几十人，飞蹿到审判者面前，在怪物正要开始挥砍时与他相撞。

抛下的斧头落在几尺外。两人倒地时，卡西尔抓住审判者的脖子，开始以白镴增强的肌肉捏紧。审判者举起手，抓住卡西尔的双手，焦急地想要将他的手扯开。

沼泽说得没错，卡西尔在一片混乱中想到。他怕死。他是能被杀死的。

审判者气喘吁吁，金属尖刺从他眼中突出，离卡西尔的脸只有几寸远的距离。卡西尔瞄到一旁的依蓝德·泛图尔歪歪倒倒地站起，向后退开。

"那女孩没事！"卡西尔透过咬紧的牙关说道，"她不在雷弩的船队上。快走！"

依蓝德不确定地停下脚步，然后他的其中一名保镖终于出现，男孩让自己被拉走。

我不敢相信我刚救了一名贵族，卡西尔心想，挣扎着要掐死审判者。你最好要好好谢我，小妞。

审判者缓慢地以肌肉贲张的双手拉开卡西尔的手。怪物再次开始微笑。

他们的力气大得惊人！

审判者将卡西尔推后，拉引一名士兵，让自己半跑半滑地拖过石板路，结果撞上一具尸体。他翻身一跃，重新站稳，脖子因卡西尔的捏握而泛红，皮肤也被卡西尔的指甲戳破，但仍在微笑。

卡西尔钢推一名士兵，也让自己站起。他看到身边的雷弩靠着囚车。卡西尔对上坎得拉的目光，轻轻点头。雷弩叹口气，倒在地上，背后插着斧头。

"卡西尔！"哈姆在人群中大喊。

"快走！"卡西尔告诉他，"雷弩死了。"

哈姆瞄向雷弩的尸体，然后点点头。他转身面对手下，下令。

"幸存者。"一个沙哑的声音说道。

卡西尔立刻转身。审判者以通过白镴增强后的平滑步伐踏步向前，天金影子围绕在身旁。"海司辛幸存者。"他说道，"你答应要跟我战斗。我得要杀死更多司卡吗？"

卡西尔骤烧金属："我没说我们打完了。"

然后，他微笑。他担心，他在痛，但他也很兴奋。

穷其毕生，有一部分的他希望自己能够挺身战斗。

他向来很想知道他能不能打倒一名审判者。

纹站起身，焦急地想看穿人群。

"怎么了？"多克森问道。

"我觉得我看到依蓝德了！"

"在这里？听起来有点荒谬，不是吗？"

纹脸上一红。大概吧。"无论如何，我想要看得更清楚。"她攀上小巷的一面墙。

"小心点。"老多说道，"如果被审判者看到你……"

纹点点头，爬上砖块，一旦爬得够高，她便立刻开始在人群中寻找熟悉的身影。多克森说得没错，她没看到依蓝德。其中一辆囚车，就是被审判者扯掉铁笼的那辆，倒在路上，马匹四处踩踏，被战斗的人群跟司卡们困在里面。

"你看到什么？"老多大喊。

"雷弩倒下了！"纹说道，眯起眼睛燃烧锡。"看起来像是有斧头卡在他背上。"

"他不一定会因此致命。"多克森令人不解地说道，"我对坎得拉所知不多。"

坎得拉？

"囚犯呢？"老多喊道。

"他们都逃走了。"纹说道,"笼子都空了。老多,那里有好多司卡!"看起来像是喷泉广场中的所有人都挤到这小路口来了。这一区微微向下凹处,纹可以看到数千名司卡挤在朝四面八方上斜的街道上。

"哈姆逃了!"纹说道,"我到处都没看到他的人,也没看到尸体!鬼影也不见了。"

"阿凯呢?"多克森焦急地问道。

纹一愣。"他还在跟审判者打。"

卡西尔骤烧白镴,朝审判者揍了一拳,小心避开从眼眶中突出的平坦金属底部。怪物脚步一歪,卡西尔朝他的肚子再补上一拳,审判者低吼,挥了卡西尔一巴掌,一击让他倒地。

卡西尔甩甩头。要怎么样才能杀死这东西啊?他心想,撑起自己站立,再往后退,审判者踏步上前。有些士兵还在人群中找哈姆跟他的手下,但大多数已经停止动作,站在原地。两名强大镕金术师间的战斗是所有人都会低声传颂,却从未亲眼见过的情景。士兵跟平民目瞪口呆地站在原处,惊叹地看着这场前所未见的战斗。

他的力气比我大,卡西尔承认,小心翼翼地看着审判者。但力量不是一切。卡西尔探出力量,拉着小块的金属,全部抽到身边来——铁盖、精钢剑、钱袋、匕首,仔细地靠钢推跟铁拉不断朝审判者进攻,同时维持天金燃烧,好让每样他控制的东西在审判者眼中都有许多天金影子。

审判者低声咒骂,闪躲着无数的金属,但卡西尔只是利用审判者的推力,顺势将每样物品拉回,又重新朝怪物甩去。审判者朝前一挥,同时推向所有物品,卡西尔任由它们被推开,而审判者一停止钢推,卡西尔便将武器们都拉引回来。

帝国士兵们围成一个圆圈,警戒地观看着。卡西尔利用他们的胸甲不断钢推,让自己在空中反复来回变换方向。他不断保持位置的快速改变高速位移,令审判者抓不着他的动向,只能任凭卡西尔随心所欲地操纵金属武器的攻击方位。

543

"看好我的腰带铁扣。"多克森要求，抓着纹身边的砖头，身体歪斜。"如果我摔倒，记得要铁拉我一下，别让我摔得那么快，好吗？"

纹点点头，但她没太注意老多。

她正在看着卡西尔："他简直不可思议！"

卡西尔在空中来回蹿动，脚不沾地，金属碎片在他身边嗡嗡飞响，回应着他的拉与推，在他的超凡控制下，几乎让人有那些东西全部都是活物的错觉。

审判者愤怒地将它们拍打到一旁，但显然左支右绌，无法追踪每样物品。

我低估卡西尔了，纹心想。我以为他比迷雾人的技巧差是因为他每样都只学到皮毛而已，但其实不是这样。这，才是他的强项——精妙绝伦的钢推跟铁拉。

而铁跟钢是他亲自训练我的金属。也许一直以来，他都清楚知道。

卡西尔转身，在金属的风暴中飞行，每次有东西落地，他就又将它抄起；物品都以直线飞行，但他不断移动，来自钢推自己，维持所有东西都在空中，不断地朝审判者发射。

怪物脑筋一片混乱，不断转身，试图想将自己推上空中，但卡西尔只要朝他推去几块大的金属物体，他便得将它们反推开来，使得自己无法跳跃。

一根铁柱打中审判者的脸。

怪物脚下一趔趄，鲜血沾污了脸边的刺青。一具铁钢盔击中他的身侧，让他后退。

卡西尔开始快速发射金属，感觉他的怒气正在攀升。"杀死沼泽的是你吗？"他大喊，根本懒得听答案，"我多年前被审判时你在吗？"

审判者举起手，推开下一波金属，一跛一跛地往后退，背靠着倾倒的囚车。

卡西尔听到怪物咆哮，突然一波推力席卷过观众，推倒士兵，让卡西尔的金属武器飞走。

卡西尔让它们离开,转而冲上前去,扑向神志恍惚的审判者,抄起一大块石板。

怪物转身面向他,卡西尔大喊,挥舞着石板,力气主要来自于怒气而非白镴。

他正面击中审判者的双眼,怪物的头往后倒,撞上倒地马车的底部。卡西尔再度攻击,一面大喊,一面不断地用石块锤打怪物的脸。

审判者痛得号叫,枯爪般的手朝卡西尔伸去,仿佛要往前跳,身体却突然一弹,停止了动作同他的头被卡在囚车的木头里,从头颅后刺出的尖锥被卡西尔的攻击捶入了木头。

卡西尔微笑,看着怪物愤怒地尖叫,挣扎地要将头扳离木头。卡西尔转向一边,抄起他之前看到的东西。他踢翻一具尸体,抓起地上的黑曜石斧头,粗糙的斧刃在红色阳光下闪闪发光。

"很高兴你说服了我。"他低声说道,然后双手一挥,将斧头穿过审判者的脖子砍入后方的木头。

审判者的身体软倒在石板路上,头则维持在原位,他诡异、带刺青的铁刺眼睛不自然地注视着前方,被自己的尖刺卡在木头上。

卡西尔转身面对群众,突然感觉到极端疲累。他的身体因为数十处的瘀青跟割伤而发疼,他甚至不知道自己的披风何时被扯掉。可是他仍挑衅地面对士兵,充满疤痕的手臂清晰可见。

"海司辛幸存者!"一人低语。

"他杀了一名审判者……"另一人说道。

众人开始呼喊。附近街道的司卡开始尖叫他的名字,士兵环顾四周,惊恐地发现自己被包围。百姓们开始挤上前去,卡西尔感觉到他们的愤怒跟希望。也许事情不用朝我想的方向发展,卡西尔亢奋地想。也许我不需要——

然后,攻击来临。像是遮蔽太阳的云朵,像是静谧夜晚突然来袭的

MISTBORN: THE FINAL EMPIRE

暴风,像是两只手指捏熄了蜡烛。一只压迫性的大手压制了萌生的司卡情绪。所有人缩倒,呼喊声乍止,卡西尔在他们体内点燃的火太小了。

就差一点点……他心想。

在前方,一辆黑色的马车上了山头,开始从喷泉广场下行。

统御主来了。

一波绝望袭来,纹差点把持不住。她骤烧锡,但跟先前一样,仍然能隐约感觉到统御主充满压迫感的力量。

"统御主!"多克森说道,纹分辨不出来那是咒骂还是通报。挤满广场观看的司卡居然让出一条路给黑马车,它从人墙之间驰到满是尸体的广场。

士兵们退开,卡西尔踏离翻倒的囚车,正面迎向马车。

"他在做什么?"纹问道,转身面对将自己撑在一小块凸出石头上的多克森,"为什么他不跑?这不是审判者——这不是能对打的东西!"

"就是此刻,纹。"多克森赞叹地说道,"这就是他等待的机会。面对统御主的机会,证明他那些传说。"

纹回身面对广场。马车停下。

"可是……"她低声说道,"第十一金属。他带来了吗?"

"一定有。"

卡西尔一直说统御主是他的任务,纹心想。他让我们其他人专注于贵族、警备队和教廷,但统御主……卡西尔一直打算要亲自动手。

统御主从马车下来,纹向前俯身,燃烧锡。他看起来像是个……

人。

他穿着有点类似贵族套装的黑白制服,却更为夸张。他的外套长及脚边,随着他的前进而拖曳在地面。他的背心没有颜色,黑得如墨,上面有雪白的花纹。正如纹所听说的,他的手指上闪烁着戒指,是他力量的象征。

我比你们强大许多,戒指如此宣称,我戴不戴金属都无所谓。

英俊，头发漆黑，皮肤白皙，统御主瘦高且自信，而且很年轻——远比纹预期的要年轻，甚至比卡西尔还年轻。他踏步走过广场，避开尸体，身边的士兵退后，逼退司卡。

突然，一小群人穿过士兵的封锁线，身上穿着反叛军拼凑的盔甲，领头的人有点熟悉。他是哈姆的打手之一。

"为了我的妻子！"打手说道，举起矛，冲上前。

"为了卡西尔大人！"另外四人大喊。

不……纹心想。

可是统御主无视于那些人的存在。领头的反叛军反抗地怒吼，将矛戳入统御主的胸口。

统御主只是继续经过士兵前进，矛刺在他的身体中。

那名反抗军一愣，然后从朋友手中再抓起一根矛，将它从统御主的背后刺入。统御主再度无视于那些人，仿佛对他们跟他们的武器不屑一顾。

领头的反叛军跌跌撞撞地退后，听到朋友们开始在审判者的斧头之下哀叫，立刻转身。他很快便和他们一个下场了。审判者站在他们的尸首上方一会儿，高兴地劈砍。

统御主继续上前，仿佛没注意到有两根矛刺穿他的身体。卡西尔站在原地等他。他穿着破烂的司卡衣服，一身褴褛，却很骄傲。他没有屈服在统御主的安抚下。统御主停在几尺外，一根矛几乎要碰上卡西尔的胸口。黑色灰烬轻轻落在两人身边，一部分在淡淡的风里盘旋。广场安静得可怕，就连审判者都停止血腥的动作。纹倾身向前，危险地攀着粗糙的砖头。

快点动手，卡西尔！用金属！

统御主瞥向卡西尔杀死的审判者。"那些很难替补的。"他带着口音的声音清晰地传入纹经过锡力增强的耳朵。

就算隔着这么远，她都能看到卡西尔的微笑。

547

"我杀过你一次。"统御主说道,转身面对卡西尔。

"你尝试过。"卡西尔回答,声音响亮且坚定,传遍整个广场,"但是你杀不死我的,暴君。我代表你一直都杀不死的事物,无论你有多努力。"

统御主鄙夷地一哼,懒懒地举起手,反手挥了卡西尔一巴掌,用力到纹可以听见碎裂声回响在整个广场。

卡西尔身体一歪,翻转倒地,鲜血四溅。

"不!"纹放声尖叫。

统御主从胸口拔下一根矛,刺穿卡西尔的胸口。"处决开始。"他说道,转身回到马车,抽出第二根矛,抛向一旁。

混乱立刻爆发。在审判者的示意下,士兵转过身开始攻击人群,其他审判者从上方的广场出现,骑着黑马,手中黑色的斧头在下午的光线下闪烁。

纹忽略了一切。"卡西尔!"她尖叫。他躺在倒地的地方,矛从胸口突起,鲜血凝聚在他身旁。

不。不。不!她从建筑物跳下,钢推跃过下方的屠杀,落在出奇空旷的广场中央,因为统御主已经离开,审判者们则忙着杀司卡。她爬到卡西尔的身边。

他的左脸几乎半点不存,可是右边……仍然淡淡地微笑,空洞的眼睛望着黑红色的天空,灰烬点点落在他的脸上。

"卡西尔,不要……"纹说道,眼泪流下脸庞。她戳戳他的身体,想找到脉搏。一点都没有。"你说他杀不死你的!"她大喊,"你的计划怎么办?第十一金属怎么办?我怎么办?"

他没有动。一片泪眼模糊中,纹什么都看不见。

不可能。他一直说我们不是无敌的……但那是指我。不是他。不是卡西尔。他是无敌的。他应该是无敌的。

有人抓住她,她扭着身子,哭喊出声。

"该走了，孩子。"哈姆说道。他停下脚步，看着卡西尔，确认自己的首领的确死了。

然后，他将她拖走。纹继续虚弱地挣扎，但开始麻木。在她的意识深处，她听到瑞恩的声音。

你看。我跟你说过他会离开你。我警告你了。我保证过……

第伍章

被遗忘国度的信徒
Believers in a Forgotten World

> 我知道如果我做错选择会发生什么事。我一定要坚强。我不能将力量占为己用。因为我已经看见这么做的未来会发生什么事。

35

跟我合作，卡西尔这么说。我只要求一件事——信任我。

纹动也不动地浮在雾中。雾气如安静的河流。上方，前方，两侧，下方。浓雾包围着她。

相信我，纹，他这么说过。你对我的信任足以让你从墙上跳下来，而我也接住你了。你这次也得要相信我。

我会接住你……

我会接住你……

她仿佛哪里都不复存在。在雾中，成为雾的一部分。她有多羡慕它。它不会思考。不会担忧。不会痛。

我信任你，卡西尔，她心想。我真的信任你，但是你让我失望了。你答应在你的集团中不会有背叛。那这个呢？你的背叛呢？

她悬浮在雾中，熄灭了锡，好让自己更能看清楚白雾。雾有点湿，凉凉地贴在她身上。像是亡者的泪水。

还有什么关系？她心想，望着天顶。还有什么能有关系？你是怎么跟我说的，卡西尔？说我一直不了解？说关于友谊我还需要学习？你呢？你甚至没对抗他！

在她的记忆中，他又站在那里。统御主鄙夷地将他击倒。幸存者跟普通人一样死去。

所以你这么迟疑，不愿承诺你不会遗弃我？

MISTBORN: THE FINAL EMPIRE

她希望她能……离去。飘走。变成雾。她曾经想要得到自由,也以为自己找到了。她错了。这个悲伤,心中这个洞,这不是自由。

这跟瑞恩抛弃她时一样。有什么不同?至少瑞恩是诚实的。他一直保证自己会离去。卡西尔一直骗她,要她信任跟爱人,但瑞恩才是一直诚实的人。

"我不要再这样下去了。"她对雾低语,"你能不能把我带走?"

雾没有回答,只是顽皮地旋转,毫不在乎,总是在变化——却又总是相同。

"主人?"一个迟疑的声音在下方喊道,"主人,上面那个是你吗?"

纹叹口气,燃烧锡,然后熄灭钢,让自己落下。她的迷雾披风随着从雾中落下的动作起伏。她静静地落在密屋屋顶。沙赛德站在不远处,旁边是探子用来爬上屋顶的铁梯。

"什么事,阿沙?"她疲累地说道,将她排成正三角用来稳住自己的三枚钱币拉起。其中一枚扭曲变形——是她跟卡西尔好多个月前互推比赛时用的那一枚。

"抱歉,主人。"沙赛德说道,"我只是在想你去了哪里。"

她耸耸肩。

"真是个安静得出奇的夜晚,我想。"沙赛德说道。

"一个悲伤的夜晚。"卡西尔死后,数百名司卡被屠杀。众人逃离时又有数百人被踩死。

"我甚至不知道他的死有何意义。"她静静地说道,"我们救的人可能远少于被杀死的人。"

"被邪恶的人杀死,主人。"

"哈姆常问,是否真的有'邪恶'这种东西。"

"哈姆德主人喜欢问问题。"沙赛德说道,"可是就连他都不质疑这个答案。肯定有邪恶的人……就像有好人。"

纹摇摇头:"我看错卡西尔了。他不是好人,只是个骗子。他从来就没有击败统御主的计划。"

"也许吧。"沙赛德说道,"或者他从来没有施行计划的机会。或许我们只是不了解他的计划。"

"听起来像是你仍然相信他。"纹转身走到平坦屋顶的边缘,望着安静,满是阴影的城市。

"是的,主人。"沙赛德说道。

"怎么会?怎么能?"

沙赛德摇摇头,站到她身边:"信任不是一帆风顺时才有的,我想。如果在失败后无法继续,那又怎么算是信念,怎么算是信仰呢?"

纹皱眉。

"任何人都会相信某个永远成功的人,主人。可是会失败的人……令人难以相信,这是理所当然的,而我认为正是因为这么困难,所以这件事才有价值。"

纹摇摇头。"卡西尔不配。"

"你这话不是认真的,主人。"沙赛德冷静地说道,"你因为已发生的事情而生气。你觉得受到了伤害。"

"我是认真的。"纹说道,感觉一滴泪沾湿了,"他不配得到我们的信念。他从来都不配。"

"那些司卡不是这么认为的。关于他的传说正快速散播。我得快点回到这里来搜集。"

纹皱眉。"你要搜集关于卡西尔的故事?"

"当然。"沙赛德说道,"我搜集所有宗教。"

纹一哼。"这不是什么宗教,沙赛德。他是卡西尔。"

"我不同意。他在司卡心中绝对是宗教形象。"

"可是我们认得他。"纹说道,"他不是先知也不是神。他只是个人。"

"我想,他们大部分都是如此。"沙赛德轻声说道。

纹只是摇摇头。两人站在原处,看着黑夜。"其他人呢?"她终于

MISTBORN: THE FINAL EMPIRE

问道。

"他们正在讨论接下来该怎么办。"沙赛德说道,"我相信他们已经决定分头离开陆沙德,到其他城市避难。"

"那……你呢?"

"我必须回到北方的家乡,去守护者之地,好跟其他人分享我的知识。我必须告诉我的兄弟姊妹关于日记的事,尤其是我们的先祖,那个叫做拉刹克的人。我想从这个故事中我们能学到很多。"

他停下来,看看她。"这不是能带上另一个人的旅程,主人。守护者之地必须是秘密,即便对你亦然。"

当然,纹心想。当然他也会走。

"我会回来。"他承诺。

当然会。就像其他承诺会回来的人一样。

有短短一段时间,集团让她觉得自己是被需要的,但她向来知道这会结束。该是回到街上的时候。独自一人的时候。

"主人……"沙赛德缓缓说道,"你有没有听见?"

她耸耸肩,但……有什么声音。纹皱眉,走到建筑物的另一端。声音越发清晰,就算没有锡也听得一清二楚。她探出头望向屋顶的一边。

一群司卡男子,大概总共有十个人,站在下方的街道中。盗贼集团?纹猜想,沙赛德也来到她身旁。团体的成员随着越来越多司卡胆怯地离开住所而增加。

"来吧。"站在众人之前的司卡男子说道,"不要害怕迷雾!幸存者不是自称为迷雾之主吗?他不是说我们没有什么好怕的吗?它们会保护我们,给我们安全,甚至给我们力量!"

越来越多司卡离开住家,却没有受到任何的攻击,人群开始进一步扩大。

"去叫其他人来。"纹说道。

"好主意。"沙赛德说道,快步走到楼梯边。

"你的朋友、你的孩子、你的父亲、你的母亲、妻子或爱人,"司卡男子说道,点亮一盏灯笼举起,"他们死在离这里不到半小时远的街道上。统御主甚至冷酷到没有清理他屠杀后的痕迹!"

群众发出赞同的低语。

"就算他清理了,"男子继续说道,"挖掘坟墓的会是统御主的双手吗?不!会是我们的。卡西尔大人告诉过我们。"

"卡西尔大人!"几个人附和。人群越来越扩大,妇女跟青年开始加入。

楼梯上的声音宣告哈姆来到,随即跟上的是沙赛德,然后是微风、多克森、鬼影,甚至连歪脚都来了。

"卡西尔大人!"下面的男子大喊。其他人点亮火把,照亮白雾。"卡西尔大人今天为我们战斗!他杀死了永生不死的审判者!"

众人发出赞同声。

"可是他死了!"某人大喊。

沉默。

"我们又做什么去帮助他了吗?"领头的男子回问,"我们许多人都在那里,数千人!我们有人帮忙吗?没有!我们等着、看着,但他仍然为我们战斗。我们傻傻地站在一旁看着他倒地。我们看着他死去!

"不过,这是真的吗?幸存者怎么说的,他不是说过统御主永远不能真正杀死他?卡西尔是迷雾之主!他现在不就与我们同在?"

纹转身面对其他人。哈姆小心翼翼地看着,而微风只是耸耸肩:"那个人显然发疯了。宗教狂热分子。"

"我告诉你们,朋友!"下面的那个人大叫。群众逐渐扩大,越来越多火把被点亮。"我跟你们说的是事实!卡西尔大人今天晚上出现在我面前!他说他永远会与我们同在。我们要让他再次失望吗?"

"不!"众人回答。

微风摇摇头:"我没想到他们居然有这等骨气。真可惜它这么小……"

"那是什么？"多克森问道。

纹转身，皱起眉头。远方有一团光，像是……火把，点亮在雾中。东方靠近司卡贫民窟处，又出现另一团。第三团。第四团。没过多久，整个城市都像在发光。

"卡西尔，你这个疯狂的天才……"多克森低语道。

"什么意思？"歪脚皱眉问。

"我们都没注意到。"老多说道，"天金、军队、贵族……都不是卡西尔在计划的行动。这才是他的行动！他从来都没有要靠我们的集团去推翻最后帝国，我们太渺小了。可是整个城市的人民……"

"你是说他是故意的？"微风问道。

"他一直在问我同样的问题。"沙赛德在后方回道，"他一直问我，宗教为何能这么强大。每次我给他的答案都一样……"沙赛德偏过头看着他们。"我告诉他，是因为那些信众有某件令他们热血沸腾的东西。某件东西……或是某个人。"

"可是他为什么不告诉我们？"微风问道。

"因为他知道。"老多低声说道，"他知道我们绝对不会同意的。他知道他必须死。"

微风摇摇头："我不相信。那为什么要花精神在我们身上？他自己一个人就能办到。"

"为什么要花……"老多，"纹转过身问，"卡西尔进行情报贩子会面所租的仓库在哪里？"

多克森想了想。"其实不远。大概两条街外。他说他希望那仓库离备用密室不远……"

"带我去看！"纹说道，爬向建筑物另一边。聚集的司卡继续大喊，每次呼喊都比先前更响亮，整个街道闪动着光芒，闪烁的火把将白雾变成明亮的烟。

迷雾之子
卷一·最后帝国 [珍藏版]

多克森领着她走入街道,其他人跟在她身后。仓库是一间宽敞却破败的建筑物,老迈忧郁地蹲在贫民区的工业区。纹走上前去,骤烧白镴,敲掉门锁。门缓缓打开。多克森举起灯笼,光线照耀出闪烁的金属堆。武器。剑、斧头、战棍、钢盔在灯光下闪闪发光——多得不可思议的银色库藏。

众人惊叹地看着房间。

"这才是原因。"纹静静说道,"他需要雷弩的伪装才能如此大量采购武器。他知道若想要他的反抗军成功夺回城市,就需要这些东西。"

"那么,为什么要招募军队呢?"哈姆说道。"也是个伪装吗?"

"我猜是吧。"纹说道。

"错了。"一个声音回荡在巨大的仓库中,"远不止如此。"

众人一惊,纹骤烧金属……直到她认出这个声音。"雷弩?"

多克森将灯笼举得更高。"出来,怪物。"一个身影在仓库后方远处移动,贴着阴影,但说话的声音确实属于雷弩:"他需要军队,好提供一支受过训练的核心队伍供反抗军驱策。这一部分的计划被……某些事件阻碍。可是这只是他需要你们的部分原因。贵族家族需要崩解,好让政治结构露出弱点,警备队需要离开城市好避免司卡被屠杀。"

"他从一开始就计划了这些事。"哈姆赞叹地说道,"卡西尔知道司卡不会反抗,他们被压迫太久,被洗脑至认为统御主拥有他们的身体跟灵魂。他了解他们绝对不会反叛……除非给他们一个新神。"

"是的。"雷弩说道,上前一步。光线照耀在他脸上,纹惊讶地倒抽一口冷气。

"卡西尔!"她尖叫。

哈姆抓住她的肩膀:"小心点,孩子。那不是他。"

那东西看着她。它有卡西尔的脸,但眼神……不同。脸上也没有卡西尔惯有的微笑。它似乎是空的。死的。

"我道歉。"它说道,"这是我在计划中的作用,而且也是卡西尔一开

MISTBORN: THE FINAL EMPIRE

始和我签订契约的原因。一旦他死了之后，我应该收取他的骨骸，然后出现在他的信众面前，给他们信心跟力量。"

"你是什么？"纹惊恐地问道。

卡西尔（雷弩）看着她，脸部模糊一阵后，变得透明。她透过黏软的皮肤可以看到下面的骨头。让她想起……

"雾魅。"

"坎得拉。"那生物说道，皮肤又变得不透明，"以你们的说法应该是已经……长大的雾魅。"

纹恶心地转过身，想起她在雾里面看到的怪物。卡西尔说，它们是食腐者……怪物会消化死者的骨头，偷取他们的骨骸跟身形。这传说比我以为的要真实许多。

"你们也都是他的计划一部分。"坎得拉说道，"你们都是。你们问他为什么需要集团的支持，因为他需要有道德良知的人，能够为人民而非为金钱操心的人。他将你们放在群众跟军队前，磨炼你们的领导能力。他利用你们……却也在训练你们。"

坎得拉看着多克森、微风和哈姆："行政官、政治家、将军。为了诞生新国都，会需要你们这些有能力的人。"坎得拉朝不远处的一张桌子点点头，上面钉了一张很大的纸。"那是要你们照办的指示。我有别的事情要处理。"它转身要离开，但是却在纹身边停下脚步，像极卡西尔的脸转身面向她。但那怪物本身不像雷弩或卡西尔，它仿佛是毫无感情。坎得拉举起一个小布囊。"他要我把这个给你。"它将布囊放入她的手中，然后继续前进，离开仓库时，所有人都为它让出很宽一条路。微风最先走向桌子，但哈姆跟多克森比他先抵达。纹低头看着袋子。她……害怕看到里面有什么。她急忙上前，加入众人。这张纸是城市的地图，显然是照着沼泽送来的那一张所抄下的，上面写了一些字。

我的朋友们，你们有很多事要做，而且你们动作得快。你们必须组织、分发这个仓库里的武器，同时在另外两个贫民区中各有一个同样的仓库,你们也得比照处理。旁边的房间有马匹,方便你们旅行。

一旦分发武器之后,你们必须守住城门,控制剩余的警备队。微风,你的组员该去做这件事,先去处理警备队,好能和平接管城门。

在城市中还有四大家族手持强大军事力量。我将他们都标在地图上。哈姆,你的团队要去处理他们。除了我们自己的武力之外,不希望有其他士兵。

多克森,第一波攻击发生时先待在后方。随着消息传出,会有越来越多司卡前来仓库。微风跟哈姆的军队会包括我们训练的士兵,我希望还有新兵来自于聚集在街头的司卡。你们得确定一般的司卡都拿到武器,让歪脚领导对皇宫的攻击。安抚站应该已经消失了。在雷弩来找你们之前,应该已经对我们的杀手队下达了正确的指令。如果有时间,派哈姆的打手去确认一下这件事。微风,我们需要你的安抚者加入,好鼓励他们更勇敢。

我想就这样了。这是场很有趣的行动,对不对?每当想起我时,请记住这点。记得要微笑。现在,开始行动。

愿你们以智慧统治这片大地。

地图将城市分块,不同的部分上有不同集团成员的名字。纹发现她跟沙赛德的名字被漏掉了。

"我回去找留在屋子里的那群人,"歪脚以抱怨的声音说道,"把他们带来拿武器。"他开始一拐一拐地离开。

"歪脚?"哈姆转身,"并非要冒犯你,可是……他为什么要把你算在军队领导者之内?你对战争了解多少?"

歪脚哼了哼,拉起裤管,露出从小腿一路延伸到大腿的纠结长条疤痕,显然这就是造成他瘸腿的原因。"你以为这是从哪来的?"他说道,然后走开。

哈姆不敢相信自己眼睛,转回身面对众人:"我不敢相信这件事真的发生了。"

微风摇摇头："我以为自己已经够会操弄别人了。这……这实在太惊人了。经济即将瓦解，存活的贵族即将在外区开战，阿凯让我们看到怎么样杀死审判者——只要把他们摞倒，砍掉头就可以。至于统御主……"

所有目光转向纹。她低头看着手中的袋子，将它打开。一个更小的袋子掉入她手中，里面装满了天金珠子，还有一小条金属包在一张纸里面。第十一金属。纹摊开纸张。

纹，你今天晚上原本的任务是刺杀留在城里的高阶贵族。但是，你说服了我，应该让他们活着。我完全搞不懂这该死的金属要怎么使用。燃烧它很安全，不会害死你，但似乎也没有什么特别的作用。如果你读到这封信，就意味着我面对统御主时仍然没有发现该怎么使用它。不过这不重要。人们需要可以相信的东西，而这是给他们信仰的唯一方法。请不要因为我遗弃你而生气。我的性命原本就是赚来的，好多年前我就该代替梅儿而死。我已经准备好面对死亡。

其他人会需要你。现在你是他们的迷雾之子——在未来的数个月中，你必须保护他们。贵族会派杀手去对付我们王国新生的统治者们。永别了。我会把你的事告诉梅儿，她一直很想要个女儿。

"上面说什么？"哈姆问道。

"说……说他不知道第十一金属怎么使用。他很抱歉，他不确定该如何打败统御主。"

"我们现在有一整个城市的人要对付统御主。"老多说道，"我严重怀疑他能杀掉我们所有人。如果杀不死他，那我们干脆把他绑起来，丢入地牢里就好。"

其他人点头。

"好！"多克森说道，"微风跟哈姆，你们要去其他仓库开始发放武器。鬼影，去把学徒都叫过来，我们需要他们传送讯息。快点行动！"

所有人飞奔而去。不久后，他们之前看到的司卡便冲入仓库，举高火把，赞叹不已地看着各式各样的武器。多克森很有效率地命令一些新来的人进行发放的任务，派其他人去聚集亲朋好友。所有人开始装备，点取武器，每个人都很忙碌。只除了纹。

她抬头看着沙赛德，后者对她微笑。"有些时候我们只需要等得够久，主人。"他说道，"然后我们就会了解，我们一直相信的到底是什么。有一句卡西尔主人很喜欢的谚语——"

"永远都有另一个秘密。"纹低声说道，"可是，阿沙，除了我之外，每个人都有工作。我原本是要去刺杀贵族的，但阿凯不要我这么做了。"

"他们需要被制止，"沙赛德说道，"但不一定是通过谋杀的方式。也许你的任务就是让卡西尔知道这点？"

纹摇摇头。"不，我还要做得更多，阿沙。"她抓着空袋子，满心焦躁。里面发出一阵沙沙声。

她低头，打开袋子，发现一张她之前没看到的纸。她将纸抽出，仔细小心地摊开。那是卡西尔给她看过的绘画——花的图片。这张图梅儿从不离身，梦想着一个太阳不是红色，植物是绿色的未来……

纹抬起头。

政务官、政治家、士兵……每个王国都还需要一种人。

优秀的杀手。

她转身，取出一瓶金属，喝掉它，利用液体吞下两颗天金珠子。

她走到一堆武器旁，拾起一小把箭，上面有石头箭尖。她将箭头都折断，留下大约半寸的长度，将有羽饰的箭身弃置一旁。

"主人？"沙赛德担忧地询问。

纹走过他身边，在盔甲间搜寻，终于找到她想要的盔甲——一件如罩衫般的盔甲，上面的金属片以大金属环串连。她以匕首跟白镴增强的手指拔下一把金属环。

"主人，你在做什么？"

纹走到桌边的一个大柜子旁，她之前看到里面有许多金属粉末。她

MISTBORN: THE FINAL EMPIRE

在袋子里装了几把白镴粉。

"我在考虑统御主的事。"她说道,从盒子里拿出锉刀,削下几块第十一金属。她停下动作,研究着不熟悉的银色金属,然后和着水壶中的水将碎片吞下。她在其中一个备用金属瓶中又放了几片。

"反抗军一定能对付他的。"沙赛德说道,"我想少了他的仆人,他就没有那么强壮了。"

"你错了。"纹说道,站起身走向大门,"他很强,阿沙。卡西尔感觉不到他,但我不同。卡西尔不知道。"

"你要去哪里?"沙赛德在她身后问道。

纹停在门口转过身,白雾围绕在她身边。"在皇宫里面,有一个房间受到士兵跟审判者的保护,卡西尔两度试图进入。"她转身面对黑暗的夜雾,"今晚,我要去找出里面到底有什么。"

我决定要感谢拉刹克的恨意。知道有人憎恨我是好的。我的责任不是受到众人欢迎或爱戴。我的责任是要确保人类生存。

36

纹静静地走向克雷迪克·霄。她身后的天空燃烧,白雾反射、晕散上千支火把的光芒。像是城市上方的灿烂圆顶。

光线是黄色的,卡西尔一直说那是太阳该有的颜色。

四名紧张的侍卫等在她跟卡西尔上次攻击的那扇宫门口。他们看着她走近。纹静静而缓缓地踩上被雾水沾湿的石头,迷雾披风庄严地摩擦出声。

其中一名侍卫拿矛指着她，纹停在他的面前。

"我明白，"她静静地说道，"你们忍受了磨坊、矿坑和铁厂。你们知道他们有一天会杀了你，让你的家人挨饿，所以你去找统御主，虽然心怀罪恶感却还是加入他的警备队。"四人面面相觑，不知道她想讲什么。

"我身后的亮光来自强大的司卡反抗军，"她说，"整个城市都站起来对抗统御主。我不怪你们之前的选择，但改变的时代已经来临。这些反抗军会需要你们的训练跟知识。去找他们，他们在幸存者广场集合。"

"呃……幸存者广场？"一名士兵问道。

"就是海司辛幸存者今天被杀掉的地方。"

四人交换不确定的眼神。

纹稍稍煽动他们的情绪："你们再也不用与罪恶感为伍。"

终于，其中一人上前一步，撕掉制服上的徽章，坚定地走入夜晚。另外三人想了想，最后也尾随而去，让纹得以直接进入皇宫。

纹走入走廊，经过一间守卫室。她走了进去，走过一群在聊天的警卫，没有伤害他们任何一人，便进入后方的走廊。在她身后，警卫从惊讶中恢复过来，大喊出声。他们冲入走廊，但纹跃起，反推灯笼架，让自己飞蹿过走廊。

众人的声音变得遥远，他们就算用跑的也跟不上她的速度。她来到走廊的末端，然后轻巧地落在地面上，披风包围着身体。她继续我行我素、不疾不徐地前进。没必要跑，反正他们一定在等她。

她经过拱道，踏入圆拱屋顶的中央房间。银色的壁画铺满四面墙壁，炉火在角落燃烧，地面是深黑色的大理石。两名审判者站在那里，挡住她的道路。

纹静静地走入房间，靠近她的目标——建筑物中的建筑物。

"我们一直在找你。"一名审判者以沙哑的声音说道，"你却自己送上门来。这是第二次了。"

MISTBORN: THE FINAL EMPIRE

纹停下脚步，站在他们面前约二十尺外。两人高高耸立，几乎比她高上三十公分，自信地微笑着。

纹燃烧天金，从披风下挥出手，向空中抛出两把箭头。她骤烧钢，强力地推向松松捆在箭头断裂木柄上的铁环。暗器飞向前方，穿过房间，领头的一名审判者大笑，举起手，鄙夷地钢推暗器。

他的推力将没有系紧的铁环从棍柄上拆下，金属环反向飞去。箭头本身却继续飞行，不是靠后方的推力，而是致命的惯性。

两打箭刺中审判者，令他惊讶地张大了嘴巴。几枚箭头完全穿过他身体，直到弹上后方的石墙。几枚击中他同伴的双腿。

带头的审判者全身一震，在痉挛中倒地。另一名咆哮着，虽然仍然站立，但虚弱的腿仍让他歪倒。纹冲上前去，骤烧白镴，剩余的一名审判者想阻止她的去路，但她探入披风，抛出一大把白镴粉。审判者停下脚步，顿时茫然。在他的"眼中"，只会看到一堆蓝线，每一条都连向一粒金属灰尘，同时有这么多金属来源集中于同一地点，那些线条会让他瞎掉。审判者愤怒地原地转身，纹冲过他身旁。他反推粉尘，将它推开，在同一瞬间，纹已经抽出一柄玻璃匕首，飞抛向他。在蓝线跟天金影子的混沌中，他没注意到匕首，直直被击中大腿而跌倒，以沙哑的声音咒骂着。

幸好成功了，纹心想，跳过不断发出呻吟的第一名审判者。本来还不确定那些眼睛是不是真的这样用。

她以全身的力量撞上门，一面骤烧白镴，一面抛出另一把粉尘，避免剩下的审判者瞄准她身上任何金属。纹没有转身跟两名审判者缠斗，他们光是一个人就已让卡西尔麻烦了许久，这次她深入敌阵的目标不是杀人，而是搜集线索，然后逃跑。

纹冲入建筑物中的建筑物，差点被某种珍禽异兽的地毯绊倒。她皱眉，焦急地环顾房间，搜寻统御主藏在里头的东西。

一定在这里，她焦虑地心想。打败他的方法。赢得这场战争的方法。

她在赌那些审判者会因为自身的伤口而分心,而且久到让她能找出统御主的秘密,然后脱逃。

房间只有一个出口——就是她进来的入口,一个火炉在中央燃烧。墙上挂满奇怪的东西,大多数都是毛皮,有些短毛的以染料涂成奇怪的图样。墙上还有几幅旧画,色彩早已褪去,画纸泛黄。纹快速、焦急地搜索,寻找任何能用来对付统御主的武器,可惜没看到任何有用的东西。这个房间看似奇怪,却很普通,反而还有种家的舒适感,像是某人的书房或休息室。里面满是奇怪的物品跟装潢,例如某种外来动物的角,还有一双很奇怪的鞋子,有很宽很平的鞋底。这是恋旧的人的房间,一个收藏过去回忆的地方。

房间中央突然有东西动了一下,让她一惊。炉火边有一张旋转椅,它缓缓转身,一名老人坐在里面。秃头,皮肤上都是黑斑,约莫七十几岁。他穿着华丽的深色服装,生气地对纹皱眉。

完了,纹心想。我失败了,这里什么都没有。得赶快逃。

她正打算逃走的瞬间,一双粗暴的手从后面抓住她。她皱眉,一面挣扎一面低头看着审判者满是血迹的腿。就算有白镴,他也不应该能爬起来行走。她试图扭转身体挣脱,但审判者用力地抓住她。

"这是什么?"老人站起身质问。

"对不起,统御主。"审判者毕恭毕敬地说道。

统御主!可是……我见过他。他是个年轻人。

"杀了她。"老人挥手说道。

"主上。"审判者说道,"这孩子……很特别。我能留着她一阵子吗?"

"哪里特别?"统御主说道,一面喘气一面坐下。

"我们向你请求,统御主。"审判者说道,"关于教义廷。"

"又是那件事。"统御主疲惫地说道。

"拜托你,主上。"审判者说道。纹继续挣扎,骤烧白镴。可是审判者将她的双臂困在身侧,而她的后踢没有多大成效。他太强壮了!她焦

MISTBORN: THE FINAL EMPIRE

躁地想。

然后,她想起来。第十一金属。力量正储存于她体内,形成不熟悉的存量。她抬起头,瞪着老人。最好要奏效。她燃烧它。

什么都没发生。

纹焦躁地挣扎,开始感到沮丧。突然,她看到他。另外一个人,站在统御主旁边。他是从哪里来的?她没有看到他进来。他有满满的胡子,穿着厚重的羊毛衣,还有以毛皮为内衬的披风。那不是豪华的衣着,但缝制得很好。他静静地站在那里,似乎很……满意。他开心地微笑着。纹歪着头。他看起来有点熟悉。他的五官跟杀了卡西尔的那人很像。不过这个人年纪比较大也……比较鲜活。

纹转向另一边。她身边站着另一个不熟悉的人,一名年轻的贵族。从他的套装看来是名商人,而且是很富有的商人。

这是怎么一回事?

第十一金属烧尽。两个陌生人如鬼魅一般消失。

"好吧。"年迈的统御主说道,叹口气,"我同意你的要求,几个小时后开会吧。泰维迪安已经要求讨论皇宫外的事件。"

"是吗?"第二名审判者说道,"好……他在。很好,太好了。"

纹继续挣扎,审判者将她推倒在地,然后举起手,抓住某样她看不见的东西一挥,她的头立刻一痛。

虽然纹体内仍有白镴的助力,一切事物还是转为黑色。

依蓝德在北方一个跟富丽的大厅比较起来较小、较普通的泛图尔堡垒入口,找到他父亲。

"发生什么事了?"依蓝德质问,穿上他的套装外套,头发因刚起床而凌乱。泛图尔大人跟他的侍卫队长和运河长站在一起,士兵跟仆人散布在褐白相间的走廊上,带着担忧惧怕的神情快步跑动。

泛图尔大人无视于依蓝德的问题,找来一名信差,要他前往东河码头。

"父亲，发生什么事了？"依蓝德重复。

"司卡造反了。"泛图尔大人没好气地回答。

什么？依蓝德心想，看着泛图尔大人挥手要另一群士兵靠近。不可能。在陆沙德里的司卡反抗军……不可思议。他们没有尝试如此危险行动的胆子，他们只是……法蕾特也是司卡，他心想。你不能再像其他贵族那样思考，依蓝德。你得睁开双眼。

警备队不在了，跑去屠杀另一群反叛军。司卡好几个礼拜前被强迫观看那残忍的处决，更不要提今天发生的屠杀，他们被逼迫到爆裂点。泰玛德预测到这件事，依蓝德突然明了。大概还有另外六名政治理论家也预测了这点。不论政府的领袖是不是神，人民总有一天会站起……终于发生了。我就活在历史中。

而且……我站错边了。

"为什么要找运河长来？"依蓝德问道。

"我们要离开了。"泛图尔大人简扼地说道。

"抛弃堡垒？"依蓝德问道，"这有何荣誉可言？"

泛图尔大人一哼。"这无关荣誉，小子。是关乎生存。司卡正在攻击主门，屠杀残余的警备队。我可不打算等到他们来狩猎贵族。"

"可是……"

泛图尔大人摇摇头："我们反正本来就要离开。几天前……深坑出了事。统御主发现时绝对不会高兴。"他后退一步，挥手找来他的窄船领队。

司卡造反，依蓝德心想，脑子一时仍然有点反应不过来。泰玛德的书里是怎么警告的？当真正的反抗行动发生时，司卡会恣意屠杀……每个贵族都会丧命。

他预测反抗行动会很快停止，但会留下无数尸体。上千人会死。数万人会死。

"你在这里干吗，小子？"泛图尔大人质问，"还不快去收你的东西。"

"我不走。"依蓝德出乎自己意料地说道。

泛图尔大人皱眉："什么？"

依蓝德抬起头："我不去，父亲。"

"我命令你。"泛图尔大人说道，以他惯有的瞪视看着依蓝德。

依蓝德望入他愤怒的双眼——这怒火不是因为他关心依蓝德的安危，而是依蓝德胆敢抗拒他。奇特的是，依蓝德毫无畏惧之意。有人得阻止这件事。反抗军会带来某些好处，但必须保证司卡不会屠杀他们的盟友，而贵族应该扮演的角色便是司卡对抗统御主的盟友。他也是我们的敌人。

"父亲，我是认真的。"依蓝德说道，"我要留下来。"

"该死的，小子！你要一直这样忤逆我吗？"

"这不是舞会或餐会，父亲。这是更重要的事情。"

泛图尔大人一愣："这该不会是你某种吊儿郎当的反抗？你不是在装傻吧？"

依蓝德摇摇头。

突然，泛图尔大人微笑："那就留下吧，小子。好主意。我去聚集实力时，应该要有人继续在此主持。没错……很好的主意。"

依蓝德停下来思索他父亲笑容中的深意。天金——父亲要我当他的替罪羔羊！而且……就算统御主不杀我，父亲也认为我会在反抗行动中丧命。无论如何，他都可以把我处理掉。我的确不太擅长这种事吧？

泛图尔大人自顾自地笑了，转过身。

"至少留些士兵给我。"依蓝德说道。

"你可以得到大部分的士兵。"泛图尔大人说，"在这一团混乱之中要运出一船人就已经够困难了。祝你好运，小子。我不在时，帮我跟统御主问好。"他再次大笑，走向他已经在外面备妥的骏马。

依蓝德站在大厅中，他突然成为众人的焦点。紧张的侍卫跟仆人一发现他们被遗弃，立刻以绝望的眼神望着依蓝德。

迷雾之子
卷一·最后帝国 [珍藏版]

轮到我……负责了,依蓝德震惊地想。现在该怎么办?

外头,他可以看到白雾因燃烧火光而闪烁,几名士兵大喊有司卡暴民靠近。

依蓝德站了好一阵子,然后转身。"队长!"他说道,"召集你的士兵还有剩余的仆人,不要留下任何一人,然后前往雷卡堡垒。"

"去……雷卡堡垒,大人?"

"那里比较容易防守。"依蓝德说道,"况且,我们双方的士兵太少,如果分散,一定会被各个击破。团结在一起,说不定还能抵抗。我们要将自己的人力让雷卡使用,以换得他们庇护。"

"可是……大人。"士兵说道,"雷卡是你的敌人。"

依蓝德点点头:"对,但总有人要踏出第一步。好了,快去!"

那人行了个礼,然后连忙出发。

"还有一件事,队长。"依蓝德说道。

士兵停下脚步。

"挑选五名最好的士兵做我的亲卫队。现在开始由你负责其他人,那五个人跟我另有任务。"

"大人?"队长迷惘地说道,"什么任务?"

依蓝德转身面对白雾:"我们要去自首。"

纹醒来时,感觉一片湿滑。她咳嗽、呻吟,后脑勺一阵剧痛。她睁开模糊的双眼,眨掉倒在她脸上的水,然后立刻燃烧白镴跟锡,让自己马上清醒。

一双粗暴的双手将她提入空中。审判者在她嘴巴里塞了什么,令她一阵咳嗽。

"吞下去。"他命令,扭转她的手臂。

纹大喊,无法抵御痛楚。终于,她放弃了,吞下那点金属。

"烧掉它。"审判者命令,更用力地扭转。纹仍然反抗,感觉到体内

MISTBORN: THE FINAL EMPIRE

多了不熟悉的金属存量。审判者可能是想要她燃烧无用的金属,那会让她生病,更严重的,还会让她丧命。

可是要杀死囚犯有更简单的方法,她在剧痛中想着。她的手臂痛到像是快被硬生生扭断。最后,纹决定配合,燃烧金属。

她所有其他的金属存量瞬间消失。

"很好。"审判者说道,将她抛在地上。石头是湿的,淤积着大量的水。那名审判者转身离开牢房,关上铁门,消失在房间另一端的门后。

纹挣扎地站起,按摩手臂,试图要厘清刚才发生了什么事。我的金属!她焦急地搜寻体内,但半点不存,她什么金属都感觉不到,连之前吞下的都没有。

那是什么?第十二种金属?也许镕金术没有卡西尔跟其他人一直跟她说的那么简单。她深吸几口气,跪起身,让自己冷静。有东西在……推她。

统御主。她可以感觉到他的存在,虽然没有他杀死卡西尔时那么强烈。可是,她没有红铜可以燃烧,无法躲避统御主强大、几乎无所不能的触手。她感觉绝望在改变她,要她躺下、放弃……

不!她心想。我得出去!我得坚强!她强迫自己站起,检视环境。她的牢房比较类似笼子而非囚室。它的四面中有三面是铁柱,里面没有家具,连睡垫都没有。房中两侧还各有一间笼子牢房。她被脱得只剩内衣,大概是为了确保她身上没有隐藏更多金属。她环顾房间。里面又窄又长,只有光裸的石墙。角落有一张板凳,但房间也是空的。

如果我能找到一丁点金属……

她开始搜寻,直觉地开始燃烧铁,以为蓝色线条会出现,但当然没有任何铁可烧。她对自己的愚蠢举动摇摇头,这只是显示出她有多依赖镕金术。她觉得自己……废了。她不能燃烧锡来聆听声音,不能燃烧白镴来抵抗手臂跟头的痛楚,不能燃烧青铜来搜寻附近的镕金术师。

什么都没有。她什么都没有。

你以前没有镕金术也能行动,她严厉地告诉自己。现在也可以。

即便如此,她仍然在搜寻牢房光裸的地板,希望能找到被遗弃在此的铁针或钉子。她什么都没找到,所以转而去打铁柱的主意。然而,她想不出半点办法刮下一丁点儿碎屑。有这么多金属,她焦躁地想。我却半点都不能用!

她坐回地上,缩在石墙边,穿着潮湿衣服的身影微微颤抖。外面仍然漆黑,房间的窗户随意地放进几缕雾气。反抗军怎么了?她的朋友怎么了?她觉得外面的雾比平常还亮一点。晚上的火把?没了锡,她的感官衰弱到什么都分辨不出来。

我在想什么啊?她绝望地心想。我难道自以为能在连卡西尔都失败的事情上成功吗?他知道第十一金属没有用。

它是有作用没错,但绝对没有杀死统御主。她坐直在地上思考,试图想通刚才发生了什么事。第十一金属让她看了出乎意料的东西,居然有种熟悉感,不是因为影像出现的方式,而是纹在燃烧金属时的感觉。

金。燃烧第十一金属的瞬间让我觉得像是回到了卡西尔要我烧金那时。

难道第十一金属其实并不是第"十一"?所有其他金属都是成双成对的,一者是基础金属,一者是合金,每种都做相反的事情。铁拉,钢推,锌拉,黄铜推。很合理。除了天金跟金。

如果第十一金属其实是天金或是金的合金?意思是……金跟天金不是一对。它们像是……其他的金属,每四种会被归为一大类,有肢体金属:铁、钢、锡、白镴。有意志金属:青铜、红铜、锌、黄铜。还有……影响时间的金属:金有它的合金,天金也有它的合金。

意思是还有另一种金属,一种没有被发现过的金属——可能因为天金跟金太贵重,所以没有人拿它们来做成合金。

可是,光是知道这些对她而言又有什么用?她的"第十一金属"可能只是金的同伴——而金是卡西尔口中最没有价值的金属。金让纹看到不同的自己，真实到足以碰触，但那只是让她看到如果过去不同，自己会变成什么样。

第十一金属有类似的作用：它显示的不是纹的过去，而是让她看到别人类似的影像。而这……什么都没告诉她。统御主可能成为的样子对她而言有什么意义？她要打败的是现在这个统治最后帝国的暴君。

一个身影出现在门口——一个穿着黑色袍子，头罩拉高的审判者。他的脸孔遮在阴影中，但尖刺的尾端从头罩前方探出。

"时间到了。"他说。另一名审判者在门口等着第一个审判者掏出一把钥匙，上前打开纹的门。

纹全身一绷。门发出喀哒声，她立刻跳起来，向前冲去。

没有白镴时，我的动作向来这么迟缓吗？她惊恐地想。审判者在她经过时抓住她的手臂，动作漫不经心，几乎是随便一抓，而她也知道为什么他不需费力，光是如此，他的动作已经超乎常人地迅捷，相较之下，纹的动作显得更笨重。

审判者将她拉起，扭转她，轻易地钳握住她。他的脸上露出邪恶的笑容，皮肤上都是疤痕，像是……

箭头伤，她大吃一惊。可是……已经愈合了？怎么这么快？

她开始挣扎，但她虚弱、毫无白镴的身体根本抵抗不了审判者的力气。怪物将她拉向门口，第二名审判者退后一步，用从头罩突出的尖刺看着她。

虽然抓着她的审判者正在微笑，这个人的嘴却是抿成一条线。

纹朝她经过的第二名审判者啐了一口，口水直中其中一枚尖刺。抓着她的人将她一路带出房间，进入一条狭长的走道。她大声呼救，知道她的尖叫声在克雷迪克·霄里面绝对无人理会，但她至少成功地激怒了那名审判者，因为他更用力扭转她的手臂。

"安静。"他对因痛楚而发出哼声的她说道。

纹安静下来，转而将注意力投向他们的所在位置。他们大概是在皇宫最底层的地方，走廊长到不可能是圆塔或尖塔内部，装饰相当华丽，但房间看起来……无人使用。地毯干净无瑕，家具毫无刮痕或挫伤。她有种感觉，这些壁画鲜少有人看过，就算是经过这些房间的人应该也不常看。终于，审判者们来到一道台阶，开始向上爬。其中一座高塔，她心想。

每爬一步，纹就可以感觉到与统御者靠得更近。仅仅是他的存在就让她的情绪完全被压抑，意志被夺走，让她除了充满寂寥的忧郁之外，毫无其他情绪。她软瘫在审判者的钳握中，不再挣扎，光是要抵抗统御主对她灵魂的压迫就已经耗费了她所有的精力。

在如同通道般的楼梯间走了一阵子后，审判者们将她带到一个巨大的圆形房间。虽然统御主的安抚力量相当强大，虽然她经常造访贵族堡垒，但纹仍有那么一瞬间只能盯着她的周遭环境出神，因为它们的宏伟她前所未见。

房间的形状像是个巨大、矮胖的空心石柱。唯一的一面窗户以圆形环绕整个房间，全部是玻璃所做，后方点了火，让整个房间闪烁着神秘的光线。玻璃是彩色的，没有描述任何特别的景象，颜色被融化贴合在一整片玻璃上，形成狭长、细薄的线条，像是……

像是雾，她赞叹地想着。彩色的雾，环绕着整个房间。

统御主坐在房间正中央的高台皇座上。他不是那名年迈的统御主，而是比较年轻的，杀死卡西尔的那名。假冒的吗？不，我可以感觉到他，就跟可以感觉到前一个一样。他们是同一个人。他能够改变他的样貌，需要时就可以摆张漂亮的脸出来吗？

一小群穿着灰色袍子，眼睛周围都是刺青的圣务官在房间另一端交谈。七名审判者像是一排有钢铁眼睛的影子站在一旁，排成一列等待着。包括两名将她送来此处的审判者，一共有九名。满脸是疤的牢头将她交给其中一人，后者以同样无法逃脱的力道抓住她。

"快点进行吧。"统御主说道。

一名圣务官上前来，鞠躬。她全身一寒，发现自己认得他。

泰维迪安至上圣祭司大人，她心想，瞄着逐渐秃头的瘦男子。我的……父亲。

"主上，"泰维迪安说道。"原谅我，但我不懂……我们已经讨论过那件事！"

"审判者说他们有更多要补充的。"统御主以疲累的声音说道。

泰维迪安打量着纹，不解地皱眉。他不知道我是谁，她心想。他不知道他当父亲了。

"主上。"泰维迪安说道，转身背对她，"请看看窗外！我们难道没有更重要的事情要讨论吗？整个城市都陷入反叛了！司卡火把点亮夜空，他们胆敢走入雾里，在暴动中进行渎神的行为，攻击贵族的堡垒！"

"由他们去。"统御主以毫不在乎的声音说道。他显得好……疲惫。他强壮的身体坐在宝座上，但姿态跟声音仍疲累不已。

"可是，主上！"泰维迪安说道，"上族们正在倾倒！"

统御主挥挥手："让他们每一百年左右互相肃清一次是好的，能够让他们动摇，避免他们太过骄矜。我通常让他们在愚蠢的战争中自相残杀，但是，现在的暴动也可以。"

"那……如果司卡来到皇宫呢？"

"我会处理。"统御主轻声说道，"你不许再有质疑。"

"是的，主上。"泰维迪安说道，鞠躬退后。

"好了。"统御主说道，转向审判者们，"你们想讲什么？"

疤脸审判者上前。"统御主，我们想请求您，将教廷的统治权从这些……人手中转移到审判者手上。"

"我们讨论过这件事了。"统御主说道，"我需要你跟你的弟兄们去从事更重要的任务，你们的价值太宝贵，不该浪费在简单的行政事务上。"

"不是如此。"审判者说道，"让普通人来统治教廷，不知不觉中，邪恶跟腐败已经进入到圣皇宫的中心啊！"

迷雾之子
卷一·最后帝国 [珍藏版]

"胡说八道！"泰维迪安啐了一口，"你常说这种话，卡尔，但从来都拿不出证据。"

卡尔缓缓转身，诡异的笑容被扭转的彩色光线点亮。纹全身发颤。那人的笑容几乎跟统御主的安抚一样令人不安。

"证据？"卡尔问道，"那么，请告诉我，至上圣祭司大人，你认得那名女孩吗？"

"呸，当然不认得！"泰维迪安一挥手说道，"司卡女孩跟统治教廷有何关系？"

"大有关系。"卡尔说道，转向纹，"绝对……大有关系。孩子，告诉统御主，你的父亲是谁。"

纹想要扭转身体，但统御主的镕金术太强，审判者的双手抓得很牢。"我不知道。"她透过咬紧的牙关说道。

统御主似乎略略集中注意力，转向她，倾身向前。

"你无法对统御主撒谎，孩子。"卡尔沙哑地轻声说道，"他已存在了好几世纪，对镕金术操用已臻化境。他可以读懂你的心跳，从你的双眼中辨别你的情绪。他可以感觉到你说谎的瞬间。他知道……噢，他绝对知道。"

"我从来没见过我父亲。"纹固执地说道。如果审判者想知道一件事，那不让他们如愿似乎是个好主意。"我只是个街头流浪儿。"

"一名街头流浪儿迷雾之子？"卡尔问道，"这可真有意思了，不是吗，泰维迪安？"

圣祭司大人深思，眉皱得更深。统御主缓缓站起，从高台走下，朝纹逼近。

"是的，主上。"卡尔说道，"我之前就已经感觉到她的镕金术，也知道她是一名迷雾之子，更是出奇强大的一名，但她宣称在街头长大。有哪个贵族家庭会遗弃这样的孩子？她有这么强大的力量，必定是出自极端纯净的血统。至少……她的双亲中必定有一人有非常纯净的

577

血统。"

"你在暗示什么?"泰维迪安质问,脸色苍白。

统御主无视两人。他穿过地板反射出的彩带光线,停在纹面前。

好近,她心想。他的安抚强到她甚至无法感觉恐惧——只能感觉深沉、强大、可怕的悲哀。

统御主伸出纤细的双手,捧着她的脸颊,将她的脸端起,直视入她的双眼。"女孩,你的父亲是谁?"他低声问道。

"我……"绝望在她体内扭转。悲伤、痛楚、想死的欲望。

统御主将她的脸端近,望入她的双眼。在那瞬间,她看到真相。她可以看到一部分的他,感觉到他的力量。他……如神的力量。他不担心司卡反抗。他有什么好担心的?只要他想,他一个人就可以杀光城里的每一个人。纹知道这是真的。这么做可能会花一点时间,但他可以永远杀戮,毫无疲累。他不必惧怕反叛。

他永远不需要惧怕。卡西尔犯下了非常、非常可怕的错误。

"你的父亲,孩子。"统御主催促,质问像是重荷压在她的灵魂上。

纹禁不住脱口:"我的……哥哥告诉我,我的父亲是在那里的那个人。至上圣祭司大人。"眼泪沿着她的脸颊落下,不过当统御主背对她时,她想不太起来自己为什么要哭。

"那是谎言,主上!"泰维迪安说道,向后退去,"她知道什么?她只是个蠢孩子。"

"跟我说实话,泰维迪安。"统御主说道,缓缓地朝圣务官走去,"你睡过司卡女人吗?"

圣务官顿住。"我遵从了法律!每次我都让人把她们杀了。"

"你……说谎。"统御主说道,仿佛很讶异,"你不确定。"

泰维迪安明显地发抖。"我……我想我对她们都下了手,主上。有……一个也许是我的疏忽。我一开始不知道她是司卡,派去杀她的士兵又太宽容,所以放走了她,但是我后来终于找到她了!"

"告诉我。"统御主说道,"这个女人生下了你的孩子吗?"

房间陷入沉默。

"是的,主上。"至上圣祭司说道。

统御主闭起眼睛,叹息。他转过身,走回宝座。"他是你们的了。"他对审判者说道。

瞬间,六名审判者冲过房间,喜悦地号叫,从袍子下的匕首鞘中抽出黑曜石的刀子。泰维迪安举起双手,大喊出声,审判者们一拥而上,陷入兴奋的狂暴。鲜血随着他们一次又一次将匕首刺入濒死男子的身体而飞溅。其他圣务官退开,在一旁惊恐地看着。卡尔没参与,只是微笑地看着屠杀,还有抓住纹的审判者和另一名审判者也没参与,但纹不知道为什么。

"你证实了你的论点,卡尔。"统御主说道,疲累地坐在皇座上,"我似乎太信任……人类的奴性。我没有犯错。我从未犯错。可是,该是时候改变了。召集至上圣祭司,将他们带来,需要的话把他们从床上挖起来都可以。他们会见证我让审判廷拥有管理教廷的权力的一刻。"

卡尔的微笑转深。

"混血儿要被销毁。"

"当然的,主上。"卡尔说道,"不过……我有些问题想先盘问她。她属于一个司卡迷雾人集团。如果她能协助我们抓到其他人……"

"去吧。"统御主说道,"毕竟,这是你的职责了。"

有比太阳还美的事物吗?我经常看着它升起,因为我不安稳的睡眠常让我在清晨前就苏醒。每次看到它平静的黄光从天际间透出,我就变得更有信心,更有希望。某种程度上说,这么久以来,我是靠太

MISTBORN: THE FINAL EMPIRE

阳让自己坚持下去。

37

卡西尔，你这个该死的疯子，多克森心想，在桌上的地图上不断抄写笔记。你为什么总是大摇大摆地离开，留下我帮你收拾烂摊子？可是他知道自己不是真的烦躁，这只是让他不要去多想阿凯已死亡这件事的手段。很有效。卡西尔在计划中的部分，包括提供远见还有展示虏获人心的领袖风采，都已经结束，现在轮到多克森了。他将卡西尔原本的计划略做修改，小心翼翼地将混乱缩小到可控的范围，将最好的配备交给理论上最冷静的人。他派小队先去占据重要据点，包括食物跟水源地，预防群起暴动者将食粮偷走。基本上，他做的是他一贯的工作：将卡西尔的梦想变成事实。

房间前方一阵骚动，多克森抬起头，看到一名信差冲入。那人立刻朝仓房中央走去，寻找多克森。

"有什么消息？"多克森对上前来的人问道。

信差摇摇头。他是个年轻人，穿着帝国制服，但已经将外套脱掉，免得自己太显眼。"我很遗憾，长官。"他低声说道，"没有侍卫看到她出来，而且……唉，有人宣称看到她被抬向皇宫地窖的方向。"

"你能把她救出来吗？"多克森问道。

叫做葛拉道的士兵脸色发白。不久前，葛拉道还是统御主的手下，说实在话，多克森也不确定自己有多信任那人，但这士兵身为前任皇宫侍卫，能够进入其他司卡进不去的地方。他的前队友们并不知晓他已经投诚了。

希望他真的效忠我们，多克森心想。可是……唉，事情发展得太快，来不及自我质疑。多克森当初决定要用那个人，现在必须相信自己最初的直觉。

"怎么样?"多克森又问一次。

葛拉道摇摇头:"抓住她的是审判者,长官。我不能放她,我没有权限。我不……我……"

多克森叹口气。该死的笨女孩!他心想。她的脑袋是出了什么毛病啊?一定是被卡西尔带坏的。他挥手让士兵离开,抬头看着哈姆德走入,一把裂柄大剑扛在他肩头。

"结束了。"哈姆说道,"埃拉瑞尔堡垒刚被攻下,不过雷卡看来还撑得住。"

多克森点点头:"我们不久后就需要你的人马去皇宫。"我们越早攻入,越早有救出纹的机会。可是他的直觉告诉他,他们已经来不及帮她了。主力军队要花好几个小时整兵,他希望所有军队能够同时进攻皇宫。事实是,他根本调不出人手进行救援行动。卡西尔可能会追去救她,但多克森不会允许自己冲动行事。

正如他经常说的,在整个集团中总要有人务实些。皇宫不是没有经过万全准备就可以攻打的地方。纹的失败证明了这件事。现在她只能自己照顾自己了。

"我会去备齐手下。"哈姆说道,将剑抛在一旁,点点头,"不过我需要一把新剑。"

多克森叹气。"你们这些打手,一天到晚就是弄坏东西。你自己去找找吧。"

哈姆离去。

"如果你看到沙赛德……"多克森大喊,"跟他说……"

话还来不及说完,多克森的注意力便被一群大步进入房间的司卡反叛军吸引,他们拉着一名被捆绑的囚犯,头上有个布袋。

"这是干吗?"多克森质问。

其中一名叛军扯了囚犯一下:"我认为他是个重要人物,大人。他赤手空拳过来,要求我们带他来见你,还答应要给我们金子。"

多克森挑起眉毛。士兵拉掉头罩，依蓝德・泛图尔的脸露出来。

多克森惊讶地眨眨眼。"是你？"

依蓝德环顾四周。他当然有点紧张，但以目前的情况来说，他仍然把持得不错。"我们见过吗？"

"算不上。"多克森说道。可恶。我现在没时间处理囚犯的事情。可是，那是泛图尔的儿子……在战争结束后，多克森会需要有人来帮他处理大家族的问题。

"我来谈和。"依蓝德・泛图尔说道。

"……能不能请你再说一次？"多克森问道。

"泛图尔不会抵抗你们。"依蓝德说道，"我应该也可以说服其他贵族听我的。他们很害怕，所以没必要屠杀他们。"

多克森一哼。"我不能容许城里有敌对的武装阵营。"

"如果你摧毁贵族，你也无法坚持很久。"依蓝德说道，"我们把持经济，没有我们，帝国会崩塌。"

"这正是我们的目标。"多克森说道，"听着，我没有时间——"

"你必须听我说完。"依蓝德・泛图尔焦急地说道，"如果你在混乱跟血腥中开始反叛行动，事态将会失控。我研读过这些事情，绝非危言耸听。当攻击的士气开始减弱时，人民会转移目标。他们会自相残杀。你必须控制住你的军队。"

多克森想了想。依蓝德・泛图尔据说是个愚笨的富家公子哥儿，但现在他只显得很……诚恳。

"我会帮助你们。"依蓝德说道，"不要再去攻打贵族堡垒，将注意力集中在教廷跟统御主。他们才是你们真正的敌人。"

"听好。"多克森说道，"我会把军队调开泛图尔堡垒。现在应该也不需要攻打……"

"我将士兵派去雷卡堡垒了。"依蓝德说道，"将你的士兵撤离所有的贵族堡垒。他们不会攻击你们，只会躲在房子里心惊胆战。"

他说的其实可能没错。"我们会考虑……"多克森话正说到一半，就发现依蓝德的注意力已经不在他身上。要跟这家伙交谈真的太困难了。

依蓝德正盯着带着新剑回来的哈姆德，眉头蹙在一块，猛然睁大眼睛："我认得你！你就是在刑场上把雷弩大人的仆人救出来的人！"

依蓝德转回身面对多克森，突然一脸激动："那你认得法蕾特吗？她会叫你们听我的。"

多克森跟哈姆交换一个眼神。

"怎么了？"依蓝德问道。

"纹……"多克森说道，"法蕾特……她几个小时前去了皇宫。我很遗憾，小子。她现在应该已经在统御主的地牢里了。如果她还活着的话。"

卡尔将纹抛回她的牢房。她重重地撞到地面，向前翻滚，松垮的衬底内衣在身上纠结成一团，头撞到牢房的后墙。

审判者微笑，用力关起门。"非常谢谢你。"他透过铁柱说道，"你刚才帮我们达成了许久前就该发生的事情。"

纹抬头瞪着他，统御主的安抚力量已经较为虚弱。

"很可惜班达不在这里。"卡尔说道，"他追踪了你哥哥好几年，发誓泰维迪安确实生下了混血司卡。可怜的班达……真可惜统御主没把幸存者交给我们，好让我们有机会报复。"

他看着她，尖刺眼的头摇了摇。"唉，算了。我们最后也算是替他报了仇。其他人都相信你哥哥说的话，但班达……从那时起就不信。最后也是他找到了你。"

"我哥哥？"纹急忙站起，"他出卖了我？"

"出卖你？"卡尔说道，"他死时向我们保证你好几年前就已经饿死了！他在教廷的酷刑下，日夜尖叫着。要抵抗审判者酷刑的折磨很难……你很快就会发现。"他诡异地笑着。"可是首先，我先让你看样东西。"

一队守卫将一名光裸、被绑缚的人拖入。他全身都是瘀青，正在流血，守卫将他推入纹隔壁的牢房，男子倒在石头地板上。

"沙赛德？"纹大喊，冲到铁柱边。

泰瑞司人神志恍惚地躺在那里，任凭守卫将他的双手双脚绑在石头地板上的一个小铁环上。他被打到将近神志不清，全身光裸。纹转头不去看他赤裸的身体，但在那之前仍瞥到他双腿间，原本是男性象征的地方只剩下疤痕还有空虚。

所有的泰瑞司男子都是阉人，他这么告诉过她。那个伤不是新的，但瘀青、割伤和挫伤都是。

"我们发现他跟着你偷溜进皇宫。"卡尔说道，"显然他很担心你的安危。"

"你们对他做了什么？"她低声问道。

"噢，没什么……现在还没。"卡尔说道，"你可能在想，我为什么提及你的哥哥。也许你会认为我是笨蛋，对你坦白在我们挖出你哥哥的秘密之前，他就已经发疯了。可是，你得要知道，我没有笨到不懂得认错。我们应该延长你哥哥的酷刑……让他遭更久的罪。那的确是个错误。"他邪恶地微笑，朝沙赛德点点头。"我们不会再犯下这种错误了，丫头。不，这一次，我们要尝试新的策略。我们要让你看着我们对这个泰瑞司人行刑。我们会非常小心，确保他的痛楚持续且清晰。当你把我们想知道的事情说出来后，我们会住手。"

纹惊恐地颤抖："不……求你……"

"当然要。"卡尔说道，"你花点时间来想想我们要怎么对付他，好吧？统御主命令要我上去，我得去正式接管教廷的统治权。我回来时，我们就开始。"

他转身，黑袍扫过地面，侍卫跟着他出去，站在外头。

"噢，沙赛德……"纹说道，在牢笼边的铁柱旁跪下。

"好了，主人。"沙赛德以出奇清晰的声音说道，"我是怎么跟你说的，不是要你别穿着内衣乱跑吗？如果多克森主人在这里，他一定会骂你的。"

纹抬起头，一脸诧异。沙赛德正对着她微笑。

"沙赛德！"她低声说道，瞥向守卫离去的方向，"你醒着？"

"非常清醒。"他说道。冷静、强健的声音跟他满是瘀青的身体呈现极大对比。

"对不起，沙赛德。"她说道，"你为什么跟我来？你应该留在后面，让我一个人当笨蛋就好！"

他将瘀青的头转向她，一眼肿胀，但另一眼直视入她的双眼。"主人。"他严肃地说道，"我对卡西尔主人发过誓，我会负责你的安危。泰瑞司人从不轻言许诺。"

"可是……你应该早知道你会被抓住。"她说道，羞愧地低头。

"我当然知道，主人。"他说道，"否则怎么让他们把我带来你身边呢？"

纹抬起头。"把你带来……我身边？"

"是的，主人。教廷跟我的族人有一个共通点，我想。他们都低估了我们能办到的事。"

他闭起眼睛，然后，身体开始改变。它似乎在……泄气，肌肉变得既虚弱又瘦削，皮肤松垮垮地挂在骨头上。

"沙赛德！"纹大喊，挤推着铁柱，对他伸出手。

"没事的，主人。"他以模糊又令人害怕的微弱声音说道，"我只需要一段时间来……集中力气。"

集中力气。纹停下动作，放下手，看了沙赛德几分钟。难道……

他看起来好虚弱，仿佛他的体力连同他的肌肉，都被吸走了。但也许是……储存在某处？沙赛德的眼睛突然睁开，身体恢复到正常状态，然后肌肉开始增长，变得又大又强壮，甚至比哈姆的肌肉还发达。

沙赛德对她微笑，原本的头现在连接到精壮贲张的脖子上，手臂也壮到超越人体的极限，跟她平常熟悉的安静细瘦学者相比，宛如两人。

统御主在日记里提到过他们的力量，她赞叹地想。他说叫做拉刹克的人自己抬起了石块，将它抛开。

"可是他们把你所有的珠宝都拿走了！"纹说道，"你把金属藏在哪里？"

沙赛德微笑，抓住分开两人牢笼的铁柱。"我学你，主人。我把它吞了。"说完，他扯断铁柱。她跑入牢笼中，紧抱着他："谢谢你。"

"应该的。"他说道，轻轻将她推到一旁，巨大的手掌击向牢房的大门，打碎门锁，门哐啷一声打开。

"快点，主人。"沙赛德说道，"我们得尽快把你救出去。"

两名将沙赛德关起的侍卫一秒后出现，盯着原本被他们踹打的瘦弱男子变成的巨大猛兽，吓得愣在原地。

沙赛德向前一跳，握着从纹的牢笼拔下来的铁柱。可是他的藏金术显然只给了他力气，没给他速度。他以笨重的步伐上前，守卫们拔腿就跑，高声呼叫。

"快来吧，主人。"沙赛德说道，将铁柱抛到一旁，"我的力气维持不了多久，我吞下的金属不够大到能承载太多藏金术能量。"

就在他说话的同时，他的身体已经开始在缩小。纹从他身边跑出房间，后方的警卫室不大，只有两张椅子。在其中一张之下，她找到一件裹着侍卫晚餐的披风。纹将披风甩开，抛给沙赛德。

"谢谢你，主人。"他说道。

她点点头，走到门口探出头。外面较大的房间空无一人，连接着两条通道，一条往外，一条通往她对面。左边的墙边排列着木箱，房间中央有个大桌子。纹看着上面的干涸血迹，还有桌子旁的锐利器具，顿时打了个寒颤。

如果我们不快点，两个人都会被架到上面。她心想，挥手要沙赛德上前来。

一群士兵出现在走廊尽头，由先前的一名侍卫领军，纹呆在原地，低声咒骂，如果她有锡，早就会听到他们来的声音。纹回头看着后方。沙赛德正一拐一拐地走过守卫室。他的藏金术力量消失了，守卫在将他丢入牢房前应该已将他狠狠地打了一顿。他现在几乎无法走路。

"快走，主人！"他说，挥手要她向前跑，"快跑！"

对于友谊你还有要学的事情，纹。卡西尔的声音在她脑海中低语。我希望你有一天能明白……

我不能离开他。我不会。

纹冲向侍卫。她从桌子边抓起两把行刑用的刀刃，明亮光滑的金属在她的手指之间闪烁。她跳上桌子，然后朝冲来的士兵跃下。

她没有镕金术，但落地点仍然相当准确，因为就算没有金属，过去数个月的努力对她也很有帮助。一柄匕首顺着她下坠的身势刺入讶异的士兵脖子，她落地的速度比预期还要快，但仍然以分毫之差滚离了第二名朝她咒骂挥砍的士兵的剑刃。

剑撞上她身后的石头。纹转身，挥砍另一名士兵的大腿。他一痛之下，往后跌倒。

太多人了，她心想。房间里至少有两打士兵。她试图要跳向第三名士兵，但第四个人挥舞他的战棍，将武器打在纹的身侧。她痛楚地一哼，被打翻到一侧的同时也松开了匕首。没有白镴协助抵御落地的疼痛，她重重撞到冷硬的石头上，晕眩地滚停在墙边。

她试图要站起，却不成功。她模糊地看到沙赛德在她身旁倒地，身体突然变得衰弱。他又试图要储存力量。来不及的。士兵很快就会攻向他。

至少我努力过了，她心想，听到另一群士兵从最右边的走廊冲来。至少我没有遗弃他。我想……这就是卡西尔的意思。

"法蕾特！"一个熟悉的声音喊道。

MISTBORN: THE FINAL EMPIRE

纹惊愕地抬起头,看到依蓝德跟六名士兵冲入房间。依蓝德穿着有点不合身的贵族服装,手上握着决斗杖。

"依蓝德?"纹惊讶地问道。

"你还好吗?"他担忧地问道,朝她走来,然后注意到教廷的士兵。他们似乎有点迷惘,不知该拿前来的贵族怎么办,但他们的人数仍占上风。

"我要把这女孩带走!"依蓝德说道。他的话说得很豪气,但他显然不是战士,只拿着贵族的决斗杖做武器,而且身上没有盔甲。

五名跟他来的人穿着泛图尔的红色制服,应该是依蓝德从堡垒带来的士兵,但领着他们冲入房间的那一名则穿着皇宫侍卫的制服。纹依稀记得他。他的制服外套少了肩膀上的徽章。

昨天晚上的人,她惊愕地想。那个我说服要改换门庭的人……

领头的教廷士兵显然是做出了决定。他一挥手,无视于依蓝德的命令,士兵们开始绕在房间周围,将依蓝德一行人包围起来。

"法蕾特,你得走!"依蓝德焦急地说道,举起决斗杖。

"来吧,主人。"沙赛德说道,来到她身边,要将她抬起。

"我们不能遗弃他们!"纹说道。

"我们必须这么做。"

"可是你来救我了,我们也得救依蓝德!"

沙赛德摇摇头:"不一样的,孩子。我知道我有救你的机会,但你在这里帮不了忙。同情心是种美德,但人也必须以智慧行事。"

她允许自己被拉起身。依蓝德的士兵们顺从地准备抵挡教廷士兵。依蓝德站在最前面,显然下定决心要战斗。一定有别的办法!纹绝望地心想。一定有……

然后她看到它被遗弃在墙壁旁边的一个箱子里。一条熟悉的灰色布条,一个穗子,挂在箱子边。

教廷士兵攻击的同时,她也甩开沙赛德的手。依蓝德在她身后大喊,

迷雾之子
卷一·最后帝国 [珍藏版]

武器不停交击。

纹将最上层的衣服——她的长裤跟衬衫抛出箱子,在底下是她的迷雾披风。她闭起眼睛,手探入披风的侧口袋,手指找到一个瓶子,瓶塞仍然稳固。她拉出小瓶,转身面对战局。教廷士兵略微退后,两名受伤倒地,依蓝德的三个部下也倒下了。幸好房间太小,让依蓝德的人无法被立刻全数包围。

依蓝德流着汗站在原处,手臂上有割伤,决斗杖裂开,接着断裂。他从被他击倒的人手中抓起剑,以不熟悉的姿势双手握着武器,面对人数远超过己方的敌人。

"我错看那个人了,主人。"沙赛德轻声说道,"我……道歉。"

纹微笑,然后,她将瓶塞拔起,一口饮尽。

力量泉源在她身体中涌现。火焰燃烧,金属怒吼,力量宛如日出般回到她虚弱、疲累的身躯。痛楚变得无关紧要,晕眩消失,房间变得明亮,脚趾下的石头变得更真实。

士兵再次攻击,依蓝德举起双手,姿态透露出视死如归的心情。因此,当纹从他头顶飞越而过时,他显得无比地震惊。她落在士兵之间,以钢推攻击。两旁的士兵同时撞上石墙。一名士兵朝她挥舞战棍,她鄙夷地一手将武器拍开,一拳揍上他的脸,他的头在喀啦声中后弹。

她接住了落地的战棍,在空中耍起棍花,重重敲上攻击依蓝德的士兵脑袋。战棍爆炸,她让碎屑落在尸体身上。后方的士兵开始大喊,在她将另外两群人钢推去撞墙的同时飞快逃窜。最后一名士兵在头盔被纹铁拉走时,惊讶地转身,她将铁盔反推,撞上他的胸口,同时以后方做为锚点。士兵顺着长廊朝他奔跑的同伴飞去,直直撞成一团。

纹兴奋地吐了一口气,肌肉紧绷地站在呻吟的人之间。我终于……了解为什么卡西尔会对此上瘾了。

"法蕾特?"依蓝德瞠目结舌问道。

纹跳起来,高兴地搂住他,紧紧抱着,脸埋入他的肩头。"你回来

589

了。"她悄声说道,"你回来了,你回来了,你回来了……"

"嗯,是啦,而且……我看出你是迷雾之子。这蛮有意思的。你知道吗?通常跟朋友说这种事是礼貌。"

"抱歉。"她嘟囔地说道,依旧紧抱着他。

"呃,是的。"他说道,听起来相当心不在焉,"呃,法蕾特?你的衣服呢?"

"都在那边的地上。"她说道,抬头看着他,"依蓝德,你是怎么找到我的?"

"你的朋友,多克森先生,告诉我你在皇宫中被抓住了,而这位绅士,我想他的名字是葛拉道队长,刚好是皇宫士兵,知道该怎么来此。在他的协助还有贵族的头衔帮忙之下,我们颇为顺利地溜进来,然后听到这边传来尖叫声……还有,呃,对,法蕾特?能不能请你去把衣服穿上?这……有点令人无法专心。"

她抬头看着他微笑:"你找到我了。"

"不过似乎没什么用处。"他自我调侃地说道,"看来你不太需要我们的协助……"

"不,重要。"她说道,"你回来了。以前从来没有人回来过。"

依蓝德低头看着她,眉心微微蹙起。

沙赛德上前来,拿着纹的披风跟衣服。"主人,我们得走了。"

依蓝德点点头。"城里不安全。司卡在反叛!"他突然住口,低头看着她,"不过,呃,你可能已经知道这件事了。"

纹点点头,终于放开他。"是我们引发的。可是你对危险的判断没错。跟沙赛德走。很多叛军领袖都认得他。只要他为你担保,他们不会伤害你。"

依蓝德跟沙赛德一起皱眉,看着纹套上长裤。她在口袋中找到母亲的耳环,将耳环戴上。

"跟沙赛德走?"依蓝德问道,"那你呢?"

纹套上宽松的上衣，然后她抬起头……透过石头，感觉到他在上面。他在那里。太强大了。如今，跟他面对面后，她很确定他的力量。只要他活着一天，司卡反抗行动就注定无望。

"我还有另一项任务，依蓝德。"她说道，接过沙赛德手中的迷雾披风。

"你认为你能打败他吗，主人？"沙赛德问道。

"我得试试看。"她说道，"第十一金属有用，阿沙。我看到了……一些东西。卡西尔很相信那就是秘密。"

"可是，统御主……主人……"

"卡西尔牺牲性命来开启这次反抗行动。"纹坚定地说道，"我得负责让它成功。这就是我的职责，沙赛德。卡西尔不知道我的任务是什么，但我知道。我必须阻止统御主。"

"统御主？"依蓝德震惊地问道，"不，法蕾特。他是永生不死的！"

纹伸出手，抓住依蓝德的头，将他拉下来吻她："依蓝德，你的家族将天金送给统御主。你知道他把天金收在哪里吗？"

"知道。"他迷惘地说道，"他将珠子收在此处东方的财库里，但是……"

"你必须去取得天金，依蓝德。新政府需要这笔财富跟力量，才能不被第一名举兵的贵族击倒。"

"不行，法蕾特。"依蓝德摇头说道，"我得带你去安全的地方。"

她对他微笑，然后转向沙赛德。泰瑞司人对她点点头。

"不打算阻止我？"她问道。

"不。"他轻轻地说道，"恐怕你是对的，主人。如果不打败统御主……我不会阻止你。可是，我会祝你好运。一旦将小泛图尔送到安全的地方，我就会回来帮忙。"

纹点点头，朝忧心的依蓝德微笑，然后抬头望着上方在等待的黑暗力量，它随着疲累的忧郁在鼓动。

MISTBORN: THE FINAL EMPIRE

她燃烧红铜，推开统御主的安抚。

"法蕾特……"依蓝德静静开口。

她转身面向他。"不用担心。"她说道，"我想我知道怎么杀死他。"

我在世界重生的前一夜，握着满是碎冰的笔，写下了我心中的恐惧。拉刹克在看着。恨我。洞穴在上方。鼓动。我的手指在颤抖。不是因为冷。

明天，一切会结束。

38

纹将自己推过克雷迪克·霄上方的空中。尖塔跟圆塔如同潜伏在地面上的怪物身上的尖刺一般戳入天空。

阴暗、笔直、阴森，不知为何，它让她想起卡西尔，死在街上，黑曜石的尖矛戳入他的胸口。迷雾随着她穿过的身影回旋盘绕，仍然浓密，但锡让她看到天际远方的隐约光芒。白日近了。

在她下方，更大的光芒正在累积。纹抓住一根细细的尖刺，让身体的惯性带着她转绕一圈，得以环顾下方的景象。数千支火把在黑夜中燃烧，像是明亮的昆虫交错融合。它们像巨大的波浪一般聚集，蜂拥至皇宫。

皇宫守卫没有机会抵抗这样的军队，她想。可是，如果他们冲入皇宫，司卡军队必死无疑。

她转向一边，雾水沾湿的尖刺在她手指下感觉冰冷。她上一次跳跃过克雷迪克·霄的尖塔群时，正全身流血，神志模糊。沙赛德来救了她，但这次他帮不上忙。

不远处,她可以看到皇座塔。那地方不难辨识,一圈燃烧的篝火点亮了外面,唯一的彩绘窗户让外面的人轻而易举看见里面。她可以感觉到他在里头。她等了一阵子,希望也许她能在审判者离开房间后展开攻击。

卡西尔相信第十一金属是关键,她心想。

她有个主意。应该会成功。一定要成功。

"现在,"统御主以响亮的声音宣告,"审判廷得以接掌教廷之组织管理权,曾交予泰维迪安之统治权将转交予卡尔。"

皇座室陷入沉静,聚集而来的高阶圣务官被今晚的事情吓得说不出话来。统御主挥挥手,显示聚会已经结束。终于办到了!卡尔心想,他抬起头,眼睛双刺的痛楚一如往常,但今晚是喜悦的痛楚。审判者已经等了两个世纪,小心翼翼地运筹帷幄,暗地推动一般圣务官间的腐败,加深他们的嫌隙。终于成功了。审判者们再也不需屈服于下等人类的要求。

他转身,朝教廷祭司们微笑,非常清楚审判者的注视有多么令人不安。他已经失去过去曾经拥有的视力,但又被赋予了更好的东西。对镕金术的掌握变得如此精妙、如此细腻,让他可以从周围的世界汲取出惊人的力量。

几乎所有东西都有金属——水、石头、玻璃……就连人体亦然。这些金属太薄弱,无法被镕金术影响,大多数镕金术师甚至感觉不到。

可是,在他审判者的眼中,卡尔可以看到这些东西的金属线。那些蓝丝很细,几乎隐形,却为他勾勒出世界的轮廓。他身前的圣务官是一团蓝色,他们的情绪,包括不安、怒气、恐惧,呈现在他们的身体和姿态中。不安、愤怒、恐惧……三者都如此甜美。卡尔笑得更开怀,虽然他相当疲累。

他醒得太久了。审判者的生活方式让身体容易疲劳,因此他经常需

MISTBORN: THE FINAL EMPIRE

要休息。他的同伴们已经开始离开房间,朝他们的休息室走去,休息室刻意修建在靠近正殿处。他们会立刻去睡觉,因为先前的处决加上晚上令人兴奋的事件,他们也会疲累至极。

卡尔在审判者跟圣务官都离去后仍然留下来,很快地,只剩下他跟统御主两人站在被五盆火点亮的房间中。外面的篝火逐渐被仆人熄灭,房间外面漆黑,里头阴暗。

"你终于得到你想要的。"统御主静静说道,"或许你终于可以让我在这件事上头清静一点。"

"是的,统御主。"卡尔鞠躬说道,"我认为——"

一个奇怪的声音在房间响起。轻柔的喀哒声。卡尔抬头,蹙着眉头看着一小枚金属弹过地板,最后落在他脚边。他拾起钱币,然后抬头看着巨大的玻璃,注意到有个小洞。

什么?

几十枚钱币再度射过玻璃,让它多了更多破洞。金属的敲击声跟清脆的玻璃碎裂声回响在空气中。卡尔惊讶地倒退一步。

整个南面的窗户碎裂,往内爆炸,玻璃被钱币破坏,一具飞翔的身躯破窗而入。

彩色玻璃碎片在空中旋转,随着一个穿着迷雾披风,手握两把黑曜石匕首冲入的娇小身影而四处飞溅。女孩蹲下,在碎玻璃上略略一滑,迷雾从她身后的开口涌入,往前卷袭,受到她镕金术吸引,旋绕在她身边。她在雾中蹲了片刻,仿佛她是黑夜派来的使者。

然后,她向前一跃,直接扑向统御主。

纹燃烧第十一金属。统御主的过去出现在之前的位置,仿佛从雾中出现,站在皇座高台边。

她忽略审判者。幸好那怪物反应很慢,她都上了高台的台阶一半,他才想起来该追她,但统御主静静地坐在原处,以几乎不带一丝兴趣的表情看着她。

两根矛当胸穿入都奈何不了他，纹心想，越过最后一段距离，来到高台的顶端。他根本不用怕我的匕首。

因此她根本不打算拿匕首攻击他，而是举起武器，直戳入过去的心脏。

匕首攻击，然后穿过那人，仿佛他根本不存在。纹踉跄地往前，直直穿过影像，几乎从高台上滑下。她转身，再次攻击影像，匕首同样毫发无伤地穿越它，甚至没有摆动或扭转。我的金影不是这样，她焦躁地想。我可以碰到我的金影，为什么我碰不到这个？

两者的运作方式显然不同。影子静静地站着，对她的攻击浑然无所觉。她以为如果她杀死过去的统御主，那他现在的身体也会死。不幸的是，过去的他跟天金影子一样，虚渺且不可碰触。

她失败了。

卡尔撞上她。强壮的审判者抓住她的肩膀，他的冲力让她摔下高台，两人一同翻滚落下。

纹哼了一声，骤烧白镴。我跟你之前关起来的无力女孩已经不同了，卡尔，她坚定地想。两人一滚落皇座后方的地面，她将他踢飞。

审判者闷哼一声，她的攻击将他抛入空中，双手也握不住她的肩膀。她的迷雾披风被他扯下，但她一跃而起，立刻闪开。

"审判者！"统御主大吼，站起身来，"到我这里来！"

纹痛喊出声，强大的声音在她锡力增强的耳朵中听来更痛。

我得离开这里，她跌跌撞撞地想。我需要想出杀他的其他方法。

卡尔从后方攻击，这次他双臂完全环绕她，用力一捏。纹痛得大喊，骤烧白镴，反推回去，但卡尔强迫她站起身，一只手敏捷地绕过她的脖子，另一只手同时将她的双臂固定在背后。她愤怒地挣扎，扭转身体，但他抓得很牢。她试着铁推门把，希望能让两人往后倒，但他握得太牢。

统御主轻笑，坐回皇座。"你打不赢卡尔的，孩子。他很多年前就是名士兵。他知道该怎么样抓住一个人，让他们逃不了，无论他们有多

MISTBORN: THE FINAL EMPIRE

强壮。"

纹继续挣扎，喘息着要呼吸。可是统御主说得没错。她试图要以后脑勺攻击卡尔，但他早就已经准备好。她可以听到他的声音，他掐住她喉咙时的急促喘息听来近乎……兴奋。透过窗户的反射，她可以看到两人身后的门打开，另一名审判者踏入房间，尖刺在扭曲的影像中闪烁，黑色袍子摆动着。

结束了，她置身事外地心想，看着她面前地上的白雾溜出破碎的玻璃窗，流过地板。奇怪的是，它们不像先前那样会围绕在她的身旁，仿佛正被某种东西推走。对纹而言，这似乎是她失败的最后一道证明。

对不起，卡西尔。我让你失望了。

第二名审判者来到他的同伴身边，然后伸出手，握住卡尔背后的某样东西。一阵撕裂声响起。

纹立刻落在地上，挣扎地呼吸。她滚过地面，白镴允许她快速恢复。卡尔站在她的上方，身体左右摇摆，然后软软地歪向一边，扑倒在地。第二名审判者站在他身后，手中握着像是大金属尖刺的东西，跟审判者眼睛里的一样。纹望向卡尔一动不动的身体。他的袍子背后被撕裂，露出肩胛骨间的一个血淋淋大洞，洞大到够容纳一个金属锥。卡尔满是疤痕的脸庞苍白如纸、毫无生气。

铁锥！纹诧异地心想。另一名审判者只把铁锥拔出，卡尔就死了。这就是秘诀！

"什么？"统御主站起身大吼，突来的动作让他的宝座后倒，石头椅子翻下台阶，撞裂大理石地板。"背叛！居然是我的亲信背叛我？！"

新来的审判者冲向统御主，奔跑时，他的头罩落下，让纹看到他的光头。虽然多了前面的钢锥底座，还有后头突出的恶心尖端，但这个新来的人脸孔让她觉得有点熟悉。撇开光头跟不熟悉的衣服不谈，这个人看起来有点像卡西尔。

不是，她发现。不是卡西尔。

沼泽！

沼泽两阶并作一阶地爬上高台，以审判者超自然的速度在移动，纹挣扎地站起，甩开眼前让她几乎被吓死的情景，但她的讶异没有那么容易甩开。沼泽还活着。

沼泽是审判者。

审判者们调查他不是因为怀疑他，而是想要招募他！现在，他看起来像是想跟统御主对打。我得帮忙！也许……也许他知道杀死统御主的秘诀。毕竟他找出了杀死审判者的方法！

沼泽来到高台顶端。

"审判者——"统御主大喊，"到——"

统御主浑身一僵，注意到门外的东西：一小堆金属锥，就像沼泽从卡尔背后拔出来的那些，堆在地上。看起来有七支。

沼泽微笑，那个表情看起来跟卡西尔得意洋洋的奸笑非常相似。纹来到高台底端，反推一枚钱币，让自己跃上高台。

统御主巨大的怒气在她飞到一半时击中她。忧郁，还有因怒气而暴涨的窒息感袭向她的灵魂，像是挥手一般将她的红铜推开。她骤烧红铜，微微喘息，却无法完全推开统御主对她情绪的影响。

沼泽略略歪倒，统御主反手一挥，正是他杀死卡西尔的方式；幸好沼泽来得及闪躲，他绕到统御主身后，抓住皇帝黑袍般的套装，用力一扯，将布料沿着缝线撕开。

沼泽全身一僵，钢尖的眼睛读不出情绪。统御主转身，手肘直撞入沼泽的肚子，将审判者抛到房间对面。统御主转身时，纹看到沼泽见到的景象。

什么都没有。一个普通，顶多比较结实的背部露出来。跟审判者不一样，统御主的脊椎没有尖刺。

啊，沼泽……纹绝望地想。那是个很聪明的主意，比纹自己拿第十一金属的愚蠢尝试聪明得多，但仍然失败了。

MISTBORN: THE FINAL EMPIRE

沼泽终于落地，头撞上地板，然后滑过地面，直到撞上远程的墙壁，动也不动地靠着巨大的窗户。

"沼泽！"她大喊，跳起，朝他的方向钢推自己。可是就在她飞起的同时，统御主漫不经心地举起手。纹感觉到一阵强大的……东西撞向她，像是铁推，攻击她腹中的金属，但这是不可能的——卡西尔向她保证，镕金术师无法影响在一个人身体内的金属。

但他也说过，镕金术师不能影响燃烧红铜的人的情绪。

被抛下的钱币从统御主身边飞开，蹿过地面，门从门框被拔起，破裂崩离，就连彩色玻璃碎片也颤抖地从高台周围滑开。

纹也被抛在一旁，肚子中的金属威胁要从她身体中被扯出。她撞上地板，冲击几乎让她丧失神志，脑中一片模糊，迷惘地坐在原地，只能想着一件事。如此的力量……

统御主从高台上走下，脚步声回荡。他动作安静地脱下破烂的套装跟衬衫，除了手指跟手腕上的金属外，上半身光裸。她注意到有几枚细手环刺穿了他上臂的皮肤。

聪明，她心想，挣扎地站起。避免它们被推或拉。

统御主遗憾地摇摇头，脚步在从破裂窗户涌入的白雾中穿出一条路径。他看起来如此强壮，胸膛满是肌肉，脸庞英俊。她可以感觉到他的镕金术力量正在攻击她的情绪，而她的红铜仅能勉强抵抗。

"你以为这样就行了吗，孩子？"统御主静静问道，"打败我？以为我是普通的审判者，我的力量是由人造而来？"

纹骤烧白镴，转身冲走，打算抓起沼泽的身体，朝房间另一个方向破窗而去。

可是，他已经到了，速度让龙卷风的怒旋都显得迟缓，就算烧光了白镴，纹也跑不过他。他伸出手，抓住她肩膀，将她往后一推，一切都轻松写意。

她像洋娃娃般被抛向房间的巨大柱子。纹绝望地寻找锚点，但他将

迷雾之子
卷一·最后帝国 [珍藏版]

所有的金属都吹出房间，只剩下……

她铁拉住统御主一只没有刺穿皮肤的手环。他立刻挥手向上，甩脱她的拉扯，让她在空中反方向旋转，再以另一次强大的铁推攻击她，将她推到后方。纹肚腹中的金属绞痛，一旁的玻璃颤抖，她母亲的耳针也从她耳洞中被扯出。她试图要旋转，安全落地，却以极大的速度撞上石柱，白镴也帮不了她。她听到一阵恶心的断裂声，一股刺痛蹿上右腿。她倒在地上，没有看的勇气，但胸口传来的痛楚让她知道她的腿在身体下方以不自然的角度扭曲了。

统御主摇摇头。纹此时明白，他根本不担心戴珠宝带来的危险。从他的能力与力量看来，只有纹这样愚蠢的人才会尝试运用统御主的金属当锚点，这样只能让他更能控制她的跳跃方向而已。

他上前一步，脚踩碎玻璃。"你以为这是第一次有人想杀我，孩子？我从焚烧跟砍头中存活下来。我被刺伤、切碎、压烂、五马分尸，一开始甚至被剥光了皮。"

他转向沼泽，摇摇头。奇特的是，纹先前对统御主的印象又出现了。他看起来……很累，甚至是极端疲累。不是他的身体，因为他仍然强壮，而是他的……精神。她试图站起，利用石柱稳住自己。

"我是神。"他说道。

跟日记中的谦虚男子相差太多。

"神是不能被杀死的。"他说道，"神是不会被推翻的。你的反叛行动，你以为我没见识过？你以为我没有靠一己之力摧毁过整支军队？你们这些人要怎么样才能停止质疑？我要花多少个世纪才能让你们这些白痴司卡看见真相？我到底要杀掉你们多少人？！"

纹的脚一拐，引得她痛喊出声。她骤烧白镴，但眼泪仍然浮现。金属快用完了。白镴存量不多，在那之后，她绝对无法保持清醒。她歪靠着石柱，统御主的镕金术推压着她，腿上的痛楚鼓动。他太强了，她绝望地想。他是对的。他是神。我们在想什么？

599

MISTBORN: THE FINAL EMPIRE

"你竟敢做这种事？"统御主问道，戴着珠宝的手抓起沼泽软瘫的身体。沼泽微微呻吟，试图抬起头。

"你竟敢做这种事?！"统御主再次质问，"在我给了你这些之后？我让你超越一般人！我让你拥有主宰权！"

纹的头猛然抬起。穿过痛楚跟绝望，某句话唤醒她的记忆。

他一直说……他一直说他的族人该有主宰权……

她探入体内，找到最后一点第十一金属，燃烧，透过满是泪水的双眼看着单手抓住沼泽的统御主。统御主的过去出现在他身边。一名穿着皮披风跟厚靴子的人，一个满脸胡子跟肌肉强壮的男子。不是贵族或暴君。不是英雄，甚至不是战士。一个穿着在高山生活的衣装的人。一名牧人。

或者是，一名挑夫。

"拉刹克。"纹悄声说道。

统御主惊讶地转身面向她。

"拉刹克。"纹再次说道，"那是你的名字，对不对？你不是写日记的那个人。你不是被派来保护人民的英雄……你是他的仆役。那个憎恨他的挑夫。"

她停顿片刻。"你……你杀了他。"她轻声说道，"原来那天晚上是这样！所以日记这么突然地结束了！你杀了英雄，取代他的地位。你代替他进入了洞穴，将力量占为己有。可是……你没有拯救世界，反而掌控了世界！"

"你什么都不知道！"他怒吼，一手仍抓住沼泽的身体，"你对那些根本一无所知！"

"你恨他。"纹说道，"你认为英雄该是泰瑞司人。你无法忍受他，你的国家的压迫者，居然正在实现你们的传说！"

统御主举起手，纹突然感觉到巨大的重量压下。镕金术，正在钢推她腹中跟身体内的金属，威胁要将她的背挤碎在石柱上。她大喊，骤燃最后一点白镴,挣扎地要保持清醒。白雾盘绕她身边,穿过破裂的窗户跟地板。

在破裂的窗户外,她听到空中有隐约的回响,听起来像是……欢呼。喜悦的呼叫,总共有数千人响应,听起来几乎像是他们在为她加油。

这有什么重要?她心想。我知道统御主的秘密了,但这又告诉我什么?他是挑夫?仆人?泰瑞司人?

藏金术师。

她晕眩的双眼再度看到统御主上臂闪闪发光的臂环。金属环,刺穿他的皮肤。所以……所以不受镕金术影响。为什么要这样大费周章?据说他戴金属是在彰显勇敢。他不担心有人会推拉他的金属。

也许,这只是他的声称。如果他其他的金属,那些影响贵族风尚的戒指、手环,只是想误导众人?目的是不让人注意这一对环绕他上臂的臂环?有这么简单吗?她心想,感觉统御主的力量威胁要压碎她。

她的白镴将近耗尽,几乎无法思考,但她仍然燃烧铁。统御主可以穿透红铜云。她也可以。他们其实是一样的。如果他能影响一个人体内的金属,那她也可以。她骤烧铁,蓝线指着统御主的戒指跟手环,独缺刺穿上臂皮肤的臂环。

纹怒烧铁,集中注意力,尽力去催促它,同时燃烧白镴,挣扎着不要被压碎,而她知道自己其实已经不能呼吸了。推挤她的力量太强,她无法让胸口上下起伏。

白雾在她身边盘旋,因为她的镕金术而跳舞。她快死了。她知道。她甚至不太感觉得到痛楚。她正被压碎。窒息。

她汲取白雾。

两条新线出现。她尖叫,以她从未有过的力气铁拉,越来越奋力骤烧铁,统御主的推力让她能在使用拉力时取得平衡。怒气、绝望和痛楚在她体内融合,拉引变成她全神贯注的唯一焦点。

她的白镴用完了。

MISTBORN: THE FINAL EMPIRE

他杀了卡西尔!

臂环飞脱,统御主痛得大叫,在纹的耳中听来隐约、遥远。重压突然释放了她,她整个人喘息倒地,眼前画面视觉飞转。满是鲜血的臂环落在地上,从她的掌握中松脱,滑过大理石地板,落到她面前。她抬起头,用锡拨开眼前的模糊。

统御主站在原处,双眼因惊惧而睁大,手臂上都是血。他抛下沼泽,冲向她跟变形的臂环,可是她无视于用完的白镴,用了她最后一丝力气,将手环钢推过统御主的身边。他骇然转身,看着臂环飞出破碎的玻璃墙。

远方,太阳突破天际线升起,臂环在红光前落下,闪烁片刻后,直落入城市之中。

"不!"统御主狂吼,冲向窗户边,肌肉开始松弛泄气,跟沙赛德一样。他愤怒地转身面向纹,但面孔已经不属于年轻人,而是步入中年,五官逐渐成熟。

他踏向窗户时,头发已经花白,皱纹像小网子一样出现在他的眼周。接下来的步伐十分虚弱,他开始因为年迈的负担而全身颤抖,背脊弯曲,皮肤松垮,头发软塌。

然后,他倒在地上。

纹往后靠,意志因痛楚而迷茫。她靠了……一段时间。无力思考。

"主人!"一个声音大喊。同时间,沙赛德来到她身边,额头因汗水而湿透。他伸出手,在她的喉咙中倒下某样东西,她吞下。

身体直觉知道该怎么做。她反射性燃烧白镴,增强身体,燃烧锡,突来的刺激让她惊醒,大喘一口气,抬头看着沙赛德担忧的脸。

"小心点,主人。"他说道,检视她的腿,"你骨折了,不过只断在一个地方。"

"沼泽。"她疲累地说道,"去照顾沼泽。"

"沼泽?"沙赛德问道,然后他看到审判者在远处的地板上虚弱挣扎。

"我的遗忘天神啊!"沙赛德说道,移到沼泽身边。

沼泽呻吟，坐起身，一手捧着肚子。"那个……是什么……"

纹瞥向不远处倒地的缩水身形。"是他。统御主。死了。"

沙赛德好奇地皱眉，站起身。他穿着褐色袍子，手上只握着一根木矛。纹摇摇头，他竟想以如此卑微的武器面对几乎杀了她跟沼泽的怪物。

当然，在某种程度上，我们都一样无用，死的该是我们，不是统御主。

我把他的臂环拔了。为什么？为什么我能做到这种事？

因为我不一样？

"主人……"沙赛德缓缓说道，"我想，他还没死。他还……活着。"

"什么？"纹皱眉问道，此刻几乎无法思考，之后多的是时间厘清她的问题。沙赛德说得没错，行将就木的身躯并没有死，而是可怜地在地上移动，试图爬向破碎的窗户。爬向臂环消失的方向。

沼泽跌跌撞撞地站起，挥开沙赛德的照料。

"我很快就会愈合，去照顾女孩。"

"帮我站起来。"纹说道。

"主人……"沙赛德不赞同地说。

"拜托你，沙赛德。"

他叹口气，将木矛交给她。"来，靠着它。"她接下，沙赛德将她扶起。

纹拄着木矛，跟沙赛德和沼泽一同一拐一拐地走向统御主。他那爬行的身体来到房间边缘，透过破碎的窗户看着城市。纹的脚踩过、压碎玻璃。下方人民再次欢呼，但她看不到他们，也听不清他们在欢呼什么。

"听。"沙赛德说道，"听啊，曾是我们神的人。你听到他们在欢呼吗？那不是为了你，这些人民从未为你欢呼。他们今天晚上找到新的领袖，新的骄傲。"

"我的……圣务官……"统御主低声说道。

"他们会忘记你。"沼泽说道，"我会负责这件事。其他审判者都已被我杀死。可是，聚集的圣祭司看到了你将权力移交给审判廷。我是陆沙德仅存的一名审判者。我，会统治你的教会。"

"不……"统御主微弱地说道。

沼泽、纹、沙赛德散乱地围成一圈，低头看着老人。晨光下，纹可以看到一大群人站在大平台前，举起武器表示尊敬。统御主低头看着群众，似乎终于明白他真的失败了。他回头望着打败他的人。

"你们不了解，"他气喘吁吁地说，"你们不知道我为人类做了什么。就算你们看不出来，我仍然曾经是你们的神。杀了我，你们是自取灭亡……"

纹望着沼泽跟沙赛德，两人缓缓点头。统御主开始咳嗽，似乎变得更加老迈。

纹靠着沙赛德，紧咬牙关抵抗痛楚。"我带给你一个朋友捎来的讯息。"她说道。

"他要你知道，他没死。他是杀不死的。

"他是希望。"

然后，她举高木矛，笔直戳入统御主的心脏。

尾声

尾声

出乎我意料之外，偶尔，我会感觉到内心一阵平静。也许一般人都会以为在我经历过这些事，吃过这些苦头之后，我的灵魂会是压力、迷惘和忧郁的交错迷宫。其实的确经常是如此。

然而，亦有平静的时候。

有时候我会感觉到——就像此刻——在宁静的清晨中望着冰封的山坡跟玻璃高山，看着如此壮观的日出，明白这是我毕生所见的破晓中，绝无仅有的一次。如果有预言，如果有永世英雄，那我的心低声告诉我，必定有某种力量在指引我的道路。有力量在照看，有力量在关心。这些平静的低语，告诉我一件我非常想相信的真实。

如果我失败了，会有另一个人来完成我的工作。

"我只能有一个结论，沼泽主人。"沙赛德说道，"就是统御主同时是藏金术师以及镕金术师。"

纹皱眉，坐在司卡贫民窟边缘的一栋无人建筑物屋顶，经过沙赛德仔细包扎过后的断腿悬挂在屋顶边缘，垂荡在空中。她几乎睡了一整天，站在她身边的沼泽也是。沙赛德送了讯息给其他团员，告诉他们纹仍活着，其他人也没有重大伤亡，纹对此感到很高兴。可是，她还没有去找他们。沙赛德告诉他们她需要休息,而他们也忙着建立起依蓝德的新政府。

"藏金术师跟镕金术师。"沼泽思索般地自语。他恢复得很快。虽然纹身上仍然满是打斗后留下的瘀青、裂伤和割伤,但他断裂的肋骨看起来似乎都已经恢复了。他弯下腰,一手靠着膝盖,以钢锥而非眼睛望着城市。他是怎么看东西的?纹不禁想着。

"是的,沼泽主人。"沙赛德解释,"青春是藏金术师可以储存的东西之一。这个过程没有多大用处,为了要让自己看起来年轻一岁,你得存储一部分生命,那段时间里看起来比实际上要老一岁。通常守护者运用这个力量作为伪装,改变年纪好欺骗他人,隐藏自己;不过除此之外,鲜少有人觉得这是有用的功能。

"可是,如果藏金术师同时也是镕金术师,那他也许可以用镕金术燃烧自己的金属存量,将金属中含有的藏金术特质以十倍的量施放出来。纹主人之前试图要燃烧我的金属,但无法取得力量。可是,如果你能自己进行藏金术的储存,然后燃烧它得到额外力量……"

沼泽皱眉:"我听不懂,沙赛德。"

"我道歉。"沙赛德说道,"也许在缺乏镕金术跟藏金术理论背景的情况下,会有点难以理解。我试着解释看看。镕金术跟藏金术之间的主要差异是什么?"

"镕金术的力量来自于金属,"沼泽说道,"藏金术的力量来自于自己的身体。"

"没错。"沙赛德说道,"所以我认为,统御主就是将两种力量综合起来。他使用藏金术的特质,也就是改变年纪,但却是以镕金术在提供能量来源。他用藏金术做出了储存青春的金属,再用镕金术燃烧它,这样等于是为自己创造了一种新的镕金术金属,在燃烧时能让他显得年轻。如果我猜得没错,他已经得到无限的青春,因为他大部分的力量是来自于金属,而非自己的身体。他只要偶尔花一点时间年老,就可以让自己有储藏青春的金属可以燃烧，变得年轻。"

"让我想一下。"沼泽说道，"所以，想要变年轻时，他只需要燃烧金属就行？"

"我想他得把额外的青春藏在另一个藏金术的储存容器中。"沙赛德解释，"因为镕金术效果相当明显，力量是通过燃烧或骤烧爆发出来的，而统御主不会想要一次用这么多的青春，所以他一定会将它存在一块金属中，让他可以用藏金术师的方式慢慢汲取，维持自身的年轻。"

"手环？"

"是的，沼泽主人。可是，藏金术的回馈是逐步递减的，并非与储存的量成正比。举例而言，为了让自己比一般人强壮四倍，不是只需要两份让自己强壮两倍的能量就行。因此，对统御主而言，这代表他必须消耗越来越多青春才能让自己不再衰老。当纹主人将手环抢走时，他老化的速度便很惊人，因为他的身体正试图回到它应该有的年纪。"

纹坐在凉风中，望着泛图尔堡垒。它正因火光明亮。还没过一天，依蓝德已经在跟司卡和贵族代表会面，规划起新王国的法令。

纹静静地坐着，摸着耳环。她在皇座室中找到它，一等到耳朵开始愈合，她便连忙将耳针插回耳洞中。她不是很确定自己为什么要留着它。也许因为它是她跟瑞恩，还有一名试图杀了她的母亲之间的连结。或者这只是提醒她，她办到了某些原本不可能做到的事情。

关于镕金术，她仍然有许多要学习的。过去一千年中，贵族只相信审判者跟统御主告诉他们的事情。他们还保有什么样的秘密，隐藏了什么样的金属？

"那么统御主……"她终于开口，"他……只是用了技法让自己长生不老。意思是，他并不是真的神，对不对？他只是运气好。任何同时是镕金术师跟藏金术师的人都能办到。"

"看起来是这样，主人。"沙赛德说道，"也许这就是为什么他这么害怕守护者。他猎捕杀害藏金术师，因为他知道这个能力是遗传来的，就如同镕金术。如果泰瑞司血统跟皇家贵族血统混合，结果可能是一个可以挑战他的孩子。"

"因此有了育种计划。"沼泽说道。

沙赛德点点头："他必须绝对确定泰瑞司人不能跟一般人民混血，免得遗传藏金术能力。"

沼泽摇摇头："那是他自己的族人啊。他对他们做了这么多可怕的事情，只是为了保有自己的力量。"

"可是，不只这样。"纹皱着眉头说道，"如果统御主的能力来自于镕金术跟藏金术的混合，那升华之后发生了什么事？那个写了日记的人，不管他是谁，他原本应该发现的力量是什么？"

"我不知道，主人。"沙赛德静静地说道。

"你的解释无法回答一切。"纹说道，摇摇头。她没提起自己奇特的能力，但她描述过统御主在皇座室里的行为。"他好强大，沙赛德。我可以感觉到他的镕金术，他甚至能够钢推我体内的金属！也许他可以靠着燃烧存量来增强自己的藏金术，但他的镕金术怎么也会这么强大？"

沙赛德叹口气。"恐怕唯一能回答这个问题的人已经在今天早上死去。"

纹想了想——统御主手中掌握着泰瑞司宗教的秘密，那是沙赛德的族人花了数个世纪在寻找的。"对不起。也许我不该杀了他的。"

沙赛德摇摇头。"他早晚都会因为年迈而死，主人。你做得对。这样我可以记录统御主是被他所压迫的一名司卡杀死。"

纹脸红。"记录？"

"当然，我仍然是守护者，主人。我必须将这些事情传承下去，包括历史、事件和真相。"

"你不会……说太多关于我的事吧？"不知为何，想到别人会传颂她的故事，让她很不自在。

"不必太担心，主人。"沙赛德微笑说道，"我的同胞们跟我会非常忙碌的。我们有好多事情要恢复，好多事情要告诉世界……我想关于你的细节应该不急着流传。我会记录发生的事情，但暂时只会保留给自己。"

"谢谢你。"纹点点头说。

"统御主在洞穴中找到的力量，"沼泽思索般地说道，"也许就是镕金术。你说在升华前没有任何关于镕金术师的记录。"

"的确有可能，沼泽主人。"沙赛德说道，"镕金术的起源并无太多传说，而几乎所有传说都同意，镕金术师是'与雾一同出现'。"

纹皱眉。她一直以为"迷雾之子"这名词是因为镕金术师喜欢在夜晚工作，从来没想过两者之间可能有更紧密的连结。

雾对镕金术有反应。当镕金术师在附近使用力量时，它会盘旋……而且，我在最后感觉到的是什么？……像是我从雾中汲取了某种力量。

不论她做了什么，她都无法令它重现。

沼泽叹口气，站起身。他才醒了几个小时，但已经显得很疲累。他的头微微低垂，仿佛金属锥的重量让他抬不起来。

"那会……痛吗，沼泽？"她问道，"我是指尖刺。"

他半晌没回答。"会。十一根都会……阵痛。痛楚似乎会因为情绪变化而波动。"

"十一根？"纹震惊地问道。

沼泽点点头。"两根在头里，八根在胸口，一根在背后。那是杀死审判者的唯一方法，就是将上层的尖刺跟下层分开。阿凯透过砍头办到，但直接把中间那根拔掉比较容易。"

"我们以为你已经死了。"纹说道，"当我们在安抚站找到尸体还有血迹的时候……"

沼泽点点头："我原本要送信让你们知道我还活着，但他们第一天把我看得很紧。我没想到阿凯这么快就动手。"

"我们都没想到，沼泽主人。"沙赛德说道，"没有人看出半点迹象。"

"他真的办到了，对不对？"沼泽说道，不敢相信地摇头，"那混蛋।

MISTBORN: THE FINAL EMPIRE

有两件事情我永远不会原谅他。第一件事是偷走我推翻最后帝国的梦想,第二件是居然真的成功了。"

"我能不能问一下,沼泽主人。"沙赛德问道,"纹主人跟卡西尔主人在安抚站中找到的尸体是谁?"

沼泽望着城市:"其实有几具尸体。创造新审判者的过程很……血腥。我宁愿不要谈。"

"当然。"沙赛德低头说道。

"不过……"沼泽说道,"你倒是可以跟我说说那个卡西尔用来模仿雷弩大人的怪物。"

"那只坎得拉吗?"沙赛德说道,"恐怕连守护者都对它们所知不多。它们跟雾魅有血缘关系,甚至可能是同样的怪物,只是年纪较大。因为这样的奇怪名声,所以它们通常不喜欢被人看见,但贵族们偶尔会雇用它们。"

纹皱眉。"那么……阿凯为什么不直接让坎得拉伪装他,然后代替他死?"

"没这么简单。"沙赛德说道,"坎得拉要伪装一个人,得先将那个人的皮肉吃下,吸收他的骨头。坎得拉跟雾魅一样,它们没有自己的骨骼。"

纹颤抖。"噢。"

"他回来了,你知道吧?"沼泽说道,"那怪物已经不再使用我弟弟的身体,他有一具新的。可是,他来找你了,纹。"

"找我?"纹问道。

沼泽点点头:"他说什么……卡西尔在死前将他的契约转移给你。我相信那野兽现在视你为主人。"

纹颤抖。那个……东西吃了卡西尔的尸体。"我不要它在这里。"她说道,"我要它走。"

"别急着下决定,主人。"沙赛德说道,"坎得拉是很昂贵的仆人,酬劳一定得用天金支付。如果卡西尔买了一只的长期契约,那浪费它的服务便很愚蠢。在未来数个月中,坎得拉可能是个很宝贵的盟友。"

纹摇摇头:"我不管。我不要那东西在我身边,尤其在知道它做了那种事之后。"

三个人陷入静默。终于,沼泽站起身,叹口气。"无论如何,请恕我失陪一下,我得去堡垒露个面。新王要我代表教廷参与他的协商。"

纹皱眉:"我不知道教廷为何还需要参与任何决策。"

"圣务官们仍然相当强大,主人。"沙赛德说道,"而且他们是最后帝国中最有效率、受训最完整的官僚。陛下想借重他们,同时明白沼泽主人能在这上头助他一臂之力。"

沼泽耸耸肩,"当然,如果我能控制住教义派,教廷在接下来几年间应该会……改变。我会缓慢且小心地行动,在任务完成时,圣务官们甚至不会发现自己失去了什么。不过那些其他的审判者可能会带来问题。"

纹点点头:"陆沙德外还有几个?"

"我不知道。"沼泽说道,"在我毁掉他们之前,我没加入审判者团体太久,但是最后帝国是个大地方。许多人说帝国内大概有二十名审判者,而我一直无法得到确切的数字。"

纹点点头,看着沼泽离去。虽然审判者仍然很危险,但在知道他们的秘密以后,这事已经不再让她如此忧惧。她比较在意另外一件事。

你们不知道我为人类做了什么。就算你们看不出来,我仍然曾经是你们的神。杀了我,你们是自取灭亡……

统御主的遗言。当时,她以为他口中所说,"为人类做的事"是指最后帝国,但她已经不再如此笃定。当他这么说的时候,他的眼中出现了……恐惧,而非骄傲。

"阿沙?"她说道。"深黯是什么?那个日记中的英雄应该要打败的东西?"

"我很希望我们能知道,主人。"沙赛德说道。

MISTBORN: THE FINAL EMPIRE

"但它没有来，对不对？"

"显然没有。"沙赛德说道，"传说都记载，如果深黯没有被阻止，世界会被毁灭。当然，这些故事也许都被夸大了。也许'深黯'的危险其实只是统御主自己，也许英雄的战争只是良心之战。他必须选择独占世界或让它自由。"

纹觉得这听起来不太对。不止这样。她记得统御主眼中的恐惧。惊骇。

他是说"做"，而不是"过去所做"。"我为人类做的事"。意思是，不管那是什么，他仍然在这么做。你们是自取灭亡……

她在夜里发抖。太阳正在下山，余光让明亮的泛图尔堡垒更为清晰。那是依蓝德目前选择的总部据点，但他仍然可能搬去克雷迪克·霄。他还没决定。

"你应该去找他，主人。"沙赛德说道，"他需要亲眼见到你安然无恙。"

纹没有立刻回答。她望着城市，看着堡垒在渐黑的天空中闪亮。"你在那里吗，沙赛德？"她问道，"听到他的演讲了吗？"

"是的，主人。"他说道，"我们一发现财库中没有天金，泛图尔大人就坚持要我们快点去找人救你。我同意他的说法，因为我们都不是战士，而且我的藏金术存量仍然不足。"

没有天金，纹心想。在我们这么辛苦之后，半点天金都没找到。统御主把这么多天金用到哪里去了？还是……被别人捷足先登？

"可是当依蓝德主人跟我找到士兵时，情况十分不妙。"沙赛德继续说道，"反抗军正在屠杀皇宫的士兵。有些人试图投降，但我们的士兵不同意。那个景象相当令人……不安，主人。你的依蓝德……他不喜欢眼前所见。当他直接挡在司卡面前时，我以为他们也会把他杀掉。"沙赛德停顿片刻，微微侧头。"可是……主人，他说的话……他对新政府的梦想，他对流血跟混乱的谴责……唉，主人，我发现自己无法重复他的话语。真希望当初我把金属意识带着,好能确切记下他的每字每句。"

他叹口气,摇摇头。"即便如此,我相信微风主人在平复动乱的过程中绝对功不可没,一旦有一群人开始聆听依蓝德主人的话,其他人也会开始听,从那时起……有贵族当国王是好事,我觉得。依蓝德主人为我们想要得到控制权的行动带来法理,因此有他带领,我认为我们可以从贵族跟商人那里得到更多支持。"

纹微笑:"你知道,阿凯会生我们的气。他花了这么大力气,结果我们反倒又把一名贵族推上皇座。"

沙赛德摇摇头:"可是我觉得更重要的是,我们不是只将一名贵族推上皇座。我们是把一个好人推上皇座。"

"好人……"纹说道,"是的。我现在认识几个好人了。"

纹跪在泛图尔堡垒上方的白雾中,绑着固定木板的腿让她在夜里的行动很不便,但大多数的力气都来自镕金术,她只要确定让自己以最轻柔的动作落地即可。

夜晚降临,白雾围绕着她,保护她,隐匿她,给她力量……

依蓝德·泛图尔坐在下方的书桌前,上方的天井自从被纹抛入一具身体打破后,至今尚未被补起。他没注意到她蹲在上面。谁会注意?谁看得到在使用镕金力量的迷雾之子?她在某种程度上,是像第十一金属创造的幻影一样。没有躯体,真的只是某种可能而已。

某种可能……

过去一天的事情很难厘清,纹甚至没去尝试理解自己更为一团乱的情绪。她还没有去找依蓝德。她办不到。

她低头看着他,他坐在灯光下读着书,在小笔记本里抄写着。他先前的会议进行得很顺利,所有人都愿意支持他当君王。沼泽私下报告,在表面的支持之下,其实已经出现政治操作。贵族认为依蓝德是他们可以控制的傀儡,而司卡领袖势力中已经出现派系。

可是,依蓝德终于有机会撰写他梦想的法令。他可以尝试创造完美的国家，落实他研读许久的学理。路上一定会有阻碍，纹也觉得，最后他得到的现实成果必定远低于他梦想中的完美境界，但这不重要。他会当个好君王。

当然，跟统御主相比，一堆灰都会是好国王……

她想要跳入温暖的房间中去找依蓝德，可是……有某种力量让她裹足不前。她最近的命运起伏太大，情绪拉扯太强烈，无论跟镕金术有无关系。她不确定她是否还想要有这样的波动，她不确定自己是纹还是法蕾特，甚至无法确定自己想当哪一个。

她在雾中，在安静的黑夜里觉得寒冷。白雾让她有力量，被保护，被隐藏……即便她有时其实三者都不想要。

我办不到，那个会跟他在一起的人，不是我。那是个幻象，一个梦想。我是在阴影中长大的孩子，应该仍然孤独一人的女孩。这个不是我应得的。

他不是我应得的。

结束了。果然如她所预期，一切都变了。事实上，她确实也当不好贵族仕女。此刻正是她回去做自己擅长的事的时候。回去当阴影中的存在，而非活于宴会跟舞会之中。该离开了。

她转身要离去，无视于自己的眼泪，无视于自己的痛苦不安。她离开他，双肩低垂，一拐一拐地横跨金属屋顶，消失在白雾中。可是……

他死时向我们保证你好多年前就已经饿死了。

在一切混乱中，她几乎忘记审判者所说的关于瑞恩的事，但如今，这个回忆令她停下脚步。白雾经过她，盘绕、劝解。

瑞恩没有遗弃她。他被在找纹的审判者抓到，因为她是他们敌人的私生女。他们对瑞恩施加酷刑。

而他以生命保护了她。

瑞恩没有背叛我。他一直向我保证他会，但到最后，他没有。他也许离完美的哥哥相差甚远，但他仍然爱她。

一个低语从她的意识深处传来,是瑞恩的声音。回去吧。

在说服自己不要这么做之前,她已一拐一拐地冲回天井,将一枚硬币抛往下方的地板。

依蓝德好奇地转身,歪头看着钱币。纹一秒后落下,钢推自己以减缓速度,用完好的脚着地。

"依蓝德·泛图尔。"她站起身说道,"有件事我老早就想告诉你。"她停顿一下,眨掉眼泪。"你读太多书了。尤其是在淑女面前。"

他微笑,推开椅子,牢牢地将她抱住。纹闭起眼睛,只想感觉被拥抱的温暖。

终于明白,一直以来,这就是她真正想要的。

(迷雾之子首部曲:最后帝国 完)

MISTBORN: THE FINAL EMPIRE

镕金秘典（ARS ARCANUM）

想知道作者对本书每一章节的详细注释、被删除情节、额外设定，请前往 www.brandonsanderson.com。

镕金术快速对照表 （Allomancy Quick-Reference Chart）

金属 Metal	功能 Effect	迷雾人名衔 Misting Title
铁 *Iron*	拉引附近的金属	扯手 Lurcher
钢 *Steel*	**推附近的金属**	**射币 Coinshot**
锡 *Tin*	增强感官	锡眼 Tineye
白镴 *Pewter*	**增强肢体力量**	**白镴臂、打手 Pewterarm, Thug**
黄铜 *Brass*	安抚情绪	安抚者 Soother
锌 *Zinc*	**煽动情绪**	**煽动者 Rioter**
红铜 *Copper*	隐藏镕金术	烟阵 Smoker
青铜 *Bronze*	**显示镕金术**	**搜寻者 Seeker**

*外部金属以楷体表示，推力金属以粗体表示。

■镕金术名词解释

黄铜 Brass（外部意志拉引金属）
燃烧黄铜者可以安抚另一个人的情绪，抑制整体情绪，或让单一情绪较不强烈。高明的镕金术师可选择单一情绪后，抑制其他的，以此随心所欲地操纵他人的心情。不过黄铜并不允许镕金术师读取他人意念或情绪。燃烧黄铜的迷雾人称为安抚者。

青铜 Bronze（内部意志推力金属）
燃烧青铜者可以感觉到附近是否有人在使用镕金术。在周遭燃烧金属的镕金术师会散发"镕金鼓动"，类似只有燃烧青铜者方能听到的鼓声。燃烧青铜的迷雾人称为搜寻者。

射币 Coinshot 燃烧钢的迷雾人。

红铜 Copper（内部意志拉引金属）
燃烧红铜者可释放出隐形的云朵，保护里面的人不被搜寻者发现，在"红铜云"中，镕金术师可随意燃烧金属，不需担忧会被燃烧青铜者察觉镕金鼓动；另外，燃烧红铜的人本身不受任何情绪镕金术影响（无论是安抚或煽动）。燃烧红铜的迷雾人称为烟阵。

扯手 Lurcher 燃烧铁的迷雾人。

白镴 Pewter（内部肢体推力金属）
燃烧白镴的人可以增强肢体，会变得更强壮、更有耐力、更敏捷。白镴同时增强身体的平衡感和愈合力。燃烧白镴的迷雾人称为白镴臂，也称为打手。

白镴臂 Pewterarm 燃烧白镴的迷雾人。

MISTBORN: THE FINAL EMPIRE

铁 Iron（外部肢体拉引金属）
燃烧铁的人可以看到透明的蓝线指向附近的金属来源。线条的粗细跟亮度端看金属来源的大小与远近而定。所有金属类别都会显示，不只是铁。镕金术师因此可用意志拉扯其中一条线，将金属来源拉向自己。燃烧铁的迷雾人称为扯手。

煽动者 Rioter 燃烧锌的迷雾人。

搜寻者 Seeker 燃烧青铜的迷雾人。

烟阵 Smoker 燃烧红铜的迷雾人。

安抚者 Smoother 燃烧黄铜的迷雾人。

钢 Steel（外部肢体推力金属）
燃烧钢的人可以看到透明的蓝线指向附近的金属来源。线条的粗细跟亮度靠金属来源决定，所有金属类别都会显示，不只是钢。镕金术师可以意志推动其中一条线，将金属来源推开。燃烧钢的迷雾人称为射币。

锡 Tin（内部肢体拉引金属）
燃烧锡的人能够增强感官，可以看得更远，嗅觉也变强，触觉也更敏锐，附带作用是他们可以看穿雾气，在夜晚能见物的距离甚至超过白日。燃烧锡的迷雾人称为锡眼。

锡眼 Tineye 燃烧锡的迷雾人。

打手 Thug 燃烧白镴的迷雾人。
锌 Zinc（外部意志推力金属）

燃烧锡的人能够煽动另一个人的情绪，让他们变得激动，同时让某种情绪特别强大，不过并不能读取对方心智或是情绪。燃烧锌的迷雾人称为煽动者。

MISTBORN:

The Final Empire

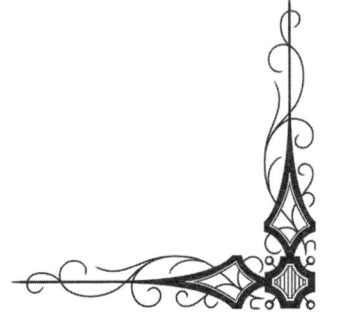